Daniel Hunter hat sich in London als Anwalt einen Namen gemacht. Als er die Verteidigung des elfjährigen Sebastian übernimmt, sieht es nicht gut aus für den Jungen. Er ist des brutalen Mordes an einem jüngeren Spielkameraden angeklagt, doch Sebastian beteuert seine Unschuld. Und Daniel glaubt ihm. Denn das Gefühl, am Abgrund zu stehen, kennt Daniel aus seiner eigenen Kindheit: Nur dank seiner Pflegemutter Minnie ist er nicht auf die schiefe Bahn geraten. Als er von Minnies Tod erfährt, holt ihn die Vergangenheit wieder ein. Je mehr Daniel vor Gericht für Sebastian kämpft, desto mehr verschwimmen die Grenzen zwischen damals und heute, zwischen Schuld und Unschuld.

Lisa Ballantyne, wurde 1975 in Armsdale, Schottland geboren, wo sie Englische Literatur studierte. Sie hat einige Jahre in China gelebt, wo sie in den Bereichen Internationale Entwicklung und Bildung tätig war. 2002 kehrte sie in ihre Heimat zurück, um an der Universität Glasgow zu unterrichten. Lisa Ballantynes Debütroman »Der Schuldige« war ein internationaler Erfolg und ist in 20 Ländern erschienen.

Lisa Ballantyne

Der Schuldige

Roman

Aus dem Englischen
von Benjamin Schwarz

btb

Die Originalausgabe erschien 2012 unter dem Titel
»The Guilty One« bei Piatkus, London.

MIX
Papier aus verantwortungsvollen Quellen
FSC® C014496
FSC
www.fsc.org

Verlagsgruppe Random House FSC® N001967
Das für dieses Buch verwendete FSC®-zertifizierte
Papier *Lux Cream* liefert Stora Enso, Finnland.

1. Auflage
Genehmigte Taschenbuchausgabe Dezember 2015,
btb Verlag in der Verlagsgruppe Random House GmbH, München

Umschlaggestaltung: semper smile, München
Umschlagmotiv: © plainpicture/Robert Harding; Shutterstock/
Olivier Le Queinec; Shutterstock/Honza Krej; Shutterstock/
Pakhnyushchy
Druck und Einband: GGP Media GmbH, Pößneck
MK · Herstellung: sc
Printed in Germany
ISBN 978-3-442-71300-4

www.btb-verlag.de
www.facebook.com/btbverlag
Besuchen Sie auch unseren LiteraturBlog www.transatlantik.de

Für meine Familie

»Eine Seele voller Dunkelheit sündigt,
aber der wahre Sünder ist
der Verursacher der Dunkelheit.«

Victor Hugo, *Les Misérables*

VERBRECHEN

1

Kleiner Junge im Barnard Park tot aufgefunden.

Die Luft roch nach Schießpulver, als Daniel aus der U-Bahn-Station Angel kam und sich zum Polizeirevier Islington auf den Weg machte. Es war Hochsommer, kein Lüftchen regte sich, und der Mond glitt unsichtbar über einen bleichen, aufgewühlten Himmel. Der Tag war wie aufgeladen, als würde er jeden Moment explodieren.

Als er in die Liverpool Road einbog, begann es zu donnern, dann fielen dicke Regentropfen, tadelnd, züchtigend. Er schlug seinen Kragen hoch und rannte um letzte Kunden herum rasch an den Supermärkten Waitrose und Sainsbury vorbei. Daniel war Läufer, und die Anspannung in seiner Brust oder seinen Beinen spürte er nicht, selbst als der Regen heftiger fiel und die Schultern und den Rücken seines Jacketts durchnässte, woraufhin er nur noch schneller lief.

Im Revier schüttelte er das Wasser aus seinen Haaren, fuhr sich mit einer Hand über das Gesicht und wischte den Regen von seiner Aktentasche. Als er seinen Namen nannte, beschlug die Glasscheibe, die ihn von dem Pförtner trennte.

Der diensthabende Beamte, Sergeant Turner, wartete bereits auf ihn und reichte ihm eine trockene Hand. In dem Dienstzimmer zog Daniel sein Jackett aus und hängte es über die Stuhllehne.

»Sie sind schnell hergekommen«, begann Turner.

Automatisch schob ihm Daniel seine Visitenkarte über den Schreibtisch. Er war oft in Londoner Polizeirevieren, aber in dem in Islington war er noch nie gewesen.

»Partner von Harvey, Hunter und Steele?«, sagte der Beamte und lächelte.

»Ich höre, es handelt sich um einen Jugendlichen?«

»Sebastian ist elf Jahre alt.«

Der Sergeant sah Daniel an, als suche er in dessen Gesicht eine Antwort. Daniel hatte sein Leben lang all seine Reaktionen perfektioniert und wusste, dass seinen dunkelbraunen Augen nichts zu entnehmen war, als er den Blick des Kriminalbeamten erwiderte.

Daniel war ein erfahrener Verteidiger jugendlicher Straftäter: als Anwalt hatte er Fünfzehnjährige, die beschuldigt wurden, Kumpels der eigenen Gang erschossen zu haben, und mehrere andere Halbwüchsige wegen Raubtaten im Drogenmilieu verteidigt. Aber nie ein richtiges Kind – nie einen kleinen Jungen. Er hatte überhaupt nur sehr wenig Kontakt zu Kindern gehabt. Sein einziger Anhaltspunkt waren seine eigenen Erfahrungen als Kind.

»Er ist doch nicht verhaftet, oder?«, fragte Daniel den Beamten.

»Im Augenblick noch nicht, aber irgendwas stimmt da nicht. Sie werden ja selber sehen. Er weiß genau, was mit diesem kleinen Jungen passiert ist… Ich spüre das. Erst nachdem wir Sie angerufen haben, haben wir seine Mutter erreicht. Sie ist vor ungefähr zwanzig Minuten hergekommen. Sie sagt, sie war die ganze Zeit zu Hause, aber es ging ihr nicht gut, und sie hätte erst vor Kurzem die Nachricht erhalten. Wir haben eine Hausdurchsuchung beantragt.«

Daniel bemerkte, wie Turners gerötete Wangen nachdrücklich nach unten sackten.

»Er steht also wirklich unter Mordverdacht?«

»Genau das, verdammt noch mal.«

Daniel seufzte und zog einen Schreibblock aus seiner Aktentasche. Er fröstelte ein wenig in seinen feuchten Kleidern, während er sich notierte, was der Polizeibeamte in Kürze von dem Verbrechen, den Zeugen und den Einzelheiten der Vernehmung des Kindes bis dahin zu berichten hatte.

Sebastian wurde im Zusammenhang mit der Entdeckung der Leiche eines anderen Kindes befragt. Der kleine Junge, den man tot aufgefunden hatte, hieß Ben Stokes. Er war am Sonntagnachmittag in einer zugewucherten Ecke des Abenteuerspielplatzes im Barnard Park offensichtlich erschlagen worden. Ein Backstein war ihm ins Gesicht geschmettert worden und hatte die Augenhöhle zertrümmert. Mit diesem Ziegelstein und Zweigen und Laub hatte der Angreifer das zerschlagene Gesicht zugedeckt. Die Leiche war unter dem hölzernen Spielhaus in der Ecke des Parks versteckt worden, und hier hatte sie am Montagmorgen einer der jungen Arbeiter gefunden, die den Abenteuerspielplatz betreuten.

»Bens Mutter meldete ihren Sohn am frühen Sonntagabend vermisst«, sagte Turner. »Sie gab an, der Junge wäre am Nachmittag nach draußen gegangen, um auf dem Bürgersteig des Richmond Crescent Fahrrad zu fahren. Er hatte nicht die Erlaubnis, die kleine Straße zu verlassen, aber als sie zur Kontrolle mal nach draußen sah, war von ihm nichts zu sehen.«

»Und Sie haben diesen Jungen zum Verhör mitgenommen, weil …?«

»Nach dem Auffinden der Leiche postierten wir einen Einsatzwagen in der Barnsbury Road. Ein Mann aus der Nachbarschaft berichtete, er hätte im Barnard Park zwei kleine Jungen sich prügeln sehen. Auf einen der Jungen passte die Beschreibung von Ben. Er sagte, er hätte den Jungen zugerufen, sie sollten aufhören, und der andere Junge habe ihn angelächelt – und gesagt, sie spielten doch nur. Als wir uns an Bens Mutter mit der Beschreibung des anderen Jungen wandten, nannte sie Sebastian Croll – den Jungen da drinnen –, der von den Stokes' nur ein paar Türen weiter wohnt. Sebastian war im Richmond Crescent allein zu Hause – das dachten wir jedenfalls –, als heute Nachmittag um vier zwei Beamte dort vorbeischauten. Sebastian erzählte den Beamten, seine Mutter wäre nicht da und sein Vater sei auf Geschäftsreise im Ausland. Wir trieben einen geeigneten Sozialarbeiter auf und nahmen ihn wenig später mit aufs Revier. Von Anfang an war klar, dass er etwas verbarg – der Sozialarbeiter bestand darauf, dass ein Anwalt hinzugezogen würde.«

Daniel nickte und klappte seinen Schreibblock zu.

»Ich bringe Sie hin«, sagte Turner.

Auf dem Weg zum Vernehmungszimmer fühlte Daniel, wie ihn die vertraute Klaustrophobie bedrückte, die er von Polizeirevieren kannte. Die Wände waren mit amtlichen Bekanntmachungen über Alkohol am Steuer, Drogen und häusliche Gewalt vollgeklebt. Alle Jalousien waren heruntergelassen und dreckig.

Das Vernehmungszimmer war fensterlos. Die Wände waren blassgrün gestrichen und völlig kahl. Sebastian saß unmittelbar vor ihm. Die Polizei hatte dem Jungen die Kleider abgenommen, und er trug jetzt einen weißen Papieranzug, der knisterte, wenn er sich auf seinem Stuhl bewegte. Der viel zu große Anzug ließ den Jungen noch kleiner und verletzlicher erscheinen – jünger als elf. Er war auffallend hübsch, fast wie ein kleines Mädchen, mit einem breiten herzförmigen Gesicht, schmalen roten Lippen und großen grünen intelligenten Augen. Seine sehr helle Haut war quer über die Nase mit Sommersprossen gesprenkelt. Sein Haar war dunkelbraun und ordentlich geschnitten. Er lächelte Daniel an, der das Lächeln erwiderte. Das Kind erschien so jung, dass Daniel fast nicht wusste, wie er mit ihm reden sollte, und alles daran setzte, um seinen Schreck zu verbergen.

Sergeant Turner begann das gegenseitige Bekanntmachen. Er war ein hochgewachsener Mann – größer noch als Daniel – und erschien zu groß für den kleinen Raum. Er beugte sich nach unten, als er Daniel Sebastians Mutter, Charlotte, vorstellte.

»Vielen Dank, dass Sie gekommen sind«, sagte Charlotte. »Sehr nett von Ihnen.«

Daniel antwortete Charlotte mit einem Nicken und wandte sich ihrem Sohn zu.

»Du bist sicherlich Sebastian?«, sagte er, setzte sich und öffnete seine Aktentasche.

»Ja, stimmt. Sie können mich ruhig Seb nennen, wenn Sie wollen.«

Daniel war erleichtert, dass der Junge so offen schien.

»In Ordnung, Seb. Freue mich, dich kennenzulernen.«

»Ich freue mich auch. Sie sind mein Anwalt, stimmt's?« Sebastian grinste, und Daniel zog eine Augenbraue hoch. Der Junge würde sein jüngster Mandant sein, aber so, wie er sich ausdrückte, erschien er selbstbewusster als andere Jugendliche, die er verteidigt hatte. Sebastians suchende grüne Augen und seine aufgekratzte, artige Redeweise entwaffneten ihn. Der Schmuck der Mutter schien mehr zu wiegen als sie selbst; der Schnitt ihrer Garderobe war teuer. Die feinen Fingerknochen ihrer Hände bewegten sich wie Vögel, als sie Sebastians Bein streichelten.

Der Kleine muss unschuldig sein, dachte Daniel, als er seinen Aktenordner aufklappte.

Kaffee, Tee und Schokoladenkekse wurden hereingebracht, und Sergeant Turner ließ sie allein, damit Daniel ungestört seinen jungen Mandanten und dessen Mutter kennenlernte.

»Darf ich bitte einen haben?«, fragte Sebastian, während er seine sauberen, schlanken Finger, die denen seiner Mutter so ähnlich sahen, über den Keksen schweben ließ.

Daniel nickte und musste über die Höflichkeit des Jungen

lächeln. Er erinnerte sich, wie er als Problemkind durch die Erwachsenenwelt gekurvt war, und fühlte sich plötzlich verantwortlich für den Jungen. Er hängte sein noch immer feuchtes Jackett über die Stuhllehne und lockerte seine Krawatte.

Charlotte fuhr sich mit den Fingern durchs Haar. Sie hielt inne, um ihre manikürten Nägel einer Prüfung zu unterziehen, dann faltete sie die Hände. Daniels eigene Mutter hatte sehr lange Fingernägel gehabt, und solcherart abgelenkt zögerte er einen Moment.

»Entschuldigen Sie«, sagte sie, hob ihre dick geschminkten Lider und senkte sie wieder. »Wird das hier lange dauern? Ich müsste mal kurz nach draußen, um Sebs Vater anzurufen und ihm zu sagen, dass Sie da sind. Er ist in Hongkong, aber er bat, ihn auf dem Laufenden zu halten. Ich werde mal gleich rasch nach Hause laufen. Man hat mir gesagt, ich könnte Seb ein paar Kleider bringen, bevor sie mit dem Verhör weitermachen. Ich kann einfach nicht glauben, dass sie ihm *alle seine Kleider* weggenommen haben. Sie haben sogar eine DNA-Probe genommen – ich meine, ich war nicht mal hier …«

Die Luft war erfüllt vom Geruch des nassen Leders seiner Aktentasche und dem schweren Duft von Charlottes Parfüm. Sebastian rieb sich die Hände und saß aufrecht da, als habe ihn Daniels Anwesenheit seltsam erregt. Er zog eine von Daniels Visitenkarten aus deren Schlitz in dem Aktendeckel und lehnte sich auf seinem Stuhl nach hinten, um sie zu bewundern.

»Eine schöne Karte. Sind Sie Teilhaber?«

»Ja.«

»Da werden Sie mich also hier rausholen können?«

»Dir wird bis jetzt nichts zur Last gelegt. Wir werden nur rasch deine Geschichte durchgehen, und dann hat die Polizei ein paar weitere Fragen an dich.«

»Die denken, ich habe dem Jungen wehgetan, aber ich nie.«

»Du meinst, du *hast es* niemals getan«, flüsterte Charlotte. »Was habe ich dir dazu gesagt?«

Daniel zog, indem er insgeheim Charlottes deplatzierter Rüge zustimmte, die Augenbrauen zusammen.

»Okay, möchtest du mir also erzählen, was am Sonntagnachmittag passiert ist?«, fragte Daniel. Er machte sich Notizen, während der Junge seine Version von der Geschichte erzählte, wie er nach draußen gegangen war, um mit dem Nachbarjungen Ben Stokes zu spielen.

»Die Stokes' wohnen nur ein paar Häuser weiter«, fügte Charlotte hinzu. »Ab und zu spielen sie miteinander. Ben ist ein netter kleiner Junge, ziemlich helle, aber er ist ein bisschen jung für Sebastian.«

»Er ist erst acht«, sagte Sebastian, lächelte Daniel an und nickte, während er ihm direkt ins Gesicht sah. Er legte eine Hand vor seinen Mund, als wollte er ein Lachen unterdrücken. »Oder sollte ich sagen, er *war* acht? Er ist ja jetzt tot, nicht?«

Daniel bemühte sich, bei Sebastians Worten nicht zusammenzuzucken.

»Findest du das komisch?«, fragte Daniel. Er blickte zu Sebastians Mutter hinüber, aber sie musterte gedankenverloren ihre Fingernägel, als hätte sie nichts gehört. »Weißt du, was ihm passiert ist?«

Sebastian schaute weg. »Ich denke, es könnte ihn jemand überfallen haben. Vielleicht ein Kinderschänder.«

»Warum sagst du das?«

»Na ja, sie haben mir alle diese Fragen gestellt. Sie denken, es ist ihm etwas passiert, nachdem ich ihn zum letzten Mal gesehen habe, und ich nehme an, wenn er tot ist, muss es ein Kinderschänder gewesen sein oder ein Massenmörder oder so was …«

Daniel sah den Jungen stirnrunzelnd an, aber der wirkte völlig gelassen, als betrachte er Bens Schicksal lediglich als eine intellektuelle Frage. Daniel drängte weiter und befragte Sebastian danach, was er gemacht habe, bevor und nachdem er am Tag zuvor nach Hause gekommen war. Der Junge äußerte sich klar und logisch.

»Okay«, sagte Daniel. Er hatte das Gefühl, als vertraue ihm der Junge. Er glaubte ihm. »Mrs. Croll?«

»Nennen Sie mich bitte Charlotte, meinen Ehenamen habe ich nie gemocht.«

»In Ordnung, Charlotte. Ich möchte nur auch Sie ein paar Dinge fragen, wenn das in Ordnung ist?«

»Natürlich.«

Daniel sah, dass sie auf ihren Zähnen etwas Lippenstift hatte, und als er sich ihr zuwandte, bemerkte er die Anspannung in ihrem kleinen Körper. Trotz der sorgfältigen Löckchen und dem präzisen Lidstrich wirkte die Haut um ihre Augen müde. Ihr Lächeln kostete sie eine Anstrengung. Wenn sie wüsste, dass sie Lippenstift auf ihren Zähnen hat, dachte Daniel, wäre sie erledigt.

»Als die Polizei heute Sebastian fand, war er allein zu Hause?«

»Nein, ich war auch da, habe aber geschlafen. Ich hatte Migräne und ein paar Tabletten dagegen genommen. Ich war total hin.«

»Als Sebastian mitgenommen wurde, sagte er dem Polizeibericht zufolge, dass er nicht wisse, wo Sie wären.«

»Oh, das war nur ein Witz. Das macht er öfter. Er veräppelt Leute gerne, verstehen Sie?«

»Ich hab sie bloß veräppelt«, wiederholte Sebastian eifrig.

»Die Polizei hatte keine Ahnung, wo Sie waren, deshalb forderte sie einen Sozialarbeiter an …«

»Wie gesagt«, entgegnete Charlotte ruhig, »ich habe ein bisschen geschlafen.«

Daniel biss die Zähne zusammen. Er fragte sich, was Charlotte verheimlichte. Er war sich über den Jungen sicherer als über dessen Mutter.

»Und am Sonntag, als Sebastian nach Hause kam, wo waren Sie da?«

»Ja, als er vom Spielen mit Ben heimkam, war ich zu Hause. Ich bin immer zu Hause …«

»Und Sie haben nichts Seltsames bemerkt, als Sebastian nach Hause kam?«

»Nein, nicht im Geringsten. Er kam einfach rein und … sah sich was im Fernsehen an, glaube ich.«

»Und um welche Uhrzeit ist er nach Hause gekommen?«

»Etwa um drei.«

»Na schön«, sagte Daniel. »Wie fühlst du dich, Seb? Hältst du die Befragung durch die Polizei noch ein bisschen länger aus?«

Charlotte drehte sich zu Sebastian um und legte ihren Arm um ihn. »Nun, es ist spät. Wir helfen ja sehr gern, aber vielleicht sollten wir es auf morgen verschieben.«

»Ich werde fragen«, sagte Daniel. »Ich kann ihnen sagen, dass er Ruhe braucht, aber vielleicht akzeptieren sie es nicht. Und falls sie einverstanden sind, lassen sie ihn möglicherweise nicht ohne Kaution frei.«

»Kaution? Was in aller Welt soll das?«, fragte Charlotte.

»Ich werde darum ersuchen, aber im Fall eines Mordes ist es unüblich.«

»Sebastian hat mit dieser Sache *nichts* zu tun«, sagte Charlotte, und die Sehnen an ihrem Hals spannten sich, als sie ihre Stimme erhob.

»Ist in Ordnung. Warten Sie hier.«

Es war fast neun Uhr abends, aber die Polizei war fest entschlossen, die Befragung fortzusetzen. Charlotte lief zum Richmond Crescent, um für ihren Sohn was zum Anziehen zu holen, und so konnte Sebastian aus seinem weißen Papieranzug in eine blaue Jogginghose und ein graues Sweatshirt wechseln. Dann wurde er wieder in das Vernehmungszimmer geführt.

Sebastian saß neben Daniel, seine Mutter auf der anderen Seite – am Ende des Tischs. Sergeant Turner saß Daniel gegenüber. Er wurde von einem zweiten Polizeibeamten begleitet, dem mürrischen Inspektor Black, der Sebastian gegenübersaß.

»Sebastian, du musst nichts sagen, aber es kann deiner Verteidigung schaden, wenn du jetzt etwas unerwähnt lässt, worauf du dich später vor Gericht stützen willst. Alles, was du sagst, kann als Beweis bewertet werden ...«

Sebastian schniefte, blickte zu Daniel hoch und zog die Ärmelbündchen seines Sweatshirts über seine Hände, während er den offiziellen Worten lauschte.

»Fühlst du dich jetzt wohl in deinen hübschen sauberen Sachen?«, fragte der Polizeibeamte. »Du weißt, warum wir dir deine Sachen weggenommen haben, nicht wahr, Seb?«

»Ja, Sie wollen nach gerichtsmedizinischen Beweisen suchen.« Sebastian äußerte sich gemessen, klar und gelassen.

»Das stimmt. Was meinst du, was für Beweise wir finden werden?«

»Keine Ahnung.«

»Als wir dich heute Nachmittag abholten, hattest du ein paar Flecken auf deinen Turnschuhen, die wie Blut aussahen, Seb. Kannst du erklären, was das für Flecken waren?«

»Ich bin nicht sicher. Ich könnte mich beim Spielen geschrammt haben. Ich weiß nicht mehr. Oder es könnte Dreck gewesen sein ...«

Sergeant Turner räusperte sich. »Meinst du nicht, dass du dich daran erinnern könntest, wenn du dich so böse geschrammt hättest, dass auf deinen Schuhen Blutflecken zurückblieben?«

»Es käme darauf an.«

»Du meinst also, es ist Blut auf deinen Schuhen, aber du glaubst, das Blut ist dein eigenes?«, fuhr der Inspektor mit von Zigaretten verwüsteter Stimme fort.

»Nein, ich hab keine Ahnung, was das für Flecken sind. Wenn ich draußen spiele, mache ich mich ziemlich oft ein bisschen schmutzig. Ich wollte nur sagen, wenn es Blut ist, dann habe ich mich wahrscheinlich beim Spielen verletzt.«

»Wie sollte das passiert sein?«

»Indem ich vielleicht auf einen Stein gefallen oder von einem Baum gesprungen bin. Ein Ast könnte mich zerkratzt haben.«

»Bist du gestern oder heute öfter von Bäumen gesprungen?«

»Nein, ich habe meistens ferngesehen.«

»Du bist heute nicht zur Schule gegangen?«

»Nein, ich habe mich heute Morgen nicht sehr gut gefühlt. Mir hat der Bauch wehgetan, deshalb bin ich zu Hause geblieben.«

»Wusste dein Lehrer, dass du heute wegen Krankheit gefehlt hast?«

»Na ja, normalerweise läuft es so, dass man eine Entschuldigung mitbringt, wenn man das nächste Mal hingeht ...«

»Wenn du heute die ganze Zeit zu Hause warst, Sebastian, wie konnte dann das Blut auf deine Turnschuhe kommen?«, fragte Sergeant Turner und beugte sich nach vorn.

Daniel roch den abgestandenen Kaffee in dessen Atem.

»Könnte es Blut von gestern gewesen sein?«

»Wir wissen nicht, ob es sich um Blut auf seinen Schuhen handelt, Sergeant. Könnten Sie vielleicht Ihre Frage anders formulieren?«, sagte Daniel und zog dem Polizeibeamten gegenüber eine Augenbraue in die Höhe. Ihm war klar, dass sie versuchen würden, dem Jungen auf diese Weise eine Falle zu stellen.

Ungehalten fragte Turner: »Waren es dieselben Schuhe, die du am Sonntag getragen hast, Sebastian?«

»Vielleicht. Ich könnte sie wieder angezogen haben. Ich erinnere mich nicht. Ich habe viele Schuhe. Ich vermute, wir müssen das einfach abwarten.«

Daniel warf Sebastian einen flüchtigen Blick zu und versuchte, sich zu erinnern, wie er mit elf gewesen war. Er erinnerte sich, dass er Hemmungen hatte, Erwachsenen in die Augen zu sehen. Er erinnerte sich an Schmerzen von Brennnesseln und an das Gefühl, schlecht angezogen zu sein. Er erinnerte sich an Wutausbrüche. Aber Sebastian war selbstsicher und redegewandt. Ein Funke in den Augen des Jungen ließ ahnen, dass er Spaß daran hatte, vernommen zu werden, trotz der Schroffheit des Kriminalbeamten.

»Ja, das werden wir. Wir werden bald herausfinden, was das für Flecken auf deinen Schuhen sind, und falls es Blut ist, wessen Blut genau es ist.«

»Haben Sie Ben etwas von seinem Blut abgenommen?«

Der Name des toten Jungen klang so schlicht, so weihevoll in dem fensterlosen Raum, wie eine vergängliche Seifenblase, die ölig und bunt vor allen in der Luft schwebte. Daniel hielt den Atem an, aber die Seifenblase platzte trotzdem.

»Wir werden sehr bald wissen, ob etwas von seinem Blut an deinen Schuhen klebt«, flüsterte Turner.

»Wenn man tot ist«, fragte Sebastian mit klarer, spöttisch klingender Stimme, »fließt dann bei einem das Blut immer weiter? Ist es noch immer flüssig? Ich dachte, es wird vielleicht fest oder so.«

Daniel fühlte, wie sich die Haare an seinen Armen aufstellten. Er sah, dass sich die Augen der Polizeibeamten angesichts der makabren Wendung des Gesprächs verengten. Daniel spürte, was sie dachten, aber er glaubte trotzdem an den Jungen. Er erinnerte sich, wie er als Kind von Erwachsenen beurteilt worden war und wie ungerecht diese Urteile gewesen waren. Sebastian war zweifellos klug, und irgendwie verstand Daniel die kuriose Verfassung des Jungen.

Es war weit nach zehn, als die Vernehmung zu Ende ging. Daniel fühlte sich erschöpft, als er zusah, wie Sebastian in seiner Zelle zu Bett gebracht wurde. Charlotte beugte sich über den Jungen und streichelte ihm das Haar.

»Ich möchte nicht hier schlafen«, sagte Sebastian und wandte sich zu Daniel um. »Können Sie nicht erreichen, dass sie mich nach Hause gehen lassen?«

»Es ist schon okay, Seb«, versuchte Daniel, ihn zu beruhigen. »Du bist wirklich sehr tapfer. Sie müssen halt gleich morgen früh wieder mit den Fragen beginnen. Hier zu schlafen, ist genauso angenehm. Zumindest bist du sicher aufgehoben.«

Sebastian blickte auf und lächelte. »Gehen Sie jetzt zur Leichenschau?«, fragte er.

Daniel schüttelte rasch den Kopf. Er hoffte, der Polizeibeamte in der Nähe der Zellen hatte nicht mitgehört. Er rief sich in Erinnerung, dass Kinder die Welt anders als Erwachsene betrachten. Selbst die älteren Jugendlichen, die er verteidigt hatte, waren in ihren Reden impulsiv gewesen, und Daniel hatte ihnen raten müssen, nachzudenken, ehe sie redeten oder handelten. Er zog sein Jackett an und fröstelte unter dessen noch immer feuchter Hülle. Kurz und knapp verabschiedete er sich von Charlotte und Sebastian und sagte, dass er sie am Morgen wiedersähe.

Als Daniel aus der U-Bahn-Station Mile Ende kam, war es nach halb zwölf, und der Sommerhimmel war marineblau. Der Regen hatte aufgehört, aber die Luft war noch immer elektrisch geladen.

Er holte tief Atem und ging los, die Krawatte in der Brusttasche, die Hemdärmel hochgekrempelt und das Jackett über eine Schulter gehängt. Normalerweise würde er den Bus nach Hause nehmen, in den 339er steigen, wenn er ihn gerade erwischte, aber heute Abend lief er einfach geradeaus die Grove

Road entlang, vorbei an dem altmodischen Friseursalon und den Imbissbuden, der Baptistenkirche und den Kneipen, die er nie betrat, und den modernen Mietshäusern, die von der Straße etwas Abstand hielten. Als er vor sich den Victoria Park erblickte, war er fast zu Hause.

Der Tag erschien ihm bedrückend, und er hoffte, dass der Junge nicht angeklagt würde und dass die gerichtsmedizinischen Beweise ihn entlasteten. Das Rechtssystem war für Erwachsene schon streng genug, geschweige denn für Kinder. Er musste jetzt allein sein – brauchte Zeit zum Nachdenken – und fühlte Erleichterung darüber, dass seine letzte Freundin vor zwei Monaten aus seiner Wohnung ausgezogen war.

Er holte sich ein Bier aus dem Kühlschrank und trank ein paar Schlucke, während er seine Post öffnete. Im Stapel ganz unten lag ein Brief in einem blassblauen Kuvert, auf das die Adresse mit Tinte per Hand geschrieben war. Der Brief war vom Regen nass geworden, und Daniels Name und Adresse waren zum Teil verwischt, aber er erkannte die Handschrift.

Er nahm einen kräftigen Zug von dem Bier, ehe er seinen kleinen Finger unter die Lasche des Umschlags schob und ihn aufriss.

Liebster Danny,
dieser Brief fällt mir schwer.

Es ist mir nicht gut gegangen, und nun weiß ich, dass ich nicht viel länger zu leben habe. Ich bin nicht sicher, ob ich später noch die Kraft haben werde, deshalb will ich Dir jetzt schreiben. Ich habe die Schwester gebeten, ihn in die Post zu geben, wenn meine Zeit gekommen ist. Ich kann nicht sagen, dass ich dem letzten Wegstück mit Freude entgegensehe, aber ich fürchte mich auch nicht vor dem Sterben. Ich möchte nicht, dass Du Dir Sorgen machst.

Ich wünschte, ich könnte Dich noch ein einziges Mal sehen, mehr nicht. Ich wünschte, Du wärst bei mir. Ich fühle mich weit weg von zu Hause und weit weg von Dir.

So viele Verfehlungen, die ich bereue, und mein Gott, Liebling, Du bist eine von ihnen – wenn nicht meine größte. Ich wünschte, ich hätte mehr für Dich getan; ich wünsche, ich hätte härter gekämpft.

Ich habe es Dir oft genug im Laufe der Jahre gesagt, aber Du musst wissen, dass ich nie etwas anderes gewollt habe, als Dich zu beschützen. Ich wollte Dich frei und glücklich und stark, und weißt Du was? – Ich denke, Du bist es.

Obwohl ich weiß, dass es falsch war, was ich getan habe, denke ich jetzt an Dich, wie Du in London arbeitest, und das verschafft mir einen merkwürdigen Frieden. Ich vermisse Dich, aber das ist mein Egoismus. In meinem Herzen weiß ich, dass Du Großartiges leistest. Ich könnte vor Stolz platzen darüber, dass Du Rechtsanwalt geworden bist, aber ich bin keineswegs überrascht.

Ich habe Dir die Farm hinterlassen, so bescheiden sie ist. Du könntest Dir das alte Haus wahrscheinlich mit einem Wochenlohn kaufen, aber vielleicht war es Dir eine Zeit lang ein Zuhause. Wenigstens wünsche ich mir das.

Ich habe immer gewusst, dass Du Erfolg haben würdest. Ich hoffe nur, dass Du auch glücklich bist. Glück ist schwerer zu erreichen. Ich weiß, dass Du es wahrscheinlich noch immer nicht verstehst, aber Dein Glück war alles, was ich mir je gewünscht habe. Ich liebe Dich. Du bist mein Sohn, ob Dir das gefällt oder nicht. Versuche, mich nicht zu hassen für das, was ich getan habe. Sprich mich davon frei, und ich werde in Frieden ruhen.

Alles Liebe,
Mum

Er faltete den Brief zusammen und steckte ihn zurück in den Umschlag. Er trank sein Bier aus und stand einen Moment da, den Handrücken gegen seinen Mund gepresst. Seine Finger zitterten.

2

»Er büxt gerne aus«, sagte die Sozialarbeiterin zu Minnie.

Daniel stand in Minnies Küche neben seiner Reisetasche, die alles enthielt, was er besaß. In ihrer Küche roch es seltsam: nach Tieren, Obst und verbranntem Holz. Das Haus war eng und dunkel, und Daniel mochte nicht bleiben.

Minnie sah ihn an, die Hände in die Hüften gestemmt. Daniel merkte sofort, dass sie freundlich war. Ihre Wangen waren rot und ihre Augen in ständiger Bewegung. Sie trug einen Rock, der ihr bis zu den Knöcheln reichte, Männerstiefel und eine lange graue Strickjacke, die sie immer wieder enger um sich zog. Sie hatte mächtige Brüste und einen dicken Bauch, und auf ihrem Kopf türmten sich viele lockige graue Haare.

»Büxt bei jeder Gelegenheit aus, die sich ihm bietet«, sagte die Sozialarbeiterin mit müder Stimme zu Minnie, und dann lauter zu Daniel: »Jetzt gibt's aber nichts mehr, wohin du ausbüxen kannst, he, Kleiner? Deiner Mum geht's schlecht, stimmt's?«

Tricia streckte die Hand aus, um Daniels Schulter zu drücken. Er krümmte sich von ihr weg und setzte sich an den Küchentisch.

Minnies Schäferhund Blitz begann, ihm die Fingerknöchel zu lecken. Die Sozialarbeiterin flüsterte Minnie »Überdosis« ins Ohr, aber Daniel hörte es trotzdem. Minnie zwinkerte ihm zu, um ihm zu verstehen zu geben, dass sie wusste, dass er es gehört hatte.

In seiner Hosentasche presste Daniel seine Finger gegen die Halskette seiner Mutter. Sie hatte sie ihm vor drei Jahren geschenkt, als sie eine Phase zwischen Liebhabern und Nüchternheit hatte. Es war das letzte Mal, dass ihm *erlaubt* worden war, sie zu sehen. Schließlich stoppte die Fürsorge alles bis auf überwachte Besuche, aber Daniel büxte immer wieder zu ihr aus. Ganz egal, wo sie auch war, er konnte seine Mutter immer finden. Sie brauchte ihn.

In seiner Hosentasche fühlte er den ersten Buchstaben ihres Vornamens, *S*, zwischen seinem Zeigefinger und dem Daumen.

Auf der Herfahrt hatte die Sozialarbeiterin Daniel im Auto gesagt, dass sie ihn nach Brampton bringe, weil in der Gegend von Newcastle ihn niemand aufnehmen wolle.

»Es ist ein bisschen weit weg, aber ich denke, Minnie wird dir gefallen«, hatte sie gesagt.

Daniel schaute weg. Tricia sah wie alle anderen Sozialarbeiterinnen aus, denen er anvertraut worden war: pissefarbene Haare und hässliche Kleider. Daniel hasste sie so wie alle anderen.

»Sie hat einen Bauernhof und sie lebt allein. *Keine Männer*. Sollte dir doch recht sein, wenn's dort keine Männer gibt, he, Kleiner? Da ist dein ganzes Theater unnötig. Du hast Glück, dass Minnie Ja gesagt hat. Inzwischen ist es richtig schwierig, dich unterzubringen. Niemand will Jungen mit allen deinen Flausen. Sieh zu, wie du zurechtkommst, und ich besuche dich Ende des Monats.«

»Ich möchte zu meiner Mum.«

»Ihr geht's nicht gut, Kleiner, deswegen kannst du nicht zu ihr. Es ist ganz in deinem Interesse. Sie braucht Zeit, damit es ihr besser geht, nicht? Du willst doch, dass es ihr besser geht, oder?«

Als sie weg war, zeigte ihm Minnie sein Zimmer. Sie hievte sich die Treppe hoch, und er beobachtete, wie ihre Hüften nach hinten und nach vorn wogten. Er musste an eine Basstrommel denken, die jemandem in einer Blaskapelle vor die Brust geschnallt ist, und die Filzschlägel bummern den Takt. Das Zimmer lag im Dach des Hauses: ein einzelnes Bett mit Blick auf den Hof hinter dem Haus, wo sie ihre Hühner und den Ziegenbock Hector hielt. Dieser Hof war die Flynn Farm.

Er fühlte sich wie immer, wenn ihm sein neues Zimmer gezeigt wurde. Ihm war kalt. Er fühlte sich fehl am Platz. Am liebsten wäre er gegangen, aber stattdessen stellte er seine Reisetasche auf das Bett. Die Tagesdecke war rosa, und die Tapete war mit winzigen Rosenknospen übersät.

»Entschuldige die Farben hier drin. Normalerweise schicken sie mir Mädchen.«

Sie sahen einander an. Minnie blickte Daniel mit weit aufgerissenen Augen an und lächelte. »Wenn alles gut geht, können wir's ja ändern, irgendwie. Du kannst dir die Farbe aussuchen, die du haben willst.«

Er sah auf seine Fingernägel.

»Deine Unterwäsche kannst du hier reinlegen, Schätzchen. Häng das Übrige dorthin«, sagte sie, während sie ihren massigen Körper in dem engen Raum umherbewegte. Eine Taube gurrte am Fenster, und Minnie klopfte gegen die Scheibe, um sie zu verscheuchen.

»Hasse Tauben«, sagte sie. »Nichts als Ungeziefer, wenn du mich fragst.«

Minnie fragte ihn, was er zum Tee wolle, und er zuckte mit den Schultern. Sie sagte, er könne zwischen Hackfleisch-Kartoffelbrei-Auflauf und Corned Beef wählen, und er entschied sich für den Auflauf. Sie forderte ihn auf, sich vor dem Abendessen Gesicht und Hände zu waschen.

Als sie ihn verließ, nahm er sein Schnappmesser aus der Hosentasche und legte es unter sein Kopfkissen. Auch ein Taschenmesser hatte er in seiner Jeans. Er räumte seine Anziehsachen weg, wie sie es verlangt hatte, seine Socken und das saubere T-Shirt jeweils auf eine Seite der ansonsten leeren Schublade. Sie sahen komisch aus so allein für sich, deshalb schob er sie dicht zusammen. Die Schublade war mit geblümtem Papier ausgelegt, das merkwürdig roch, und er fürchtete, dass seine Sachen auch so riechen könnten.

In Minnies langem schmalem Badezimmer verriegelte Daniel die Tür und setzte sich auf den Rand der Badewanne. Die Wanne war knallgelb, und die Tapete war blau. Rund um die Wasserhähne sah er Schmutz und Schimmel, und auf dem Fußboden lagen überall Hundehaare. Er stand auf und begann, sich die Hände zu waschen, wobei er sich auf die Zehenspitzen stellte, damit er in den Spiegel sehen konnte.

Du bist ein fieser kleiner Dreckskerl.

Daniel fielen diese Worte wieder ein, während er sein Gesicht, seine kurzen dunklen Haare, seine dunklen Augen, sein eckiges Kinn betrachtete. Brian war es gewesen, sein letzter Pflegevater, der das zu ihm gesagt hatte. Daniel hatte ihm die Reifen zerschlitzt und seinen Wodka ins Aquarium gekippt. Die Fische waren gestorben.

Ein kleiner Porzellanschmetterling lag auf einem Bord im Badezimmer. Er sah alt und billig aus, in knalligen Farben bemalt, die gelb und blau wie ihr Badezimmer waren. Daniel steckte ihn in die Tasche, wischte sich die Hände an seiner Hose trocken und ging nach unten.

Der Küchenfußboden war verdreckt und mit Krümeln und schmutzigen Fußspuren bedeckt. Der Hund lag in seinem Korb und leckte sich die Eier. Der Küchentisch, der Kühlschrank und die Arbeitsflächen waren mit Krimskrams überhäuft. Daniel biss sich auf die Unterlippe und nahm dies alles in sich auf.

Blumentöpfe und Kugelschreiber, eine kleine Gärtnerforke. Ein Beutel Hundekuchen, riesige Packungen Alufolie, Kochbücher, Gläser, aus denen Spaghetti ragten, schmutzige, ölverschmierte Topfhandschuhe, Lappen und Desinfektionsmittelflaschen. Neben dem vollen Mülleimer steckten zwei leere Ginflaschen. Von draußen hörte er das Gackern ihrer Hühner.

»Du sagst nicht viel, was?«, begann sie und sah ihn über ihre Schulter hinweg an, während sie die Blätter von einem Salatkopf löste. »Komm her und hilf mir, den Salat zu machen.«

»Ich mag keinen Salat.«

»Ist schon recht. Dann machen wir einen kleinen nur für mich. Dies hier sind meine Tomaten und mein Blattsalat, verstehst du. Du weißt nicht, wie Salat schmeckt, bis du nicht selber welchen gezogen hast. Komm, hilf mir dabei.«

Daniel stand auf. Sein Kopf war auf gleicher Höhe mit ihren Schultern, und er kam sich groß neben ihr vor. Sie legte ein Hackbrett vor ihm hin und reichte ihm ein Messer, dann wusch sie drei Tomaten und legte sie auf das Brett neben die Schüssel mit den Salatblättern. Sie zeigte ihm, wie man die Tomaten in kleine Keile schneidet.

»Möchtest du nicht einen probieren?« Sie hielt ihm ein Tomatenstückchen an den Mund.

Er schüttelte den Kopf, und sie steckte sich das Tomatenstück selbst in den Mund.

Er schnitt die erste Tomate auf und beobachtete, wie sie Eiswürfel in ein hohes Glas füllte, Zitronensaft darüberpresste und den Rest einer Flasche Gin daraufgoss. Als sie das Tonic hinzufügte, knackte und zischte das Eis. Sie bückte sich, um die Ginflasche zu den anderen zu stecken, dann trat sie wieder neben ihn.

»Prima«, sagte sie, »die Scheiben sind perfekt.«

Er hatte überlegt, es zu tun, seitdem sie ihm das Messer gegeben hatte. Er wollte sie nicht verletzen, aber er wollte sie erschrecken. Er wollte, dass sie die Wahrheit über ihn sofort erfuhr. Er drehte sich um und hielt ihr das Messer vors Gesicht, die Spitze nur wenige Zentimeter von ihrer Nase entfernt. Tomatenkerne klebten an seiner Schneide. Er wollte sehen, wie sich ihr Gesicht vor Angst verzog. Er wollte, dass sie schrie. Das hatte er zuvor schon bei anderen ausprobiert, und es hatte ihm ein Machtgefühl verschafft, wenn er sah, wie sie zusammenzuckten und vor Schreck zurückfuhren. Es war ihm egal, ob sie seine letzte Chance war. In ihrem stinkenden Haus mochte er nicht bleiben.

Der Hund setzte sich in seinem Korb auf und bellte. Das plötzliche Geräusch ließ Daniel zusammenzucken, aber Minnie bewegte sich nicht von ihm weg. Sie kniff ihre Lippen zusammen und stieß durch die Nase einen Seufzer aus. »Du hast erst eine Tomate geschnitten, Schatz«, sagte sie.

Ihr Blick hatte sich verändert; ihre Augen waren nicht mehr so freundlich wie in den Moment, als Daniel angekommen war.

»Hast du keine Angst?«, fragte er und packte das Messer fester, sodass es vor ihrem Gesicht ein wenig zitterte.

»Nein, mein Schatz, und wenn du so wie ich gelebt hättest, hättest du auch keine. Und jetzt schneide die letzte Tomate da.«

»Ich könnte dich erstechen.«

»Könntest du, tja …«

Daniel stach das Messer ein-, zweimal in das Küchenbrett, dann drehte er sich von ihr weg und begann, die andere Tomate in Stücke zu schneiden. Sein Unterarm tat ihm ein bisschen weh. Er hatte ihn verdreht, als er das Messer in das Brett stieß. Minnie drehte ihm den Rücken zu und trank einen Schluck von ihrem Drink. Blitz kam zu ihr, und sie ließ eine Hand herunterhängen, sodass er an ihren Fingern lecken konnte.

Als sie das Abendbrot auf den Tisch stellte, hatte er einen Bärenhunger, aber er tat, als hätte er keinen. Er aß mit dem Ellbogen auf dem Tisch und stützte mit der Hand sein Gesicht.

Sie war zum Plaudern aufgelegt und redete über die Farm und das Gemüse, das sie anbaute.

»Wo bist du her?«, fragte er sie mit vollem Mund.

»Tja, Cork ursprünglich, aber hier bin ich nun schon länger, als ich dort gewesen bin. Ich war auch eine Zeit lang in London…«

»Wo liegt Cork?«

»Wo liegt Cork? Meine Güte, weißt du nicht, dass Cork in Irland liegt?«

Daniel senkte den Blick.

»Cork ist die wahre Hauptstadt von Irland. Es ist ungefähr halb so groß wie Newcastle, immerhin«, sagte sie und sah ihn nicht an, während sie sich über ihren Salat hermachte. Sie zögerte einen Moment, dann sagte sie: »Tut mir leid, was ich über deine Mum höre. Klingt, als ginge es ihr gerade nicht sehr gut.«

Daniel hörte einen Moment auf zu essen. Er ballte die Hand um seine Gabel zur Faust und bohrte sie sachte in den Tisch. Er sah, dass sie ein goldenes Kreuz um den Hals trug. Er bestaunte einen Augenblick den winzigen Schmerzensmann, der darin eingraviert war.

»Und warum bist du hierhergekommen?«, fragte er, wobei er mit der Gabel auf sie zeigte. »Warum aus einer Großstadt hierherziehen? An den Arsch der Welt.«

»Mein Mann wollte hier leben. Wir haben uns unten in London kennengelernt. Ich habe dort als Psychiatriekrankenschwester gearbeitet, nachdem ich aus Irland weggegangen war. Er war Elektriker, unter anderem. Er ist hier in Brampton aufgewachsen. Für mich war der Ort damals so gut wie jeder andere. Er wollte hier leben, und das war herrlich für mich.« Sie trank den letzten Schluck ihres Drinks, und das Eis klapperte.

Sie hatte jetzt denselben Blick in ihren Augen wie in dem Moment, als er sie mit dem Messer bedroht hatte.

»Was ist eine Psychiatriekrankenschwester?«

»Na ja, das ist eine Krankenschwester, die sich um Leute mit Geisteskrankheiten kümmert.«

Ihre Blicke trafen sich einen Moment lang, dann guckte er weg.

»Dann bist du also geschieden?«

»Nein, mein Mann ist gestorben«, sagte sie, stand auf und wusch ihren Teller ab. Daniel betrachtete ihren Rücken, während er seinen Tee austrank. Er kratzte ein bisschen auf dem Teller.

»Es ist noch mehr da, wenn du möchtest«, sagte sie, noch immer mit dem Rücken zu ihm. Er hätte noch mehr gewollt, sagte aber, er sei satt. Er trug den Teller zu ihr, und sie bedankte sich. Dabei bemerkte er, dass ihr Blick sich verändert hatte und wieder freundlich war.

Als sie mit dem Abwasch fertig war, kam sie mit ein paar Handtüchern in sein Zimmer herauf und fragte, ob er noch etwas brauche, zum Beispiel Zahnpasta oder eine Zahnbürste.

Er saß auf dem Bett und betrachtete die roten Wirbel im Teppichmuster.

»Ich leg dir eine ins Badezimmer. Ich habe ein paar neue. Brauchst du sonst noch was?«

Er schüttelte den Kopf.

»Du hast nicht viele Sachen, was? Vielleicht müssen wir dir was zum Anziehen für die Schule kaufen.« Sie machte den Kleiderschrank auf und prüfte den Saum der einen langen Hose, die er dort hineingehängt hatte.

Daniel ließ sich auf das Bett plumpsen, steckte die Hände in die Hosentaschen und zog den kleinen Porzellanschmetterling hervor. Er machte es sich bequem und untersuchte ihn. Sie redete mit ihm, bückte sich, um Sachen vom Boden aufzuheben, und schloss die Fenster. Beim Bücken grunzte und seufzte sie leise.

»Was hast du da?«, sagte sie plötzlich.

Daniel steckte den Schmetterling wieder in die Hosentasche, aber sie hatte ihn schon gesehen. Er lächelte. Ihm gefiel der Ausdruck auf ihrem Gesicht. Es zitterte vor Besorgnis. Mit fest zusammengepressten Lippen stand sie am Fußende seines Betts und sah ihn mit gerunzelter Stirn an.

»Das gehört dir nicht.«

Er blickte zu ihr hoch. Seltsam, dass sie vor dem Messer nicht zurückgezuckt war, aber wegen eines doofen Porzellanschmetterlings durchdrehte. Sie sprach so leise, dass er sich auf dem Bett etwas aufsetzen musste, um sie zu verstehen. Er musste versuchen, nicht zu atmen.

»Daniel, ich weiß, wir kennen uns nicht allzu gut. Ich weiß, du hattest eine schwierige Zeit, und ich werde tun, was ich kann, um dir das Leben leichter zu machen. Ich erwarte gewisse Schwierigkeiten. Ansonsten wäre ich nicht in diesem Geschäft. Aber es gibt einige Dinge, die du respektieren musst. Nur so wird das hier funktionieren. Dieses Schmuckstück kannst du nicht haben. Es hat große Bedeutung für mich. Ich möchte, dass du es auf das Bord zurücklegst, wenn du dir die Zähne putzt.«

»Mach ich nicht«, sagte er. »Ich will's behalten. Es gefällt mir.«

»Gut, das kann ich verstehen. Wenn du vorsichtig bist, kannst du ein paar Tage darauf aufpassen, aber dann würde ich dich bitten, es wieder auf das Bord im Badezimmer zurückzulegen, wo wir beide uns daran erfreuen können. Überleg mal, es sind nur zwei Tage, eine besondere Gunst für dich, weil das hier dein neues Zuhause ist und ich möchte, dass du hier heimisch wirst. Aber in zwei Tagen werde ich es zurückfordern, wenn du es noch nicht zurückgelegt hast.«

So war mit Daniel noch nie geredet worden. Er war sich nicht sicher, ob sie sauer war oder ihm nachgab. Von der Anstrengung, sich aufzurichten, taten ihm die Ellbogen ein bisschen weh.

Sie zog ihre Strickjacke enger um sich und ging aus dem Zimmer. Der Geruch von Zitronensaft schwebte hinter ihr her.

3

Am Morgen stand Daniel um halb sechs auf und lief eine Zehn-Meilen-Runde um den Victoria Park und South Hackney. Gewöhnlich joggte er unter der Woche nicht, aber heute brauchte er es. Normalerweise benötigte er dafür eine Stunde zwölf, aber wenn er sich anstrengte, schaffte er es inzwischen in einer Stunde fünf. Er bemühte sich, jedes Jahr mindestens eine Minute schneller zu werden. In dieser Leistung lag eine gewisse Todesverachtung.

Laufen war für Daniel natürlicher als die meisten anderen Dinge; Flucht erschien oft als der logischste Weg.

Er hatte nicht geschlafen, aber er bemühte sich, die Zeit einzuhalten. Beim Laufen konzentrierte er sich auf verschiedene Muskeln. Er spannte seinen Oberkörper an und spürte, wie er sich von einer Seite zur anderen drehte. Als er bergauf lief, konzentrierte er sich auf seine Schenkel und den Druck in ihnen, während er das Tempo hielt. Er lebte nun schon fast acht Jahre in dieser Gegend im East End und kannte jeden Zentimeter des Parks, den er von seinem Schlafzimmerfenster aus sehen konnte. Er kannte alle Baumwurzeln, die den Weg holperig machten wie knochige Finger. Er kannte die Stellen, die im Sommer kühl waren, und die Strecken, die im Winter eisig sein konnten. Er kannte die Gegenden, die bei Regen überschwemmt waren.

Hin und wieder kamen ihm Gedanken. Wenn er sie verscheuchte, bemerkte er, dass sie ihn hatten langsamer werden lassen.

Als er jetzt in Richtung Wohnung lief, musste er wieder an den Brief denken. Er konnte nicht glauben, dass sie wirklich tot war.

Tot. Er stieß mit dem Fuß gegen einen Stein und machte einen Satz vorwärts. Außerstande, sich zu fangen, stürzte er der Länge nach hin, wobei er sich das Knie aufschürfte und Unterarm und Handballen schrammte, die zu bluten begannen.

»Scheiße«, sagte er laut und rappelte sich hoch.

Ein alter Mann mit einem übergewichtigen Labrador tippte, um Daniel zu grüßen, mit dem Finger gegen seinen Hut. »Alles in Ordnung, mein Sohn? Ganz schön hingeknallt. Das Licht ist immer komisch um diese Tageszeit.«

Er atmete zu heftig, um zu antworten, aber er versuchte, dem Mann zuzulächeln, und hob eine Hand, um ihm zu zeigen, dass alles in Ordnung war. Er wollte den Lauf fortsetzen, aber Blut lief ihm von seiner Hand am Arm entlang. Notgedrungen joggte er über die Old Ford Road und die cremefarbene Steintreppe vor seiner Wohnung nach oben.

Daniel duschte und verband seine Hand, dann zog er sich ein rosa Oberhemd mit weißem Kragen und weißen Manschetten über. Die Wunde an seiner Hand pochte, als er seine Manschettenknöpfe befestigte. Er holte tief Luft. Seitdem er den Jungen getroffen und den Brief erhalten hatte, waren die Stunden nur so verflogen. Er schaute in den Spiegel und zog die Schultern zurück, um einen klaren Kopf zu bekommen. Er wollte heute nicht über den Brief nachdenken. Er fühlte sich so, wie er sich als Kind gefühlt hatte: verwirrt, geistesabwesend, nicht sicher, wie das alles angefangen hatte oder warum es in die Brüche gegangen war.

Daniel hatte mit Charlotte verabredet, dass sie sich im Haus der Crolls treffen und dann zusammen zum Polizeirevier gehen würden. Es erschien ihm merkwürdig, dass sie nicht aufgewacht war, als die Polizei ihren kleinen Sohn mitgenommen hatte, und er wollte die Gelegenheit ergreifen, mit ihr darüber zu sprechen.

Der Richmond Crescent strahlte in der Augustsonne: schmucke Schiebefenster leuchteten über schneeweißen Simsen. Daniel stieg die Treppe zu der Haustür hinauf und lockerte seine Krawatte. Die Klingel war in Porzellan gefasst, das mit Blumen bemalt war. Daniel klingelte einmal und räusperte sich, während er über die Schulter den antiken Bentley betrachtete, der an der Bordsteinkante parkte. Er wollte gerade noch einmal auf die Klingel drücken, als die Tür von einer älteren Frau in einem Overall geöffnet wurde, die einen Staubwedel in der Hand hatte.

»Bitte kommen herein«, sagte sie mit einem Akzent, der polnisch sein konnte. Sie neigte den Kopf und bewegte sich auf das Wohnzimmer zu, wobei sie mit dem Staubwedel auf die Treppe deutete. »Mrs. Croll in Kiche.«

Allein in der Diele nahm Daniel die frischen Schwertlilien, die chinesischen Vasen und Seidenstoffe, die dunklen antiken Möbel in sich auf. Er steckte eine Hand in die Hosentasche, unsicher, wo die Küche sei. Er folgte dem Geruch nach Toast eine Treppe hinunter, die mit dickem, hellbeigem Teppich ausgelegt war, und fürchtete, seine Schuhe könnten Spuren darauf hinterlassen.

Charlotte hatte eine Sonnenbrille auf. Sie hockte über einem Kaffee und der Zeitung. Die Sonne schien in die Souterrainküche und spiegelte sich in deren weißen Oberflächen.

»Daniel«, rief Charlotte, während sie sich umdrehte. »Nehmen Sie sich einen Kaffee. Ich bin gleich fertig. Entschuldigen Sie, aber ich habe Kopfweh, und es ist so verdammt hell hier drin, selbst zu dieser gottserbärmlichen Stunde!«

Daniel, der mitten in der Küche stehen geblieben war, nickte. »Es wird heute ein heißer Tag.«

»Setzen Sie sich, trinken Sie einen Kaffee.«

»Danke. Ich habe gerade welchen getrunken.«

»Mein Mann hat in aller Herrgottsfrühe angerufen. Da war es zwei Uhr nachmittags in Hongkong.« Sie legte zwei Finger gegen ihre Schläfen, während sie in kleinen Schlucken ihren Orangensaft trank. »Er hat mich gefragt, ob man Sebastian wirklich festgenommen hat oder nicht. Er ist furchtbar wütend auf mich geworden. Ich sagte ihm, ich glaubte nicht. Ist das richtig? Ich meine… bloß weil Sebastian Ben gekannt hat… aber dann scheint es ihnen wirklich furchtbar ernst zu sein…«

»Er ist festgenommen worden, aber man hat ihn nicht angeklagt. Er ist formell belehrt worden und wird wegen Mordes vernommen, und das könnte noch ein paar Tage dauern. Sie sollten lieber darauf vorbereitet sein. Zum jetzigen Zeitpunkt denke ich, tun Sie recht, wenn Sie ihm helfen. Wir sehen mal, wie's heute läuft.«

Charlottes Miene erstarrte für einen Moment. In dem hellen Sonnenlicht bemerkte Daniel das dicke Make-up, das die Falten um ihren Mund verdecken sollte.

»Wir müssen ihm einfach helfen, auf die richtige Weise mit der Sache fertig zu werden. Wir möchten nicht, dass er sich selbst belastet, aber wir möchten sicherstellen, dass er die Fragen so vollständig beantwortet, wie ihm das möglich ist. Wenn er irgendetwas nicht sagt, was später von Bedeutung ist, kann ihm das vor Gericht zu seinen Ungunsten ausgelegt werden«, sagte Daniel.

»Gott, wie absolut lächerlich… das arme Kind dermaßen durch die Mangel zu drehen. Der Fall wird doch nicht vor Gericht gebracht werden, oder?«

»Nur, wenn die Polizei genügend Beweise hat, um ihn anzuklagen. Im Moment wird er verdächtigt, mehr nicht. Sie haben keine Beweise, eigentlich, aber das gerichtsmedizinische Gutachten ist entscheidend. Vielleicht bekommen wir den Bericht noch heute, und der wird ihn hoffentlich entlasten.« Daniel räusperte sich. Er wünschte, er könnte seinen eigenen tröstenden Worten glauben. »Sebastian ist noch nie in solchen Schwierigkeiten gewesen?«, fragte er.

»Nein, natürlich nicht. Das ist alles einfach ein schrecklicher Irrtum.«

»Und in der Schule kommt er gut zurecht – keine Schwierigkeiten mit den anderen Kindern oder mit … Schulproblemen?«

»Na ja, ich meine, er *liebt* die Schule nicht gerade. Mein Mann sagt, das liegt daran, dass er zu intelligent ist. Er wird nicht genug gefordert, verstehen Sie?«

»Dann hat er also doch Probleme?«, sagte Daniel und zog eine Augenbraue hoch, da er die Anspannung an ihrem Hals bemerkte, als sie ihren Sohn verteidigte.

»Er wird entmutigt. Er ist wirklich recht intelligent. Er schlägt seinem Vater nach, jedenfalls sagt mir das Ken immer wieder. In der Schule wissen sie einfach nicht, wie sie mit ihm umgehen sollen, wie sie … sein Potenzial freisetzen sollen. Verstehen Sie …?« Charlotte schwieg und nahm ihre Sonnenbrille ab. Daniel sah, dass ihre Augen plötzlich erwartungsvoll leuchteten. »Soll ich Ihnen ein paar von seinen Arbeiten zeigen? Er ist wirklich ein ganz außergewöhnliches Kind. Ich weiß immer noch nicht, wie ich ihn zustande gebracht habe.«

Charlotte wischte sich die Hände an ihrer Hose ab und lief die Treppe hinauf. Daniel folgte ihr. Er hatte Mühe, mit ihr Schritt zu halten, als es erst ins Erdgeschoss und dann noch mal ein Stockwerk höher ging.

Auf der ersten Etage drückte Charlotte auf die Messingklinke und öffnete die Tür zu Sebastians Zimmer. Daniel spürte eine Hemmung, einfach so einzutreten, aber Charlotte winkte ihn herein.

Das Zimmer war klein. Daniel bemerkte die Spiderman-Tagesdecke und die himmelblauen Wände. Es wirkte stiller als die Küche und war dunkler, weil das Fenster nach Norden wies. Hier herrschte eine private Sphäre, und Daniel hatte das Gefühl, er breche in sie ein.

»Schauen Sie sich das Bild hier an«, sagte Charlotte und zeigte auf eine Kohlezeichnung, die an die Wand gepinnt war. Daniel sah eine alte Frau mit einer Hakennase. Die Kohle war an manchen Stellen verwischt, und der Blick der Frau schien eine Warnung auszudrücken. »Vielleicht erkennen Sie, dass ich das bin. Er hat es für mich zu Weihnachten gezeichnet. Einer unserer Künstlerfreunde sagt, es zeigt eine recht frühreife Begabung. Ich glaube, an Ähnlichkeit ist nicht viel da, aber offenbar verrät es einen eigenen Charakter …«

Daniel nickte. Auf dem Bett waren Stofftiere aufgereiht. Charlotte bückte sich und hob Sebastians Schulranzen auf, zog Kladden heraus und blätterte sie durch zu Seiten, auf denen der Junge gelobt worden war, ehe sie sie Daniel herüberschob. Er warf einen Blick auf die Seiten, dann legte er die Kladden auf die Kommode.

Charlotte bückte sich, um ein paar Buntstifte aufzuheben, die über den Boden verstreut waren. Während Daniel sie beobachtete, bemerkte er, wie ordentlich Sebastians Hausschuhe ans Bett gestellt waren und wie er seine Bücher übereinandergestapelt hatte – die größten unten und die kleinsten oben.

»Er ist ein außergewöhnlicher Junge«, sagte Charlotte. »In Mathematik macht er fast nie Fehler, und er spielt bereits sehr gut Klavier. Nur seine Finger sind noch zu klein.«

Daniel holte tief Luft, während er sich an seine eigene Kindheit erinnerte und daran, wie ihm das Klavierspiel beigebracht worden war. Er erinnerte sich an die fast schmerzhafte Dehnung seiner kleinen jungen Hände, um die richtigen Töne zu finden.

Als Charlotte sich schließlich in der Diele zum Weggehen

bereit machte, benötigte sie einige Zeit, um sich ein Seidentuch um den Hals zu binden. Wieder bemerkte Daniel, wie zerbrechlich sie wirkte. Er sah, wie die Wirbel ihres Rückgrats hervortraten, als sie sich nach ihrer Handtasche bückte.

Er dachte an Sebastian, der in der Zelle auf Charlotte wartete. Wieder wurde er an seine eigene Mutter erinnert: Er sah sich, wie er in Sozialstationen und Polizeirevieren auf sie wartete und sich fragte, wann sie wohl käme. Erst als Erwachsener hatte er alle Bitternis dieser Jahre überwunden. Als Kind war er dankbar gewesen, dass sie überhaupt kam.

Sie gingen an der Rückseite des Barnard Parks entlang zu Fuß zum Polizeirevier Islington. Es war ein offener Teil des Parks mit Wegen und einem Fußballplatz. Die einzige Stelle, wo eine Gewalttat verborgen werden konnte, war der von Büschen und Bäumen gesäumte Abenteuerspielplatz an der Copenhagen Street. Daniel wusste, dass die Polizei bereits von der Islingtoner Gemeindeverwaltung Aufnahmen der Videoüberwachung erhalten hatte. Er fragte sich, was wohl darauf zu sehen wäre. An der Ecke der Copenhagen Street, direkt hinter den Einsatzwagen, waren zu Bens Ehren Blumen abgelegt worden. Auf dem Herweg zu den Crolls war Daniel hier stehen geblieben und hatte einige der Botschaften gelesen.

Die Wärme und Helligkeit des Morgens war aus dem Vernehmungszimmer ausgeschlossen. Sebastian saß an der Stirnseite des Tischs und Daniel und seine Mutter den Polizeibeamten gegenüber. Sergeant Turner wurde dieses Mal von Hauptwachtmeister Brown begleitet, einem mageren, hoffnungsvollen Mann, dessen Knie gegen den Schreibtisch schlugen, wenn er sich bewegte. Daniel wusste, dass irgendwo ein ganzer Raum voller Polizisten der Unterhaltung lauschte. Das Verhör wurde auf Video aufgezeichnet und von einem anderen Zimmer aus verfolgt.

»Okay, Sebastian«, sagte Sergeant Turner, »was meinst du, um welche Uhrzeit du Ben draußen auf seinem Fahrrad hast herumgondeln sehen.«

»Ich weiß nicht.«

»Kannst du dich erinnern, ob es vor oder nach dem Mittagessen war?«

»Es war danach.«

»Es war zweifellos danach«, bemerkte Charlotte. »Ich habe ihm sein Mittagessen gemacht, bevor er nach draußen ging.«

Der Polizeibeamte nahm Charlottes Unterbrechung mit einem Stirnrunzeln hin und machte sich Notizen.

»Wer kam auf die Idee, in den Park zu gehen?«

Sebastian steckte sich vier Finger in den Mund. Er verdrehte seine minzgrünen Augen zur Decke. »Ich weiß es nicht mehr.«

»Sicherlich kannst du dich daran erinnern, wessen Idee es war. Er saß auf seinem Fahrrad, und du hattest keines. War es deine Idee?«

»Ich hab doch *gerade gesagt*, ich kann mich nicht erinnern.«

Daniel beobachtete, wie die Andeutung eines Wutanfalls sich auf den Lippen des Jungen abzeichnete. Er überlegte, ob es das sei, was er am besten verstand, wenn er Sebastian ansah. An Wut erinnerte Daniel sich am meisten aus seiner Kindheit: Wut und Angst. Sebastians Selbstsicherheit hatte Daniel nie besessen, trotzdem hatte der Junge etwas, was ihm sein eigenes Bild als Kind in Erinnerung brachte.

»Was ist denn mit Ihrer Hand passiert?«, fragte Sebastian plötzlich Daniel.

Erst einmal überlegte Daniel, ob der Junge der Frage des Polizeibeamten auszuweichen oder eine Ablenkung von seiner eigenen Wut suchte. Daniel warf dem Sergeant einen Blick zu, dann antwortete er: »Ich bin hingefallen … beim Laufen.«

»Hat es wehgetan?«

»Nicht sehr.«

»Okay, Seb, um auf deine Geschichte zurückzukommen«, sagte Sergeant Turner, »einer von euch beschloss, in den Park zu gehen. Was ist dann passiert?«

Sebastian sank auf seinem Stuhl zurück und drückte sein Kinn auf die Brust.

Charlotte begann, Sebastians Bein zu streicheln. »Es tut ihm sehr leid, Sergeant, er ist einfach müde. Das Ganze ist so belastend, nicht wahr, Liebling? Ich denke, es sind einfach die Details, die ein bisschen ermüdend sind…«

»Verzeihen Sie, Mrs. Croll, aber gerade auf die Details kommt es mir an. Darf ich Sie bitten, zu schweigen und nicht für ihren Sohn zu antworten?«

Mrs. Croll nickte.

»Also, wie seid ihr in den Park gelangt, Seb?«

»Durch das Haupttor…«

»Ich verstehe. Fingst du mit Ben Streit an, als ihr im Park wart?«

Sebastian schüttelte heftig den Kopf, als wollte er eine Fliege verscheuchen.

»Du schüttelst deinen Kopf, aber es gibt einen Zeugen, der sagt, er hätte gesehen, wie sich zwei Jungen eures Alters am Haupteingang des Parks prügelten. Hat jemand mit euch geredet, als du mit Ben zusammen warst – euch aufgefordert, mit der Prügelei aufzuhören?«

»Entschuldigen Sie, Sergeant«, sagte Charlotte. »Er hat doch gerade gesagt, dass er und Ben keinen Streit miteinander hatten. Seb ist einfach kein Raufbold, verstehen Sie?«

Der Sergeant holte tief Luft, dann fragte er Sebastian, ob er eine Pause machen und einen Saft trinken wolle. Als der Junge den Raum verließ, um von Hauptwachtmeister Brown begleitet aufs Klo zu gehen, verschränkte der Sergeant seine Arme auf dem Tisch. Daniel bemerkte, wie weich und fleischig die Hände des Mannes waren.

»Ich weiß, es ist schwer, Mrs. Croll, aber könnten Sie versuchen, nicht für ihn zu antworten?«

»Ich weiß, ich will – ich kann ... Es ist wohl einfach meine zweite Natur. Ich sehe, dass er nicht so redegewandt ist, wie er das sein könnte, und ich möchte einfach helfen, die Dinge zu klären.«

»Das wollen wir doch alle – die Dinge klären. Könnten Sie vielleicht für kurze Zeit nach draußen gehen – vielleicht eine Tasse Kaffee trinken, während ich den Rest der Fragen erledige?«

Charlotte richtete sich auf ihrem Platz auf und sah Daniel an.

»Es liegt in Ihrem Ermessen«, sagte Daniel. »Sie könnten auch einwilligen zu bleiben, aber zu schweigen. Sie haben das Recht, hier zu sein.«

»Sorgen Sie dafür, dass es ihm gut ergeht?«, fragte Charlotte.

»Natürlich.«

Als Sebastian ohne seine Mutter wieder hereingeführt wurde, setzte er sich näher zu Daniel. Er wirkte zappelig, und Daniel spürte, wie der Arm des Jungen gelegentlich seinen Arm, ein Fuß sein Hosenbein streifte.

»Also, du sagst, es hätte zwischen dir und Ben keinen Streit gegeben?«

»Nein wir haben aus Spaß ein bisschen miteinander gerauft. Wir haben Verstecken und Kriegen gespielt, und als er mich zu fassen kriegte, haben wir uns im Gras gewälzt und aus Spaß gerauft.«

»Manchmal kann der Spaß außer Kontrolle geraten. Ist das passiert? Hast du es zu weit getrieben?«

Wieder liefen Sebastians Wangen vor Zorn rot an. »Nein«, sagte er. »*Ich* nicht, aber Ben hat mich ein paar Mal gehauen, und das tat weh – vielleicht war es nicht seine Absicht –, und deshalb schubste ich ihn weg.«

»Ich verstehe. Du hast Ben geschubst. Was hast du gerade gemacht, als der Mann mit dem Hund rief, du solltest aufhören? Hast du Ben geschlagen?«

»Nein.« Sebastian bekam ein gequältes Gesicht.

»Sergeant, das wird jetzt langsam sehr ermüdend«, sagte Daniel. »Ich denke, Sie werden feststellen, dass er diese Fragen bereits beantwortet hat. Können wir fortfahren?«

Sebastian seufzte schwer, und Daniel fing seinen Blick auf und zwinkerte ihm zu. Der Junge lächelte breit und versuchte zurückzuzwinkern, kniff dabei aber beide Augen zu.

»Ich kann das nicht, guck mal«, sagte er mit fest geschlossenen Augen. »Ich muss es üben.«

»Lass das jetzt bitte«, sagte der Sergeant. »Seid ihr nach eurer Rauferei zum Abenteuerspielplatz gegangen?«

Sebastian grinste mit fest geschlossenen Augen, und der Sergeant warf Daniel einen verzweifelten Blick zu. Daniel räusperte sich und berührte Sebastian sanft am Arm.

»Ich weiß, es ist hart, aber noch ein bisschen, okay, Seb?«

»Tut dir die Hand weh?«

»Nicht mehr, danke, es wird besser.«

»Hat sie geblutet?«

»Jetzt nicht mehr.«

»War sie *blut*überströmt?» Wieder waren die minzgrünen Augen weit geöffnet.

Daniel spürte überrascht, dass sein Herz schneller schlug. Er schüttelte den Kopf, straffte die Schultern und beobachtete, wie die Polizeibeamten sich die Lippen befeuchteten, während sie den Jungen musterten.

»Was geschah, als ihr auf dem Abenteuerspielplatz angekommen wart?«

»Wir sind hochgeklettert und haben an den Autoreifen gespielt, dann hab ich gesagt, ich wollte nach Hause, weil ich Hunger hatte.«

»Ich habe hier ein Foto von dem Spielplatz. Wo seid ihr geklettert?«

»Ich möchte zu meiner Mum», sagte Sebastian.

»Nur noch ein bisschen, Sebastian. Wir haben deine Mum gebeten, draußen zu warten, und du kannst sie sehen, sobald du uns erzählt hast, was passiert ist», sagte der Sergeant.

Daniel verstand, was es hieß, ein Junge in Sebastians Alter zu sein und seine Mutter nicht sehen zu dürfen – die Verzweiflung, die er über die erzwungene Entfernung zwischen ihnen empfunden hatte. Er stellte sich vor, auch Sebastian fühlte das.

»Wenn du kannst, zeige mir, wo ihr geklettert seid«, sagte der Sergeant.

»Ich weiß nicht«, wimmerte Sebastian. »Ich will zu meiner Mum …«

Daniel atmete aus und legte seine Handfläche sanft auf den Tisch. »Offensichtlich möchte mein Mandant, dass seine Mutter wieder hereingerufen wird.«

»Sie hat eingewilligt, nach draußen zu gehen, damit wir ohne sie mit ihm sprechen können.«

»Er hat das Recht, seine Mutter hier bei sich zu haben, wenn er das möchte. Wenn sie nicht hereinkommt, wird er keine weiteren Fragen beantworten.«

Die Vernehmung wurde unterbrochen, während ein Beamter Sebastians Mutter holen ging. Daniel verließ den Raum, um auf die Toilette zu gehen, und der Sergeant kam im Korridor auf ihn zu. »Hören Sie, mein Lieber, ich weiß, dass Sie Ihre Pflicht zu tun haben, aber wir beide wissen, was hier auf dem Spiel steht. Ich will Ihnen nicht sagen, was Ihre Aufgabe ist. Ich weiß, Sie möchten ihn im besten Licht darstellen – von der besten Seite das zeigen, was immer er getan hat –, aber der Kleine will die Wahrheit sagen. Er ist ein kleiner Junge, der die Wahrheit darüber sagen möchte, was er getan hat – und Sie müssen ihn das sagen lassen.

Er hat es getan; er muss bloß noch sagen, dass er's getan hat. Sie haben den kleinen zerschmetterten Leichnam nicht leibhaftig gesehen, ich aber. Sie mussten sie ja nicht trösten, die …«

»Darf ich Sie unterbrechen? Holen Sie seine Mum rein, dann können wir mit der Vernehmung weitermachen. Wenn es bedeutet, dass es länger dauert, dann wird es eben länger dauern.«

»Der Hauptkommissar hat uns gerade noch mal zwölf Stunden zugestanden.«

Daniel nickte und steckte die Hände in die Taschen.

»Damit haben wir Zeit bis Dienstagmorgen vier Uhr, aber wir ersuchen auch das Amtsgericht um mehr Zeit. Wir haben *alle Zeit der Welt*, lassen Sie sich das gesagt sein.«

Daniel betrat das Vernehmungszimmer und schlug in seinem Notizblock eine neue Seite auf. Aus der Ecke des Raums starrte sie das Auge der Kamera an.

»Sie schicken deine Mum gleich wieder rein.«

»Haben Sie die Leute angemeckert? Ich denke, Sie sind ein guter Anwalt.«

»Du hast ein Recht, deine Mum zu sehen, wenn du das willst. Meine Aufgabe ist es, dafür zu sorgen, dass du deine Rechte kennst.«

Charlottes Parfüm wehte noch vor ihr in den Raum. Sie setzte sich auf die andere Seite von Sergeant Turner. Daniel war sich sicher, dass man sie gebeten hatte, entfernt von ihrem Sohn Platz zu nehmen und zu schweigen.

Als der Sergeant mit Sebastians Vernehmung fortfuhr, sagte sie nichts, sah ihn auch nur selten an. Sie richtete ihre Aufmerksamkeit auf ihr Armband, dann auf ihren Rock, dann auf ihre Nagelhäute und dann auf Daniel. Er fühlte, wie sie ihn beobachtete, während er die Fragen des Sergeants und Sebastians wortkarge Antworten notierte.

Auf seinem eigenen Notizblock strich Sergeant Turner etwas aus und unterstrich etwas anderes. »Okay. Kehren wir zu dem Punkt zurück, an dem wir waren. Kehren wir auf den Abenteuerspielplatz zurück. Erzähl mir noch mal von dem Streit, den du mit Ben hattest.«

»Hab ich doch schon«, sagte Sebastian und ließ wieder seine unteren Schneidezähne sehen. »Es war kein Streit; es war eine *Diskussion*. Ich sagte, ich wollte nach Hause, aber er wollte mich nicht gehen lassen.«

»Erzähl mir noch mal von eurer *Diskussion*.«

Daniel nickte Sebastian zu, um ihn zu drängen, die Fragen zu beantworten. Er wollte, dass sich der Junge beruhigte. Wenn er in Wut geriet, ließ ihn das schuldig erscheinen, und Daniel wollte nicht, dass er sich selbst belastete. Wie die Polizisten wunderte auch er sich über die plötzliche Gereiztheit des Jungen, aber er wollte, dass er in seiner Geschichte logisch blieb. Daniel beschloss, um eine Pause zu bitten, sollte der Junge noch aufgeregter werden.

»Wir sind über die Autoreifen in dem hölzernen Klettergerüst ganz nach oben gestiegen«, fuhr Sebastian fort. »Es ist wirklich hoch da oben. Ich wurde müde und dachte an meine Mum und ihr Kopfweh. Ich sagte, ich wollte nach Hause gehen, aber Ben wollte es nicht. Er versuchte, mich zum Bleiben zu überreden. Dann wurde er wütend und schubste mich, und ich sagte, er soll damit aufhören.«

»*Er* hat *dich* geschubst?«

»Ja, er wollte, dass ich blieb und mit ihm spielte.«

»Machte dich das wütend, als er dich schubste? Hast du ihn auch geschubst?«

»Nein.«

»Hast du ihn vielleicht von dem Klettergerüst runtergeschubst?«

»Sie hatten Ihre Antwort, Sergeant«, sagte Daniel, und seine Stimme klang laut in dem kleinen Vernehmungszimmer.

»*Ich hab ihn nicht runtergeschubst*, aber Ben sagte, er wollte runterspringen. Er wollte Eindruck auf mich machen, verstehen Sie? Ich wollte nach Hause, und er wollte, dass ich blieb und ihm beim Springen zusehe.«

»Ben war ein kleiner Junge, nicht so groß wie du. Ihr wart wirklich hoch oben. Bist du sicher, dass er zu springen entschlossen war?«

»Worauf wollen Sie hinaus, Sergeant?«, fragte Daniel.

Der Sergeant senkte den Blick und legte seinen Kugelschreiber hin.

»Ist das wirklich so passiert, Sebastian?«

»Ja.« Er war jetzt bockig und ließ sich in den Stuhl sacken.

»Bist du sicher, dass du ihn nicht runtergeschubst hast? Hast du ihn runtergeschubst und dann vielleicht mit ihm zu raufen angefangen?«

»Nein!« Wieder schien Wut auf den Lippen und Wangen des Jungen aufzublitzen.

»Wirst du allmählich wütend, Seb?«

Sebastian verschränkte die Arme und kniff die Augen zusammen.

»Bist du wütend auf mich, weil ich es rausgefunden habe? Hast du Ben runtergeschubst?«

»Ich nie.«

»Wenn Leute wütend werden, versuchen sie manchmal, etwas zu verbergen. Verstehst du?«

Sebastian rutschte plötzlich von seinem Stuhl und fiel auf den Boden. Er lag in dem Vernehmungszimmer auf seinem Rücken und begann zu schreien. Daniel sprang auf. Sebastian schrie und heulte, und als er Daniel das Gesicht zuwandte, war es verzerrt und tränenüberströmt.

»Ich hab ihn nicht geschubst. Ich hab ihn nicht geschubst.«

»Wie ist er sonst deiner Meinung nach da runtergekommen?«

»Ich weiß nicht, ich hab ihm nicht wehgetan. Ich … ich hab ihn nicht …« Sebastians Schreie waren so schrill, dass Turner sich mit einer Hand das Ohr zuhielt.

Er dauerte einige Augenblicke, bis Daniel bemerkte, dass er den Jungen mit offenem Mund anstarrte. In dem stickigen Raum war ihm plötzlich sehr kalt – er geriet ins Schlingern, trotz seiner Erfahrung.

Turner unterbrach die Vernehmung, damit Sebastian sich beruhigen konnte. Mit spitz hervorstehenden Ellenbogen näherte sich Charlotte zaghaft ihrem Sohn. Das Gesicht des Jungen war rot vor Wut und tränenüberströmt.

»Liebling, *bitte*«, sagte Charlotte, während ihre Fingernägel zögernd über ihrem Sohn schwebten. Ihre Hände waren rot, die Adern traten hervor, und ihre Finger zitterten. »Liebling, *was um alles auf der Welt …*? Beruhige dich doch bitte. Mummy hat es nicht gern, wenn du so wütend bist. Reg dich doch bitte nicht so auf.«

Daniel wäre jetzt am liebsten gelaufen, um seine Muskeln zu strecken und das schrille Geschrei des Jungen und den verkrampften Ernst des Vernehmungszimmers hinter sich zu lassen. Er ging auf die Toilette, klatschte sich kaltes Wasser ins Gesicht und betrachtete sich in dem kleinen Spiegel, die Hände auf das Waschbecken gestützt.

Am liebsten hätte er den Fall abgegeben, nicht, weil er war, was er war, sondern aufgrund dessen, was er zu werden drohte. So wie die Polizisten Sebastian in die Zange nahmen, vermutete er, dass sie irgendwelche positiven Ergebnisse aus dem Labor erhalten hatten. Sollte der Junge angeklagt werden, würden sich die Medien darauf stürzen. Dazu fühlte Daniel sich nicht bereit. Vor nur einem Jahr hatte er den Fall eines jugendlichen Straftäters übernommen – der Junge wurde beschuldigt, auf ein anderes Gangmitglied geschossen zu haben. Der Fall war ans Old Bailey gegangen, und der Junge war zu Haft verurteilt worden. Er war ein schutzloser Mandant gewesen, mit sanfter Stimme und abgekauten Nägeln. Gerade jetzt wurde Daniel bei dem bloßen Gedanken übel, dass der Junge im Gefängnis saß. Und nun ging es schon wieder um ein Kind, das drauf und dran war, in die Mangel der Justiz zu geraten, nur war der Junge noch jünger.

Daniel stand gerade an der Pförtnerloge, als der Kriminalkommissar auf ihn zukam und ihn am Ellbogen fasste. Er war ein großer, stämmiger Mann mit grauem, kurz geschorenem Haar und verzweifelten, haselnussbraunen Augen.

»Schon gut«, sagte er und gab Daniel einen Klaps auf die Schulter. »Wir fühlen alle mit Ihnen.«

»Mir geht's gut«, antwortete Daniel. Sein Atem steckte ihm im Hals wie Schmetterlinge. Er hustete, als sie davonflatterten.

»Sind Sie aus Newcastle?«

Daniel nickte. »Und Sie?«

»Hull. Kann's bei Ihnen manchmal nicht erkennen, in Ihrem Akzent steckt viel London, stimmt's?«

»Lebe schon 'ne Zeit lang hier.«

Sergeant Turner sagte zu Daniel, Kommissar McCrum wolle ihn sprechen. Er wurde in das enge, dunkle Dienstzimmer geführt, in das Tageslicht aus einem kleinen hoch liegenden Fenster fiel.

»Bisschen beengt hier drin«, sagte der Kommissar, als er ins Zimmer trat.

Daniel seufzte unwillkürlich, aber als McCrum es hörte, lachte er leise.

»Alle machen wir das durch, trotzdem sind wir nicht daran gewöhnt.«

Daniel hustete und nickte. Zum ersten Mal verspürte er eine Nähe zu dem Mann.

»Das Schwerste, was ich jemals tun musste. Dieser armen Frau zuschauen, als sie diesen kleinen Kerl sah – auf so scheußliche Weise ermordet. Schwer … Haben Sie Kinder, Daniel?«

Er schüttelte den Kopf.

»Ich habe zwei. Man darf verdammt noch mal gar nicht darüber nachdenken, stimmt's?«

»Die Situation …«

»Die Situation hat sich verändert. Wir werden ihn wahrscheinlich des Mordes an dem kleinen Ben anklagen.«

»Mit welcher Begründung? Nach allem, was ich …«

»Man hat ihn gesehen, wie er sich mit Ben geprügelt hat, den wir am nächsten Morgen tot aufgefunden haben. Wir haben inzwischen einen mündlichen Bericht des gerichtsmedizinischen Labors, der bestätigt, dass das Blut an Sebastians Schuhen und Kleidern, die aus dem Haus mitgenommen wurden, das Blut des kleinen Ben ist. Wir werden ihn die nächsten Stunden darüber befragen. Wir werden einen Richter um mehr Zeit ersuchen, wenn wir bis zwei kein Geständnis haben. Den Durchsuchungsbefehl für das Haus der Familie haben wir heute Morgen erhalten, und die Kriminaltechniker sind immer noch dort … Wer weiß, was sie sonst noch entdecken.«

»Was ist mit dem Material aus der Videoüberwachung?«

»Das gehen wir noch durch.«

4

Am Morgen stand Daniel auf, zog sich an und ging nach unten. Minnie war nicht da, und er stand eine Weile unschlüssig in der Küche und überlegte, was er tun sollte. Er hatte eigentlich nicht geschlafen. Den Porzellanschmetterling hatte er nicht zurückgelegt, als er sich die Zähne putzte, sondern in seinem Zimmer versteckt. Er hatte sich entschlossen, ihn niemals zurückzugeben. Er wollte ihn behalten, nur weil sie ihn unbedingt zurückhaben wollte. Er wusste nicht einmal mehr, warum er ihn eingesteckt hatte, aber inzwischen hatte er einen Wert für ihn.

»Da bist du ja, Schätzchen. Hast du Hunger?«

Sie schleppte einen Kübel Viehfutter in den Flur.

»Ich mach uns Porridge, und dann führ ich dich rum. Zeige dir deine Aufgaben. Wir alle haben hier was zu tun.«

Daniel sah sie an und runzelte die Stirn. Sie redete, als hätte sie eine große Familie, dabei gab es nur sie und die Tiere.

Minnie kochte Porridge und räumte eine Stelle auf dem Tisch frei, damit sie essen konnten. Beim Essen gab sie einen komischen Laut von sich, als atmete sie den Haferbrei ein. Nachdem sie ihn runtergeschluckt hatte, machte sie als Anerkennung für den Geschmack ein Geräusch, als schnalzte sie mit der Zunge. Die Geräusche lenkten Daniel ab, und so war er als Erster fertig.

»Es gibt noch mehr, wenn du möchtest, Schätzchen.«

Wieder sagte er, er sei satt.

»Na schön. Machen wir uns an die Arbeit. Du hast keine Gummistiefel, nicht?«

Er schüttelte den Kopf.

»Kein Problem, ich habe ziemlich viele in allen Größen. Komm mit.«

Draußen öffnete sie den Schuppen und ging hinein. Es roch nach feuchter Erde. An einer Wand stand eine Reihe von Gummistiefeln, große und kleine, so wie sie es gesagt hatte. Im Ganzen zehn oder zwölf Paare. Einige in Kindergröße, und dann gab es da ein Paar riesige grüne Stiefel für einen ausgewachsenen Mann.

»Sind das alle die Kinder, die du aufgenommen hast?«, fragte er, als er ein Paar anprobierte.

»Und noch ein paar mehr«, sagte sie und bückte sich, um einen oder zwei, die umgefallen waren, wieder aufzurichten. Als sie sich bückte, rutschte ihr der Rock hinten nach oben und entblößte ihre weißen Waden.

»Wie lange nimmst du denn schon Kinder in Pflege?«

»Oh, ich weiß nicht, Liebling. Müssen inzwischen mehr als zehn Jahre sein.«

»Bist du traurig, wenn die Kinder weggehen?«

»Nicht, wenn sie irgendwo hinkommen, wo sie glücklich sind. Ein paar wurden von netten Familien adoptiert.«

»Manchmal muss man aber auch zu seiner Mama zurück …«

»Das stimmt. Manchmal, wenn's zum Guten führt.«

Seine Stiefel waren ein bisschen zu groß, aber es würde gehen. Er folgte Minnie in den Hühnerhof, dann in den Schuppen an dessen Ende. Dort drin roch es nach Urin. Hühner gluckten um seine Füße herum, und er bekam Lust, nach ihnen zu treten, wie er es im Park mit den Tauben machte, aber er hielt sich zurück.

»Ich seh mal nach Hector«, sagte sie. »Er ist alt und kann

etwas schlecht gelaunt sein. Ich versorge ihn sofort nach dem Aufstehen. Deine Aufgabe ist es, die Hühner zu füttern und nach Eiern zu suchen. Das ist hier die wichtigste Arbeit. Hector gibt es hier bloß, weil ich ihn liebe, aber Geld verdiene ich mit den Hühnern. Ich zeige dir, wie man sie füttert, und dann können wir nach Eiern suchen. Es ist einfach. Wenn du's mal begriffen hast, kannst du es jeden Morgen vor der Schule tun. Das wird deine Aufgabe sein.«

Der Hühnerhof war fast fünfzig Meter lang. Ein Teil war überdacht, aber der Rest offen. Daniel sah zu, wie sie Hände voll Futter über den ganzen Hühnerhof verstreute. Sie sagte zu ihm, er solle es auch mal versuchen, und er ahmte nach, wie sie das Futter verstreut hatte.

»Das ist Hafer«, sagte sie. »Der Bauer zwei Höfe weiter gibt ihn mir für einen Karton Eier. Aber nicht zu viel geben, wohlgemerkt. Eine oder zwei Handvoll sind genug. Sie kriegen die Küchenabfälle, und dann haben sie das Gras und die Unkräuter, die sie auch mögen. Wie viele haben wir hier, was meinst du?«

»Ungefähr vierzig«, sagte er.

Sie drehte sich um und sah Daniel sonderbar und mit leicht geöffnetem Mund an.

»Bravo, kleiner Schlaumeier. Es sind neununddreißig. Wie hast du das rausgekriegt?«

»Sieht nach so vielen aus.«

»Na schön, während sie jetzt mit Picken beschäftigt sind, gehen wir die Eier suchen. Nimm das hier …« Sie reichte Daniel eine flache Pappschale, dann betraten sie den überdachten Teil. »Man kann sehen, wo sie gesessen haben«, sagte sie. »Siehst du? Guck, hier hab ich eines. Schön dick ist es.«

Daniel mochte die Farm und ihr Haus nicht, aber diese Aufgabe gefiel ihm. Ihn durchfuhr eine lebhafte Freude, als er nach den Eiern suchte und welche fand. Sie waren schmutzig, mit Hühnerkot bespritzt und voll Federn, aber sie gefielen ihm. Er wollte sie nicht kaputt machen, so wie er sich wünschte, den Porzellanschmetterling kaputt zu machen und nach den Hühnern zu treten. Ein Ei behielt er und versteckte es in seiner Hosentasche. Es war ein kleines braunes, und er fühlte, dass es noch warm war.

Als sie fertig waren, zählten sie die Eier. Es waren sechsundzwanzig. Minnie begann, sich auf dem Hof zu schaffen zu machen und Hectors Futter vorzubereiten, während sie mit den Hühnern sprach, die gackernd um ihre Knöchel herumwuselten. Eine Mistgabel stand gegen die Wand gelehnt, und Daniel ergriff sie. Sie war fast zu schwer für ihn, aber er hob sie über seinen Kopf wie ein Gewichtheber. Sie fiel seitlich herunter.

»Vorsicht, Liebling«, sagte sie.

Daniel bückte sich und hob sie wieder auf. Minnie hatte sich gebückt, und ihr mächtiger, von dem Rock bedeckter Po ragte in die Luft. Daniel hielt die Gabel dicht an seinen Kopf, machte einen Schritt nach vorn und pikte ihr damit in den Hintern.

»He«, sagte sie und richtete sich jäh auf. »Leg das wech.« Ihr Akzent war ulkig, vor allem, wenn sie Wörter wie »wech« benutzte.

Daniel grinste, fuchtelte mit der Gabel herum und machte einen und dann noch einen Schritt auf sie zu, die Gabelenden auf ihr Gesicht gerichtet. Wieder wich sie nicht vor ihm zurück.

Daniel fühlte plötzlich einen heftigen Stoß gegen das Becken. Er ließ die Gabel fallen, und der Stoß wiederholte sich. Der Ziegenbock stieß ihm ein zweites Mal den Kopf in die untere Rückenpartie, und er stolperte nach vorn und fiel über die Gabel, das Gesicht im Matsch. Er war sofort wieder auf den Füßen und wirbelte herum, die Hände zu Fäusten geballt, bereit zu einem Kampf. Der Ziegenbock senkte den Kopf, sodass Daniel die spitzen braunen Hörner sehen konnte.

»Nein, Danny«, sagte sie, packte ihn am Ellbogen und zog ihn zurück. »Nicht! Er durchbohrt dich, wie du's nicht für möglich halten würdest. Der alte Bock hat eine Schwäche für mich. Ihm hat nicht gefallen, was du hier getan hast. Lass ihn jetzt einfach in Ruhe. Wenn er dich mit einem seiner Hörner aufspießt, ist es dein Ende.«

Daniel ließ sich wegziehen. Dabei bewegte er sich seitwärts auf das Haus zu, sodass er den Ziegenbock im Auge behalten konnte. Als er an der Haustür ankam, streckte er Hector die Zunge heraus. Der Ziegenbock griff erneut an, und Daniel flüchtete ins Haus.

Minnie sagte Daniel, er solle sich waschen und zum Ausgehen bereit machen. Das tat er, während sie in der Küche die Eier säuberte und verpackte.

Im Bad wusch er sein Gesicht und putzte sich die Zähne, dann schlich er nach oben. Das Ei in seiner Hosentasche war noch heil, und er legte es in die Schublade neben seinem Bett. Er bettete es auf einen Handschuh und legte drei Socken um es herum wie ein Nest, um es zu wärmen, schloss die Schublade und war schon auf dem Weg nach unten, als ihm noch eine Idee kam. Er ging in das Zimmer zurück, zog die Halskette seiner Mutter unter dem Kissen hervor und legte sie neben das Ei in das Nest. Er kontrollierte seinen Rücken und Hintern auf Kratzer von den Ziegenbockhörnern. Vom Hinfallen hatte er Schrammen an beiden Handtellern.

Minnie schlang sich einen rosa Wollschal um den Hals. Sie hatte noch immer denselben grauen Rock und die Stiefel an, die sie am Tag zuvor getragen hatte. Über ihre lange Strickjacke zog sie einen grünen Mantel. Er war zu eng, als dass sie ihn zuknöpfen konnte, und so verließ sie einfach so das Haus, mit offenem Mantel und baumelndem rosa Schal.

Minnie sagte, sie würden Daniel erst in der örtlichen Schule anmelden und ihm anschließend für die Schule ein paar neue Sachen zum Anziehen kaufen.

»Wir gehen zu Fuß«, sagte sie, als sie an ihrem Wagen vorbeistapften. Es war ein dunkelroter Renault, über dessen rechten Außenspiegel sich Spinnweben spannten. »Muss dir eh den Weg zur Schule zeigen, nicht?«

Daniel zuckte die Achseln und folgte ihr.

»Ich hasse Schule«, sagt er. »Ich werde sowieso wieder rausgeschmissen. Ich werde immer rausgeschmissen.«

»Tja, bei dieser Einstellung überrascht es mich nicht.«

»Was denn?«

»Denke positiv. Dann könntest du einfach überrascht sein.«

»Wie wenn ich mir für meine Mum wünsche, dass es ihr besser geht, und dann passiert es?«

Minnie antwortete nicht. Er ging einen Schritt hinter ihr.

»Ich hab es mir jedenfalls jahrelang gewünscht, und es ist nie passiert.«

»Positiv denken ist was anderes als wünschen. Was du meinst, ist bloß wünschen.«

Erst fünfzehn Meter vom Haus entfernt gelangten sie auf einen richtigen Weg. Minnie sagte, es wären zwanzig Minuten zu Fuß bis zur Schule.

Zuerst liefen sie über Ländereien, dann durch einen Park, schließlich über eine Weide mit Kühen. Beim Gehen erzählte Minnie Daniel etwas über Brampton, obwohl er ihr sagte, es interessierte ihn nicht. Er bliebe sowieso nicht lange.

Brampton liege nur zwei Meilen südlich vom Hadrianswall, erzählte sie ihm. Als er sagte, von dem Wall hätte er noch nie was gehört, erwiderte sie, eines Tages würde sie ihn dort hinbringen. Es seien zehn Meilen bis nach Carlisle und fünfundfünfzig bis nach Newcastle.

Fünfundfünfzig Meilen, dachte Daniel, während er hinter ihr hertrottete.

»Ist alles in Ordnung, Schatz?«, fragte sie. »Du siehst heute richtig niedergeschlagen aus.«

»Alles okay.«

»Was möchtest du denn gerne machen? Bin nicht an Jungs gewöhnt, das bin ich nicht. Du musst mich mal auf den neuesten Stand bringen. Was machst du denn gern, he? Fußball?«

»Ich weiß nicht«, sagte er.

Sie kamen an dem Park vorbei, und Daniel sah zu den Schaukeln hinüber. Auf einer saß ganz allein ein untersetzter Mann und brachte sich mit einem Fuß leicht ins Schwingen.

»Willste's auch mal probieren? Wir haben Zeit.«

»Dieser Typ ist da«, sagte er und blinzelte in die Sonne, die mittlerweile hoch am Himmel stand.

»Das ist bloß Billy Harper. Billy tut dir nichts. Er liebt die Schaukeln. Immer schon. Er ist in Ordnung. Würde keiner Fliege was tun. Hier in der Gegend, Schatz, kennt jeder jeden. Das ist das Schlechteste an dem Ort, das wirst du noch rausfinden. Aber das Gute daran ist: Kennst du mal von jedermann die Verhältnisse, hast du nichts zu fürchten. Es gibt keine Geheimnisse in Brampton.«

Daniel dachte darüber nach: Keine Geheimnisse, und jeder kannte deine Verhältnisse. Er kannte kleine Orte. Er war in einige gesteckt worden, als seine Mum krank war. Er mochte keine kleinen Orte. Er mochte Newcastle. Er wollte in London wohnen. Er liebte es nicht, wenn Leute seine Verhältnisse kannten.

Als wenn sie seine Gedanken gehört hätte, sagte sie: »Du magst also Newcastle?«

»Ja«, sagte er.

»Würdest du gern wieder dort wohnen?«

»Ich möchte in London wohnen.«

»Meine Güte, wirklich? London, das finde ich eine tolle Idee. Mir hat es dort gefallen. Wenn du groß bist und nach London ziehst, als was wirst du denn da arbeiten?«

»Als Taschendieb.«

Daniel dachte, sie würde ihn dafür ausschimpfen, aber sie drehte sich um und gab ihm einen leichten Stups mit dem Ellbogen. »Wie Fagin, meinst du?«

»Was ist das?«

»Hast du nicht *Oliver Twist* gesehen?«

»Vielleicht. Ja, ich glaube.«

»Da kommt ein alter Mann drin vor – Taschendieb –, nimmt ein böses Ende.«

Daniel trat gegen ein paar Steine. Eine Kuh machte kehrt und lief auf ihn zu. Daniel zuckte leicht zusammen und machte einen Satz hinter Minnie.

Sie lachte. »Och, Junge, Kühe tun dir doch nichts. Auf Bullen musst du achtgeben. Das lernst du schon noch.«

»Woran sieht man, ob es eine Kuh oder ein Bulle ist?«

»Tja, du Glückspilz. Du bist hier in Brampton. Einem Ort voller Bauern – da kannst du die Antwort schnell rausfinden.«

»Aber das da ist eine Kuh, oder?«

»Ja.«

»Eine alte Kuh wie du?«

Sie drehte sich auf dem Weg zu ihm herum, blieb stehen und sah ihn an. Sie war ein wenig außer Atem, und ihre Wangen waren rot. Das Licht in ihren Augen war wieder erloschen. Daniels Herz begann, sehr schnell zu schlagen, so wie es schlug, wenn er nach längerer Abwesenheit zu seiner Mum heimkam. Dann pochte ihm immer das Herz, wenn er die Hand auf die Türklinke legte und nicht wusste, was er hinter der Tür vorfinden würde.

»Habe ich dich beleidigt, seitdem du hier bist?«

Er sah sie mit leicht geöffnetem Mund an.

»Na?«

Er schüttelte den Kopf.

»Rede.«

»Nein, hast du nicht.«

»Ich verlange nichts weiter als die gleiche Höflichkeit. Hast du verstanden?«

Er nickte.

»Und da wir gerade dabei sind, du weißt, dass deine Zeit mit diesem Schmetterling bald um ist.«

»Was meinst du damit?«

»Ich habe gesagt, du kannst ihn ein paar Tage haben, aber jetzt will ich ihn zurück. Heute Abend, wenn du dir das Gesicht wäschst und die Zähne putzt, will ich, dass du ihn zurücklegst, hast du verstanden?«

Wieder nickte er, aber sie hatte ihm den Rücken zugekehrt.

»Ich sagte, hast du verstanden?«

»Ja«, sagte er lauter, als er es gewollt hatte.

»Gut«, sagte sie. »Ich freue mich, dass wir uns verstehen. Jetzt wollen wir das Ganze vergessen.«

Er folgte ihr den Weg hinunter, beobachtete ihre Stiefel in dem Gras und bemerkte, dass ihr Rock hinten mit Matsch bespritzt war. Seine Arme fühlten sich komisch an, und er schüttelte sie, um das schlechte Gefühl in ihnen loszuwerden.

»Schau mal!«, sagte sie, blieb stehen und zeigte auf den Himmel. »Siehst du ihn?«

»Was?«

»Einen Turmfalken! Siehst du den mit den spitzen Flügeln und dem langen Schwanz?«

Der Vogel beschrieb einen weiten Bogen am Himmel und ließ sich dann auf dem Wipfel eines hohen Baums nieder. Daniel sah ihn und hob die Hand, um ihn noch deutlicher erkennen zu können.

»Sie sind wunderschön. Wir müssen nur darauf achten, dass sie uns die Hühner nicht wegholen, wenn sie noch klein sind, aber ich finde, sie sind elegant, du nicht auch?«

Daniel zuckte die Achseln.

Die Schule war ein altes Gebäude, umgeben von baufälligen Hütten. Ihm gefiel der Anblick nicht, aber er folgte Minnie die Treppe hinauf. Da sie keinen Termin gemacht hatten, mussten sie Platz nehmen und warten. Schulen mochte er nicht, und er hatte das Gefühl, die Decke des Raums drücke ihn nieder. Wieder schien sie zu spüren, wie er sich fühlte.

»Es ist okay, Schätzchen«, sagte sie. »Du musst ja nicht heute hier anfangen. Wir müssen dich nur anmelden. Wenn sie dich eingetragen haben, besorgen wir dir ein paar neue Klamotten. Du kannst sie dir selber aussuchen. In vernünftigen Grenzen, wohlgemerkt, ich bin nicht aus Geld gemacht«, sagte sie und beugte sich zu ihm.

Sie roch geradezu blumig: die deutliche Fahne vom Gin des vergangenen Abends, aber dazu die Zitrone und der feuchte Geruch ihrer Wolle, der Hühner und irgendwie auch ein Hauch des Sommergrases, durch das sie auf dem Weg zur Schule gestreift waren. Als er sie roch, fühlte er sich ihr für einen Moment nahe.

Der Schulleiter war bereit, sie zu empfangen. Daniel erwartete, dass Minnie ihn auffordern würde, draußen zu warten, aber sie zog ihn am Ellbogen in die Höhe, und sie betraten gemeinsam das Dienstzimmer des Rektors. Er war ein Mann in mittleren Jahren mit dicken Brillengläsern. Daniel hasste ihn, ehe er sich auch nur gesetzt hatte.

Minnie brauchte Ewigkeiten, um vor dem Schreibtisch des Rektors auf dem Stuhl neben Daniel Platz zu nehmen. Sie wickelte sich aus ihrem Schal, zog ihren Mantel aus und ordnete dann umständlich ihre Strickjacke und den Rock. Daniel sah, dass sie morastige Fußspuren hinterlassen hatte, die sich von dem Warteraum bis in das Büro zogen.

»Minnie«, sagte der Schulleiter. »Immer ein Vergnügen.«

Daniel sah an dem dreieckigen Namensschild auf dem Schreibtisch, dass er Mr. F. V. Hart hieß.

Minnie hüstelte und drehte sich zu Daniel um.

»Ja«, sagte Hart. »Und wen haben Sie heute für uns?«

»Das ist Daniel«, sagte Minnie, »Daniel Hunter.«

»Verstehe, und wie alt bist du, Daniel?«

»Elf«, sagte er. Seine Stimme klang seltsam in dem Zimmer, wie eine Mädchenstimme. Daniel blickte wieder auf den Teppich und Minnies dreckige Stiefel.

Mr. Harts Augen wurden schmal, während er Daniel anblickte. Minnie machte ihre Handtasche auf und legte ein Blatt Papier vor Mr. Hart hin. Es waren die Unterlagen vom Sozialamt. Mr. Hart griff danach und zündete sich gleichzeitig seine Pfeife an, wobei er das Mundstück fest zwischen die Zähne klemmte und daran saugte, bis der giftige, dicke Rauch über Minnie und Daniel hinwegzog.

»Es scheint, wir haben noch nicht seine Papiere von der letzten Schule, auf der er war. Auf welcher Schule war er zuletzt?«

»Vielleicht könnten Sie ihn selber fragen? Er sitzt ja vor Ihnen.«

»Nun, Daniel?«

»Graves School in Newcastle, Sir.«

»Verstehe. Wir werden sie anfordern. Was für ein Schüler bist du dort gewesen, Daniel, was würdest du sagen?«

»Weiß nicht«, sagte er. Er hörte Minnie atmen und dachte, sie würde ihm vielleicht zulächeln, aber als er sich umdrehte, sah sie ihn überhaupt nicht an. Hart zog seine Augenbrauen in die Höhe, und so setzte Daniel hinzu: »Nicht der beste.«

»Warum habe ich das Gefühl, dass das eine Untertreibung ist?«, sagte Hart, zündete sich seine Pfeife erneut an und saugte daran, bis ihm Rauch aus der Nase quoll.

»Das hier ist dein Neuanfang«, sagte Minnie und sah Daniel an. »Nicht wahr? Ab jetzt nimmst du dir vor, ein echtes Vorbild zu sein.«

Er wandte sich ihr zu und lächelte, dann drehte er sich zu Hart um und nickte.

Daniel erwachte am nächsten Morgen mit dem Gedanken an die neue Schule, der schwerer auf ihm lastete als seine Bettdecken. So viele neue Schulen. Er lauschte auf die Hühner draußen im Hof und auf die Tauben, die in den Dachrinnen gurrten. Er hatte wieder von seiner Mutter geträumt. Sie lag in der alten Wohnung auf der Couch, und er bekam sie nicht wach. Er rief einen Krankenwagen, aber der war noch nicht da, und deshalb versuchte er selbst, sie wach zu machen, indem er sie von Mund zu Mund beatmete, wie er es im Fernsehen gesehen hatte.

Der Traum ähnelte einem Erlebnis, das Daniel wirklich gehabt hatte. Gary, der Freund seiner Mum, hatte ihn und seine Mum verprügelt, war dann abgehauen und hatte fast das ganze Geld und eine Flasche Wodka mitgenommen. Daniels Mutter hatte das, was ihr von ihrem Stempelgeld geblieben war, für einen Schuss ausgegeben, weil sie sagte, sie wollte sich besser fühlen. Als Daniel mitten in der Nacht aufwachte, hing sie mit halb offenen Augen von der Couch herunter. Daniel hatte sie nicht wecken können und einen Krankenwagen gerufen. Im wirklichen Leben kam der Krankenwagen schnell, und seine Mutter wurde wiederbelebt. Daniel war fünf gewesen.

Immer wieder träumte er von ihr. Jedes Mal konnte er sie nicht retten.

Daniel lag auf der Seite und griff in die Nachttischschublade. Seine Hände schlossen sich um das Ei, das inzwischen kalt wie ein Stein war. Er wärmte es in seiner Hand. Wieder langte er in die Schublade und suchte nach der billigen Goldkette, die sie um den Hals getragen und ihm eines Tages geschenkt hatte, als sie lieb war. *Als sie lieb war.*

Die Kette war weg.

Daniel setzte sich auf und zog die Schublade heraus. Das Ei

legte er auf sein Kopfkissen, dann durchsuchte er die Schublade nach der Halskette. Er drehte sie auf den Kopf und schüttelte den Socken und die Kinderbücher, die Kugelschreiber und die von Briefumschlägen abgerissenen alten Briefmarken heraus, die von ihren anderen Kindern in der Schublade zurückgelassen worden waren. Die Halskette war nicht da.

»Ich kann nicht in die Schule«, sagte er. Er hatte die Sachen an, die sie für ihn herausgelegt hatte: weißes Unterhemd und Unterhose, lange graue Hose und ein weißes Oberhemd. Er hatte das Hemd in aller Eile angezogen, und die Knöpfe waren falsch zugeknöpft. Er stand mit finsterer Miene und zu Berge stehenden Haaren vor ihr.

Minnie war gerade dabei, ihm Porridge aufzutun und für sich selbst ein Aspirin in ein Glas zu geben.

»'türlich kannst du, Liebling. Ich habe dir ein Lunchpaket gemacht.« Sie schob ihm eine Tüte mit Butterbroten zu.

Er stand zitternd vor ihr, das Ei in seiner rechten Hand. Seine sauberen Socken wurden von dem Küchenfußboden schmierig und dreckig.

»Hast du meine Halskette geklaut?« Er konnte es nur flüstern.

Minnie sah ihn erstaunt an.

»Sie lag mit dem Ei in meiner Schublade, und jetzt ist sie weg. Gib sie zurück, sofort.«

Daniel schleuderte das Ei auf den Küchenfußboden, und es zerbarst mit einem Platsch, der Blitz hastig in seinen Hundekorb springen ließ.

Minnie bückte sich und steckte die Sandwiches in seine Schultasche. Er riss ihr die Tüte weg und schleuderte sie quer über den Boden dem Ei hinterher. Sie stand sehr aufrecht da und hielt die gefalteten Händen vor sich.

»Du musst zur Schule gehen. Wenn du den Schmetterling zurücklegst, lege ich die Halskette zurück.«

»Ich hau deinen Scheiß-Schmetterling kaputt, wenn du mir nicht meine Halskette wiedergibst, du diebische alte Kuh.«

Sie drehte ihm den Rücken zu. Er dachte, er könnte vielleicht das Messer aus der Hosentasche hervorholen, aber ein Messer hatte ihr schon mal keine Angst gemacht. Er drehte sich um und rannte nach oben. Er hatte den Schmetterling unter seiner Matratze versteckt.

»Hier«, sagte er und legte ihn auf die Arbeitsfläche. »Hier ist dein blöder Schmetterling, jetzt gib mir die Kette wieder.«

Sie hatte seine Kette um den Hals. Er glaubte es einfach nicht. Sie nahm sie ab und reichte sie Daniel, dann steckte sie den Schmetterling in ihre Tasche.

»Also, was haben wir daraus gelernt, Danny?«, fragte sie, als er wieder zu Atem kam.

»Dass du eine fette diebische Schlampe bist.«

»Ich denke, wir haben gelernt, dass wir beide kostbare Dinge besitzen. Wenn du meine respektierst, werde ich deine respektieren. Weißt du noch, wie du zur Schule kommst?«

»Verpiss dich!«

Er schlüpfte in seine Schuhe, knallte die Tür zu und schleifte seine Schultasche hinter sich her. Unterwegs trat er gegen die Nesseln und Pusteblumen, die dort wuchsen. Im Gehen hob er Steine auf und warf sie nach den Kühen, aber sie waren zu weit weg. Billy Harper saß nicht auf den Schaukeln, und Daniel machte halt und verhedderte sie so, dass die anderen Kinder nicht darauf schaukeln konnten. Er hatte sich zur Schule verspätet, aber das interessierte ihn nicht.

Ihn interessierten nicht letzte Chancen oder Neuanfänge. Er wollte nur, dass alle sich verpissten und ihn in Ruhe ließen.

Fürs Zuspätkommen am ersten Tag bekam er eine Strafarbeit auf.

Seine Lehrerin hieß Miss Pringle und erinnerte ihn an den

Schmetterling. Sie trug einen hellblauen Pullover und hatte blonde Haare, die ihr bis über die Schultern reichten. Auf einer der Gesäßtaschen ihrer engen Jeans prangte eine gestickte Rose. Sie war die jüngste Lehrerin, die er je gehabt hatte.

»Würdest du dich bitte an den blauen Tisch setzen, Daniel?«, sagte Miss Pringle. Sie beugte sich ein wenig vor, um mit ihm zu reden, und klemmte ihre zusammengepressten Handflächen zwischen ihre Knie.

Er nickte und setzte sich an den Tisch, der neben ihrem Pult stand. An dem Tisch saßen zwei andere Jungs und zwei Mädchen. Ein Stück blaues Papier war auf die Mitte des Tischs geklebt. Daniel setzte sich, die Hände unter dem Tisch, und schaute auf eine Stelle im Fußboden neben Miss Pringles Pult.

»Liebe Mädchen und Jungen, mit Freuden heißen wir Daniel in unserer Klasse willkommen. Würdet ihr ihn bitte in unserer Klasse willkommen heißen?«

Willkommen in unserer Klasse, Daniel.

Er spürte, wie sich seine Schultern zusammenkrümmten, als er ihre Blicke auf sich gerichtet fühlte.

»Daniel ist von Newcastle hierhergezogen. Wir alle lieben Newcastle, nicht wahr?«

Es folgte ein Durcheinander an Kommentaren und allgemeinem Stühlescharren. Daniel blickte zu der Lehrerin auf. Sie schien ihm eine Frage stellen zu wollen, entschied sich dann aber anders. Er war ihr dankbar.

Den ganzen Morgen hindurch strich Miss Pringle ihm immer wieder über den Rücken, wenn sie neben ihm in die Hocke ging, um zu sehen, ob alles in Ordnung sei. Er tat nicht das, wozu sie die Schüler aufgefordert hatte, und sie dachte, er hätte sie nicht richtig verstanden.

Die Jungs an seinem Tisch hießen Gordon und Brian. Gordon sagte, ihm gefalle Daniels Motorrad-Griffelkasten, den

Minnie ihm gekauft hatte. Daniel lehnte sich über den Tisch und flüsterte Gordon zu, wenn er das Kästchen anfasse, würde er ihn erstechen. Daniel sagte, er habe ein Messer. Die Mädchen an dem Tisch lachten, und er versprach, es ihnen zu zeigen.

Die Mädchen hießen Sylvia und Beth.

»Meine Mum hat mir erzählt, du bist das neue Flynn-Pflegekind«, sagte Sylvia.

Daniel ließ sich auf den Tisch über die Kladde sacken, die er mit Bildern von Pistolen vollgekritzelt hatte, obwohl Miss Pringle zu ihnen gesagt hatte, sie sollten über ihr Lieblingshobby schreiben.

Beth beugte sich herüber und zog Daniel die Kladde weg.

»Gib sie wieder her«, sagte er zu ihr.

»Wie lange wohnst du denn schon hier?«, fragte Beth mit vor Schadenfreude aufgerissenen Augen und hielt die Kladde so, dass er nicht darankam.

»Vier Tage. Gib mir meine Kladde wieder, oder ich zieh dich an den Haaren.«

»Wenn du mich anfasst, tret ich dir in die Eier. Mein Dad hat mir gezeigt, wie das geht. Du weißt doch, dass die alte Flynn 'ne irische Hexe ist, oder? Hast du schon ihren Besenstiel gesehen?«

Daniel zog Beth an den Haaren, aber nicht so fest, dass sie schreien musste. Er langte über den Tisch und schnappte sich seine Kladde.

»Pass bloß auf. Sie kocht aus allen Kindern Stew. Sie hat ihre eigene Tochter gefressen und dann ihren Mann mit dem Schürhaken vom Herd erschlagen. Hat ihn blutend im Garten hinter dem Haus liegen gelassen, und das Blut ist über den ganzen Rasen gelaufen …«

»Was ist hier los?« Miss Pringle stand da, die Hände an den Hüften.

»Daniel hat mich an den Haaren gezogen, Miss.«
»Wir petzen nicht, Beth.«

Auf dem Schulhof aß Daniel zur Mittagszeit die Sandwiches mit Käse und Pickles, die Minnie ihm gemacht hatte, und sah den Jungen beim Fußballspielen zu. Dazu setzte er sich auf die Mauer, schniefte und versuchte, jemandes Blick auf sich zu ziehen. Als er mit seinem Lunch fertig war, warf er die Tüte auf die Erde. Der Wind schnappte sie sich und fegte sie zu den Abflussrinnen des Spielfelds dicht am Drahtzaun. Er steckte die Hände in die Taschen und beugte sich vor. Es war kalt, aber er konnte nirgendwo hin, bis es Zeit war, wieder hineinzugehen. Er sah ihnen gern beim Spielen zu.

»Willste mitspielen, Mann? Auf ein Tor?«

Der Junge, der ihn das fragte, war klein wie Daniel und hatte rote Haare, und seine lange graue Hose war mit Matsch bespritzt. Er wischte sich die Nase mit seinem Ärmel, während er auf Daniels Antwort wartete.

Daniel hüpfte von der Mauer und ging auf ihn zu, die Hände in den Hosentaschen.

»Klar, Mann.«

»Kannst du Fußball?«

»Ja.«

Das Spiel gab ihm ein gutes Gefühl. Seit dem Streit mit Minnie über die Halskette hatte ihm etwas Schweres, Dunkles im Magen gelegen, und er fühlte, wie es sich für einen Moment auflöste, als er über das morastige Spielfeld rannte. Am liebsten hätte er ein Tor geschossen, um sich zu beweisen, aber es gab keine Gelegenheit dazu. Er spielte mit viel Einsatz und war außer Atem, als die Klingel ertönte.

Der Junge, der ihn zum Mitspielen aufgefordert hatte, kam am Ende zu ihm. Er lief neben Daniel her, den Ball unter den Arm geklemmt.

»Du spielst gut. Du kannst morgen wieder mitspielen, wenn Kev nicht zurückkommt.«

»Ja.«

»Wie heißt du?«

»Danny.«

»Ich bin Derek. Bist du der Neue?«

»Ja.«

Ein Junge mit schwarzen Haaren versuchte, Derek den Ball aus den Händen zu schlagen.

»Hör auf. Das ist meiner. Das hier ist Danny.«

»Ich weiß«, sagte der Junge mit den schwarzen Haaren. »Du bist das neue Pflegekind auf der Flynn Farm, stimmt's? Wir sind die Nachbarfarm. Meine Mum hat mir erzählt, dass Minnie die Hexe einen Neuen hat.«

»Warum nennst du sie Hexe?«

»Weil sie eine ist«, sagte Derek. »Pass lieber gut auf. Sie hat ihre Tochter umgebracht und dann ihren Mann auf dem Rasen vorm Haus gekillt. Jeder weiß das.«

Keine Geheimnisse, erinnerte sich Daniel. *Jedermann kennt deine Verhältnisse.*

»Meine Mum hat ihren Mann sterben sehen und den Krankenwagen gerufen, aber es war zu spät«, sagte der Junge mit den schwarzen Haaren. Er grinste Daniel an, sodass man die Abstände zwischen seinen Zähnen sah.

»Warum muss sie denn 'ne Hexe sein? Sie könnte doch genauso gut 'ne Mörderin sein?«

»Und warum wurde sie nie angeklagt? Mein Dad sagt, man muss sie bloß ansehen, um zu wissen, dass sie nicht richtig ist. Du könntest wie ihr letztes Pflegekind enden.«

»Was meinst du damit?«

»Sie war nur einen Monat bei Minnie. Niemand in der Schule hat auch nur ihren Namen gekannt. Richtig stilles Mädchen. Sie kriegte 'nen Anfall auf dem Schulhof und ist gestorben.«

Der Junge mit den schwarzen Haaren ließ sich auf den Boden fallen, um den Anfall vorzuspielen. Er lag mit gespreizten Beinen da und wedelte zittrig und wie elektrisiert mit den Armen herum.

Daniel sah sich das an. Er hatte plötzlich Lust, ihm einen Tritt zu versetzen, tat es aber nicht. Er zuckte die Achseln und folgte den Jungen ins Schulgebäude.

5

Nach seinem Lauf fror Daniel. Aber er genoss die herrliche Kühle, weil er wusste, in der U-Bahn würde es an einem Tag wie diesem stickig sein. Während er seine Krawatte band, warf er im Spiegel einen Blick in das Zimmer hinter ihm, wo das Licht der Morgensonne durch das Schlafzimmerfenster strömte. Er musste bis halb neun im Polizeirevier sein, damit die Befragung erneut beginnen konnte, aber er ließ sich wie immer Zeit, den Knoten sorgfältig zu binden, und unterdrückte ein Gähnen.

Am Abend zuvor, bei einem Bier nach Mitternacht, hatte er die Nummer vom City General Hospital in Carlisle herausgesucht. Er hatte beschlossen, nicht anzurufen, hatte sich aber die Nummer trotzdem notiert. Er wusste, falls Minnie wirklich krank wäre, hätte man sie dorthin gebracht. Nur der Gedanke, dass sie krank sein und sterben könnte, versetzte ihm einen Schmerz in der Brust und zwang ihn, tief Luft zu holen. Dem wich allmählich die glühende Wut auf sie, die ihm die Kehle austrocknete – und das nach all der Zeit. Er würde sie nicht anrufen. Sie war für ihn sowieso schon seit Jahren gestorben.

In dem Vernehmungszimmer atmete Daniel die abgestandene Luft der gestrigen Fragen, während er auf Sebastian wartete. Sergeant Turners Augen waren trübe. Der Ältere zupfte vorsichtig an seinem Kragen und zog seine Manschetten gerade.

Daniel wusste, dass die Polizei einen mündlichen Bericht von der Gerichtsmedizin erhalten hatte, der bestätigte, dass an Sebastians Kleidung Blut war, das man eindeutig als Ben Stokes' Blut identifiziert hatte. Das Material der Videoüberwachung war von der Polizei gesichtet worden, die noch bestätigen musste, dass die Jungen darauf zu sehen waren.

Sebastian war müde, als ihn der Beamte hereinführte. Charlotte folgte und nahm ihre Sonnenbrille erst ab, als sie sich setzte. Ihre Finger zitterten.

Sergeant Turner erledigte den routinemäßigen Ablauf, indem er sich auswies und Datum und Uhrzeit feststellte. Daniel zog die Kappe von seinem Kugelschreiber und wartete darauf, dass die Befragung anfing.

»Wie geht es dir heute Morgen, Sebastian?«, fragte Sergeant Turner.

»Gut, danke«, antwortete Sebastian. »Ich hatte französischen Toast zum Frühstück. Er war allerdings nicht so gut wie der von Olga.«

»Olga macht dir welche, wenn du nach Hause kommst«, sagte Charlotte mit rauer, fast heiserer Stimme.

»Du erinnerst dich, dass wir dir deine Kleider weggenommen haben, Sebastian, um sie zur Untersuchung ins Labor zu schicken?«

»Natürlich erinnere ich mich.«

»Nun, wir haben von dem Labor einen mündlichen Bericht, in dem steht, dass die roten Flecken auf deinem Hemd wirklich Blut sind.«

Sebastian spitzte die Lippen, als wollte er jemandem einen Kuss geben. Er lehnte sich auf seinem Stuhl nach hinten und zog eine Augenbraue in die Höhe.

»Weißt du, von wem das Blut auf deinem Hemd gewesen sein könnte, Sebastian?«

»Von einem Vogel.«

»Ach ja? Hast du denn einen Vogel verletzt?«

»Nein, aber ich habe mal einen toten Vogel gefunden und ihn aufgehoben. Er war noch warm, und sein Blut war ganz klebrig.«

»Hast du den toten Vogel an dem Tag gefunden, an dem Ben getötet wurde?«

»Das weiß ich nicht mehr genau.«

»Nun, es hat sich herausgestellt, dass das Blut auf deinem Hemd von keinem Vogel stammt. Es ist menschliches Blut. Es ist Ben Stokes' Blut.«

Sebastian musterte die Ecken des Raums, und Daniel war sich sicher, dass er den Jungen lächeln sah. Es war kein breites Lächeln, eher ein leichtes Zucken seiner Lippen. Daniel fühlte sein Herz schlagen.

»Weißt du, wie Bens Blut auf dein Hemd gekommen sein könnte, Sebastian?«

»Vielleicht hatte er sich geschnitten, und als wir spielten, hat er es irgendwie an mir abgewischt.«

»Nun, die Fachleute, die sich dein Hemd angesehen haben, können eine Menge über die Art des Blutes aussagen, das an deinem Hemd ist. Es hat sich herausgestellt, dass das Blut an deinem Hemd sogenanntes ausgeatmetes Blut ist. Das ist Blut, das aus Bens Mund oder Nase gesprudelt ist …«

Charlotte bedeckte ihr Gesicht mit den Händen. Ihre langen Fingernägel reichten über ihre Stirn bis hinauf zu den Haarwurzeln.

»Es findet sich auch ein Sprühnebel aus Blut auf deiner Hose und deinen Schuhen. Das ist Blut, versprüht auf Grund einer Gewalteinwirkung …«

Jetzt hatte Sebastian beide Augenbrauen hochgezogen. Er blickte hinauf in die Kamera. Für einen Augenblick war Daniel wie erstarrt. Es war der Anblick des hübschen kleinen Jungen, der ins Auge der Obrigkeit aufblickt; all die unsichtbaren Leute, die ihn ein Stockwerk höher beobachteten, diese kindliche Miene betrachteten und Gründe für die Schuld zu finden versuchten. Daniel fielen die Heiligen wieder ein, zu denen Minnie gebetet hatte, während sie die Perlen ihres Rosenkranzes durch ihre weichen, dicken Finger gleiten ließ. Es waren Pfeile auf den heiligen Sebastian herabgeregnet, doch er war am Leben geblieben. Daniel konnte sich nicht erinnern, wie er gestorben war, aber es war ein gewaltsamer Tod gewesen. Und als die Polizeibeamten weitere Beweise für Sebastians Schuld vorlegten, fühlte Daniel eine umso stärkere Notwendigkeit, ihn zu verteidigen. Der Zeuge hatte sich gemeldet und ausgesagt, er habe viel später an dem Tag gesehen, wie sich Sebastian mit Ben auf dem Abenteuerspielplatz prügelte, nachdem er nach Aussage von Sebastians Mutter längst nach Hause gekommen war, obwohl das durch die Videoüberwachung nicht bestätigt wurde. Daniel ließ sich weder dadurch noch durch die Gerichtsmedizin Bange machen. Oft genug hatte er derartige Beweise erschüttert.

Daniel spürte die Erregung der Polizeibeamten, während sie mit ihren Fragen weitermachten. Er wartete darauf, dass sie die Linie übertreten würden – er wünschte sich geradezu, dass sie zu weit gehen würden, damit er der Sache Einhalt gebieten konnte.

»Kannst du erklären, wie Bens Blut auf deine Kleidung gekommen sein könnte, Seb?«, fragte Turner nun. »Die Wissenschaftler sagen uns, diese Art Blut auf deinen Kleidern könnte darauf hindeuten, dass du Ben verletzt hast, sodass er geblutet hat.«

»Könnte darauf hindeuten«, sagte Sebastian.

»Wie bitte?«

»Das Blut *könnte darauf hindeuten*, dass ich ihn verletzt habe. Hindeuten bedeutet, Sie wissen es nicht mit Bestimmtheit …«

Daniel sah leise Wut in Turners Gesicht aufsteigen. Sie wollten den Jungen zur Strecke bringen – das war der Zweck dieser ermüdenden Befragung –, aber Sebastian erwies sich als ihnen überlegen.

»*Du* weißt es doch mit Bestimmtheit, nicht wahr, Sebastian. Sag uns, was du mit Ben gemacht hast.«

»Ich hab's Ihnen schon gesagt«, antwortete Sebastian, dessen untere Schneidezähne über der Unterlippe zum Vorschein kamen. »Ich hab ihn nicht verletzt. Er hat sich selber verletzt.«

»Wie hat er sich denn selbst verletzt, Sebastian?«

»Er wollte Eindruck auf mich machen, deshalb ist er vom Klettergerüst runtergesprungen und hat sich dabei verletzt. Er hat sich den Kopf angeschlagen und aus der Nase geblutet. Ich habe nachgesehen, ob er okay war, und da habe ich wahrscheinlich sein Blut abgekriegt.«

Trotz seiner Gereiztheit schien diese neue Aussage Sebastian zufriedenzustellen. Er setzte sich aufrecht hin und nickte leicht, als wollte er deren Glaubwürdigkeit bekräftigen.

Um sieben Uhr am Mittwochabend brachte man Sebastian und seiner Mutter das Abendessen, das sie im Zellentrakt aßen. Es bedrückte Daniel, ihnen dabei zuzusehen. Charlotte aß wenig. Daniel folgte ihr, als sie für eine Zigarette nach draußen ging. Es regnete wieder. Er schlug den Kragen seines Jacketts hoch und steckte die Hände in die Taschen. Der Geruch des Zigarettenrauchs drehte ihm den Magen um.

»Sie haben gerade gesagt, dass sie ihn anklagen werden«, sagte Daniel.

»Er ist unschuldig, das wissen Sie.« Ihre großen Augen waren flehend.

»Aber sie werden ihn anklagen.«

Charlotte wandte sich leicht von ihm weg, und er sah, wie ihre Schultern zuckten. Erst als sie die Nase hochzog, wurde ihm klar, dass sie weinte.

»Nicht doch«, sagte Daniel, der sich fast als ihr Beschützer fühlte, »sollen wir es ihm gemeinsam sagen? Er hat gerade jetzt Ihre Kraft nötig.« Daniel war sich nicht sicher, warum er das sagte – er hielt Distanz zu seinen Mandanten –, aber ein Teil von ihm erinnerte sich immer wieder daran, wie er als kleiner Junge in Schwierigkeiten mit einer Mutter gesteckt hatte, die außerstande war, ihn zu beschützen.

Charlotte zitterte noch immer, aber Daniel sah, dass sie die Schultern straffte und tief Luft holte. Durch das V ihres Pullovers wurde ihr Brustkorb sichtbar. Sie drehte sich um und lächelte ihn an. Die Haut um ihre Augen war noch tränenfeucht.

»Wie alt sind Sie?«, fragte sie, und ihre langen Fingernägel lagen plötzlich auf Daniels Unterarm.

»Fünfunddreißig.«

»Sie sehen jünger aus. Ich möchte Ihnen nicht schmeicheln, aber ich dachte, Sie wären noch keine dreißig. Sie sehen gut aus; ich habe mich gefragt, ob Sie alt genug wären für dieses … um gewieft genug zu sein, meine ich.«

Daniel lachte und zuckte mit den Schultern. Er schaute auf seine Füße. Als er wieder nach oben blickte, sah er, dass ihre Zigarette nass wurde. Warme Regentropfen hingen an ihren starren Locken.

»Ich mag Männer, die auf sich achten.« Sie zog gegen den Regen die Nase kraus. »Also, sie klagen ihn an, und was dann?« Sie saugte heftig an ihrer Zigarette, und ihre Wangen wurden hohl. Ihre Rede war schroff, aber Daniel sah, dass sie noch immer zitterte. Er wunderte sich über ihren Mann in Hongkong und dass er ihr diese Sache so ganz allein überließ.

»Morgen früh wird er als Erstes vor dem Jugendgericht erscheinen. Der Fall selbst wird wahrscheinlich an den Strafgerichtshof gehen, also wird es in etwa zwei Wochen eine Verteidigungs- und Gerichtszuständigkeitsanhörung geben …«

»Verteidigungsanhörung? Natürlich ist er nicht schuldig.«

»Das Einzige ist, dass sie verlangen werden, dass er das ganze Verfahren über in Haft bleibt, möglicherweise in einer Jugendarrestanstalt. Bis zum Prozess werden es ein paar Monate sein. Wir werden natürlich darum bitten, dass er gegen Kaution freikommt, aber in Mordfällen neigt der Richter dazu, auf Haft zu entscheiden, selbst bei einem Kind.«

»Mord. Fälle. Mord. Wir können zahlen, verstehen Sie? Ganz egal, was es kostet.«

»Wie gesagt, ich besorge Ihnen einen guten Prozessanwalt, und die werden sich streiten, aber wir müssen darauf vorbereitet sein, dass er vor dem Prozess einige Zeit in Haft ist.«

»Wann wird der Prozess stattfinden?«

»Das kommt drauf an. Ich würde denken, spätestens im November ...«

Charlotte hielt sich die Hand vor den Mund, während sie nach Luft schnappte. »Und seine Verteidigung?«

»Wir werden zur Verteidigung mit potenziellen Zeugen Kontakt aufnehmen und sachverständige Zeugen instruieren, in diesem Fall Psychiater, Psychologen ...«

»Warum denn, um alles auf der Welt?«

»Nun, man wird Sebastian beurteilen – ob er fit oder geistig gesund genug ist, um den Prozess durchzustehen.«

»Machen Sie sich nicht lächerlich. Er ist geistig vollkommen gesund.«

»Aber sie werden auch über das Verbrechen selbst reden und überprüfen, ob Sebastian reif genug ist, die Straftat zu begreifen, die ihm zur Last gelegt wird.«

Sie saugte heftig am letzten Rest ihrer Zigarette. Es war ein Stummel, der zwischen ihren manikürten Nägeln klemmte, und dennoch saugte sie daran. Daniel sah den Lippenstift an dem Stummel und die Nikotinflecken an ihren Fingerspitzen. Er erinnerte sich an die gelben Fingerspitzen seiner eigenen Mutter und die Umrisse ihres Schädels, wenn sie inhalierte. Er erinnerte sich an den nagenden Hunger, wenn er zusah, wie sie einen Zehner gegen Drogen eintauschte. Er erinnerte sich an Dauerlutscher zum Abendbrot und dass er sie immer zu schnell zerkaute.

Er schloss die Augen und holte tief Luft. Er wusste, es war der Brief, nicht Charlotte, der diese Erinnerungen wachgerufen hatte. Er schüttelte den Kopf, als wollte er sie loswerden.

Es war sieben Uhr abends. Der süße Duft von Sebastians heißer Schokolade verbreitete sich besänftigend im Vernehmungszimmer.

Sergeant Turner räusperte sich. Die schriftliche Ankündigung der Anklage wurde Charlotte und Daniel als den zuständigen erwachsenen Vertretern übergeben.

»Sebastian Croll, dir wird folgendes Verbrechen zur Last gelegt: am Sonntag, dem achten August 2010 Benjamin Tyler Stokes ermordet zu haben.«

»Toll«, antwortete Sebastian. Er hielt den Atem an, als wolle er gleich einen Kopfsprung machen.

Daniel fühlte, wie sich ihm die Kehle zuschnürte, während er den Jungen beobachtete. Auf der einen Seite bewunderte er dessen Unverschämtheit, auf der anderen fragte er sich, was er verbarg. Er blickte zu Charlotte hinüber, die ihre Ellbogen umklammerte und leicht hin und her schaukelte. Es war, als sollte sie statt ihres Sohnes angeklagt werden.

Die Antwort des Jungen ließ Turner einen Moment lang zögern. Sebastian wandte sich an seine Mutter: »Ich hab's nicht getan, Mammi!«

Charlotte legte ihm eine Hand aufs Bein, um ihn zu beruhigen. Er begann, mit vorgeschobener Unterlippe an seinen Fingernägeln herumzupolken.

»Du musst jetzt gar nichts sagen, aber es könnte deiner Verteidigung schaden, solltest du jetzt etwas verschweigen, worauf du dich später beim Prozess berufst. Alles, was du sagst, kann als Beweis herangezogen werden.«

»Ich hab's nicht getan, das weißt du. Mum, ich hab's nicht getan«, sagte Sebastian.

Er fing an zu weinen.

Daniel war am nächsten Morgen um 8.55 Uhr dort, als der Gefangenentransporter vorfuhr, um Sebastian abzuholen. Daniel stand mit verschränkten Armen da, während der Junge mit Handschellen um seine dünnen Handgelenke aus seiner Zelle geführt und in den Käfig auf der Rückseite des Lieferwagens bugsiert wurde. Charlotte weinte hinter ihrer Sonnenbrille. Sie packte Daniel am Unterarm, als die Käfigtüren geschlossen und verriegelt wurden.

»Mammi!«, rief Sebastian von drinnen. »Mammi!« Seine Schreie klangen wie ein Nagel, der über die Metallverkleidung des Lieferwagens kreischte. Daniel hielt den Atem an. Er hatte das mit so vielen Mandanten passieren sehen. Menschen, für die zu kämpfen er bereit war, Menschen, die er bewunderte; Menschen, die er verachtete. Dieser Augenblick war für ihn immer voller Ruhe gewesen. Er signalisierte den Beginn. Den Beginn des Falles, den Beginn der Verteidigung.

Während Daniel sah, wie sich die Türen hinter Sebastian schlossen, hörte er in den verzweifelten Bitten des Jungen seine eigenen Schreie als Kind. Er erinnerte sich an die Zeit, als er in Sebastians Alter gewesen war. Er war aufgewühlt gewesen, zu Gewalttaten fähig. Was war es, was ihn vor diesem Schicksal bewahrt hatte?

Als die Türen verriegelt waren, hörten Daniel und Charlotte noch immer Sebastian im Inneren weinen. Daniel wusste nicht, ob der kleine Junge unschuldig oder schuldig war. Einerseits glaubte er, dass Sebastian ihm die Wahrheit gesagt hatte, auf der anderen Seite war er über das sonderbare Interesse des Jungen an Blut und über die Wutanfälle besorgt, die eher einem kleineren Kind angemessen schienen. Aber Sebastians Unschuld oder Schuld spielte für ihn keine Rolle. Daniel fällte kein Urteil über seine Mandanten. Sie hatten alle das Recht auf Verteidigung, und er arbeitete für die, die er verachtete, ebenso hart wie für die, die er bewunderte. Aber Jugendliche waren immer schwierig. Selbst wenn sie schuldig waren, wie Tyrel es gewesen war, versuchte er sie vor dem Gefängnis zu bewahren. Er hatte gesehen, was mit Jugendlichen drinnen passierte – sie wurden drogenabhängig und erneut straffällig. Die Hilfe, die sie Daniels Ansicht nach brauchten, galt als zu teuer; Politiker nutzten das System der Strafjustiz, um politisch Punkte zu machen.

Daniel saß in seinem Büro, das auf die Liverpool Street blickte. Das Radio lief leise, während er sich Notizen zu Sebastians Fall machte.

Er hatte den Brief ins vordere Fach seiner Aktentasche gesteckt, das Papier war inzwischen durch das ständige Lesen und Wiederlesen zerknittert. Er zog den Brief heraus und las ihn erneut. Das Krankenhaus hatte er immer noch nicht angerufen. Er weigerte sich zu glauben, dass Minnie tot sei, aber er las den Brief wieder, als hätte er etwas versäumt. Es war ein grausamer Trick, fand er. Alle ihre Anrufe im Laufe der Jahre, in denen sie um Verzeihung bat, und dann wurde sie dessen plötzlich müde und bat einfach darum, ihn noch einmal sehen zu dürfen.

Daniel überlegte, ob der Brief ein erneuter Versuch sei, ihn wieder an sie zu ketten. Sie mochte ja krank sein, versuchte aber, ihn zu manipulieren. Er faltete den Brief zusammen und schob ihn von sich weg. Schon wenn er über sie nachdachte, zog sich sein Magen vor Wut zusammen.

Im Büro war es warm, zarte Sonnenstrahlen fielen durch die Schiebefenster und ließen den Staub aufleuchten. Er griff zum Telefon.

Nach all den Dingen, die er ihr gesagt hatte, rief sie trotzdem jedes Jahr zu seinem Geburtstag und manchmal zu Weihnachten an. Er mied ihre Anrufe, lag aber dann nachts wach und stritt sich innerlich mit ihr. Es schien, als täten die Jahre nichts, um die Wut zu besänftigen, die er auf sie hatte. Die paar Male, die sie miteinander gesprochen hatten, war Daniel kurz angebunden und distanziert gewesen und hatte es nicht zugelassen, dass sie ihn in eine Unterhaltung zog, wenn sie danach gefragt hatte, ob ihm die Arbeit Spaß mache oder ob er eine Freundin habe. Er hatte die Trennung schon vor langer Zeit erfolgreich vollzogen, aber Minnie hatte ihm geholfen, sie zu perfektionieren. Sie war der Grund, dass er niemanden an sich heranließ. Sie redete mit ihm über die Farm und die Tiere, als wollte sie ihn an zu Hause erinnern. Aber er fühlte sich lediglich daran erinnert, wie sehr sie ihn enttäuscht hatte. Manchmal sagte sie wieder, dass es ihr leidtue, aber dann unterbrach er die Verbindung. Er legte einfach auf. Ihre Rechtfertigungen verabscheute er noch mehr als das, was sie getan hatte. Sie sagte, es sei zu seinem eigenen Besten geschehen. Er mochte sich nicht daran erinnern, und meistens tat er es auch nicht, aber der Schmerz raubte ihm noch immer den Atem.

Er hatte sie seit mehr als fünfzehn Jahren nicht mehr angerufen.

Nicht seit ihrem Streit, als er zu ihr gesagt hatte, er wünschte, sie wäre tot.

Es hatte offenbar nicht ausgereicht. Er erinnerte sich, dass er sich gewünscht hatte, sie noch tiefer zu verletzen.

Dennoch wählte er ihre Nummer, ohne sie nachsehen oder sich mühsam in Erinnerung rufen zu müssen. Das Telefon klingelte, und Daniel holte tief Luft. Er räusperte sich und lehnte sich an seinem Schreibtisch nach vorn, den Blick auf die Tür seines Büros gerichtet.

Er sah sie vor sich, wie sie sich aus dem Sessel im Wohnzimmer hievte, während ihr neuester Tierheimköter sie aufmerksam beäugte. Ihren Gin konnte er fast riechen und ihre Seufzer fast hören. *Nun mal halblang, ich komm ja schon, komm ja schon*, würde sie sagen. Der Anrufbeantworter schaltete sich ein. Daniel lehnte den Hörer für einen Augenblick an sein Kinn und überlegte. Er hatte keine Zeit dafür. Er legte auf.

Vor dem Fenster sah er einen Läufer, hager und drahtig. Daniel beobachtete, wie er den Verkehr und die Fußgänger umkurvte. An seinem Laufstil und der Länge seiner Schritte sah er, dass er viel Tempo drauf hatte, aber aus der Ferne sah es aus, als laufe der Mann langsam. Durch die Bäume hinter den Fensterscheiben fiel schimmerndes Licht auf Daniel. Er war schon seit früh am Morgen im Büro und seitdem nicht nach draußen gegangen, um den Reiz der Sonne auf seiner Haut zu spüren.

»Beschäftigt?«, fragte Veronica Steele, Daniels Seniorpartnerin, die ihren Kopf zur Tür hereinsteckte.

»Was gibt's?«

Veronica setzte sich auf die Lehne der Couch und wandte ihm das Gesicht zu. »Hab mich gerade gefragt, wie du dich hältst.«

Daniel warf seinen Bleistift auf den Schreibblock, der mit Gekritzel bedeckt war. Er drehte sich zu ihr um und verschränkte die Hände hinter dem Kopf.

»Mir geht's gut.« Daniel lehnte sich in seinem Stuhl zurück.

»Du hast beschlossen, dranzubleiben?«

»Ja.« Er fuhr sich mit einer Hand durchs Haar. »Nicht die beste Karriereentscheidung, da bin ich mir sicher. Ich weiß, es wird vertrackt werden. Zu einer Hälfte bin ich total am Schlingern, und die andere Hälfte will den Versuch machen und … ihn retten.«

»Er plädiert auf nicht schuldig?«

»Ja, bleibt konsequent bei seiner Geschichte. Die Mutter stärkt ihm den Rücken.«

»War es der Gerichtshof Highbury Corner, wo du am Donnerstag warst?«

»Ja, Kaution abgelehnt, wie vorauszusehen, dann wurde er in die Sicherungseinrichtung Parklands House verlegt.«

»Gott, wie trostlos. Er ist sicher der Jüngste da drin.«

Daniel nickte und fuhr sich mit der Hand über das Kinn.

»Wer ist dein QC – Irene ist doch inzwischen Kronanwältin, stimmt's?«

»Ja, sie hat die Zustimmung erhalten. Wurde im März ins Verzeichnis der Kronanwälte aufgenommen.«

»Ich erinnere mich, ich habe ihr geschrieben, um ihr zu gratulieren.«

»Mich hat erstaunt, dass sie das angenommen hat, aber sie war ja sogar am Jugendgericht. Trotzdem bin ich sehr froh darüber. Wir haben eine Chance.«

Das Telefon klingelte. Daniel nahm ab, legte die Hand über den Hörer und warf Veronica einen entschuldigenden Blick zu.

»Steph«, sagte er, »ich habe dich gebeten, keine Anrufe durchzustellen.«

»Ich weiß, Danny, tut mir leid. Aber es ist ein persönlicher Anruf für dich. Der Mann sagt, es ist dringend. Ich dachte, ich frage dich, ob du mit ihm reden willst.«

»Wer ist es?«

»Ein Anwalt aus dem Norden. Er sagt, es geht um ein Familienmitglied.«

»Stell ihn durch.« Daniel seufzte und sah Veronica achselzuckend an, die lächelte und das Zimmer verließ.

Daniel räusperte sich wieder. Die Muskeln seines Körpers waren mit einem Mal gespannt.

»Hallo, spreche ich mit Daniel Hunter? Mein Name ist John Cunningham, Anwalt von Mrs. Flynn. Daniel, es tut mir leid, ich habe schlechte Nachrichten für Sie. Ihre Mutter ist verstorben. Ich weiß nicht, ob Sie das gehört haben … aber sie hat Anweisungen hinterlassen …«

»Sie ist nicht meine Mutter.«

Daniel gelang es nicht, die Wut aus seiner Stimme herauszuhalten.

Eine Weile herrschte Stille in der Leitung. Daniel hörte lediglich sein Herz klopfen.

»Wie ich hörte, hat Minnie … Sie 1988 adoptiert.«

»Hören Sie, worum geht es? Ich bin eigentlich auf dem Weg zu einer Sitzung.«

»Es tut mir leid, wenn ich Sie störe. Könnte ich denn vielleicht zu einer anderen Zeit anrufen? Es geht erst mal nur um die Beerdigung, und dann ist da noch das Testament.«

»Ich möchte nichts von ihren Sachen.«

»Sie hat Ihnen ihren gesamten Besitz hinterlassen.«

»Ihren *Besitz.*« Daniel erhob sich. Er versuchte zu lachen, aber es gelang ihm nur, den Mund aufzumachen.

»Eine schlichte Trauerfeier wird am Dienstag, dem siebzehnten, abgehalten, wenn Sie daran teilzunehmen wünschen.«

Sein Atem trug fast nicht die Worte, aber er sagte: »Ich habe keine Zeit.«

»Ich verstehe, aber das Erbe …«

»Wie gesagt, ich möchte nichts.«

»In Ordnung, gut, es besteht keine Eile. Es wird wahrscheinlich einige Zeit dauern, das Haus in Ordnung zu bringen. Ich werde mich wieder melden, wenn …«

»Hören Sie, ich habe im Moment wirklich keine Zeit.«

»Schön. Soll ich am Mittwoch nach der Trauerfeier wieder anrufen? Ich habe meine Kontaktdaten Ihrem Kollegen genannt, sollten Sie den Wunsch haben, sich zu melden.«

»Sehr gut. Auf Wiederhören.«

Daniel legte auf. Er rieb sich die Augen mit Zeigefinger und Daumen, dann holte er tief Luft.

Daniel musste in Whitechapel umsteigen und mit der Londoner Hochbahn zum Parklands House fahren. Als er in Anerley ausstieg, roch die Straße nach Abgasen und verdunstetem Regen. Daniel fühlte, wie sich Schweiß auf seinem Scheitel und zwischen seinen Schulterblättern bildete. Der tief hängende Himmel bedrückte ihn. Es war Freitagmorgen, nur ein Tag seit der ersten Anhörung im Gericht Highbury Corner, und er würde Sebastian und seine Eltern sehen. Sebastians Vater war aus Hongkong zurück, und an diesem Tag würde er ihm zum ersten Mal begegnen.

Den Jungen wiederzusehen und seine Familie zu treffen, erfüllte ihn mit einem seltsam unguten Gefühl. Daniel hatte schlecht geschlafen. Sein Morgenlauf war langsam gewesen, weil er schon vor dem Beginn müde gewesen war. In zwei Nächten hintereinander war er aufgewacht, weil er von Brampton, ihrem Haus mit den schmutzigen Fußböden und den Hühnern draußen im Hof geträumt hatte.

Ihre Trauerfeier würde in ein paar Tagen abgehalten werden, aber er fühlte noch nicht ihren Verlust.

Als er bei der Sicherungseinrichtung ankam, warteten die Crolls bereits auf ihn. Daniel hatte darum gebeten, sich mit ihnen zu treffen, bevor er mit Sebastian redete. Sie saßen in einem hellen Raum mit hohen, kleinen Fenstern an einem Tisch.

»Schön, Sie kennenzulernen, Daniel«, sagte Sebastians Vater, der durch den Raum mit großen Schritten auf ihn zukam, um ihm die Hand zu drücken. Er war einige Zentimeter größer als Daniel, und der streckte sich und drückte die Schultern nach hinten, als er die Hand des Älteren ergriff. Sie war trocken und warm, und doch brachte ihre Kraft Daniel dazu, leicht nach Luft zu schnappen.

Kenneth King Croll war kräftig und schwer: Bauch und Hängebacken, rötlich braune Haut und dichtes dunkles Haar. Er stand da, die Hände auf den Hüften, wobei er dem Becken eine leichte Neigung erlaubte, als wolle er deutlich machen, dass er ein besserer Mensch als Daniel sei. Die Besenreiser auf seinen Wangen waren das Produkt bester Weine und Whiskys. Seine Arroganz und sein Reichtum waren gewaltig. Alle Energie in dem Raum saugte er an sich wie ein Strudel. Charlotte saß nicht weit von ihm entfernt, und ihre Augen suchten ihn jedes Mal, wenn er sprach oder seine Hände hob. Daniel schraubte die Kappe von seinem Füller ab und schob seine Visitenkarte über den Tisch. Kenneth musterte sie mit einem leichten Kräuseln seiner vollen Lippen.

Charlotte brachte dünnen Kaffee aus einem Automaten. Ihre Aufmachung war noch immer makellos; ihre langen Nägel hatten jedes Mal, wenn Daniel sie sah, eine andere Farbe. Ihre Hände zitterten ein wenig, als sie die Tassen auf den Tisch stellte.

»Ich *hasse* es einfach, dass er hier drin ist«, sagte sie. »Dieser Bau ist schlichtweg abscheulich. Eines der Kinder hier hat letzte Woche Selbstmord begangen, haben Sie davon gehört? Hat sich aufgehängt. Darüber darf man gar nicht *nachdenken*. Haben Sie davon gewusst, Daniel?«

Daniel nickte. Sein eigener Mandant, Tyrel, hatte versucht, sich bald nach der Verurteilung umzubringen. Mit siebzehn war der Junge einfach in eine neue Jugendstrafanstalt verlegt worden, und Daniel fürchtete, dass er es wieder versuchen würde. Selbst Jugendarrestanstalten boten nicht die Betreuung, die Jugendliche nach Daniels Ansicht brauchten.

Mit zitternden Fingern berührte Charlotte ihre Lippen, während sie darüber nachdachte.

»Er wird's überleben«, sagte Kenneth. »Daniel, reden Sie weiter, wie ist jetzt die Lage?«

»Ich möchte einfach nicht, dass er hier ist«, flüsterte Charlotte, als Daniel seine Notizen durchblätterte. Kenneth schickte ihr ein missbilligendes »Ts-ts« hinüber.

Im Angesicht der Crolls spannten sich Daniels Muskeln an. Er spürte, dass unter dem farbigen Lack, der Seide und edlen italienischen Wolle mit dieser Familie irgendwas nicht stimmte.

»Ich wollte mit Ihnen nur noch ein paar Dinge besprechen, ehe wir Sebastian sehen. Ich wollte … Sie warnen, ich vermute, es könnte eine erhebliche Medienaufmerksamkeit geben. Wir müssen das beachten, uns eine Strategie ausdenken und sie strikt zu befolgen versuchen, sodass wir diese Belästigung so gering wie möglich halten können. Selbstverständlich wird seine Identität nicht preisgegeben … Wir warten noch immer auf die Anklageschrift der Staatsanwaltschaft, und sobald wir die haben, möglicherweise morgen oder so, können wir die Anwaltschaft entsprechend instruieren. Es wird für Sie und Sebastian eine Gelegenheit geben, die Strafverteidigerin kennenzulernen – die Kronanwältin Irene Clark. Sie ist zu der Anhörung vor dem Jugendgericht gekommen, aber ich glaube, Sie haben sie nicht gesehen.«

»Wie alt sind Sie, mein Lieber?«, fragte Kenneth Croll. Er hielt Daniels Visitenkarte zwischen Zeigefinger und Daumen und tippte damit auf den Tisch.

»Spielt das eine Rolle?«

»Sie werden entschuldigen, aber Sie sehen aus, als hätten Sie gerade die Uni hinter sich.«

»Ich bin Partner in meiner Kanzlei. Seit fast fünfzehn Jahren befasse ich mich mit Strafrecht.«

Croll blinzelte ihm zu, um zu zeigen, dass er verstanden habe. Wieder tippte er mit der Karte auf den Tisch.

»Wir erwarten die Papiere der Staatsanwaltschaft in den nächsten paar Tagen. Nach allem, was wir bisher wissen, stützt sich die Anklage auf das Blut, das an Sebastians Kleidung gefunden wurde, sowie auf den Zeugen, der angeblich die Jungen sich hat prügeln sehen, und zwar vor und nach dem Zeitpunkt, zu dem nach Charlottes Aussage Seb zu Hause war. Wir wissen, es werden auch Nachbarn und Lehrer als Zeugen aufgeboten … Aber die sind weniger wichtig. Wir haben auch mit der Tatsache zu tun, dass die Leiche auf dem Spielplatz gefunden wurde, auf dem Sebastian zugegebenermaßen am Tag des Mordes zusammen mit Ben war.«

»Er ist elf Jahre alt«, dröhnte Croll. »Wo sollte er denn sonst hingehen als auf einen verdammten Spielplatz? Das ist doch ein Witz.«

»Ich denke, es müssen überzeugende Argumente für die Verteidigung zusammengetragen werden. Der Großteil der Beweise beruht nur auf Indizien. Sie stützen sich auf die gerichtsmedizinischen Befunde, aber Sebastian hat eine stichhaltige Erklärung dafür, dass das Blut des Opfers an seiner Kleidung ist. Wir werden mehr wissen, wenn wir mit den Pathologen und Gerichtsmedizinern gesprochen haben, aber im Moment sieht es so aus, als hätten die Jungs sich geprügelt, und das Opfer bekam davon Nasenbluten, wovon Blut auf Sebastians Kleidung gekommen ist. Sebastian hat ein Alibi – Sie, Charlotte – ab drei an jenem Nachmittag, und dass die Jungen später gesehen wurden, ist zweifelhaft. Die Polizei hat von der Videoüberwachung keine Fotos, die ihre Argumente gegen ihn stützen. Es war ein blutiger Mord, aber Sebastian ist *nicht* blutverschmiert nach Hause gekommen. Er war nicht der Täter.«

»Es ist alles nur ein Versehen, oder?«, brachte Charlotte mit brüchiger Stimme vor. »Sogar bei gerichtsmedizinischen Dingen macht die Polizei oft Fehler.«

»Was weißt du denn schon?«, sagte Croll flüsternd. »Man dreht dem Land zwei Wochen den Rücken, und du lässt zu, dass er verhaftet wird. Ich denke, du hältst dich besser aus der Sache raus, nicht?«

Charlotte stieß plötzlich ihren Atem aus und hob ihre zarten Schultern fast bis zu den Ohren. Auf Crolls Kritik hin errötete sie unter ihrem braunen Make-up. Daniel fing ihren Blick auf.

»Daniel«, sagte Croll. Seine Stimme war so laut, dass Daniel sie geradezu auf dem Tisch vibrieren fühlte, auf den sie sich lehnten. »Sie haben gute Arbeit geleistet, und wir danken Ihnen, dass Sie sich so für die Sache eingesetzt haben. Danke für Ihre Hilfe auf dem Polizeirevier und dafür, dass Sie sich der Dinge so weit angenommen haben, aber ich habe selbst einige gute Kontakte. Ich denke, wir werden den Fall einem anderen Verteidigungsteam übertragen. Wir wollen keine Risiken eingehen. Ich möchte nicht unhöflich erscheinen, aber ich bin der Meinung, wir müssen hier reinen Tisch machen. Ich glaube nicht, dass Sie die Erfahrung haben, die wir brauchen … Verstehen Sie?«

Daniel öffnete den Mund, um zu sprechen. Er überlegte, ob er sagen sollte, dass Harvey, Hunter und Steele eine der führenden Londoner Anwaltskanzleien sei. Aber er sagte nichts. Er stand auf. »Es ist Ihre Entscheidung«, erwiderte er ruhig und versuchte zu lächeln. »Es ist allein Ihre Angelegenheit. Es ist Ihr Recht, sich das Ihnen passendste Verteidigungsteam auszusuchen. Viel Glück. Sie wissen, wo ich bin, falls Sie etwas benötigen.«

Draußen auf der Straße zog Daniel sein Jackett aus, krempelte die Hemdärmel hoch und blinzelte in die Sonne. Seit Jahren war er nicht mehr gefeuert worden, und er versuchte, sich zu erinnern, ob das jemals so schnell geschehen war. Er fühlte sich durch Kenneth Crolls Entlassung gekränkt, aber er wusste nicht, ob es sein Stolz war oder die entgangene Chance, den Jungen zu verteidigen, was ihn schmerzte. Daniel stand auf der Straße und blickte zum Parklands House auf. Es war ein grausamer Name für ein Gefängnis.

Er machte sich zum Bahnhof auf den Weg und sagte sich, dass der Fall schwierig gewesen wäre, vor allem wegen der Medienaufmerksamkeit, die er ohne Zweifel hervorrufen musste, aber in seinem Kopf schwirrte es. Es war schwer, einfach so davonzulaufen. Der Tag war still und warm, und dennoch hatte er das Gefühl, als laufe er gegen den Wind. Wieder fühlte er an seinem Körper dieses Zerren und Reißen, das ihn von seinem Kurs abbrachte. Schon eine ganze Weile hatte er sich nicht mehr so gefühlt, aber es war ihm vertraut; es fühlte sich an wie Abschied und Verlust.

6

Nach der Schule machte er sich auf den Weg zurück zu Minnie. Er ging langsam, ließ seinen Ranzen von der Schulter baumeln und hatte den Schlips gelockert. Er hob einen Stock auf, um auf das Gras zu beiden Seiten seines Weges einzudreschen. Er war müde und dachte über seine Mum nach. Er erinnerte sich daran, wie sie in ihrem Schlafzimmer vor dem Spiegel gesessen, ihren Eyeliner aufgetragen und ihn gefragt hatte, ob er nicht finde, dass sie wie Debbie Harry aussehe. Mit ihrem Make-up sah sie hübsch aus.

Er zwinkerte zweimal, als er sich daran erinnerte, wie ihr der Eyeliner über die Wange gelaufen war und sie schief gelächelt hatte, als sie sich die Spritze gab. Da sah sie nicht hübsch aus.

Er blickte auf und sah wieder den Turmfalken, der über dem Heideland kreiste. Daniel blieb stehen und beobachtete, wie er sich eine Feldmaus aus dem Gras schnappte und davontrug.

Er hörte sie nicht hinter sich herankommen, aber jemand stieß heftig gegen seine rechte Schulter, und er taumelte nach vorn. Er wandte sich um und stand vor drei Jungen.

»Hey, Neuer!«

»Verpisst euch und lasst mich in Ruhe.«

Er drehte sich um, aber sie stießen ihn wieder. Er ballte eine Hand zur Faust, aber er wusste, er würde den Kürzeren ziehen, wenn er auf sie losginge. Sie waren zu viele. Er blieb stehen und ließ seinen Ranzen auf die Erde fallen.

»Gefällt dir wohl, bei der alten Hexe zu leben, was?«

Er zuckte die Achseln.

»Was machste 'nn dafür? Biste 'n Schwuli? Oooo!« Der größte Junge wackelte mit den Hüften und strich sich mit den Handflächen über die Brust. Daniels Messer war in seiner Tasche, aber es war keine Zeit, es rauszuholen. Stattdessen rempelte er den großen Jungen an und versetzte ihm mit dem Kopf einen Stoß in den Magen.

Das tat weh.

Der Junge würgte, als wollte er sich übergeben, aber die anderen beiden Jungen rissen Daniel zu Boden und traten gegen seinen Körper, die Beine, Arme und sein Gesicht. Daniel legte schützend seine Ellbogen vors Gesicht, aber der Junge, der ihn Schwuli genannt hatte, packte ihn bei den Haaren und riss seinen Kopf nach hinten. Daniel fühlte, wie sein Kinn nach oben zeigte und sein Hals sich streckte. Die Faust des Jungen krachte auf Daniels Nase. Daniel hörte das Knacken und schmeckte das Blut.

Sie ließen ihn blutend im Gras zurück.

Daniel blieb zu einer Kugel zusammengerollt liegen, bis er ihre Stimmen leiser werden hörte. Er hatte Blut im Mund, und sein Körper tat überall weh. Seine Arme begannen zu prickeln und zu brennen. Als er einen Blick auf seinen Unterarm warf, sah er, dass er mit weißen Pusteln bedeckt war. Er lag mitten in einem Brennnesselbusch. Er wälzte sich herum und auf die Knie. Er weinte nicht, aber seine Augen tränten, und er rieb sie mit dem Unterarm, an dem das Nesselbrennen Blasen zog. Die Tränen schienen das Brennen für einen Augenblick zu lindern, aber dann kehrte das Jucken zurück.

Ein älterer Mann mit einem Hund kam an ihm vorbei. Es war ein Rottweiler, und er knurrte ihn an, sabbernd und mit faltiger Schnauze. Das Kläffen und das Klicken seiner Kette jagten Daniel hoch. Er kam auf die Füße.

»Alles in Ordnung, Junge?«, fragte der Mann.

Daniel machte kehrt und lief los.

Er rannte querfeldein zum Bahnhof Brampton. Er hatte kein Geld für den Bus oder die Bahn, aber den Weg nach Newcastle kannte er. Beim Rennen hielt er sich die Seite, in die sie ihn getreten hatten, dann ging er ein paar Schritte, ehe er wieder zu rennen versuchte.

Autos brummten in einem solchen Tempo an ihm vorbei, dass er fast das Gleichgewicht verlor. Er war wie benommen, reduziert auf den Schmerz in seiner Nase, die Stiche in seiner Seite, das Blut in seiner Kehle, das rabiate Brennen auf seinem Arm und die Leichtigkeit in ihm, ausgebrannt und emporgeweht wie Papierfetzen in einem Schornstein. Das Blut aus seiner Nase war auf seinem Kinn getrocknet, und er rieb es weg. Atmen konnte er nicht durch seine Nase, aber er wollte sie nicht anfassen, damit sie nicht wieder zu bluten anfing. Ihm war kalt. Er krempelte seine Hemdärmel runter und knöpfte die Manschetten zu. Seine Nesselhaut scheuerte sich an der Baumwolle seines Hemds.

Nach Hause. Er wollte bei ihr sein, ganz egal, wo sie war. Die Sozialarbeiterin hatte ihm gesagt, dass sie nicht mehr im Krankenhaus war. Er wäre wieder zu Hause, wenn sie ihn willkommen hieße, wenn sie ihn in ihre Arme nähme. Er wäre beinahe umgekehrt, aber dann stellte er sie sich wieder vor. Er vergaß die Autos und die Straße und das Blut in seiner Kehle. Er erinnerte sich daran, wie seine Mum sich geschminkt hatte, und an den Geruch von ihr, das viele Talkum, wenn sie gebadet hatte. Es ließ ihn die Kälte vergessen.

Er hatte Durst. Die Zunge klebte ihm am Gaumen. Er versuchte, seinen Durst zu vergessen und sich stattdessen an das Krabbeln ihrer Finger zu erinnern, die ihm durchs Haar gefahren waren. Wie lange war es her, seit sie das getan hatte? Mehrere Male waren ihm inzwischen die Haare geschnitten worden. Hatte sie die Haare, die jetzt auf seinem Kopf wuchsen, überhaupt jemals berührt?

Er schritt vor sich hin und zählte die Monate an seinen Fingern, als ein Lkw neben ihm hielt.

Daniel trat ein gutes Stück zurück. Der Fahrer war ein Mann mit langen Haaren und Tätowierungen auf seinem Unterarm. Er kurbelte die Scheibe runter, lehnte sich heraus und brüllte ihn an: »Wo soll's denn hingehen, mein Junge?«

»Newcastle.«

»Dann hüpf rein.«

Daniel wusste, der Mann konnte ein Spinner sein, aber er kletterte trotzdem neben ihn. Er wollte seine Mum wiedersehen. Der Mann hatte sein Radio laufen, und das war so laut, dass Daniel keine Notwendigkeit verspürte zu reden. Beim Fahren hielt der Mann die Hände über dem Steuerrad gefaltet. Die Muskeln in seinen Armen spannten sich, wenn er das Steuerrad drehte. Er roch nach altem Schweiß, und der Lkw war dreckig, voller zusammengequetschter Getränkedosen und leerer Zigarettenschachteln.

»Heeeh, Mann, schnall dich lieber an, ja?«

Daniel tat, was er verlangte.

Der Mann zog mit den Zähnen eine Zigarette aus dem Päckchen, das auf dem Armaturenbrett lag, und bat Daniel, ihm das Feuerzeug zu reichen, das neben seinen Füßen lag. Daniel sah zu, wie der Mann die Zigarette anzündete. Er hatte die Tätowierung einer nackten Frau auf seinem Arm und eine Narbe wie ein Brandmal am Nacken.

Der Mann kurbelte das Fenster runter und stieß den Rauch in die Luft aus, die an ihnen vorbeirauschte.

»Willste auch eine?«

Widerwillig nahm sich Daniel eine Zigarette. Er zündete

sie an und kurbelte sein Fenster runter, wie es der Mann getan hatte. Er zog einen Fuß auf den Sitz hoch und legte seinen linken Arm auf das offene Fenster. So rauchte Daniel und fühlte sich frei und verbittert und wütend und allein. Die Zigarette ließ seine Augen tränen. Er lehnte den Kopf zurück, als der Kick einsetzte. Ihm war übel, wie immer, wenn er eine Zigarette rauchte, aber er wusste, er würde sich nicht übergeben müssen.

»Na, und was haste in Newcastle so vor?«

»Will bloß meine Mum besuchen.«

»Bist wohl in 'ne Keilerei geraten, was?«

Daniel zuckte mit den Schultern und nahm noch einen Zug.

»Dann kannst du dich ja sauber machen, wenn du nach Hause kommst.«

»Ja.«

»Was hättste 'nn gemacht, wenn ich nicht gehalten hätte?«

»Einfach weitergegangen.«

»Heeeh, das ist aber 'n weiter Weg, Junge. Brauchste die ganze Nacht zu.«

»Macht mir nix aus, aber trotzdem danke, dass Sie mich mitgenommen haben.«

Der Mann lachte, und Daniel wusste nicht, warum er lachte. Die Vorderzähne des Mannes waren abgebrochen. Er rauchte seine Zigarette zu Ende und schnippte sie dann aus dem Fenster. Daniel sah zu, wie die roten Funken der weggeworfenen Zigarette hinter ihnen verschwanden. Auch er hätte seine Zigarette gern weggeworfen, aber sie war erst halb geraucht. Daniel dachte, er könnte Ärger kriegen, wenn er sie ungeraucht verkommen ließ. Er nahm noch ein paar Züge, dann schnippte er sie nach draußen, als der Mann sich aus seinem Fenster beugte, sich räusperte und ausspuckte.

»Wird 'nn deine Mum Tee für dich gemacht haben?«

»Ja.«

»Was kocht sie denn für dich?«

»Sie macht … Roastbeef und Yorkshirepudding.«

Seine Mutter hatte ihm immer nichts als Toast gemacht. Sie machte guten Käsetoast.

»Roastbeef an einem Dienstag? Mann, ich muss unbedingt bei euch einziehn. Das ist nicht schlecht, ehrlich. Wo setz ich dich ab?«

»Einfach im Zentrum. Wo's halt leichter ist.«

»Ich kann dich nach Hause fahren, Mann? Ich bleib über Nacht in Newcastle. Ich will doch, dass du rechtzeitig zu deim Roastbeef zu Hause bist, oder? Wo wohnst du?«

»Die Cowgate, die geht …«

Der Mann lachte wieder, und Daniel sah ihn finster an. »Du bist okay, Mann. Ich kenn die Cowgate. Ich bring dich hin.«

Daniel fror, als er abgesetzt wurde. Der Mann ließ ihn am Kreisverkehr aussteigen und hupte, als er wegfuhr.

Daniel zog die Schultern gegen die Kälte hoch und rannte den Rest des Weges: die Ponteland Road und die Chestnut Avenue entlang zum Whitethorn Crescent. Seine Mum hatte dort die letzten zwei Jahre gewohnt. Die Fürsorge hatte ihm vor ein paar Monaten erlaubt, eine Nacht bei ihr zu bleiben. Es war ein weißes Haus am Ende einer Häuserreihe neben zwei roten Backsteinbauten, die mit Brettern vernagelt waren. Er rannte darauf zu. Seine Nase begann wieder zu bluten und sie schmerzte beim Rennen, und so verlangsamte er das Tempo. Er hob die Hand, um sie zu berühren. Sie fühlte sich sehr dick an, wie die Nase von jemand anderem. Obwohl seine Nase mit Blut verstopft war, konnte er den Zigarettenrauch an seinen Fingern riechen.

Am Zugang zu dem Haus blieb er stehen. In allen Fenstern waren die Scheiben zerbrochen, und das Fenster im ersten Stock war weg; alles im Inneren war schwarz. Er schaute finster zu ihrem Fenster hinauf. Es wurde allmählich dunkel, aber das

Fenster sah schwärzer aus als all die anderen unbeleuchteten Fenster. Das Gras im Garten reichte ihm bis zu den Knien und überwucherte den Weg. Mit Riesenschritten ging er durch das Gras zur Seitentür. Im Gras lagen überall Gegenstände herum: ein platt gefahrener Verkehrskegel, ein umgekippter Kinderwagen, ein alter Schuh. Er hörte einen Hund bellen. Sein Atem ging heftig.

An der Tür blieb er stehen, ehe er auf die Klinke drückte. Sein Herz schlug dumpf, und er biss sich auf die Lippen. Es würde kein Roastbeef geben. Trotzdem stellte er sich vor, sie würde die Tür aufreißen und ihn in die Arme schließen. Vielleicht hatte sie ja gerade keinen Freund. Vielleicht waren ihre Freunde nicht da. Vielleicht war sie clean. Vielleicht würde sie ihm Toast machen, und sie würden zusammen auf der Couch sitzen und sich *Crown Court* ansehen. Er fühlte ein merkwürdiges Brennen in der Brust und hielt den Atem an.

Als er die Tür aufmachte und in den Flur trat, roch es feucht und verkohlt. Er spähte ins Wohnzimmer, aber alles war schwarz. Er weinte nicht. Er ging hinein. Die Küche war verschwunden. Er legte eine Hand auf die Wand und betrachtete dann seine schwarze Handfläche. Die Luft war noch immer feucht vom Rauch und verfing sich in seinem Rachen. Im Wohnzimmer war die Couch zu einem Sprungfederskelett verbrannt. Er stieg die Treppe nach oben. Der Teppich patschte vor Wasser, und das Geländer war verkohlt. Badewanne und Waschbecken waren schwarz von Ruß. In einem der Schlafzimmer war der Spiegel des Kleiderschranks zerbrochen, aber es gelang ihm, die Tür ein Stückchen aufzuschieben. Ihre Kleider hingen noch darin, nicht verbrannt. Daniel schlüpfte in den Schrank und drückte ihre Kleider gegen sein Gesicht. Er ließ sich nach unten gleiten und hockte sich zwischen ihre Schuhe und Sandalen. Er lehnte die Stirn gegen seine Knie.

Er wusste nicht, wie lange er schon in dem Schrank hockte, aber nach einer Weile hörte er jemanden auf der Treppe. Ein Mann ging von Raum zu Raum und rief: »Ist hier jemand?«

Daniel wollte herausfinden, wohin seine Mutter gegangen war, aber als er in den Korridor hinaustrat, packte ihn der Mann am Kragen und stieß ihn gegen die Wand. Der Mann war nur ein bisschen größer als Daniel. Er hatte ein weißes Unterhemd an. Daniel roch den salzigen Schweiß des Mannes über den verkohlten Geruch der Wohnung hinweg. Während der Mann Daniel festhielt, drückte er ihn mit seinem Bauch gegen die Wand.

»Was zum Teufel machst du hier drin?«, fragte der Mann. »Hau ab, mach schon.«

»Wo ist meine Mum hingegangen?«

»Deine Mum? Wer ist deine Mum?«

»Sie hat hier gewohnt, ihre Kleider sind noch da.«

»Die Junkies haben das Haus abgefackelt, verstehste? Total im Dschumm, allesamt. Ham nicht mal gemerkt, dass das Haus gebrannt hat. Ich musste die Feuerwehr rufen. Die ganze Scheiß-Häuserreihe hätte hochgehn können.«

»Was ist mit meiner Mum?«

»Ich weiß nix über deine Mum. Sie ham sie alle auf Tragen rausgeschleppt – immer noch im Scheiß-Reich der Träume wahrscheinlich. Einer von ihnen war richtig verkohlt. Richtig ekelhaft war das. Konnte nicht erkennen, ob's Mann oder Frau war.«

Daniel entwand sich ihm und rannte die Treppe hinunter. Er hörte, wie der Mann ihm etwas nachrief. Auf dem Weg nach unten begann er zu weinen, rutschte aus und fiel einige Stufen hinunter. Er schrammte sich die Arme, spürte es aber eigentlich nicht. Er rappelte sich hoch und rannte zur Tür hinaus und durch das Gras, wo er wieder über den Verkehrskegel stolperte. Seine Füße klatschten auf das Trottoir. Er wusste nicht, wohin er rannte, aber er rannte so schnell er konnte. Sein Ranzen musste irgendwo runtergefallen sein, im Schrank oder auf der Treppe, und er fühlte sich ohne dessen schiefes Gewicht leicht und schnell. Er rannte schnurstracks die Ponteland Road entlang.

Es war dunkel, und er saß an der Bordsteinkante der West Road, als eine Polizistin auf ihn zu trat. Er sah sie nicht an, aber als sie ihn aufforderte mitzukommen, tat er es, weil er vollkommen erschöpft war. Auf dem Revier riefen sie seine Sozialarbeiterin an, und sie fuhr ihn zu Minnie zurück.

Es war nach zehn, als sie in Brampton ankamen. Das Dorf erschien stockdunkel, das Grün der Felder schwarz gegen den Nachthimmel. Daniels Lider fühlten sich dick an, und er versuchte, die Augen offen zu halten, während er aus dem Wagenfenster sah. Tricia redete mit ihm übers Weglaufen und die Erziehungsanstalt und dass er dahin käme, wenn er nicht an Ort und Stelle bliebe. Er drehte sich nicht zu ihr um, während sie sprach. Der Geruch ihres Parfüms schmerzte ihn in seiner Nase und in seinem Kopf.

In ihre dicke Strickjacke gehüllt stand Minnie vor ihrer Haustür. Blitz rannte auf Daniel zu, als er aus dem Wagen stieg. Minnie streckte die Arme nach ihm aus, aber er entwand sich ihr und ging ins Haus. Der Hund folgte ihm. Daniel setzte sich auf den Fuß der Treppe und wartete darauf, dass die Frauen hereinkämen, wobei er mit den Ohren des Hundes spielte, die sich wie Samt anfühlten. Blitz legte sich auf den Rücken, damit Daniel ihm den Bauch kraulen konnte, und obwohl er todmüde war, hockte er sich auf die Knie und kraulte ihn. Das weiße Fell am Bauch des Hundes war schmutzig vom Hof.

Er hörte Minnie und Tricia vor der Tür flüstern. *Schule. Mutter. Polizei. Feuer. Entscheidung.* Obwohl er sich anstrengte, waren dies die einzigen Worte, die er deutlich vernahm. Er hatte die Polizei und seine Sozialarbeiterin nach seiner Mutter gefragt. Die Polizei machte sich nicht die Mühe, etwas herauszufinden, aber Tricia sagte ihm im Wagen, sie würde nachfragen, was mit ihr passiert sei, und es Minnie erzählen, wenn sie etwas erfuhr.

»Warum wollen Sie es Minnie erzählen, warum nicht einfach mir?«, schrie Daniel sie an.

»Wenn du dich nicht anständig benimmst, kommst du nächstes Jahr in eine Jugendarrestanstalt, und da bleibst du, bis du achtzehn bist.«

Minnie schloss die Tür und sah ihn an, die Hände auf die Hüften gestemmt.

»Was ist?«

»Du siehst aus, als hättest du einen schweren Tag gehabt. Ich lass dir mal ein Bad ein.«

Er dachte, sie würde noch etwas sagen wollen. Er hatte sich auf barsche Worte eingestellt. Er ging ins Bad und setzte sich auf den Toilettensitz, während sie Schaum im Badewasser erzeugte. Der Spiegel beschlug, und die Luft roch sauber.

Sie griff zu einem Waschlappen und machte ihn in dem heißen Badewasser nass.

»Deine Nase sieht ziemlich übel aus. Ich werde dir etwas von dem Blut abwaschen, ehe du in die Wanne steigst. Bisschen spät, aber wir werden etwas Eis drauftun. Wir wollen doch nicht, dass du eine breitgeschlagene Boxernase hast, oder? Kein so gut aussehender Junge wie du; wäre nicht richtig.«

Er ließ sie seine Nase versorgen. Sie war sanft, und der Waschlappen war warm. Sie rubbelte das angetrocknete Blut weg und wischte rund um seine Nase.

»Tut es weh, Liebling?«

»Eigentlich nicht.«

»Du bist ein tapferes Kerlchen.«

Er roch den Gin in ihrem Atem, als sie sich dicht über ihn beugte.

Als sie fertig war, strich sie ihm durchs Haar und legte ihm die Hand auf die Wange.

»Möchtest du drüber reden?«

Er zuckte die Achseln.

»Du bist deine Mutter suchen gegangen?«

»Sie war nicht da.« Seine Stimme stockte.

Sie zog ihn sanft an sich, und er fühlte die raue Wolle ihrer Strickjacke an seiner Wange. Er fing wieder an zu weinen, aber er wusste nicht, warum.

»Na, na«, sagte sie und streichelte ihm den Rücken. »Lass es einfach raus. Tricia wird mir mitteilen, was sie über deine Mum rausgefunden haben. Du kommst schon wieder in Ordnung. Ich weiß, es hat nicht den Anschein, aber ich wusste von der ersten Minute an, als ich dich sah, dass du ein ganz besonderer Junge bist. Du bist stark, und du bist klug. Du wirst nicht für immer ein kleiner Junge bleiben. Ganz egal, was andere dir sagen, erwachsen zu sein, ist viel besser. Du kannst deine eigenen Entscheidungen treffen und leben, wo du willst und mit wem du willst, und du wirst berühmt werden.«

Das Badezimmer troff vor Dampf. Daniel war hundemüde. Er lehnte seinen Kopf gegen ihren Bauch und weinte. Er umfasste ihre Hüften. Seine Hände kamen nicht in der Mitte zusammen, aber es fühlte sich gut an, auf ihrem Bauch zu ruhen und das Auf und Ab ihres Atems zu spüren.

Er setzte sich auf und wischte sich die Augen mit seinem Ärmel.

»Na komm. Steig rein und wärm dich auf, während ich dir was zu essen mache. Lass die schmutzigen Sachen einfach auf dem Boden liegen. Ich bringe dir deinen Schlafanzug runter.«

Als sie ging, zog er sich aus und stieg in die Wanne. Das Wasser war zu heiß, und er brauchte einige Zeit, bis er sich ganz hineinsinken ließ. Der Schaum flüsterte ihm etwas zu. Seine Arme sahen furchtbar aus: zerkratzt von der Treppe und grün und blau von den Tritten. Er hatte blaue Flecken an der Seite und auch auf seinen Rippen. Es fühlte sich besser an, als er im Badewasser saß. Er lehnte sich zurück, glitt mit dem Kopf unter Wasser und überlegte, ob man das fühlte, wenn man tot war: Wärme und Stille und das Plätschern von Wasser. Er spürte den Druck in seiner Lunge und setzte sich auf. Als Minnie wieder hereinkam, wischte er sich den Schaum aus dem Gesicht.

Sie legte ihm den Schlafanzug auf den Toilettensitz und ein Handtuch oben drauf. Neben der Wanne stand ein Hocker, und sie stützte sich auf das Waschbecken und ließ sich auf den Hocker nieder.

»Wie ist dein Bad? Fühlst du dich besser?«

Er nickte.

»Du siehst besser aus, muss ich sagen. Was hast du mir für einen Schrecken eingejagt mit all dem Blut. Was ist dir passiert? Sieh dir nur deine Arme an. Voller blauer Flecken.«

»Bin in der Schule in ’ne Schlägerei geraten.«

»Wer war es? Ich kenne hier in Brampton alle. Sie kaufen meine Eier. Ich kann mit ihren Müttern reden.«

Er holte Luft und war schon drauf und dran, ihr zu erzählen, dass er ihretwegen verdroschen worden war, doch dann entschied er sich anders. Er war zu müde, um sich mit ihr zu streiten, und er mochte sie gern, nur ein kleines bisschen – genau in diesem Moment, weil sie seine Nase versorgt und ihm ein Bad eingelassen hatte.

»Du hast bestimmt Hunger.«

Er nickte.

»Ich hatte Stew als Abendbrot. Deines habe ich noch im Kühlschrank. Wenn du möchtest, mach ich’s dir warm.«

Er nickte wieder und betastete seine Nase, um zu kontrollieren, ob sie wieder blutete.

»Oder möchtest du Käsetoast, weil's schon so spät ist? Tasse Kakao?«

»Käsetoast.«

»Na wunderbar. Ich fang schon mal an. Du solltest bald aus der Wanne steigen. Wenn du zu lange drin bleibst, holst du dir 'ne Erkältung.«

»Minnie?« Er legte eine Hand auf den Wannenrand, als sie vorbeiging. »Du weißt, der Schmetterling – warum liebst du ihn so sehr? Ist er viel wert?«

Sie zog ihre Strickjacke enger um sich. Er wollte nicht frech sein. Er wollte es nur wissen, aber er spürte, wie sie sich in sich zurückzog.

»Er ist mir sehr viel wert«, sagte sie. Sie war schon fast draußen, aber an der Tür drehte sie sich noch mal um. »Meine Tochter hat ihn mir geschenkt.«

Daniel lehnte sich auf die Seite der Wanne, sodass er ihr Gesicht sehen konnte. Sie sah einen Moment lang traurig aus, aber dann war sie schon draußen, und er hörte sie seufzen, als sie die Treppe nach unten stieg.

Später, als er in seinem Zimmer dem Knarren des Hauses lauschte, kontrollierte er, ob die Halskette seiner Mum noch da war und ob sein Messer noch unter seinem Kopfkissen lag.

7

Daniel presste seine Schulterblätter gegen den Fahrersitz, während er die M6 entlangfuhr. Sein Fenster hatte er heruntergekurbelt und seinen Ellenbogen daraufgelegt. Das Geräusch des Windes übertönte fast das Radio, aber er brauchte die Luft. Die Fahrt nach Norden ließ ihn eine geradezu magnetische Anziehung spüren. Er hatte nicht vorgehabt, zu der Beerdigung zu fahren, hatte aber ein ruheloses Wochenende verbracht, an dem ihn abwechselnd Gedanken an Sebastian und an Minnie peinigten. Er war morgens um sechs mit Kopfschmerzen aufgewacht, hatte geduscht, sich angezogen und sich augenblicklich in sein Auto gesetzt. Er war nun schon fast vier Stunden unterwegs, fuhr ohne zu denken, von Vorfreude und Erinnerungen bewegt, und ließ den Fuß schwer aufs Gaspedal sinken.

Er stellte sich vor, er käme in Brampton an und werde von dem rücksichtslosen Grün und dem Jauchegeruch, der die Luft durchzog, empfangen. Er stellte sich vor, er halte vor ihrem Haus und lausche auf das Gebell ihres neuesten Hundes aus dem Tierheim. Er würde auf ihn zugelaufen kommen: ein Boxer oder ein Mischling oder ein Collie. Welches Trauma der Hund auch erlitten haben mochte, er würde dennoch wie angewurzelt stehen bleiben und auf sie hören, wenn sie ihm zurief, er solle aufhören zu bellen. Sie würde dem Hund sagen, dass Daniel zur Familie gehöre und der Aufstand unnötig sei.

Familie. Der Küchenfußboden würde nicht gewischt sein, und der Kitt um die Fensterscheiben wäre von den Hühnern weggepickt. Sie würde halb betrunken sein und ihm einen Gin anbieten, und er würde ihn annehmen, und sie würden am Nachmittag Gin trinken, bis sie bei seinem Anblick in Tränen ausbräche und um seinen Verlust weinte. Sie würde ihn mit ihren Zitronenlippen küssen und ihm sagen, dass sie ihn liebe. *Ihn liebe.* Was würde er empfinden? So lange her, dass er in ihrer Nähe war, und dennoch wäre ihm ihr Geruch vertraut. Auch wenn er wütend genug war, um sie zu schlagen, würde ihm ihr Geruch Trost verschaffen, und er würde sich mit ihr ins Wohnzimmer setzen. Er würde ihre Gesellschaft genießen und beobachten, wie sie im Gesicht rot wurde, wenn sie sprach. Es würde ihm wohltun, in ihrer Nähe zu sein und ihrer fröhlichen irischen Stimme zuzuhören. Es würde sein wie eine Taufe, und Erlösung würde sich über ihn ergießen und ihn durchnässen wie der nördliche Regen und ihn gereinigt vor ihr zurücklassen und bereit, alles zu akzeptieren, was er und was sie getan hatten. Er würde ihnen beiden vergeben.

Er bog in die Raststätte ein.

Ich werde dir nie vergeben!, hatte er sie einst angeschrien.

Ich habe mir selbst nie vergeben können, mein Junge. Wie könnte ich es von dir erwarten?, hatte sie gesagt, später, Jahre später am Telefon – als sie ihn um sein Verständnis bat. Sie hatte oft angerufen, nachdem er nach London gezogen war, weniger oft, als die Jahre hingingen, als habe sie die Hoffnung aufgegeben, dass er ihr vergeben könnte.

Ich wollte dich nur beschützen, hatte sie zu erklären versucht. Aber er wollte nie etwas davon hören. Er hatte ihr nie eine Erklärung gestattet, ganz gleich, wie sehr sie es versuchte. Manche Dinge konnten niemals vergeben werden.

Er holte sich einen Kaffee und streckte die Beine aus. Jetzt waren es nur noch zwanzig Meilen bis Brampton. Die Luft war kühler, und er meinte, er könne bereits die Farmen riechen. Er stellte den Kaffeebecher auf das Dach seines Wagens, steckte die Hände in die Hosentaschen und zog die Schultern hoch. Seine Augen waren heiß von der Mühe, sich auf die Straße zu konzentrieren. Es war fast Mittagszeit, und der Kaffee fühlte sich in seinem Magen an wie Quecksilber. Er war durchs halbe Land nach Norden gefahren, und jetzt erschien ihm das unerklärlich. Wenn er nicht schon so weit gekommen wäre, wäre er umgekehrt.

Die letzten zwanzig Meilen fuhr er langsam, hielt sich auf der inneren Fahrbahn und horchte auf das Rauschen der Luft am offenen Fenster. Am Rosehill-Kreisverkehr nahm er die dritte Ausfahrt und zuckte bei der Abzweigung zusammen, die »Hexham, Newcastle« ausgeschildert war.

Nach der Forellenfarm sah er Brampton vor sich, das wie ein ungeschliffener Edelstein zwischen den bestellten Äckern lag. Ein Turmfalke schwebte neben der Straße und entschwand dann dem Blick. Warmer Jauchegeruch wehte heran, wie er es erwartet hatte, und wirkte auf der Stelle beruhigend. Nach London roch die Luft so frisch. Die roten Backsteinhäuser und die ordentlichen Gärten wirkten kleiner, als er sie in Erinnerung hatte. Das Dorf wirkte urzeitlich und still. Daniel kontrollierte sein Tempo und fuhr direkt durch zu der Farm, in der er aufgewachsen war, oben an der Carlisle Road.

Er hielt vor Minnies Farm und blieb ein paar Minuten sitzen, die Hände auf dem Steuerrad, und lauschte auf seinen Atem. Er hätte wieder wegfahren können, aber stattdessen stieg er aus.

Sehr langsam ging er auf Minnies Tür zu. Seine Finger zitterten, und seine Kehle war trocken. Es war kein Hund da, der bellte, kein heiserer Hahn oder gackernde Hühner. Die Farm war abgeschlossen, aber Daniel meinte, er könne noch die Abdrücke ihrer Männerstiefel im Hof sehen. Er schaute zu dem Fenster hoch, das zu seinem Zimmer gehört hatte. Er ballte die Hände zu Fäusten in seinen Hosentaschen.

Er ging um die Rückseite des Hauses herum. Der Hühnerauslauf war noch da, aber leer. Die Tür des Schuppens bewegte sich im Wind hin und her, und ein paar weiße Federn hingen am Maschendrahtzaun. Es war keine Ziege da, aber Daniel sah die Abdrücke von Hufen im Morast. Könnte es sein, dass die alten Ziegen sie überlebt haben? Daniel seufzte, als er an die Tiere dachte, die Minnie verlassen hatten und ersetzt wurden wie die Pflegekinder, die sie aufgezogen und dann immer wieder hatte gehen lassen müssen.

Daniel zog seine Hausschlüssel aus der Tasche. Neben dem Schlüssel zu seiner Londoner Wohnung hatte er noch immer Minnies Hausschlüssel. Denselben Yale-Schlüssel aus Messing, den sie ihm gegeben hatte, als er ein Junge war.

Im Haus roch es feucht und still, als er die Tür öffnete. Aus seiner Tiefe griff die Kälte nach ihm wie alte Hände. Er schlüpfte hinein und zog sich die Ärmel seines Pullis über die Finger, um sie zu wärmen. Das Haus roch noch immer nach ihr. Daniel stand in der Küche und ließ die Finger von der überfüllten Arbeitsfläche zum Nähzeug, zu den Kartons mit Tierfutter und den Gläsern mit Münzen, Knöpfen und Spaghetti gleiten. Auf dem Küchentisch stapelten sich Zeitungen. Aufmerksame Spinnen flitzten von den Dielenbrettern davon.

Er machte den Kühlschrank auf. Es lagen nicht viele Lebensmittel darin, aber er war nicht geleert worden. Die Tomaten waren verschrumpelt und trugen pelzige graue Hauben. Die halbe Flasche Milch war gelb und sauer. Salat zu Seetang verwelkt. Daniel machte die Tür wieder zu.

Er ging ins Wohnzimmer, wo die letzte Zeitung, die sie gelesen hatte, aufgeschlagen auf der Couch lag. Es war ein Dienstag gewesen, als sie das letzte Mal im Haus gewesen war. Er sah sie vor sich, wie sie mit hochgelegten Füßen den *Guardian* las. Er berührte das Papier und verspürte ein Frösteln. Er fühlte sich ihr nahe und zugleich weit entfernt von ihr, als wäre sie eine Spiegelung in einem Fenster oder See.

Ihr altes Klavier am Fenster war aufgeklappt. Daniel zog den Hocker hervor, setzte sich und hörte, wie das Holz unter seinem Gewicht ächzte. Er trat mit dem Fuß vorsichtig auf eines der Pedale und ließ die Finger schwer auf die Tasten fallen, die unter seiner Berührung dissonante Töne von sich gaben. Er erinnerte sich an Nächte als Kind, in denen er nach unten geschlichen war und auf der Treppe gesessen hatte, um ihrem Spiel zuzuhören, während er mit den Zehen des einen Fußes die anderen wärmte. Sie spielte langsame, traurige, klassische Stücke, die er damals nicht gekannt hatte, aber die er zu benennen lernte, als er älter wurde: Rachmaninow, Elgar, Beethoven, Ravel, Schostakowitsch. Je betrunkener sie wurde, desto lauter spielte sie und desto öfter griff sie daneben.

Er erinnerte sich, wie er in der kalten Diele gestanden und sie durch die halb offene Wohnzimmertür beobachtet hatte. Sie haute so heftig auf die Tasten, dass das Klavier unter ihr zu protestieren schien. Ihre schwieligen nackten Füße traten auf die Pedale, während ihr Strähnen ihrer grauen Locken ins Gesicht fielen.

Daniel lächelte, als er einzelne Töne auf dem Klavier anschlug. Er konnte nicht spielen. Sie hatte versucht, es ihm ein-, zweimal beizubringen. Sein Zeigefinger drückte auf die Tasten, dann lauschte er auf deren Klang: kalt, zitternd, einsam. Er schloss die Augen, erinnerte sich; im Zimmer hing noch immer dumpf und schwer der Geruch nach Hund. Was war mit dem Hund passiert, als Minnie starb?, fragte er sich.

Am 8. August jedes Jahres, das er sie gekannt hatte, betrank sie sich bis zur Bewusstlosigkeit, während sie sich immer und immer wieder dieselbe Schallplatte anhörte. Es war eine Platte, die er nicht einmal berühren durfte. Sie verwahrte sie fest in ihrer Hülle bis auf diesen einen Tag im Jahr, an dem sie sie sich im Kreis drehen und die feine Nadel des Tonabnehmers ihre feinen Gewindegänge absuchen ließ. Sie saß dann im Halbdunkel des Wohnzimmers, das nur durch das Feuer erleuchtet war, und hörte sich Ravels Klavierkonzert in G-Dur an. Erst auf der Universität erfuhr Daniel den Namen des Stücks, aber jede Note hatte er sich schon lange davor eingeprägt.

Einmal hatte sie ihn bei sich sitzen lassen. Er war dreizehn oder vierzehn gewesen, und noch immer versuchte er, sie zu begreifen. Sie hatte ihn aufgefordert, still zu sitzen, von ihr abgewandt, und der Nadel zuzuschauen, die sich knackend den Weg in die Musik suchte, während sie mit leicht auf und ab wippendem Kinn darauf wartete, dass die Töne und das Pathos sie ergriffen.

Als die Musik begann, hatte er sich umgedreht, um ihr Gesicht zu beobachten, erstaunt über die Wirkung, die die Musik auf sie ausübte. Er fühlte sich an seine Mutter erinnert, wenn sie sich Heroin spritzte. Dieselbe Verzückung, dieselbe andächtige Aufmerksamkeit, dieselbe Fassungslosigkeit, obwohl sie es immer wieder von Neuem begehrte.

Zunächst schien Minnie den Tönen mit den Blicken zu folgen, während sie heftiger atmete und ihre Brust sich hob. Tränen traten ihr in die Augen, die Daniel quer durchs Zimmer schimmern sah. Sie sah aus wie ein Gemälde: ein Rembrandt – leuchtend, bäurisch, gegenwärtig. Ihre Finger auf der Armlehne ahmten die Töne nach, obwohl er sie dieses Stück nie hatte spielen hören. Sie hörte es sich an, aber nie, kein einziges Mal, spielte sie es.

Und dann die dissonanten Töne, das Ais und B. Wenn sie

wieder und wieder ertönten, bildete sich eine vereinzelte Träne, die ihr blitzend über die Wange lief. Dissonant aber irgendwie richtig brachten sie zum Klingen, was sie empfand.

Sie schien nach der Dissonanz zu suchen wie ein Finger, der eine Wunde berührt.

Wie viele Nächte im August war er von Klaviermusik wach geworden und hatte sich nach unten geschlichen, um zu entdecken, dass sie weinte. Die Seufzer entrangen sich ihr. Es war, als würde sie in den Bauch geboxt, wieder und immer wieder. Daniel erinnerte sich, dass er sich zu einer Kugel zusammengerollt hatte, während er zuhörte, voller Angst um sie, ohne zu begreifen, was los war, außerstande, sie zu trösten. Er hatte Angst gehabt, einfach so in das Zimmer zu gehen und ihr entgegenzutreten. Schon hatte er sich angewöhnt, sie stark, unerschütterlich – mutiger und härter – zu finden als seine eigene Mutter. Als Kind konnte er ihren Kummer nicht ermessen. Er begriff nie völlig, *warum*. Ihre starken Waden und muskulösen Hände und ihr lautes, kräftiges Lachen hatte er zu lieben gelernt. Er ertrug es nicht, sie untröstlich, am Ende zu sehen.

Aber am Morgen war mit ihr *selbstverständlich* alles wieder in Ordnung. Zwei Aspirin und ein Omelette, nachdem die Hühner gefüttert waren; und es war für ein Jahr vorbei. Im nächsten Sommer würde es wieder passieren. Ihr Schmerz schien nie nachzulassen. Jedes Jahr kehrte er mit der gleichen Heftigkeit zurück wie ein nicht nachlassender Frost.

Daniel überlegte. Minnie musste an einem 9. oder 10. August gestorben sein. Hatte ihr Gram sie schließlich umgebracht?

Er sah sich in dem Zimmer um, erstaunt fühlte er, wie die Last des Hauses ihn bedrückte. Die Erinnerungen, die es enthielt, legten sich schwer auf ihn und rieben sich an ihm. Er erinnerte sich sowohl an ihre Tränen als auch an ihr Lachen: der natürliche Frohsinn, der ihn einst so bezaubert hatte. Dann fiel ihm wieder ein, was sie ihm angetan hatte. Tot, dennoch konnte er ihr nicht vergeben. Sie verstehen war eines, aber es reichte nicht aus.

Daniel klappte den Klavierdeckel zu. Er sah Minnies Sessel an und erinnerte sich an ihren Anblick, wie sie mit hochgelegten Füßen dasaß und Geschichten erzählte, das Licht des Feuers in ihren Augen und die Wangen vor Heiterkeit gerötet. Neben ihrem Sessel stand ein offener Karteikasten. Daniel nahm ihn hoch und setzte sich in Minnies Sessel, um den Inhalt zu untersuchen. Zeitungsausschnitte aus den *Brampton News* und den *Newcastle Evening Times* flatterten ihm in den Schoß wie ängstliche Motten.

Tragischer Tod einer Sechsjährigen

Ein Autounfall einer Frau und zweier Kinder führte zum Tod der sechsjährigen Delia Flynn aus Brampton in Cumbria. Das andere Kind in dem Wagen erlitt leichtere Verletzungen und wurde am Donnerstagabend aus dem Krankenhaus entlassen. Delia kam ins Carlisle General Hospital, wo sie zwei Tage später ihren schweren inneren Verletzungen erlag.

Die Mutter des Kindes, die den Wagen gefahren hatte und mit leichteren Verletzungen davonkam, lehnte jede Äußerung dazu ab.

Es gab noch zwei Artikel zu dem Autounfall, aber dann zog ein anderer Ausschnitt Daniels Aufmerksamkeit auf sich. Er war teilweise zerrissen und dicht am Falz der Zeitung herausgetrennt worden.

Vermutlicher Selbstmord eines Farmers

Ein Einwohner und Farmer aus Brampton wurde am Dienstagabend nach einer Schießerei tot aufgefunden. Eine Untersuchung wurde eingeleitet, aber die Polizei geht von keinem Verbrechen aus.

Daniel saß schweigend in dem kalten Wohnzimmer. Als Kind hatte er versucht, sie nach ihrer Familie zu fragen, aber sie war dem Thema immer ausgewichen. Der übrige Inhalt des Karteikastens waren Bildchen, die Delia gemalt hatte: Fingerfarbenbilder, Frottagen von Blättern und Mosaiken aus Linsen und Makkaroni. Ohne zu wissen, warum, faltete Daniel die beiden Zeitungsausschnitte zusammen und schob sie in seine Gesäßtasche.

Es war kalt, und er stampfte beim Herumlaufen mit den Füßen. Er griff zum Telefon, aber es war tot. Der Anrufbeantworter blinkte, und er spielte die Mitteilungen ab.

Er vernahm eine flüsternde Frauenstimme: »Minnie, ich bin's, Agnes. Ich hab gehört, du kannst am Sonntag nicht kommen. Ich wollte dir nur sagen, ich übernehme gerne deinen Marktstand. Ich hoffe, es geht dir nicht allzu schlecht. Wir sprechen uns später, denke ich …«

Der Apparat schaltete auf die nächste Mitteilung.

»Mrs. Flynn, hier spricht Dr. Hargreaves. Ich hoffe, Sie können mich zurückrufen. Ich habe die Ergebnisse vom Facharzt. Sie haben Ihren letzten Termin nicht wahrgenommen. Die Resultate erfordern eine Besprechung, und ich hoffe, Sie sind in der Lage, einen neuen Termin zu vereinbaren. Vielen Dank.«

Ende der Mitteilungen, erklärte der Apparat.

Briefe stapelten sich auf dem Stuhl neben dem Telefon in der Diele. Daniel blätterte sie durch. Es lagen da rote Briefe vom Stromversorger und von der Telefongesellschaft, Briefe vom Königlichen Tierschutzverein und vom Behandlungszentrum für kranke Haustiere, Exemplare von *Farmers Weekly*. Daniel fegte sie auf den Boden und setzte sich, eine Hand vor dem Mund.

Die Eiseskälte der dissonanten Töne erklang in seinem Kopf. *Tot. Tot. Tot.*

Daniel sah sich außerstande, die Nacht in Minnies ächzendem Haus zu verbringen. Er fand ein Zimmer in einem Hotel am Ort, wo er ein allzu rohes Steak aß und eine Flasche Rotwein trank. Er schlief in seinen Kleidern auf den Nylonüberzügen des Betts ein. Das feuchte Zimmer roch, als wenn jemand darin gestorben wäre. Er hatte Cunningham, Minnies Anwalt, von der Straße aus angerufen. Wie er es erwartet hatte, fand die Trauerfeier in der Kapelle des Krematoriums an der Crawhall statt.

Es war ein Dienstag. In Brampton war es kälter als in London, die Sonne von Wolken verdeckt. Daniel roch die Bäume in der Luft, und ihr unerbittliches Grün war bedrückend. Es war allzu still, und die Leute drehten sich zu ihm um, wenn sie seine Schritte hörten. Er sehnte sich nach der Anonymität, der Hast und dem Lärm von London.

Die Türen zu der Kapelle standen offen, als er ankam, und er wurde nach drinnen geführt. Der Saal war etwas über halb voll. Die Trauergäste waren Männer und Frauen in Minnies Alter. Daniel setzte sich ziemlich weit hinten in die Mitte einer der leeren Bankreihen. Ein großer, magerer, grau gekleideter Mann mit beginnender Glatze näherte sich ihm.

»Sind Sie … Danny?«, flüsterte der Mann, obwohl die Andacht noch nicht begonnen hatte.

Daniel nickte.

»John Cunningham, erfreut, Sie kennenzulernen.«

Seine Hand war trocken und hart. Daniel empfand seine eigene schweißnass.

»Ich bin so froh, dass Sie sich entschlossen haben herzukommen. Kommen Sie nach vorn. Sieht besser aus.«

Daniel hätte sich gern hinten versteckt, aber er stand auf und folgte Cunningham nach vorn. Frauen, die er aus seiner Kindheit kannte, Farmer, die mit Minnie Marktstände betrieben hatten, nickten ihm zu, als er sich hinsetzte.

»Es gibt keine Drinks oder sonst was hinterher«, flüsterte Cunningham Daniel ins Ohr. Sein Atem roch nach Milchkaffee. »Aber wenn Sie hinterher für einen Schwatz Zeit haben …?«

Daniel nickte einmal.

»Ich werde für sie ein paar Worte sagen. Möchten Sie das vielleicht auch? Ich kann mit dem Pfarrer reden?«

»Ist schon gut«, sagte Daniel und wandte sich ab.

Er stand die kurze Zeremonie mit so fest zusammengebissenen Zähnen durch, dass die Muskeln in seiner rechten Wange zu schmerzen begannen. Es wurden Choräle gesungen, gefolgt von den routinierten freundlichen Worten des Pfarrers in einem abgeschliffenen Carlisle-Akzent. Daniel stellte fest, dass er den Sarg anstarrte, weil er noch immer nicht glaubte, dass sie wirklich da drin lag. Er schluckte, als der Pfarrer John Cunningham bat, seine Trauerrede zu halten.

Am Lesepult räusperte sich Minnies Anwalt geräuschvoll und las von einem zusammengefalteten Blatt Schreibmaschinenpapier ab.

»Ich bin stolz, einer der Menschen zu sein, die sich heute hier zu Ehren einer wunderbaren Frau versammelt haben, die Freude gebracht hat ins Leben von uns allen und von vielen mehr jenseits dieser Mauern. Minnie ist für uns alle ein Beispiel, und ich hoffe, sie war stolz auf alles, was sie in ihrem Leben zuwege gebracht hat.

Ich lernte Minnie in meiner beruflichen Eigenschaft nach dem tragischen Tod ihres Mannes Norman Flynn und ihrer Tochter Cordelia Rae Flynn kennen – mögen sie in Frieden ruhen.«

Daniel richtete sich auf und holte tief Luft. *Cordelia Rae.* Ihren vollen Namen hatte er nie gekannt. Die seltenen Male, die Minnie sie erwähnt hatte, war sie Delia gewesen.

»Im Laufe der Jahre lernte ich ihre Freundschaft schätzen

und sie als eine Person respektieren, die anderen auf eine Weise Hilfe leistete, wonach wir alle streben sollten. Minnie… war eine Rebellin.«

Zaghaft kam tränenreiches Lachen auf. Daniel zog die Stirn kraus und atmete flach.

»Ihr war egal, was irgendjemand von ihr dachte. Sie zog an, was sie wollte, sie tat, was sie wollte, und sie sagte, was sie wollte, und man musste… sich wohl oder übel damit abfinden.«

Wieder Lachen, das klang, als würde ein Teppich ausgeklopft.

»Aber sie war ehrlich und freundlich, und es waren diese Eigenschaften, die sie zu einer Pflegemutter von Dutzenden von gefährdeten Kindern und wieder eine Mutter werden ließen, als sie in den Achtzigerjahren ihren lieben Sohn Danny adoptierte, der dankenswerterweise heute bei uns sein kann…«

Die Frauen, die rechts von Daniel saßen, wandten sich zu ihm um. Er fühlte, wie ihm Röte in die Wangen stieg. Er beugte sich auf seinen Ellenbogen nach vorn.

»Die meisten von uns heute hier kennen Minnie als Kleinbäuerin – wir haben entweder an ihrer Seite gearbeitet oder ihre Produkte gekauft. Auch hier bewies sie ihre Fürsorge und Aufmerksamkeit in der Art, wie sie für ihre Tiere sorgte. Der kleine Hof war nicht bloß ein Lebensunterhalt, auch die Tiere waren ihre Kinder, und sie hegte und pflegte sie, wie sie alle hegte und pflegte, die ihrer bedurften. Als Freund ist das mein letzter Eindruck von ihr. Sie war unabhängig, sie war rebellisch, sie war Herrin ihrer selbst, aber mehr noch als all das war sie ein fürsorglicher Mensch, und die Welt ist durch ihren Verlust so viel ärmer geworden. Gottes Liebe dir, Minnie Flynn, mögest du in Frieden ruhen.«

Daniel sah, dass die Frauen, die neben ihm saßen, ihre Köpfe neigten. Er tat dasselbe, während er noch immer das Brennen auf seinen Wangen spürte. Eine der Frauen fing an zu weinen.

Cunningham setzte sich, und die Frau, die rechts von ihm

saß, klopfte ihm auf die Schulter. Der Pfarrer stützte sich mit beiden Händen auf das Lesepult.

»Wir kommen nun zu der Bestattung, und Minnie hat sich gewünscht, dass wir uns dieses Musikstück anhören, das etwas Besonderes für sie war. Das irdische Leben von Minnie hat geendet, und wir übergeben nun ihren Leib den Elementen. Erde zu Erde, Asche zu Asche und Staub zu Staub, vertrauend auf die unendliche Gnade Gottes …«

Daniel hielt den Atem an. Er blickte sich um und überlegte, woher die Musik kommen würde. Ehe er die Klavierakkorde hörte, wusste er, welches Stück sie ausgesucht hatte.

Als die Musik einsetzte, spürte er unwillkürlich, wie sich die Spannung in seinem Körper löste. Die beschwingten, drängenden Schritte der Musik trugen ihn mit sich, als er zusah, wie die Vorhänge sich langsam über ihren Sarg senkten. Die Zeit schien zu zögern und stillzustehen, und wie er so mit diesen Fremden dasaß und der Musik lauschte, die ihr so vertraut war wie ihm, begann er, sich zu erinnern.

Augenblicke seines Lebens drängten sich in den Vordergrund und verschwanden wieder wie die Töne selbst. Das Ais und dann das B: Er öffnete entsetzt den Mund, als er die Röte auf seinen Wangen fühlte. Der Hals tat ihm weh.

Wie lange es her war, dass er das ganze Konzert gehört hatte. Zuletzt hatte er es wohl als Halbwüchsiger vernommen; in seiner Erinnerung war es schmerzlicher, die Dissonanz schärfer. Jetzt war er über die Heiterkeit des Stücks erstaunt und dass – in seiner Gesamtheit – seine Harmonie wie seine Dissonanz genau richtig erschien.

Die Gefühle, zu denen die Musik verleitete, waren ihm neu. Bis ganz zum Schluss biss er die Zähne zusammen, um seinen Schmerz nicht zuzulassen. Er erinnerte sich an ihre warmen, starken Finger und ihre weichen grauen Locken. Seine Haut erinnerte sich an die Rauheit ihrer Hände. Das war es, was die nervöse Spannung in seinen Körper und die Röte auf seine Wangen brachte. Er würde nicht weinen, das verdiente sie nicht, aber ein winziger Teil von ihm gab nach und verlangte, um sie zu trauern.

Auf dem Parkplatz war die Sonne herausgekommen. Als Daniel zu seinem Wagen ging, zog er sein Jackett aus. Er fühlte sich plötzlich erschöpft, nicht mehr in Form für die siebenstündige Fahrt zurück nach London. Er spürte eine Hand auf seinem Arm und drehte sich um. Es war eine alte Frau mit einem verhärmten, eingefallenen Gesicht. Daniel brauchte einen Moment, aber dann erkannte er sie als Minnies Schwester Harriet wieder.

»Weißt du, wer ich bin?«, fragte sie und zog ihren Mund nach unten, wodurch sich ihr ganzes Gesicht verzerrte.

»Natürlich. Wie geht es dir?«

»Wer bin ich denn? Sag meinen Namen, wer bin ich?«

Daniel holte Luft, dann sagte er: »Du bist Harriet, Tante Harriet.«

»Hast es hier raufgeschafft, was? Die verdammte Zeit gefunden, jetzt wo sie tot ist.«

»Ich … ich habe nicht …«

»Ich hoffe, du schämst dich, mein Junge. Ich hoffe, das ist der Grund, warum du hier bist. Gott verzeihe dir.«

Harriet ging quer über den Parkplatz davon, indem sie sich mit ihrem Stock den Weg freistach. Daniel drehte sich zu seinem Wagen um und lehnte sich auf das Dach. Von dem Laub und der Trauerfeier und dem stillen, weiten Land schwirrte ihm der Kopf. Er atmete aus und wischte sich die Feuchtigkeit von den Fingerspitzen. Er hörte, dass Cunningham ihn rief, und drehte sich um.

»Danny – wir hatten noch keine Gelegenheit. Hätten Sie Zeit für ein Mittagessen oder eine Tasse Tee?«

Am liebsten hätte er Cunningham abgewiesen, er sei schon unterwegs, aber im Moment hatte er keinen anderen Wunsch, als sich hinzulegen, und so willigte er ein.

In dem Café senkte Daniel den Kopf und fuhr sich mit der Hand über das Gesicht. Cunningham hatte eine Kanne Tee für sie beide und einen Teller Suppe für sich selbst bestellt. Daniel aß nichts.

»Es muss schwer für Sie sein«, sagte Cunningham und verschränkte die Arme.

Daniel räusperte sich und schaute weg, verlegen über seine verworrenen Gefühle für Minnie und gedemütigt von Harriets barschen Worten. Er war sich nicht sicher, warum er so emotional reagierte. Er hatte sich von Minnie schon vor langer Zeit verabschiedet.

»Sie war ein Schatz. Ein richtiger Schatz. Sie hat so viele Menschen bewegt.«

»Sie war ein zähes altes Luder«, sagte Daniel. »Ich glaube, sie hat sich genauso viele Feinde gemacht wie Freunde...«

»Wir mussten's in der Kapelle machen, aber sie wollte ausdrücklich eine nichtkirchliche Trauerfeier und hat verlangt, verbrannt zu werden. Verbrannt, ja, ist das denn zu glauben?«

»Sie hatte Gott abgeschrieben«, sagte Daniel.

»Ich weiß, sie ist viele Jahre nicht mehr in die Kirche gegangen. Ich habe selber nicht die Zeit dazu, um die Wahrheit zu sagen, aber ich habe gedacht, dass ihr der Glaube noch wichtig wäre.«

»Sie hat mir mal gesagt, auf die Rituale und die Wunder wäre am schwersten zu verzichten – sie legte keinen großen Wert darauf, aber sie konnte sie nicht lassen. Einmal hat sie zu mir gesagt, das Christentum sei auch nur eine ihrer schlechten Angewohnheiten. Wenn man sie kannte, betete sie einen Rosenkranz, wenn sie betrunken war. Schlechte Angewohnheiten vertragen sich miteinander… Ihre Rede war gut. Sie war richtig. Minnie war eine Rebellin.«

»Ich finde, sie hätte nach Cork zurückgehen sollen, als Norman gestorben war. Ihre Schwester hat das gesagt, haben Sie mit ihr gesprochen? Sie war die am Ende der Reihe.«

»Ich kenne ihre Schwester. Sie hat uns immer besucht. Ich habe ein paar Worte mit ihr gewechselt.« Wieder schaute Daniel weg, aber Cunningham bemerkte es nicht und redete weiter.

»Sie war eine Frau, die ihrer Zeit voraus war, das war sie. Minnie hätte in einer Großstadt leben müssen, in irgendwas Kosmopolitischem…«

»Nö, sie liebte das Land. Dafür hat sie gelebt.«

»Aber ihre Ideen waren allesamt Großstadtideen, da wär sie besser dran gewesen.«

»Vielleicht. Es war ihre Entscheidung. Wie Sie gesagt haben, sie liebte ihre Tiere.«

Cunninghams Suppe kam, und ein paar Augenblicke lang war er mit seiner Serviette und dem Butterbrötchen beschäftigt. Daniel trank seinen Tee und wartete, immer noch im Ungewissen, worüber Cunningham wohl so dringend reden musste. Er schwieg gern.

»Es wird einige Zeit dauern, bis das Erbe geregelt ist. Ich muss eine Firma beauftragen, die das Haus leer räumt, und dann biete ich es zum Kauf an. In seinem derzeitigen Zustand erwarte ich keinen raschen Verkauf, aber man weiß ja nie. Ich möchte nur, dass Sie darauf vorbereitet sind, dass es einige Monate dauern kann, bevor wir sozusagen abrechnen.«

»Wie ich schon am Telefon sagte. Ich möchte nichts.«

Wachsam nahm Cunningham einen Löffel Suppe zu sich. Er betupfte seinen Mund mit der Serviette, dann sagte er: »Ich dachte, Sie hätten vielleicht Ihre Meinung geändert, wo Sie jetzt zur Trauerfeier gekommen sind.«

»Ich weiß nicht, warum ich hergekommen bin. Ich nehme

an, ich musste …«, Daniel fuhr sich mit den Händen über das Gesicht, »… mit eigenen Augen sehen, dass sie wirklich tot ist. Wir hatten eine Zeit lang keinen Kontakt.«

»Das hat sie mir erzählt … Es besteht keine Eile, was das Erbe angeht. Wie gesagt, es wird Monate dauern, bis die Sache abgeschlossen ist. Ich setze mich mit Ihnen in Verbindung, wenn die Zeit heranrückt, dann können Sie ja sehen, wie Sie darüber denken.«

»Schön, aber ich kann Ihnen jetzt schon sagen, dass ich meine Meinung nicht ändern werde. Sie können alles dem Hundeheim geben. Das würde ihr sicherlich gefallen.«

»Gut, wir können das zu gegebener Zeit klären.«

Stille ließ sich zwischen ihnen nieder wie ein Hund, der gestreichelt werden möchte.

Cunningham schaute aus dem Fenster. »Minnie war ein Schatz, nicht? Urkomisch, das war sie. Riesen Sinn für Humor, nicht?«

»Ich kann mich nicht erinnern.«

Der Mann blickte Daniel an, runzelte die Stirn, dann wandte er sich seiner Suppe zu.

»Und, war es denn Krebs?«, fragte Daniel und holte tief Luft.

Cunningham schluckte und nickte gleichzeitig. »Aber sie hat nichts dagegen getan, verstehn Sie. Sie hätte 'ne Chemotherapie machen können oder sich operieren lassen, aber sie hat das alles abgelehnt.«

»Natürlich – das musste sie.«

»Sie hat mir erzählt, sie wäre unglücklich gewesen. Ich weiß, Sie hatten vor ein paar Jahren Streit miteinander.«

»Sie war schon lange davor unglücklich», sagte Daniel.

Cunninghams Löffel klapperte gegen den Teller, als er ihn auskratzte. »Sie waren doch ursprünglich eines von ihren Pflegekindern, nicht?«

Daniel nickte einmal. Seine Schultern und Oberarme verkrampften sich plötzlich, und er verlagerte sein Gewicht, um die Spannung zu lösen.

»Sie waren was ganz Besonderes für sie. Das hat sie mir erzählt. Sie waren so was wie ihr eigener Sohn«, sagte Cunningham.

Daniel sah ihn an. Cunningham hing etwas Suppe im Schnurrbart, und er musterte sein Gegenüber mit weit geöffneten Augen. Daniel empfand eine überraschende Wut auf den Mann. In dem Café war es plötzlich zu warm.

»Entschuldigung», sagte Cunningham und winkte nach der Rechnung, als hätte er bemerkt, dass er zu weit gegangen war. »Sie hat mir eine Schachtel mit Sachen für Sie gegeben. Meistens Krimskrams und Fotos – nichts von großem Wert –, aber sie wollte, dass Sie sie bekommen. Am besten, Sie nehmen sie jetzt mit. Sie ist in meinem Wagen.«

Cunningham trank seine Tasse aus. »Ich weiß, es muss schwer für Sie sein. Ich weiß, Sie hatten Ihre Differenzen, aber trotzdem ...«

Daniel schüttelte den Kopf, wusste nicht, was er sagen sollte. Der Schmerz war in seinen Hals zurückgekehrt. Er fühlte sich so wie in dem Krematorium, wo er gegen seine Tränen angekämpft hatte und deswegen sauer auf sich gewesen war.

»Wollten Sie sich selbst mit dem Haus befassen? Als Familienmitglied haben Sie das Recht ...«

»Nein, engagieren Sie einfach eine Firma, da ist nichts ... Ich habe wirklich keine Zeit dafür.« So fühlte es sich besser an. Die Worte waren wie frische Luft. Er fühlte sich durch sie gestrafft, gestärkt.

»Es steht Ihnen frei, alles an persönlichen Dingen aus dem Haus an sich zu nehmen, während Sie hier oben sind, aber wie gesagt, einige Dinge hat sie schon beiseite getan.«

Sie standen auf, um zu gehen; Cunningham bezahlte die Rechnung.

Ehe Daniel die Tür aufmachte, fragte er: »Sie hat doch nicht gelitten, oder?«

Sie traten in die Frühherbstsonne hinaus. Ihre grelle Klarheit ließ Daniel blinzeln.

»Sie hat gelitten, aber sie wusste, es war unvermeidlich. Ich denke, sie hatte wirklich genug und wollte einfach, dass alles zu Ende ging.«

Sie gaben sich die Hand. Daniel empfand Cunninghams kurzen, harten Händedruck als einen Widerspruch, der das Ungesagte mitteilte. Er erinnerte ihn an manchen Handschlag mit Mandanten, nachdem der Richter sie zu Gefängnis verurteilt hatte. Freundlichkeit, mit rascher Grausamkeit vermittelt.

Daniel war drauf und dran, sich befreit von ihm abzuwenden, da warf Cunningham die Hände in die Luft.

»Ihr Karton! Ihr Karton liegt in meinem Wagen. Einen Moment.«

Daniel wartete, während Cunningham den Pappkarton aus dem Kofferraum holte. Der Geruch von den Feldern und Farmen beruhigte ihn nicht. Er erschien ihm grob.

»Bitteschön«, sagte Cunningham. »Nicht viel wert, aber sie wollte, dass Sie ihn bekommen.«

Um einen zweiten Händedruck zu vermeiden, salutierte Cunningham militärisch. Daniel verwirrte diese Geste, aber er nickte zum Abschied.

Der Karton war leicht. Er legte ihn in den Kofferraum seines Wagens, ohne hineinzusehen.

8

Er steckte seine Füße in die zu großen Gummistiefel. Durch seine Socken hindurch fühlten sie sich kalt an wie fest gewordene Sülze. Wie verlangt, streute er den Hühnern Küchenabfälle hin. Er versuchte, die kalten Gemüse nicht mit den Fingern zu berühren, aber etwas Getreide blieb an seinen Fingernägeln hängen. Er schnippte es weg wie Rotz. Minnie hatte zu ihm gesagt, sie meine, seine Nase sei gebrochen. Er fand es schwierig zu atmen, während er die Hühner fütterte. Aber es war ihm ziemlich egal, weil er ihren Gestank nicht ausstehen konnte: Ammoniak, faulendes Gemüse und feuchte Federn.

Es war Samstag, und sie machte ihm Speck mit Spiegeleiern. Er konnte sie am Küchenfenster sehen. Morgens war sie immer schweigsam. Er wusste, es war die Kehrseite des Gins. Er war elf Jahre alt und wusste über den Kater nach Drogen und Alkohol Bescheid, obwohl er nie einen gehabt hatte. Aber betrunken war er schon gewesen. Eines Abends hatte er zwei Dosen Bier mit ins Bett genommen und sie getrunken, während er sich auf dem tragbaren Schwarz-Weiß-Fernseher im Zimmer seiner Mutter *Dallas* ansah. Er hatte seinen Schlafanzug von oben bis unten vollgekotzt.

Beim Hühnerfüttern hatte er die Halskette seiner Mutter um – es war ihm egal, ob er damit wie ein Mädchen aussah. Er wollte die Halskette in Sicherheit wissen. Er wollte *sie* in Sicherheit wissen. Er fragte sich, was die Sozialarbeiterin am Abend zuvor Minnie berichtet hatte. Als Tricia ihm auf der Rückfahrt im Wagen erzählt hatte, dass sie nichts über seine Mutter und das Feuer wisse, hatte er das Gefühl gehabt, dass sie ihm etwas verschwieg.

Daniel schob sich seitwärts zurück ins Haus, während der Ziegenbock Hector ihn tückisch beäugte. Das Ziegengesicht erinnerte Daniel an seine Sozialarbeiterin. Im Flur schlüpfte er aus seinen Gummistiefeln. Blitz lag direkt vor der Tür. Er hob den Kopf, als Daniel hereinkam, rührte sich aber nicht von der Stelle, sodass Daniel über ihn hinwegsteigen musste. In der Küche roch es nach Fett, Schweinefleisch und Zwiebeln.

Minnie trug das Essen auf. Die Würste waren so glitschig, dass sie über den Tellerrand rutschten. Er griff zu seiner Gabel und pikte in die Pelle. Das mochte er am liebsten: in die Pelle zu piken und zu sehen, wie der Saft herausquoll.

»Geht es dir besser heute Morgen?«, fragte sie.

Er zuckte mit den Schultern, den Blick auf sein Essen gerichtet.

»Wie geht's deiner Nase? Hast du gut geschlafen?«

Er nickte.

»Ich muss mit dir reden.«

Er blickte in ihr Gesicht; seine Gabel auf dem Teller hielt inne. Ihre Augen waren ein wenig weiter geöffnet als üblich. Daniel fühlte, wie sein Appetit schwand, fühlte das Öl aus den Würsten fettig in seinem Hals.

»Manchmal, wenn dir üble Dinge zustoßen, erscheint es dir wahrscheinlich leichter, einfach wegzulaufen, aber ich möchte, dass du versuchst, nicht wegzulaufen, sondern den Dingen, die du nicht magst, ins Gesicht zu sehen. Es scheint schwerer zu sein, aber auf lange Sicht fährst du besser damit. Glaub mir.«

»Ich bin nicht weggelaufen.«

»Was war's denn dann?«

»Ich wollte meine Mum besuchen.«

Minnie seufzte und schob ihren Teller weg. Er sah, dass sie sich auf die Unterlippe biss, sich dann nach vorn beugte und nach seiner Hand langte. Er zog sich langsam von ihr zurück, aber sie blieb so sitzen, mit der über den Tisch nach ihm ausgestreckten Hand.

»Wir werden rausfinden, was mit deiner Mum passiert ist. Du musst wissen, dass ich deswegen jeden Tag telefoniere. Ich verspreche dir, ich finde es für dich raus …«

»Es wird ihr schon gut gehen. Es geht ihr immer gut.«

»Das glaube ich auch. Ich möchte nur, dass du mir vertraust. Ich bin auf deiner Seite, Schatz. Du musst nicht mehr alles auf eigene Faust erledigen.«

Versprechen. Vertrauen. Auf eigene Faust. Die Worte hämmerten in seiner Brust. Es war, als hätte er Minnie nicht gehört oder als wären die Worte Steine, die ihn trafen. *Schatz. Vertrauen. Eigen.* Daniel wusste nicht, warum sie schmerzten.

»Halt doch die Klappe.«

»Danny, ich weiß, du möchtest deine Mum sehen. Ich verstehe das. Ich werde dir helfen herauszufinden, wo sie ist, und wir können mit deiner Sozialarbeiterin über Besuche in vernünftigem Rahmen reden. Aber du musst aufpassen, Danny. Ich kann nicht zulassen, dass du in einem fort wegläufst. Dann nehmen sie dich mir weg, verstehst du, und das ist das Letzte, was ich mir auf dieser Erde wünsche.«

Daniel war sich nicht sicher, was ihn mehr ängstigte, der Gedanke, seine Mutter nicht zu sehen, oder der, Minnie wieder weggenommen zu werden. Er war es leid, ewig an neue Orte zu kommen und dann wieder weggeschickt zu werden, aber hier zu bleiben, hoffte er nicht. Er wusste, der Abschied käme bald. Das Beste wäre, er würde ihn provozieren.

Als Erstes bemerkte er, dass seine Finger, noch schmierig von dem Getreide, zusammenklebten, als wären sie mit einem Netz überzogen, dann begann sein Herz heftig zu schlagen, und er konnte nicht atmen. Er stand vom Tisch auf, und sein Stuhl kippte nach hinten um. Der Knall erschreckte Blitz, der aufsprang. Daniel rannte aus der Küche und geradewegs die Treppe hinauf in sein Zimmer.

»Danny!«, hörte er sie rufen.

Er stand am Fenster und blickte hinunter in den Hof. Seine Augen waren heiß, und seine Hände zitterten. Er hörte sie auf der Treppe am Geländer zerren, um sich nach oben zu hieven. Er drehte sich um, und die schwindelerregenden Rosenknospen der Tapete schwirrten auf ihn zu.

Er griff sich mit den Händen in die Haare und zog daran, bis ihm Tränen in die Augen traten. Er schrie lange und schrill, bis er außer Atem war. Als sie das Zimmer betrat, nahm er das Schmuckkästchen von der Kommode und schleuderte es in den Spiegel des Kleiderschranks. Kaum kam sie auf ihn zu, griff er nach der Kommode und kippte sie ihr vor die Füße. Er sah, dass sie auf das Bett kletterte, um zu ihm zu gelangen, und er begann, mit der Faust und dann mit dem Kopf auf die Fensterscheiben einzuschlagen. Er wollte raus, weg von ihr. Er wollte zu seiner Mum.

Er hörte nicht, was sie sagte, aber ihre Lippen bewegten sich, und ihren Blick hatte sie bekümmert gesenkt. Kaum spürte er die Berührung ihrer Hände, wirbelte er herum und versetzte ihr einen Schlag auf den Mund. Dann drehte er sich von ihr weg, weil er ihren vorwurfsvollen Blick nicht sehen wollte. Wieder schlug er auf das Fenster ein, erst mit der Faust und dann mit dem Kopf, und es zersprang, aber da fühlte er ihre Hände auf seiner Schulter. Angriffslustig drehte er sich um, aber sie zog ihn an sich und hinunter auf den Fußboden.

Sie hielt ihn mit ihren Armen umschlungen. Sein Gesicht

war gegen ihre Brust gepresst, und er fühlte ihre Arme, die sich wie Taue um ihn legten, und ihr schieres Gewicht. Er kämpfte dagegen an. Er trat um sich und versuchte freizukommen, aber es hatte keinen Zweck. Noch einmal versuchte er zu schreien, aber sie drückte ihn nur fester an sich.

»Das war's, mein Junge, ist ja okay. Ist ja alles okay. Lass es jetzt raus. Lass alles raus. Es ist okay.«

Er wollte nicht weinen. Er versuchte nicht einmal, es aufzuhalten. Er war einfach so müde. Sie kamen einfach so aus ihm raus, die Tränen und die Schluchzer. Er konnte nicht aufhören. Sie setzte sich auf und lehnte sich gegen den kaputten Spiegel des Kleiderschranks, während sie ihn unentwegt fest an sich presste. Sie hielt nicht mehr seine Arme fest, zog ihn aber dichter an sich. Er fühlte ihre Lippen auf seiner Stirn. Er nahm die Geräusche wahr, die er machte: seine verstohlenen, ungleichmäßigen Schluchzer und ihren Geruch. Ihre feuchte Wolle war plötzlich wohltuend, und er atmete ihren Geruch ein.

Daniel wusste nicht, wie lange sie so dalagen, aber es war lange. Draußen veränderte sich das Wetter, und der feuchte Morgen ging in hellen Sonnenschein über, der auf das Haus und die Farm fiel, die von Wasser troffen. Er hatte aufgehört zu weinen, aber er schluchzte noch, als koste er etwas sehr Heißes. Er war fix und fertig. Er wusste nicht, was er als Nächstes tun sollte.

»Ganz ruhig, psst, mein Liebling«, flüsterte sie, als er gleichmäßig zu atmen versuchte. »Es ist alles gut. Ich bin nicht deine Mum. Ich kann nie deine Mum sein, aber ich bin trotzdem da. Ich werde immer da sein, wenn du mich brauchst.«

Er war zu müde, um sich aufzusetzen oder ihr zu antworten, aber zum Teil war er froh, dass sie da war, und er schlang seine Arme enger um ihre Hüften. Als Reaktion drückte sie ihn ein bisschen fester an sich.

Nach einer Weile konnte er wieder richtig atmen. Ganz langsam ließ sie ihn los. Später, zeitig im Bett, versuchte er, sich zu erinnern, ob ihn schon früher einmal jemand so an sich gedrückt hatte. Die meisten Leute kamen ihm nicht so nahe. Seine Mutter hatte ihn geküsst. Ja, sie war ihm mit den Fingern durch die Haare gefahren. Sie hatte ihn ein- oder zweimal getröstet, als er sich wehgetan hatte.

Daniel half Minnie auf; dann versuchten sie beide, das Zimmer wieder in Ordnung zu bringen. Das Fenster war eingeschlagen und der Spiegel kaputt. Minnie seufzte, als sie die Zerstörung überblickte.

»Es tut mir leid. Ich wollte sie nicht kaputt machen«, sagte er. »Ich mach sie wieder heil für dich.«

»Ich wusste gar nicht, dass du so viel Geld hast«, sagte sie und lachte.

»Ich könnte mir welches besorgen.«

»Meinst du damit wieder deine Karriere als Taschendieb? Da bin ich anderer Meinung.« Sie bückte sich, um das Schmuckkästchen vom Fußboden aufzuheben. Sie beugte sich vor und reckte ihren Hintern in die Höhe, sodass ihr Rock hinten nach oben rutschte und er ihre weißen Beine und ihre Männersocken sehen konnte, die ihr bis an die Knie gingen. Er sah, dass er sie erschöpft hatte. Ihre Wangen waren rot, und Schweiß stand ihr auf der Lippe.

»Ich wickle Papier rum, so.«

»Papier rum, ach wirklich? Du kannst mir an den Wochenenden am Marktstand helfen. Mir helfen, die Eier auszuliefern. Dafür werde ich dir Taschengeld zahlen.«

»In Ordnung.«

»Ja, aber wohlgemerkt, ich brauche jemanden, der vorsichtig ist. Kannst du vorsichtig mit den Eiern umgehen?«

»Ich werde vorsichtig sein. Ich verspreche es.«

»Na, warten wir's ab. Wir müssen es abwarten.«

9

Daniel fuhr schneller als erlaubt, die Fenster hatte er wieder heruntergekurbelt. Er genoss die frische Luft und atmete tief durch, was sein Zwerchfell weitete. Dabei warf er einen mürrischen Blick auf die Straße und versuchte dahinterzukommen, warum er bei der Trauerfeier so aufgeregt und dann auf Cunningham so wütend gewesen war. Das war kindisch und emotional gewesen. Er schalt sich aus, indem er beim Fahren leise vor sich hin fluchte.

Jetzt, da er wieder unterwegs war, fühlte er sich besser: entspannt, aber müde. Brampton war wie ein Schlafmittel; die Ablenkungen durch Arbeit erschienen noch weit weg. Wieder holte er tief Luft und überlegte, ob es der Geruch nach Jauche war, der ihn einschläferte. Er hätte die M6 geradewegs nach London nehmen sollen – er wollte vor dem Dunkelwerden zu Hause sein –, aber er fuhr mit offenem Fenster einfach so vor sich hin, während er den Geruch der Felder in sich aufnahm, die kleinen Häuser betrachtete und sich an Orte erinnerte, die er als Kind besucht hatte.

Fast zufällig fand er sich auf der A69 wieder, und dann saß er kurz vor Newcastle in einem Stau fest. Daniel hatte den Umweg nicht geplant, aber es gab da etwas, was er wiedersehen wollte; etwas, was er tun musste, heute ganz besonders.

Daniel steuerte in die Stadt hinein, an der Universität vorbei und auf die Jesmond Road. Er fuhr hier viel langsamer, fast so, als hätte er Angst anzukommen.

Als er aus dem Wagen stieg, war die Sonne hinter Wolken versteckt. Er dachte an die lange Fahrt, die vor ihm lag, doch er wollte bleiben und sie noch einmal besuchen.

Der Eingang zum Friedhof war ein mütterlicher Bogen aus rotem Sandstein, der ihn unwillkürlich in dessen Tiefe zog. Er wusste, wohin er gehen musste; er war dem Weg mit jugendlichen Schritten gefolgt zu der Stelle, an der sie beerdigt war.

Daniel war überrascht, wie schnell er ihren Grabstein fand. Dessen weißer Marmor war inzwischen verfärbt und fleckig. Die schwarz aufgemalten Buchstaben ihres Namens waren fast völlig abgeblättert, sodass von Weitem ihr Name Sam Gerald Hunt lautete statt *Samantha Geraldine Hunter*. Daniel seufzte, die Hände in den Hosentaschen.

Es war ein schlichtes Kreuz mit Kies an seinem Fuß, um so die Notwendigkeit von Blumen, Unterhalt und Liebesbeteuerungen zu verneinen.

Er wippte vor dem Grab auf seinen Fersen und dachte über die Worte bei Minnies Trauerfeier nach: Übergeben. Leib. Elemente. Irdisch. Staub. Asche. Vertrauen. Gnade. Er erinnerte sich, als jüngerer Mann vor diesem Grab gestanden und sich verletzt gefühlt zu haben, weil nicht sein eigener Name in den billigen Marmor graviert war. Er hätte gewollt, dass dort stand: *Für Daniel Hunter von seiner liebevollen Mutter*. Aber war sie eine liebevolle Mutter gewesen? Hatte sie ihn überhaupt geliebt?

Lange war er über diesen Tod wütend gewesen, aber heute verstand er nicht mehr, warum er so empfunden hatte. Jetzt stand er da, unberührt von der Tatsache, dass sein Name nicht auf dem Grabstein stand. Er wusste, dass er zur Hälfte dieselbe DNA wie die Knochen unter seinen Füßen besaß, aber dieser Knochen bedurfte er nicht mehr.

Er dachte an Minnie, geopfert und über Bord geworfen. In

seinem Inneren roch er sie noch immer, fühlte das Bäurische ihrer Strickjacke an seiner Wange und sah die Freude in ihren wässerigen blauen Augen. Wie der Gegenwart selbst würde er ihr nachjagen, flüchtig, wie dem nie zu erhaschenden *Jetzt*. Jahrelang hatte er sie gemieden, doch jetzt war sie weg: nicht in dem alten Haus, nicht auf der Farm, nicht auf dem Friedhof, nicht in den Augen ihrer Schwester. Minnie war von der Erde verschwunden, ohne dass auch nur ein Stück Marmor stumm von ihrem Dahinscheiden berichtete.

Daniel erinnerte sich, an diesem Grab geweint zu haben. Jetzt stand er hier mit trockenen Augen und den Händen in den Hosentaschen. An Minnie konnte er sich leichter erinnern als an seine eigene Mutter. Er war so klein gewesen, als er zuletzt bei seiner Mutter gelebt hatte. Jahrelang waren ihre Zusammenkünfte stressig und kurz gewesen. Er war zu ihr gelaufen und wieder weggezerrt worden.

Bei Minnie war er geblieben. Bei ihr war er als Kind, als Jugendlicher und als junger Mann gewesen. Jetzt, da sie fort war, fühlte er sich seltsam gelassen, aber einsam: einsamer als vor der Nachricht von ihrem Tod. Es war dies, was er nicht verstand. Sie war ihm schon vor Jahren verloren gegangen, aber erst jetzt fühlte er ihren Verlust.

Verluste sollte man nicht gegeneinander aufwiegen, dachte er. Und doch empfand er, wenn er jetzt über den Verlust seiner beiden Mütter nachdachte, den Verlust von Minnie als den größeren.

Unterwegs nach London hielt er an der Tankstelle am Donnington Park. Er tankte, holte sich einen Kaffee, und dann überprüfte er zum ersten Mal, nachdem er weggefahren war, sein Handy.

Er fand drei verpasste Anrufe aus der Firma. Während er an seinem lauwarmen Kaffee nippte und Benzindämpfe einatmete, rief er Veronica an. Er saß mit offener Tür auf dem Fahrersitz und horchte auf das heisere Flüstern der Autobahn hinter ihm.

»Geht's dir gut?«, fragte Veronica. »Wir haben versucht, dich zu erreichen. Du *wirst es nicht glauben* … Nebenbei, wie war deine Trauerfeier, es war doch niemand Nahes, oder?«

Daniel räusperte sich. »Nein … nein, was ist passiert?«

»Du bist nicht an dein Telefon gegangen!«

»Jaaa, ich … hatte es abgeschaltet. Ich hatte Dinge zu erledigen.«

»Du kriegst den Fall Sebastian zurück, wenn du willst. Willst du ihn übernehmen?«

»Was heißt das?«

»Kenneth King Croll *hat* gute Beziehungen.«

Daniel fuhr sich mit der Hand übers Kinn. Er hatte sich nicht rasiert und spürte die Bartstoppeln in der Handfläche. »Der Fall landete bei McMann Walkers, aber … ob du's glaubst oder nicht, Sebastian wollte nicht mit ihnen zusammenarbeiten. Er kriegte einen wahnsinnigen Wutanfall und sagte, er *wollte nur dich* als Anwalt!«

»Warum wollte Seb nicht mit ihnen zusammenarbeiten – was haben sie denn getan?«

»Na ja, der Anwalt von McMann Walkers besuchte Sebastian einen Tag, nachdem du ausgeschieden warst. Ich kenne ihn, Doug Brown, offenbar ist er ein alter Schulfreund von Croll … Wie dem auch sei, ich kenne nicht alle Details, aber Sebastian war ihm gegenüber sehr unverschämt. Seine Eltern schritten ein, aber da begann Sebastian zu schreien und zu brüllen, er wolle dich wiederhaben. Er verlangte ausdrücklich dich – als seinen Anwalt, Daniel.« Veronica zwitscherte vor Lachen. »Schließlich war es so schlimm, dass McMann Walkers den Fall ablehnten. Und jetzt ruft mich dieser King-Kong-Macker oder wie er auch heißt … nonstop an. Sie wollen dich zurück, um Sebastian bei Laune zu halten.«

Daniel trank seinen Kaffee aus und biss sich auf die Unterlippe. Er *hatte* den Drang verspürt, den Jungen zu beschützen, zu retten. Sebastian war genauso alt, wie Daniel es gewesen war, als er zum ersten Mal in Minnies Küche gestanden hatte. Aber jetzt war Minnie tot, und Daniel fühlte sich ausgelaugt. Er war sich nicht sicher, ob er für den Fall bereit war.

»Also, nimmst du ihn zurück?«, fragte Veronica. Ihre klare Stimme war eindringlich. »Ich hab mir den Schriftsatz angesehen, und der klingt gewichtig.«

»Natürlich nehme ich ihn zurück«, sagte Daniel, aber die Worte wurden ihm von den Lippen weggerissen. Die Autobahn grollte hinter ihm, und er drehte sich von ihrem herzlosen, abnormen Lärm weg.

»Fantastisch. Rufst du morgen Irenes Kanzlei an? Und vergewisserst dich, ob sie und ihr Referendar noch verfügbar sind? Ich hätte mich ja schon an sie gewandt, aber ich wollte erst bei dir nachfragen.«

Daniel fuhr schnell, um den Norden hinter sich zu lassen. Er machte kurz an der Kanzlei halt, um sich seine Notizen zum Fall Sebastian zu holen. Es war spät, und als er durch die surreal stillen Räume des Büros spazierte, war er erleichtert, dass keiner seiner Kollegen da war.

Der Tag ging zu Ende, als er endlich nach Bow zurückkehrte. Er kaufte sich ein Fertigessen in South Hackney und fand schließlich nicht weit von seiner Wohnung, in der Old Ford Road, einen Parkplatz. Die Sonne ging jenseits des Victoria Parks unter, und in dem Teich mit seiner Fontäne, die wie eine wässerige Sonnenuhr aussah, spiegelte sich der blutrote Himmel. Er roch die Überreste von Grillfesten in der Luft, machte dann den Kofferraum seines Wagens auf, holte den Karton heraus, den Cunningham ihm gegeben hatte, und ging mit gesenktem Kopf auf seine Wohnung zu, den Karton in der einen und das Fertiggericht und seine Schlüssel in der anderen Hand.

Er fühlte sich seltsam reduziert, spürte noch immer das leere Farmhaus in seinem Innern, das unter ihrer Abwesenheit ächzte. Wieder hörte er Töne, schmerzlich wie freiliegende Knochen. Sie klangen kalt und hart.

Er stellte den Karton auf den Küchentisch, machte ihn aber noch nicht auf, um zu sehen, was darin war. Stattdessen verzehrte er rasch sein Curry, dann duschte er. Er machte die Dusche zu heiß und lehnte sich in den Duschstrahl, indem er sich mit beiden Händen an der Brause festhielt. Seine Haut brannte, als er sich abtrocknete. Er stand nackt im Badezimmer und betrachtete im Spiegel sein Gesicht, während seine Haut abkühlte. Dabei dachte er an den Turmfalken, den er über der Bramptoner Heide hatte schweben sehen. Auch er hatte das Gefühl, allein und unnachgiebig zu sein, seine Flügel steif zu machen und auf der Thermik nach oben zu steigen.

Die letzten zwei Tage hatten ihn entmutigt, aber er wusste nicht, ob es die Furcht vor dem Fall des Jungen und allem war, was damit zusammenhing, oder Furcht vor ihrem Verlust – Furcht vor dem Leben mit dem Wissen, dass sie tot war; er musste sie nicht mehr ignorieren.

Verlust. Daniel dachte darüber nach, als er sich mit der Hand über das Kinn fuhr und beschloss, sich nicht zu rasieren. *Verlust.* Er schlang sich ein Handtuch um die Hüfte und atmete aus. *Verlust.* Er war wie alles andere. Man konnte sich darin üben. Er spürte ihn fast nicht mehr. Seine Mutter war tot und jetzt auch Minnie; er würde damit zurechtkommen.

Daniel zog sich an und begann, in den Unterlagen zum Fall Sebastian herumzublättern. Er hoffte, dass Irene noch frei und bereit wäre, die Sache zu übernehmen. Erst einmal würde er ihre Sekretärin anrufen. Er und Irene hatten eng an mehreren

Fällen zusammengearbeitet, vor allem an der Bandenschießerei um Tyrel im letzten Jahr. Die Verurteilung des Jungen hatte sie beide niedergeschmettert.

Das letzte Mal hatte er sie im März auf der Party gesehen, auf der ihre Ernennung zur Kronanwältin gefeiert wurde, allerdings hatte er kaum zwei Worte mit ihr reden können. Sie war Londonerin, in Barnes geboren und einige Jahre älter als Daniel, aber sie hatte Jura in Newcastle studiert. Sie versuchte gern, ihn mit ihren Geordie-Kenntnissen zu beeindrucken. Daniel mochte sich nicht vorstellen, dass jemand anderer Sebastian verteidigte.

Als Daniel, allein in seiner Wohnung, feststellte, dass er nicht schlafen konnte, machte er sich an die Arbeit. Seine Sekretärin hatte bereits die Bänder der Videoüberwachung durchgesehen, die der Verteidigung überstellt worden waren. Daniel schaute sie sich noch einmal an für den Fall, dass man etwas übersehen hatte. Tagsüber waren die Kameras meistens auf die Copenhagen Street und die Barnsbury Road gerichtet, und nach sieben Uhr abends richteten sie ihre Objektive auf den Park. Daniel spulte rasch vorwärts auf Blitzlichtfotos des Parks, aber unbegleitete Kinder oder sonst jemand, der verdächtig erschien, waren nicht zu sehen.

Es war nach ein Uhr morgens, als er aufhörte, sich Notizen zu Sebastians Verteidigung zu machen, und erst da klappte er den Deckel des Pappkartons auf, den ihm Minnie zurückgelassen hatte. Er enthielt, was er erwartet hatte: seine Schulfotos, Fotos von Picknicks am Strand in Tynemouth, Medaillen aus der Grundschule, Preise aus der Secondary School, Zeichnungen und Malereien, die er als Kind für sie gemacht hatte, und ein altes Adressenbüchlein von Minnie.

Dann fand er das gerahmte Foto, das auf ihrem Kaminsims gestanden hatte und Minnie mit ihrer Tochter und ihrem Mann zeigte. Ihr Mann hielt das kleine Mädchen in den Armen, und die Kleine machte Seifenblasen, die über Minnies Gesicht schwebten. Als Kind hatte Daniel dieses Foto wegen Minnies Jugend bestaunt. Es zeigte sie schlanker, mit kurzem dunklem Haar und einem breiten weißen Lächeln. Er musste sich das Foto ganz genau ansehen, um ihre Gesichtszüge, wie er sie kannte, wiederzufinden.

Auf dem Boden des Kartons stießen Daniels Finger auf etwas Kaltes, Hartes. Er trank sein Bier aus, während er den Gegenstand aus den Tiefen des Kartons hervorholte.

Es war der Porzellanschmetterling, dessen Blau und Gelb leuchtender waren, als er sie in Erinnerung hatte. Er wirkte billig. Am Flügel war ein Stückchen abgeplatzt, aber sonst war er unbeschädigt. Daniel hielt ihn in seiner Hand.

Er dachte darüber nach, wie sie diese Sachen eingesammelt und für ihn beiseitegelegt hatte, über ihre Krankheit und wie sie wohl in Erscheinung getreten war. Er stellte sich vor, wie sie die Krankenschwester bat, ihr zu helfen, sich in ihrem Krankenhausbett aufzusetzen, damit sie an ihn schreiben konnte. Er sah sie fast vor sich, wie sie bei der Anstrengung kleine Seufzer von sich gab, das Leuchten ihrer blauen Augen, während sie den Brief mit *Mum* unterschrieb. Damals hatte sie gewusst, dass sie sterben würde. Sie hatte gewusst, dass sie ihn nie wiedersehen würde.

Er versuchte mühsam, sich an das letzte Mal zu erinnern, dass er mit ihr gesprochen hatte. In all diesen Jahren gab es nie einen Geburtstag oder ein Weihnachtsfest ohne ihre Karten und Anrufe. Letztes Weihnachten war er in Frankreich Ski laufen. Sie hatte zwei Nachrichten hinterlassen und eine Karte mit einem Zwanzigpfund-Scheck darin geschickt. Wie immer löschte er die Nachrichten, zerriss den Scheck und warf die Karte sofort in den Papierkorb. Jetzt fühlte er Gewissensbisse wegen der Aggressivität seiner Handlungen.

Es konnte an seinem Geburtstag im April gewesen sein, dass

er das letzte Mal mit ihr gesprochen hatte. Er war in Eile gewesen; sonst hätte er hingeguckt und ihre Nummer gesehen, ehe er den Hörer abnahm. Er war spät von der Arbeit nach Hause gekommen und kam jetzt zu spät zum Abendessen.

»Ich bin's, Liebling«, hatte sie gesagt. Immer sprach sie mit derselben Vertraulichkeit, als hätten sie sich erst letzte Woche gesehen. »Ich wollte dir nur einen schönen Geburtstag wünschen.«

»Danke«, hatte er gesagt, und der Muskel in seinem Kiefer zuckte. »Ich kann jetzt nicht reden, ich bin gerade im Weggehen.«

»Natürlich. Irgendwohin, wo's nett ist, hoffe ich.«

»Nein, es geht um die Arbeit.«

»Oh, ich verstehe. Und wie geht's mit der Arbeit? Macht sie dir noch Spaß?«

»Hör mal, wann willst du endlich damit aufhören?«, hatte er geschrien. Sie hatte nichts gesagt. »Ich will nicht mit dir reden.«

Daniel erinnerte sich, dass er auf eine Reaktion gewartet hatte, ehe er auflegte. Da hatte sie möglicherweise schon von ihrem Krebs gewusst. Er hatte aufgelegt, aber dann den ganzen Rest der Nacht mit vor Zorn verkrampftem Magen über sie nachgedacht. Oder war es das schlechte Gewissen gewesen?

Die Musik von der Trauerfeier klang noch immer in seinem Innern. Er erinnerte sich an Harriets vorwurfsvolle Worte, als wenn es sein Fehler gewesen wäre, als wenn Minnie schuldlos wäre. Daniel bezweifelte, dass sie Harriet von ihrer Tat erzählt hatte. Harriet hielt ihn für undankbar, aber er war derjenige, dem *Unrecht geschehen* war.

Jetzt hielt Daniel den Schmetterling in die Höhe und sah ihn sich an. Er erinnerte sich, wie er das erste Mal in Minnies Küche gestanden und ihr ein Messer vors Gesicht gehalten hatte, und an ihren harten, unerschrockenen Blick. Es war das Erste, was er an ihr liebte: ihre Furchtlosigkeit.

Daniels Gedanken wandten sich Sebastian zu. Er fragte sich, was der Junge in ihm sah, warum er darauf bestand, ihn als seinen Anwalt zu haben. Noch einmal strich er mit seinem Daumen über den Schmetterling, dann legte er ihn vorsichtig auf den Kaffeetisch.

10

»Guck mal«, sagte Daniel und winkte Minnie vom Hof aus zu. »Ich füttere ihn!«

Er stand da, die Füße nah beieinander, und fütterte den Ziegenbock Hector mit einer Mohrrübe. Er war mittlerweile fast ein Jahr bei Minnie und fühlte sich in dem morastigen Hinterhof und der vollgestopften Küche seltsam wohl. Er erledigte gern seine Aufgaben und er mochte die Tiere; allerdings begann Hector gerade erst, ihn zu akzeptieren.

Sie klopfte ans Fenster. »Sei vorsichtig! Er kann tückisch sein.«

In der kleinen Bramptoner Schule lief es auch besser für ihn. Er hatte ein paar Mal Strafarbeiten aufbekommen und einmal Haue mit dem Riemen – weil er ein Pult umgestoßen hatte –, aber er hatte auch eine Goldmedaille für Englisch und eine silberne für Mathe erhalten. Minnie war gut in Mathe und half ihm gern bei den Hausaufgaben. Die hübsche Miss Pringle, seine Lehrerin, mochte ihn, und er gehörte zur Fußballmannschaft.

Minnie pochte noch mal gegen die Scheibe. »Pass auf deine Finger auf!«

Daniel hörte das Telefon klingeln, und Minnie verschwand vom Fenster. Es war Mai, und Butterblumen und Gänseblümchen wuchsen zwischen den langen Grashalmen rund um das

Haus. Schmetterlinge schwebten schwindelerregend von Blüte zu Blüte, und Danny sah ihnen zu, während die Mohrrübe immer kürzer wurde. Da er sich an Minnies Mahnung erinnerte, zog er die Hand weg, als der Stummel zu kurz wurde. Hector senkte den Kopf und fraß die Mohrrübe samt Strunk und allem. Vorsichtig streichelte Daniel das warme kurze Fell der Ziege, zog aber jedes Mal seine Hand weg und wich zurück, wenn der Bock seinen Kopf senkte.

»Später bring ich dir noch eine«, sagte Daniel.

Inzwischen kam er gut mit Minnie aus. An den Wochenenden hatten sie Spaß zusammen. Eines Tages nach dem Markt hatten sie im Wohnzimmer aus dem Klapptisch und einem Stapel Laken ein Zelt gebaut. Sie hatte ihr altes Schmuckkästchen heruntergeholt, damit es als Schatz diente, und war zu ihm hineingekrochen, und dann hatten sie so getan, als wären sie reiche Beduinen. Zum Tee machte sie ihm Fischstäbchen, die sie im Zelt mit den Händen aßen und in Ketchup tauchten.

An einem anderen Tag hatten sie Piraten gespielt, und sie ließ ihn mit verbundenen Augen von einer Fußbank in ihrem Wohnzimmer über die Planke gehen. Er liebte ihr Lachen, das immer mit drei riesigen Brüllern begann, dann zu Gackern und Kichern überging und dabei mehrere Minuten andauerte. Allein sie lachen zu sehen, brachte ihn jetzt zum Lächeln.

Letztes Wochenende hatten sie sein Zimmer renoviert, und Minnie hatte ihn die Farbe aussuchen lassen. Er wählte ein Hellblau für die Wände und leuchtendes Blau für seine Tür und die Scheuerleisten. Er hatte zusammen mit ihr malen dürfen, und sie hatten das ganze Wochenende bei laufendem Radio die Rosenknospen abgerissen und die Wände gestrichen.

Die Tür zum Haus knallte zu, und Minnie stand da, eine Hand an ihrer Stirn.

»Was ist los?«, fragte Daniel.

Er kannte sich inzwischen in Minnies Mienenspiel aus. Oft machte sie ein mürrisches Gesicht, wenn sie ausgesprochen fröhlich ihrer Arbeit nachging. Wenn sie besorgt oder wütend war, verschwand ihr Stirnrunzeln, und ihre Lippen senkten sich leicht nach unten.

»Komm rein, mein Junge, komm rein. Tricia hat eben angerufen. Sie kommt dich abholen.«

Trotz des warmen Sommerwinds und der Tatsache, dass er bei seinen nachmittäglichen Tätigkeiten geschwitzt hatte, fror Daniel plötzlich. Die Sonne stand noch immer hoch an einem Himmel von schmerzhaftem Blau, aber er fühlte die Schatten heranktriechen, als hätte sein eigenes Inneres sie über den Hof gebreitet und die Farben der Schmetterlinge verdunkelt, die mit Blütenblatt und Knospe spielten.

Daniel legte wieder eine Hand auf Hector, und der alte Ziegenbock sprang erschrocken davon, so weit sein Strick im angetrockneten Matsch des Hofs reichte.

»Nein, ich gehe nicht. Ich will nicht weg … Ich will …«

»Nun mal halblang, ja? Ich denke nicht, dass sie dich woanders hinbringen will, aber es ist ein Treffen mit deiner Mum verabredet.«

Minnie stand in der Tür und faltete die Hände. Sie sah Daniel mit fest aufeinandergepressten Lippen an.

Die Luft kam Daniel plötzlich laut vor, die Bienen dröhnten und die Hühner kreischten. Er hielt sich mit den Händen die Ohren zu. Minnie kam zu ihm, aber er drehte sich von ihr weg und lief ins Haus. Sie fand ihn im Wohnzimmer zusammengerollt hinter dem Klavier, wohin er sich immer flüchtete, wenn er sich so fühlte. Es war ihm inzwischen nicht oft so zumute.

Er beobachtete ihre Füße, als sie näher kam, fett in dreckigen Pantoffeln, und dann sah er ihre Knöchel auftauchen, als sie sich in den Sessel setzte, der am nächsten zum Klavier stand.

»Du musst nicht gehen, Liebling, das entscheidest du, aber

ich denke, es ist vielleicht das Beste. Ich weiß, es ist aufregend. Lange her, seit du sie gesehen hast, nicht?«

Daniel rührte sich ein wenig und trat leicht gegen das Klavier; es tönte, ein hohles Stöhnen, als hätte er es verwundet. Daniel schniefte. Da, wo er lag, roch er das ungefirnisste Holz des Klaviers und atmete dessen Geruch ein. Er beruhigte ihn.

»Komm her.«

Normalerweise würde Daniel nicht zu ihr hingehen. Er würde bleiben, wo er war, und sie würde entweder in seiner Nähe warten, wenn er wütend war, oder nach nebenan gehen und warten, wenn er still war. Da er nicht wollte, dass sie wegging, stand er heute auf und setzte sich auf die Armlehne ihres Sessels. Sie drückte ihn an sich. Er mochte es, dass sie so dick war. Selbst als er ganz klein gewesen war, war ihm seine eigene Mutter zerbrechlich erschienen. Wenn sie ihn umarmte, taten ihm ihre Knochen manchmal weh, wenn sie ihn mit beharrlichem Druck zu durchbohren drohten.

Daniel fühlte den runden Saum von Minnies Kinn auf seinem Kopf. »Ich denke, sie wollen sich einfach mit dir ein bisschen unterhalten, okay? Dann kommst du zurück, und ich mache dir Roastbeef zum Tee. Wenn du weg bist, kaufe ich es extra ein. Dann gibt's Sonntagsbraten am Samstag, nur für dich.«

»Mit Yorkshirepudding?«

»Aber *natürlich*, und Bratensoße und ein paar von deinen Mohrrüben, die du selber gesät hast. Sie sind die leckersten Möhren, die die Erde jemals hervorgebracht hat. Du hast den Dreh raus, das hast du.«

Sie schob ihn sacht von dem Sessel hoch. »In Ordnung also, geh dich waschen. Tricia wird bald hier sein.«

Daniel schaute über seine Schulter zurück zu Minnie, während Tricia ihn zu ihrem Wagen führte. Er hatte ein kariertes, kurzärmeliges Hemd und Bluejeans an. In seinem Magen hatte er ein ihm vertrautes Gefühl, als wären ihm die Eingeweide herausgenommen und durch zusammengeknülltes Papier und trockenes Laub ersetzt worden. Er fühlte sich ausgestopft, aber leer und leicht. Er hatte die Halskette seiner Mutter umgelegt und rieb sie jetzt, als er in dem Wagen neben Tricia saß, zwischen Zeigefinger und Daumen.

»Du machst dich inzwischen sehr viel besser, Danny. Nur weiter so.«

»Werde ich wieder bei meiner Mum wohnen?«, fragte er und guckte auf seiner Seite zum Fenster hinaus, als wenn ein Passant antworten könnte.

»Nein, wirst du nicht.«

»Bringen Sie mich woandershin?«

»Im Moment nicht, ich bringe dich heute Abend zu Minnie zurück.«

Während er noch immer aus dem Wagenfenster blickte, kaute Daniel auf seiner Unterlippe herum.

»Werde ich alleine bei ihr sein?«

»Bei deiner Mum? Nein, Danny, es ist ein beaufsichtigtes Treffen, tut mir leid. Möchtest du Radio hören?«

Daniel zuckte die Achseln, und Tricia drehte an der Skala, bis sie einen Song fand, der ihr gefiel. Daniel versuchte, ans Eiereinsammeln oder Möhrensäen oder Fußballspielen zu denken, aber sein Inneres war dunkel und leer. Er erinnerte sich, wie er in der rauchgeschwärzten Wohnung seiner Mutter im Kleiderschrank gesessen hatte.

»Warum streckst du deine Zunge raus?«, fragte Tricia plötzlich.

Daniel zog seine Zunge zurück. Er hatte noch immer den Geschmack von Holzkohle im Mund.

»Eii-weii, Mann, was biste groß geworden.«

Ihre Knochen waren für ihn so schmerzhaft wie eh und je. Er

erstarrte, noch ehe sie ihn umarmte, in Erwartung ihrer Rippen und Ellbogen. Sie sah noch genauso aus, nur ihre Augen waren an der Unterseite schwarz. Daniel war schockiert darüber, dass er sie nicht berühren mochte.

Tricia stand da und hielt ihre Handtasche in beiden Händen. »Ich geh uns was zu trinken holen, da habt ihr ein paar Momente, um Neuigkeiten auszutauschen, und dann komme ich wieder und stehe euch weiter bei.«

Daniel war sich nicht sicher, mit wem sie redete. Er wusste nicht, wofür sie Beistand brauchten.

Er sah, dass seine Mutter kurz davor war zu weinen. Er stand auf und streichelte ihr Haar, wie sie es gern hatte. »Ist ja gut, Mum, nicht weinen.«

»Du bist immer mein starker Held, was? Wie ist es dir ergangen? Wohnst du, wo's schön ist?«

»Ist okay.«

»Spielst du Fußball?«

»Bisschen.«

Daniel beobachtete, wie sie sich die Augen mit ihren abgekauten Nägeln rieb. An ihren Unterarmen hatte sie blaue Flecken, und er versuchte, nicht hinzusehen.

Tricia kam mit zwei Tassen Kaffee und einer Dose Saft für ihn zurück. Sie setzte sich auf das Sofa und stellte eine der Kaffeetassen vor seine Mutter.

»Bitte schön. Wie geht's denn so, hmm?«

»Ich schaff's nicht. Erst mal brauche ich 'ne Lulle. Haben Sie eine für mich?« Sie stand auf, griff sich in die Haare und blickte Tricia an. Er konnte es nicht ausstehen, wenn sie das tat; es ließ ihr Gesicht noch magerer erscheinen. »Hast du eine, Danny? Ich brauch 'ne Lulle.«

»Ich geh dir eine holen«, sagte Daniel, aber Tricia stand auf.

»Nein, bleib hier. Ich … ich gehe ein paar Zigaretten holen.«

Sie befanden sich im Amt für Sozialarbeit in Newcastle.

Daniel war schon früher hier gewesen. Er hasste die nach hinten abfallenden orange-grünen Stühle und den grauen Linoleumboden. Er ließ sich jetzt in einen der Stühle plumpsen und beobachtete, wie seine Mutter hin und her lief. Sie trug Jeans und ein enges weißes T-Shirt. Er sah ihr Rückgrat und die spitzen Ecken ihrer Hüftknochen.

Mit dem Rücken zu ihm sagte sie: »Ich möchte es nicht vor ihr sagen, aber es tut mir leid, Danny. Entschuldige, dass ich so scheiße gewesen bin. Du wirst besser dran sein, ich weiß das, aber ich fühl mich einfach beschissen, wie …«

»Du bist nicht scheiße …«, fing Daniel an.

Tricia kam rein und gab seiner Mutter Zigaretten und ein Feuerzeug. »Hab 'ne halbe Packung Silk Cut von 'nem Kollegen geschnorrt. Er sagt, Sie können sie behalten.«

Daniels Mutter beugte sich über den Tisch und zündete sich die Zigarette an, indem sie die Hand schützend um sie legte, als stünde sie draußen im Wind. Sie inhalierte gierig, und Daniel sah, wie sich ihre Gesichtshaut am Schädelknochen spannte.

»Deine Mum und ich waren diese Woche im Gericht, Danny«, soufflierte Tricia.

Daniel beobachtete Tricias Gesicht. Sie sah seine Mutter mit allzu weit aufgerissenen Augen an. Seine Mutter blickte leicht schaukelnd auf den Tisch. Die Härchen an ihren Armen hatten sich aufgerichtet.

»Ich hatte meine letzte Chance, Danny. Dies ist das letzte Mal, dass ich dich sehen darf. Keine Besuche mehr; du wirst zur Adoption freigegeben.«

Daniel hörte die Wörter nicht in der richtigen Reihenfolge. Sie schwärmten auf ihn zu wie Bienen. Seine Mutter sah ihn nicht an. Sie blickte auf den Tisch, die Ellenbogen auf den Knien, und saugte zweimal an der Zigarette, ehe sie herauskriegte, was sie zu sagen hatte.

Daniel saß noch immer zusammengesackt auf dem Stuhl. Das trockene Laub in seinem Inneren veränderte seine Lage.

Tricia räusperte sich. »Wenn du achtzehn bist, hast du das Recht, wieder Kontakt aufzunehmen, falls du das möchtest...«

Es fühlte sich an, als hätte sich das Laub plötzlich an den Funken der Zigarette seiner Mutter entzündet. Daniel straffte seine Bauchmuskeln. Er sprang auf, nahm die Zigaretten und warf sie Tricia ins Gesicht. Er versuchte, ihr einen Faustschlag zu versetzen, aber sie packte seine Handgelenke. Ihm gelang ein Tritt gegen ihr Schienbein, ehe sie ihn fest auf den Stuhl drückte.

»Nicht, Danny«, hörte er seine Mutter sagen. »Du machst es für alle nur noch schwerer. So ist es am besten, du wirst sehen.«

»Nein!«, schrie er und spürte die Hitze in seinen Wangen und Haarwurzeln. »Nein!«

»Hör auf, hör auf!«, schrie Tricia. Daniel roch den Milchkaffee in ihrem Atem.

Er fühlte die Finger seiner Mutter, die ihm durchs Haar fuhren, das sanfte Kribbeln ihrer Fingernägel auf seiner Kopfhaut. Er entspannte sich unter Tricias Gewicht, und sie stand auf. Dann zog sie ihn hoch, sodass er aufrecht auf dem Stuhl saß.

»Das reicht«, sagte Tricia. »Benimm dich einfach. Denk dran, dass das auch *deine* letzte Chance ist.«

Daniels Mutter drückte ihre Zigarette in dem Weißblechaschenbecher aus, der auf dem Tisch stand. »Komm her«, sagte sie, und er ließ sich auf sie fallen. Er roch die Zigaretten an den Fingern, die sein Gesicht berührten. Ihre Knochen bohrten sich wieder in ihn hinein, und er fühlte den Schmerz, den sie ihm zufügten.

Daniel ließ seinen Kopf von einer Seite zur anderen schlingern, als Tricia ihn zurück zu Minnie fuhr. Er spürte die Vibration der Reifen auf der Straße. Tricia hatte das Radio ausgeschaltet und sprach ab und zu mit ihm, als hätte er um eine Erklärung gebeten.

»Also, du bleibst fürs Erste bei Minnie, aber wir bemühen uns darum, dass du adoptiert wirst. Es ist wirklich eine fantastische Möglichkeit. Keine dauernden Umzüge mehr – dein eigenes Zuhause, eine neue Mum und ein neuer Dad, vielleicht sogar Brüder oder Schwestern, stell dir das vor … Natürlich wirst du dich weiterhin gut benehmen müssen. Niemand möchte einen Jungen mit Verhaltensproblemen adoptieren, nicht wahr? Keine neue Mum und kein neuer Dad möchte getreten oder geschlagen werden … Wie deine Mum sagte: So ist es am besten. Ältere Jungen sind schwer unterzubringen, aber wenn du lieb bist, könnten wir Glück haben.«

Sie schwieg, als sie die Carlisle Road entlangfuhren, und Daniel machte die Augen zu. Er öffnete sie, als der Wagen rumpelnd zum Halten kam. Er sah Blitz mit wedelndem Schwanz und heraushängender Zunge näher kommen.

Daniel schluckte. »Wenn mich niemand haben will, kann ich dann hierbleiben?«

»Nein, Schatz … Minnie ist eine Pflegemutter. Andere kleine Jungen oder Mädchen müssen hier untergebracht werden. Aber mach dir keine Sorgen, ich suche dir ein wunderbares neues …«

Daniel hatte die Wagentür zugeschlagen, ehe er Tricia das Wort *Zuhause* aussprechen hörte.

11

Im Parklands House wurde Daniel durchsucht und gescannt. Ein Hund schnüffelte an seiner Kleidung und an der Aktentasche nach Drogen.

Ein Aufseher brachte ihm Kaffee und sagte, dass Sebastian gleich käme. Charlotte hatte angerufen, um Daniel mitzuteilen, dass sie ein bisschen zu spät dran sei, er solle aber ohne sie anfangen. Ihm war in dem kleinen Raum beklommen zumute. Er müsse die ganze Zeit verschlossen gehalten werden, war ihm mitgeteilt worden, es gebe aber einen Alarmknopf, falls er etwas benötige. Er hatte das Gefühl, trockenes Papier und Laub liege ihm im Magen und verschiebe sich langsam; das machte ihn nervös.

Sebastian wurde von einem Aufsichtsassistenten hereingeführt.

»Schön, dich wiederzusehen, Seb«, sagte Daniel. »Geht's dir gut?«

»Nicht richtig. Ich finde es grauenhaft hier drin.«

»Möchtest du etwas zu trinken haben?«

»Ich brauche nichts, danke. Ich habe gerade Orangensaft getrunken. Können Sie mich hier rausholen? Ich hasse es. Es ist grauenhaft. Ich will nach Hause.«

»Haben deine Eltern dich oft besucht?«

»Meine Mum ist ein paar Mal hier gewesen, aber ich möchte

nach Hause … Können Sie das klären? Ich möchte einfach nach Hause.«

Sebastians Kopf fiel plötzlich in die Beuge seines Ellenbogens. Den anderen Arm schlang er um sich.

Daniel erhob sich, beugte sich über Sebastian und legte ihm eine Hand auf die Schulter. Er streichelte und tätschelte ihn. »Na komm, ist doch alles in Ordnung. Ich bin doch auf deiner Seite, weißt du noch? Ich weiß, dass du nach Hause möchtest, aber wir müssen mit dem Gericht zusammenarbeiten. Im Moment kriege ich dich hier nicht raus. Der Richter will dich hierhaben, vor allem zu deinem Schutz.«

»Ich will nicht beschützt werden. Ich will nur nach Hause.«

Wieder lief ein Kribbeln über Daniels Rücken, und er spürte Verständnis für den Jungen. Es überkam ihn wie ein Brennnesselschmerz: Hitze und Jucken, die abrupt Erinnerungen aufkommen ließen. Er erinnerte sich, wie er das erste Mal bei Minnie angekommen war und die Sozialarbeiterin ihm sagte, dass er zu seinem eigenen Besten von seiner Mutter getrennt bleiben solle.

»Was ich tun kann, ist, zu erwirken, dass man dich nach Hause gehen lässt, wenn dein Prozess vorbei ist. Wie findest du das? Bist du bereit, mit mir daran zu arbeiten? Ich benötige deine Hilfe dabei. Allein kriege ich es nicht hin.«

Sebastian schniefte und wischte sich die Augen mit seinem Ärmel. Als er aufblickte, waren seine Wimpern nass und zusammengeklebt.

»Mum kommt zu spät«, sagte Sebastian. »Wahrscheinlich liegt sie im Bett. Mein Dad ist gestern weggeflogen. Es ist besser, wenn ich dort bin. Deshalb müssen Sie mich hier rausholen.«

»Was wird besser sein, wenn du dort bist?«, fragte Daniel. Obgleich er sicher war, dass er wusste, was Sebastian sagen wollte, fragte er sich, ob er in den Jungen nicht etwas hineinprojiziere.

»Haben *Sie Ihren* Vater gern?«, fragte Sebastian, als hätte er Daniels Frage nicht gehört.

»Ich habe keinen Vater.«

»Jeder Mensch hat einen Vater, Dummkopf. Wissen Sie das nicht?«

Daniel lächelte den Jungen an. »Na ja, ich habe ihn nie gekannt. Das habe ich damit gemeint. Er ist weggegangen, ehe ich geboren wurde.«

»War er nett zu Ihrer Mum?«

Daniel erwiderte Sebastians Blick. Er wusste, was der Junge zu sagen versuchte. Er hatte die Eltern des Jungen beobachtet und war Zeuge von Kenneths Aggressivität gegen die Mutter des Jungen gewesen. Daniel blinzelte, um sich an seine eigene Mutter zu erinnern, die so brutal quer durch ein Zimmer geschleudert worden war, dass sie sich an dem Stuhl, auf den sie fiel, einen Arm brach. Er erinnerte sich, dass er zwischen ihr und dem Mann gestanden hatte, der ihr noch einmal wehtun wollte. Er erinnerte sich an seine zitternden Beine und den Geruch von Urin.

»Hör zu, wir müssen uns an die Arbeit machen. Wo wir jetzt wieder zusammenarbeiten, gibt es irgendetwas, woran du dich erinnerst und das du mir unbedingt erzählen musst?«

Sebastian sah Daniel an und schüttelte den Kopf.

»Wir sind jetzt allein. Ich bin dein Anwalt, und du bist mein Mandant. Du kannst mir alles erzählen, aber ich werde kein Urteil über dich fällen. Ich muss in deinem besten Interesse handeln. Gibt es irgendetwas von dem Sonntag, an dem du mit Ben gespielt hast, was du mir erzählen möchtest? Wenn ja, ist jetzt die Zeit dazu. Spätere Überraschungen mögen wir nicht.«

»Ich habe Ihnen alles erzählt, *absolut* alles.«

»Gut, okay, ich werde mein Bestes versuchen, um dich hier rauszuholen.«

Man hörte den magnetischen Klang von Metall, das sauber zusammenschnappte, als die elektronische Tür entriegelt wurde. Charlotte kam in einem Wirbel von Entschuldigungen und klingelnden Armreifen in den Raum. Sie zog Sebastians Kopf vorsichtig zu sich heran und küsste ihn seitlich auf die Stirn.

»Tut mir leid, der Verkehr war ein Albtraum!«, rief sie, löste ihr lilafarbenes Seidentuch und schlüpfte aus ihrer Jacke. »Und dann diese verdammten Hunde beim Sicherheitscheck. Sie machen mir Angst. Mir kam's wie eine Ewigkeit vor, bis ich durch war.«

»Mum mag keine Hunde«, sagte Sebastian.

»Ist in Ordnung«, sagte Daniel. »Ich wollte eben mit Sebastian durchgehen, was jetzt geschehen wird.«

»Fabelhaft, schießen Sie los«, sagte Charlotte mit einer sonderbar angestrengten Begeisterung. Sie trug einen Rollkragenpulli, dessen Ärmel sie sich in einem fort über die Hände zog.

»Tja, wir haben in den nächsten Monaten viel Arbeit vor uns, um dich auf den Prozess vorzubereiten, und es gibt eine Reihe anderer Leute, die du kennenlernen und mit denen du sprechen musst … Wir werden einen Termin mit einem Psychologen vereinbaren, der dich besuchen kommt, und dann kannst du dich in etwa einer Woche wieder mit der Prozessanwältin treffen, die deine Aussage vor Gericht vertreten wird. Kannst du mir folgen?«

»Ich denke ja. Aber was wird der Psychologe tun?«

»Darüber musst du dir keine Gedanken machen. Er will nur sehen, ob du dem Prozess gewachsen bist. Er ist unser Zeuge, vergiss das nicht, also musst du dir keine Sorgen machen, okay? – Was ich dir heute erläutern wollte, ist das Vorgehen der Anklage gegen dich – das heißt, die Argumente, die man vorbringen wird, um zu beweisen, dass du Ben getötet hast. Die Unterlagen dazu haben wir erst vor Kurzem erhalten, und ich bin dabei, deine Verteidigung auf dem aufzubauen, was die Anklage gegen dich anführt… Wenn du irgendetwas nicht verstehst, sag es mir.«

»Es ist glasklar«, sagte Sebastian.

Daniel machte eine Pause, während er den Jungen beobachtete. Als Kind war er fast in Sebastians Lage geraten – aber dessen Selbstvertrauen hatte er nie gehabt.

»Der Hauptbeweis gegen dich ist, dass du zwar behauptest, du hättest mit Ben nur gespielt und er sei gestürzt und habe sich wehgetan, während du mit ihm zusammen warst, dass aber Bens Blut an deinen Kleidern und Schuhen ist.«

»Das ist überhaupt kein Problem«, sagte Sebastian mit plötzlich leuchtenden, wachen Augen.

»Inwiefern?«

»Na ja, weil man sagen kann, dass das Blut und so weiter an meine Sachen gekommen ist, weil er sich selbst verletzt hat…«

Es entstand eine Pause. Sebastian begegnete Daniels Blick, dann nickte er einmal.

»Wir werden argumentieren, dass Ben gestürzt ist und sich verletzt hat, und wir haben deine Mum als Alibi für die Zeit ab drei Uhr nachmittags, das die Behauptung des Zeugen infrage stellt, er habe dich noch mal später an dem Tag gesehen, wie du dich mit Ben geprügelt hast. Aber die Staatsanwaltschaft wird argumentieren, dass das Blut und die DNA an deiner Kleidung der Beweis dafür sind, dass du ihn ermordet hast.«

Daniel blickte zu Charlotte hinüber. An beiden ihrer Hände zitterten die Ringfinger. Ihre Gedanken schienen abzuschweifen, sodass Daniel sich fragte, ob sie überhaupt zugehört hatte.

»Ich habe Ben nicht so wehgetan; ich habe nur mit ihm gespielt…«

»Ich weiß, aber irgendjemand hat ihn verletzt, verstehst du – sehr schwer verletzt –, jemand hat ihn ermordet.«

»Mord ist nicht *so* schlimm.«

In der Stille des Raums hörte Daniel Charlotte schlucken.

»Wir alle sterben, oder?«, sagte Sebastian und lächelte zaghaft.

»Willst du damit sagen, dass du weißt, wie Ben gestorben ist? Du kannst es mir jetzt erzählen, wenn du möchtest.« Daniel zuckte in Erwartung dessen, was der Junge sagen würde.

Sebastian neigte den Kopf zu einer Seite und lächelte wieder.

Daniel hob seine Augenbrauen, um ihn zu ermutigen. Nach ein paar Augenblicken schüttelte der kleine Junge den Kopf.

Auf seinem Notizblock notierte Daniel für Sebastian die Reihenfolge der Ereignisse, die folgen würden: von der ersten formellen Besprechung mit der Prozessanwältin bis hin zur Vorbereitung auf den Prozess.

»Nach der Beweisaufnahme werden wir eine Zeit lang auf den Prozess warten müssen. Aber du sollst wissen, dass du und deine Eltern mich während dieser Zeit trotzdem sehen und sprechen können, wenn irgendwelche Fragen auftauchen.«

»Cool«, sagte Sebastian. »Aber … wann wird der Prozess sein?«

»Nicht vor ein paar Monaten, Seb. Bis dahin haben wir jede Menge Arbeit, aber ich verspreche dir, dass wir vor dem Prozess mit dir das Gericht besichtigen.«

»Neeiiiin«, wimmerte Sebastian und schlug mit einer Hand auf den Tisch. »Ich will ihn früher. Ich will nicht hierbleiben.«

Charlotte richtete sich auf und holte tief Luft, als hätte ihr jemand eine Tasse Wasser ins Gesicht gekippt. »Aber aber, Liebling«, sagte sie, und ihre Finger flatterten auf Sebastians Haare zu.

Sebastians Augen glänzten, als wollte er gleich weinen.

»Hör zu, Seb, ich habe eine Idee«, sagte Daniel. »Wie wär's, wenn ich uns ein paar Sandwiches holte. Was hältst du davon?«

»Ich gehe«, sagte Charlotte, die bereits aufgestanden war. Daniel bemerkte eine dunkelrote Quetschung an ihrem Handgelenk, als sie nach ihrer Handtasche griff. »Ich brauche sowieso frische Luft. Bin gleich wieder da.«

Als die schwere Tür dumpf ins Schloss fiel, stand Sebastian auf und begann, in dem Raum herumzulaufen. Der Junge war mager, mit zarten Handgelenken und mit Ellbogen, die spitz hervorstanden. Daniel fand, dass er abgesehen von allem anderen zu klein war, um zu Bens brutaler Ermordung imstande zu sein.

»Seb, hat außer dem Mann, der euch zugerufen hat, ihr solltet mit der Prügelei aufhören, noch jemand an diesem Tag im Park mit euch geredet?« Die Stühle waren am Boden festgeschraubt, sodass Daniel aufstehen musste, um Sebastian ins Gesicht zu sehen. Der Junge reichte Daniel gerade über die Taille. Ben Stokes war drei Jahre jünger als Sebastian, aber nur fünf Zentimeter kleiner gewesen.

Sebastian zuckte die Achseln. Dann schüttelte er den Kopf, ohne Daniel anzusehen. Er lehnte an der Wand, betrachtete seine Fingernägel und legte dann den Zeigefinger über den Daumen, als ahme er einen Kinderreim nach: »Incy Wincy Spider.«

»Hast du jemanden im Park bemerkt, der sich seltsam verhalten hat – hast du jemanden beobachtet, der euch beim Spielen zugesehen hat?«

Wieder zuckte Sebastian mit den Schultern.

»Wissen Sie, warum sie *diesen* Pulli anhat?«, fragte Sebastian. Er hielt sich die Hände vors Gesicht, sodass sich die Daumen und Zeigefinger berührten, und sah Daniel durch das Rechteck seiner Finger an.

»Was? Meinst du deine Mum?«

»Ja, wenn sie *diesen* Pulli anhat, heißt das, dass sie Würgemale am Hals hat.« Sebastian sah Daniel immer noch durch seine Finger an.

»Würgemale?«

Sebastian griff sich mit beiden Händen um den Hals und drückte, bis sein Gesicht rot anzulaufen begann.

»Hör auf, Seb«, sagte Daniel. Er streckte die Hand aus und zog den Jungen sanft am Ellbogen.

Sebastian ließ sich gegen die Wand fallen und lachte. »Hatten Sie Angst?«, fragte er und lächelte so breit, dass Daniel sehen konnte, dass ihm ein Zahn fehlte.

»Ich möchte nicht, dass du dir wehtust«, sagte Daniel.

»Ich hab's Ihnen nur zu zeigen versucht«, sagte Sebastian und setzte sich wieder an den Tisch. Er wirkte müde, nachdenklich. »Wenn er sich über irgendwas ärgert, drückt er ihr manchmal den Hals zu. Daran kann man auch sterben, nicht? Wenn man zu fest zudrückt.«

»Sprichst du von deiner Mum und deinem Dad?«

Man hörte, wie die Tür entriegelt wurde. Sebastian beugte sich über den Tisch, verdeckte seinen Mund mit einer Hand und flüsterte: »Wenn man den Kragen ihres Pullis runterzieht, sieht man die Male.«

Charlotte kam mit den Sandwiches herein, und Daniel bemerkte, dass er sie genauer betrachtete, als sie die Tüte mit den Speisen und Getränken auspackte. Er blickte zu Sebastian hinüber, der sich gerade ein Sandwich aussuchte. *Besser, wenn ich dort bin,* erinnerte er sich, von dem Jungen gehört zu haben. Daniel verspürte erneut ein starkes Gefühl der Verbundenheit mit dem Jungen. Er erinnerte sich, dass seine eigene Mutter die Hände eines Mannes um ihren Hals gehabt hatte. Er erinnerte sich, wie verzweifelt er als Kind gewesen war, isoliert von ihr, außerstande, sie zu schützen. Es hatte ihn zu schrecklichen Dingen getrieben.

12

Früher Morgen, und Daniel war im Hühnerstall.

Der erste Bodenfrost des Herbstes, und seine Finger waren steif vor Kälte. Der Tag lief für ihn träge an, und er inhalierte den Gestank des Stalls, der frostig kalt war, aber erwärmt durch Federn und Stroh. Minnie schlief noch. Er hatte sie über das Klingeln ihres Weckers hinweg schnarchen hören, als er die Treppe hinunterstieg. Im Wohnzimmer war ein Drink auf dem Gehäuse des Klaviers übergelaufen. Er war zu einem weißen Fleck getrocknet, der auf dem Holz aussah wie eine große Brandblase.

Jetzt war er draußen, während sie besinnungslos dalag, und ging sorgfältig seinen üblichen Arbeiten nach. Ihm war merkwürdig zumute: verwaist, allein, grausam – wie ein Falke, den er eines Tages auf dem Weg zur Schule auf einem Pfahl gesehen hatte, eifrig damit beschäftigt, eine Feldmaus zu zerstückeln.

Er wusste nicht, wo seine Mutter war. Er hatte ein Gefühl, als sei sie ihm gestohlen worden.

Daniel hob ein warmes braunes Ei auf. Er war drauf und dran, es in die Pappschachtel zu legen, die sie wie immer für ihn auf der Küchenarbeitsfläche bereitgestellt hatte. Er fühlte es hart in seiner Handfläche, spürte die Verletzlichkeit des Eies. Seine Handfläche kannte die Schale und den flüssigen Dotter, den sie enthielt, das schwebende Versprechen auf ein Küken.

Fast ohne es zu wollen, sodass seine Handfläche den scharfen Knick der zerbrochenen Schale und das widerliche Fließen von Eiweiß fühlen konnte, zerquetschte Daniel das Ei. Der Eidotter rann ihm durch die Finger wie Blut.

Plötzlich verspürte er einen Schwall Hitze in Nacken und Kreuz. Er hob ein Ei nach dem anderen vom Boden auf und zerquetschte es. Klare Tropfen dieser armseligen Gewalttat tröpfelten von seinen Fingerspitzen ins Stroh.

Wie aus Protest rannten die Hühner unter lautstarkem Kreischen vor ihm weg. Daniel trat nach einer Henne, aber sie flatterte ihm wie wahnsinnig ins Gesicht. Mit von den Eiern noch immer glitschigen Fingern stürzte sich Daniel auf sie, drückte sie zu Boden und lächelte, als er fühlte, wie ihr Flügel unter seinem Gewicht brach. Er richtete sich auf seine Knie auf. Gackernd stolperte das Huhn im Kreis herum und schleifte den gebrochenen Flügel hinter sich her. Sein Schnabel öffnete und schloss sich ohne Stimme.

Heftig keuchend wartete Daniel einen Moment. Durch das Kreischen der Hühner hinter ihm richteten sich die Härchen auf seinen Armen auf. Langsam, systematisch, als legte er Socken zusammen, versuchte Daniel, dem Huhn einen Flügel auszureißen. Der offene Schnabel und die rasende Zunge entsetzten ihn, und so brach er ihm den Hals. Er stützte sich auf das Huhn und riss ihm den Kopf vom Körper.

Das Huhn war still, Blut in seinem kugelrunden Auge.

Daniel stolperte, als er den Auslauf verließ. Er fiel auf seine Ellbogen und schmierte sich das Hühnerblut von seinen Händen ins Gesicht. Er stand auf und ging ins Haus mit dem Blut an seinen Wangen; die Federn des Huhns, das er getötet hatte, klebten noch immer an seinen Turnschuhen und Fingern.

Sie war wach und füllte gerade den Wasserkessel, als er hereinkam. Sie stand mit dem Rücken zu ihm, und ihr speckiger Morgenmantel hing ihr bis auf die Waden. Das Radio lief, und sie summte einen Popsong mit. Zunächst hatte er die Idee, gleich hinauf ins Badezimmer zu hetzen, aber unwillkürlich blieb er wie angewurzelt stehen. Er wollte, dass sie sich umdrehte und ihn sah, mit seiner Gewalttat besudelt.

»Was um alles auf der Welt…«, sagte sie mit einem Lächeln auf dem Gesicht, als sie sich umdrehte.

Vielleicht war es die Feder, die an seinem Turnschuh klebte, oder das leuchtende Gelb des Dotters zusammen mit dem Hühnerblut an seiner Wange. Minnies Lippen wurden schmal, und sie schob sich an ihm vorbei in den Hof. Er beobachtete sie von der Hintertür aus, wie sie mit einer Hand vor dem Mund am Eingang des Schuppens stand.

Sie kam ins Haus zurück, und er lauerte in ihrem Gesicht auf Wut, Abscheu, Enttäuschung. Sie sah ihn nicht an. Sie stampfte die Treppe hinauf und erschien Augenblicke später in ihrem grauen Rock, ihren Männerstiefeln und dem alten Sweatshirt, das sie trug, wenn sie sauber machte. Er stand direkt am Fuß der Treppe, und Ei und Blut trockneten an seinen Händen, was die Haut straff und trocken werden ließ. Er stand ihr im Weg und erwartete, bestraft zu werden, wünschte sich, bestraft zu werden.

Sie blieb unten an der Treppe stehen und sah ihn zum ersten Mal an diesem Tag an.

»Wasch dich«, war alles, was sie sagte.

Wieder schob sie sich an ihm vorbei und hinaus auf den Hof.

Vom Badezimmerfenster aus sah er, wie sie Eierschalen und das verschmutzte Stroh aufsammelte. Er schrubbte sich Hände und Gesicht, dann stand er da und sah ihr beim Arbeiten zu. Er klaubte die Feder von seinem Turnschuh und hielt sie zwischen Zeigefinger und Daumen, während er aus dem Fenster sah. Er ließ die Feder benommen, aber vertrauensvoll in den

Wind segeln, als er sie zum Haus zurückkommen sah. Sie hielt das tote Huhn an dessen Füßen. Sein Hals baumelte lose hin und her mit jedem Schritt, den sie machte.

Er blieb oben, unter der Bettdecke, dann im Schrank, als sie unten arbeitete. Sein Magen begann zu knurren, als ihn die Erregung und Energie des Morgens verließ. Ihm war kalt, und er zog die Manschetten über seine Hände. Er kroch aus dem Schrank und betrachtete sich in dem Spiegel, den er erst vor einer Woche zerschlagen hatte.

Fieser kleiner Dreckskerl, fiel ihm wieder ein. Er schaute auf sein Gesicht, dessen Fragmente nicht zusammenpassten. Er fühlte sein Herz heftiger schlagen. Schließlich stellte er sich ans obere Ende der Treppe, dann setzte er sich dort hin und horchte auf die Geräusche, die sie in der Küche machte. Blitz kam die Treppe herauf, blieb schnaufend stehen und sah ihn an. Daniel streckte die Hand aus, um die Samtohren des Hundes zu streicheln. Das ließ Blitz einen Augenblick zu, dann drehte er sich um und tappte wieder nach unten. Daniel schlich sich vorwärts bis zur Mitte der Treppe, dann bis ganz nach unten, wo er stehen blieb und sich am Pfosten des Geländers festhielt. Er brauchte zehn Minuten, bis er den Mut aufbrachte, in der Tür zur Küche zu stehen.

»Ich habe keine Lust, dich auch nur anzusehen«, sagte sie, noch immer mit dem Rücken zu ihm.

»Bist du wütend?«

»Nein, Danny«, sagte sie, drehte sich um und sah ihn an. Sie stand da, mit zusammengepressten Lippen und geschwellter Brust. »Aber ich bin sehr traurig. Wirklich sehr traurig.«

Ihre Augen waren grimmig, tiefblau und wässerig und zu weit aufgerissen. Ihr Gesicht schien direkt vor ihm aufzuragen, obwohl sie auf der anderen Seite der Küche stand. Daniel seufzte und ließ den Kopf hängen.

Sie zog für ihn einen Stuhl unter dem Tisch vor. »Setz dich. Ich habe eine Aufgabe für dich.«

Er setzte sich. Sie stellte ein großes Küchenbrett mit dem toten Huhn darauf vor ihn hin.

»Folgendes hast du zu tun«, sagte sie, packte das Huhn und riss ihm Federn aus. Sie zog und zog wieder, und bald war ein nackter Fleck Haut zu sehen, pustelig und weiß.

»Dieses ermordete Huhn ist unser Abendessen«, sagte sie. »Es muss gerupft werden, ehe wir es ausnehmen und braten können.«

Minnie stand vor ihm und sah zu, wie er in die weichen Federn griff, deren Rot an der Wurzel in Grau überging. »Zieh«, sagte sie, »zieh fest.«

Daniel zog zu fest, und die Haut löste sich zusammen mit den Federn, was an dem Fleisch ein Brandmal hinterließ.

»So geht das«, sagte sie, schob seine Hand zur Seite und riss ein Büschel Federn aus, wobei die weiche, weiße, noppige Haut darunter heil blieb. »Schaffst du das?«

Daniel fühlte voller Verlegenheit, dass sich seine Kehle zuschnürte und die Augen feucht wurden. Er nickte und öffnete den Mund, um etwas zu sagen.

»Ich will das nicht«, flüsterte er.

»Auch die Henne wollte nicht sterben, aber du hast sie schwer verletzt und dann getötet. Tu's, tu's auf der Stelle.«

Sie hatte sich von ihm weggedreht, und während sie redete, knallte sie ein Glas auf die hölzerne Arbeitsfläche. Daniel hörte das Klirren der Eiswürfel und das schwache Pinkelgeräusch des Jif-Zitronensafts, den sie nahm, wenn sie kein Geld oder keine Lust auf echte Zitronen hatte. Die ernüchternde Schwere der Ginflasche, die aufgeschraubt wurde, ließ Daniel erschauern, und er tat, was sie verlangte. Zaghafter diesmal ergriff er die Federn des Huhns und zog. Die plötzliche Nacktheit des Vogels war erschreckend.

Als das Huhn gerupft war, saß Daniel da, Federn an den Fingern und den pockigen Vogel vor sich. Am liebsten wäre er weggerannt, nach draußen gelaufen, um die Schaukeln zu verheddern, sodass die kleinen Kinder sie nicht benutzen konnten. Er wäre gern in den Schrank zurückgekrochen, um dessen nahe, dunkle Umarmung zu spüren. Vom Geruch des gerupften toten Huhns wurde ihm übel.

Minnie nahm den Vogel und schnitt ihn zwischen dessen Schenkeln auf. Es war ein grober, mühsamer Schnitt, und Daniel spürte die Kraft, die sie dafür aufwandte. Sie langte ins Innere, und Daniel sah ihre dicke rote Hand verschwinden.

»Du musst so tief hineingreifen, wie du kannst, bis du den festen Klumpen – den Magen – fühlst. Pack ihn fest und zieh vorsichtig und langsam. Alles sollte zusammen rauskommen, wohlgemerkt. Hier! Versuch's, ich möchte es nicht für dich tun.«

»Ich will nicht.« Daniel hörte seine eigene Stimme als Gewimmer.

»Sei nicht kindisch.« Noch nie zuvor hatte sie ihn verhöhnt, aber jetzt hörte er das in ihrer Stimme.

Über die Spüle gebeugt, deren Becken unter ihm bebte, steckte Daniel seine Hand in das blutige Innere des Huhns.

»Mach dir keine allzu großen Gedanken um die Lunge», sagte Minnie. »Sie bleibt meist drinnen hängen.«

Daniel war übel, aber er versuchte, die warmen Eingeweide zu greifen und herauszuziehen. Mit jedem Zug krampfte sich sein Magen zusammen, und Galle stieg ihm in den Hals. Als es ihm endlich gelang, den dunklen roten Schlick nach draußen zu ziehen, machte er einen Schritt zurück, während sich sein eigenes Inneres zusammen mit dem des Vogels auf den Boden ergoss.

Daniel beugte sich vor und erbrach sich auf den Küchenboden. Er hatte nichts gegessen, und so war sein Erbrochenes eine dünne gelbe Flüssigkeit, die auf die Eingeweide des Vogels platschte.

»Ist okay«, sagte Minnie. »Ich kümmer mich drum. Geh dich waschen.«

Im Bad würgte Daniel trocken in die Kloschüssel, dann ließ er sich gegen die Wand sacken. Der Schmetterling lächelte ihn von seinem Bord herab an. Ihm war elend zumute. Er fühlte sich wie eine Schnecke, die aus ihrem Gehäuse herausgeschnitten war. Er wusch sich das Gesicht mit kaltem Wasser, dann putzte er sich die Zähne, bis der Kotzegeschmack weg war.

Er wartete ein paar Minuten, bevor er in die Küche zurückgehen wollte. Er fühlte sich merkwürdig, als wollte er das Badezimmer nicht verlassen. Er fühlte sich so wie im Badezimmer zu Hause, wenn einer von den Männern seiner Mutter wehtat. Er fühlte dieselbe dunkle Suppe aus Angst in seinem Magen und dasselbe Jucken in seinen Muskeln.

Vorsichtig entriegelte Daniel die Tür und blieb am oberen Ende der Treppe stehen. Er legte sich angezogen ins Bett, schlief aber nicht. Er horchte angestrengt auf die Geräusche, die sie in der Küche machte. Der Herd, der geöffnet und geschlossen wurde, ihre Schritte über den Küchenboden, ihre Worte zu Blitz und dann das Geräusch, als sie Blitz das Futter in seinen Napf schüttete.

»Du bist seit Ewigkeiten da oben«, sagte Minnie, als sie ihn sah. »Ich wäre fast raufgekommen, um nach dir zu sehen. Es ist nach zwei, und du hast noch kein Frühstück gehabt. Hast du jetzt Hunger?«

Daniel schüttelte den Kopf.

»Aber du wirst was essen. Setz dich.«

Daniel setzte sich an den Tisch und blickte auf das doofe Platzdeckchen, auf dem ein Pony zu sehen war.

Sie hatte das Huhn gebraten und zerlegt. Scheiben des Brustfleischs lagen auf seinem Teller neben Mais aus der Dose und gekochten Kartoffeln.

»Iss das.«

»Will's nicht.«

»Du isst das.«

»Ich will's nicht.« Er schob den Teller weg.

»Du kannst es umbringen, also übernimm auch die Verantwortung. Du wirst es essen. Du wirst erfahren, dass es tot und sein Nährgehalt in dir drin ist.«

»Ich werd's nicht essen.«

»Du wirst hier sitzen, und ich werde hier sitzen, bis du's gegessen hast.« Minnie knallte ihren Drink auf den Tisch. Das Eis zitterte wie aus Protest.

Sie saßen da, bis ihr Glas leer war. Er dachte, sie würde aufstehen und es wieder füllen, und das wäre für ihn das Startzeichen gewesen, nach draußen zu gehen, aber sie ließ das Glas leer vor sich stehen. Sie sah ihn an und blinzelte müde. Die Zeit wucherte um sie hoch wie das Moos auf den Steinen im Hof. Daniel sah das kalte Huhn und das Gemüse auf seinem Teller und überlegte, ob er es wie Pillen runterschlucken könnte.

»Und wenn ich das Gemüse esse?«

»Du bist ein kluger Junge und du fragst mich das? Du weißt, dass es mir gleichgültig ist, ob du das Gemüse anrührst, aber ich bestehe darauf, dass du jedes Stückchen von dem Huhn isst, das du umgebracht hast. Die Hühner sind mein Lebensunterhalt, aber nicht deswegen bin ich wütend. Du weißt, dass ich diese Tiere esse, wenn ihre Zeit gekommen ist. Ich sorge für sie und liebe sie und, ja, wir essen sie, aber dann werden sie wie sich's gehört geschlachtet und nicht gewaltsam umgebracht, nicht aus Hass oder Wut. Das hier ist tot, und wir werden es nicht verkommen lassen, sondern ich möchte, dass du weißt, dass es deinetwegen tot ist, wegen der Dinge, die du getan hast. Denn sonst hätten wir morgen seine Eier. Ich weiß, dass du schwere Zeiten durchgemacht hast, Danny, und du kannst jederzeit, wann immer du willst, mit mir darüber reden. Ich weiß, dass du wütend bist, und du hast ein Recht, es zu sein. Ich werde mein Bestes tun, dir zu helfen, aber ich kann es nicht zulassen, dass du jedes Mal, wenn es dir nicht gut geht, meine Hühner umbringst.«

Daniel begann zu weinen. Er weinte wie ein Kind, das kleiner war als er, er lag zusammengesackt in dem Stuhl und brummelte seine Traurigkeit leise über seine nassen Lippen. Er legte eine Hand über die Augen, um sie nicht ansehen zu müssen.

Als er zu weinen aufhörte, öffnete er die Augen und holte mehrere Male tief Atem. Sie saß noch immer mit ihrem leeren Glas vor ihm, ihre stahlblauen Augen auf ihn gerichtet.

»Beruhige dich, okay? Komm wieder zu Atem und iss es.«

Besiegt richtete Daniel sich auf und begann, das Fleisch zu zerschneiden. Er schnitt ein sehr kleines Stück ab und spießte es auf seine Gabel. Er ließ das Fleisch seine Zunge berühren, dann nahm er es in den Mund.

SCHULD

13

Daniel schaute auf die Uhr und sah, dass es fast drei Uhr morgens war. Kühles blaues Licht sickerte ins Zimmer. Er konnte nicht sagen, ob es der Mond oder die Straßenlaternen waren, die das kalte, nüchterne Leuchten erzeugten. Er hatte bis zehn gearbeitet, an seinem Schreibtisch Abendbrot gegessen und war dann auf dem Heimweg auf ein Bier ins Crown gegangen. Flüchtig streiften ihn sexuelle Begierden, aber der Stress des Tages hatte ihn ausgepowert, und er fühlte sich leicht, während er sich in dessen Gefolge von einer Seite zur anderen drehte.

Er lag im Halbdunkel auf dem Rücken, die Hände hinter dem Kopf. Er dachte an die Jahre voller Wut auf Minnie, die zu Jahren der Nichtbeachtung zusammengeschnurrt waren. Das war seine Verteidigung gegen sie gewesen, erkannte er: Wut und Nichtbeachtung. Jetzt, wo Minnie tot war, war seine Wut noch immer da, aber sich selbst überlassen. Im Halbschlaf sah er die Wut ziellos umherschweben und -kreisen.

Vor so vielen Jahren hatte er beschlossen, sie zu verlassen, und jetzt war es für ihn schwierig, um sie zu trauern. Um zu trauern, musste er sich erinnern, und die Erinnerung bedeutete Schmerz. Er zwinkerte im Halbdunkel mit den Augen, als er sich an sein Examen und die ersten Jahre als Anwalt in London erinnerte. All das war ohne sie geschehen. Er war stolz auf seine Unabhängigkeit gewesen. Nach der Trennung von ihr hatte er seinen Weg durch die Universität selbst bezahlt und dann nur drei Monate nach dem Examen eine Stelle in einer Kanzlei in London gefunden. Er hatte es sich als Verdienst angerechnet, aber jetzt, im dämmrigen Licht, war er ehrlich genug, sich zu fragen, ob er es überhaupt auf die Universität geschafft hätte, wenn Minnie nicht gewesen wäre.

Er fühlte die Dunkelheit um sich kreisen und sich auf seiner Brust niederlassen, boshaft und schwarz glänzend wie ein Rabe. Daniel legte eine Hand auf seine nackte Brust, als wollte er das Stechen der Krallen lindern.

Er hatte *sie* verlassen, trotzdem erschien ihr Abgang schwerwiegender. Während er sich wieder von einer Seite zur anderen drehte, fühlte er den Tod jenseits des Verlusts, den er verursacht hatte. Ihr Tod war bedrückender, dunkel wie ein Raubvogel vor dem Nachthimmel.

Zehn nach drei.

Mit offenem Mund und weit geöffneten Augen erinnerte sich Daniel daran, wie er das Huhn getötet hatte. Er erinnerte sich, wie seine Kinderhände den Vogel erdrosselt hatten, der ihr lieb gewesen war. Er setzte sich auf und schwang die Beine aus dem Bett. So saß er im Halbdunkel da, den Körper über die Knie gebeugt. Weil es nichts anderes gab, was die Situation ändern könnte, zog er seine Shorts an, schlüpfte in seine Sportschuhe und ging laufen.

Vier Uhr, als er auf seine Uhr sah. Der Frühherbstmorgen wehte warm und frisch gegen sein Gesicht. Er roch das Wasser der Fontäne, als er daran vorbeilief, und dann das taufeuchte Laub der Bäume. Das Stampfen seiner Füße auf dem Weg und die Erwärmung seiner Muskeln brachten ihn in Schwung, und er lief schneller als gewöhnlich, verlängerte seine Schritte und ließ sich von seinem Rumpf vorwärts treiben. Selbst bei diesem

Tempo kamen ihm Bilder in den Sinn, wodurch er seine Konzentration verlor: Er sah wieder ihren Sarg; Minnie in ihren Gummistiefeln, die Hände auf den Hüften und mit vom Wind geröteten Wangen; Blitz, der den Kopf respektvoll neigte, wenn sie den Raum betrat; den Marktstand voll frischer Eier; sein Kindheitszimmer mit der Rosenknospentapete.

Er war wild gewesen. Wer außer Minnie hätte so ein Kind aufgenommen? Seine Sozialarbeiterin hatte ihn gewarnt. Minnie hatte für ihn gesorgt, als es niemand sonst tat.

Obwohl Daniel bereits schwer atmete, lief er noch schneller. Er fühlte Hitze in seinen Bauchmuskeln und Schenkeln. Ein Stechen fuhr ihm durch die Seite, und er lief langsamer, um ihm nachzugeben, blieb aber nicht stehen. Er nahm längere, langsamere Atemzüge, wie man es ihn gelehrt hatte, aber das Stechen blieb. In der Dunkelheit des Parks verlagerten Obdachlose auf kalten Bänken ihre Lage, und Zeitungspapier flatterte über ihre Gesichter. Sein Inneres war hin und her gerissen zwischen dem Stechen in seiner Seite und dem zögerlichen Schmerz, der sich immer dann einstellte, wenn er an Minnie dachte. Sie war die Schuldige gewesen, aber nachdem er bei ihrer Trauerfeier beschuldigt worden war, dachte er nun über seine eigene Rolle bei ihrem Tod nach. Er hatte sie schließlich mit Absicht verletzt. Ihm war bewusst gewesen, dass er sie bestrafte. Sie hatte es verdient.

Verdient. Daniel schwankte, dann ging er im Schritt weiter. Er war noch eine Meile von zu Hause entfernt. Die Nacht fügte sich einem verschämten, zurückhaltenden Glühen im Osten. Tagesanbruch. Es erschien Daniel passend, dass der neue Tag eine kleine Gewalttat sein würde. Der dunkelblaue Himmel begann, sich blutig zu färben. Er ging mit den Händen auf den Hüften, heftig atmend, und Schweiß rann ihm zwischen die Schulterblätter. Er war für den Tag nicht bereit. Er war erschöpft, bevor der Tag auch nur begonnen hatte.

Als er in seiner Wohnung ankam, schwitzte er heftig. Er trank einen halben Liter Wasser und duschte, blieb unter dem Wasserstrahl länger als üblich stehen und ließ das Wasser sich auf sein Gesicht ergießen. In seinen Adern spürte er den langsamen Puls vom Laufen, und trotzdem fühlte er sich dadurch ausnahmsweise nicht beruhigt. Sein ganzes Leben lief er schon. Er war von seiner Mutter und ihren Freunden weggelaufen. Er war von Pflegeeltern weg und zu seiner Mutter zurückgelaufen; er war von Minnie zur Universität, nach London weggelaufen. Inzwischen hatte er noch immer Lust zu laufen – er spürte noch immer das Bedürfnis danach, einen wütenden Hunger in seinen Muskeln –, aber es gab nirgendwo mehr einen Ort, zu dem er laufen wollte. Und es gab nichts, wovor er weglaufen wollte. Seine Mutter war tot und Minnie nun auch; die eine, die er geliebt, und die andere, die ihn geliebt hatte, sie waren beide tot und damit seine Liebe und der Beweis, dass er geliebt werden konnte.

Beim Anziehen öffnete er den Karton, den sie ihm hinterlassen hatte, und nahm das Foto von Minnie und ihrer Familie heraus. Warum hatte sie ihm dieses Foto hinterlassen? Verständlich waren für ihn die Fotos von ihm und Minnie am Strand, die Fotos vom Marktstand oder von der Arbeit auf der Farm. Zu diesem Foto hatte es ihn immer hingezogen, aber nur, weil es eine junge Minnie zeigte – eine gute Mutter und ihre perfekte Familie. Von perfekten Familien war Daniel als Kind besessen gewesen. Er beobachtete sie in Bussen und in Parks und studierte gierig die Wechselbeziehungen zwischen Eltern und Kindern und zwischen den Eltern selbst. Er liebte den Anblick dessen, was ihm als Kind verwehrt war.

Mit gerunzelter Stirn stellte Daniel das Foto auf den Kaminsims neben sein Newcastle-United-Bierglas.

Er knöpfte sein Hemd zu, aß sein Frühstück und war bereit, um halb sechs das Haus zu verlassen. Um sechs wäre er im

Dienst. Während er sich die Zähne putzte und Akten in seine Aktentasche packte, kam ihm nachträglich eine Idee: Er ging noch einmal an den Karton und nahm den Schmetterling heraus. Er wusste nicht warum, aber er steckte ihn ebenfalls in seine Aktentasche.

Daniel kaufte sich eine Zeitung, als er an der Liverpool Street aus der U-Bahn kam. So früh war er selten im Dienst. Sogar die Zeitung fühlte sich frisch an, warm wie Brot. Er kannte eine Kaffeebar in der Nähe der Station, die sicher offen hätte. Er kaufte sich einen Kaffee, und anstatt damit direkt ins Büro zu gehen, trödelte er herum und gestattete sich den Luxus, die Zeitung zu lesen, während er an der heißen Flüssigkeit nippte.

Auf Seite vier der *Daily Mail* entdeckte Daniel die Überschrift »*Engel des Todes*« und seufzte.

> Ein elfjähriger Junge wird wegen der grausigen Tötung des achtjährigen Ben Stokes in Gewahrsam gehalten, der vor über einer Woche erschlagen im Barnard Park, Islington, gefunden wurde. Die Generalstaatsanwaltschaft (CPS) teilte mit, sie habe der Gemeindepolizei Islington die Anweisung gegeben, gegen den Jungen Mordanklage zu erheben, der angeblich aus der Gegend ist. Ben Stokes' Leiche war auf einem Kinderspielplatz versteckt gefunden worden.
>
> Jim Smith, Vorsitzender des Strafgerichtshofs des CPS, sagte: »Wir haben die Polizei bevollmächtigt, einen elfjährigen Jungen wegen Mordes an dem achtjährigen Ben Stokes anzuklagen.«
>
> Der Junge, dessen Name aus rechtlichen Gründen nicht genannt werden darf, erschien am Freitagmorgen zur Anhörung vor einem Jugendgericht im Magistrates' Court Highbury Corner und saß mit einem Sicherheitsbeamten auf der Anklagebank. Der Junge trug ein Hemd mit Schlips und einen grünen Pullover, als ihm die Anklagepunkte verlesen wurden. Wäh-

rend der Anhörung zeigte er keinerlei Regung. Der Junge wurde in die Untersuchungshaft zurückgebracht und wird am 23. August wieder vor Gericht erscheinen.

Der Junge, der mit seinen berufstätigen Eltern in einer wohlhabenden Gegend von Angel wohnt, war in seiner Islingtoner Grundschule wegen seines ungestümen und Unruhe stiftenden Verhaltens bekannt. Die Mutter des Jungen weigerte sich gestern, Reportern ihre Tür zu öffnen. Ben Stokes' Eltern waren zu verstört, um mit Reportern zu sprechen, veröffentlichten aber eine Erklärung, die lautete: »Der Schmerz über den Tod unseres geliebten Sohnes hat uns überwältigt. Wir werden keine Ruhe finden, bis die verantwortliche Person vor Gericht gestellt ist.«

Das Verbrechen – das Parallelen zur Ermordung des Kleinkindes James Bulger durch zwei Zehnjährige im Jahr 1993 aufweist – hat die Nation entsetzt. Premierminister David Cameron und die Innenministerin Theresa May haben es »scheußlich« genannt.

Daniel lockerte seine Krawatte und klemmte sich die Zeitung unter den Arm. Der Kaffee war inzwischen abgekühlt, und er trank davon auf dem Weg in sein Büro. Es hatte schon andere Artikel gegeben: kurze Notizen in der Lokalpresse zur Zeit der Kautionsverhandlung. Dieser Artikel hier war anders. Er war eine Schlagzeile.

Es fängt an, dachte er. *Es fängt bereits an.* Es war inzwischen hell geworden, aber der Tag roch noch jung. In seinem Magen lag wie ein Klumpen die Müdigkeit, und er fühlte sich, als könnte er sich einfach aufs Pflaster legen, seine Wange an die schmutzigen Steine schmiegen und schlafen.

Er kam als Erster zum Dienst. Die Putzfrauen waren noch da und leerten Papierkörbe und wischten Schreibtische ab. In seinem Büro trank Daniel seinen Kaffee aus, während er die Unterlagen der Anklage gegen Sebastian durchlas. Sie enthielten mehrere Fotos von Bens misshandeltem Körper. Das erste zeigte den Tatort selbst und Bens Gesicht, das unter dem Ziegelstein und Stöcken verborgen lag, mit denen ihm Gewalt angetan worden war, als wollte der Mörder für diesen kleinen Leichnam einen Schrein errichten. Andere Fotos, während der Obduktion aufgenommen, zeigten das volle Ausmaß der Gesichtsverletzungen: die gebrochene Nase und die zertrümmerte Augenhöhle. Das Gesicht sah nicht wie das eines Kindes aus, sondern eher wie das einer Puppe, die kaputt gemacht, zerquetscht worden war. Daniel betrachtete die Fotos mit gerunzelter Stirn.

Kurz vor neun klingelte sein Telefon, und Daniel nahm ab.

»Es ist Irene Clarke«, sagte Stephanie.

»Wunderbar, stell sie durch.«

Daniel wartete darauf, ihre Stimme zu hören. Abgesehen von einem flüchtigen Blick auf ihrer Ernennungsparty im März hatte er sie fast ein Jahr nicht mehr gesehen. Sie waren am Abend nach Tyrels Verurteilung ausgegangen. Er erinnerte sich an ihren kleinen spöttischen Mund und ihre gewölbten Augenbrauen.

»Hallo, Danny, wie geht's dir?«

»Wichtiger, wie geht's dir? Wie ist das Leben als Kronanwältin? Glückwunsch zu deiner Ernennung.«

Irene lachte teilnahmslos.

»Gehst du morgen mit mir zum Pathologen?«, fragte Daniel. »Sehe gerade die Berichte durch.«

»Ja, klar. Ich rufe an, um dir zu sagen, dass wir uns am Green Park oder so treffen sollten – und zusammen hingehen.«

»Wunderbar«, sagte Daniel. »Und hinterher könnte ich dir sogar einen Drink spendieren – um auf deinen Erfolg anzustoßen.« Mit Absicht ließ er seinem Akzent mehr Raum. Er lächelte und erwartete, dass sie ihn aufziehen, in ihr bestes *Wae'aye man* verfallen würde.

»Ich habe so verdammt hart gearbeitet«, sagte sie, »dass ich fast alles davon vergessen habe. Aber gut, dich wiederzusehen. Ist 'ne Weile her.«

»Ich kann dir gar nicht sagen, wie froh ich bin, dass du die Sache übernommen hast.«

»Ich musste es tun. Es weckt Erinnerungen …«, sagte sie.

»Ich weiß. Bei mir auch.«

Sie wartete am Green Park auf ihn, als er am Spätnachmittag dort ankam. Sie sah blass und müde aus, ihr Haar war oben und an den Seiten angeklatscht, als hätte sie gerade ihre Perücke abgenommen, aber ihr Gesicht leuchtete auf, als sie ihn sah. Er küsste sie auf beide Wangen, und sie drückte seinen Oberarm und ließ die Hand auf sein Handgelenk herabgleiten, das sie eine Sekunde lang umklammerte und dann losließ. »Dannyboy, he. Du siehst gut aus.«

»Du auch«, sagte er und meinte es auch so. Trotz ihrer angeklatschten Haare und müden Augen fiel sie auf der Straße auf, während sie den Kopf neigte, um ihn mit Bewunderung zu betrachten. Irene schaffte es bei ihm immer, dass er sich gerade aufrichtete und die Schultern zurückzog.

Sie gingen die Piccadilly entlang, am Ritz vorbei und dann zur Carlton House Terrace, wo sie die Pathologin Jill Gault in ihrem Büro treffen sollten, das auf den St. James's Park blickte.

Im Gehen roch Daniel Irenes Parfüm, selbst als vorbeifahrende Busse warme Abgaswolken in die Luft pusteten. Ihre Schritte glichen sich einander an, und Daniel war einen Moment lang durch den natürlichen Rhythmus ihres Gangs abgelenkt.

Es war später Nachmittag, aber die Sonne stand gnadenlos hoch am Himmel wie ein kritisches Auge. Das Büro der Pathologin war eine Wohltat: nicht klimatisiert, aber kühl, weil die dicken Steinmauern die Hitze des Tages ausschlossen. Sie saß hinter einem geräumigen Schreibtisch und hatte ihre Schildpattbrille in ihr lockiges rotes Haar hinaufgeschoben.

»Darf ich Ihnen Tee oder Kaffee bringen lassen?«, fragte Dr. Gault.

Daniel und Irene verneinten.

Dr. Gault öffnete einen braunen Aktenordner und zog die Brille auf ihre Nasenspitze herunter, um Ben Stokes' Pathologiebericht nochmals überprüfen zu können.

»Ihr Bericht war sehr interessant, Dr. Gault«, sagte Daniel. »Sie sind sicher, dass die Todesursache eine akute Hirnblutung war, hervorgerufen durch einen Schlag auf die rechte Vorderseite des Kopfes?«

Dr. Gault schob ihnen eine Röntgenaufnahme über den Schreibtisch zu. Mit ihrem Kugelschreiber bezeichnete sie das Ausmaß der Blutung.

»Sie sind ganz sicher, dass das Mordwerkzeug der Backstein war, der auf dem Schauplatz des Verbrechens gefunden wurde?«, fragte Irene.

»Ja, die Konturen stimmen genau überein.«

»Ich verstehe. Berichtigen Sie mich, wenn ich mich irre«, fuhr Irene fort. »Sie haben als Zeitpunkt des Todes etwa sechs Uhr fünfundvierzig am Abend ermittelt, aber den Zeitpunkt der Gewalttat haben sie nicht feststellen können – das trifft auf diese Art von Verletzung zu?«

»Das ist richtig«, sagte Dr. Gault, ließ ihren Kugelschreiber auf den Schreibtisch fallen, legte die Hände auf ihren Bauch und lehnte sich in ihrem Sessel zurück. »Bei dieser Art von Verletzung ist es ziemlich unmöglich, den Zeitpunkt der Gewalttat zu bestimmen. Durch die Blutung entsteht Druck auf das Gehirn, aber der kann von Minuten bis zu zehn Stunden oder länger anhalten, bis er tödlich wird.«

»Das bedeutet also, dass sich der Angriff möglicherweise etwa um sechs Uhr abends ereignet haben könnte?«, fragte Daniel und zog eine Augenbraue in die Höhe.

»Das ist richtig, oder er könnte einige Stunden früher stattgefunden haben.«

Daniel und Irene sahen sich an. Daniel sah bereits vor sich, wie Irene dies dem Gericht darlegte.

Als sie aus dem Büro der Pathologin kamen, war es kühler geworden, aber die Londoner Straßen erschienen ihnen noch immer schmutzig, laut und heiß. Es war kurz nach fünf Uhr, und die Menschen umkurvten einander wie Fische, Autos hupten Radfahrer an, Leute redeten an unsichtbaren Handys, Taxitüren schlugen zu, Busse schnauften heran, und Düsenjets jagten geräuschlos über den blauen Himmel, der das Ganze überwölbte.

»Na, das war hilfreich«, sagte Irene, setzte ihre Sonnenbrille auf und zog ihre Jacke aus.

Sie hatte starke, breite Schultern wie eine Tennisspielerin, und Daniel bewunderte sie. Er nahm seine Krawatte ab und steckte sie in die Tasche. »Darf ich denn jetzt der Kronanwältin einen Drink spendieren?«

Es war früh genug, um einen Tisch im Freien zu bekommen. Sie saßen einander gegenüber und tranken Ale, während die Schatten länger wurden und müde Sommerwespen faul um leere Gläser schwebten.

»Auf dich«, sagte Daniel und stieß mit ihr an.

»Also«, sagte Irene, lehnte sich zurück und beobachtete ihn. »Denkst du, Sebastian hat es getan?«

Daniel zuckte die Achseln. Er spürte die Sonne auf seiner Stirn. »Er besteht darauf, dass er's nicht getan hat. Er ist ein verrückter kleiner Kerl, aber ich denke, er sagt die Wahrheit. Er ist nur völlig durcheinander.«

»Ich fand ihn verstörend, aber ich … habe kaum mit ihm gesprochen.«

»Er ist gescheit. Einziges Kind. Ich denke … wahrscheinlich recht einsam. Er hat mir was davon erzählt, dass sein Vater seine Mutter schlägt. Sie sind reich, aber ich glaube nicht, dass es ein glückliches Zuhause ist.«

»Das könnte ich mir vorstellen. Der Vater kommt mir wie ein Frauenfeind vor – er wollte nicht, dass wir den Fall übernehmen, weil ich eine Frau bin.«

»Nein!«, sagte Daniel. »Es ging um mich. Er meinte, ich wäre zu jung und unerfahren.«

Irene seufzte und zuckte mit den Schultern, dann machte sie ein ernsteres Gesicht: »Nach dem, was wir von Jill Gault gehört haben, könnte es ohne Weiteres einen anderen Angreifer gegeben haben, nicht? Sebastian hat ein Alibi ab …«

»Drei Uhr … und die Aussage des Mannes, der sagte, er hätte Sebastian sich nach diesem Zeitpunkt prügeln sehen, klingt, als wäre er von der Polizei darauf gestoßen worden oder einfach durcheinander. An seiner Beschreibung von Sebastian ist nichts Unverwechselbares … und angesichts der Entfernung und des Laubwerks – ich bin in dem Park gewesen – bin ich mir sicher, wir können die Aussage erschüttern. Wenn wir nur was Brauchbares auf dem Videoband finden könnten.«

»Ich habe mir das Band auch angesehen für den Fall, dass uns etwas entgangen wäre. Typisch natürlich, dass sich die Polizei nur die städtischen Bänder erbeten hat …«

»Hast du andere gefunden?«

»Nun ja, zwei Kneipen in der Gegend haben eine Videoüberwachung. Diese Bänder sehen wir gerade durch, aber auch dieses zweite Mal, bei dem Sebastian angeblich gesehen wurde …«

»Ich weiß. Wenn wir nur etwas auf Band hätten, wo man zu der Zeit jemand anderen, nicht Sebastian, auf dem Spielplatz sehen könnte …«

Sie stützte ihr Kinn in die Hand und blickte in die Ferne, über die Straße auf die Busse und Fahrradfahrer. Daniel liebte ihr Gesicht, das wie ein Melonenkern geformt war. Er beobachtete, wie sie Haarsträhnen hinter ihre Ohren schob.

»Ich bin noch vom letzten Mal total mitgenommen«, sagte sie schließlich. »Denkst du noch manchmal daran?«

Daniel seufzte und nickte, während er sich mit einer Hand durch das Haar fuhr. Sie waren beide von einem Schuldspruch getroffen worden, der den Jugendlichen in das Justizsystem zurückschickte, in dem er groß geworden war. Sie hatten sich beide für den aufgeschossenen Jungen erwärmt, der eine Haut straff und braun wie von einer Kastanie hatte und ein Lächeln so strahlend und rasch wie die Unschuld. Er war im Gefängnis als Sohn einer cracksüchtigen Mutter zur Welt gekommen und in Pflegschaften aufgewachsen. Sie hatten hart um ihn gekämpft, aber er war schuldig, und er war schuldig gesprochen worden.

»Wenn ich ehrlich bin, war einer der Gründe, warum ich diesen Fall wollte, dass wir den Fall Tyrel verloren haben«, sagte sie.

»Ich habe ihn vor ungefähr einem Monat besucht. Er wartet auf eine Wiederaufnahme … ich bin hingefahren, um ihm zu sagen, dass es keine geben wird. Er ist richtig mager.« Daniel blickte weg.

»Und dieser hier«, fuhr Irene fort. »Ich weiß, er ist angeblich elf, aber er ist winzig … oder sehen Elfjährige so aus? Ich bin nicht auf dem Laufenden … Ich meine, zumindest sah Tyrel wie ein junger Mann aus.«

Daniel trank einen großen Schluck.

»Du musst die Sachen loslassen«, sagte er. »Ich bin sicher, von Kronanwältinnen wird nicht erwartet, dass sie sich um all dies Zeugs Gedanken machen.« Er zwinkerte ihr zu und lächelte, aber sie erwiderte sein Lächeln nicht. Sie blickte wieder weg, in Erinnerungen versunken.

»Gott, o Gott, was haben wir uns an dem Abend betrunken.«

Gegen Ende des Abends hatte sich Irene Kronkorken in die Augen gesteckt, um den Richter nachzuäffen, der Tyrel verurteilt hatte.

»Meine Schwester konnte nicht verstehen, warum ich hinterher so down war«, fuhr Irene fort. »Immer wieder sagte sie zu mir, *aber er war doch schuldig* – als wenn das zählte, als wenn das dem widerspräche, was wir zu tun versucht hatten. Ich erinnere mich an die furchtbare Angst in seinen Augen, als er verurteilt wurde. Er sah so jung aus. Ich hatte damals das dringende Gefühl, und das habe ich noch heute, dass er Hilfe brauchte, keine Bestrafung.«

Daniel fuhr sich mit beiden Händen durchs Haar. »Vielleicht sind wir im falschen Job.« Daniel lachte leichthin. »Vielleicht sollten wir in die Sozialarbeit gehen.«

»Oder in die Politik und alles auf Vordermann bringen.« Irene lächelte und schüttelte den Kopf.

»Du bist eine fantastische Anwältin, aber du wärst eine schlechte Politikerin. Dein Redeschwall wäre niemals zu stoppen. Kannst du dir dich bei *Newsnight* vorstellen? Du würdest schimpfen wie ein Rohrspatz. Man würde dich kein zweites Mal einladen.«

Sie lachte, aber dann versiegte ihr Lächeln. »Gott stehe Sebastian bei, sollte er unschuldig sein. Drei Monate in Untersuchungshaft bis zum Prozess sind schon für einen Erwachsenen hart genug.«

»Selbst wenn er schuldig ist, ist es hart«, sagte Daniel und trank sein Bier aus.

»Man darf gar nicht drüber nachdenken«, sagte Irene. »Meistens stehe ich hinter dem Rechtssystem. Das muss man auch, nicht wahr, in unserem Beruf. Aber wenn es um Kinder geht – selbst um Kinder, die so alt und mit allen Wassern gewaschen sind wie Tyrel –, denkt man einfach, Gott, es muss doch einen anderen Weg geben.«

»Aber den gibt es ja, England und Wales hinken dem Großteil Europas hinterher. In den meisten europäischen Ländern werden Kinder unter vierzehn Jahren nicht einmal vor ein Kriminalgericht gestellt.« Daniel legte seine Hände flach auf den Tisch, während er sprach. »In Zivilverfahren kommen Kinder vor ein Familiengericht, gewöhnlich unter Ausschluss der Öffentlichkeit. Ich weiß, dass bei Gewaltverbrechen das Ergebnis oft das gleiche sein kann – langjährige Haft in Jugendarrestanstalten –, aber es geschieht als Teil von Besserungsmaßnahmen, nicht als … Freiheitsstrafe.«

»Im Vergleich zu Europa erscheinen wir mittelalterlich …«

»Ich weiß, zehn Jahre alt, und du kommst vor ein Kriminalgericht. Ich meine … zehn Jahre alt! Es erscheint absurd. In Schottland waren es noch in diesem Jahr *acht*. Gott, ich weiß noch, als ich acht oder zehn Jahre alt war … die Verwirrung, die Tatsache, dass man so klein ist und so … unfertig als Mensch. Wie kann man in diesem Alter für strafmündig gehalten werden?«

Irene seufzte und nickte.

»Kennst du das Strafmündigkeitsalter in Belgien?«

»Vierzehn?«

»Achtzehn Jahre. *Achtzehn Jahre*. Skandinavische Länder?«

»Fünfzehn.«

»Genau, fünfzehn Jahre. Und bei uns zehn! Aber was mich wirklich wütend macht, ist die Tatsache, dass es nicht um Geld oder Besitz oder irgend so 'n Scheiß geht. Grob gesagt, wie viel Prozent der Menschen, die du verteidigst, kommen aus Problemmilieus: Drogen, häusliche Gewalt …«

»Ich weiß nicht. Ich würde sagen, achtzig Prozent, gut und gerne.«

»Ich auch. Die große Mehrheit der Mandanten hatte eine

wirklich schwere Kindheit… Weißt du, wie viel ein geschädigtes Kind im Fürsorgesystem den Staat im Laufe seines Lebens kostet?«

Irene kniff die Augen zusammen und überlegte, dann zuckte sie mit den Schultern.

»Über eine *halbe Million* Pfund. Ein Jahr Einzeltherapie würde höchstens ein Zehntel davon kosten. Inhaftierung ist altmodisch, aber auch verdammt teuer. Schon die Zahlen sollten sie überzeugen.«

»Und wer schimpft jetzt wie ein Rohrspatz? Ich denke, ich werde noch vor dir zu *Newsnight* eingeladen.« Irene sah ihn offenherzig an und trank einen Schluck Bier. »Du liebst das Verteidigen, nicht wahr? Es liegt dir.«

»Ja, ich stehe gern auf dieser Seite«, sagte Daniel und stützte sich auf seine Ellbogen. »Selbst wenn ich die Person, die ich verteidige, nicht leiden kann, zwinge ich mich, die Sache von ihrer Seite aus zu sehen. Es muss eine Unschuldsvermutung geben. Ich liebe die Fairness daran…«

»Ich weiß. Fairness ist der Grund, warum wir alle in dieses Geschäft hineingeraten sind. Es ist eine Schande, dass es nicht immer fair erscheint.«

Sie beobachteten den Verkehr und die Hunderte von Menschen, die von ihrem Tagewerk nach Hause eilten, und schwiegen für ein paar Momente.

»Die Presse wird über diesen Fall durchdrehen. Es wird viel schlimmer werden als bei Tyrel. Das ist dir doch klar, oder?«, sagte Irene.

Daniel nickte.

»Hast du schon Ärger gehabt?«, fragte sie.

»Nein, du?«

Irene zuckte die Achseln und wedelte mit der Hand, als hätte es bereits Ärger gegeben, aber sie wollte nicht darüber reden. »Er ist es, um den ich mir Sorgen mache. Der Junge wird in der

Presse verunglimpft, namenlos oder nicht … Wo ist da die Fairness? Er steht noch nicht einmal vor Gericht.«

»Aber du wirst das doch zur Sprache bringen, oder?«

Irene seufzte. »Ja, wir können eine Prozessaussetzung beantragen und sagen, die Geschworenen sind durch Presseberichte vor dem Verfahren beeinflusst worden, aber wir wissen beide, dass es zwecklos ist. Die Presse *ist* befangen, aber das wird sie immer sein. Und der Himmel weiß, welchen Nutzen eine Prozessaussetzung für uns haben würde, wenn der Junge sowieso in Haft bleibt …«

Sie blickte in die Ferne, als stellte sie sich die Argumente direkt im Prozess vor. Er beobachtete ihren kühlen blauen Blick.

»Du musst im Moment eine der jüngsten Kronanwältinnen sein, stimmt's?«

»Nein, sei nicht albern, Baroness Scotland war fünfunddreißig.«

»Wirst du dieses Jahr vierzig?«

»Nein, ich werde neununddreißig, du Blödmann!«

Daniel wurde rot und blickte weg.

Sie sah ihn mit zusammengekniffenen Augen an.

»Irene«, sagte er zu dem vorbeirauschenden Verkehr. »*Irene.* Es erscheint zu altmodisch für dich.«

»Mein Vater hat mir den Namen gegeben«, sagte sie mit gesenktem Kinn. »Nach Irene von Rom, kannst du dir das vorstellen?«

»Kann ich.«

»Die meisten in meiner Familie nennen mich Rene. Nur Mitarbeiter nennen mich Irene.«

»Ist es also das, was ich bin? Ein Mitarbeiter?«

Sie lachte und trank ihr Bier aus. »Nein«, sagte sie, mit funkelndem, aber scheuem Blick, »du bist der liebenswerte Geordie-Anwalt.«

Er hoffte, sie wäre rot geworden, aber es konnte auch nur das Bier sein.

»Wie geht's deinem Geordie inzwischen?«, fragte er.

»*Alreet, like*«, brachte sie zustande und lächelte.

Er lachte über ihre mit den Konsonanten kämpfende Home-Counties-Stimme. Sie hörte sich nach Liverpool an.

»Ich freue mich, dass ich wieder mit dir zusammenarbeite«, sagte er leise.

»Ich auch«, sagte sie.

14

»Meine Güte, du bist ja ein richtiger Charmebolzen. In Ordnung, ich nehme ein Dutzend.«

Daniel spürte, dass Minnie ihn anlächelte, als er Jean Wilkes das Wechselgeld hinzählte, die im Bonbonladen arbeitete. Mrs. Wilkes hatte Daniel vor ein paar Wochen ausgeschimpft, weil er in ihrem Laden geflucht hatte. Sie nahm ihre Eier und ging, während Daniel die Einnahmen in dem Eiscremebecher zählte. Dreiunddreißig Pfund fünfzig.

Wieder lächelte Minnie ihn an, und er fühlte sich dadurch gebessert. Er suchte noch immer ihre Verzeihung.

»Du bist tüchtig an diesem Marktstand, das bist du«, sagte Minnie. »Du hast den Jargon drauf. Nur drei Stunden dabei, und wir machen einen Mordsreibach. Ich sag dir was, wenn wir heute Abend gute Geschäfte gemacht haben, zahle ich dir ’ne Provision.«

»Was meinste damit?«

»Na ja, wenn wir mehr als sagen wir mal hundertfünfundzwanzig eingenommen haben, gebe ich dir ’nen Anteil.

Daniel sog den Atem ein und lächelte.

»Die Kunden scheinen dich zu mögen, also biste es wert. Es ist, weil du hübsch bist. Sieh dir bloß Jean an. Sie war völlig bezuckert von dir. Normalerweise kann ich ihr kaum ein Lächeln entlocken.«

Der Wind wehte das Schild um, auf dem *Flynn Farm – Frische Erzeugnisse* stand. Daniel richtete es wieder auf, dann drehte er sich zu Minnie um und zog seine Ärmelbündchen über seine Hände.

»Ich mag sie nicht.«

»Warum denn nicht?«, fragte Minnie. Sie war gerade damit beschäftigt, die Umsätze in ihr Notizbuch einzutragen. »Die alte Jean würde keiner Fliege was zuleide tun.«

»Sie sagt schlechte Dinge über dich«, sagte Daniel, eine Hand in der Tasche, und sah zu Minnie hoch. »Du solltest sie hören. Sie redet zu den Leuten im Laden über dich.«

»Ach, lass sie reden, wenn sie will.«

»Alle tun's. Alle Leute in den Läden und die Kinder in der Schule. Alle sagen, du bist eine Hexe und hast deinen Mann und deine Tochter umgebracht ...«

Daniel sah, dass Minnies Gesicht weich, entspannt und teigig wurde, als wäre sie tot. Ihre Backen hingen schwerer als sonst herunter. Sie sah älter aus.

»Jean sagt, du hast einen Besenstiel und so Zeugs, und Blitz ist dein Schutzgeist.«

Minnie lachte, sie brach in ein dröhnendes Gelächter aus und beugte sich dabei nach hinten. Sie legte eine Hand auf ihren Bauch und die andere auf den Tisch, um sich zu stützen.

»Sie machen sich doch bloß lustig über dich. Weißt du das nicht?«

Daniel zuckte die Achseln und wischte sich die Nase mit dem Ärmel. »Weiß nicht. Also hast du deinen Mann nicht ermordet mit einem Schürhaken vom Feuer?«

»Nein, Liebling, das habe ich nicht. Manche Leute lieben Dramen so sehr, dass sie sich Sachen ausdenken müssen, weil das wirkliche Leben für sie nicht interessant genug ist.«

Daniel sah zu Minnie hoch. Sie hauchte auf ihre Hände und stampfte mit den Füßen. Ihr Geruch war für ihn inzwischen wohltuend, obwohl er nicht wusste, warum. Teilchen von ihm vertrauten ihr, aber dann fing der Wind wieder an zu wehen, trug sie davon, und er war im Zweifel.

Die Sozialarbeiterin hatte ihm bestätigt, dass es mit seiner Mutter keinen Kontakt mehr geben würde. Er lief noch zweimal nach Newcastle, nachdem er das Huhn getötet hatte, um sie irgendwie ausfindig zu machen, aber neue Leute wohnten jetzt in der alten Wohnung seiner Mutter. Er fragte die Nachbarn, aber niemand wusste, wo sie hingegangen war. Der Mann, mit dem er nach dem Brand gesprochen hatte, sagte, seine Mutter sei wahrscheinlich tot.

Die Sozialarbeiterin Tricia hatte zu Minnie gesagt, dass Daniel auf der Adoptionsliste stehe und »jederzeit gehen« könne. Jetzt, mit der Bedrohung wieder eines neuen Zuhauses, fand Daniel allmählich Gefallen an der Farm und versuchte, sich anständig zu benehmen. Tricia hatte bestätigt, dass er, wenn er wolle, mit seiner Mutter Kontakt aufnehmen dürfe, wenn er achtzehn wäre, aber bis dahin seien ihm keine Informationen über sie gestattet.

»Also, wie *sind* denn dein Mann und deine Tochter gestorben?«, fragte er, blickte zu ihr auf und leckte sich die Lippen, die in der Kälte trocken geworden waren. Zunächst sah sie ihn nicht an, allzu sehr damit beschäftigt, den Stand in Ordnung zu bringen und ihren Mantel enger um sich zu ziehen. Aber dann begegnete sie seinem Blick. Ihre Augen waren das härteste an ihr, fand Daniel. Ihr wässeriges Blau war so anders als seine eigenen dunklen Augen. Manchmal schmerzte es, sie anzusehen.

»Ein Unfall.«

»Alle beide?«

Minnie nickte.

»Was ist passiert?«

»Wie alt bist du, Danny?«

»Zwölf.«

»Ich weiß, du hast harte zwölf Jahre hinter dir. Ich möchte keine Vermutungen darüber anstellen, was für schreckliche Dinge du gesehen oder getan hast oder dir angetan worden sind. Ich möchte aber, dass du weißt, dass du mit mir über *alles* sprechen kannst, was dir widerfahren ist. Ich werde kein Urteil über dich fällen. Du kannst mir erzählen, was immer du möchtest. Aber wenn du älter wirst, wirst du vielleicht bemerken, dass es einige Dinge gibt, über die man nicht ohne Weiteres sprechen kann. Vielleicht ist es gut, über sie zu reden, aber gut macht es nicht einfach. Vielleicht gibt es einige Dinge, über die auch du im Moment nicht reden magst ... Dinge, die mit deiner Mutter oder anderen Leuten geschehen sind. Du kannst mit mir darüber reden, aber wenn du nicht möchtest, dann sollst du wissen, dass ich das respektiere. Ich weiß, du bist erst ein kleiner Junge, aber du weißt schon, was es heißt, jemanden zu verlieren. Du weißt mehr als die meisten Leute, da bin ich sicher. Ich weiß, du vermisst deine Mum. Verlust gehört zum Leben, aber er ist nicht immer leicht zu ertragen. Du musst einfach wissen, dass ... wenn immer du deine Mum am meisten vermisst oder du dich am traurigsten fühlst, dann wisse, dass ich diesen Schmerz kenne. Wenn wir Menschen verlieren, die uns lieb und teuer sind, dann wird es manchmal dunkel auf der Erde. Es ist, als wäre dieser Mensch, den man geliebt hat, ein kleines Licht gewesen, und jetzt, wo er weg ist, ist es dunkel. Vergiss nicht, dass wir alle dieses Licht, dieses Gute in uns haben, und nur weil wir traurig sind, heißt das nicht, dass wir nicht glücklich machen können, und glücklich machen heißt glücklich sein ...«

Sie holte so tief Luft, dass sich ihre Brüste hoben und senkten.

»Auf jeden Fall ist es das, was ich nach Normans und Delias Tod gelernt habe, aber ich kann immer noch nicht über sie reden. Ich hoffe, du verstehst das, Liebling, und weißt, dass es nicht gegen dich gerichtet ist, es ist einfach die Art, wie ich mich fühle.«

Norman und Delia. Daniel wiederholte sich die Namen stumm. Und plötzlich, wie das Huhn, das er getötet hatte, erstanden ihrer beider Leben real und kostbar vor ihm. Delia war blass wie der Porzellanschmetterling, Norman dunkel wie der Schürhaken, der, wie es hieß, sein Leben beendet hatte.

Daniel nickte Minnie zu und begann, die Eier erneut aufzuschichten.

»War er gemein zu dir?«, fragte Daniel. Ihm lief die Nase, und seine Zungenspitze spürte den Rotz, salzig und klar. Er bog die Zunge zur Oberlippe hoch, aber Minnie schnappte ihn sich und wischte ihm die Nase grob mit einem benutzten Papiertaschentuch, das sie in ihrem Strickjackenärmel stecken hatte.

»Norman, meinst du?«

»Ja.«

»Guter Gott, nein. Er war der beste Mann auf der Welt. Ein richtiger Gentleman. Er war die Liebe meines Lebens.«

Daniel zog die Stirn kraus und wischte sich die Nase erneut mit dem Ärmel.

»Genug jetzt. Über die Vergangenheit reden hilft niemandem irgendwie weiter.«

Am Ende des Tages half Daniel Minnie, die wenigen Waren, die übrig geblieben waren, die Schilder und den Becher mit den Einnahmen in den Wagen zu laden. Er saß bereits vorn, als sie sich schnaufend auf den Fahrersitz hievte und den Wagen anließ. Sie atmete schwer, und ihr in die Strickjacke gehüllter Busen drückte gegen das Steuerrad. Der Wagen sprang beim dritten Versuch an, und Daniel begann, am Radio herumzuspielen, bis er einen Song fand. Das Signal war schwach und schwand immer wieder.

»Leg deinen Sicherheitsgurt an«, sagte Minnie.

»Okay«, sagte Daniel. »Kannst du die Antenne wieder so hinbiegen wie letztes Mal, damit wir auf dem Rückweg Radio hören können?«

Er liebte es, mit Minnie in dem Auto zu sitzen, aber er war sich nicht sicher, warum. Sie fuhr nervös und ruckartig, und der Wagen schien älter zu sein als sie. Aufregend war es, wenn sie das Steuerrad fester umklammerte und schnell zu fahren wagte. Da war vage Gefahr im Spiel. Sie stieg aus und bog die Antenne zurecht, die einst ein Drahtkleiderbügel gewesen war. Daniel gab ihr mit in die Höhe gerecktem Daumen ein Zeichen, als das Signal klar und deutlich war.

Sie machten sich auf die Fahrt durch den Ort. Der Auspuff hatte ein Loch, und Daniel sah, dass Fußgänger ihren knatternden Wagen anstarrten, wenn er an ihnen vorbeifuhr. In Gedanken an die Provision, die er bekommen würde, wenn sie am Abend das Geld zählten, begann er, den Song mitzusingen, der im Radio lief. Es war die Gruppe Frankie Goes to Hollywood. Daniel beugte sich nach vorn, um mit den Zeigefingern den Rhythmus auf das Handschuhfach zu klopfen.

Minnie sah ihn an und riss plötzlich das Steuer herum. »Was machst du denn? Was machst… Was habe ich dir gesagt?«, schrie sie, und Daniel fuhr auf seinem Sitz erschrocken zurück.

Sie fuhr gerade an parkenden Autos vorbei durch die Main Street auf die Carlisle Road zu. Wieder riss sie das Steuer herum, als ein Lieferwagen von Bertie's Fish and Chips ausscherte und sie durch lautes Hupen warnte. Durch das Geräusch zuckte Minnie zusammen, und der Wagen schlingerte nahe der Einmündung zur Langtown Road auf die andere Straßenseite hinüber. Daniel legte eine Hand auf das Armaturenbrett, als Minnie das Steuerrad scharf herumriss und der Wagen zur Seite schleuderte, um dem Lieferwagen auszuweichen, und dann in die Metallgitter auf der anderen Seite der Kreuzung knallte. Daniel flog nach vorn und schlug mit dem Kopf gegen das Armaturenbrett.

Eine Hand auf der Beule kauerte Daniel neben dem Ganghebel am Boden des Wagens. Sie blickte starr geradeaus und atmete so heftig, dass ihr Busen wogte; ihre Hände hielten das Steuerrad umklammert. Daniel begann zu lachen. Ihm tat der Kopf weh, aber es kam ihm komisch vor, dass er unter das Armaturenbrett geflogen war und dass der Wagen auf der falschen Straßenseite dicht an den Metallgittern stand.

Der raumfüllende Beat von Frankie Goes to Hollywood erschien jetzt in dem kleinen Wagen als zu laut.

Ihre Atemzüge wurden ruhiger, und sie langte herunter nach ihm. Daniel dachte, sie würde ihm den Kopf streicheln und fragen, ob alles in Ordnung sei. Stattdessen packte sie ihn grob an den Armen und zog ihn auf seinen Sitz.

»Was um alles auf der Welt hast du gemacht?«, schrie sie ihn an und schüttelte ihn. Trotz allem, was sie zusammen erlebt hatten, hatte sie nicht ein einziges Mal die Stimme erhoben.

Daniel zog seine Schultern bis zu den Ohren hoch und drehte sich so herum, dass er sie aus den Augenwinkeln ansehen musste. Ihre Augen waren weit aufgerissen, und er konnte ihre Zähne sehen.

»Was habe ich dir gesagt? Ich habe dich gebeten, *deinen Sicherheitsgurt anzulegen.* Du *musst* dich anschnallen. Was hätte passieren können …?«

»Ich hab's einfach vergessen«, flüsterte Daniel.

Sie packte ihn wieder bei den Schultern. Daniel spürte den Druck ihrer Finger durch seine Jacke hindurch. »Also, du darfst es nicht vergessen. Du hast zu tun, was ich sage. Du musst deinen Sicherheitsgurt anlegen.«

»Okay«, sagte Daniel, und dann lauter: »In Ordnung.«

Minnie entspannte sich. Sie hielt noch immer seine Schultern gepackt, drückte aber nicht mehr so fest zu. Sie war außer

Atem, und den Blick hatte sie vor Kummer gesenkt. »Ich möchte einfach nicht, dass dir irgendwas zustößt«, flüsterte sie, dann zog sie ihn an sich. »Ich möchte nicht, dass dir *irgendetwas* zustößt.«

Daniel spürte ihren warmen Atem in seinem Haar.

Minnie schaltete das Radio aus. Ein paar Augenblicke saßen sie schweigend da. Daniel schluckte.

»Okay, leg ihn jetzt an«, sagte sie, und er tat, was sie verlangte, und ließ den Sicherheitsgurt einschnappen.

Sie stieg aus und inspizierte Stoßstange und Kühlerhaube, dann stieg sie wieder ein. Sie räusperte sich und ließ den Motor an. Er sah, dass ihre Finger am Steuerrad zitterten. Daniel massierte seine Arme, wo sie fest zugegriffen hatte. Schweigend fuhren sie zurück zur Farm.

Daniel fütterte die Tiere, während Minnie das Abendessen zubereitete. Als er wieder nach drinnen kam, mit dreckigen Strümpfen über den Küchenfußboden lief, goss sie sich einen Gin ein. In letzter Zeit hatte sie bis nach dem Essen gewartet, aber jetzt kratzte sie Blitz den hingestreckten Bauch, als sie sich ein großes Glas einschenkte. Er hörte das Zischen und Knacken der Eiswürfel und blickte auf. Er sah, dass ihr die Hände noch immer zitterten.

»Es tut mir leid«, sagte er, den Blick auf den Hund gerichtet.

Sie trank und atmete aus. »Schon in Ordnung, mein Junge. Mir tut's auch leid. Die Kontrolle verloren hab ich, die Kontrolle verloren.«

»Warum fährst du denn Auto, wenn du es so hasst?«

»Tja, wenn man vor etwas Angst hat, ist es oft das Beste, was man tun kann, genau das zu tun, wovor man Angst hat!«

»Warum hast du überhaupt Angst vorm Autofahren?«

»Na ja, ich bin sicher, es ist nicht das Fahren selber. Im Leben haben die meisten Dinge, die uns schrecken, mit unserem eigenen Herzen und dessen Makeln zu tun. Man wird sich immer vor irgendetwas fürchten – nie frei sein von der Furcht selbst. Aber das ist in Ordnung. Furcht ist wie Schmerz, sie gibt es in deinem Leben, um dich zu lehren, wer du bist.«

»Was meinst du damit?«

»Eines Tages wirst du es verstehen.«

Zum Abendbrot gab es Roastbeef, Möhren, Erbsen und Bratkartoffeln. Daniel machte auf dem Tisch eine Stelle frei und legte Platzdeckchen und Besteck hin. Hühner flatterten am Fenster herum, während der Tag verblasste. Als das Essen fertig war, trank Minnie ihren zweiten Gin, und ihre Hände zitterten nicht mehr. Daniel fühlte, wie sich eine vertraute flüchtige Traurigkeit auf ihn niedersenkte, leicht wie ein Schmetterling. Er fühlte, dass er Gänsehaut bekam, und griff zu seiner Gabel.

»Minnie?«

»Hmm?« Sie blickte auf. Ihr Gesicht war wieder entspannt, und ihre Wangen schimmerten rosa.

»Hat dich Tricia diese Woche angerufen?«

»Nein, Liebling. Warum? Möchtest du mit ihr reden?«

»Na ja, ich wollte sie nur fragen, was passieren würde, wenn ich nicht adoptiert werde, also … wenn sie mich ins Heim stecken. Ich möchte wissen, wann es passiert.«

Daniel fühlte die Wärme ihrer Finger auf seinem Arm. »Du *wirst* adoptiert werden. Iss jetzt.«

»Aber was, wenn nicht, kann ich dann hierbleiben?«

»Solange sie dich hier lassen, ja. Aber du wirst adoptiert. Das möchtest du doch auch, oder? Eine neue eigene Familie.«

»Ich weiß nicht. Ich hätte nichts dagegen, hier bei dir zu bleiben …« Er blickte auf sein Essen.

»Na ja, ich habe dich auch gern hier bei mir, aber ich mach mir nichts vor, dass es dir nicht besser gehen könnte. Junge

Eltern, vielleicht sogar Brüder und Schwestern – das ist es, was du brauchst –, ein richtiges Zuhause.«

»Mir hängen neue Zuhauses zum Hals raus.«

»Das nächste wird das letzte sein, Danny. Da bin ich sicher.«

»Warum kann dies hier nicht das letzte sein?«

»Iss jetzt auf, dein Essen wird kalt.«

Sie räumten zusammen auf, und Daniel trocknete die Teller ab, während Minnie sich noch einen Drink eingoss. Er beobachtete sie aus den Augenwinkeln und bemerkte, dass ihre Bewegungen langsamer, schwerfälliger geworden waren. Minnie trug den Eiscremebecher mit den Einnahmen ins Wohnzimmer und stellte ihn offen auf den Kaffeetisch neben ihren Gin. Sie beugte sich schwer atmend nach vorn und machte Feuer, und die zischenden, rauchigen Kohlen erwärmten das Zimmer langsam. Sie legte eine Klassikplatte auf, dann ließ sie sich in ihren Sessel plumpsen und trank noch einen Schluck von ihrem Drink.

»Krieg ich denn jetzt meine Provision?«, fragte Danny, der neben dem Kaffeetisch auf dem Fußboden kniete.

»Na ja, wir schauen mal. Zuerst möchte ich, dass du's zählst. Geht das?«

Daniel nickte. Er trennte Münzen und Geldscheine voneinander und begann, sie zu zählen, wobei er die Zahlen vor sich hin flüsterte. Das Knistern des Kohlefeuers war über den langsamen Satz der Sinfonie hinweg zu hören, die sie ausgewählt hatte. Blitz saß aufgerichtet da wie immer, wenn eine Platte lief. Er spitzte die Ohren, dann drehte er sich dreimal im Kreis, bevor er sich zu ihren Füßen niederließ, die Schnauze auf den Pfoten.

»Wie viel?«, fragte Minnie, als Daniel fertig gezählt hatte.

»Hundertsiebenunddreißig Pfund, dreiundsechzig Pence«, sagte Daniel.

»Gut, hier, tu's für mich zurück in den Becher, aber behalte einen Fünfer für dich. Danke für deine ganze schwere Arbeit.«

Daniel tat, was sie verlangte. Er saß mit untergeschlagenen Beinen da und starrte die Fünfpfund-Note an.

»Du hast das Geld ziemlich schnell gezählt. Bist du sicher, dass du dich nicht verzählt hast?«

»Ja. Möchtest du nachzählen?«

»Später, aber ich glaube dir. Du bist ein kluger Junge, nicht? Eigentlich solltest du in der Schule besser sein als du's bist.«

Daniel zuckte mit den Schultern und kletterte auf das Sofa, legte sich auf den Rücken, die Hände unter dem Kopf, und wandte ihr das Gesicht zu.

»Deine Lehrerin sagt genau das Gleiche, dass du die Antworten weißt, wenn sie dich fragt, aber du beendest nie eine Prüfung oder einen Test. Du machst deine Hausaufgaben nicht zu Ende oder erledigst nicht die Arbeiten, die sie dir aufgibt. Warum denn nur?«

»Ich habe keine Lust dazu.«

Minnie überlegte. Daniel beobachtete, wie sie das Kinn hob und ins Feuer starrte.

»Denk an deine Mutter und deinen Vater, wenn du dich an ihn erinnern kannst«, sagte sie leise. »Würdest du sagen, sie hatten ein gutes Leben?«

Daniel wartete, dass sie sich umdrehte und ihn ansah, ehe er mit den Achseln zuckte.

»Wenn du ans Erwachsenwerden denkst, was stellst du dir vor, was du dann machst?«

»Ich möchte in London sein.«

»Um dort was zu tun? Welche Arbeit würdest du gern machen, und ich meine damit nicht als Taschendieb.«

»Ich weiß nicht.«

»Also, möchtest du viel Geld verdienen, möchtest du Menschen helfen, möchtest du im Freien arbeiten …?«

»Ich möchte Geld verdienen.«

»Tja, du könntest Banker werden. In der City arbeiten, in der Fleet Street…«

»Ich weiß nicht.«

Sie schwieg und drehte sich wieder zum Feuer um. Draußen war es inzwischen dunkel, und Daniel sah, wie sich das Feuer und ihr Gesicht im Fenster spiegelten.

»Wenn du dir jetzt dein Leben anschaust, sehen wir, dass es durch die Justiz kontrolliert wird, stimmt's nicht? Du hast wahrscheinlich öfter vor Gericht gestanden als ich, und die Justiz hat entschieden, dass du zu deiner eigenen Sicherheit entfernt von deiner Familie leben musst. Ich frage mich, ob du wohl ein guter Anwalt wärst. Dann könntest du bei all diesen Dingen mitreden und obendrein noch eine Menge Geld verdienen.«

Daniel begegnete ihrem Blick, sagte aber nichts. Noch nie zuvor hatte jemand so mit ihm geredet. Niemand hatte ihm gesagt, dass er entscheiden könne, was mit ihm geschieht.

»Die nächsten Jahre sind wahrscheinlich die wichtigsten in deinem Leben, Danny. Nächstes Jahr wirst du zur Highschool gehen. Wenn du bei deinen Prüfungen gut abschneidest, kannst du alles erreichen. Alles, das sage ich dir! Du kannst in London arbeiten, alles tun, was du möchtest, glaub mir. Meine Kleine, Delia, sie war wie du. Helle wie 'ne Leuchte. Alle ihre Fächer, Mathe, Englisch, Geschichte, sie hat immer so gut abgeschnitten. Sie wollte Ärztin werden. Wäre sie auch geworden…«

Minnie drehte sich wieder zum Feuer um. Seine Hitze hatte das Zimmer erwärmt, und ihre Wangen waren mittlerweile rot und glänzten.

»Was muss man denn machen, um Anwalt zu werden?«

»Einfach in der Schule gut sein, Liebling, und dann zur Universität gehen. Denk an all die Leute, die dich gedeckelt haben. Das würde es ihnen zeigen, nicht wahr? Wenn du die Universität absolvieren und Anwalt würdest.« Sie kicherte in sich hinein, während sie ins Feuer starrte, dann hievte sie sich hoch, um sich noch einen Drink einzugießen. »Überleg mal, wie stolz deine Mum sein würde.«

Daniel lag auf der Couch und beobachtete Blitz, der sich streckte: Schnauze am Teppich und Hinterbeine in der Luft. Er erinnerte sich an seinen letzten Pflegevater, der ihn an den Schultern gepackt und *fieser kleiner Dreckskerl* geflüstert hatte, und an einen von den Freunden seiner Mutter, der ihn ins Gesicht geschlagen und ein *eierloses Nichts* genannt hatte, als er für ihn Zigarettenpapier holen gegangen war und das falsche Wechselgeld zurückgebracht hatte. Er holte tief Luft.

»Ich muss also bloß in der Schule gut sein?«

»Nun, ja, das ist das Eine. Und ich fände es unnötig, dir all das zu erzählen, wenn ich nicht dächte, es wäre die Mühe wert. Aber ich weiß, du bist helle. Du könntest es ihnen zeigen.«

Sie ging aus dem Zimmer, und Daniel hörte, dass sie sich in der Küche einen Drink machte. Er fühlte die Wärme des Feuers auf seiner Haut, und was sie gesagt hatte, schien ihn auch von innen zu wärmen. Er fühlte sich stark, aber gut. Es erinnerte ihn an seine Fürsorge für die Tiere.

Minnie ließ sich wieder in den Sessel sinken und verschüttete dabei etwas von ihrem Drink auf die Strickjacke, was sie mit der flachen Hand in die Wolle rieb.

»Also, wenn ich Anwalt wäre, könnte ich dann Jungen helfen, bei ihrer Mum zu bleiben?«

»Tja, es gibt alle möglichen Arten von Anwälten, Liebling. Manche arbeiten im Familienrecht, und wenn es das wäre, was dich interessiert, könntest du das tun. Aber manche arbeiten bei großen Firmen, manche arbeiten mit Verbrechern oder auf dem Immobilienmarkt … verstehst du, helfen Leuten beim Häuserkauf.«

»Es wäre also wie beim *Crown Court.* Ich würde vor dem Richter meine Meinung vertreten?«

»Das könntest du tun, ja. Du wärst auch großartig.«

Daniel dachte einen Moment nach, während er auf das Klingeln der Eiswürfel in ihrem Glas horchte.

»Darf ich den Fernseher anmachen?«, fragte er.

»Okay. Schalte die Platte aus, aber sei vorsichtig und zerkratz sie nicht. Mach's so, wie ich es dir gezeigt habe.«

Daniel sprang auf und hob sacht die Nadel von der Platte. Er hob die Platte an, wie sie es ihm gezeigt hatte, mit beiden Händen am Rand, um keine Fingerabdrücke zu hinterlassen, und ließ sie vorsichtig in ihre Hülle gleiten.

Sie hatte einen alten Schwarz-Weiß-Fernseher mit einem Einstellknopf. Daniel drehte daran, bis er eine Komödie fand, dann sprang er zurück auf die Couch.

»Du solltest einen Farbfernseher kaufen.«

»Ach, sollte ich das? Ich habe bessere Dinge mit meinem Geld zu kaufen. Wenn du ein reicher Anwalt bist, kannst du mir ja vielleicht einen kaufen.«

Sie zwinkerte ihm zu, und Daniel lächelte. Er fühlte Wärme in seinem Inneren. Es war der Gedanke, die kommenden Jahre hierzubleiben und dies sein Zuhause zu nennen. Er rollte sich auf dem Sofa zusammen, während er sich *Are You Being Served* ansah, über die Witze lächelte, nicht lachte, von denen er nur einige verstand, und weiterhin das Knacken des Feuers und das Klingeln ihrer Eiswürfel im Hintergrund hörte. Er fühlte sich sicher, ja, so fühlte er sich. Er fühlte sich sicher bei ihr, auch wenn sie betrunken und eine schlechte Fahrerin war und komisch roch. Er wollte nicht von ihr weg.

Als die Sendung zu Ende war, wollte Blitz nach draußen, und Daniel ließ ihn zur Hintertür hinaus. Als Blitz zurückkam, verriegelte Daniel die Tür und nahm einen Keks aus der Dose. Im Wohnzimmer war Minnies Glas leer, und sie hatte Tränen im Gesicht.

Das Wärmegefühl ließ nach, als er sie betrachtete. Sie starrte auf den Fernseher, aber Daniel merkte, dass sie ihn nicht sah. Das graue Licht spiegelte sich auf ihrem Gesicht. Daniel ging zu dem Feuer, stellte sich mit dem Rücken zu ihm hin und spürte die Hitze an der Rückseite seiner Beine.

»Ist mit dir alles in Ordnung?«, fragte er.

Minnie wischte sich mit einer Handfläche über das Gesicht, links und dann rechts, aber schon benetzten neue Tränen ihre Wangen.

»'schuldigung, Liebling. Achte einfach nicht auf mich«, sagte sie. »Ich habe über heute nachgedacht. Du hast mir einen solchen Schreck gemacht, das hast du. Versprich mir, dass du immer deinen Sicherheitsgurt anlegst, auch wenn du in einem anderen Auto sitzt. Versprich es mir …«

Sie beugte sich vor, die Knöchel weiß an der Sesselkante, die Lippen nass von Tränen oder Speichel.

»Ich verspreche es«, sagte Daniel leise. »Ich geh jetzt schlafen.«

»In Ordnung, Schatz, gute Nacht.« Sie wischte sich einmal, zweimal übers Gesicht und dann noch einmal mit ihrem rechten Ärmel. »Vergiss nicht, das Geld in dein Sparschwein zu stecken. Nicht in die Schule mitnehmen und Quatsch dafür kaufen. Komm her …«

Sie streckte eine Hand nach ihm aus, und Daniel ging langsam auf sie zu. Sie nahm sein Handgelenk und zog ihn sacht an sich heran, um ihm einen Kuss auf die Wange zu geben. Er lag eine Sekunde länger als nötig auf ihr und fühlte raue Wolle an seiner rechten Wange und nasse Wolle an seiner linken.

15

Es war nach neun, und Daniel aß in seiner Wohnung ein mitgebrachtes Thai-Curry. Er hatte noch zu arbeiten, und so setzte er sich mit aufgeklapptem Laptop an den Küchentisch, trank Bier und versuchte, keine Soße auf die Tasten zu kleckern. Das Radio lief leise. Am nächsten Morgen musste er wegen eines Falles von Ladendiebstahl zum Gericht. Seiner Mandantin, einer Mutter von vier Kindern, hatte Daniel gesagt, er hoffe, dass sie keine Freiheitsstrafe bekäme. Jetzt ging er die Fakten noch einmal durch und machte sich zu Einzelheiten Notizen.

Sebastian schien mehr als nötig von seiner Zeit in Anspruch zu nehmen. Daniel bereitete sich immer sorgfältig auf seine Fälle vor und nahm sich jetzt die Zeit, die Notizen für den folgenden Tag durchzuarbeiten, aber Sebastians Fall unterbrach ihn immer wieder in seinen Gedanken.

Er richtete seine Aufmerksamkeit auf die Akten, aber sein Geist wanderte ständig zu der Leerstelle in seinem Inneren. Seit er als Jugendlicher Minnie verlassen hatte, war er es gewöhnt, allein zu sein. Auf der Universität und danach war er als Einzelgänger bekannt gewesen, als Herzensbrecher, weder Männerheld noch Frauenheld. Als sein eigener Herr. Als einsamer Mensch. Der seine Meinung für sich behielt.

Daniel fiel ein, wie Minnies Schwester Harriet sich auf ihre Zehenspitzen gestellt hatte. *Du solltest dich vor dir selber schä-*

men, mein Junge, und dann der Anblick von ihr, wie sie sich den Weg über den lauten Kies des Vorhofs der Leichenhalle mit ihrem Stock freigestochen hatte.

Harriet.

Daniel erinnerte sich daran, dass sie zu Besuch gekommen war, und an die angespannte Fahrt nach Carlisle, um sie abzuholen: Minnies Fingerknöchel während der Fahrt weiß am Steuerrad und das Röhren des Renaults, als sie im dritten Gang über die Autobahn raste.

Harriet war Minnies jüngere Schwester, auch sie Krankenschwester, auch sie urkomisch und dem Trinken nicht abgeneigt. Daniel erinnerte sich an den Geschmack ihrer süßen Ginger-Ale-Küsse, wenn sie zu Besuch kam, einmal im Jahr oder alle zwei Jahre, und handgestrickte Pullover und Gläser voll Bonbons mitbrachte.

Er aß sein Curry auf und schob den Teller beiseite. Während er sich den Mund wischte, ging er im Wohnzimmer auf die Suche nach Minnies Karton und holte das Adressenbüchlein hervor. Es war mit Bramptoner Farmern angefüllt, aber dann fand er Harriet – *Harriet MacBryde* – unter ihrem Mädchennamen eingetragen, obwohl Harriet geheiratet und eine Familie in Cork hatte – er hatte die Fotos gesehen. Daniel blätterte das Büchlein weiter durch und verharrte an dessen Ende bei einem anderen Namen, den er kannte: Tricia Stern.

Tricia. Daniel konnte sich noch erinnern, wie er mit ihr zum ersten Mal zu Minnies Farm gefahren war. Da standen die Telefonnummer und die Adresse der Kinderfürsorgedienste Newcastle und eine andere Nummer von den Fürsorgediensten Carlisle.

Daniel fing wieder von vorn an und blätterte das Büchlein diesmal langsamer durch. *Jane Flynn* – eine Londoner Nummer, die Adresse irgendwo in Hounslow. Flynn war Minnies Ehename gewesen: Minnie Flynn, Norman Flynn und Delia

Flynn – die Flynns von der Flynn Farm. Norman musste schon mal eine Familie gehabt haben, folgerte Daniel, obwohl Minnie nie über sie gesprochen hatte. Natürlich nicht – sie konnte kaum ihren Mann erwähnen, ohne dass ihre Augen von Tränen glänzten.

Es war spät, und Daniel hatte keine Zeit. Er hatte zu viel zu tun und würde ohnehin bis zwei aufbleiben, aber zu viele Fragen wirbelten ihm im Kopf herum. Jahrelang hatte er versucht, sie aus seinen Gedanken zu verbannen, aber nun, da sie tot war, fand er sich zu ihr hingezogen. Er hätte gern gewusst, warum sie ihn verletzt hatte und warum sie ihn so sehr verletzt hatte. Aber es war zu spät.

Daniel holte tief Luft. Er blätterte das Adressenbüchlein rückwärts durch, wobei er die Stirn auf seinen Handballen stützte, sodass ihm das Haar über die Finger fiel.

Er griff zum Telefon und wählte mit dem Daumen die Nummer von Harriet MacBryde, Middleton, Cork. In der anderen Hand hielt er die Bierflasche. Er wählte alle Zahlen bis auf die letzte und legte auf. Harriet würde nicht mit ihm sprechen wollen, überlegte er. Sie hielt ihn für eine Schande, für jemanden, der sein Bedauern äußern sollte, für den Schuldigen. Was wollte er denn von Harriet wissen? Er wollte etwas über Minnie wissen, wollte wissen, wer sie war, abgesehen von der breithüftigen Frau, die ihn bemuttert und vor sich selbst gerettet hatte. Daniel fuhr sich mit beiden Händen durch das Haar und seufzte tief. Er legte das Telefon weg und ging in Erwartung einer langen Nacht erneut an seine Arbeit.

Die Staatsanwaltschaft hatte einen Psychiater beauftragt, Sebastian zu beurteilen. Der Bericht zeigte, dass er geistig gesund und verhandlungsfähig sei. Auch Daniel hatte eine psychologische Beurteilung vereinbart. Der Psychologe war zum Parklands House gefahren, um sich mit Sebastian zu treffen, und hatte eine Woche später den Bericht an Harvey, Hunter and Steele geschickt. Daniel biss sich auf die Unterlippe, als er den Bericht in seine Aktentasche schob. Er wusste nicht, was er von dem Psychologen erwartet hatte. Manchmal, wenn er mit Sebastian zusammen war, fühlte er eine seltsame Affinität zu ihm. Andere Male fühlte auch er sich unbehaglich in Gegenwart des Jungen, den Irene als *verstörend* bezeichnet hatte.

In der Herrentoilette richtete Daniel seine Krawatte und fuhr sich mit einer Hand durch die Haare. Er war allein und betrachtete sich eine Sekunde länger, als er es normalerweise tat, und lächelte nicht, sondern beobachtete sein Gesicht so, wie es seiner Vorstellung nach andere sahen. Er sah müde aus, unter seinen dunklen Augen lagen Schatten, und seine Wangen waren eingefallener als sonst. Er erinnerte sich an seine Wildheit als Kind. Er wusste, woher sie gekommen, aber nicht, wo sie geblieben war. Er beugte sich näher zu dem Spiegel, fuhr mit einem Finger über seinen Nasenrücken und tastete nach dem kleinen Höcker, den er einem Nasenbeinbruch zuschrieb, den er als kleiner Junge erlitten hatte.

Daniel musste im Old Bailey einer kurzen Voruntersuchung beiwohnen, und hinterher hatte er eine Verabredung mit dem Psychologen. Er war spät dran und joggte deshalb zur U-Bahn, rannte die Rolltreppen hinunter und wieder hinauf, entschuldigte sich, als seine Aktentasche gegen die Hüfte einer Frau stupste. Er kam an der Station St. Paul's ans Tageslicht und ging zum Old Bailey.

Es war nach vier, als er aus dem Zentralen Strafgerichtshof herauskam und sich nach Fulham auf den Weg machte, um sich mit dem Psychologen Dr. Baird zu treffen. Irene war aufgehalten worden, und so erschien nur Mark Gibbons, ihr Referendar, zu dem Treffen.

Baird war jünger, als Daniel sich ihn vorgestellt hatte. Seine Haut war bleich, und von seiner Nase an aufwärts breiteten sich

Sommersprossen über sein Gesicht und die Kopfhaut, auf der sich sein rötlich blondes Haar lichtete. Er wirkte nervös.

»Möchten Sie Tee oder Kaffee?«, fragte Dr. Baird und zog seine dünnen, blassen Augenbrauen in die Höhe, als hätte einer von ihnen eine interessante Bemerkung gemacht.

Daniel lehnte ab, aber Mark räusperte sich und bat um einen Tee.

Sein Bericht war unvoreingenommen und professionell gewesen und hatte dennoch persönliche Einblicke in Sebastians Charakter geboten. Im Sinne der Verteidigung konnte er dazu beitragen, Sympathie für Sebastian zu gewinnen, aber Daniel und Irene hatten noch nicht entschieden, wie oder ob überhaupt er benutzt werden sollte. Dr. Baird hatte Sebastians Eignung untersucht, eine Verhandlung vor einem Erwachsenengericht durchzustehen, aber Daniel hatte sich gewünscht, dass er Sebastian als den kleinen Jungen zeigte, der er war, mit einer minimalen Bereitschaft für die Unbilden des Gerichtssaals. Der Psychologe hatte Sebastian als intelligent und redegewandt dargestellt, und Daniel konnte nur hoffen, dass diese positiven professionellen Ansichten imstande wären, den Aussagen der Zeugen der Staatsanwaltschaft – dass Sebastian ein gefühlloser Rabauke sei – entgegenzuwirken und bei den Geschworenen Sympathie für ihn zu wecken. Natürlich hoffte Daniel, dass Sympathie gar nicht nötig wäre und dass die Fakten allein die Unschuld des Jungen beweisen würden.

Dr. Baird hatte, bewaffnet mit Püppchen und Filzstiften, Sebastian im Parklands House aufgesucht. Daniel war von seinem Bericht gefesselt gewesen, nicht nur wegen dessen möglicher Bedeutung für den Prozess, sondern auch davon, was er über Sebastian verriet.

Während Mark an seinem Tee nippte – die Tasse zitterte auf ihrer Untertasse –, machte Baird es sich in seinem Sessel bequem, faltete die Hände auf seinem drallen Bauch und gab Erläuterungen über Sebastian von sich.

»Er ist hochintelligent, wie ich in dem Bericht erwähne – ein IQ von 140 –, und er war sich fraglos im Klaren darüber, wer ich war und was ich wollte …«

Daniel fand, dass Baird verärgert klang.

»Also, weißt du, warum ich hier bin?«, fragte der Psychologe.

»Ja«, sagte Sebastian. »Sie möchten ins Innere meines Kopfes sehen.«

»Er zeigte zweifellos eine … verblüffende Reife für einen Jungen seines Alters, und er war sich ganz sicher, unschuldig zu sein.« Baird riss die Augen weit auf, als er das Wort aussprach. Daniel war sich nicht sicher, was der Mann mit diesem Mienenspiel ausdrücken wollte: War er beeindruckt oder glaubte er ihm nicht?

»Weißt du, welches Verbrechen dir zur Last gelegt wird, Sebastian?«

»Mord.«

»Und was meinst du dazu?«

»Ich bin unschuldig.«

Der Junge kenne den Unterschied, sagte Baird zu Daniel und Mark. Er sei sich im Klaren über den Unterschied zwischen richtig und falsch und wisse, dass Mord – in der Tat eine Gewalttat – falsch sei.

Daniel fragte sich, ob Sebastian wirklich den Unterschied begreife, oder ob er nur gemäß den Erwartungen des Psychologen antwortete. Daniel dachte an seine eigene Kindheit und seine eigenen Untaten, von denen einige kriminell gewesen waren. Er erinnerte sich, dass er sich über die Unmoral dieser Taten nicht im Klaren gewesen war, nur Berechnung, Absicherung und Rache gekannt hatte. Mit Minnies Hilfe hatte er den Unterschied begriffen.

Daniel blätterte den Bericht bis zu den Abschnitten durch, die er sich vor dem Treffen angestrichen hatte. »Dr. Baird, Sie haben geschrieben, Sie wissen nicht, wie Sebastian in einer emotionalen Notlage reagieren würde, aber Sie denken, dass er selbst dann wissen würde, was er tut, und die moralischen Folgen kennt – verzeihen Sie, wenn ich Sie frei zitiere. Was genau bedeutet das?«

»Nun, es bedeutet, dass ich zweimal mit Sebastian zusammengekommen bin und mit innerlicher Überzeugung diese Beurteilung von ihm abgebe – dass er den Unterschied zwischen richtig und falsch kennt –, aber mir ist bewusst, dass eine längere Untersuchung seines Verhaltens notwendig wäre, um mir endgültig schlüssig über sein Verständnis von Moral zu werden. Und sein Verhalten ändert sich unter starkem emotionalem Druck.«

»Ich verstehe – Sie schreiben, er ist …« Daniel blätterte um und las vor: »… *außerstande, mit starken Gefühlen umzugehen und sie zu begreifen, und er neigt zu Wutanfällen und Gefühlsausbrüchen.* Was bedeutet das hinsichtlich seiner Fähigkeit, ein Gewaltverbrechen zu begehen?«

»Ach, sehr wenig – ich fand ihn intellektuell reif, sogar frühreif, aber wie ich dargelegt habe, erschien er mir emotional unreif. Wir streiften ein paar beunruhigende Themen, und er wurde sichtlich aufgebracht, aber sicherlich in keiner Weise aggressiv.«

Mit gerunzelter Stirn überflog Daniel den Bericht von Neuem: »Sie stellen fest, dass es ein Anzeichen von Missbrauch gab?«

»Aber ja«, sagte Baird, griff zu seiner Akte und konsultierte seine Notizen. »Zweifellos ehelicher Missbrauch im Elternhaus. Wir haben ein paar Rollenspiele mit Puppen unternommen, auf die sich Sebastian zunächst nicht einlassen wollte … aber schließlich interagierte er doch mit den Puppen. Er fasste es nicht in Worte – wieder ein Hinweis auf emotionale Unreife –, aber er schien Szenen nachzuspielen, in denen sein Vater seine Mutter mit Faustschlägen und Tritten traktiert hat.«

»Ein Eingreifen der Fürsorge hat es in der Familie nicht gegeben«, sagte Mark und trank seinen Tee aus.

»Richtig«, sagte Dr. Baird, »aber medizinische Berichte bestätigen einige von Sebastians Aussagen.«

»Ich bin ein Einzelkind. Es gab noch ein Baby, aber das ist gestorben. Ich habe meine Hand auf den Bauch meiner Mutter gelegt und gefühlt, wie es sich bewegte. Aber dann ist sie gestürzt und hat etwas Totes zur Welt gebracht.«

»Sebastian beschrieb eine Fehlgeburt – und das recht deutlich –, und Mrs. Croll hat als Folge eines häuslichen Unfalls in der Tat eine Totgeburt im letzten Drittel ihrer Schwangerschaft erlitten«, bestätigte Baird.

Daniel hatte in dem Bericht des Psychologen gelesen, dass Sebastians Gesicht »ausdruckslos« gewesen sei, als er diese Dinge mitteilte, und Baird hatte notiert, dass der Junge »ein kurzes Lutschgeräusch mit dem Mund« machte.

Daniel räusperte sich und blickte zu Mark hinüber, der sich Notizen machte. »Schließlich«, sagte Daniel, »weisen Sie die frühere Asperger-Syndrom-Diagnose von Sebastians Schulpsychologin zurück? Die stand in seinen Schulberichten.«

»Ja, ich habe keine Belege dafür gefunden, dass er an Asperger leidet, allerdings weist er möglicherweise einige Merkmale auf, die mit diesem Krankheitsbild in Verbindung stehen.«

»Und Sie empfehlen regelmäßige Verhandlungspausen?«, fragte Daniel. »Ich denke, das ist der Normalfall, aber ich finde, Sie sollten diesbezüglich eine Aussage machen – stimmen Sie mir zu, Mark?«

Mark nickte eifrig, und sein Adamsapfel hüpfte über seinem Hemdkragen auf und ab.

»Aber natürlich – ein Gerichtsverfahren sollte auf Sebastians Alter und Gefühlslage Rücksicht nehmen. Seine hohe Intelligenz bedeutet, dass Vorgänge, richtig erklärt, gut verstanden werden können, aber regelmäßige Pausen sollten eingelegt werden, um emotionalen Druck zu begrenzen.«

Daniel verabschiedete sich von Mark und fuhr nach Hause. Er schloss die Augen, lehnte sich in der U-Bahn auf seinem Sitz zurück und überließ sich dem Schaukeln und Ruckeln des Waggons. Er erinnerte sich seiner eigenen Machtlosigkeit, wenn seine Mutter geschlagen wurde, und stellte sich vor, dass Kenneth King Croll die Ursache dafür war, dass Charlotte stürzte und ihr Baby verlor.

In Bow leerte er in der Küche seine Aktentasche, breitete das Croll-Beweismaterial auf dem Tisch aus und machte sich ein Bier auf. Nach dem Abendbrot würde er alles noch einmal durchgehen. Er sah seinen Notizblock vom vorigen Abend mit den Nummern von Harriet MacBryde und Jane Flynn, starrte sie an und überlegte, was er tun sollte. Harriet war wütend auf ihn, und Jane hatte möglicherweise nie von ihm gehört. Er gehörte bei keiner von beiden zur Familie.

Er duschte und wechselte in ein T-Shirt und Jeans. Barfuß trottete er ins Wohnzimmer und nahm das Foto von Minnies erster Familie vom Kaminsims. Er trug es in die Küche und trank sein Bier aus, während er Minnies Gesicht betrachtete. Es leuchtete vor Glück, und seine Haut war noch nicht gegerbt durch die kommenden Jahre im Freien.

Daniel holte tief Luft, griff zum Telefon und wählte Harriets Nummer. Während er auf das ungewöhnlich lange Klingeln lauschte, fühlte er, wie sich seine Brust erwartungsvoll straffte. Er trommelte mit den Fingern leise auf den Tisch, weil er sich nicht überlegt hatte, was er sagen würde. Das Telefon klingelte und klingelte, und als er gerade auflegen wollte, ging sie dran.

»Hallo?« Schweres Atmen, als wenn sie zum Telefon gerannt wäre.

»Hi, ist dort … Harriet?«

»Ja, kann ich Ihnen helfen?« Sie war jetzt gelassen, gewappnet und versuchte, seine Stimme einzuordnen.

»Hier … hier ist Danny, wir haben uns bei …«

Es gab eine lange Pause, dann sagte Harriet: »Was willst du?«

Daniel beugte sich am Küchentisch vor und griff nach Minnies Foto. Er sprach ruhig, nicht gewohnt, um Hilfe zu bitten. Im Zimmer war es warm, und die Adern auf seinen Händen, die das gerahmte Foto hielten, traten hervor.

»Es tut mir leid, dass … als ich dich auf der Trauerfeier gesehen habe. Ich war … wie dem auch sei, ich wollte mit dir über Minnie reden. Ich habe inzwischen viel über sie nachgedacht und merke, dass es so vieles von ihr gibt, wovon ich nichts weiß … was sie mir nie erzählt hat. Ich habe mich gefragt, ob du …«

»Wie ich dir schon auf der Trauerfeier sagte, Danny, dieses plötzliche Interesse ist lange überfällig. Sie war todunglücklich, als du nicht mit ihr geredet oder sie besucht hast. *Todunglücklich*, verstehst du? Und jetzt, wo sie tot ist, möchtest du mehr über diesen wunderbaren Menschen herausfinden, der sie war? Ich trauere um eine Schwester, die ich von ganzem Herzen geliebt habe, aber du hast dich von Minnie schon vor langer Zeit verabschiedet. Und jetzt *lass mich in Frieden*, um Gottes willen.«

»Es tut mir leid«, flüsterte Daniel, aber Harriet hatte bereits aufgelegt.

16

Daniel guckte sich gerade die Comichefte bei Brampton News an der Front Street an, als er merkte, dass er beobachtet wurde. Er drehte sich schnell um und sah, dass ihn eine Frau in einem braunen Arbeitskittel anstarrte. Als er ihrem Blick begegnete, lächelte sie ihn an und ging zurück zur Kasse. Daniel fühlte heiße Röte in seine Wangen steigen. Er kannte die Frau, es war Florence MacGregor, die alle nur Flo-Mac nannten. Sie kaufte bei Minnie Eier und manchmal ein Huhn und stritt sich jedes Mal um den Preis. Sie hatte pechschwarzes Haar, und Minnie hatte ihm erzählt, dass sie es färbte; *manche Leute ertragen es einfach nicht, älter zu werden, auch wenn nichts im Leben sicherer ist als der Tod,* hatte sie zu Danny gesagt.

Daniel wusste, dass Flo-Mac erwartete, er würde das Comicheft stehlen, und war bereit, es zu tun, um sie nicht zu enttäuschen, aber gerade als er es zusammenrollte, um es in seine Hose gleiten zu lassen, dachte er an seine Karriere als Anwalt und wie das aussehen würde. Er entrollte das Heft und zählte das Kleingeld in seiner Hosentasche. Es reichte.

Als er auf die Kasse zuging, hörte er Flo ihrer Gehilfin etwas zuflüstern. Daniel verstand nicht jedes Wort, aber er hörte *Flynn, Waisen, Schande.*

Daniel legte das Comicheft auf den Tresen.

»Vierzehn Pence«, sagte Flo.

Daniel warf das Heft nach ihr. »Steck's dir in den Arsch«, sagte er und ging aus dem Laden.

In der Schule spielte er zur Mittagszeit Fußball und schoss zwei Tore. Am Nachmittag gab es eine Matheprüfung, und Daniel war wie üblich als Erster fertig, aber diesmal hatte er wirklich alle Antworten eingetragen. Er wartete nach der Stunde und ließ Miss Pringle vor seinen Augen seinen Mathebogen benoten. Er hatte alle Antworten richtig, und Miss Pringle gab ihm einen goldenen Stern, den er zu Minnie nach Hause mitnehmen sollte.

Daniel trug den Prüfungsbogen und den goldenen Stern stolz vor sich her, als er nach Hause ging. Es war still im Ort. Nur Billy Harper saß auf einer Schaukel, und Daniel winkte ihm, und der massige Mann winkte zurück, während er träge vor und zurück schaukelte. Daniel erinnerte sich an den vorigen Sommer, als er hier verdroschen worden war. Er fühlte sich jetzt anders, älter. Er faltete den Prüfungsbogen zusammen und steckte ihn in seine Tasche, dann rannte er los und blieb nur ab und zu stehen, um Gänseblümchen die Köpfe wegzukicken.

Als Daniel nach Hause kam, wechselte Minnie gerade die Streu im Ziegenstall aus. Er ging von hinten auf sie zu und stupste sie gegen ihre ausladende Hüfte.

»Ich hab mich schon gefragt, wo du bleibst. Hast du getrödelt wie üblich?«

»Nein, ich bin dageblieben, um mir meine Matheprüfung abzuholen, hier!« Daniel hielt Minnie den Bogen hin.

Einige Sekunden warf sie einen finsteren Blick auf das Papier, dann, als sie erkannte, was los war, packte und umarmte sie ihn und drückte ihn so fest, dass er keine Luft mehr bekam und sich seine Zehen vom Boden hoben.

»Junge, das ist ja wunderbar«, sagte sie. »Das müssen wir

feiern. Ein goldener Stern heißt, dass es auf jeden Fall Crumble mit Vanillesoße geben muss.«

Daniel sah zu, wie sie nach dem Rhabarber griff, der ungehindert neben dem Hühnerauslauf wuchs. Die Stiele waren drei Finger dick und die Blätter groß wie Regenschirme. Sie ging mit drei Rhabarberstangen ins Haus und fragte ihn, ob er eine sofort haben wolle. Während sie den Crumble zubereitete und Öl für die Chips heiß machte, saß er in der Küche und tunkte eine Rhabarberstange in eine Schüssel Zucker. Die süß überzogene Säure erinnerte ihn an Glück, und genau in diesem Moment war er glücklich, mit dem goldenen Stern, dem Geruch der im Öl siedenden Chips und der Säure des Rhabarbers auf der Zunge.

Er aß gerade den Crumble, da schnitt sie das Thema an. Sie schob ihre Schüssel von sich weg, als er ein mit Vanillesoße überzogenes Stück Rhabarber in den Mund steckte.

»Du erinnerst dich, dass ich dir erzählt habe, dass es für Sozialarbeiterinnen oft schwierig ist, für ältere Kinder wie dich Adoptiveltern zu finden?«

Daniel hörte auf zu essen. Sein Arm krümmte sich in Richtung Tisch, und sein Löffel balancierte auf dem Rand seines Tellers. Er hatte Essen im Mund, konnte aber nicht schlucken.

»Nun, es scheint, dass Tricia ein Paar gefunden hat, das interessiert wäre.«

Minnie forschte in seinem Gesicht nach irgendeiner Reaktion; Daniel fühlte, dass ihr Blick seinen suchte. Er war vollkommen reglos, dachte nach.

»Es ist eine Familie mit älteren Kindern, achtzehn, zweiundzwanzig, die demnächst das Haus verlassen. Sie haben insgesamt vier eigene Kinder und nur noch eines bei sich. Das bedeutet, du würdest diese Familienatmosphäre haben, aber viel Aufmerksamkeit bekommen. Besser als hier, wo nur ich und die Tiere rumhängen. Was meinst du?«

Daniel zuckte mit einer Schulter und starrte auf sein Essen. Er gab sich alle Mühe zu schlucken.

»Sie wohnen in Carlisle und haben ein großes Haus. Du würdest sicher ein riesengroßes Zimmer bekommen …«

»Na und?«

Minnie seufzte. Sie streckte eine Hand nach ihm aus, aber er zog seinen Arm so hastig weg, dass er seinen Löffel vom Tisch fegte. Vanillesoßenkleckse landeten an der Wand und auf dem Fußboden.

»Sie möchten ja nur, dass du zu einem Besuch auf Probe kommst«, sagte sie. »Sie haben dieses Wochenende vorgeschlagen, nur damit ihr euch gegenseitig kennenlernt.«

Daniel sprang vom Tisch auf und rannte nach oben. Blitz schlief, und Daniel trat ihm kurz auf den Schwanz, als er aus der Küche flüchtete. Er war sich nicht sicher, ob es das Jaulen des Hundes oder Minnies Rufe hinter ihm waren, er solle zurückkommen, was seine Wut entfachte. Sie peitschte durch seinen Körper, und sobald er in seinem Zimmer war, zertrümmerte er es: riss die Schubladen heraus und schmiss den Nachttisch um, wodurch noch eine Lampe in Scherben ging. Diesmal trat er obendrein ein-, zwei-, dreimal auf den Lampenschirm ein.

Er saß zusammengerollt zwischen Kleiderschrank und Bett, als Minnie hereinkam. Er wappnete sich gegen die tröstenden Hände, die er auf seinem Rücken und seinem Haar erwartete, und rollte sich noch fester zusammen. Es erinnerte ihn an Male, wo er angegriffen worden war. Zwei Freunde seiner Mutter hatten ihn bewusstlos geschlagen. Er erinnerte sich, genau so dagesessen zu haben, zwischen Möbel eingeklemmt, Bauch und Kopf schützend, während er seine Schultern und den Rücken die volle Wucht abkriegen ließ, bis sie ihn schreiend an seinen Haaren herauszerrten.

Jetzt widersetzte er sich ihrem Trost auf die gleiche Weise; er machte sich steif dagegen, sodass jeder Muskel in seinem Körper bereit war zurückzuprallen, sollte sie in seine Nähe kommen. Sein Gesicht hatte er gegen die Knie gepresst, sodass er seinen eigenen Atem hören und riechen konnte, der von einer Säure durchsetzt war, die entweder von der Neuigkeit oder vom Rhabarber stammte.

Aber Minnie rührte ihn nicht an. Er hörte die Sprungfedern des Betts protestieren, als sie sich darauf setzte. Er hörte sie ausatmen, dann war Stille.

Er wartete ein paar Minuten, während er die kreisrunden Muster beobachtete, die in seinen Augen pulsierten, wenn er seine Knie gegen sie drückte. Er fühlte den Schmerz des Drucks in seinen Augen, hörte aber nicht damit auf. Seine Rückenmuskeln überanstrengten sich von der Krümmung um seine Schenkel. Langsam hob er den Kopf. Sie saß mit dem Rücken zu ihm. Er sah, dass sie an dem goldenen Ring an ihrer linken Hand drehte. So allmählich mochte er ihre Hände, ihre rote Rauheit. Er fühlte sie gern an seiner Wange und in seinem Haar, als könnten nur Hände, die so rau wie ihre waren, ihm jetzt Trost spenden.

Nun beobachtete er sie, sein Kinn auf den Knien. Sie saß reglos da, von ihm abgewandt, und betrachtete irgendein unsichtbares Fantasiegebilde in der Luft. Er sah, wie sich ihre Brust hob und senkte und die sinkende Sonne in ihrem grauen Haar leuchtete, sodass es durch den Reflex all des Lichts fast weiß erschien.

»Ich möchte einfach bei dir bleiben«, sagte er schließlich.

»Oh, Danny«, sagte sie, den Rücken noch immer ihm zugewandt, »ich bin froh, dass du dich hier eingelebt hast; das wünschte ich mir für dich. Aber dies ist eine echte Chance für dich. Dies ist *eine Familie*; stell dir doch mal vor, wie es wäre, wenn du zwei erfahrene, kompetente Eltern ganz für dich hättest. Besser als diese dreckige alte Farm mit niemandem als mir Alten zum Reden – ich sag dir das ganz offen.«

»Ich liebe die Farm …«

»Es sind Leute, die viel im Freien zubringen, verstehst du? Kompetente, kluge Leute.«

»Na, und wenn schon.«

Minnie drehte sich zu ihm um. Sie klopfte neben sich auf das Bett. »Komm her.«

Daniel entknäulte sich und setzte sich neben sie. Sie stupste ihn mit der Schulter und sagte: »Willst du mir erzählen, du hast Angst vor einem Wochenende auswärts bei netten neuen Leuten? Niemand schickt dich irgendwohin. Dies ist eine Chance, die man dir gibt.«

»Also kann ich wiederkommen, wenn sie mir nicht gefallen?«

»Natürlich, aber wer sagt denn, dass *du* ihnen gefällst? Mürrischer kleiner Scheißer, der du bist!«

Da lächelte Daniel, und Minnie stupste ihn noch mal. Er kuschelte sich in ihre Masse, klemmte seine Arme zwischen ihre Hüften und den Busen und schmiegte sein Gesicht in die weiche Fülle ihres Oberarms.

Am Samstagmorgen stand Daniel in seinem Zimmer, die Ellbogen auf das Fensterbrett gestemmt, und wartete auf das Auto. Er sah Minnies Vorgarten mit den Gemüsebeeten und Himbeersträuchern. Die knorrige Hand der Eberesche auf der anderen Seite reckte sich mit verzweifelter Kraft aus der Erde, übersät mit den blutroten Beeren. Die Eltern, die ihn kennenlernen wollten, hießen Jim und Val Thornton. Noch hatten sie sich nicht verspätet, aber Daniel wartete nun schon seit einer Stunde. Da kein Auto in Sicht war, starrte er die Eberesche an, die ihm im Wind zuwinkte. Er erinnerte sich, dass er auf den Baum gestiegen und die Beeren gepflückt und dass Minnie ihm gesagt hatte, sie seien giftig. Sie hatte gesagt, der Baum stünde da, um die Hexen fernzuhalten, wie konnte sie da eine Hexe sein? Daniel sah zu, wie die Spatzen und Elstern die Beeren von den Zweigen plünderten. Er fragte sich, wie kleine Vögel es überleben können, wenn sie die Beeren essen, während sie Menschen töten könnten, wie Minnie sagte.

Daniel dachte gerade darüber nach, als ein großer schwarzer Wagen vor der Farm hielt. Er versteckte sich hinter der Gardine, starrte aber weiter den großen Mann mit blonden Haaren an, der aus dem Wagen stieg, und dann die Frau, die ihr Haar hochgekämmt hatte und ein grellbuntes Kopftuch trug. Als sie aus Daniels Blick entschwanden, verließ er das Zimmer und setzte sich ans obere Ende der Treppe. Seine Tasche stand gepackt am Fuß der Treppe, aber Minnie hatte gesagt, sie wolle mit ihnen zuerst noch ein paar Worte wechseln.

Die Haustür stand offen, weil Minnie ihnen nach draußen entgegengegangen war. Ihre Nettigkeiten wehten herein wie Frühherbstlaub. Blitz stand halb drinnen, halb draußen, und alles, was Daniel von ihm sehen konnte, war sein wedelnder Schwanz. Ihm tat der Bauch weh vor Nervosität, und er beugte sich vor auf seine Knie, um die innere Anspannung zu mildern. Er versteckte sich, als Minnie die Leute in das Wohnzimmer führte.

Er erwartete, gerufen zu werden, aber Blitz kam ihn als Erster abholen und keuchte ihm am oberen Ende der Treppe ins Gesicht. Daniel massierte die schwarz-weiße Mähne des Hundes, und Blitz senkte den Kopf, um es zu gestatten. Dann kam der Ruf.

»Danny? Möchtest du herunterkommen, Schatz?«

Auf Minnies Stimme hin eilte Blitz die Treppe hinunter. Daniel wartete einen Moment und holte tief Luft, bevor er sich nach unten aufmachte. Er war in Strümpfen und trat so auf, dass die Dielenbretter nicht knarrten. Minnie stand mit einem seltsamen Lächeln auf dem Gesicht am Fuß der Treppe. So hatte er sie noch nie lächeln sehen – als wäre sie mit sich zufrieden oder als würde sie außer von ihm noch von jemand anderem beobachtet. Daniel zog die Stirn in Falten, steckte die Hände in die Taschen und folgte ihr ins Wohnzimmer.

»Ah, hallo …«

Der Mann straffte sich, streckte die Arme aus und schien im Begriff zu sein aufzustehen, aber die Frau legte ihm eine Hand auf den Unterarm. Daniel war froh, dass er sitzen blieb. Minnie hatte ihm beide Hände auf die Schultern gelegt und streichelte sie. Daniel nickte zur Begrüßung und streifte mit seinen Socken über den Wohnzimmerteppich.

»Ich bin Val«, sagte die Frau mit einem Lächeln, wie Minnie es aufgesetzt hatte, nur strenger; Daniel fand ihre Zähne zu weiß, und er konnte ihr Zahnfleisch sehen. »Und das ist Jim, mein Mann – wir sind beide sehr erfreut, dass du dich entschlossen hast, das Wochenende bei uns zu verbringen.«

Daniel nickte, während Minnie ihn in Richtung Couch dirigierte.

Sie ging in die Küche, um Tee zu machen. Daniel lehnte sich auf der Couch nach hinten, während Jim und Val ihn anstarrten.

»Also, möchtest du denn irgendetwas über uns erfahren?«, fragte Val.

»Ich weiß schon alles«, sagte Daniel. »Sie haben vier Kinder. Nur eines ist noch zu Hause, und das ist ein Junge von ungefähr achtzehn Jahren. Sie haben ein großes Haus, und Jim ist Steuerberater.«

Val und Jim lachten gemeinsam, nervös. Daniel balancierte einen Fuß auf dem anderen. Er saß auf der Couch so weit hinten, dass sein Kinn auf seiner Brust lag.

»Warum erzählst du uns nicht etwas von dir?«, sagte Val. »Was machst du denn gerne?«

»Fußball spielen, die Tiere füttern, auf dem Markt Sachen verkaufen.«

»Wir wohnen in Carlisle«, sagte Jim und beugte sich vor, die Ellbogen auf den Knien. »Wir sind ständig im Freien, laufen oder fahren Fahrrad, und so bin ich irgendwann absolut zu einem Fußballspiel bereit. Vielleicht können wir das dieses Wochenende machen, wenn du magst?«

Daniel versuchte, mit den Schultern zu zucken, aber die klemmten in der Couch fest.

Minnie brachte siedend heißen Tee und einen Teller mit deutschen Plätzchen herein. Daniel blieb tief in die Couch eingesunken sitzen, und so plauderte Minnie, lauter als gewöhnlich, über die Farm und wie lange sie schon Kinder zur Pflege aufnehme und über Irland, wohin sie seit 1968 keinen Fuß mehr gesetzt habe. Daniel saß reglos neben ihr und strich mit seinem Zeigefinger über ein Loch in der Couch, das, wie Minnie ihm erzählt hatte, vor Jahren ihr Mann mit einer Zigarette hineingebrannt hatte.

»Dein Zimmer steht für dich bereit«, sagte Val. »Es ist das größte Schlafzimmer – das früher unserem Ältesten gehört hat, folglich hast du dort deinen eigenen Fernseher.«

»Ist er in Farbe?«, fragte Daniel.

»Ja.«

Daniel sah Minnie an und lächelte. Er sah zu, wie Jim nach einem deutschen Keks langte. Er aß ihn, ohne Blitz ein Bröckchen abzugeben, der sabbernd zu seinen Füßen saß.

»Haben Sie irgendwelche Haustiere?«, fragte Daniel und setzte sich zum ersten Mal aufrecht hin.

»Nein, die Jungs wünschten sich immer einen Hund, aber Val ist allergisch …«

»Oh, Entschuldigung«, sagte Minnie und packte Blitz' Halsband. »Ich bring ihn nach draußen.«

»Nein, nein, kurze Zeit macht es nichts aus; solange sie ihn nicht streichelt … Aber wir sind wirklich so erfreut, dass du für das Wochenende kommen kannst, Daniel; es wird herrlich sein, wieder ein Kind in der Nähe zu haben.« Jims Nasenlöcher blähten sich, wenn er lächelte.

17

Die Kanzlei in der Heathcote Street gab eine Party – ein regelmäßiges Ereignis im September –, um ihren Prozessanwälten die Möglichkeit zu geben, mit Rechtsanwälten und Richtern Verbindungen anzuknüpfen. Daniel ging mit Veronica hin, seiner Seniorpartnerin, und er hoffte, dass er dort Irene treffen würde. Er hatte die Kopie einer vertraulichen Akte mit Nachforschungen der Fürsorge über die Familie Croll mitgebracht, die ihm von einer Sekretärin in seinem Büro überbracht worden war.

Die Party war stadtbekannt – eine Bar, die reich mit kostenlosem Champagner bestückt war, und Prozessanwälte und Kanzleiangestellte scharwenzelten um die wichtigen Rechtsanwälte herum, die dafür sorgten, dass sie im Geschäft blieben. Daniel hatte letztes Jahr auf dieser Party seine Exfreundin kennengelernt: eine Praktikantin, die fast fünfzehn Jahre jünger war als er. Sie war vor Kurzem zu einer anderen Kanzlei übergewechselt.

Als Daniel und Veronica ankamen, waren die teppichbelegte Treppe und die Korridore gedrängt voll mit rotwangigen, lachenden Leuten, die Türen zu Zimmern blockierten, aus denen lautes Gelächter drang. Die Luft war süß und warm und wohlriechend. Es lief keine Musik, aber das Durcheinander der Unterhaltungen machte es schwer, sich zu verständigen.

Daniel musste sich dicht zu Veronica vorbeugen. »Ich hol uns was zu trinken«, sagte er, als sie von einem der Crown-Court-Richter auf beide Wangen geküsst wurde.

Er zog sein Jackett aus und steckte die Krawatte in die Tasche, während er auf die zwei Gläser Champagner wartete, die er dann zwischen zwei Finger der einen Hand klemmte, als er sich den Weg zurück bahnte. Er erspähte Irene auf halber Treppe, wo sie mit einem anderen jungen Kronanwalt sprach.

Daniel langte durch drei Richter hindurch, um Veronica ihr Glas zu geben, dann machte er sich langsam zu der Treppe auf. Er lenkte Irenes Aufmerksamkeit auf sich, und sie drehte sich von dem Mann weg, mit dem sie sprach, und winkte.

»Schön, dass du's geschafft hast, Danny«, sagte sie und beugte sich herunter, um ihn auf die Wange zu küssen.

Sie blieb eine Stufe über ihm stehen. Es war ihm merkwürdig, Auge in Auge vor ihr zu stehen. Sie war noch immer wie fürs Gericht mit einem knielangen engen Rock und einer weißen Bluse bekleidet.

»Kennen Sie Danny? Harvey, Hunter and Steele?«, sagte Irene zu dem Kronanwalt, mit dem sie gesprochen hatte.

»O ja, natürlich, Daniel Hunter, nicht wahr?« Der Anwalt schüttelte Daniel die Hand, dann entschuldigte er sich, um sich einen Drink zu holen.

»Wie hält sich Sebastian in der Anstalt?«, fragte Irene.

Daniel lächelte über den Glanz auf ihrer Haut und die leichte Röte auf ihrem nackten Schlüsselbein.

»Er wird's überleben. Hör zu, hast du einen Augenblick Zeit? Mir ist etwas zugeschickt worden. Wir müssen darüber reden, was wir damit machen …«

»Ich bin gespannt«, sagte Irene, nahm Daniel beim Ellenbogen und manövrierte ihn vorsichtig die Treppe hinauf. »Lass uns in mein Zimmer gehen. Keine Sorge – da drin gibt's noch mehr Wein.«

Das Zimmer war, wie die übrige Kanzlei, luxuriös und gediegen eingerichtet, sodass selbst der Tapete und dem Teppich beruhigende Vertraulichkeit zu entströmen schienen. Das Licht von Straßenlaternen ergoss sich durch die Schiebefenster in den Raum, und Irene schaltete eine Tischlampe an. Stimmen drangen vom Korridor herein, und Daniel schloss leise die Tür.

»Möchtest du weiter Schampus oder lieber Wein?«, fragte sie und öffnete einen antiken Schrank am Fenster.

»Was dir lieber ist«, sagte er, trank seinen Champagner aus und genoss dessen herbes Prickeln auf der Zunge.

»Na, nehmen wir den«, sagte sie. Der Korken zischte und die Flasche rauchte. Irene füllte Daniels und ihr Glas und stellte den Champagner auf ihren Schreibtisch. »Was ist mit den Bändern? Hast du welche gefunden? Irgendein Zeichen unseres rätselhaften Angreifers?«

»Nichts«, sagte Daniel und fuhr sich mit der Hand über die Augen.

»Prost… auf besseres Glück dieses Mal«, sagte Irene und reichte ihm ein Glas.

Sie stießen an, und Irene setzte sich auf die Kante ihres Schreibtischs. Daniel warf sein Jackett über einen Stuhl, nachdem er den Bericht herausgenommen hatte, den er ihr zeigen wollte. Gelächter ertönte vor der Tür, als eine männliche Stimme ertönte: »Revision, Euer Ehren!«

Daniel faltete den Bericht auseinander und reichte ihn Irene. »Das ist… ein Bericht der Sozialdienste – eine eigens einberufene Fallkonferenz zur Untersuchung von Sebastians Leben zu Hause aufgrund der Anklage und der Medienberichte«, sagte Daniel.

»Wo um alles auf der Welt hast du den denn her?«

Daniel schüttelte den Kopf. »Er wurde anonym in meinem Büro abgegeben, mit meinem Namen und *vertraulich* darauf. Ich habe ihn heute Morgen bekommen.«

»Wer immer das getan hat, könnte gehängt werden«, sagte sie, nahm den Bericht und überflog ihn. »Was meinst du, wer das war?«

»Ich würde denken, jemand, der mit der Konferenz zu tun hatte und den Fall verfolgt hat. Lies ihn einfach.«

Er trank einen großen Schluck Champagner, während Irene laut vorlas: »*Grund für die Fallkonferenz: angebliches Kapitalverbrechen, begangen von Sebastian, Eltern sind von der Konferenz ausgeschlossen.*« Irene sah ihn an.

Daniel setzte sich neben Irene auf die Schreibtischkante und beugte sich über ihre Schulter, während sie las.

Andauernde körperliche Gewalt über eine Reihe von Jahren. Sechs gebrochene Rippen und ein gebrochenes Schlüsselbein. Gerissene Milz. Gebrochenes Nasenbein. Diazepam, Nitrazepam, Dihydrocodein. Zweiter Suizidversuch – Nitrazepam-Überdosis mit Alkohol. Patientin erklärte sich zu Schutzmaßnahmen und Beratung bereit, weigert sich aber, den Namen des Gatten als den des Angreifers zu nennen. Ärzte haben festgestellt, dass das 29 Wochen alte ungeborene Baby aufgrund von Verletzungen der Fruchtblase und des Uterus gestorben ist.

»Genau, wie es Sebastian dem Psychologen vorgespielt hat«, sagte Irene, blickte auf und legte den Bericht auf den Schreibtisch.

Daniel nahm ihn und blätterte zu einem Abschnitt weiter, den er markiert hatte. »Hast du das hier gelesen, ja?«

Irene seufzte und trank noch einen Schluck von ihrem Champagner. »Charlotte hat versucht, sich umzubringen …«

»Ja, aber sie hat versucht, Sebastian mitzunehmen«, sagte Daniel, zog die Stirn ein wenig kraus und trank sein Glas aus. »Danach sieht es aus. Ihm wurde in derselben Nacht der Magen ausgepumpt, in der Charlotte eingeliefert wurde.«

»Aber abgesehen von den Tabletten ist an Sebastian nie Hand angelegt worden.«

»Nicht geschlagen, aber es reicht, dass er sah, dass es mit ihr geschah. Kein Wunder, dass er auf dich *verstörend* wirkte, wie du es ausgedrückt hast.«

Irene seufzte. »Ganz gleich, wie sehr du oder ich ihm das wünschen, King Kong steht nicht vor Gericht … Gott weiß, wer dir den Bericht gegeben hat, aber wir können ihn auf gar keinen Fall verwenden.«

»Ich weiß«, sagte Daniel. »Jemand muss naiverweise geglaubt haben, dass damit alles erklärt würde.«

»Sehr naiv«, sagte Irene und nippte an ihrem Drink. »Wer immer es war, er hat seine Laufbahn aufs Spiel gesetzt.«

»Du hast doch die Schulberichte gelesen. Von Sebastian ist aktenkundig, ein aggressiver kleiner Rabauke zu sein … sehr störend im Unterricht. Wie wir wissen, wird die Staatsanwaltschaft das zur Sprache bringen«, sagte Daniel.

»Uns sollte gelingen, es herauszuhalten. Das haben wir auch bei Tyrel geschafft. Und außerdem stellt dieser Bericht eine Geheiminformation dar.«

»Aber wie du bereits sagtest, stützt er lediglich das, was Sebastian dem Psychologen gesagt hat. Meine Meinung ist, *sollte* das Zeugnis seines schlechten Charakters zugelassen werden und sie fangen an, Sebastian als Monster hinzustellen, dann können wir auf die häusliche Gewalt zurückkommen. Wir können den Psychologen dazu als Zeugen aussagen lassen.«

Irene schüttelte den Kopf. »Der Richter wird wahrscheinlich Aussagen über Sebastians Leben unter häuslicher Gewalt noch weniger zulassen als solche über seinen schlechten Charakter. Du hast recht, dass es gut ist, darüber Bescheid zu wissen, aber ich glaube nicht, dass es die gegenwärtige Verteidigungsstrategie stützt. Wir haben uns darauf geeinigt, dass wir uns auf die Indizienbeweise konzentrieren.«

»Aber du siehst, diese Nachbarin von den Crolls – Gillian Hodge –, die ruft andauernd die Polizei an wegen der Streitigkeiten im Nachbarhaus. Die Staatsanwaltschaft führt sie als Zeugin«, sagte Daniel. »Sie hat Kinder in Sebastians Alter, und in ihrer Aussage heißt es, dass er gegen ihre Kinder aggressiv ist. Okay… der Richter lässt ihre Aussage vielleicht nicht zu, und ich weiß, du wirst verlangen, dass sie nicht berücksichtigt wird, aber falls sie doch versuchen, Sebastian so darzustellen, können wir auf den Missbrauch als eine Erklärung für seine Rüpelhaftigkeit verweisen, was auch *in seinen Schulakten vermerkt ist*, aber klarstellen, dass die Tatsache, dass er ein Rabauke ist, ihn nicht zum Mörder macht.«

Ihre Blicke trafen sich. Irene sah nachdenklich aus.

»Ich verstehe, was du sagen willst«, meinte sie. »Wir können es im Gedächtnis behalten, aber wir werden uns nicht mit ihnen darauf einigen, dass er gewalttätig ist.«

»Die Tatsachen des Falles sind klar – es gibt keine Fingerabdrücke, es gibt keine verlässliche Zeugenaussage, die ihn mit dem Schauplatz des Verbrechens in Verbindung bringt, die kriminaltechnischen Ergebnisse sind von untergeordneter Bedeutung –, aber ich weiß, sie werden Zeugen beibringen, die aussagen, dass er andere Kinder tyrannisiert hat, auch wenn es für den Fall irrelevant ist. Wir können die Zeugin der Anklage gegen sie benutzen. Gillian Hodge wird zugeben, dass sie den Notdienst zum Haus der Crolls gerufen hat.«

Irene nickte und legte den Bericht beiseite. »Danke. Wir können darüber nachdenken.« Sie zögerte, dann sah sie Daniel ernst an.

»Du siehst müde aus, Danny«, sagte sie.

»Du siehst großartig aus«, gab er zurück und blickte ihr in die Augen, bevor er sein Glas leerte. Sie überging das Kompliment.

»Hast du nicht letztes Jahr auf dieser Party Carls Praktikantin verführt?«, fragte sie. Daniel fühlte zu seiner Überraschung, wie seine Wangen rot wurden.

»Was ist das hier, ein Verhör der eigenen Partei?«

Irene lachte, zog die Augenbrauen in die Höhe und hob einen Finger. »Wo waren Sie letztes Jahr an diesem Tag im September?«

Daniel streckte ihr beide Hände mit den Handflächen nach oben entgegen und ließ sein Haar über seine Augen fallen.

»Ich hörte, ihr habt euch getrennt. Sie hat letzten Monat zu einer anderen Clique gewechselt.«

»Ja, ich hab davon gehört«, sagte er und blickte zur Tür.

Es entstand eine Pause. Daniel hatte Durst und ihm war heiß.

»Und was ist mit dir?«, fragte Daniel.

»Habe ich einen Praktikanten verführt?«

Er lachte. »Bist du nicht mit so einem Amtsrichter gegangen?«

»Gott, das ist Ewigkeiten her, rechne mal mit.« Sie kam mit der Flasche zu ihm und goss ihm Champagner ein. Er roch ihren Duft. Sie blickte ihm in die Augen. »Du siehst wirklich müde aus.«

Daniel fuhr sich mit einer Hand übers Gesicht und seufzte. »Ich weiß, hab in letzter Zeit nicht viel Schlaf gekriegt.«

»Nicht dieser Fall, hoffe ich. Die verdammten Medien.«

»Nein, na ja, zum Teil, aber … eine persönliche Angelegenheit.« Daniel sah sie an und presste die Lippen zusammen.

Irene zog ihre Brauen in die Höhe. »Eine Dame?«

»Nein, na ja, eigentlich ja … Meine … Mutter ist gestorben.«

»O Gott, Danny, das tut mir leid.«

Wieder kam Gelächter vor der Tür auf. Mit Erstaunen fühlte er wieder eine Röte auf seinen Wangen. Er wusste nicht, warum er Irene die Wahrheit erzählt hatte. Er blickte weg. *Meine Mutter, meine Mutter* – vor nur zwei Monaten hatte er sie verleugnet. Minnie war für immer weg, aber jetzt konnte er wieder zugeben, dass sie seine Mutter war.

Irene setzte sich hinter ihren Schreibtisch. Sie zog ihre Schuhe aus und ließ ihre Füße kreisen, während sie Daniel ansah.

»Dieser Fall wird eine klotzige Angelegenheit, das weißt du, Danny.«

»Ich weiß – ›der Engelmörder‹. Hört sich nett an.« Er hob eine Augenbraue.

»Ich weiß nicht, ob es der Stich vom letzten Jahr ist, aber irgendwas an diesem Fall macht mir Angst.«

»Ich weiß, was du meinst.«

»Wir dürfen dem nicht nachgeben«, sagte sie, stand plötzlich auf und zog sich die Schuhe wieder an. »So schlecht die Presse schon jetzt ist, beim Prozess kann sie nur schlechter werden.«

Beide griffen gleichzeitig nach dem Bericht, und Daniels Hand streifte unwillkürlich ihre Taille. »'schuldigung – das ist dein Exemplar. Du kannst es behalten.«

Sie nickte und legte es in eine Schublade. Daniel drehte den Messingtürknauf herum und fühlte ihn beruhigend kühl in seiner Hand. Als er die Tür öffnete, drangen ein Schwall von Stimmen und Hitze von draußen herein. Sie drängten sich in diesen stillen Raum.

»Danke für den Drink«, sagte er.

»Danke für das Update.«

Er trat zurück, um sie vorbeizulassen, aber sie wartete auf ihn, und sie prallten wieder gegeneinander. »Entschuldigung«, sagte er noch einmal. Ihr Haar roch nach Kokosnuss.

Im Korridor trennte sie sich von ihm. »Du entschuldigst mich, ja? Muss mich jetzt ums Publikum kümmern. Die Pflicht ruft!«

Daniel beobachtete sie, als sie die Treppe hinunterging, Hände schüttelte und mit ihren ebenmäßigen, weißen Zähnen lächelte.

Er schlenderte zwischen den Gästen herum, während er bedächtig noch ein Glas Champagner trank. Er kannte fast jeden, zumindest vom Sehen. Manche riefen seinen Namen und klopften ihm auf die Schulter, als er vorbeiging; andere winkten ihm von der anderen Seite des Raums zu. Daniel merkte, dass er keine Lust hatte, mit einem von ihnen zu reden.

Er fragte sich, ob es am Champagner lag, den er zu schnell getrunken hatte: In seinem Kopf spürte er eine Enge. Er stellte sich auf die Zehenspitzen, um zwei Prozessanwälte vorbeizulassen, dann schob er sich durch die Menge auf einen der großen Räume im Erdgeschoss zu. Das Fenster war offen, und er fühlte die kühle Nachtluft hereinstreichen.

Als er auf das Fenster zuging, wurde er in eine Gruppe von Anwälten hineingezogen. Er blieb stehen, eine Hand in der Hosentasche, und lächelte ab und zu über die flachsenden Bemerkungen, die die Raucher am Fenster von sich gaben.

»Wisst ihr denn auch, dass Irene den Fall dieses Engelmörders übernommen hat?«

»Tatsächlich? Problematisch für eine neue Kronanwältin.«

»Wird aber eine mächtige Sache. Old Bailey. Riesen-Aufsehen.«

»Ich weiß, aber ich würde meine Finger davon lassen. Wie ich höre, plädiert er auf nicht schuldig. Der kleine Mistkerl ist doch sicher schuldig wie die Sünde, oder?«

»Gut betuchte Familie. Vater ist Wertpapierhändler in Hongkong. Kennt ihr zufällig Giles, der für Cornells arbeitet? Er kennt ihn. Anscheinend ist er wütend – sagt, es ist alles ein Missverständnis.«

»Na, wir werden's ja sehen. Irene wird die Sache schon schaukeln.«

»Sicheres Paar Hände.«

»Sicher und … hübsch obendrein.« Die Männer lachten.

Daniel entschuldigte sich und verließ die Gruppe. Er trank

sein Glas aus und stellte es auf einen halbrunden Mahagonitisch neben eine Porzellanvase. Er hatte sich wohl zu schwer auf das Tischchen gelehnt, denn die blau-weiße Vase kam eine Sekunde lang bedenklich ins Kippeln, bevor er sie festhielt.

Er knöpfte sein Jackett zu und sah sich nach Veronica um, entdeckte sie aber nicht, und so beschloss er zu gehen. Er fühlte sich genervt. Vielleicht hatte Irene recht, und er war nur müde. Als er auf die Tür zuging, fühlte er, wie ihm ein Schweißrinnsal über das Rückgrat lief.

Auf der Straße waren die Nacht und der kühle Wind eine Wohltat. Er machte an seinem Hemd noch einen Knopf auf und schlenderte gemächlich in Richtung U-Bahn. Aber plötzlich war die momentane Kühle nicht mehr erfrischend, und die Luft erschien ihm dicht und drückend wie die Menschenmenge zuvor.

Er fühlte sich einsam, während er mit den Händen in den Taschen dahinschlenderte. Es war ein Gefühl, das ihm nicht fremd war, und dennoch beschloss er an diesem Abend, es zu genießen – es in den Mund zu nehmen und seinen Geschmack auszukosten. Der war herb und überraschend wie der Rhabarber aus Minnies Garten.

Er war froh, dass er mit Irene gesprochen hatte. Er erinnerte sich, wie sie sich in ihrem Sessel von einer Seite zur anderen gedreht und ihn dann wegen der Praktikantin gehänselt hatte.

Er war nie lange mit einer Frau zusammen. Wenn die Erregung verflogen war und die Intimität real wurde, fand er eine Beziehung schwierig. Er mochte nicht über seine Vergangenheit reden und traute keinen Versprechungen. Nie hatte er einer Freundin gesagt, dass er sie liebte, obwohl er geliebt hatte. So viele hatten gesagt, dass sie ihn liebten, aber er hatte es nie wirklich gefühlt, hatte es ihnen nie glauben können. Er dachte an Irene mit ihren starken, geraden Schulter. Sie hatten zuvor zusammen gekämpft und verloren, und jetzt teilten sie eine Wahrhaftigkeit und Unschuld miteinander. Doch trotz ihrer Freundschaft bestand zwischen ihnen eine Schranke professionellen Arbeitsethos', die er nie durchbrechen zu können meinte.

Er ging in die U-Bahn-Station, passierte die Drehkreuze, stellte sich auf die rechte Seite der Rolltreppe und fuhr teilnahmslos in die Eingeweide der Stadt hinunter. Er dachte an den bevorstehenden Prozess und die Pressegeschichten, die nur noch schlimmer würden. Sebastian – namen- und gesichtslos – war den Zeitungen zufolge an sich böse. Nicht nur für schuldig wurde er gehalten, sondern *an sich böse* war der Junge. Die Presse ging von keiner Unschuldsvermutung aus.

Sebastians tatsächliche Unschuld machte Daniel weniger Sorgen als sein Überleben. Er erwartete mit Bestimmtheit, dass der Junge, den er und Irene letztes Jahr verteidigt hatten, tot sein würde, ehe er zwanzig wäre. Er wollte nicht, dass Sebastian das gleiche Schicksal hätte.

Daniel spürte, wie die Wärme der U-Bahn ihn umhüllte, und dachte über die Grenze nach, die Erwachsene von Kindern trennt. Er kannte die gesetzliche Grenze: Strafmündigkeit ab dem Alter von zehn Jahren. Daniel fragte sich, wo die reale Grenze lag. Wieder dachte er über sich in Sebastians Alter nach, und wie dicht daran er gewesen war, in die Lage dieses Jungen zu geraten.

18

Die Thorntons weigerten sich sogar, Daniel zu Minnie zurückzufahren. Tricia wurde zu ihnen geschickt, um ihn am Sonntagnachmittag um drei abzuholen, obwohl ein langes Wochenende geplant gewesen war und Daniel eigentlich bis Montagabend bleiben sollte.

Daniel beobachtete durch das Rückfenster, wie der Bungalow seiner potenziellen Pflegeeltern immer kleiner wurde. Val und Jim gingen rasch nach drinnen und machten die Haustür zu, noch ehe der Wagen die Auffahrt verlassen hatte.

»Du bist dein eigener schlimmster Feind«, sagte Tricia. »Das war deine Chance auf ein neues Zuhause. Weißt du, wie schwer es ist, einen zwölf Jahre alten Jungen unterzubringen? Sehr schwer, das kann ich dir sagen, und das war wirklich *schändlich* von dir.«

»Mochte sie nicht. Ich wollte zurück zu Minnie.«

»He, du warst doch nur für ein Wochenende dort. Konntest du nicht wenigstens so lange artig sein?«

»Ich wollte einfach zurück zur Farm...« Danny schwieg einige Augenblicke, dann sagte er: »Haben Sie meine Mum gesehn?«

Tricia räusperte sich, während sie in die Carlisle Road einbog. Daniel horchte auf das Geräusch der Reifen auf der nassen Straße. Er verspürte eine seltsame Gelassenheit, wie nach einer großen Anstrengung. Es war der Schock, die Erregung, die Erlösung, wirklich wieder ungezogen gewesen zu sein. Die Tat hatte ihn betäubt zurückgelassen. Er lehnte den Kopf gegen den Sitz und fühlte die träge, flüssige Gelassenheit in sich einsickern.

Er hatte gewonnen. Er hatte zurück zu ihr gewollt, und nun wurde er zurückgebracht. Er hatte erwartet, gehasst zu werden, und so war er abscheulich gewesen.

»Jim ist ein netter Mann. Ich weiß das. Du gibst einfach niemandem eine Chance.«

»Ich hasse ihn.«

Tricia seufzte. »Du kommst nicht gut mit Männern zurecht, stimmt's, Danny? Du bist so gut mit Minnie ausgekommen, da dachte ich, du wärst über das Ganze hinweg.« Tricia redete, während Danny aus seinem Fenster auf die Felder und gelegentlichen Bäume starrte. »Ich meine, du hast sogar in der Schule gut abgeschnitten … Ich habe Minnie erzählt, was passiert ist, und sie ist so unglücklich. Auch ich bin unglücklich, aber ich kann sagen: Überrascht bin ich nicht. Du hast ein verdammtes Glück, dass sie dich nicht anzeigen. Wenn du so weitermachst, landest du im Erziehungsheim, bevor du größer bist, und dann gnade dir Gott, mein Junge. *Dann gnade dir Gott.* Nichts kann ich dann mehr für dich tun.«

Als sie ankamen, stand Minnie vor der Haustür und hatte ihre Strickjacke fest um sich gezogen. Bei ihrem Anblick krümmte sich Daniels Rückgrat vor Scham zusammen. Er hielt den Blick gesenkt aus Angst vor dem herausfordernden Blau ihrer Augen. Er ging schnurstracks an Minnie vorbei ins Haus und trug seine Tasche nach oben. Trost bereitete ihm das Hellblau der Wände, das er sich ausgesucht hatte, die Rennwagen-Tagesdecke, die ihm Minnie gekauft hatte, und das Fenster mit dem Blick auf den Hof. Daniel nahm die Halskette seiner Mutter ab und legte sie in die Schublade neben seinem Bett. Jetzt war er zu Hause, und er wäre hier sicher. Sein Messer war ihm bei den Thorntons weggenommen worden, aber Daniel machte sich darum keine Gedanken. Er würde es hier nicht brauchen.

Blitz kam an die Tür seines Zimmers, er hielt den Kopf gesenkt und wedelte mit dem Schwanz vor Freude, ihn zu sehen. Kaum streckte Daniel die Hand nach ihm aus, ließ der Hund sich zu Boden fallen und streckte ihm den Bauch entgegen. Während er ihn kraulte, hörte Daniel Tricia und Minnie am Fuß der Treppe miteinander reden. Der Geruch des Hundes und die gedämpften Stimmen erinnerten ihn an seine erste Ankunft auf der Flynn Farm. Mit Erleichterung nahm er den Geruch des Hauses wahr und hörte Minnies fröhliche Stimme, aber er wagte nicht, nach unten zu gehen. Er freute sich, wieder zurück zu sein, aber die letzten achtundvierzig Stunden hatten bei ihm ein unbehagliches Gefühl hinterlassen. Am liebsten wäre er mit dem Hund oben geblieben, aber Blitz, der seine Verzweiflung spürte, wurde seiner überdrüssig und entschlüpfte nach unten. Daniel hörte, wie Tricia das Haus verließ und dann die Geräusche von Minnie, die Abendbrot machte. Er wusste, sie wartete darauf, dass er nach unten käme, aber er sträubte sich. Er spürte ihre Enttäuschung, während sie am Fuß der Treppe auf ihn wartete. Er kroch unter seine Bettdecken und lag da, während er sich widerwillig erinnerte.

Der erste Tag war ohne Zwischenfälle vergangen, aber Daniel hatte sich in dem großen Haus mit seinen sauberen Rasenflächen und cremefarbenen Teppichen unbehaglich gefühlt. Er musste an der Haustür seine Schuhe ausziehen, und jedes Glas musste auf einen Untersetzer gestellt werden. In seinem Zimmer stand ein Doppelbett und ein großer Fernseher, aber der Raum war in der Nacht zu groß und zu dunkel, und er konnte aus Angst vor dessen Fremdheit und vor den Schatten, die er freisetzte, nicht schlafen.

Daran gewöhnt, mit den Hühnern aufzuwachen, die Tiere zu füttern und die Eier einzusammeln, wachte Daniel vor den Thorntons auf und schlich sich nach unten. Das Haus war makellos sauber. Daniel hatte Hunger und ging deshalb in die Küche, wo er Brot fand und sich eine Scheibe mit Butter bestrich. Als er die Butter in den Kühlschrank zurückstellte, sah er Erdbeermarmelade und strich sie sich dazu auf sein Brot. Es war taghell, aber die Uhr am Herd zeigte zehn nach sechs an. Die Marmelade war nicht so gut wie die von Minnie, bei deren Herstellung er mitgeholfen und sich gewundert hatte, dass alles so schnell geschehen konnte: von der Pflanze in den Topf in den Mund.

Er saß einen kurzen Moment in der Küche, dann trug er seinen Teller ins Wohnzimmer, schaltete den Fernseher ein und fand ein paar Zeichentrickfilme. Über einen von ihnen musste er so laut lachen, dass ihm das Brot aus der Hand fiel und, mit der Marmelade nach unten, auf dem Teppich landete. Er versuchte, die Marmelade mit warmem Wasser wegzureiben, aber er rieb den Fleck nur tiefer ins Gewebe. Daniel stellte seinen Teller auf den Fleck und sah weiter fern.

Es war Jim, der etwa eine halbe Stunde später als Erster nach unten kam und sich die Augen rieb, während er noch immer sein dehnbares Lächeln im Gesicht hatte. Daniel sah an der Uhr am Videorekorder, dass es 6.47 Uhr war. Jim machte sich in der Küche eine Tasse Kaffee, kam ins Wohnzimmer und setzte sich auf die Couch. Daniel blieb mit dem Rücken zu Jim sitzen, aber die Zeichentrickfilme sah er sich nicht länger an; stattdessen beobachtete er Jims blasses Spiegelbild auf dem Bildschirm des Fernsehers. Jim rieb sich das Gesicht, gähnte und hob die Tasse an seinen Mund.

»Bist 'n Frühaufsteher, was?«

Daniel schenkte ihm ein dünnes Lächeln.

»Wann bist du aufgestanden?«

Daniel zuckte mit den Schultern.

»Du bist völlig angezogen und alles. Ich sehe, du hast es dir bequem gemacht.«

»Ich hatte Hunger.«

»Ist in Ordnung. Wenn man Hunger hat, sollte man essen. Das ist keine Kritik.«

Daniel war plötzlich unbehaglich zumute. Er fühlte sich von Jim auf eine Weise beobachtet, dass sich ihm die Nackenhaare sträubten. Er drehte sich wieder zu dem Fernseher um und beobachtete den Mann aus den Augenwinkeln.

»Bist du fertig mit dem Teller, mein Sohn?«, fragte Jim.

Der Mann stand vor ihm, eine Hand nach dem Teller ausgestreckt.

»Nein«, sagte Daniel.

»Wie bitte?«

»Nenn mich nicht so.«

»Nicht wie?«

»Ich bin nicht dein Sohn.«

»Ah«, sagte Jim. Daniel blickte hoch, und das Lächeln dehnte sich wieder über dieses Gesicht. »Natürlich, in Ordnung. Hab verstanden. Na komm, lass mich den Teller da mitnehmen.«

»Lass ihn stehen, okay?« Daniel fühlte plötzlich sein Herz klopfen.

»Normalerweise dulden wir kein Essen im Wohnzimmer, das gehört in die Küche – aber das konntest du nicht wissen. Na komm …«

»Lass ihn, okay?« Daniels Mund war sehr trocken.

»Was ist denn?« Jim lachte. »Ich will doch bloß deinen leeren Teller mitnehmen.«

Daniel sprang auf. Er wusste nicht, wann oder wo sein Körper gelernt hatte, vor männlicher Wut so auf der Hut zu sein, aber er war inzwischen reaktionsschnell. Obwohl Jims Stimme ruhig war, hörte Daniel die erstickte Wut darin.

Er ließ den Kopf hängen. Die Worte, die aus dem Mund des Mannes drangen, griffen ihn jetzt an. Sie waren schwere Dreckklumpen, die auf ihn geschleudert wurden. Er unterließ es, auf die Worte selbst zu hören, sodass Jims Mund zu einem grauenhaften, oszillierenden, anzüglich grinsenden und klaffenden Loch wurde.

Daniel konnte sich nicht daran erinnern, was dann passiert war; nicht in der richtigen Reihenfolge. Er lag unter der Steppdecke und holte tief Luft, wobei er den Geruch des Hundes und der Farm einatmete. Daniel vergrub sein Gesicht und spürte die Hitze seines eigenen Atems auf seiner Haut. Er lag inzwischen fast völlig unter den Bettdecken begraben.

Er blickte zu Jim auf. Daniel war barfuß, ließ seine Zehen auf dem Teppich knirschen und wappnete sich. Jims Gesicht, in dem Zähne und Nase zu groß waren, schien drohend vor ihm aufzuragen. Der Mann beugte sich plötzlich zu Daniel herunter.

Daniel sprang zurück und zog sein Messer aus seiner Jeanstasche. Er ließ es aufschnappen und hielt es dem Mann vors Gesicht.

»Lieber Gott!« Jim machte einen Satz zurück, und so machte Daniel einen Schritt vorwärts.

»Was ist hier los?« Es war Val in ihrem Morgenmantel.

»Geh zurück, überlass das mir!«, schrie Jim so laut, dass Daniel zusammenzuckte.

»Lass mich in Frieden«, sagte Daniel, drehte sich mit dem Messer vor Jims Gesicht so herum, dass er sich von ihm in Richtung Wand zurückziehen konnte.

»Leg das sofort weg«, sagte Jim.

Daniel sah die verblüffte Panik in seinen Augen. Er sah, wie der Adamsapfel des Mannes auf und ab tanzte. Daniel lächelte, als er die Lichtreflexe seines Messers auf Jims T-Shirt sah. Jim streckte die Hand nach ihm aus und versuchte Daniels T-Shirt zu packen.

»Pass auf!«, kreischte Val.

Daniel stach zu. Er traf Jims Unterarm. Der Mann zog sich zurück und hielt sich seinen Arm mit der freien Hand. Daniel sah, wie ihm ein dünnes Rinnsal Blut durch die Finger lief und auf den Teppich tropfte. Daniel entspannte sich für einen Moment, aber Jim schnellte plötzlich herum, stieß Daniel zu Boden, trat auf seine Hand und entwand ihm das Messer.

Jedes Mal, wenn er sich die Szene vor Augen führte, war sie anders. Inzwischen war sich Daniel nicht sicher, was wirklich passiert war. Zunächst erinnerte er sich, dass Jim die Hand gehoben und dass er einen Schlag erwartet hatte. Dann schien das falsch zu sein; Jim hatte sich nur leicht weggedreht, und Daniel erkannte eine Chance.

Daniel schrie, als er auf den Fußboden gedrückt wurde. Er trat und schlug nach Jim, wenn immer es ihm gelang, ein Bein oder einen Arm freizubekommen. Val kriegte Jim zu fassen, und die beiden ließen Daniel auf dem Boden im Wohnzimmer liegen und machten die Tür hinter sich zu. Daniel trat und schlug gegen die Tür, wobei sich seine unteren Schneidezähne in die Oberlippe bohrten. Er zertrümmerte den Nippes auf dem Kaminsims, dann setzte er sich neben dem Sofa auf den Boden, zog die Knie an seine Brust und rubbelte am Buchstaben des Namens seiner Mutter.

Die Hitze auf seinem Gesicht war zu groß und so setzte sich Daniel auf und schob die Bettdecken zurück. Der Tag wirkte frisch und angenehm wie die Milch unter der Sahne, doch Daniel fühlte sich schlecht. Die Schlechtigkeit wog schwer in seinem Inneren. Er konnte würgen, aber er würde sie niemals herauswürgen. Die Schlechtigkeit war da in seinem Inneren, und dort würde sie bleiben.

Er rollte sich auf den Rücken. Er roch das Huhn, das Minnie zubereitete. Der Geruch des bratenden Vogels drehte ihm den Magen um. Er lag da, starrte an die Decke und beobachtete die Szenen, die sich stumm flimmernd hinter seiner Stirn abspielten.

Er hörte seinen Magen knurren. Er hörte die Bratpfanne prasseln, als Minnie nasse Kartoffelstifte in das Fett tat. Er fühlte sein Herz heftig schlagen, als wollte es sich durch seinen Brustkorb hämmern, obwohl er völlig reglos dalag. Dann hörte er Minnie auf der Treppe, schwere Schritte, und das hölzerne Geländer, das unter ihrem Gewicht ächzte. Die Seufzer, als sie heraufstieg. Erneut verkroch er sich unter den Bettdecken.

Minnie setzte sich auf das Bett und zog die Decken zurück, um sein Gesicht freizulegen. Daniel fühlte die Kühle und schloss die Augen. Er spürte das warme Kitzeln ihrer Finger auf seiner Stirn.

»Was denkst du, Danny?«, flüsterte sie.

»Was ich getan habe.«

»Bitte?«

»Ich denk drüber nach, was ich getan habe.«

»Warum *hast* du es getan, weißt du das noch?«

Daniel schüttelte seinen Kopf auf dem Kissen.

»Ich weiß nicht, was ich mit dir machen soll, also mach ich's nicht. Es ist keine Sünde, jemanden nicht zu mögen – es gibt massenhaft Leute, die mich nicht interessieren, aber man darf nicht auf Leute *einstechen*. Versuch mal drüber nachzudenken, warum du so etwas tun wolltest.«

Daniel wälzte sich auf die Seite. Er drehte sich zu ihr um, die Hände unter dem Kinn, die Knie hochgezogen.

»Warum?«, flüsterte Minnie. Er fühlte, wie ihre Finger durch sein Haar kämmten.

»Weil ich schlecht bin«, murmelte er, aber sie verstand ihn nicht.

Sie beugte sich dicht vor, und ihre Hand lag jetzt schwer auf seinem Kopf. »Was, Liebling?«

»Weil ich schlecht bin.«

Sie zog ihn am Ellbogen hoch, und er schwang seine Beine herum, um neben ihr zu sitzen. Sie nahm sein Kinn zwischen Zeigefinger und Daumen. Er sah ihr in die Augen, und sie funkelten wie am ersten Tag ihres Zusammentreffens. »Du. Bist. Nicht. Schlecht«, sagte sie. Er fühlte das Kneifen ihrer Finger an seinem Kinn. »Du bist ein lieber Junge, und ich bin sehr froh, dass ich dich kenne.«

Unwillkürlich versuchte er, die Tränen aufzuhalten.

An ihrer Strickjacke roch er den Hund und das Gras von draußen. Der Tag lastete plötzlich schrecklich schwer auf ihm, und er lehnte sich an sie und legte seine Wange auf ihre Schulter. Sie drückte ihn, legte beide Arme um ihn und presste die Schlechtigkeit aus ihm heraus.

»Aber du darfst Menschen nicht verletzen, Danny, *oder meine kleinen Tiere* zum Beispiel.«

Auf diese Worte hin riss er sich los. Noch immer beschämt.

»Ich weiß, dass Menschen dich verletzt haben, auf viele verschiedene Weisen, und ich kann verstehen, dass du ebenfalls verletzen möchtest, aber ich will dir mal was sagen: Dieser Weg ist nur was für *Ittjoten*. Ich sollte es wissen. Du kannst *so* viel mehr sein.«

Daniel schniefte und wischte sich Augen und Nase mit seinem Ärmel.

»Musstest du ihn denn verwunden? Du hättest mit ihm reden können oder ihn bitten können, dich zurückzubringen, wenn du das wolltest. Du *musstest* ihn nicht verwunden.«

Daniel nickte, das Kinn so dicht an der Brust, dass sie nicht sicher war, ob sie ihn ihr zustimmen sah oder nicht.

»Warum hast du es denn getan? Hast du gedacht, er würde dich schlagen?«

»Vielleicht … ich weiß nicht … nein.« Er sah sie an und schüttelte den Kopf. Ihre Augen waren in den Winkeln nach unten gedreht, und zwischen ihren Brauen lag eine tiefe Falte.

»Warum dann?«

Er holte tief Luft. Er blickte auf seine Füße. Seine Socken hingen herunter. Er wirbelte den Fuß herum und sah den Socken einem Moment lang tanzen.

»Ich will hierbleiben«, sagte er, den Blick noch immer auf seinen Socken gerichtet.

Eine Pause entstand. Er beobachtete ihre Hände. Sie waren lose gefaltet. Er hatte Angst, ihr in die Augen zu sehen.

»Du meinst, du hast es getan, damit sie keine Lust hätten, dich zu adoptieren?«, fragte sie schließlich. Ihre Stimme war leise.

Er fühlte einen Schmerz in seinem Rachen. Er erinnerte sich an Tricias Worte, nachdem er seiner Mutter das letzte Mal auf Wiedersehen gesagt hatte.

Wenn mich niemand sonst haben will, kann ich dann bei ihr bleiben?

Nein, Schatz. Sie ist eine Pflegemutter. Noch andere kleine Jungen oder Mädchen werden sie brauchen.

»Ich will hierbleiben.« Es war alles, was er sagen konnte. Er ballte seine Hände zu Fäusten und wartete darauf, dass sie was sagte. Es schien ihm eine Ewigkeit zu dauern.

»Würdest du wollen, dass *ich* dich adoptiere? Wenn du wirklich bleiben möchtest, wäre es für mich das Allerschönste. Ich würde dich auf der Stelle adoptieren, wenn sie mich ließen. Tatsächlich habe ich dich in dem Moment adoptiert, als ich dich das erste Mal sah. Möchtest du bleiben? Ich versuch's für uns. Ich kann nichts versprechen, aber ich versuche es.«

Sie sah ihm in die Augen. Sie hielt ihn bei den Schultern, sodass er sie ansehen musste. Er wollte nichts sagen, weil er wusste, dass er wieder weinen würde. Er versuchte zu nicken, aber sie hatte ihn so fest im Griff, dass es sicher so ausgesehen hätte, als schüttele er sein Kinn. Stirnrunzelnd und mit einer in die Höhe gezogenen grauen Augenbraue sah sie ihn an.

»Möchte, dass … du mich adoptierst«, brachte er heraus.

Ihre Finger bohrten sich in seine Schultern. »Du musst wissen, ich möchte es auch, aber es ist eine juristische Sache. Ich weiß, dir ist klarer als sonst jemandem, dass es zu deinen Ungunsten ausgehen kann. Das Gesetz folgt seinen eigenen Regeln, und ich verstehe sie nicht, aber ich werd's für uns probieren. Du darfst dir keine Hoffnungen machen, ehe wir nicht wirklich unterschreiben. Verstanden?«

Sie umarmte ihn, und er schluckte und ließ wieder seine Tränen in die Wolle ihrer Strickjacke sickern. Er gab keinen Ton von sich, aber ihm zerriss es das Herz. Er verging vor Freude in diesem Moment, weil sie ihn wollte.

»Heilige Muttergottes«, sagte sie plötzlich. »Deine Chips werden kalt sein, und das Huhn verbrennt völlig.«

Er holte tief Luft, voller Vorfreude auf ihre kalten Chips. Auf nichts anderes hatte er Lust.

19

Sebastian sah anders aus, als Daniel zu der Jugendarrestanstalt zurückkehrte, um sich mit ihm zu treffen. Seine kühle Selbstsicherheit war unverändert, aber er war schwerer, aufgedunsen. Das Gesicht des Jungen war voller, und unter den Augen hatte er dunkle Ringe. Seine dünnen Handgelenke waren dicker geworden, und auf seinen Handrücken hatte er Grübchen. Man bekam wenig körperliche Bewegung im Parklands House, und Daniel war klar, dass die Diät aus Chips und Pizza ein Schock gewesen sein musste nach den Islingtoner Biogemüsen, die Charlotte ihm sicherlich vorgesetzt hatte.

»Wie geht's?«, fragte Daniel.

»Okay«, sagte Sebastian, während er mit einer Faust an seiner Wange die Oberlippe zur Seite zog. »Es ist langweilig. Und die Schule hier ist schlimmer als eine normale Schule. Die Lehrer sind dumm und die anderen Kinder noch dümmer.«

»Na ja, es dauert jetzt nicht mehr lange bis zu deinem Prozess. Ich möchte heute nur ein paar Dinge mit dir besprechen.«

»Werde ich auf der Anklagebank angekettet?«

»Nein. Vor dem Prozess wirst du zu einer Besichtigung des Gerichts abgeholt. Eine nette Frau wird dich herumführen. Ich kenne sie. Sie wird dir alles über das Verfahren erzählen und was passieren wird. Wir wissen bereits, dass du statt auf der Anklagebank neben mir sitzen wirst, deine Eltern hinter uns. Geht das für dich in Ordnung?«

Sebastian nickte. »Machen sie das, weil sie eigentlich meinen, dass ich es nicht getan habe?«

»Nein, weil du ein Kind bist. Heutzutage kommen nur Erwachsene auf die Anklagebank.«

»Werden Sie dem Richter sagen, dass ich es nicht getan habe?«

»Erinnerst du dich an Irene Clarke, deine Kronanwältin?«

Sebastian nickte heftig.

»Nun, sie wird den Fall den Geschworenen vortragen.« Daniel klappte seinen Schreibblock auf und zog die Kappe von seinem Kugelschreiber.

Sebastian stand auf und ging um den Tisch herum, um sich die Dokumente in Daniels Aktendeckel anzusehen. Er lehnte sich gegen Daniel und inspizierte erneut seine Visitenkarten, sein Handy, seinen Füller und die USB-Sticks, die Daniel in seiner in Leder gebundenen Mappe aufbewahrte.

Daniel roch das saubere Haar und den Erdbeeratem des Jungen. Dessen leichter Druck gegen seine Schulter war herzerweichend. Daniel erinnerte sich, wie er Fremde um Liebe gebeten hatte: indem er sich gegen sie lehnte aus Zuneigung, die weder geäußert noch erwartet wurde. Und so entzog sich Daniel nicht dem Gewicht des Jungen. Er machte sich Notizen auf seinem Schreibblock, wobei er darauf achtete, sich nicht wegzudrehen und ihn versehentlich abzuweisen. Nach einer Weile seufzte Sebastian und ging um den Schreibtisch zurück, Daniels iPhone in den Händen. Daniel hatte es ausgeschaltet, als er Parklands House betrat. Geschickt schaltete Sebastian das Handy ein.

Daniel streckte die Hand aus, Handfläche nach oben. Der Junge lächelte, und ihre Blicke trafen sich.

»Danke«, sagte Daniel erwartungsvoll. Er war sich nicht sicher, warum er erlaubt hatte, dass Sebastian sein Handy an sich nahm und jetzt glaubte, er würde es ohne Kampf zurückbekommen.

»Mit dem Handy meiner Mum darf ich spielen.«

»Wunderbar, dann kannst du es sicher auch, wenn sie das nächste Mal zu Besuch kommt.«

Sebastian überhörte ihn, lehnte sich auf seinem Stuhl zurück und scrollte durch Daniels Adressbuch.

Daniel versuchte, sich zu erinnern, wie Minnie sich verhalten hatte, wenn er aufsässig war. Sie würde ihn mit ihrem kalten Blick angesehen haben, mit denselben Augen, die vor Wärme überfließen konnten. Er war dann überzeugt, dass sie stärker war. Daniel spürte, wie sich sein Herzschlag beschleunigte bei dem Gedanken, dass er vielleicht nicht in der Lage wäre, den Jungen im Zaum zu halten. Schließlich blickte Sebastian auf, und ihre Blicke trafen sich. Er erinnerte sich an die stählerne Härte in Minnies Augen. Sie hatte nie Angst vor ihm gehabt. Er konnte sich nicht vorstellen, jemals so viel Kraft auszustrahlen, wie Minnie es vermocht hatte, aber Sebastian drehte sich weg, als hätte er einen Stich abbekommen, und legte das Handy in Daniels Hand.

»So«, sagte Daniel, zog sein Jackett aus und sah Sebastian an. »Die Staatsanwaltschaft wird Bens Mum in den Zeugenstand rufen. Möglicherweise wird sie die Erste sein, dann eure Nachbarn und eines oder zwei von den Kindern aus der Gegend und von der Schule.«

»Wer denn?«, fragte Sebastian, nun wieder mit wachsamer Miene, die grünen Augen klar und konzentriert.

Daniel blätterte in seinen Notizen. »Poppy … Felix.«

»Die mögen mich nicht, sie werden sagen, ich bin schlecht.«

»Deshalb ruft die Staatsanwaltschaft sie ja auf. Aber wir werden sie nicht sagen lassen, dass du schlecht bist. Juristisch ist es ihr nicht gestattet, Beweise dafür vorzulegen, dass du einen schlechten Charakter hast. Es gehört nicht zur Sache und ist nicht fair. Irene wird dem Einhalt gebieten. Ich wollte dich nur darüber in Kenntnis setzen, weil ich denke, Bens Mum und dann die Kinder, die du kennst, werden für uns alle vor Gericht schwer im Auge zu behalten sein, aber es ist nicht der Hauptteil ihres Beweismaterials. Du musst nur versuchen, dich dadurch nicht aus der Fassung bringen zu lassen, okay?«

Sebastian nickte.

»Wir legen jetzt endgültig die Einzelheiten deiner Aussage fest. Bist du sicher, dass du sonst nichts weiter weißt, was du mir erzählen möchtest?«

Sebastian blickte einen Moment zur Seite, dann schüttelte er heftig den Kopf.

»Okay.«

»Werde ich eine Aussage machen müssen?«

»Nein. Im Moment ist der Plan, dass du nicht aussagen musst. Es ist nicht die angenehmste Erfahrung, und ich bin sicher, das Gericht wird streng genug sein, auch wenn es nur beobachtet. Aber wir müssen warten und sehen, wie die Sache läuft. Irene wird vielleicht zu einem späteren Zeitpunkt entscheiden, dass sie möchte, dass du aussagst, aber darüber sprechen wir dann mit dir, falls es dazu käme. Okay?«

»Okay.«

»Den Hauptteil ihrer Beweismittel werden die gerichtsmedizinischen Ergebnisse ausmachen, und die werden wahrscheinlich viel Zeit in Anspruch nehmen. Vieles von dem, was vor Gericht passiert, ist langweilig und wissenschaftlich und mag nicht viel Sinn haben, aber du musst versuchen, wachsam zu bleiben. Man wird dich beobachten.«

Sebastian setzte sich plötzlich auf. Es war, als ob ihn die Vorstellung erregte, beobachtet zu werden. Er faltete die Hände und lächelte Daniel mit funkelnden Augen an. »Echt?«, sagte er. »Mich beobachten?«

Daniel starrte den Jungen an, und Sebastian hielt seinem

Blick stand. In den Augen des Jungen lag keine Scham. Kein Gefühl dafür, dass das, was er gesagt hatte, unangemessen war. Aber er war schließlich ein Kind.

»Deine Eltern haben dich gestern besucht, stimmt's?«

Sebastians Schultern sackten nach unten. Er nickte, den Blick auf den Tisch gerichtet.

»Ich weiß, es ist schwer. Du vermisst sie sicher.«

»Ich denke, Sie haben Glück«, sagte Sebastian und sah Daniel in die Augen.

»Warum?«

»Sie hatten keinen Dad.«

Daniel atmete langsam ein. »Na ja, weißt du, manchmal können Freunde genauso übel sein«, sagte er.

Sebastian nickte. Daniel war sich sicher, dass der Junge verstand.

»Ich möchte hier schnell raus, damit ich mich um sie kümmern kann. Manchmal kann ich ihn aufhalten.«

»Ich weiß, wie du dich fühlst«, sagte Daniel. »Auch ich wollte früher meine Mum immer beschützen, aber du musst dich um dich selbst kümmern. Du darfst nicht vergessen, dass du der kleine Junge bist und sie die Erwachsene.«

Es war ein Satz, den Minnie gesagt haben könnte.

Nach Feierabend schlenderte Daniel, die Hände in den Hosentaschen und das Kinn gesenkt, ins Crown an der Ecke seiner Straße. Es war inzwischen Herbst, und Kühle lag in der Luft. Daniel wäre fast umgekehrt, um sich sein Jackett zu holen, hatte aber keine Lust, noch mal die Treppe hinaufzusteigen.

In der Bar war es hell und warm, ein Holzfeuer prasselte in der Ecke, und es roch nach Kneipenessen und feuchtem Holz. Daniel bestellte ein Bier und setzte sich an die Bar, dann drehte er das Glas vor sich herum und wartete, bis der Schaum auf dem Bier sich setzte. Normalerweise las er nun die Zeitung, heute aber nicht. Ihm hingen Zeitungen zum Hals raus; jede, zu der er griff, hatte Sebastian in der Schlagzeile, zwar ohne Namen, aber als »Engelmörder« bezeichnet, oder aber er wurde indirekt in Meinungsartikeln über die »kaputte Gesellschaft« erwähnt. Ben Stokes war bereits unsterblich geworden, ein Märtyrer der Gutherzigkeit, ja der Kindheit selbst. Er war nie schlicht Benjamin Stokes, acht Jahre alt, sondern *Little Ben* oder *Benny*, immer auf dieselbe Art und Weise dargestellt: ein Schulfoto, zwei Jahre vor seinem Tod aufgenommen, zwei fehlende Schneidezähne und Haare, die auf der einen Seite seines Kopfes in die Höhe standen. Er war der Engel aller Engel, folglich musste aus Sebastian der Teufel werden.

Die ständige Medienbegleitung war neu für Daniel. Einige von den Jugendlichen, die er verteidigt hatte, waren nicht viel älter als Sebastian gewesen und hatten ein brutaleres Leben geführt, aber für die Presse waren sie nahezu unsichtbar gewesen. Ihren Fällen wurden ein paar Zeilen am Rand der Seite, nahe am Falz, gewidmet. *Welche Rolle spielten sie? Sie waren nur Kids in Gangs, die ihre eigenen Viertel kontrollierten. Es war die natürliche Ordnung.*

Es waren jetzt nur noch drei Wochen bis zum Beginn von Sebastians Prozess. Allein wenn Daniel daran dachte, bekam er einen trockenen Mund. Er trank den ersten Schluck seines Biers. Er war zu dem Prozess bereit, dennoch kam er sich vor dem Willen der Gerichte nutzlos vor.

Während er sein Bier anstarrte, erinnerte er sich an die Augen des Jungen am heutigen Morgen, an ihre Intensität. An seine Erregung darüber, vor Gericht zu erscheinen. Die Wahrheit war, dass Daniel nicht wusste, wozu der Junge imstande wäre. Trotz der Wärme in der Bar fühlte Daniel ein leichtes Frösteln.

»Wie geht's denn so, Danny?«, fragte der Barmann. Er war in den Fünfzigern, mit einem Bauch, der ihm über den Gürtel hing, und einem Gesicht voll der Geschichten, die er sich angehört hatte. »Haste 'ne harte Woche?«

Daniel seufzte und schüttelte lächelnd den Kopf. »Nur das Übliche.«

»Wo is 'nn deine nette Lady hin? Hab sie seit Ewigkeiten nicht gesehen.«

»Sie ist ausgezogen.«

»Tut mir leid, Kumpel«, sagte der Barmann, während er ein Glas polierte und unter die Bar stellte. »Ich dachte, ihr wärt eng befreundet.«

»Manche Dinge sollen nicht sein, hm?«

»Yeah, gibt noch viele andere Fische, wie man so sagt.«

Die freundliche Cockney-Stimme des Barmanns entschwand zur anderen Seite der Bar, wo er ein Paar bediente, das gerade hereingekommen war. Die Frau zitterte von der Nachtluft.

Daniel starrte auf die bernsteinfarbene Flüssigkeit in seinem Glas. Es war warm in seinen Händen. Langsam trank er noch einen Schluck, während er die Sonne über dem Victoria Park untergehen sah, wobei sie die niedrigen Wolken mit lohfarbenem rosa Licht zerteilte. Die Luft in der Bar war warm und wohlig, süß vom Geruch nach Apfelwein und Bier und warmem Essen.

Alles war für ihn jetzt klarer, einfacher, trotzdem fühlte er sich noch immer getrieben. Er wünschte sich, dass Sebastians Prozess begann, und er wünschte sich, mehr über Minnies Leben herauszufinden. Er wünschte sich, dass er sie verstand. Es war wie in diesem Augenblick bei einem Lauf, wenn er zu seinem Tempo fand und sein Atem gleichmäßiger wurde. Dieser Moment, wenn er dachte, er könne für immer so weiterlaufen. Den London Marathon 2008 war er so gelaufen.

Ihm wurde sein Abendbrot serviert, und er aß mechanisch seinen Hamburger, dann ging er und schlenderte zurück zu seiner Wohnung.

Die Treppe stieg er langsam nach oben, aber die letzten paar Stufen rannte er, als er sein Telefon klingeln hörte.

»Hallo?«

»Ist dort Danny?« Er erkannte die Frauenstimme, hatte aber Mühe, sie unterzubringen.

»Danny, hier ist Harriet.«

Er holte tief Luft.

In der Diele war es dunkel, aber Daniel machte kein Licht. Er glitt an der Wand nach unten und lauschte, das Telefon zwischen Schulter und Ohr geschmiegt. Die Ellbogen stützte er auf seinen Knien ab.

»Wie geht's dir?«, fragte er und fühlte dabei sein Herz schlagen. Er überlegte, was sie wohl zu sagen hätte, ob sie ihn noch immer beschuldigen wollte.

»Ich musste dich unbedingt anrufen. Je mehr ich darüber nachdachte … ich war … unnötig grob. Ich war einfach so traurig ihretwegen. Ich hoffe, du verstehst das. Sie hatte ein schweres Leben, und ich vermisse sie jetzt, wo sie tot ist, aber ich weiß, du empfindest es sicher auch so. Ganz gleich, was zwischen euch vorgefallen ist, ihr habt euch einmal nahegestanden, und es muss ein schrecklicher Verlust sein.«

Daniel wusste nicht, was er sagen sollte. Er räusperte sich.

»Ich war nie einverstanden mit dieser ganzen Geschichte, all diese Kinder aufzunehmen …«

»Dass sie Kinder in Pflege nahm, meinst du? Warum nicht? Sie war gut darin, nicht?«

»Sie war eine gute *Mutter*, aber ich habe wohl nicht den Sinn darin erkannt. Ich fand, sie peinigte sich nur selber.«

Im Dunkeln zog Daniel die Stirn kraus.

»Danke, dass du zurückgerufen hast.«

»Tja, es hätte ihr sowieso nicht gefallen, wie ich mit dir rede.« Harriets Stimme brach und wurde kurz von Rührung überwältigt, aber dann hatte sie sich wieder unter Kontrolle. »Ich habe dich doch nicht geweckt, oder?«

»Nein, ich bin gerade nach Hause gekommen.«

»Arbeitest du immer noch so viel? Du hast immer viel gearbeitet.«

Einen Augenblick lang herrschte Schweigen. Daniel hörte Harriet schniefen und den Gong der Zehn-Uhr-Nachrichten.

»Was war's denn, was du über sie wissen wolltest, Danny?«

Er streckte in der Diele seine Beine aus und fuhr sich mit einer Hand über die Augen. Er war im Moment nicht dafür bereit. Die Woche hatte ihn ausgepowert, Kräfte gekostet. Er holte tief Luft, ehe er antwortete.

»Also, ich hab's dir nicht übel genommen, dass du mit mir nicht sprechen wolltest. Du hast deine Schwester verloren. Ich wollte dir das alles nicht noch schwerer machen. Es ist nur … es ist mir erst jetzt klar geworden, dass sie tot ist. Selbst auf der Trauerfeier, glaube ich, war ich immer noch – wütend auf sie. Wir haben all die Dinge nie geklärt, aber jetzt, wo sie tot ist, vermisse ich sie wohl wirklich.«

Als er das Wort *vermissen* aussprach, geriet seine Stimme ins Schwanken. Er holte Atem, um sich zu fassen.

»Ich bin zurück zum Haus … zur Farm gefahren. Ich hatte sie nicht gesehen – war so lange nicht mehr dort gewesen. Es war … ich weiß nicht, es brachte viele Dinge in Erinnerung. Es war so viele Jahre her, aber mir erschienen sie nicht so. Sie hat mir auch eine Schachtel mit Fotos hinterlassen. Ich glaube, da wurde mir klar, dass ich so vieles über sie nicht wusste …«

»Sag mir, was du wissen möchtest, Schatz, und ich erzähle es dir.«

»Nun, ich möchte wissen, warum sie so traurig war.« Er schluckte.

»Na ja, du weißt doch, dass sie ihre kleine Tochter verloren hat und dann ihren Mann, ziemlich schnell hintereinander.«

»Ja, aber sie hat nie darüber gesprochen, und ich kenne nicht die ganze Geschichte.«

»Tja, nur ein Jahr danach begann sie, Kinder anderer Leute bei sich aufzunehmen. Ich begriff es nicht. Ich begreife es *noch immer nicht.* Sie war eine gute Krankenschwester, eine gute Mutter; ich nehme an, sie musste sich um Leute kümmern. Sie war einer von diesen Menschen, die sich um andere kümmern müssen.«

»Ich erinnere mich, dass sie mir sagte, das sei das Glück für sie … Über Norman und Delia hat sie nie mit mir geredet. Hat's immer vermieden – sagte, es wäre zu schmerzlich.«

Harriet seufzte. Daniel hörte ihren Mann fragen, ob sie Tee wolle.

»Was meintest du, als du sagtest, sie hätte sich selbst gestraft?«, fragte Daniel.

»Nun ja, wenn dir deine kleine Tochter genommen ist, wirst du zu einer Pflegemutter, der alle paar Monate ein neues kleines Mädchen geschickt wird. Aber jedes ist nie *sie* …« Harriets Stimme geriet wieder ins Stocken. »Wie konnte sie das aushalten? Und du weißt, bis du kamst, waren es *alles Mädchen*, jedes einzelne.«

Daniel bedeckte seinen Mund mit einer Hand.

»Sie hat gesagt«, Harriets Stimme brach erneut, und sie erlaubte sich einen kleinen Schluchzer, »Delia hätte so viel Liebe in ihr ausgelöst … sie wüsste gar nicht, was sie sonst mit sich anfangen sollte, verstehst du? Sie musste nur immer weiter schenken … Das war es, was sie umgebracht hat, glaub's mir! Sie ist so allein gestorben, und das ist nicht recht, wo sie doch die unerwünschten Kinder der halben Welt geliebt hat.«

»Davon habe ich nie was gewusst«, sagte Daniel. Er drückte seinen Rücken gegen die Wand, und in der dunklen Diele war sein Inneres hell von Erinnerungen. »Als ich klein war, als ich bei ihr einzog, war es, als wäre sie der allgemeine Dorftratsch.

Es waren all diese Geschichten über sie im Umlauf. Du würdest es nicht glauben …«

»Ja, das waren sie wohl. Kleine Orte wie die sind voll kleinkarierter Leute, stimmt's, und sie war eine solche Persönlichkeit. Sie war ein Stadtmensch. Sie liebte London, sie war dort glücklich. Norman war es, der wollte, dass sie rauf nach Cumbria zog. Ich meine … Cumbria … du *liebe Güte*. Minnie in Cumbria! Als er tot war, konnte ich einfach nicht verstehen, warum sie blieb. Sie verband nichts mit diesem Ort. Zieh wieder nach London oder komm hierher zurück, sagte ich zu ihr, alles, bloß bleibe nicht in diesem Dreckskaff.«

»Sie liebte die Farm, die Tiere.«

»Das war bloß ein Vorwand.«

»Sie hat dort eine Familie gegründet. Sie hatte ein Zuhause …«

»Auch wenn sie nach Irland zurückgekommen wäre … aber sie war entschlossen zu bleiben, als wäre es ihre Buße.«

»Buße wofür?«

»Na ja, sie machte sich Vorwürfe, nicht? Als hätte sie der armen Kleinen jemals absichtlich etwas zuleide getan. Sie liebte sie mehr als alles sonst auf der Welt.«

»Was war passiert?« Daniel flüsterte jetzt. »Ein Autounfall?«

»Ja, und kannst du dir vorstellen, ein Kind von sechs Jahren zu verlieren? *Und ihr einziges Kind?* Und Delia war so ein Lämmchen. Sie war das klügste, lustigste Kind, das es je gab. Sie war Minnie wie aus dem Gesicht geschnitten, als *sie* klein war. Schwarze Locken und die strahlendsten blauen Augen, die man je gesehen hatte. Sie war ein *Engel*. Ich arbeitete damals selber in England, als es passierte, und fuhr sofort hin, als ich davon hörte, aber das Lämmchen war inzwischen schon fast tot …«

Daniel hielt den Atem an.

»Sie war noch bei Bewusstsein, verstehst du … dämmerte hoch und wieder weg. Die furchtbarsten Verletzungen, und sie hatte so schreckliche Schmerzen. Minnie fasste es einfach nicht. Sie hielt ihr die Hand, und die Kleine sagte zu ihr: *Muss ich sterben, Mammi?* Und, o Gott, sie kämpfte so tapfer, kämpfte ums Überleben. Minnie war plötzlich ganz ruhig. Ich erinnere mich nur, dass sie Delia zuflüsterte: *Es ist okay, Liebling, du bleibst ja mein Engel…*«

Harriet begann, leise zu weinen. Daniel stand auf und knipste das Licht in der Diele an. Die plötzliche Helligkeit strengte seine Augen an, und er schirmte sie mit einer Hand ab. Er knipste das Licht wieder aus.

»Hat Minnie sich Vorwürfe gemacht, weil sie am Steuer saß, als es passierte?«

»Sie saß am Steuer… aber es war nicht bloß das.« Er hörte, dass Harriet sich die Nase putzte. »Delia war an dem Abend auf einer Feier, verstehst du. Sie war bei einer ihrer Freundinnen auf einer Geburtstagsfeier, und Minnie fuhr sie abholen. Eins von den anderen kleinen Mädchen wollte da gerade auch nach Hause, und Minnie bot ihr an, sie mitzunehmen, um ihrem Dad die Mühe zu ersparen, verstehst du… Lieber Gott, ich erinnere mich, als wär's gestern gewesen. Minnie erzählte mir, Delia hätte ihr bestes Kleid angehabt, das mit den winzigen Gänseblümchen drauf, und sie hätte einfach so süß ausgesehen. Sie erzählte mir, Delia hätte von der Geburtstagsfeier ein Stück Kuchen in einer blauen Serviette in der Hand gehabt. Ich erinnere mich noch immer – sie sagte, es war eine *blaue Serviette*. Minnie, Gott möge ihr verzeihen, überließ Tildy, Delias Freundin – ich bin sicher, so hieß sie – den Vordersitz mit dem Sicherheitsgurt und allem. Delia saß hinten, ohne Sicherheitsgurt. So war das damals, Danny, in den Siebzigerjahren… Sicherheit gab's nicht. War nicht mal erfunden… Minnie sagte, die Kleine hätte ihr ins Ohr gesungen – Delia liebte es, im Auto zu singen. Sie hatte einen Ellenbogen auf jedem der beiden Vordersitze, so, du weißt, wie Kinder das tun, oder jedenfalls es damals taten, und Minnie sagte zu ihr, sie solle sich *hinsetzen*, aber da … war's schon passiert.«

»Was war passiert?«, fragte Daniel, den Daumennagel zwischen seinen Zähnen.

Harriet begann wieder zu weinen. »Sie kamen ins Schleudern. Die Straßen waren nass, verstehst du. Es hatte sehr viel geregnet, und *diese verdammten Landstraßen*, sie waren nass und rutschig. Minnie sagte, Delia gab keinen Laut von sich, nicht einmal, als sie … gegen die Windschutzscheibe flog. O Gott! Es tut mir leid, Danny, ich kann das jetzt nicht.«

Harriet weinte. Er hörte, wie sie heftig Atem holte.

»Ich wollte nur sagen, dass es mir leidtat«, sagte sie und schluchzte auf, »wegen neulich.«

»Mir tut leid, dass ich dich aufgeregt habe.« Ihm war eng ums Herz. »Danke, dass du angerufen hast.«

»Sie hat dich geliebt, das weißt du«, sagte Harriet und schniefte. »Sie war stolz auf dich. Ich bin froh, dass du es zur Trauerfeier geschafft hast. Sie hätte sich gewünscht, dass du dabei bist.«

Daniel legte auf. In der Wohnung war es kalt. Sein Rachen tat ihm weh. Er ging ins Wohnzimmer, das ebenfalls im Dunkeln lag. Das Foto, das sie ihm hinterlassen hatte, sah vor dem weißen Kamin wie eine schwarze Ausschneidefigur aus. Ohne Licht zu machen und es in die Hand zu nehmen, konnte er ihr Gesicht erkennen. Es musste Ende der Sechziger-, Anfang der Siebzigerjahre gewesen sein: Die Farben waren leuchtender, fröhlicher als in der Realität, als wenn sie gemalt wären, der Fantasie und nicht dem Leben entnommen. Minnie trug einen kurzen Rock, und Norman hatte eine dunkle Hornbrille auf. Auch das Kind war fast unwirklich: Porzellanwangen und weiße Perlenzähne. Sie war wie Ben Stokes: dem Leben entrissen, als sie noch vollkommen war.

Er ging im Dunkeln in die Küche und nahm ein Bier aus dem Kühlschrank. Der kurze Lichtschein aus dem Kühlschrank verhöhnte ihn. Ihm war kalt, und die eisige Flasche sorgte auf seinen Armen für eine Gänsehaut. Er biss sich auf die Unterlippe, dann nahm er einen langen Zug aus der Flasche und trank sie halb leer, ehe er sie hart auf die Küchenarbeitsfläche stellte.

Daniel legte eine Hand über die Augen. Ihm war so kalt, aber seine Augen brannten. Verständnislos führte er den Handrücken an seine Lippen, als ihm heiße Tränen über die Wangen liefen. Es war so lange her, seit er das letzte Mal geweint hatte. Er verbarg sein Gesicht in der Armbeuge und erinnerte sich an den Trost, den ihre Wärme in der rauen Wolle ihrer Strickjacke gespendet hatte. Er fluchte und biss sich erneut auf die Lippe, aber die Dunkelheit war nachsichtig, sie ließ es zu.

20

Es war Frühling. Die Luft war durchsetzt mit dem Geruch nach Jauche und vorwitzigen jungen Knospen. Daniels Gummistiefel quietschten im Morast des Hinterhofs, als er Hector und die Hühner fütterte. Die Tür des Schuppens war aus den Angeln gebrochen und der Maschendraht stellenweise zerrissen. Daniel kniete in dem Matsch, um den Maschendraht zu flicken und die Schließe wieder festzuschrauben. Füchse hatten in Minnies Nachbarfarm Hühner gerissen. Ihre eigenen Hennen waren nur erschrocken und mitten in der Nacht gackernd gegen den Maschendraht geflattert, bis Minnie mit Blitz nach draußen gegangen war und den Fuchs verscheucht hatte.

Es war morgens halb sieben, und Daniels Magen knurrte bei der Arbeit vor Hunger. Es war noch kalt, und seine Hände waren bis zu den Manschetten gerötet. Er wuchs schon wieder aus seinen Sachen heraus, und seine Hemden rutschten allmählich über seine Unterarme nach oben. Minnie hatte versprochen, ihm am Monatsende neue zu kaufen, dazu einen Fußballdress. Er spielte inzwischen im Sturm der Schulmannschaft. Aber heute war Samstag, und sie hatten Markt.

Daniel sah Minnie am Fenster den Wasserkessel füllen und den Porridge zubereiten. Am Morgen hing ihr graues Haar nach unten, an den Seiten nur von Clips zurückgehalten. Erst wenn sie angezogen war, drehte sie es nach oben zusammen.

Das Haar von Daniels Mutter war hellbraun und kurz gewesen, aber sie färbte es blond. Während Daniel die letzten Küchenabfälle in den Hühnerauslauf schüttete, erinnerte er sich daran, wie sich ihr Haar zwischen seinen Fingerspitzen angefühlt hatte. Es war dünn und weich im Gegensatz zu Minnies dicken Locken.

Nach der Aufregung mit den Thorntons hatte Minnie zu Daniel gesagt, dass sie sich um seine Adoption bemühen wolle. Den ganzen Papierkram hatten sie gemeinsam erledigt und dabei die Formulare über den ganzen Küchentisch ausgebreitet. Jetzt warteten sie. Der Gedanke, der Sohn einer anderen zu werden und gleichzeitig der Sohn seiner Mutter zu bleiben, kam Daniel seltsam vor, aber er hatte zugestimmt und empfand bei dem Gedanken eine seltsam glückhafte Vorfreude.

Minnie hatte ihn gefragt, ob er auch seinen Namen in Flynn ändern wolle, aber er hatte sich entschieden, seinen eigenen Namen zu behalten: Hunter. Es war der Name von Daniels Mutter, nicht der seines Vaters. Er wollte ihren Namen behalten, weil er ihm gefiel. Es war sein Name, aber er überlegte auch, dass seine Mutter, wenn er achtzehn wäre, ihn vielleicht würde finden wollen. Wenn sie jemals nach ihm suchte, wollte er leicht zu finden sein.

Im Badezimmer wusch sich Daniel die Hände und genoss das Gefühl des warmen Wassers an seinen kalten Fingern. Als er fertig war, stützte er sich auf das Waschbecken und blickte auf sein Gesicht im Spiegel. Er starrte seine dunklen Haare an, die fast schwarz waren, und seine dunkelbraunen Augen, die so dunkel waren, dass man wirklich ganz genau hinsehen musste, um die Pupille von der Iris zu unterscheiden. Ihm war sein eigenes Gesicht oft fremd vorgekommen. Er sah so anders aus als seine Mutter. Er wusste nicht, woher seine Gesichtszüge stammten.

Seinen Vater hatte er nie gekannt. Mehrere Male hatte Daniel nach dem Namen seines Vaters gefragt, aber seine Mutter hatte jedes Mal die Antwort verweigert oder ihm gesagt, dass sie nicht wisse, wer es sei. Daniel hatte seine eigene Geburtsurkunde gesehen, aber die Angaben zu seinem Vater fehlten darauf.

Bald würde er zwei Mütter haben: eine, die der Staat akzeptierte, und eine, die er nicht akzeptierte; eine, um die er sich kümmern musste, und eine zweite, die sich um ihn kümmerte. Aber immer noch keinen Vater.

Minnie hatte in der Küche das Radio laufen. Sie rührte den Porridge um und wiegte die Hüften zu der Musik. Als sie auftrug, blies Daniel auf den Porridge, ehe er Milch und Zucker darauf tat. Minnie hatte ihm beigebracht, die Milch auf die Rückseite des Löffels zu gießen, damit die Haut des Porridges nicht verletzt wurde.

»Komm um vor Hunger«, sagte er, als sie ihm Orangensaft eingoss.

»Na ja, du bist im Wachstum, das bist du nun mal. Iss auf.«

»Minnie?«, sagte Daniel und nahm einen Löffel süßen Porridge in den Mund.

»Was denn, Schatz?«

»Werden wir diese Woche davon hören?«

»Sollten wir. Das haben sie jedenfalls gesagt. Du musst dir aber keine Gedanken machen. Es wird schon klappen. Aber wenn, dann sollten wir es feiern.«

»Wie denn?«

»Wir könnten ein Picknick machen. Wir könnten ans Meer fahren …«

»Echt? Aber dann müsstest du Auto fahren.«

»Na ja, wir könnten ja langsam machen. Uns Zeit lassen.«

Daniel lächelte und aß seinen Porridge auf. Er war noch nie

am Meer gewesen, und der Gedanke brachte seinen Magen zum Flattern.

»Minnie?«, sagte er und leckte seinen Löffel ab. »Wenn die Papiere da sind, soll ich dann Mum zu dir sagen?«

Sie stand auf und begann, das Frühstücksgeschirr abzuräumen. »Solange du höflich bleibst, kannst du zu mir sagen, was du willst«, sagte sie und verwuschelte ihm die Haare.

Über ihren rosa Wangen leuchteten ihre Augen. Daniel beobachtete sie – nicht sicher, ob sie glücklich oder traurig war.

Es war noch kalt, und Minnie verlangte, dass er beim Aufbau des Marktstands seinen Parka trug. Daniel war inzwischen geübt. Er pinnte das Plastiktuch auf der Tischplatte fest, während Minnie von den Erzeugnissen im Kofferraum ihres Wagens eine Bestandsliste machte. Sie trug zwei Strickjacken übereinander und fingerlose Handschuhe.

Minnie ordnete ihre Auslagen: Eier und drei Hühner, die sie selbst geschlachtet, gerupft und ausgenommen hatte, neue Kartoffeln, Frühlingszwiebeln, Möhren, Kohlrüben und Kohl, allesamt frisch aus der Erde. Auch Töpfchen mit ihrer Marmelade hatte sie zu verkaufen: Aprikose und Erdbeere, sowie acht Rhabarbertörtchen.

Daniel öffnete den Eiscremebecher, der ihre Ladenkasse war, und zählte das Wechselgeld. Alles, was mit Geld zu tun hatte, war seine Aufgabe. Er nahm das Geld der Kunden ein und gab ihnen das Wechselgeld heraus. Er berechnete ihre Gewinne und seinen eigenen Lohn als Provision. Als der Wagen ausgeladen und der Marktstand fertig war, holte Minnie die Thermosflaschen und die Sandwiches hervor: Milchkaffee für Daniel und süßen Tee für sie; Sandwiches mit gekochtem Ei und andere mit Erdbeermarmelade. Wenn viel zu tun war, würden sie wahrscheinlich die Sandwiches nicht aufessen, bis sie zur Heimfahrt zusammenpackten, aber wenn es am Stand ruhig zuginge, würden sie sie noch vor elf allesamt gegessen haben.

»Knöpf deine Jacke zu.«

»Mir ist nicht kalt.«

»Knöpf deine Jacke zu.«

»Knöpf dich selber zu«, sagte er und machte, was sie verlangte.

»Werd nicht frech.«

Die Stände waren rund um das Bramptoner Gerichtsgebäude aufgebaut, das seit fast zweihundert Jahren im Zentrum des Orts stand. Außer Minnies gab es noch etwa acht andere Stände. Die meisten boten entweder Gemüse oder Fleisch oder eigene Erzeugnisse feil, aber Minnie war eine der wenigen mit einem umfassenden Angebot. Ihre Farm war nicht groß genug, um sich zu spezialisieren. Sie verkaufte, was sie auch für sich selbst herstellte.

Die erste Stunde verging schnell, und Minnie verkaufte zwei Hühner und mehrere halbe Dutzend Eier. Sie wusste, dass ihre Hühner die besten waren, und selbst die Leute, die sie nicht mochten, kauften aus diesem Grund ihre Eier.

Daniels Hände waren von der Kälte rot angelaufen. Als Minnie sah, dass er sie in seine Jackenärmel steckte, rieb sie sie, um sie zu wärmen. Sie ließ ihn beide Handflächen zusammenlegen wie beim Beten, und dann rieb sie sie zwischen ihren Händen, bis die Wärme zurückkehrte. Sie massierte ihn kräftig, so heftig, dass er schwankte.

Als das Blut in seine Hände und Arme zurückkehrte, erinnerte sich Daniel, wie er seiner Mutter die Hände massiert hatte. Ihr war immer zu kalt gewesen: zu dünn und nicht genug Kleider am Leib. Er erinnerte sich an die Knochen ihrer Hände in seinen jungen Handflächen. Er fragte sich, wo sie jetzt wohl war. Er fühlte nicht denselben Drang, sie zu finden, aber er dachte an sie, und er hätte gern gewusst, ob auch sie an ihn dachte. Er hätte ihr gern von der Farm erzählt, von Minnie, vom Zählen des Wechselgelds und von seinem Anteil. Er erinnerte sich an die Berührung ihrer mageren Hände, wenn sie ihm die Haare aus dem Gesicht strich. Wenn er daran dachte, spürte er einen Schmerz unterhalb seiner Rippen. Es war wie ein mächtiger Hunger – ein Verlangen –, erneut zu fühlen, wie sie ihm die Haare aus dem Gesicht strich.

»Worüber denkst du nach?«, fragte Minnie.

Daniel nahm die Plastiktasse, die sie ihm reichte, in beide Hände, sodass er sich an ihr wärmen konnte. Er zuckte die Achseln und trank einen Schluck von dem süßen Tee.

»Du warst meilenweit weg!« Minnie streckte eine Hand nach ihm aus, und Daniel drehte sich weg. Wieder schien sie zu wissen, was er benötigte. Aber es war nicht dasselbe, und das konnte es auch nie sein.

Eine schmallippige Frau trat an ihren Stand. Daniel erkannte in ihr Mrs. Wilkes aus dem Bonbonladen. Sie war die Mutter seines Freundes Derek. Daniel wusste, dass sie für Minnies sterbenden Mann einen Krankenwagen gerufen hatte. Sie hatte auch zwei seiner Klassenkameraden dem Schulleiter gemeldet, weil sie Riesenlutscher geklaut hatten.

Sie nagte an ihren Lippen, während sie Minnies Marmelade betrachtete, und kniff die Augen zusammen, als ihr Daniels Blick begegnete. Er steckte seine Hände in die Taschen seines Parkas.

»Was kostet die Marmelade?«, fragte sie mit nach unten gezogenen Mundwinkeln.

»Zwei Pfund fünfzig«, sagte Daniel und setzte sein schönstes Lächeln auf, allerdings hatte Minnie den Preis für die Marmelade mit einem Pfund fünfzig angesetzt.

»Das ist ja eine Schande«, sagte Mrs. Wilkes und knallte die Marmelade mit solcher Wucht auf den Tisch, dass die Eier ins Wackeln kamen.

Minnie drehte sich auf das Geräusch hin um und zog die Stirn kraus. Sie hatte ein halb aufgegessenes Thunfisch-Sandwich in der Hand.

»Qualität hat ihren Preis, Mrs. Wilkes, das sollten Sie doch wissen«, sagte Daniel und nahm eine Hand aus der Tasche, um das Marmeladentöpfchen wieder gerade hinzustellen.

»Scheint so.« Daniel merkte, dass Mrs. Wilkes inzwischen das Interesse an ihm verloren hatte und sich an Minnie wandte. Minnie hatte den Mund voll, und der Wind wehte ihr ihre Haare ins Gesicht, aber sie drehte sich um, der Blick voll ausgelassener Fröhlichkeit und mit Krümeln auf dem Kinn.

»Alles in Ordnung, Jean?«

»Ich stutze gerade über den Preis hier. Das ist ja der reine Wucher.« Mrs. Wilkes stupste leicht gegen ein Marmeladentöpfchen, womit sie Daniels Auslage erneut in Unordnung brachte.

»Dann nimm dir doch eines«, sagte Minnie.

Jean Wilkes' Mundwinkel zogen sich erneut nach unten.

»Was meinst du damit?«

»Ich meine damit, nimm dir eines als Geschenk von mir. Es ist gute Marmelade. Nimm's und genieße es.«

Daniel drehte sich um und blickte zu Minnie auf, aber sie aß ihr Thunfisch-Sandwich zu Ende, den Blick auf Jean gerichtet.

»Das kann ich unmöglich annehmen. Ich zahl dir, was es wert ist, aber keinen Penny mehr.«

»Quatsch, nimm es. Genieße es. Danke, Jean.«

Minnie wandte ihre Aufmerksamkeit wieder den Thermosflaschen und dem Picknick zu, das sie im Kofferraum ihres Renaults aufgebaut hatte. Sie griff zu einem weiteren Sandwich.

»Du bist ja lächerlich, Minnie«, sagte Jean und stopfte drei Pfundnoten in den Eiscremebecher mit dem Geld, den Daniel hütete. »Erst verlangst du eine Unsumme, und dann schenkst du's weg. Es ist wie mit diesen Kindern. Jeder weiß, dass du's nur tust, damit du dich besser fühlst. Kannst nicht für dich selber sorgen, und dann bist du plötzlich die Mutter der ganzen Welt … Aber du hast recht, deine Marmelade ist gut.« Jean hielt das Töpfchen in ihrer Hand. Ihr verkniffener Mund war wie zu einem Lächeln nach innen gedrückt.

»Was hast du gesagt?«

Auf Minnies Flüstern hin drehte sich Daniel um. Ihm sträubten sich die Nackenhaare.

»Ich sagte, trotz allem sind wir einer Meinung, deine Marmelade ist gut.«

Daniel sah, dass Jean Wilkes' Zähne braun waren, und er überlegte, ob all die Süßigkeiten sie ruiniert hatten.

»Nein, davor …« Minnie flüsterte noch immer, aber inzwischen hatte sie ihren Bauch gegen den Marktstand gedrückt und beugte sich zu Mrs. Wilkes vor. Sie stützte sich schwer auf den Tisch, und Daniel bemerkte die weißen Male, die sich von der Anspannung auf ihren rosa Händen bildeten. »Kann nicht für mich selber sorgen? Ist es das, was du gesagt hast?«

Jean Wilkes ging davon.

Minnie richtete sich wieder auf und schob sich die Haare aus dem Gesicht. Daniel sah, dass ihre Finger zitterten. Sie öffnete einen Karton Eier und fuhr mit ihren roten, rauen Fingern hinein.

Swott.

Daniel stand immer noch mit den Händen in den Taschen da, aber als Minnie zielte und Jean Wilkes mit einem ihrer wohl gehegten Eier mitten zwischen die Schulterblätter traf, klappte ihm der Unterkiefer runter.

Jean schaute sich um, die Mundwinkel nach unten verzogen, aber Minnie hatte schon wieder ein Ei in der Hand. Zu Daniels Freude und Verwunderung trabte Jean Wilkes in ihren marineblauen Pumps davon, um aus Minnies Schussweite zu gelangen.

Daniel zog an Minnies Ellbogen und stieß eine Siegesfaust

in die Luft. Minnie machte zu ihm »Pssst!« und zog ihren Arm weg.

»Das war klasse. Du hast es ihr gezeigt.«

»Es reicht!«, sagte Minnie. Daniel verstand nicht, warum sie böse auf ihn war. Ihre Wangen waren gerötet, und in ihren blauen Augen funkelte Wut. »Räumen wir zusammen. Es ist zu kalt und sowieso Zeit, heimzufahren.«

Daniels Finger waren fast taub vor Kälte, aber er begann, den Stand abzubauen. Sie arbeitete neben ihm, schluderig. Die Thermosflaschen wurden in die Tasche geworfen. Normalerweise hätte sie sie in den Rinnstein ausgeleert und dann sorgsam weggepackt.

»Tut mir leid«, sagte Daniel, aber sie hörte ihn nicht.

Sie zog ihre Strickjacke fest um sich und stellte die übrig gebliebenen Eierkartons im Kofferraum gerade hin.

»Tut mir leid«, sagte er wieder, diesmal lauter, und zupfte an ihrer Strickjacke.

Sie drehte sich endlich verwirrt zu ihm um, und wütende kleine Lichtpfeile schossen durch ihre tränennassen blauen Augen.

»Ich wollte sie nicht wütend machen«, erklärte er. »Ich hab ihr gesagt, sie kostet zwei Pfund fünfzig. Die Marmelade. Hab sie bloß aufgezogen. Dachte, wir könnten ein bisschen was extra aus ihr rausschlagen. Ich wollte nicht, dass sie …«

»Lass gut sein, Schatz.«

Im Wagen hielt Daniel auf der Heimfahrt die Einnahmen in der Hand und blickte aus dem Wagenfenster. Die kleinen Bramptoner Häuser, die wenigen Gehöfte und die gelegentlichen Flecken hügeligen Grüns waren noch immer überraschend für ihn. Irgendwo in seinem Inneren erwartete er die engen roten Ziegelbauten von Newcastle, seine entfremdeten Wohnsiedlungen und das städtische Kuddelmuddel. Irgendwie fühlte er sich hier noch immer fehl am Platz. Er dachte über Minnie und ihren Streit mit Mrs. Wilkes nach. Er verstand nicht, warum so viele Einheimische sie nicht mochten. Manche schienen auch ihn zu hassen, ihretwegen.

Minnies Hände hielten das Steuerrad fest umklammert. Sie saß beim Fahren nach vorn geneigt, ihr Bauch stieß unten gegen das Steuerrad, und ihr Kinn reckte sie oben darüber. Daniel beobachtete, wie sie sich die Lippen leckte und sie zusammenpresste.

Minnie hatte ihr Fenster heruntergekurbelt, und Strähnen ihres lockigen grauen Haars flatterten ihr ins Gesicht. Immer wenn Daniel mit ihr in dem Auto saß, hatte sie ihr Fenster heruntergekurbelt, ganz gleich, wie das Wetter war. Sie sagte, sie fühle sich in dem Auto eingeschlossen.

Daniel holte tief Luft, ehe er sagte: »Nicht viele Leute hier in der Gegend mögen dich, weißt du das?«

Sie redete nicht gern beim Fahren. Sie nahm den Blick nicht von der Straße, aber Daniel erkannte, dass sie ihn gehört hatte, weil ihre Hände das Steuer noch fester umklammerten.

»Aber macht ja nichts«, sagte er. »*Ah like y.* Ich mag dich.«

Wieder sagte sie nichts, aber sie verzog den Mund zu einer Schnute, die, wie Daniel wusste, ein Lächeln darstellen sollte.

Es war der Tag der Gerichtsverhandlung. Minnie hatte ihm gesagt, dass es nur eine Formalität sei, dass sie ihn ohne Zweifel adoptieren könne, aber trotzdem war er nervös. Er stand vor dem ersten Hahnenschrei auf, erledigte die üblichen Hausarbeiten und war zur Abfahrt bereit, ehe sie zum Frühstück herunterkam. Er hatte bereits den Porridge aufgesetzt und dem Hund sein Futter gegeben.

Sie strich ihm über die Schulter, als sie in die Küche kam, und schob ein Taschentuch in die Tasche ihres Morgenmantels. Sie machte Tee und schaltete das Radio an, während Daniel den Tisch deckte und die Butter und die Töpfchen mit ihren Marmeladen hinstellte. Sie lächelte ihn an, als er ihnen beiden Milch und Zucker in den Tee tat. Minnie liebte ihn mit drei Zuckerstückchen und viel Milch, Daniel nahm nur ein Stück Zucker und wenig Milch. Er stellte ihren Tee neben ihrer Schüssel auf den Tisch und blieb mit seinem Tee mitten in der Küche stehen.

Er sah sich um, während er in kleinen Schlucken seinen Tee trank. Blitz schlief mit vollem Bauch auf dem Küchenfußboden, und seine dünnen Beine zuckten im Traum. Daniel beobachtete die Bewegung von Minnies Hüften, als sie den Porridge umrührte, die Lichtpailletten, die die alten Fenster über die Löffel ausgossen. Er kannte den Song, der im Radio lief, und klopfte mit dem Fuß dessen Rhythmus mit. Im Raum war es warm mit dem Geruch des Morgens, und Daniel behielt ihn im Mund, als wolle er ihn schmecken. Das hier war sein Zuhause, dies würde sein Zuhause werden.

Er sah zu, wie sie über dem Porridgetopf gähnte, eine Hand im Kreuz. Ab heute würde sie seine Mum sein, und sie würden in diesem Haus für immer zusammenleben. Daniel konnte es fast nicht glauben.

»Warum isst du denn nicht deinen Porridge?«, sagte sie zu ihm und kratzte ihre Schüssel sauber.

»Ich esse ja, guck.« Er nahm einen Löffel voll in den Mund.

»Du bist sonst immer als Erster fertig. Was ist denn? Lampenfieber?«

»Bisschen, hmm«, sagte er und legte den Löffel hin.

»Du solltest nicht nervös sein. Es ist interessant.« Sie griff über den Tisch und zupfte sanft an seinem Ärmel. »Du willst es doch, nicht wahr?«

»Ja.«

»Du weißt, es ist deine Entscheidung.«

»Ich will es, ja.«

»Ich auch. Heute werde ich deine Mum, nicht bloß deine Pflegemum, sondern … deine richtige Mum.«

Daniel sah, wie sich ihre Augen füllten und ihre Wangen rosig färbten. Sie schenkte ihm ein breites Lächeln, und erst dies war es, das Heben ihrer Wangenknochen und das Zusammenkneifen ihrer Augen, was die Tränen rinnen ließ, augenblicklich, dünn, eine über jede Wange. Rasch, als wolle sie einen Krümel wegwischen, fuhr sie sich mit der Handfläche über die eine Wange und mit dem Handrücken über die andere. Die Tränen waren verschwunden, und nur das Lächeln blieb.

Deine richtige Mum, erinnerte sich Daniel, als er am Fuß der Treppe darauf wartete, dass sie fertig wurde. *Deine richtige Mum*, entsann er sich, als er auf der Straße zwischen Brampton und Newcastle aus dem Busfenster sah. Sie nahmen den Bus dorthin und zurück, damit Minnie nicht im Stadtzentrum von Newcastle Auto fahren musste.

Daniel hatte seine Schuluniform an, und Minnie trug Schuhe. Es waren keine richtigen Damenschuhe. Sie waren flach und braun und zum Schnüren, aber es waren keine Stiefel, und Daniel starrte auf den seltsamen Anblick ihrer Füße in den Schuhen. Nie hatte er sie ohne ihre Stiefel gesehen. Sie trug ihren grauen Rock, den grünen Mantel und ein schwarzes Oberteil darunter, das sauberer war als manche ihrer anderen.

Minnie hatte um einen Tag schulfrei für Daniel gebeten – wegen einer *Familienangelegenheit.*

Familie, dachte Daniel, während er aus dem Fenster sah und den Druck ihrer Hüfte gegen seinen Körper fühlte. Er war nicht sicher, ob er vorher eine Familie gehabt hatte oder was das bedeutete, aber er fuhr mit Freuden weiter, wenn es bedeutete, dass er bei ihr bleiben und auf der Farm sein konnte.

Im Gericht wartete Tricia auf sie. Sie war glücklich und hibbelig, drehte sich von einer Seite zur anderen und fragte, ob er eine Dose aus dem Automaten haben wolle. Sie hatte Akten in der Hand und sagte zu ihnen, die Verhandlung würde nur kurz sein.

»All die Zeit, Danny«, sagte Tricia. »Wann haben wir uns das erste Mal gesehen? Warst du fünf Jahre alt oder was?«

»Weiß nicht.«

»Du warst ungefähr so alt. Du warst vier oder fünf. All die Zeit, die wir uns schon kennen, und jetzt wirst du adoptiert. Ich bin so glücklich. Ich hätte nie gedacht, dass ich diesen Tag erlebe.«

Ihr Anwalt traf ein. Er war jung, trug einen schwarzen Anzug und hatte eine braune Aktentasche in der Hand. Er gab Minnie die Hand, dann bückte er sich, um auch Daniel die Hand zu drücken. Daniel blickte auf die offene Handfläche.

»Gib dem Mann die Hand, Danny, wenn er sie dir entgegenstreckt«, sagte Minnie.

Daniel streckte seine Hand aus und fühlte, wie sie von einer warmen, starken Hand erfasst wurde.

»Ich bin dein Anwalt«, sagte der Mann, und Daniel lächelte ihn an.

Einen Moment lang kam er sich stark vor in seiner sauberen Schuluniform, mit seinem eigenen Anwalt, während er darauf wartete, vor den Richter geführt und adoptiert zu werden. Ihm fiel wieder ein, was ihm Minnie über Rechtsanwälte erzählt hatte.

Als es an der Zeit war, kamen sie im Richterzimmer zusammen. Daniel hatte sich vorgestellt, dass es in dem Raum Buntglasfenster wie in einer Kirche gäbe, aber es war nur ein Dienstzimmer mit einem großen Schreibtisch mit Lederbespannung und reihenweise Bücherregalen.

In dem Zimmer roch es nach Pfeifenrauch, und Daniel fühlte sich an seinen Schulleiter, Mr. Hart, erinnert, aber der Richter sah ihm nicht ähnlich. Er hatte einen langen Schnurrbart, der weiß war, aber an den Enden gelb verfärbt, und seine Augenbrauen kamen über den Brillengläsern zum Vorschein, wenn er lächelte. Daniel, Minnie, Tricia und die Rechtsvertreter wurden zu der Sitzecke vor dem Richtertisch geführt. Daniel setzte sich auf einen der Stühle und Minnie ihm gegenüber auf den anderen. Tricia und die Anwälte saßen zusammen auf dem Sofa, und dann setzte sich der Richter auf sein eigenes Sofa neben der Angestellten, die alles mitschrieb, was gesagt wurde. Es war so ganz anders als die Male, die Daniel vor Gericht erschienen war.

Der Richter trug keine Robe. Daniel schob seine Hände zwischen seine Schenkel und presste die Lippen zusammen, als der Richter zu sprechen begann. Ihm gefielen die Arbeitsabläufe und die Art, wie ihn sein Anwalt unentwegt ansah und jedes Mal die Augenbrauen hochzog, wenn sein Name fiel.

»So«, sagte der Richter, »nun kommt es wohl auf dich an, junger Mann. Die wichtigste Frage ist, ob du willst, dass Mrs. Flynn dich adoptiert oder nicht, wodurch sie deine Mutter wird und du … ihr Sohn. Sag uns, was du darüber denkst, Daniel.«

Es trat Stille ein, und Daniel hatte das Gefühl, der ganze Raum wende sich ihm zu. Tricia forderte ihn mit einem Nicken auf zu antworten; die Stirn des Anwalts runzelte sich erwartungsvoll.

Er blickte auf, und Minnie sah ihn direkt an und lächelte. Auch sie war nervös, bemerkte er. Sie drehte an ihrem Ehering, wodurch der Finger rot und dann wieder weiß wurde.

Er räusperte sich und sah den Richter an, der lächelte, wodurch die gelben Schnurrbartenden sich nach oben bogen. »Ich möchte adoptiert werden«, sagte Daniel. Das sagte er, indem er auf den Tisch sah, aber dann wurde er sicherer und blickte abwechselnd den Richter und den Anwalt an.

Erst als alles unter Dach und Fach war, als die Formalitäten erledigt waren, sah Daniel Minnie wieder an. Sie starrten einander über den Mahagoni-Kaffeetisch hinweg an und atmeten schwer vor Erregung, als wären sie in vollem Tempo gerannt.

Als sie das Richterzimmer verließen, hatte Daniel das Gefühl, seine Beine machten schlapp. Es fühlte sich an, als hätte er zu lange Fußball gespielt. Minnie ging vor ihm, Tricia dazwischen, und Daniel beobachtete die Bewegung ihrer Hüften in dem grauen Rock. Tricia redete, strich ihr Haar nach hinten und griff in ihre Handtasche. Der Anwalt sah auf seine Uhr und steckte seine Hand in die Hosentasche.

»Na«, sagte Minnie und drehte sich endlich zu ihm um. »Gib uns 'n Kuss, ja, du Prachtkerl, denn ich fühle mich verdammt großartig.«

Sie hob ihn in die Höhe, und er lachte laut los, als sie ihm die Luft aus der Lunge presste und ihn herumschleuderte. Als sie aufhörte, war ihm schwindlig, und ihr Lächeln war so breit, dass er sah, wo ihr der Zahn fast ganz hinten fehlte. Die Sonne flutete in das Atrium über ihnen, und Daniel spürte sie auf seinen Händen und im Gesicht. Es war, als wären sie ein Prisma, in dem sich ihre eigene Freude brach.

»Wie alt ist er?«, fragte Daniel.

»Fast zweitausend Jahre. Stell dir mal vor, dass in dieser Zeit, ehe es Autos oder Eisenbahnen oder Elektrizität oder irgendetwas dieser Art gab, Menschen imstande waren, so einen Wall zu bauen.«

»Warum heißt er Hadrianswall?«

»Ich glaube, er war der römische Kaiser, der verlangte, dass er gebaut würde.«

»Und warum wollte er ihn bauen?«

»Vielleicht wollte er, dass sich jemand nach zweitausend Jahren an ihn erinnert!«, erwiderte Minnie und lachte. »Das wäre doch angemessen. Ich wette, er war ein arroganter alter Scheißkerl, entschuldige meine Ausdrücke.«

Daniel berührte die Steinquader und strich mit den Fingerspitzen darüber. Er kraxelte auf Händen und Knien nach oben und zog sich hinauf. Sie waren hier, um seine Adoption zu feiern, und später wollte Minnie mit ihm essen gehen.

»Vorsicht, Liebling«, rief sie ihm zu, eine Hand auf der Hüfte, während sie mit der anderen ihre Augen beschirmte. »Pass auf und fall nicht runter.«

»Komm rauf.«

»Sei nicht albern. Ich komme ja kaum die Treppe hoch.«

Dann liefen sie los, Seite an Seite, aber Daniel hoch oben. Er drehte sich um und blickte auf die grünen Hügel, die sich vor ihm entfalteten. Er öffnete weit die Arme und spreizte die Finger. Der Raum machte ihn schwindlig.

»Man hat einen tollen Blick von hier oben«, sagte Daniel.

»Ich glaub's dir auch so.«

Am Ende eines Mauerabschnitts blieb er mit den Zehen über der Kante stehen und beugte die Knie.

»Nicht springen, Danny.«

»Du könntest mich auffangen.«

»Du wirst dir die Knie aufschrammen.«

»Werd ich nicht. Ich bin schon von höheren Mauern als dieser runtergesprungen.«

»Okay, also, greif nach meinen Händen, das wird helfen, deinen Sturz zu bremsen.«

Er sprang und fühlte, wie ihre starken, rauen Hände seine drückten; er fiel auf sie, vor Erregung heftig atmend.

Auf der Suche nach einer Tasse Tee spazierten sie den Hügel hinauf. Daniel schaute zu ihr hoch, aber sie sah ihn nicht an. Sie lächelte mit offenem Mund in die Ferne, und ihre Brust hob und senkte sich.

Daniel schluckte, dann ließ er seine Hand in ihre gleiten. Sie schaute zu ihm runter und lächelte, und er blickte verlegen weg, aber er fühlte eine Spannung in seinem Bauch, als wenn auch sein Magen zu lächeln versuchte. Er liebte die Rauheit ihrer Hand. Beim Gehen rieb sie mit dem Daumen über seine Finger.

So fühlt sich Glück an, dachte er: dieser klare Tag und der Geruch des Grases und der Wall, der schon Jahrhunderte hier ist, und das Gefühl ihrer Hand und seine Lippen feucht in der Erwartung einer Tasse heißen, süßen Tees.

Er dachte an seine Mutter. Er wünschte sich, dass sie von diesem Moment erführe. Während seine Hand in Minnies Hand warm wurde, stellte er sich vor, dass seine Mutter käme und ihn bei der anderen Hand nähme. Der heutige Tag war fast perfekt, aber das würde ihn vollkommen machen.

URTEIL

21

Sebastians Prozess sollte im Old Bailey stattfinden.

Daniel wachte früh zu seinem Lauf auf, aber auch nachdem er geduscht hatte, war ihm vor Anspannung mulmig. Er wusste nicht, warum ihm der Prozess ein so ungutes Gefühl bereitete. Er war an Prozesse im Old Bailey und an Mordprozesse gewöhnt, aber heute fühlte er sich anders: als wenn er selbst vor Gericht stünde.

Im Eingang zum Old Bailey drängte sich eine Menge wütender Leute und gieriger Pressevertreter. Er erwartete nicht, dass die Fotografen wüssten, wer er sei, und dachte, Irene würde alle Aufmerksamkeit abbekommen, aber kaum kam er näher, hörte man den Ruf: »*Das ist einer von den Anwälten*«, gefolgt von einem Blitzlicht.

»Kindermörder!«, schrie jemand in der Menge. »Du verteidigst einen Kindermörder. Der kleine Halunke sollte hängen. Fahr zur Hölle!«

Als Anwalt der Verteidigung hatte er sich an Feindseligkeiten gewöhnt. Früher war er auf der Straße beschimpft worden und hatte Post mit Morddrohungen bekommen. Solche Dinge machten Daniel nur umso entschlossener, den Fall durchzustehen. Jeder Mensch verdiente, verteidigt zu werden, egal, was er getan hatte. Aber die Wut der Menge hier erschien ihm ungewöhnlich. Er verstand Zorn über den Verlust unschuldigen

Lebens, aber er verstand nicht, warum Menschen so bereit zu sein schienen, ein Kind zu verteufeln. Der Verlust eines Kindes war grausam, weil er eine gestohlene Verheißung bedeutete, aber Daniel fand, dass die Kriminalisierung eines anderen Kindes ebenso grausam war. Daniel erinnerte sich, dass einer seiner Pflegeväter ihn böse genannt hatte. Auch wenn Sebastian schuldig wäre, brauchte er Hilfe, keine Verurteilung. Er beobachtete das Wogen der Menge – johlende Gesichter, die Bestrafung verlangten. Demonstranten schimpften auf den Straßen und schwenkten Plakate, auf denen *Leben gegen Leben* stand. Sie skandierten *Scheißkerl*, immer wenn sie jemanden sahen, der mit Sebastian zu tun hatte, und drängten sich gegen eine provisorische Barrikade und Polizeibeamte in gelben Westen.

Ein Polizeibeamter zog ihn am Ellbogen und trieb ihn voran, und Daniel trabte die letzten paar Stufen nach oben in das Gerichtsgebäude. Sebastian war in einem gepanzerten Transporter zum Gericht gefahren worden und wartete in einer Beobachtungszelle im Untergeschoss.

Als Daniel in die Zelle trat, saß Sebastian auf einem Betonbett, auf dem eine blaue Plastikmatte lag. Er sah blass aus und trug einen marineblauen Anzug, der ihm in den Schultern ein bisschen zu weit war, sowie eine gestreifte Krawatte. Die Aufmachung ließ den Jungen noch jünger erscheinen als seine elf Jahre.

»Wie geht's, Seb?«, fragte Daniel.

»Ganz gut, danke«, sagte Sebastian und blickte weg.

»Scharfer Anzug.«

»Mein Dad wollte, dass ich ihn trage.«

Es war noch fast eine Stunde bis Prozessbeginn, und Daniel tat Sebastian leid – wegen der Zeit, die er in der öden Betonzelle mit Warten verbringen musste. Es war hart genug für Erwachsene. Am Tag zuvor war Sebastian durch den Gerichtssaal geführt worden, und man hatte ihm die einzelnen Vorgänge erklärt, aber nichts konnte ein Kind auf all dies wirklich vorbereiten.

Daniel setzte sich neben Sebastian auf das Bett. Beide blickten sie geradeaus auf die Wand gegenüber, die mit Graffiti bedeckt war: Schweinereien und fromme Sprüche Seite an Seite. Daniel bemerkte einen Satz, der mit einem Messer in den Beton gekratzt worden war: *Ich liebe dich, Mum.*

»Haben Sie heute Morgen Ihren Langlauf gemacht?«, fragte Sebastian.

»Ja. Hast du ein Frühstück bekommen?«

»Yeah.« Sebastian seufzte und blickte wieder uninteressiert weg.

»Ich geh jetzt besser«, sagte Daniel und stand auf.

»Mr. Hunter?«

»Ja?«

»Ich habe Angst.«

»Du schaffst das schon. Haben sie dir gezeigt, wo du sitzen wirst? Du wirst neben mir sitzen, genau wie wir es gesagt haben. Halt die Ohren steif, hm?«

Sebastian nickte, und Daniel klopfte, um hinausgelassen zu werden.

Als die Tür zu war, legte Daniel die flache Hand dagegen, dann machte er sich auf den Weg nach oben zum Gerichtssaal.

Der Richter und die Anwälte trugen ihre Roben, aber keine Perücken, weil man fand, dass sie auf Kinder allzu Furcht einflößend wirkten. Die Publikumsgalerie war mit Journalisten fast gefüllt, und Daniel wusste, dass noch viel mehr draußen waren, die keinen Zutritt bekommen hatten. Man hatte vereinbart, die Zahl der Journalisten auf zehn zu beschränken. Im Gerichtssaal summte es erwartungsvoll. Daniel nahm seinen Platz ein, wo er zusammen mit Sebastian sitzen würde. Irene Clarke und Sebastians Rechtsberater, Referendar Mark Gibbons, saßen vor ihm.

An seiner Unterlippe saugend wurde Sebastian von zwei Polizeibeamten hereingeführt. Daniel beugte sich herunter und legte ihm zur Beruhigung die Hand auf die Schulter. Nun waren sie alle eine seltsame Familie, die darauf wartete, dass die Sache begann.

Sebastians Eltern saßen hinter ihnen. Charlotte trug ein gut geschnittenes Kostüm. Kenneth lehnte sich auf seinem Platz sehr weit nach hinten und faltete die Hände vor dem Bauch. Er schaute ständig auf seine Uhr, während Charlotte ihr Make-up in einem kleinen runden Spiegel überprüfte und ihren Lippenstift erneuerte. Von der Presseabteilung auf der Galerie hörte man Gemurmel, sonst schien aber niemand zu reden.

Daniel hörte Sebastian schlucken.

Der Richter trat ein. Daniel stupste Sebastian gegen den Ellbogen als Zeichen, dass er aufstehen solle. Alle erhoben sich und nahmen wieder Platz.

Schöffen wurden ausgewählt und vereidigt. Die Gewählten starrten Sebastian quer durch den Saal unverhohlen an. Sie hatten so viel über ihn gelesen, aber nun konnten sie sein Gesicht sehen und würden über sein Schicksal entscheiden.

Benjamin Stokes' Eltern waren auf der Galerie zu sehen: Madeline und Paul. Sie saßen nebeneinander, still und ernst, und boten weder einander Trost noch schauten sie zu Sebastian hinunter. Auch sie warteten kummervoll, dass die Sache begann.

Der Richter lehnte sich auf das Pult und sah über seine Brille hinweg in Richtung Publikumsgalerie.

»Verehrte Pressevertreter, ich möchte Sie daran erinnern, dass der Beklagte, Sebastian Croll, bis auf Weiteres in allen Prozessberichten nicht beim Namen genannt werden darf.«

Die Konsonanten in Sebastians Namen wirkten wie ein Angriff auf den andachtsvollen Saal. Daniel runzelte die Stirn.

Der Richter ließ seine Brille noch weiter auf die Nase herunterrutschen und richtete den Blick auf Sebastian.

»Sebastian, ich werde dich nicht bitten aufzustehen, wenn ich das Wort an dich richte, wie es sonst unsere Praxis im Gericht ist. Du sitzt auch nicht auf der Anklagebank, sondern im Gerichtssaal selbst, neben deinem Anwalt und in der Nähe deiner Eltern. Viele unserer Prozesse ziehen sich lange hin und mögen dir vielleicht verwirrend erscheinen. Ich erinnere dich daran, dass du dich an deine Anwälte und Verteidiger wenden kannst, falls du irgendetwas nicht verstehst.«

Sebastian blickte zu Daniel hoch, der ihm kurz eine Hand auf den Rücken legte, um ihn darauf hinzuweisen, dass er nach vorn schauen sollte. Sebastian war bereits darüber unterrichtet worden, wie er sich vor Gericht zu verhalten habe.

Irene Clarke stand auf, unter der Robe die Hand auf die Hüfte gestemmt.

»Euer Ehren, ich möchte eine Rechtsfrage zur Sprache bringen …«

Sie strahlte natürliche Autorität aus und benutzte die Terminologie des Gerichts in korrekter Aussprache.

Das Gericht wartete, bis die Geschworenen nach draußen geschlurft waren: acht Männer und vier Frauen, zwei jung, die restlichen mittleren Alters. Daniel beobachtete ihren Abgang.

»Euer Ehren, wir möchten ein Gesuch auf Aussetzung des Prozesses vorlegen mit der Begründung, dass die vorprozessuale Berichterstattung sich abträglich auf die Sache meines Mandanten ausgewirkt hat. Ich lege dem Gericht eine Auswahl von Zeitungsausschnitten vor, die die äußerst gefühlsgeladene Sprache belegen, mit der der Fall in der Presse diskutiert worden ist. Die flächendeckende Berichterstattung über diesen Fall hat die Geschworenen höchstwahrscheinlich beeinflusst.«

Der Richter seufzte, als er einen Blick auf das Bündel Zeitungsartikel warf, das ihm gereicht wurde. Daniel hatte diesen

Richter schon früher erlebt: Philip Baron war einer der ältesten auf der Richterbank. Er war nach unpopulären Urteilen selbst ein Thema in der Regenbogenpresse gewesen. Er hatte Schlagzeilen gemacht, weil er als Richter in Vergewaltigungsprozessen eine abträgliche Sprache benutzt hatte. Er sah keinen Tag jünger als seine neunundsechzig Jahre aus.

Der Kronanwalt der Anklage, Gordon Jones, argumentierte, dass die Geschworenen durch die Berichterstattung nicht zu Ungunsten beeinflusst worden seien, weil sie den Angeklagten nicht beim Namen genannt habe und die Hauptdetails des Falles der Presse nicht bekannt seien. Der Morgen verging, während die Artikel überdacht und diskutiert wurden. Daniels Magen knurrte, und er spannte seine Muskeln an, um es zu unterdrücken. Man hatte das Gefühl, dass der ganze Saal inzwischen erschöpft war. So viele Erwartungen, blockiert durch Bürokratie. Daniel war daran gewöhnt, aber während Irene für Sebastian kämpfte, sah er, dass der Junge sich bereits langweilte. Er hatte Bilder gezeichnet: winzig kleine miteinander verbundene Rädchen auf die Ecke seines Notizblocks. Daniel hörte ihn seufzen und auf seinem Stuhl hin und her rutschen.

Der Richter räusperte sich.

»Ich danke Ihnen, ich habe über diese Fragen nachgedacht und entscheide, dass der Prozess fortgesetzt wird, aber ich werde die Geschworenen an ihre Pflicht erinnern, die Fakten des Falles allein danach zu bedenken, wie sie hier vor Gericht vorgetragen werden. Aber eingedenk der Zeit meine ich, dies könnte ein geeigneter Moment sein, die Sitzung zu unterbrechen. Wir fahren nach dem Mittagessen fort …«

Die Gerichtsverhandlung endete, und Sebastian wurde wieder nach unten in seine Zelle geführt.

Irene verließ das Gericht, ehe Daniel mit ihr sprechen konnte, und so ging er hinunter zu den Zellen, um Sebastian zu besuchen. Der Aufseher schob die Klappe am Beobachtungsfenster zur Seite, um zu überprüfen, wo sich Sebastian befand, bevor er Daniel hineinließ.

»Alles in Ordnung, Seb?«, fragte er. Sebastian saß auf der Kante des Betonbetts und sah hinunter auf seine Schuhe, die nach innen gedreht waren. »Gleich wirst du dein Mittagessen bekommen.«

Sebastian nickte, ohne zu Daniel aufzublicken.

»Ich weiß, es ist langweilig ... wahrscheinlich das Schlimmste an einer Verhandlung.«

»Ich hab mich nicht gelangweilt. Ich wollte nur, dass ich mir nicht anhören müsste ...«

»Was denn anhören? Was meinst du?«

»Was an Schlechtem über mich gesagt wird.«

Daniel holte tief Luft, nicht sicher, wie er reagieren sollte, und setzte sich neben ihn auf das Bett. »Es wird noch schlimmer, Seb«, sagte er schließlich und beugte sich nach vorn auf seine Ellenbogen, sodass sein Kopf auf einer Höhe mit dem des Jungen war.

»Die erste Streitfrage haben wir verloren«, sagte Sebastian.

»Stimmt«, antwortete Daniel, »aber es war eine Streitfrage, die zu verlieren wir erwartet haben.«

»Warum streiten, wenn man weiß, dass man nicht gewinnen wird?«

»Nun, zum einen, weil es um ein stichhaltiges Argument ging, und, vergiss nicht, falls vor Gericht *ein* Richter nicht deiner Meinung ist, kann in der Berufung ein anderer Richter meinen, dass du recht hast.«

Sebastian schwieg wieder und schaute zu Boden. Daniel war nicht sicher, ob der Junge ihn verstanden hatte. Er überlegte, ob er ihm noch mehr erklären sollte, wollte den Jungen aber nicht noch mehr belasten. Er stellte sich vor, wie er sich als elfjähriger Junge gefühlt haben würde, allein in dieser Zelle. Er war dicht daran gewesen. Die Thorntons hätten ihn ohne Weiteres anzeigen können.

»Sind Sie mein Freund?«, fragte Sebastian.

»Ich bin dein Anwalt.«

»Die Leute mögen mich nicht«, sagte Sebastian. »Ich glaube, die Geschworenen mögen mich auch nicht.«

»Die Geschworenen sind da, um die ihnen vorgelegten Fakten zu bewerten. Es ist egal, ob sie dich mögen oder nicht«, sagte Daniel. Er wünschte, dass dies stimmte, war davon aber nicht völlig überzeugt.

»Mögen *Sie* mich?«, fragte Sebastian und blickte auf. Daniels erste Regung war, wegzuschauen von diesen grünen Augen, die in seine blickten, aber er hielt dem Blick stand.

»'türlich«, sagte er und hatte erneut das Gefühl, als überschreite er eine Grenze.

Es war nicht mehr viel Zeit, bis das Gericht wieder zusammentreten würde. Daniel kaufte sich nahe St. Paul's ein Sandwich und aß es, während er auf die Cannon Street blickte. Sebastians gedrückte Stimmung hatte auf ihn abgefärbt, und die Fragen des Jungen gingen ihm im Kopf herum.

Er hatte ein ungutes Gefühl: Er war sich nicht sicher, ob es Angst vor dem Ergebnis des Prozesses war oder Mitgefühl für den Jungen und was er zu erwarten hatte. Er fühlte die Verantwortung schwer auf sich lasten. Eine Krähe landete plötzlich auf dem Sims vor dem Fenster der Imbissbude. Daniel hörte auf zu kauen und sah zu, wie der Vogel eine Fritte herunterwürgte, die er auf dem Bürgersteig gefunden hatte. Er legte den Kopf schief und sah Daniel mit seinem glänzenden Schnabel an. Dann war er weg, flog hinauf zu den Zinnen der Gebäude, die aus Portlandstein gemeißelte barocke Fantasien schmückten. Daniel verfolgte den Aufstieg des Vogels, bis er nicht mehr zu sehen war.

Flug: die Herrschaft über entgegengesetzte Kräfte, Gewicht gegen Auftrieb, Erdanziehung gegen die Anziehung des erhabenen Jenseits.

Kampf oder Flucht: Der Körper ermöglicht beides zur gleichen Zeit; es besteht die Möglichkeit, das, was bedroht, anzugreifen oder davor wegzulaufen.

Es war Jahre her, dass Daniel das Bedürfnis verspürt hatte, wegzulaufen, aber jetzt war es wieder da. Er hatte Angst vor dem Resultat des Prozesses und fühlte sich verantwortlich für seinen Anteil daran.

Irene schritt vor dem Gerichtssaal hin und her, ihr Handy ans Ohr gepresst, und schleifte ihre Robe hinter sich her, als Daniel ins Old Bailey zurückkam. Er winkte ihr im Vorbeigehen zu, und sie hob den Blick.

Der Gerichtssaal 13 war fast voll. Sebastian wurde hereingeführt und nahm seinen Platz ein. Er schaute sich nach seiner Mutter um. Die Crolls saßen hinter ihm, sahen aber ihren Sohn nicht an. Charlotte hatte eine Sonnenbrille auf, die sie unentwegt auf ihrer Nase nach oben schob. Sie schlug ihre Beine übereinander und stellte sie wieder nebeneinander. Kenneth blickte auf seine Uhr und dann zu dem Kronanwalt der Anklage, Gordon Jones, hinüber, dem es, fand Daniel, auch ohne seine Perücke gelang, wie ein Volksschuldirektor auszusehen. Jones, mager und stets an der Hüfte leicht nach vorn gebeugt, war von unbestimmbarem Alter. Er konnte ohne Weiteres fünfunddreißig oder kurz vor der Pensionierung sein. Jones' Gesichtshaut war straff über seinen Schädel gespannt.

»Was gab's zu Mittag?», fragte Sebastian.

»Sandwich. Und bei dir?«

»Spaghetti Hoops, aber sie haben nicht gut geschmeckt. Nach Plastik oder irgendwas.«

»Das ist nicht gut.«

»Ich hab nur wenig gegessen. Sie waren eklig.«

»Du musst Hunger haben. Möchtest du ein Bonbon? Du musst noch eine ganze Weile durchhalten.«

Sebastian steckte sich einen von Daniels Pfefferminzbonbons in den Mund. Daniel bemerkte, wie einer von den Journalisten auf ihn zeigte, als er Sebastian die Bonbons anbot, und sich dann Notizen machte.

Sebastian schien mit sich selbst zufrieden. Der Richter betrat den Saal. Irene war noch nicht zurück, und so sprang ihr Mitarbeiter für sie ein. Aber dieser Nachmittag gehörte der Anklage.

Gordon Jones erhob sich und stützte sich mit zwei Fingern auf sein Pult.

»Meine Damen und Herren Geschworene, ich erscheine vor Ihnen im Namen der Staatsanwaltschaft. Der Angeklagte wird von meiner geschätzten Kollegin, Miss Clarke, vertreten.«

Er holte tief Luft und atmete wieder aus. Es hätte ein Atemholen sein können, um sich zu beruhigen, bevor er begann, aber Daniel wusste, dass es ein Seufzer sein sollte.

»William Butler Yeats hat einmal geschrieben: *Die Unschuldigen und die Schönen haben keinen anderen Feind als die Zeit.* Ben Stokes war unschuldig, und er war schön. Er war ein schöner achtjähriger kleiner Junge. Er war nur so groß …« Gordon Jones streckte die flache Hand aus, um Bens Körpergröße anzudeuten.

Auf der Galerie schniefte plötzlich Ben Stokes' Mutter. Das ganze Gericht blickte zu ihr hinauf, als ihr Mann einen Arm um sie legte. Jones wartete ein paar Sekunden, bis wieder Ruhe eintrat.

»Die ganze Welt hätte vor ihm liegen sollen: Schule, Freundinnen, Universität, eine Karriere und eine Familie. Aber Ben hatte zum Unglück einen anderen Feind außer der Zeit selbst. Wir werden zeigen, dass er bei einer gewaltsamen Attacke zu

Tode kam durch jemanden, den er als Nachbarn und Spielkameraden kannte, der aber, wie wir zeigen werden, in Wahrheit ein sadistischer Rowdy war. – Ben fuhr am Sonntag, dem 8. August dieses Jahres, in der Nähe seines Elternhauses in Islington auf seinem Fahrrad herum. Man kannte ihn als ein stilles Kind, wohlerzogen, aber scheu. Er fuhr sehr gern auf seinem Fahrrad herum, wie diejenigen von Ihnen mit Kindern in der Familie es kennen werden, doch er ließ sein Fahrrad herrenlos in der Straße liegen und wurde am nächsten Tag tot aufgefunden, mit einem Ziegelstein erschlagen, der in der Ecke des Spielplatzes lag, auf dem Ben gefunden wurde. – Wir werden zeigen, dass der Angeklagte, Sebastian Croll, Ben dazu überredete, sein Elternhaus und sein Fahrrad zurückzulassen und mit ihm in den Barnard Park zu gehen, wo er später von Zeugen beobachtet wurde, wie er den kleineren und jüngeren Jungen tyrannisierte und körperlich misshandelte. Als Ben sich schließlich weigerte, länger draußen zu bleiben und diese Misshandlungen hinzunehmen, wurde Sebastian wütend, behaupten wir, und begann eine lang anhaltende und tödliche Attacke gegen Ben in einem Teil des Parkspielplatzes, der durch Bäume verdeckt ist. – Wir werden nachweisen, dass Sebastian Croll das Mordwerkzeug auf brutale Weise gehandhabt hat. Dies ist ein unbeschreibliches Verbrechen, aber eines, das dennoch sehr selten ist. Die Zeitungen möchten Sie glauben machen, dass unsere Gesellschaft im Verfall befindlich ist und dass schwere Gewalttaten von Kindern gegen andere Kinder heute öfter vorkommen als in der Vergangenheit. Aber das ist nicht der Fall. Ein Mord dieser Art ist zum Glück selten, aber seine Seltenheit mindert nicht seine Schwere. Das Alter des Angeklagten sollte Sie nicht von den Fakten des Falles ablenken: dass dieser kleine Junge, Ben Stokes, vor seinem neunten Geburtstag seines Lebens beraubt wurde. – Die Aufgabe, vor der die Staatsanwaltschaft steht, ist einfach – nämlich unzweifelhaft zu beweisen, dass der Angeklagte a) die Taten begangen hat, durch die Ben Stokes zu Tode kam, und b), dass er, als er sie beging, dabei die Absicht hatte, ihn zu töten oder ernstlich zu verletzen. Wir werden zweifelsfrei beweisen, dass der Angeklagte sich brutal mit Ben Stokes geprügelt hat, wobei er sich eine abgelegene und mit Büschen bewachsene Gegend des Parks aussuchte, um seine grausame Attacke durchzuführen. Wir werden zeigen, dass sich der Angeklagte auf den Jüngeren setzte und einen Ziegelstein auf das Gesicht des kleinen Jungen schleuderte mit der klaren Absicht, ihn zu töten. Was folgte … und das wollen wir deutlich sagen, diese Tatsache wird in keiner Weise durch das jugendliche Alter des Angeklagten abgeschwächt … Was folgte … war ein vorsätzlicher Mord. – Ben Stokes war in der Tat schön und unschuldig, aber wir werden zeigen, dass der Angeklagte das hässlichste aller Verbrechen begangen hat und ohne jeden Zweifel schuldig ist.«

Alle im Saal schienen den Atem angehalten zu haben, auch Daniel. Und es war so, als ächzten die Eichentäfelung und das grüne Leder in der sich dehnenden Stille und rieben sich vor Ungeduld aneinander. Daniel blickte sich nach den Crolls um. Charlotte saß aufrecht da, und ihren Mund hatte sie nur an den Mundwinkeln nach unten gezogen. Kenneth blickte Gordon Jones mit gerunzelter Stirn an.

Sebastian war hingerissen. Seine Langeweile war verflogen. Daniel hatte gesehen, wie er sich nach vorn beugte, als er Jones' Erzählung zuhörte, als wenn es eine zu seiner Unterhaltung geschaffene Geschichte sei, mit ihm selbst als Hauptperson.

Irene kam leise zurück in den Gerichtssaal.

Als die Staatsanwaltschaft den Fall seitens der Anklage fertig umrissen hatte, spürte Daniel ein Frösteln. Er persönlich war sich nicht völlig sicher, ob Sebastian unschuldig oder schuldig war; er wusste nur, dass der Junge hier vor dem Erwachsenengericht fehl am Platz war – auch wenn die Tische umgestellt und die Perücken abgesetzt und nur zehn Reporter auf der Galerie waren.

Gordon Jones setzte sich schließlich, und Sebastian beugte sich zu Daniel hinüber: »Er hat alles falsch verstanden. Sollte ich es ihnen vielleicht erzählen?« Seine klare, redegewandte Stimme war auch geflüstert laut genug.

»Nicht jetzt«, sagte Daniel, der hörte, dass Irene sich räusperte und in seine Richtung blickte. »Wir kommen schon noch an die Reihe.«

Es war der zweite Tag des Prozesses, und Daniel kam um halb zehn im Gericht an. Er trabte an den Reihen der Pressefotografen vorbei, die in Dreierreihen hinter den provisorischen Barrieren standen. Als er in den Zentralen Strafgerichtshof eintrat, erschien er ihm dunkel und feucht. Der Eintritt in dieses Gerichtsgebäude kam ihm jedes Mal bedeutungsschwer vor. Es war, als würde man verschluckt: als gelange man in den Brustkorb einer Bestie, als erhöben Marmorstatuen Vorwürfe gegen ihn.

Wieder war Daniel ängstlich zumute, als wäre er ein jüngerer, weniger erfahrener Anwalt. Er hatte mit zahllosen Strafprozessen zu tun gehabt, aber heute waren seine Hände feucht, als ginge es um einen Prozess gegen ihn.

Bevor Sebastian im Gerichtssaal erschien, holte Daniel tief Luft und versuchte, sich zu beruhigen. Er wusste, was der Tag bereithielt und dass es für den Jungen nur schwer werden konnte.

»Die Staatsanwaltschaft ruft Mrs. Madeline Stokes auf.«

Ben Stokes' Mutter kam herein und ging zum Zeugenstand. Sie lief, als wäre sie gefesselt. Sie hatte ihr Haar nach hinten gebunden, aber schief, als hätte sie es in Eile getan. Die Frisur unterstrich die Höhlen ihrer Wangen und ihrer dunklen Augen. Daniel saß mindestens sechs Meter von ihr entfernt, und doch war er sicher, dass er sie zittern sah. Sie lehnte sich auf den Zeugenstand, als sie dort ankam, und ihre Atemzüge waren im Mikrofon deutlich zu hören.

Durch die Heizung war der Saal trocken und heiß. Daniels Achselhöhlen waren schweißnass.

Sekunden vergingen, in denen Gordon Jones in seinen Notizen blätterte. Alle im Gerichtssaal warteten darauf, dass er zu sprechen begann.

»Mrs. Stokes«, sagte er nach einer langen Pause, »ich weiß, es ist schwer für Sie, aber ich möchte Sie bitten, Ihre Gedanken zu dem Nachmittag am Sonntag, dem 8. August, zurückschweifen zu lassen. Können Sie dem Gericht sagen, wann Sie Ihren Sohn zum letzten Mal lebend gesehen haben?«

»Ja … es war ein schöner Tag. Er fragte, ob er draußen ein bisschen mit seinem Fahrrad herumfahren darf, und ich sagte Ja, aber dass er … dass er in unserer Straße bleiben soll.«

Sie war offensichtlich nervös, seelisch gebrochen durch große Traurigkeit, aber ihre Stimme war klar und vornehm. Sie erinnerte Daniel an Eis in einem Glas. Wenn sie gefühlvoll wurde, wurde ihre Stimme tiefer.

»Haben Sie Ihren Sohn beobachtet, als er draußen spielte?«

»Ja, eine Weile. Ich machte den Abwasch in der Küche und sah ihn auf dem Bürgersteig hin und her fahren.«

»Was meinen Sie, um wie viel Uhr *Sie ihn das letzte Mal gesehen haben*?« Jones sprach freundlich, respektvoll.

»Es war ungefähr um eins. Er war nach dem Mittagessen nun schon etwa eine halbe Stunde draußen, und ich fragte ihn, ob er eine Jacke anziehen oder reinkommen wollte. Ich dachte, es könnte regnen. Er sagte, es wäre alles in Ordnung. Jetzt wünschte ich, ich hätte ihn reinkommen lassen. Ich wünschte, ich hätte *darauf bestanden*. Ich wünschte …«

»Sie erlaubten Ben also, weiter draußen zu spielen? Zu welcher Zeit haben Sie entdeckt, dass er nicht mehr in der Straße spielte?«

»Nicht lange danach. Es waren vielleicht fünfzehn, zwanzig Minuten – das war alles. Ich hatte oben zu tun und guckte aus dem Fenster. Ich sah immer wieder nach ihm. Ich … Man kann so ziemlich unsere ganze Straße von da oben überblicken, aber als ich hinaussah … konnte ich ihn einfach überhaupt nicht sehen.«

Als Madeline Stokes »überhaupt nicht« sagte, wurden ihre Augen sehr groß.

»Was haben Sie da getan?«

»Ich lief hinaus auf die Straße. Ich lief nach rechts und nach links, und dann fand ich sein Fahrrad. Es lag verlassen hinter der nächsten Ecke auf der Seite. Ich wusste sofort, dass ihm etwas Schreckliches passiert sein musste. Ich weiß nicht, warum, aber ich fühlte es. Zuerst dachte ich, er wäre vielleicht von einem Auto angefahren worden, aber alles war vollkommen still gewesen. Er war einfach … verschwunden.«

Madeline Stokes weinte jetzt. Daniel war gerührt, und er wusste, die Geschworenen waren es auch. Ihre linke Hand zeichnete sich inzwischen rot gegen den Zeugenstand ab, aber ihr Gesicht war noch immer weiß. Wenn sie weinte, hielt sie die Hand vor den Mund. Daniel musste daran denken, was Harriet ihm von Minnie erzählt hatte, als sie ihre Tochter verlor. Er erinnerte sich an den Tag auf dem Markt, als Minnie ihre kalten Hände auf seine gelegt hatte und ihre traurigen, wasserblauen Augen ihn gebeten hatten, nicht von ihrer kleinen Tochter zu reden. Wie Minnie hatte Madeline Stokes nur ein Kind. Sie hatte alles verloren, was wichtig war, und nun war die Welt ein dunkler Ort.

»Ich rief in noch ein paar anderen Straßen nach ihm und blieb am Eingangstor zu dem Park stehen, aber ich konnte ihn da drin nicht sehen. Ich rief seine Freunde an, dann seinen Vater, und wir … riefen im Krankenhaus und bei der Polizei an.«

»Haben Sie auch Ihre Nachbarn, die Crolls, angerufen?«

»Nein.« Sie wischte sich mit den flachen Händen über ihr Gesicht. Ihre Augen waren jammervolle rote Kieselsteine. Sie glänzten – sahen erneut die Szene, durchlebten noch einmal den Schrecken. »Nein, habe ich nicht.«

»Hat Ben gelegentlich mit Sebastian gespielt?«

»Ja, in der Schule eigentlich nicht, aber manchmal an den Wochenenden. Zuerst fand ich das in Ordnung, aber dann kam ich dahinter, dass Sebastian Ben tyrannisierte, ihn in Schwierigkeiten brachte, und ich verbot, dass sie sich weiter sahen.«

»Können Sie erläutern, was Sie mit ›tyrannisieren und in Schwierigkeiten bringen‹ meinen?«

»Na ja, als wir in den Richmond Crescent zogen, fragte Sebastian, ob Ben rauskommen und mit ihm spielen wolle. Ich war erfreut, dass es so dicht in unserer Nähe einen kleinen Jungen gab, auch wenn er etwas älter war, aber dann kam ich zu der Überzeugung, dass er eigentlich nicht … passend war.«

»Und warum, wenn ich fragen darf?«

»Nachdem Ben mit Sebastian gespielt hatte, gebrauchte er einige *sehr vulgäre* Kraftausdrücke – Wörter, die er vorher nicht kannte. Ich schimpfte ihn deswegen aus und untersagte ihm ein paar Tage lang, mit Sebastian zu spielen, aber trotzdem spielten sie an Wochenenden gelegentlich miteinander. Dann bemerkte ich, dass Ben blaue Flecken hatte, nachdem er mit Sebastian gespielt hatte. Ben erzählte mir, Sebastian würde ihn schlagen, wenn er nicht tat, was er verlangte. Ich beschwerte mich bei Sebastians Mutter und sagte zu Ben, er dürfe nie wieder mit Sebastian spielen.«

»Als Sie sich bei Sebastians Mutter beschwerten, bekamen Sie da eine befriedigende Antwort?«

»Nein, Sebastian kann in diesem Haus machen, was er will, jedenfalls höre ich das. Seine eigene Mutter hat ihn nicht unter Kontrolle, und sein Vater ist oft weg. Ich glaube nicht, dass es ihr gut geht.«

Mrs. Stokes putzte sich die Nase und redete in ihr Taschentuch. Daniel beobachtete Charlotte aus den Augenwinkeln. Sie wirkte teilnahmslos, aber ihr Make-up glänzte inzwischen ein wenig. Keine der beiden Frauen sah die andere an. Sebastian saß kerzengerade da und starrte Madeline an. Er zwinkerte oft.

»Sie nahmen also wegen Bens Verschwinden mit den Crolls keinen Kontakt auf, weil Sie Ihrem Sohn verboten hatten, mit Sebastian zu spielen, und deshalb nicht vermuteten, dass die beiden Jungen zusammen sein könnten. Aber Sie meinen, dass Ben Ihnen nicht gehorcht haben könnte…«

Mrs. Stokes begann, leise zu weinen. Ihre Schultern bebten, und sie kniff ihre Nase mit dem Papiertaschentuch zusammen. Ihre Stimme war tiefer, als sie wieder zu sprechen begann.

»Ben war von Sebastian *fasziniert*, vermute ich. Er war der stärkere, ältere Junge. Ben hatte monatelang nicht mit Sebastian gespielt, und ich konnte mir einfach nicht denken… Jetzt, jetzt… erscheint es mir naheliegend.«

»Was geschah, nachdem Sie das Krankenhaus und die Polizei angerufen hatten?«

»Mein Mann kam nach Hause. Die Polizei war fantastisch. Ich erwartete nicht, dass sie alles so prompt tun würde, aber die Beamten hatten recht, gleich Details aufzunehmen, und sie halfen uns bei der Suche in der Gegend und beim Aushängen von Bens Personenbeschreibung.«

»Danke, Mrs. Stokes«, sagte Gordon Jones.

Irene Clarke erhob sich. Daniel beobachtete, wie sie ermutigend lächelte und ihre Hände auf dem Pult faltete. Vor Mrs. Stokes erschien sie ernst, geradezu zerknirscht.

»Mrs. Stokes, ich bedaure zutiefst die schreckliche Tragödie, die Sie und Ihre Familie getroffen hat. Ich möchte Ihnen nur ein paar kurze Fragen stellen. Lassen Sie sich bitte Zeit.«

Madeline ließ ein kurzes ersticktes Husten hören und nickte.

»War Ihr Sohn schon jemals zuvor für längere Zeit verschwunden?«

»Nein.«

»Sie sagten, es gab eine Zeit, da spielte er regelmäßig mit Sebastian. Verließen die Jungs bei einer dieser Gelegenheiten schon einmal ihre angestammte Spielgegend oder wurden für einige Zeit vermisst?«

Mrs. Stokes hustete und schien einige Schwierigkeiten zu haben, sich wieder zu fassen.

»Mrs. Stokes?«

»Nein.«

»Aber sind Sie nicht erst, als Sie hörten, das Kind Ihrer Nachbarn sei verhaftet worden, auf den Verdacht gekommen, Sebastian könnte etwas mit dem Verschwinden Ihres Sohnes zu tun haben?«

Madeline blickte in die Ecken des Gerichtssaals hinauf. Sie wirkte erhaben, herausgehoben vor der dunklen Leere des Saals, allein im Zeugenstand. Tränen strömten ihr still über die Wangen.

»Ich habe nicht an ihn gedacht«, sagte sie leise.

»Sie haben ausgesagt, dass Sie Ben untersagen mussten, sich mit Sebastian zu treffen. Stimmt es denn, dass Ben *Spaß* daran hatte, mit Sebastian zu spielen?«

»Nein, er war ein Rowdy, er war …« Mrs. Stokes' Finger krampften sich um den Rand des Zeugenstands.

»Sie mochten Sebastian nicht, Mrs. Stokes, so viel ist offensichtlich, aber hat Ihr Sohn nicht darum *gebeten*, mit ihm spielen zu dürfen? Sie haben von ihm gesagt, er sei von Sebastian *fasziniert* gewesen. War es nicht so, dass trotz Ihrer Ablehnung

Ben und Sebastian in Wirklichkeit Freunde waren, die gern beieinander waren?«

Mrs. Stokes putzte sich die Nase und atmete hastig. Der Richter fragte, ob sie ein Glas Wasser haben wolle. Sie schüttelte den Kopf und schaute hoch zu Irene.

»Es tut mir leid, Mrs. Stokes«, sagte Irene, »ich weiß, das ist sehr schwer. Aber war es nicht so?«

Madeline seufzte und nickte.

»Mrs. Stokes, darf ich Sie bitten, Ihre Antworten laut zu geben?«

»Mag sein, dass sie Freunde waren.«

Irene sah zu Daniel hinüber und setzte sich. Er wusste, sie hätte weiterbohren können, aber die Geschworenen bebten vor Mitgefühl für die Mutter des kleinen Jungen. Auch dies achtete er an Irene; sie konnte einen Zeugen in Verwirrung bringen, wenn es nötig war, aber sie blieb immer freundlich.

Die Pausen wurden pünktlich eingehalten aufgrund von Regeln, die seit dem Bulger-Prozess in Kraft waren. Sobald das Gericht sich vertagte, verschwand Daniel auf der Herrentoilette. Er fühlte sich benommen und müde. Seine Absätze hallten von den Marmorböden wider. Die Toilette mit ihren blauen Wänden und goldenen Hähnen war ihm vertraut, aber sie roch penetrant nach Urin und vergeblich angewandten WC-Reinigungsmitteln.

In der hintersten Ecke war ein Urinal frei. Daniel atmete aus, als er sich in dessen weißes Porzellan erleichterte.

»Alles okay, Danny?«

Es war Kriminalkommissar McCrum. Er stieß mit seiner Schulter leicht gegen Daniels, als er seinen Reißverschluss aufzog.

»Manchmal fragt man sich ja …«, sagte McCrum, und sein nördlicher Akzent klang seltsam warm und angenehm in der kalten viktorianischen Toilette, »gibt es denn keinen anderen Weg? Ich sehe schon, dieser Prozess wird barbarisch. Es ist falsch, sie all dem auszusetzen.«

»Ganz Ihrer Meinung«, sagte Daniel. Er schüttelte den restlichen Urin ab, zog den Reißverschluss zu und begann, sich die Hände zu waschen. Er wusste nicht, wie Sebastian mit den langen Tagen, die vor ihm lagen, zu Rande kommen würde, und das Schlimmste stand noch bevor. »Und wir sind erst am Anfang ...«

»Ich kenne ... diese arme Frau«, sagte McCrum.

Daniel wandte sich ab. Er ging ohne ein weiteres Wort hinaus und nickte McCrum im Vorbeigehen nur leicht zu. Der Ältere blickte ihm hinterher.

22

Ein Jahr faltete sich in das nächste wie Furchen in einem Acker. Minnie ließ die hinteren Fenster reparieren, aus denen die Hühner allen Kitt herausgepickt hatten. Im Wind fielen einige Ziegel vom Dach, und es entstand ein Loch, aus dem es, wenn es regnete, langsam in einen Eimer an der Treppe tropfte. Sie hatte nicht das Geld, es reparieren zu lassen, und so blieb es über ein Jahr dabei. Es war Daniels Aufgabe, am Morgen den Eimer auszuleeren.

Minnies Ziegenbock, Hector, starb in Daniels drittem Winter in Brampton, aber im Frühjahr darauf kaufte sie als Ersatz für ihn eine Ziege mit zwei Jungen. Daniel durfte die Ziege am Morgen melken: ihr Euter eincremen und sie dann vorsichtig, behutsam melken. Minnie brachte ihm bei, wie. Sie bauten für die Ziegen einen neuen Verschlag und einen besonderen Melkbereich, in den die anderen Tiere nicht hineinkamen. Minnie sagte zu Daniel, dass der Melkbereich sehr sauber gehalten werden müsse. Am Abend trennten sie die Zickel von der Mutter, damit sich deren Euter füllen konnte. Die Ziege wurde Barbara getauft, und die beiden Zickel nannte Daniel Brock und Liam nach zwei Fußballspielern von Newcastle United, obwohl es beides Weibchen waren.

Am Abend, nach seinem Bad und den Hausaufgaben, spielte er mit Minnie Backgammon, während sie ihren Gin süffelte und er Schokoladeneclairs naschte. Sie bewunderte seine Fähigkeit zu zählen, ohne die Zahlen auf das Brett zu klopfen. Oder manchmal spielten sie Karten: Knockout-Whist oder Siebzehnundvier. Sie ließ Platten laufen, während sie spielten: Elvis und Ray Charles und Bobby Darin. Daniel schlenkerte die Schultern im Takt, während er seine Karten auf den Tisch blätterte, und sie blickte ihn mit hochgezogenen Augenbrauen an und warf einen Kartoffelchip nach Blitz.

Daniel war dreizehn und ging das erste Jahr auf die William Howard Secondary School in der Longtown Road. Er war Kapitän der Fußballmannschaft und hatte im Langlauf zwei Goldmedaillen gewonnen, war aber immer noch kleiner und magerer als die anderen Jungen in seiner Klasse. Im nächsten Jahr würde er mit den Abschlussprüfungen beginnen. Er war gut in Englisch, Geschichte und Chemie. Ein Mädchen namens Carol-Ann, das ein Jahr älter als er war, kam manchmal nach der Schule zu ihm nach Hause. Sie war ein richtiger Wildfang, und er zeigte ihr, wie man einen Ball am Fuß balanciert und wie man für die Tiere sorgt. Minnie lud sie zum Tee ein, wenn ihre Mum noch spät arbeiten musste. Carol-Ann war nicht seine Freundin oder so etwas, obwohl er mal ihre Brüste gesehen hatte, als ihr im letzten Sommer beim Baden im Irving River der BH runtergerutscht war.

Daniel war in der Schule beliebt. Er hatte Freunde wegen des Fußballs und wurde kaum noch in Raufereien hineingezogen. Aber von Carol-Ann abgesehen kam niemand öfter zu der Farm. Danny wurde zu Geburtstagen eingeladen und ging zu allen Schulfeierlichkeiten. Mit einer Gruppe von Freunden, meist vom Fußball, hing er in der Schule herum, aber mit keinem spielte er regelmäßig nach dem Unterricht und bei keinem war er öfter zu Hause als ein paar Mal im Jahr. Wenn es weder ein Spiel noch eine Party gab, war er nach der Schule bei Minnie zu Hause, beschäftigte sich mit den Tieren, pflückte

Kräuter fürs Abendessen, schrubbte Kartoffeln oder kickte im hinteren Hof für Blitz Blechdosen in die Gegend. Und dann gab es Abendbrot und Spiele und Gin und Musik. Jahrein, jahraus. Es war die Symmetrie der Tage, die dankbare Verwirklichung von Erwartungen, die Struktur von all dem. Sie ließ Daniel sich sicher fühlen.

Er lernte zu hoffen. Seine Wünsche mussten beschnitten werden, um sie den Grenzen von Minnies Haus anzupassen, so wie sie den Hühnern die Flügel kappte, damit sie nicht wegflogen, aber alles, was er sich in diesem Haus wünschen konnte, das gab ihm Minnie.

Es war Samstag, und Daniel wachte auf, bevor sein Wecker klingelte. Er streckte sich wie ein Seestern und spürte die Dehnung bis in die Fingerspitzen. Vor der dünnen Glasscheibe seines Fensters hörte er das Gackern und die aufgeregte Geschäftigkeit der Hühner sowie das verärgerte Meckern der Ziegen. Er lag im Bett, die Hände unter dem Kopf, und dachte nach, erinnerte sich.

Daniel wälzte sich herum und gähnte, dann griff er in die Nachttischschublade. Er nahm die Halskette seiner Mutter heraus und strich über das goldene »S«. Es fühlte sich glatter an, als er es in Erinnerung hatte, und er fragte sich, ob er es glatter gemacht hatte, auf die gleiche Weise, wie das Meer die scharfen Kanten von Glasscherben abschliff. Fast ein Jahr hatte die Kette, in ein Papiertaschentuch gewickelt, in der Schublade gelegen, ohne dass er sie angerührt hatte. Er hatte sie beinahe vergessen.

Er legte sich wieder hin und betrachtete die Kette. Die Erinnerungen, die ihm kamen, wenn er über sie strich, waren keine wirklichen Erinnerungen, sondern eher Fotos, die sein Inneres gemacht und dann mit Hoffnung getränkt hatte, sodass sie im Dunkeln aufgehängt werden konnten, tropfend von seinen eigenen Erwartungen. Eines der Fotos zeigte seine Mutter, die in Minnies Küche lachte, so heftig lachte, dass man die zwei fehlenden Zähne sehen konnte, und dabei vor Frohsinn ihre Augen so fest zukniff, dass die Lachfältchen in ihre Knochen schnitten. Ein anderes zeigte seine Mutter beim Hühnerfüttern, während Minnie vom Fenster her winkte. Vor seinem inneren Auge waren die Hände seiner Mutter immer knochig und langsam: Sie ließ das Futter in Zeitlupe fallen, als säßen ihre Gelenke fest. Auf einem anderen Foto spielten sie zusammen Karten, und seine Mutter gewann; sie wippte auf dem Sofa nach hinten, die Knie in der Luft, und kreischte ungläubig.

Daniel legte die Halskette in die Schublade zurück. Er überlegte, was Minnie wohl von seiner Mutter denken würde, wenn sie sich leibhaftig träfen. Seine Mutter wäre so zerbrechlich: ein Spätzchen vor ihr, der tapsenden Bärin. Minnie würde sie nähren und lieben und ihr zu arbeiten geben, wie sie es mit Daniel getan hatte. Vor Minnie wäre Daniels Mutter einfach ein anderes Kind. Wenn er darüber nachdachte, dann war es das, was ihm das Herz brach. Seine Mutter war für ihn ein Kind, und jedes Jahr fühlte er sich neben ihr älter werden, während sie in seiner Vorstellung dieselbe blieb: jung, mager, auf ihn angewiesen.

Seit Daniels Adoption hatte sich die Art, wie er über seine Mutter dachte, verändert. Früher hatte er die Panik über ihren Verlust gefühlt, das Zerren und Reißen und den Schmerz. Jetzt hätte er sie am liebsten getröstet. Er erinnerte sich, wie er ihre Stirn gestreichelt und eine Strickjacke über sie gebreitet hatte, als sie auf dem Sofa schlief: schwarze Augen und blaue Lippen, die ihn anlächelten. Er wollte nicht mehr zu ihr weglaufen. Er wünschte sich, mehr als ihr Chaos, die Ruhe seines neuen Lebens, aber nun träumte er davon, sie in dieses neue Leben hereinzuholen. Minnie könnte auch sie adoptieren; sie könnte auf dem Sofa schlafen und Ray Charles hören, während Daniel aus dem Garten Rhabarber-Regenschirme holte und Gemüse zwischen die flinken Lippen der Ziegen schob.

Unten hatte Minnie den Porridge auf dem Herd. Sie war in ihrem Morgenmantel, die nackten, dreckigen Füße auf dem Küchenfußboden. Die Sohlen ihrer Füße waren hart wie Leder. Abends beim Fernsehen legte sie ihre Füße auf einen Hocker, und Daniel klopfte manchmal mit einem Finger gegen die dicke gelbe Hornhaut. Sie konnte sich eine Reißzwecke eintreten und es erst eine ganze Woche später bemerken, nicht wegen der Schmerzen, sondern weil sie das Klack-Klack der Reißzwecke in ihrem Fuß auf den Dielenbrettern hörte. Dann legte sie den Knöchel über ihr Knie und entfernte den störenden Reißnagel – aber es würde kein Tropfen Blut fließen.

Als sie ihn hörte, kam sie mit dem Kochlöffel in der Hand zum Fuß der Treppe. Sie kniff ihm in die Wangen und drehte sein Gesicht zur Seite, um ihm einen Kuss auf die Stirn zu drücken.

»Guten Morgen, mein Schatz.«

Es war Sommer, und obwohl es noch vor sieben war, war der Tag strahlend hell, der Himmel ein fleckenloses Blau. Daniel schlüpfte in seine Stiefel und ging nach draußen, um die Tiere zu füttern. Seine Hände waren kalt, und Barbara trat und stampfte, als er ihr Euter berührte, also wärmte er sie erst in seinen Achselhöhlen, bevor er es noch mal versuchte.

Die Ziegen, nun wieder beisammen, schmiegten sich aneinander und beschnüffelten sich, und Daniel trug die Milch zu Minnie hinein.

»Du bist ein guter Junge«, sagte sie und stellte ihm seinen Porridge mit einer heißen Tasse Tee hin, in den sie, wie Daniel wusste, bereits Milch und Zucker für ihn getan hatte. »Ich geh mich anziehen.«

Als sie zurückkam, machte Daniel gerade Toast. Er fragte sie, ob sie welchen wollte.

»Bloß eine halbe Scheibe, Liebling. Mir reicht mein Tee.«

Daniel gab ihr eine ganze Scheibe, weil er wusste, dass sie sie sowieso essen würde. Sie schwatzte mit ihm über den Garten und das Loch im Dach, und wie sie wohl jemanden finden könnte, der es nächste Woche reparierte. Das sagte sie nun schon seit Monaten. Sie fragte, was er heute machen wolle, da es ja Samstag war. Wenn das Wetter schön bliebe, könnten sie ja einen Spaziergang machen, oder wenn es regnete, könnten sie am Nachmittag Filme gucken und ganze Packungen Kartoffelchips knuspern. Manchmal kochte und backte Minnie drinnen, während Danny auf dem Hof einen Fußball herumkickte.

Daniel zuckte die Achseln. »Du weißt doch, was ich gerade gedacht habe«, sagte er, biss ein kleines Stück von seinem Toast ab und beobachtete ihr Gesicht.

Sie lächelte – blaue Augen und rote Wangen – übers ganze Gesicht. »Ich bin sicher, du wirst es mir erzählen.«

»Meinst du, die Sozialarbeiterin würde rausfinden, wo meine Mum jetzt ist?«

Das Licht in ihren Augen erlosch.

»Liebling, du weißt doch, was sie gesagt haben. Achtzehn, dann kannst du Kontakt haben, wenn du es noch möchtest. Ich weiß, es ist hart, aber das ist das Gesetz, und dem müssen wir uns fügen. Versuche bloß mal, es zu umgehen.«

»Ich kann, ich bin, ich wollte nur … ich wollte ihr vielleicht die neuen Ziegen zeigen und mein Zimmer, jetzt, wo's fertig ist. Ihr würde es gefallen. Ich wollte nur mal mit ihr reden …«

Minnie seufzte. Ihre Brüste hoben sich vom Tisch in die Höhe und sanken wieder zurück. »Danny, sieh mich an.«

»Was?«, sagte er und blickte zu ihr auf, den Mund voller Toast. Sie sah ihn mit gerunzelter Stirn an.

»Du darfst nicht wieder weglaufen, hörst du?« Sie legte eine Hand auf ihr Herz. »Ich halte es einfach nicht noch mal aus, Liebling.«

»Ich werde nicht weglaufen. Ich wollte ihr nur von den neuen Ziegen erzählen.« Er sah weg und aß seinen Toast auf, wobei er zu viel in seinen Mund steckte und ihr verstohlen einen Blick zuwarf. Sie saß da und betrachtete ihn, ihre Hände im Schoß.

Daniel schaute zur Seite. »Ich dachte, es wäre schön, wenn sie herkäme und bei uns wohnte«, sagte er. In dem Moment, als er es laut aussprach, erschien es ihm unmöglich, dumm, trotzdem drehte er sich um, um ihre Reaktion zu beobachten.

»Du weißt, dass das nicht geht, Danny«, sagte sie sehr leise.

Er nickte und spürte einen Schmerz im Rachen. »Ich weiß halt, dass es ihr hier gefallen würde. Man muss sich um sie kümmern, und hier könnte ich mich um sie kümmern.«

Daniel fühlte ihre schwere Hand in seiner. »Du musst dir darüber klarwerden, dass es nicht deine Aufgabe ist, dich um deine Mutter zu kümmern. Es ist meine Aufgabe, mich um dich zu kümmern.«

Daniel nickte. Er fühlte ein Stechen in der Nase und wusste, er würde weinen, wenn er wieder etwas sagte. Er wollte Minnie nicht wehtun. Er liebte sie und wollte bei ihr bleiben. Er wollte ihr nur begreiflich machen, dass auch seine Mum herkommen und bei ihnen wohnen sollte. Dann wäre alles perfekt.

»Ich werde nicht weglaufen«, brachte er heraus. »Ich möchte bloß mit ihr reden. Ich möchte ihr von der Farm und so erzählen.« Er wischte mit seinen Fingern über sein linkes Auge. »Ich möchte bloß mit ihr reden.«

»Ich verstehe, Liebling«, sagte sie. »Ich werde mit ihnen sprechen. Ich werde sehen, ob sie mir eine Telefonnummer oder so was geben.«

»Willst du das wirklich?« Er beugte sich vor und lächelte erleichtert, aber sie sah ihn finster an.

Sie nickte.

»Versprichst du's?«

»Ich hab doch gesagt, ich tu's.«

»Meinst du, sie sagen's dir?«

»Ich kann nur fragen.«

Daniel lächelte und lehnte sich auf seinem Stuhl zurück. Minnie räumte ab, stellte die Butter und die Marmelade weg und wischte die Hälfte des Küchentischs ab, an der sie gegessen hatten – auf der anderen Hälfte türmten sich Bücher, Hundekuchen und alte Zeitungen. Daniel fühlte, wie sich vom Magen bis hinauf zu seinen Rippen eine Wärme in ihm ausbreitete. Sie machte ihm Mut, und er richtete sich gerade auf und hob die Schultern.

Später in der Woche zuckelte Daniel gemächlich nach Hause. Er fand eine Blechdose und dribbelte mit ihr ein paar hundert Meter, seinen Schulschlips hatte er gelockert, das Hemd hing ihm heraus, und seine Schultasche baumelte von seinen Schultern herunter. Die Luft war durchsetzt vom Geruch nach frisch gemähtem Gras. Daniel hörte seinen Atem und spürte den Schweiß, der sich an seinem Haaransatz bildete, als er die Dose mit seinen schlammverschmierten Schulschuhen vor sich hertrieb. Er genoss den Schwung und die Kraft in seinen Muskeln und Gelenken und die warme Sonne auf seinen Unterarmen und seinem Gesicht. Er war glücklich, glücklich, hier zu sein und nach Hause zu Minnie zu laufen.

Nach Hause. Er trat heftig nach der Dose, und sie flog in einem glitzernden, sonnenfunkelnden Bogen mindestens zehn Meter weit, ehe sie lautlos ins hohe Gras fiel. *Nach Hause.* Daniel fand sie und trat wieder nach ihr. Sie flog hoch, und er wartete darauf, dass sie herunterkam, bevor er sie seitlich mit dem Fuß erwischte und erneut hinauf in die Luft schickte und den Hügel hinab in Richtung Flynn Farm und Minnie, die Sandwiches mit Bananenmus gemacht haben würde, die auf ihn warteten.

Es war ihre Verlässlichkeit, die er vor allem liebte. Sie hatte die Gabe, ihm ihre Welt zu zeigen und sie dann Tag für Tag zu wiederholen. Dinge passierten, wenn sie sagte, dass sie passieren würden. Sie sagte, sie würde ihn adoptieren, und das tat sie. Der Richter hatte sein Gesicht verzogen, als er die Papiere sah, die ihm vorgelegt wurden, und Daniel war flau im Magen geworden, aber er hatte tatsächlich zu ihren Gunsten entschieden und ihn zu Minnies Sohn erklärt, genau so, wie sie es versprochen hatte.

Daniel sah sie inzwischen anders. Er liebte bereits ihren schweren Körper und ihre weiche Massigkeit, aber nun erkannte er in ihr eine neue Macht. Er vertraute ihr. Sie war imstande, die Dinge zu bekommen, die sie haben wollte; sie lagen in ihrer Reichweite. Sogar Daniels Schicksal hatte sie im Griff. Wenn er an sie dachte, fiel ihm ein, wie sie den bellenden Blitz im Nacken packte, wenn sie ihn zurückhielt, um Fremden die Tür zu öffnen.

Daniel ging jetzt langsamer. Sein Atem war ungleichmäßig. Er holte tief Luft und genoss den Geruch des warmen Sommergrases. Der Himmel war blau und so wolkenlos, dass ihm von dessen Unendlichkeit schwindlig wurde.

Er hörte Stimmen und dann Schritte hinter sich. Er blickte sich über die Schulter um und sah, dass es die drei älteren Jungen waren, die ihn schon einmal verprügelt hatten. Inzwischen kannte er ihre Namen: Liam, Peter und Matt. Sie waren in der Schule im Jahrgang über ihm.

Er fühlte Spannung in seine Muskeln hineinkriechen. Er ging, als würde er die Jungen nicht bemerken, betonte aber seinen Schritt und den Schwung seiner Schultern. Er hörte ihre Unterhaltung, obwohl er vermutete, dass sie mindestens fünf Meter hinter ihm waren. Sie sprachen über Fußball, aber dann verstummten sie plötzlich, und Daniel fühlte, wie sich die Haare in seinem Nacken aufrichteten. Er versuchte, auf ihre Bewegungen zu lauschen.

»Wie geht's denn der alten Hexe, Danny, he?«, rief einer. »Hat sie dir schon 'n paar Zaubersprüche beigebracht?«

Die Stimme war nahe.

Daniel achtete nicht auf sie. Er biss die Zähne zusammen und ballte die Hände zu Fäusten.

»'ne fette Hexe wie sie. Möchte sehen, wie sie zu fliegen versucht…«

Daniel blickte wieder über seine Schulter und sah, wie einer der Jungen einen Ritt auf dem Besenstiel nachahmte, dann stolperte und ins Gras fiel. Dann lachten sie alle: dreckiges Gelächter. Die Stimmen waren großmäulig und tief; jüngst umgekippte Stimmen, voll Hohn.

Daniel drehte sich zu ihnen um. Sofort bauten sich die Jungen auf, die Füße auseinander und die Hände aus den Hosentaschen.

Es entstand eine Pause, sodass Daniel nichts als das Rauschen in seinen Ohren hörte.

»Haste 'n Problem?« Es war Peter, der sprach, Kinn schräg, Augen zusammengekniffen, und Daniel zu suggerieren versuchte, mit etwas anzufangen.

»Quatsch nicht über sie, okay?«

»Oder du machst was?«

»Dich verprügeln.«

»Yeah, du und wem seine Armee?«

Es war wie vorher. Daniel ging auf den Jungen los und rammte ihm den Kopf in den Bauch. Er war noch immer größer als Daniel. Er fühlte die Faust des Älteren auf seine Rippen hämmern und atmete vor Schmerz ein. Er hörte die anderen beiden höhnen: *Schlag ihn, Pete. Schlag ihn.*

Daniel erinnerte sich, wie er gegen den Freund seiner Mutter gekämpft hatte, gegen den, der ihn an den Haaren vom Boden hochgezogen hatte. Er fühlte die Wut rasch, strahlend und heftig durch seinen Körper schnellen. Der Ruck war stärkend, reinigend. Er traf Peter, und der fiel hin, und dann trat er ihm ins Gesicht, bis er sich wegdrehte.

Darauf machten sich die anderen Jungen über Daniel her, aber er war angespannt von der Attacke und spürte nicht ihre Fäuste an Armen und Oberkörper. Er versetzte Matt einen Schlag auf die Nase und fühlte in seinem Knöchel das Knacken widerhallen, dann trat er Liam in den Unterleib.

Daniel taumelte von ihnen weg. Seine Faust brannte, und er guckte nach unten und sah den Riss am Knöchel, aber als er ihn berührte, merkte er, dass es nur Matts Blut war. Noch einmal fuhr er herum, um ihnen das Gesicht zuzuwenden.

»Noch ein Wort über sie, und ihr seid tot.«

Das Wort *tot* flog wie eine Gewehrkugel aus seinem Mund. Es hallte in dem weiten Umfeld wider. Vögel stoben in seinem Nachhall auseinander.

Die Jungen, ins hohe Gras niedergestreckt, sagten nichts. Noch immer vorsichtig entfernte sich Daniel von ihnen, betonte aber dennoch seinen stolzen Gang. Es wehte ein leichter Wind, und alle Grashalme beugten sich ihm wie in tiefer Verehrung entgegen.

Daniel wusste, dass die Jungen sich rächen könnten, aber er fühlte sich gut, als er auf die Farm zuging. Seine Schritte waren leicht. Sie würden es sich zweimal überlegen, bevor sie wieder über sie herzogen. Sie war jetzt seine Mutter; er würde für sie eintreten.

Als Daniel bei der Farm ankam, war alles still. Die Hennen stolzierten herum und pickten, aber leise, und die Zickel erhaschten einen raschen Schluck vom Euter, der ihnen beim Dunkelwerden verwehrt würde. Die Gänseblümchen im Gras stemmten sich gegen den Wind.

Minnie war dabei, den Gefrierschrank abzutauen. Daniel ging pinkeln, sobald er nach Hause kam. Er wusch sich die Hände und sah in den Spiegel. Er zog sein T-Shirt hoch, um einen Blick auf seine Rippen zu werfen. Er hatte nicht einen Kratzer abgekriegt. Sie würde nicht erraten, dass er sie verteidigt, für sie gekämpft und gesiegt hatte.

Er straffte unwillkürlich die Schultern, als er in die Küche trat.

Sie stand in ihren Gummistiefeln da und hämmerte mit einem Holzspatel auf das gesinterte Eis im Tiefkühlschrank ein.

»Heilige Muttergottes, ist es schon so spät?«, sagte sie, als er hereinkam. »Sicher, und ich dachte, es wäre erst zwei durch. Du wirst deine Sandwiches haben wollen, und ich hab sie noch nicht mal fertig.«

Daniel wischte sich Nase und Stirn mit dem Ärmel und wartete, während sie Bananenscheiben auf frisches Weißbrot drückte und ihm ein Glas Orangensaft eingoss. Er goss den Saft herunter und aß das halbe Sandwich, ehe er etwas zu ihr sagte.

»Warum machst du ’nn das?«, fragte er und zeigte auf den offenen, tropfenden Kühlschrank.

»Es ist wie mit allen Dingen im Leben, Danny. Ab und zu muss man den Hammer rausholen und wieder von vorn beginnen.«

Daniel war sich nicht sicher, was sie damit meinte. Er begann mit der anderen Hälfte seines Bananen-Sandwichs. Die Fenster waren offen, und der Jauchegeruch von der Nachbarfarm wehte herein. Minnie trank ihren Tee auf einen Zug, dann griff sie wieder zu Hammer und Spatel und hackte mit lauten, harten Schlägen auf das Eis ein.

»Ich hab heute in meiner Geschichtsklassenarbeit ein A gekriegt!«, rief er. Sie stoppte ihren Angriff gegen den Kühlschrank lange genug, um ihm zuzuzwinkern.

»Kluger Junge. Ich hab's dir ja gesagt. Du bist viel zu gescheit. Wenn du dir auch 'n bisschen Mühe gibst, verpasst du ihnen allen nächste Woche ein Ding, dass ihnen Hören und Sehen vergeht ... Ich hab's dir ja gesagt.«

Blitz stahl sich nach nebenan, um dem lauten Gehämmere zu entfliehen. Eis glitt über den Küchenboden, geräuschlos und wässerig wie Reue.

Daniel aß sein Sandwich auf, lehnte sich auf seinem Stuhl zurück und leckte seine Finger ab. Er bemerkte, dass Minnie ihn ansah, den Hammer in der Hand. Sie wischte sich die Stirn mit ihrem nackten Unterarm und legte ihre Werkzeuge im Kühlschrank ab. Sie setzte sich neben Daniel und legte eine schwere, rote Hand auf seinen Schenkel.

»Was ist?«, fragte Daniel und wischte sich die Nase mit seinem Ärmel.

»Ich habe mit Tricia gesprochen.«

Die Küche, voller Lichtperlen und Toastgerüche und Wärme, war plötzlich gespannt wie die Saiten einer Geige. In der Diele bettete der Hund seine Nase auf seine Pfoten. Daniel wartete, die Wirbelsäule gerade aufgerichtet. Minnie hatte noch immer ihre schwere Hand auf seinem Bein. Sie begann, sein Knie zu massieren.

»Ich weiß nicht, wie ich dir das sagen soll, Danny. Gott weiß, dass ich dir mehr Kummer ersparen möchte, aber du hast mich gebeten, es rauszufinden.«

»Was ist denn? Ist sie wieder im Krankenhaus?«

»Es ist ja nie die richtige Zeit, also werde ich's dir einfach sagen. Ich hab's heute erfahren.«

Minnie biss sich auf die Unterlippe.

»Sie ist im Krankenhaus, nicht? Sie ist wieder krank.«

»Diesmal war es schlimmer, Schatz.« Sie sah ihn ohne zu blinzeln an, als würde er es wissen, ohne dass sie es ihm sagen müsste.

»Was denn?«

»Liebling, deine Mum ist tot.«

Die Welt war gleichzeitig sehr still und sehr laut. Alles schien innezuhalten, und Daniel fühlte die Pause, die Stille. In seinen Ohren klingelte es. Es war wie zuvor, vor der Rauferei. Es war, als hätte er für einen oder zwei Augenblicke das Gleichgewicht verloren. Der Lärm in seinen Ohren ließ ihn den Worten misstrauen, die er gehört hatte, und dennoch bedeutete die Angst, die er in seinem Rachen schmeckte – sauer, schwarz –, dass er es nicht ertrug, wenn sie wiederholt wurden.

Daniel stand vom Tisch auf und fühlte sogleich Minnies warme Hände auf seinen Schultern.

»Es ist gut so, Liebling«, sagte sie. »Lauf nicht davor weg. Ich werde immer für dich da sein.«

Wenn Daniel sich in späteren Jahren an diese Worte erinnerte, zwangen sie ihn immer, schneller zu laufen.

Es war ein Schock, aber auch eine seltsame Freude. Er fühlte den Schlag, als würde man ihn schütteln oder boxen, aber danach den Schmerz und die sonderbare Erregung. Sein Herz pochte, seine Zunge klebte am Gaumen, seine Augen waren weit aufgerissen und trocken.

Tot?

Luft plätscherte in seinem Mund, als wäre ihm die Kehle durchgeschnitten worden.

Tot.

Er blickte nach unten und sah Minnies Hand auf seinem Arm; ihre warmen Finger, die so viel sicherer waren als die Hände seiner eigenen Mutter. Sie waren stark wie ein Tau, dem er genug vertrauen konnte, um von einem Felsen hinunterzuspringen, wissend, dass es ihn – schwebend in Raum und Zeit – halten und ihm das Gewicht abnehmen würde, während die Schwerkraft ihn nach unten zog.

Tot.

Danny kringelte sich um Minnie. Sie lud ihn nicht dazu ein. Sie zog ihn nicht an sich, aber er kringelte sich dennoch um sie, wie ein Blatt sich im Herbst zusammenkringelt, weil es keine Kraft mehr hat.

»Ja«, sagte sie. »Ja, ja, mein Schatz, mein geliebtes Kind. Du empfindest es nicht so, aber du bist frei – du bist jetzt frei.«

Er fühlte sich nicht frei, sondern bindungslos, und die Furcht davor ließ ihn sich wieder an sie schmiegen. Zum ersten Mal gab er sich ihr wirklich hin und bat sie um ihre Liebe.

Später machte sie ihm eine Tasse Tee, und er war voller Fragen.

»Wie ist sie gestorben?«

»Es war eine weitere Überdosis, Schatz. Eine große.«

Er hielt den Becher Tee mit beiden Händen und trank daraus in kleinen Schlucken.

»Kann ich sie sehen? Wird sie irgendwo beerdigt?«

»Nein, Schatz, sie ist verbrannt worden. Aber du hast ja immer noch deine Halskette und kannst an sie denken, wann immer du möchtest.«

»Ich hätte bei ihr sein sollen. Ich hätte den Krankenwagen rufen können. Ich rufe den Krankenwagen immer rechtzeitig.«

»Es ist nicht deine Schuld, Danny.«

»Es war nur, weil sie allein war.«

»Es ist nicht deine Schuld.«

Der Gedanke kam ihm, wie früher von Brampton nach Newcastle zu trampen, aber jetzt, da sie tot war, hatte das keinen Sinn mehr. Minnie war jetzt seine Mum, und er würde versuchen, es zu etwas zu bringen.

23

Die Anklage versuchte inzwischen eindeutig, Sebastian als bösartiges Kind hinzustellen. Die Zeugenliste für den Tag enthielt Nachbarn der Crolls, Kinder von Sebastians Schule und seinen Lehrer. In Abwesenheit der Geschworenen erhob Irene Einspruch gegen die Art und Weise der Befragung als einen Versuch, den Zeugen irrelevante Beweise für einen schlechten Charakter zu entlocken, aber der Richter ließ einigen Spielraum zu, insbesondere im Zusammenhang mit Sebastians Ruf als eines brutalen Rabauken, da er fand, das hänge mit der Straftat zusammen.

Sebastian war heute rege und auf den Prozess konzentriert. Es hatte keine Kritzeleien und kein Gezappel mit den Beinen gegeben. Sein Vater saß nicht länger im Gerichtssaal. Daniel hatte mit Charlotte gesprochen, die ihm sagte, Kenneth sei ins Ausland gerufen worden, werde aber in wenigen Tagen zurückkehren. Charlotte wirkte überreizt: nichts als gespannte Sehnen und tief liegende Augen und zitternde Fingerspitzen. Sie habe Angst, für eine Zigarette nach draußen zu gehen, sagte sie Daniel, weil dann die Journalisten über sie herfallen würden. Sie könne die Lügen nicht ertragen, die über ihren Sohn geschrieben würden. Daniel hatte ihren Ellbogen gedrückt und gesagt, sie solle gefasst bleiben. *Es wird noch schlimmer, bevor wir an der Reihe sind*, sagte er zu ihr. *Darauf stellen Sie sich besser ein.*

»Die Staatsanwaltschaft ruft Mrs. Gillian Hodge auf.«

Daniel sah sie zum Zeugenstand gehen. Die Journalisten auf der Galerie schrieben hektisch los, als sie die rechte Hand hob und schwor, die Wahrheit zu sagen. Sie war Nachbarin sowohl von den Crolls als auch von den Stokes' und Mutter von zwei kleinen Mädchen. Daniel hatte mit Irene auf der Party in der Kanzlei über sie gesprochen. Ihre Stimme war klar und stark, ihre Gestik selbstbewusst und ruhig. Sie war berufstätig, doch mütterlich, mit ehrlichen, strahlenden Augen und gleichmäßigen, markanten Zähnen. Daniel faltete die Hände und wartete, wobei er ihre Aussage beinahe fürchtete. Er spürte Sebastians kleine Hand auf seinem Schenkel und beugte sich herunter, sodass sein Ohr näher am Mund des Jungen war.

»Sie hasst mich«, war alles, was er sagte.

»Nur ruhig Blut«, sagte Daniel, fast zu sich selbst.

Gordon Jones ließ seine Robe zur Seite rauschen und nahm seine Stellung am Pult ein.

»Mrs. Hodge, könnten Sie uns sagen, woher Sie die Crolls und ihren Sohn Sebastian kennen?«

»Ich bin ihre Nachbarin, ebenso Nachbarin von Madeline und Paul Stokes. Ich wohne genau zwischen den beiden Parteien.«

Daniel hörte ihr aufmerksam zu. Ihre London-Public-School-Stimme war energisch, und sie benötigte fast nicht das Mikrofon, das vor ihr stand.

»Und deren Kinder«, soufflierte Jones, »würden Sie sagen, Sie kennen sie gut?«

»Meine Kinder haben früher mit Ben und Sebastian gespielt, folglich kenne ich die Eltern und ihre Kinder gut.«

Als sie *und ihre Kinder* sagte, wandte sich Gillian entschieden Sebastian zu. Daniel machte sein Rückgrat gerade, als er ihren strengen Blick spürte.

»Sie haben zwei Töchter, ist das korrekt?«

»Ja.«

»Und wie alt sind sie?«

»Eine ist acht und die andere zwölf.«

»Ihre jüngere Tochter ist im selben Alter wie Ben Stokes?«

»Ja, sie waren in der Schule in derselben Klasse.« Gillians große strahlende Augen machten Madeline Stokes ausfindig, die den Kopf hängen ließ. Gillian räusperte sich.

»Und Ihre ältere Tochter … im annähernd gleichen Alter wie Sebastian?«

»Ja, sie ist älter, spielt aber nicht sehr oft mit den Jungs. Meine Jüngste ist ein Wildfang. Sie spielte gern mit Ben …«

»Gab es irgendwelche Probleme, als Ihre Tochter mit den beiden Jungs aus Ihrer Nachbarschaft spielte?«

»Na ja, wie ich schon sagte, Poppy, meine Jüngste, kam mit dem kleinen Ben wirklich gut klar, aber oft versuchte Sebastian, sich einzumischen, oder aber er wollte mit Poppy spielen, auch wenn Ben nicht da war.«

»Gab es dabei in irgendeiner Weise Probleme?«

Irene sprang auf, und Daniel hielt den Atem an.

»Mit Verlaub, Euer Ehren, gegen diese Fragemethode muss ich Einspruch erheben. Es geht hier um reines Hörensagen.«

»Ja, aber ich werde sie zulassen.« Philip Barons Stimme war tief und gebieterisch, obwohl er, in seinen Gewändern versunken und fett, in sich zusammengesackt auf der Richterbank fläzte. »Ich bin überzeugt, dass sie im Interesse des Rechts statthaft ist.«

Irene setzte sich und blickte Daniel an. Er nickte, um sie in ihrer Frustration zu stützen.

»Sebastian konnte sehr ungestüm, sehr rowdyhaft sein …«

»Inwiefern?«

»Einmal, als Poppy ein Spiel nicht spielen wollte, das er wollte, hat er sie mit einer Glasscherbe bedroht. Er hielt sie an den Haaren fest, sodass sie nicht wegkonnte, und hielt ihr die Scherbe direkt an den Hals… Ich sah vom…«

Irene war wieder aufgestanden. »Euer Ehren, ich muss gegen diese abträgliche Information vor den Geschworenen Einspruch erheben. Mein Mandant hat keine Chance, sich zu rechtfertigen.«

»Nun«, sagte Richter Baron, und seine Finger flatterten in die Höhe wie Christus bei der Himmelfahrt. »Ich sehe, er hat in Ihnen eine mehr als angemessene Verteidigung, Miss Clarke.«

Irene öffnete den Mund, um etwas zu sagen, setzte sich aber widerstrebend hin. Daniel kritzelte eine Notiz und schob sie ihrem Mitarbeiter, Mark, zu. Sie lautete: *Fragst du sie nach häuslicher Gewalt im Haus Croll?*

Irene drehte sich herum, als sie den Zettel gelesen hatte. Ihre Blicke trafen sich, während sie überlegte. Der Missbrauch stellte einen Zusammenhang zu Sebastians Verhalten gegenüber den Nachbarkindern her, aber Daniel sah auch das Risiko darin. Er konnte zu verstehen geben, dass Sebastian gelernt hatte, gewalttätig zu sein, dass ihn die Szenen, deren Zeuge er in seinem Elternhaus gewesen war, zu solchen Handlungen getrieben hatten.

»… Poppy hatte ziemliche Angst vor ihm. Schon vorher hatte sie mir gesagt, dass sie Sebastian nicht mochte, aber ich hatte sie dazu ermuntert, es doch mit ihm zu versuchen. Als ich sah, dass meine Tochter auf derartige Weise bedroht wurde, verbot ich ihr, wieder mit Sebastian zu spielen.«

»Haben Sie mit Sebastians Eltern über diesen Vorfall gesprochen?«

»Ich habe mit seiner Mutter gesprochen, ja.« Gillian erstarrte, als wäre ihr die Erinnerung widerlich. »Sie zeigte absolut kein Interesse. Sie schien vollkommen gleichgültig zu sein. Ich machte ihr nur klar, dass Poppy mit ihm nicht mehr spielen werde.«

»Danke, Mrs. Hodge.« Gordon Jones brachte seine Notizen in Ordnung und setzte sich.

»Mrs. Hodge.« Irene war gelassen.

Daniel beugte sich an dem Tisch nach vorn, eine Hand unter dem Kinn. Eine Sekunde darauf tat Sebastian dasselbe, er kopierte Daniels Haltung.

»Sagen Sie, wie lange wohnen Sie schon neben den Crolls und den Stokes'?«

»Ich … weiß nicht genau, ungefähr drei oder vier Jahre.«

»Da sind Sie in den Richmond Crescent gezogen?«

»Ja.«

»Die Kinder haben zusammen gespielt. Haben Sie mit irgendwelchen von den Eltern auch Zeiten privat verbracht?«

»Ja, natürlich, bei einem Glas Wein oder einer Tasse Kaffee hier und da – öfter mit Madeline, würde ich sagen –, aber ich war auch ein-, zweimal zu Besuch bei … Charlotte.«

»Sie haben Charlotte Croll von Sebastians Verhalten gegenüber Ihrer Tochter erzählt, und Sie sagen, sie habe sich nicht dafür interessiert? Eine Nachbarin, mit der Sie gesellschaftlichen Umgang hatten? Erwarten Sie von uns, dass wir das glauben?«

Gillian schien ein wenig zu erröten. Ihre großen Augen suchten den Gerichtssaal ab und blickten dann nach oben. »Sie war … verständnisvoll … aber es änderte sich nichts. Es schien, als hätte sie keine Kontrolle …«

»Mrs. Hodge, dieser Vorfall, von dem Sie berichten, bei dem Sebastian Ihre Tochter angeblich mit einer Glasscherbe bedroht hat … haben Sie außer der Mutter des Jungen noch jemandem davon erzählt?«

Mrs. Hodge riss ihre Augen weit auf. Sie blickte zu Irene hoch und schüttelte den Kopf.

»Sie schütteln den Kopf. Haben Sie den Vorfall nicht der Polizei oder auch nur der Schule – einem Sozialarbeiter gemeldet?«

Mrs. Hodge räusperte sich. »Nein.«

»Warum nicht?«

»Ich habe es gesehen, als es passierte, und hab ihn ausgeschimpft, ernsthaft, und dann Poppy untersagt, wieder mit ihm zu spielen. Das war's. Es war ja nichts Schlimmes passiert.«

»Ich verstehe, *es war nichts Schlimmes passiert*. Als sie Sebastian ausschimpften, wie war seine Reaktion?«

»Er hat… sich entschuldigt. Er ist… sehr höflich.« Gillian räusperte sich. »Er hat sich bei Poppy entschuldigt, als ich ihn dazu aufforderte.«

An seiner Seite strahlte Sebastian Daniel an, als freute ihn dieses Lob.

»Mrs. Hodge, wir haben Sie sagen hören, dass Sebastian ein bisschen aggressiv sein konnte. Aber hatten Sie in den nahezu vier Jahren, die Sie im Nebenhaus wohnen, *jemals* einen Grund, sein Verhalten den Behörden zu melden?«

Gillian Hodge wurde rot. »Nicht den Behörden, nein.«

»Und wenn Sie als gute Mutter *jemals* das Gefühl gehabt hätten, dass Sebastian auf irgendeine Weise eine echte Gefahr für Ihr Kind oder Ihre Nachbarskinder sein könnte, hätten Sie es sofort getan?«

»Hm, ja…«

»Sie sind Mutter von zwei Kindern im selben Alter wie der Verstorbene und der Angeklagte, ist das richtig?«

»Ja.«

»Sagen Sie, hat eines Ihrer Kinder sich jemals aggressiv verhalten?«

Mrs. Hodge errötete wieder.

Jones stand auf, eine Hand wütend in die Höhe gereckt. »Euer Ehren, ich muss die Sachdienlichkeit dieser Fragestellung in Zweifel ziehen.«

»Ja, aber ich lasse sie zu«, sagte Baron. »Ich habe über ihre Zulässigkeit bereits entschieden.«

»Mrs. Hodge«, wiederholte Irene, »hat eines Ihrer Kinder sich jemals aggressiv verhalten?«

»Nun, ja. Alle Kinder können aggressiv sein.«

»Das können sie«, gab Irene zurück. »Keine weiteren Fragen.«

»Na schön, angesichts der Zeit denke ich, dies könnte ein günstiger Moment sein ...« Baron drehte sich zu den Geschworenen herum. »Guten Appetit, aber ich erinnere Sie noch einmal daran, nicht über den Fall zu diskutieren, es sei denn Sie alle zusammen.«

Es erhob sich eine Stille, eine wasserlose Welle, ein Rauschen von Stoff und Luft in dem gedämmten Raum, als sich das Gericht mit dem Richter erhob und sich, als er weg war, wieder setzte. Der Justizangestellte bat darum, die Publikumsgalerie zu räumen, und Daniel schaute nach oben und sah, wie die Anwesenden sich zögernd von dem Schauspiel abwandten.

Daniel stellte sich hinter Sebastians Stuhl und knetete sanft seine Schultern. »Alles okay, Sebastian?«, fragte er und zog eine Augenbraue hoch.

Sebastian begann herumzuhüpfen und Daniel zuzunicken; dann berührte er seine Zehen und drehte sich um. Die scharfen Säume seines viel zu großen Anzugs hoben sich zu seinen Ohren und fielen wieder herab, während er hüpfte.

»Tanzt du, Seb?«, fragte der Polizeibeamte. »Es ist Zeit, wieder nach unten zu gehen.«

»Gleich, Charlie«, sagte Sebastian. »Ich habe so lange still gesessen.«

»Du kannst ja deinen Weg nach unten tanzen, Fred Astaire, okay?«

»Bis bald, Mr. Hunter«, sagte Sebastian und drehte sich um, die Hand des Polizeibeamten auf seiner Schulter. »Wir sehen uns nach dem Mittagessen.«

»Bis später«, sagte Daniel und schüttelte den Kopf, als er seinen jungen Mandanten verschwinden sah. Auf der einen Seite hätte er gern über den Jungen und seine Faxen gelacht, aber auf der anderen Seite war er tieftraurig.

Irene streckte die Hand aus und kniff in Daniels Ellbogen. »Ich hatte einfach das Gefühl, es wär nicht richtig, Danny.« Daniel lächelte und blickte ihr in die Augen, während er dachte, wie schön ihre Augen doch seien. »Es ist ein zweischneidiges Schwert.«

»Hey, ich weiß, es ist ein Aufruf zu moralischen Werten«, sagte er. »Und ehrlich gesagt ist es wahrscheinlich das Letzte, was Sebastian oder seine Familie vor aller Ohren aufgedeckt haben wollen.«

Sie lächelte ihn an.

»Ich vertraue deinem Urteil«, sagte er, als sie den Gerichtssaal verließen.

Daniel ging hinunter zu der Zelle, um mit Sebastian zu sprechen. Auch Charlotte war da. In dem Moment, als der Aufseher Daniel hineinließ, versetzte Sebastian seiner Mutter einen Tritt gegen den Oberschenkel. Sie gab keinen Laut von sich, ging jedoch weg, die flache Hand auf dem Schenkel.

»Sachte, Seb«, sagte Daniel.

Sebastian ließ sich gegen die Wand plumpsen, die Unterlippe schmollend vorgeschoben.

Charlotte schien die Zeugenaussage erregt zu haben. »Warum mussten sie sie denn aufrufen? Immer steckt sie ihre Nase in Dinge, die sie nichts angehen.«

»Sie hasst mich«, sagte Sebastian wieder.

»Gillian *hasst uns alle*«, sagte Charlotte.

»Kann ich draußen mit Ihnen reden, Charlotte?«, fragte Daniel.

Sie nickte und drehte sich um, um nach ihrer Handtasche zu greifen. Daniel konnte durch ihr Kostüm ihre Schulterblätter ausmachen.

Als sich die Tür schloss, verlangte Charlotte, eine Zigarette zu rauchen. Daniel bat den Sicherheitsbeamten für sie um die Erlaubnis, direkt von den Zellen aus nach draußen zu gehen, ohne nach oben zu müssen. Daniel war überrascht, dass es der Aufseher erlaubte, aber es schien, dass Charlotte schon früher darum gebeten hatte, hier zum Rauchen nach draußen gelassen zu werden. Die Hintertür der Zellen war abgelegen, dort standen keine Reporter.

Ihre Hände zitterten, als sie ihre Zigarette anzuzünden versuchte. Es war etwas windig, und so wölbte Daniel seine hohle Hand darum. Als die Zigarette brannte, saugte sie heftig daran, bevor sie sich zu ihm umdrehte, tiefe missbilligende Furchen in der Stirn.

»Ich weiß, es ist schwer für Sie, Charlotte, aber denken Sie mal, wie es für Sebastian ist. Jede Person, die im Moment aussagt, sagt Schlechtes über ihn.«

»Man sollte ihnen nicht erlauben, solche Dinge zu sagen«, sagte sie. »Dass ich ihn nicht im Zaum halten kann, dass es mir gleichgültig war, als er andere Kinder bedrohte. Ich war nicht dabei, als er ein anderes Kind mit einer Glasscherbe zu verletzen versuchte.«

Ihre Stimme war schrill, ihr Gesicht verfiel. Plötzlich wirkte sie so alt.

»Versuchen Sie, sich daran zu erinnern, dass sie, wenn sie sich mit derartigen Dingen – schlechter Charakter, Gerüchte – abgeben, das müssen. Ihre Beweise sind hauptsächlich Indizien.

Da aber seine Schulzeugnisse eine aggressive Entwicklungsgeschichte zeigen, musste das zwangsläufig zur Sprache kommen, aber versuchen Sie, sich zu erinnern, dass es nicht beweist …«

»*Ich* bin schuld – das versuchen sie, damit zu sagen. Dies soll ein Prozess *gegen mich* sein. Ihn schuldig finden und sagen, *es ist alles meine Schuld.*«

Daniel streckte seine Hand aus und drückte Charlottes Schulter. »Niemand sagt das …«

Sie wandte sich ab, und als sie sich wieder umdrehte, um einen Zug von ihrer Zigarette zu nehmen, sah Daniel, dass sie weinte. Ihre Tränen waren schwarz und wuschen zarte weiße Linien in ihr Make-up.

»Sie sind seine Mum«, sagte Daniel. »Er ist elf Jahre alt und steht wegen Mordes vor Gericht. Es wird sich auf sein ganzes restliches Leben auswirken. Er hat es nötig, dass Sie stark für ihn sind.«

Die Gefangenentransporter drängten sich dunkel und bedrohlich auf dem Hof zusammen. Sie erinnerten Daniel an die Farm bei Nacht: die Ställe, in denen die Tiere gehalten wurden. Die Notausgangstür, durch die sie hinausgeschlüpft waren, schlug im Wind.

»Stark wie Sie, meinen Sie?«, sagte sie, das Handgelenk vorsichtig gegen ihre Unterlider gedrückt, um die Schminke nicht zu verwischen. Sie legte Daniel die flache Hand auf die Brust. Unter seinem Hemd fühlte er, wie bei ihrer Berührung seine Haut kribbelte. »*Fühlen*, wie stark Sie sind.«

»Charlotte«, flüsterte er, machte einen Schritt zurück und spürte das Gebäude hinter sich. Er roch ihr schweres Parfüm, dann ihren Zigarettenatem. Ihr Mund war nur Millimeter von seinem entfernt. Die Aschensäule ihrer Zigarette zitterte und fiel auf das Revers ihrer Jacke. Daniel richtete sich gerade auf und lehnte den Hinterkopf gegen die Außenmauer.

Sie ließ ihre Hand langsam sinken, und er spürte ihre langen

Fingernägel seinen Unterleib streifen. Er spannte die Bauchmuskeln an, und unter seinem Hemd zog sich seine Bauchhaut von ihr zurück.

Sie hatte etwas geradezu Abstoßendes an sich, das verschmierte Augen-Make-up, die dicke Grundierung über ihren Poren, aber er fühlte sein Mitgefühl aufwallen.

»Schluss damit«, flüsterte er. »Ihr Sohn braucht Sie.«

Charlotte wich ernüchtert zurück. Sie wirkte beinahe gebrochen, aber Daniel wusste, es war nicht nur seine Zurückweisung, die sie niederdrückte. Ihre Augen waren verschmiert, ihre gelben Finger führten zitternd den Zigarettenstummel an ihre Lippen. »Entschuldigung«, sagte sie tonlos.

Sie ließ die Zigarette auf den Boden fallen. Daniel hielt ihr die Tür auf.

»Die Staatsanwaltschaft ruft Geoffrey Rankine auf.«

Daniel sah, wie der Mann aufstand und zum Zeugenstand ging. Er schien zu groß für den Gerichtssaal, und die Hose fiel über das Oberleder seiner Schuhe. Sein zurückweichendes Haar war ordentlich geschnitten, und seine Augenbrauen hatte er ständig hochgezogen. Als er schwor, vor Gott die Wahrheit zu sagen, spielte ein leises Lächeln um seine Lippen.

»Mr. Rankine, Sie haben der Polizei gemeldet, dass Sie am Nachmittag des achten August im Barnard Park zwei Jungen dabei beobachtet haben, wie sie sich prügelten. Ist das korrekt?«

»Das ist korrekt. Ich verfolge seitdem die Nachrichten und denke, wenn ich doch nur was getan hätte …« Rankines Stimme klang teilnahmslos.

»Sie erwähnten in Ihrer Aussage vom achten August, dass Sie die Jungen zweimal dabei beobachtet hätten, dass sie sich prügelten. Wann ereigneten sich diese zwei Male?«

»Es war etwa zwei Uhr nachmittags, als ich sie das erste Mal sah. Um die Zeit gehe ich immer mit dem Hund raus, nur zu einem raschen Spaziergang nach dem Mittagessen, damit er sein Geschäft verrichten kann.«

»Können Sie die beiden Jungen beschreiben, die Sie sich prügeln gesehen haben?«

»Ja, es war, wie ich's der Polizei gesagt habe: Beide hatten kurzes braunes Haar, und in ihrer Körpergröße gab es keinen großen Unterschied, aber einer war etwas kleiner. Einer trug ein langärmeliges weißes Hemd und der andere ein rotes T-Shirt.«

»Euer Ehren ... wenn ich Eure Lordschaft und die Geschworenen auf Seite siebenundfünfzig in Ihren Unterlagen und das Foto und die Beschreibung von Ben Stokes' Kleidung an dem Tag, als er starb, hinweisen darf, insbesondere auf das rote T-Shirt«, sagte Gordon Jones und ließ seine Brille auf der Nasenspitze balancieren, während er seine eigenen Unterlagen durchsah, »und auf Seite achtundfünfzig die von den Kriminaltechnikern geborgene Kleidung, die der Angeklagte am Tag des Mordes getragen hat ... Kannten Sie einen von den Jungen, Mr. Rankine?«

»Nein, nicht dem Namen nach, aber ich hatte sie schon in der Gegend gesehen. Ihre Gesichter waren mir bekannt. Wir wohnen nicht weit voneinander entfernt, und ich bin immer mit dem Hund draußen.«

»Erzählen Sie uns von dem ersten Mal, als Sie an jenem Tag die Jungen sahen.«

»Ich führte gerade meinen Hund aus, nicht im Park, sondern auf dem Bürgersteig entlang der Barnsbury Road. Es ist ein alter Hund, verstehn Sie, der gern überall herumschnüffelt. Aber ich bin ein begeisterter Wanderer, und er hält mich immer nur auf. Jener Tag war wie alle anderen, möglicherweise war der Hund noch langsamer als sonst. Die Sonne schien. Im Park war viel Betrieb, würde ich sagen, aber dann bemerkte ich zwei kleine Jungs, die sich auf dem Gipfel des Hügels prügelten.«

»Was würden Sie sagen, wie weit entfernt Sie von den Jungen waren?«

»Vielleicht sechs bis neun Meter – mehr nicht.«

»Was sahen Sie?«

»Na ja, zunächst war ich nicht sehr besorgt. Es waren halt zwei kleine Jungs, die sich ein bisschen kabbelten, aber einer von ihnen bekam langsam die Oberhand. Ich weiß noch, er packte den Kleineren bei den Haaren und zwang ihn runter auf die Knie. Er boxte ihn in die Nieren und den Bauch. Ich habe zwei Söhne, und Jungs sind nun mal Jungs, und normalerweise würde ich mich nicht einmischen, aber das erschien mir ziemlich übertrieben, irgendwie gefährlich oder … brutal.«

»Welcher von den beiden Jungen, die Sie beschrieben, schien ›die Oberhand zu bekommen‹?«

»Der etwas größere Junge, der in Weiß.«

»Sie haben die Jungen angesprochen – was haben Sie gesagt?«

»Na ja, es schien halt so, dass sie ein bisschen grob miteinander umgingen, verstehen Sie. Ich sagte, sie sollten den Quatsch lassen.«

»Was passierte?«

»Na ja, sie hörten auf, und einer von den Jungs drehte sich zu mir um, lächelte und sagte, sie würden doch nur spielen.«

»Welcher Junge war das?«

»Der Angeklagte. Ich war nicht völlig beruhigt, aber wie gesagt, Jungs sind nun mal Jungs – ich ließ sie einfach machen.« Rankines Wangen wurden plötzlich grau. Er ließ den Kopf hängen. »Ständig sehe ich alles wieder vor mir. Ich hätte nicht weggehen sollen, verstehn Sie. Ich hätte etwas tun sollen … Wenn ich nur geahnt hätte, was passieren würde.«

Rankine richtete sich plötzlich kerzengerade auf. Er blickte hinauf in die Mitte des Gerichtssaals, wo die Stokes' saßen. »Es tut mir leid«, sagte er.

Gordon Jones nickte verständnisvoll, dann fuhr er fort: »Sie sagen, sie *gingen grob miteinander um*? Sahen Sie es als ein grobes Spiel an, das ihnen einfach etwas entglitt, oder würden Sie sagen, dass eines der Kinder der Aggressor war?«

»Vielleicht, ja, ich denke schon. Es ist zwar schon eine Weile her, aber ich denke, der Junge in dem weißen Hemd … Er war derjenige, über den mich die Polizei befragte nach dem Fund der … Leiche.« Mr. Rankine schüttelte den Kopf und bedeckte seine Augen mit einer Hand.

»Was haben die Jungen gemacht, als Sie sie angesprochen hatten?«

»Na, sie gingen ihrer Wege, und ich ging auch weg.«

»In welche Richtung sind die Jungen gegangen?«

»Durch den Park in Richtung Abenteuerspielplatz … da wo der Jugendklub ist.«

»Von einem der Jungen sagten Sie, er habe sich ›in Not‹ befunden?«

»Na ja, die Polizei hat mich danach befragt, und ich denke, ja, ich denke, das war der Fall.«

»Bei welchem Jungen bemerkten Sie, dass er in Not war?«

»Tja, ich meine, ich sagte, bei dem im roten T-Shirt …«

»Und daran erinnern Sie sich noch genau?«

»Ich denke ja. Soweit ich mich erinnern kann.«

»Welche Merkmale oder Erscheinungen am Verhalten des Jungen führten Sie zu der Annahme, dass er sich in Not befand?«

»Na ja, ich meine, der Junge in dem roten Hemd könnte geweint haben.«

»Könnte geweint haben?«

»Na ja, inzwischen war ich weiter weg, ein paar Meter. Es sah ganz so aus.«

»Damit meinen Sie Jammern, ein rotes Gesicht, Tränen?«

»Tränen vielleicht, ja, vielleicht Tränen und ein rotes Gesicht. Ich meine mich zu erinnern, dass er sich die Augen rieb.«

Mr. Rankine blickte in die Ferne, während seine wässerigen Augen das zu sehen versuchten, was er Monate zuvor gesehen und ignoriert hatte.

»Der Angeklagte hat bei seiner Befragung bestätigt, dass er Sie an dem Tag kurz nach zwei Uhr tatsächlich gesehen hat und dass Sie ihm und dem Verstorbenen zugerufen haben, mit der Prügelei aufzuhören. Haben Sie die Jungen an dem Tag zu einem anderen Zeitpunkt sich noch mal prügeln sehen?«

»Ja, viel später, es muss etwa halb vier oder vielleicht sogar vier Uhr gewesen sein. Ich ging gerade einkaufen. Ich blickte rüber zum Park und sah auf dem Abenteuerspielplatz, wie sich dieselben Jungs schon wieder prügelten. Ich erinnere mich daran, weil ich überlegte, über die Straße zu gehen und sie noch mal zu rüffeln … Ich wollte, ich hätte es getan …«

»Schildern Sie dieses zweite Mal.«

»Ich schaute rüber zum Park, als ich einkaufen ging. Ich sah sie – dasselbe weiße Hemd und rote T-Shirt. Ich sah, wie der Junge in Weiß den Jungen in Rot mit den Fäusten bearbeitete.«

»Aber dieses Mal unternahmen Sie nichts?«

»Nein«, sagte Rankine, der im Zeugenstand zu schrumpfen schien. »Es tut mir leid. Es tut mir so leid.« Er hielt sich eine Hand vor den Mund und drückte die Augen zu.

»Was veranlasste Sie, diese beiden Begegnungen der Polizei in dem Einsatzwagen zu melden, der am Morgen, als Ben vermisst wurde, in der Barnsbury Road abgestellt wurde?«

»Na ja, am nächsten Tag erschien das Foto von Ben. Er wurde schon die ganze Nacht vermisst. Als ich es sah, wusste ich sofort, dass es der kleine Junge war, der verprügelt worden war – der in dem roten T-Shirt.«

Sebastian hatte die Aussage gespannt verfolgt und dabei Rankine mit einem leichten Stirnrunzeln beobachtet. Manchmal lehnte er sich gegen Daniel und spähte über seine Armbeuge hinweg auf die Notizen, die er sich machte.

Rankine wechselte im Zeugenstand unruhig die Position, als Irene aufstand und ihre Notizen auf das Pult legte. Auf der Galerie reckten Journalisten ihren Hals.

»Wenn ich mir Ihre Aussage anhöre, Mr. Rankine, und sie mit Ihren Angaben bei der Polizei vergleiche, habe ich den Eindruck, dass Sie sich nicht furchtbar sicher sind, was Sie an dem Nachmittag des achten August gesehen haben. Ich verweise Sie auf Seite dreiundzwanzig in Ihren Unterlagen. Dabei handelt es sich um die eidesstattliche Erklärung, die Sie der Polizei gegeben haben. Könnten Sie sie bitte ab dem zweiten Absatz laut vorlesen.«

Rankine räusperte sich und begann: »*Ich sah zwei Jungen, die ich aus der Nachbarschaft kannte, sich auf dem Gipfel des Hügels im Barnard Park prügeln. Beide Jungen waren Weiße. Einer von ihnen war kleiner, möglicherweise jünger, und trug ein rotes T-Shirt und Jeans. Er wurde brutal attackiert von einem größeren Jungen, der ein weißes oder hellblaues Hemd anhatte.*«

»Danke, Mr. Rankine. Die Prügelei zwischen den beiden Jungs schildern Sie einmal als ›brutale Attacke‹ gegen den einen Jungen und dann wiederum als ›eine etwas grobe Prügelei‹, und Sie bemerken selbst, dass ›Jungs nun mal Jungs sind‹. Was war es denn nun, Mr. Rankine? Waren Sie Zeuge eines brutalen Übergriffs oder war es eine kleine Rauferei zwischen zwei Schuljungen?«

»Es ging recht brutal zu. Einer der Jungs hatte absolut die Oberhand …«

»Recht brutal? War Blut zu sehen? Schien einer von den Jungs auf die Schläge hin irgendwie verletzt zu sein?«

»Na ja, wie ich sagte, es gab da ein paar harte Boxhiebe. Der kleinere Junge schien in Not zu sein …«

»Mit welchen Worten genau haben Sie der Prügelei Einhalt geboten?«

»Ich meine, ich sagte: ›Jungs, hört auf … das reicht jetzt.‹«

»Ich verstehe. Sind Sie in den Park hineingegangen und haben versucht, sie zu trennen?«

»Nein, wie gesagt, sie hörten auf, sobald ich ihnen zurief.«

»Ich verstehe, und zu diesem Zeitpunkt war offenbar keiner der beiden Jungen verletzt.«

»Hm, nein.«

»Und so gingen Sie Ihres Weges, und die beiden Jungs liefen den Hügel hinunter in Richtung Abenteuerspielplatz?«

»Ja.«

»Sie alarmierten zu dieser Zeit keine Behörden wegen des Übergriffs?«

»Nein.«

»Was taten Sie tatsächlich?«

»Ich ging nach Hause.«

»Ich verstehe, und was haben Sie dort gemacht?«

»Ich … habe etwas ferngesehen.«

»Man kann also sagen, dass Sie, nachdem Sie Zeuge dieses anfänglichen ›brutalen Übergriffs‹ gewesen waren, sich um die Sicherheit des Jungen keine Gedanken gemacht haben?«

»Hm, ja, aber dann, als ich sah, dass der Junge vermisst wurde …«

»Um Ihre erste Begegnung mit den Jungs zusammenzufassen, kann man im Hinblick auf Ihre Angaben bei der Polizei und Ihre heutige Aussage wohl sagen, dass die Prügelei, die Sie als *ziemlich brutal* geschildert haben, in Wirklichkeit eine normale kleine Rauferei war, die es zu der Zeit nicht wert war, gemeldet zu werden, und Sie auch nicht von Ihren anderen Tätigkeiten für den Rest des Tages abgelenkt hat, zum Beispiel von Ihrem nachmittäglichen Fernsehstündchen. Ist das richtig?«

»Tja, ich … ich nehme es an.«

»Wie mein verehrter Herr Kollege das Gericht erinnerte, hat mein Mandant bei der Befragung ausgesagt, dass er sich mit dem Opfer am Nachmittag von dessen Tod gekabbelt hat und sich erinnert, dass ein Erwachsener ihnen zurief, sie sollten aufhören. Wenden wir uns nun Ihrem angeblichen späteren Zusammentreffen mit den Jungen zu. Sie haben ausgesagt, dass diese zweite Begegnung ungefähr um halb vier oder vier Uhr stattfand. Können Sie das genauer sagen?«

»Nein, aber es war etwa um diese Zeit.«

»Ich verweise auf Seite sechsunddreißig in den Geschworenenunterlagen und auf eine Karte des Barnard Parks und der Barnsbury Road.«

Die genaue Position von Mr. Rankine zum Zeitpunkt der Begegnung wurde auf der gegenüberliegenden Seite der Barnsbury Road ermittelt. Der Zeuge gab zu, dass er zum Zeitpunkt der zweiten Begegnung möglicherweise fünfzig Meter von den Jungen entfernt war. Die Unterlagen von Mr. Rankines Optiker wurden als Beweis vorgelegt, die zeigten, dass seine Kurzsichtigkeit -2,50 Dioptrien betrug. Rankine sagte daraufhin aus, dass er eine Brille nur zum Fernsehen und Autofahren trage. Nachdem das geklärt war, startete Irene ihre Attacke.

»Der Junge, den Sie in dem weißen oder hellblauen Hemd sahen, könnte jeder x-beliebige junge Mensch aus dem Viertel gewesen sein. Ist es nicht so?«

»Ich erkenne in ihm jetzt den … Angeklagten wieder.«

»Jetzt, ich verstehe … *jetzt.* Vorhin haben sie uns erzählt, dass die Jungen, die Sie sahen, in ihrer Körpergröße nicht ›merklich verschieden‹ waren, aber in Ihrer ersten Aussage bei der Polizei sagten Sie, ein großer und ein kleiner Junge hätten sich geprügelt. Ja, was denn nun?«

»Na ja, einer war etwas größer. Der Unterschied war nicht sehr groß, aber einer war sichtlich größer, wie ich vorhin sagte.«

»Ich verstehe, und die Kleidung, die der größere Junge trug, war ›weiß oder blau‹, aber jetzt scheinen Sie sicher zu sein, dass sie weiß war?«

»Ich erinnere mich jetzt, dass sie weiß war.«

»*Jetzt* erinnern Sie sich, ich verstehe. Liegt das daran, dass die Polizei Sie ausdrücklich nach einem ›Jungen in einem weißen Hemd‹ befragt hat, den sie bereits festgenommen hatte?«

»Das glaube ich nicht. Ich bin nicht sicher.«

»Ich finde, Sie sind sich tatsächlich vieler Dinge nicht sicher, nicht wahr, Mr. Rankine?«

Daniel versuchte, nicht zu lächeln. Er fühlte in sich leisen Stolz auf sie aufsteigen.

»Nun, ich …«

»Gehen wir noch mal zurück zu Ihrer ersten Aussage bei der Polizei. Ich verweise Sie auf Seite neununddreißig, Absatz zwei in Ihren Unterlagen. Würden Sie bitte Ihre Aussage ab *etwas später an diesem Nachmittag* verlesen …«

Rankine räusperte sich und dann begann er zu lesen: »… *etwas später an diesem Nachmittag sah ich die beiden Jungen wieder, diesmal prügelten sie sich auf dem Abenteuerspielplatz. Der kleinere Junge in Rot wurde von einer größeren Person attackiert* …«

»Darf ich Sie an dieser Stelle unterbrechen, Mr. Rankine. *Eine größere Person … eine größere Person.* Sind Sie sicher, dass es sich um den Angeklagten handelte?«

»Ja, ich hatte ihn schon früher an dem Tag gesehen.«

»Mr. Rankine, denken Sie daran, dass Sie unter Eid stehen. Sie haben Sebastian früher an jenem Tag gesehen, aber haben Sie ihn auch Stunden später auf dem Abenteuerspielplatz gesehen, wie er sich prügelte? Die Staatsanwaltschaft und die Verteidigung sind sich einig, dass es dafür keinen Beleg der Videoüberwachung gibt. Wir wissen, dass Sie Ihre Brille nicht aufhatten und sich auf der gegenüberliegenden Straßenseite befanden, von wo Sie durch das Buschwerk und die Gitter blicken mussten, die den Abenteuerspielplatz umgeben. Ich schlage vor,

Sie *vermuteten*, dass die Person, die Sie sahen, mein Mandant war, den Sie schon früher an jenem Tag gesehen hatten.«

Richter Baron beugte sich vor. »Miss Clarke – wird irgendwann mal eine Frage an den Zeugen gestellt werden?«

»Ja, Euer Ehren.«

»Sehr erfreut«, antwortete der Richter mit nach unten gezogenen Mundwinkeln.

»Mr. Rankine, ist es nicht so, dass Sie keine Möglichkeit hatten, meinen Mandanten aus der angegebenen Entfernung zu erkennen, vor allem angesichts Ihrer Kurzsichtigkeit?«

»Ich meinte, es war der Junge von vorher.«

»Wirklich? Was meinten Sie, als Sie die Person, die anscheinend den Verstorbenen attackierte, als *eine größere Person* beschrieben? Können Sie uns sagen, ob Sie damit eine Person bezeichnen wollten, die größer oder schwerer als das Opfer war?«

»Ich meinte, es war der Junge von vorher«, stammelte Rankine. Er schien etwas durcheinander zu sein und zupfte an seinem Ohrläppchen. »Er war ein gutes Stück größer, ein bisschen schwerer als der kleine Junge …«

»Ein gutes Stück größer und schwerer? Als Beweis legen wir Körpergröße und Gewicht des Opfers, Benjamin Stokes, vor: Er war einen Meter fünfundzwanzig groß und wog neunundzwanzig Kilogramm. Der Angeklagte war lediglich einen Meter neunundzwanzig groß und wog etwas über dreißig Kilogramm, als er in Haft genommen wurde. In Wirklichkeit waren die Jungen also etwa gleich groß und gleich schwer, und einer war nicht ›ein gutes Stück größer und schwerer‹. Ich behaupte, Mr. Rankine, dass die Person, die Sie später an dem Nachmittag gesehen haben, nicht Sebastian Croll war, dem Sie zuvor die Mahnung zugerufen hatten, sondern in Wirklichkeit jemand ganz anderer. Könnte das sein?«

»Hm, damals war ich sicher …«

»Mr. Rankine, Sie stehen unter Eid. Wir kennen Ihre Kurzsichtigkeit und wissen, wie weit entfernt Sie von den beiden Personen waren, die Sie um halb vier oder vier Uhr an jenem Tag gesehen zu haben behaupten. Könnten Sie nicht jemand anderen zusammen mit dem Opfer gesehen haben, vielleicht sogar einen Erwachsenen?«

»Ja«, sagte Rankine endlich und schien in dem Zeugenstand zusammenzusacken. »Das ist möglich.«

»Danke«, sagte Irene. Sie war drauf und dran, sich zu setzen, aber der Zeuge blieb stehen und schüttelte den Kopf.

»Ich wäre glücklich, wenn ich mich geirrt habe«, sagte Rankine. »Wenn ich ihn nie gesehen habe, konnte ich auch nie das Geschehen aufhalten. Glücklich, mich geirrt zu haben.«

»Danke, keine weiteren Fragen, Euer Ehren.« Irene zog ihre Robe unter sich glatt, ehe sie sich setzte.

»Irene ist eine ziemlich gute Anwältin«, flüsterte Sebastian Daniel zu, als die Geschworenen entlassen worden waren und er jeden Moment wieder hinunter zu den Zellen gebracht werden konnte. »Er hat mich niemals auf dem Spielplatz gesehen. Er hat jemand anderen gesehen.«

Daniel fühlte einen Schauer. Er legte Sebastian eine Hand auf die Schulter, als der Polizeibeamte näher kam. Er war sich sicher, dass der Junge alles, was vorging, voll und ganz begriff.

Irene sah Daniel mit erhobenen Augenbrauen an, als sie den Saal verließ.

Daniel arbeitete bis spät im Büro und kam erst nach acht zu Hause an. Er schloss seine Wohnungstür und lehnte die Stirn gegen den Rahmen. Die Wohnung roch unbelebt. Er schaltete die Heizung ein und machte sich eine Tasse Tee, wechselte von seinem Anzug in Jeans und ein T-Shirt und steckte eine Unmenge Sachen zum Anziehen in die Waschmaschine.

Er rief Cunningham an, Minnies Anwalt, um zu erfahren, wie es mit dem Haus voranging, aber dessen Handy war auf Mailbox geschaltet. Genau in dem Moment hörte er es an der Tür klopfen. Daniel nahm an, es sei ein Nachbar, weil es von der Straße aus ein Einlasssystem mit Summer gab. Er öffnete die Tür und sah einen kleinen, dicken Mann mit einem iPhone vor sich stehen, das er wie ein Mikrofon in die Höhe hielt.

»Kann ich Ihnen helfen?«, fragte Daniel stirnrunzelnd, zwei Finger in die Gesäßtasche seiner Jeans gehakt.

»Sie sind Daniel Hunter, der Anwalt des Engelmörders«, sagte der Mann. »Würde es Ihnen was ausmachen, mit mir zu reden? Ich bin von der *Mail.*«

Daniel fühlte, wie Wut, heiß und rasch, seine Muskeln durchströmte. Er lachte kurz auf und trat auf die Türschwelle. »Was fällt Ihnen ein. Wie haben Sie mich gefunden …?«

»Im Wählerverzeichnis«, sagte der Mann ausdruckslos.

Daniel bemerkte sein zerknittertes Hemd und die nikotingelben Finger. »Verlassen Sie sofort das Haus, bevor ich die Polizei rufe.«

»Das hier ist ein öffentliches Treppenhaus …«

»Es ist *mein* Treppenhaus, raus!«, sagte Daniel so laut, dass es im Flur widerhallte. Er hörte den nördlichen Tonfall in seiner Stimme. Immer wenn er wütend war, wurde sein Akzent stärker.

»Wir bringen ohnehin einen Artikel über Sie. Könnte vielleicht günstiger für Sie sein, wenn Sie was sagen«, meinte der Mann, wieder völlig ausdruckslos, blickte weg, um auf sein Handy zu drücken und, wie Daniel vermutete, ihre Unterhaltung aufzunehmen.

Diese Aktion schien in Daniel etwas auszulösen. Es war Jahre her, dass er jemanden geschlagen hatte oder auf diese Weise tätlich geworden war. Er packte den Mann am Kragen und rammte ihn gegen die Wand im Treppenhaus. Das Handy krachte auf den Boden.

»Muss ich's Ihnen noch mal sagen?«, fragte Daniel, das Gesicht dicht an dem des Mannes. Er roch feuchten Regenmantel und Menthol-Kaugummi.

Der Mann entwand sich seinem Griff, bückte sich eilig, um das Handy aufzuheben, und fiel fast die Treppe zur Haustür hinunter. Daniel wartete auf dem Treppenabsatz, bis er die Haustür ins Schloss fallen hörte.

Drinnen lief er in der Diele hin und her und fuhr sich mit der Hand durchs Haar. Mit der offenen Handfläche schlug er gegen die Wand.

Er ging ins Wohnzimmer und fluchte leise vor sich hin. Er sah Minnies Foto auf seinem Kaminsims und stellte sich vor, was sie jetzt zu ihm sagen würde. *Warum muss ein kluger Junge wie du überhaupt seine Fäuste gebrauchen?* Er lächelte unwillkürlich.

Er versuchte, sich vorzustellen, dass sie ihn besuchen käme: wie sie sich die Treppe nach oben quälte und ihn fragte, warum er nicht was im Erdgeschoss gesucht hätte. Sie würde für ihn kochen, und sie würden zusammen Gin trinken und über die Streitereien lachen, die sie gehabt hatten.

Aber sie war tot, und nun würde er nie erfahren, wie es wäre, neben ihr als Erwachsener zu leben. Sie hatte ihn als Kind bei sich aufgenommen, und er hatte sie als Kind wütend und verbittert verlassen – älter, aber noch immer ein Kind. Er hatte die Gelegenheit verpasst, mit ihr Gin zu trinken und sich ihre Geschichte anzuhören – sie von Gleich zu Gleich zu hören und nicht von jemandem, der ihn gerettet hatte. Dies bedauerte er inzwischen mehr als alles, das Gefühl, dass er es versäumt hatte, sie richtig kennenzulernen.

Daniel stand auf, ging in die Küche und machte sich auf die Suche nach Gin. Er bewahrte seine alkoholischen Getränke in einem Karton in einem Schrank auf. Es gab alle möglichen

Sorten, die von Partys übrig geblieben waren: Madeira, Advocaat, Malibu, und Daniel rührte sie kaum an. Er hob den Karton herunter und suchte, bis er eine halb volle Flasche Bombay Sapphire fand. Das war etwas Besseres, als sie sich selbst gegönnt hätte, doch Daniel gab sich Mühe, ihn so zuzubereiten, wie sie ihn gemocht hatte: ein hohes Glas, zuerst Eis rein und dann die Zitrone – wenn sie eine hatte – darüber ausgedrückt. Er war sich sicher, dass sie zuerst das Eis hineingab, um sich so vorzumachen, dass das Quantum Gin nicht so groß war, wie es schien. Tonic zischte über das Eis, den Gin und die Zitrone, und Daniel rührte es mit einem Gabelstiel um. Er nippte in der Küche daran und erinnerte sich an ihre rosafarbene Hand, mit der sie das Glas umfasst hielt, und an ihre funkelnden Augen.

Im Fernsehen lief Fußball, aber er schaltete den Ton aus, griff zu ihrem Adressenbüchlein und blätterte wieder zu der Seite mit Jane Flynns Nummer und Adresse in Hounslow. Er sah auf seine Uhr. Es war kurz nach neun – nicht zu spät für einen Anruf.

Daniel wählte die Nummer, die Minnie sorgfältig mit einem blauen Kugelschreiber notiert hatte. Er wusste nicht mehr, ob Minnie in Kontakt mit Jane gestanden hatte, aber vielleicht war diese Nummer aufgeschrieben worden, als Norman noch lebte.

Daniel hörte auf das Klingeln, während er an seinem Drink nippte. Allein schon der Geruch des Drinks erinnerte ihn an Minnie.

»Hallo?« Die Stimme klang echoartig, einsam, als spreche sie in einer dunklen Halle.

»Hallo, ich hätte gern … Jane Flynn gesprochen.«

»Am Apparat. Wer ist dort?«

»Mein Name ist Daniel Hunter. Ich war … Minnie Flynn war meine … Wenn ich mich nicht täusche, war sie die Frau Ihres Bruders?«

»Sie kennen Minnie?«

»Ja, störe ich Sie im Moment auch nicht?«

»Nein, aber … wie kann ich Ihnen helfen? Wie geht es Minnie? Ich denke oft an sie.«

»Na ja, sie … ist dieses Jahr gestorben.«

»Oh, das tut mir leid. Das ist schrecklich. Was sagten Sie, wie Sie sie gekannt haben …?«

»Ich bin ihr … Sohn. Sie hat mich adoptiert.« Die Worte raubten ihm schier den Atem, und er lehnte sich auf dem Sofa nach hinten und schnappte nach Luft.

»Wie schrecklich«, sagte sie wieder. »Gott … vielen Dank, dass Sie mir das mitgeteilt haben. Was sagten Sie, wie Ihr Name ist?«

»Danny …«

»Danny«, wiederholte Jane. Im Hintergrund, über den Ton des Fernsehers hinweg, hörte Daniel Kinder vor Lachen kreischen und fragte sich, ob es ihre Enkel wären.

»Haben Sie sie gut gekannt?«, fragte er.

»Tja, wir gingen in London immer alle zusammen aus, als wir jung waren. Sie und Norman haben sich hier unten kennengelernt. Wir gingen tanzen, Fisch und Chips essen. Aber nachdem sie und Norman wieder nach Cumbria gezogen waren – nicht mehr so oft.«

»Sie und Norman kamen ursprünglich von da oben?«

»Ja, aber ich bin selten wieder dorthin gefahren. Norman hat es vermisst, das Landleben vermisst, aber ich habe immer in der Stadt gelebt. Wann ist die Beerdigung?«

»Sie war vor ein paar Monaten. Ich komme zu spät mit meinem Rundruf …« Daniel errötete leicht: Er maßte sich den Mantel des pflichtbewussten Sohnes an. »Sie hat mir ihr Adressenbüchlein hinterlassen, und ich habe Ihre Nummer darin gefunden. Ich dachte, ich ruf mal an für den Fall, dass Sie noch dort wohnen … falls Sie es wissen wollten.«

»Ich danke Ihnen. Solche traurigen Neuigkeiten, aber … Gott segne sie, sie hatte kein einfaches Leben, nicht?«

»Wissen Sie, was mit ihnen passiert ist – mit Delia und Norman?« Daniel fühlte immer noch seine Wangen brennen.

»Ich brauchte Jahre, um drüber wegzukommen. Zum Teil war ich ständig wütend auf Minnie … Das muss für Sie schrecklich klingen, tut mir leid, aber heute ist mir natürlich klar, dass das falsch von mir war. So fühlt man sich eben, wenn so etwas passiert. Man möchte jemandem die Schuld geben, aber möglichst nicht dem eigenen Bruder. Ich denke, das war der Grund, warum wir nicht in Verbindung geblieben sind. Ich weiß, Sie müssen denken, ich bin furchtbar …«

»Ich verstehe Sie«, sagte Daniel leise. »Was ist Norman widerfahren?«

»Na ja, als Delia tot war, ging Norman mit einem Gewehr in den Garten und … steckte sich den Lauf in den Mund. Minnie war nicht zu Hause. Die Nachbarn fanden ihn. Es hat alles in den Zeitungen gestanden. Ich verstehe, dass er … Er liebte die Kleine, aber es war nicht seine Schuld … Ihre Ehe ging in die Brüche, verstehen Sie. Ich denke, sie machten eine wirklich schlimme Zeit durch. Er gab Minnie die Schuld daran, verstehen Sie …«

»Ich denke, Minnie gab sich selber die Schuld.«

»Sie war schließlich gefahren … Er schaffte es noch ins Krankenhaus, um sie ein letztes Mal zu sehen: Er war bei der Kleinen, als sie starb, aber er … er hat sich nie davon erholt. Nur ein paar Monate nach ihrem Tod hat er sich umgebracht. – Ich hoffe, Sie müssen nie so etwas durchmachen, Danny. Ich war zur Beerdigung meiner Nichte oben in Cumbria und dann drei Monate danach wieder zu der meines Bruders. Ist es ein Wunder, dass es mich heute nicht mehr dorthin zieht?«

»Wie hat sich Minnie gehalten, bei Delias Beerdigung, meine ich?«

»Gut. Sie lud uns alle ins Haus ein und hatte ein Festessen vorbereitet. Sie vergoss keine Träne. Wir waren alle fix und fertig, aber die beiden trugen es gemeinsam. Aber an eines erinnere ich mich…«

»Was war das?«

»Wir waren alle völlig erledigt. Der Priester hatte seinen Vers gesagt. Die Totengräber schaufelten schon das Loch zu, aber da riss Minnie sich von Norman los, lief zurück und warf sich neben dem Grab in den Dreck. Sie trug ein hellgrau geblümtes Kleid. Sie warf sich neben Delias Grab auf die Knie und streckte die Hände über den Rand in das Loch. Wir mussten sie zurückreißen. Norman musste sie zurückreißen. Sie wäre zu ihr in das Grab gesprungen. Das war wirklich das einzige Zeichen, dass sie… dass sie… Als wir zurück im Haus waren, setzte sie uns Biskuitkuchen vor. Nicht gekauft, sondern selbst gemacht. Sie muss ihn in der Nacht davor gebacken haben. Und ich weiß noch, dass sie ihn mit einem Lächeln auf ihrem Gesicht und in ihren Augen herumreichte… aber mit diesen zwei braunen Matschkringeln auf ihrem Kleid.«

Daniel wusste nicht, was er sagen sollte. Sie schwiegen, während er sich die Szene vorstellte, die Jane beschrieben hatte.

»Bei Normans Tod versuchte sie nicht, sich in sein Grab zu werfen. Sie hatte sich nicht mal umgezogen, soweit ich sehen konnte. Sie trug ihr Hauskleid und hatte nicht mal Strümpfe angezogen. Auch Kuchen gab es bei Normans Beerdigung nicht. Minnie wartete nur, bis alles vorbei war, dann ging sie weg. Damals dachte ich nicht freundlich über sie, aber inzwischen mache ich ihr keine Vorwürfe mehr. Sie war an ihre Grenze gestoßen. Wir alle haben unsere Grenzen, nicht wahr. Sie war sehr wütend auf ihn. Gott, ich auch, nachdem ich den Schock überwunden hatte.«

Wieder Schweigen.

»Es tut mir sehr leid«, sagte Daniel.

»Ich weiß – es war eine schreckliche Sache. Minnie und ich hielten keinen Kontakt, weil ich ihr die Schuld an Normans Tod gab, aber die Wahrheit ist … und ich sage Ihnen, erst vor Kurzem habe ich es geschafft, es mir selber einzugestehen … es war seine Wahl, nicht ihre, und es war eine feige Wahl. Schließlich müssen wir alle sterben. Nichts ist gewisser. Aber er konnte es einfach nicht ertragen. Ich kannte Minnie, sie würde diese … Feigheit … gehasst haben, vor allem, weil sie es durchgestanden hat, und der Verlust, den sie erlitten hat, muss noch schwerer zu ertragen gewesen sein.«

»Warum sagen Sie das?«

»Na, weil sie am Steuer gesessen hatte. Sie muss gedacht haben, was wäre, wenn die Kleine angeschnallt auf dem Vordersitz gesessen hätte … was, wenn sie das Steuer in eine etwas andere Richtung herumgerissen hätte. Das würde einen doch verrückt machen. Sie hat es geschafft, bei Verstand zu bleiben. Das hoffe ich doch …?«

»Absolut«, sagte Daniel und gestattete sich ein kleines Lächeln. »Bei mehr Verstand als die meisten.«

Er atmete aus: halb Seufzer und halb Lachen.

»Was machen Sie überhaupt, Danny? Von wo rufen Sie an?«

»Ich bin Anwalt, ich wohne auch in London. Im East End.«

»Tut mir leid um Ihren Verlust, mein Lieber.«

»Danke, dass Sie mit mir geredet haben. Ich wollte nur …«

»Nein, danke, dass Sie es mir mitgeteilt haben. Ich wäre zu der Beerdigung gekommen, wenn ich es gewusst hätte. Sie war eine gute Frau. Alles Gute …«

Daniel legte auf.

Eine gute Frau.

Er trank seinen Gin aus und dachte an den Teigmatsch an ihrem Kleid.

24

Minnie kniete auf der Erde und pflanzte im Vorgarten Blumen. Sie drückte die Stecklinge in den Boden und presste dann die Erde rund um sie fest. Sie setzte sich auf, als Carol-Ann und Daniel an ihr vorbeikamen, denen die Schultaschen von den Schultern baumelten und die Schulhemden aus den Hosen hingen.

»Alles in Ordnung, Min?« fragte Carol-Ann.

Minnie stand auf und ging auf sie zu, während sie die Erde von ihren Händen an ihrem Rock abwischte.

»Wie lief's denn?«

»Ganz gut«, sagte Danny und warf seine Schultasche ins Gras. »Aber nächste Woche noch mal fünf.«

»Aber die heute liefen gut«, soufflierte Minnie und nahm Blitz am Genick, um ihn zu hindern, an Carol-Ann herumzuschnüffeln. »Du fühlst dich sicher …«

»Wer weiß«, sagte Daniel. Er war inzwischen größer als sie, aber auch wenn sie zu ihm aufblickte, während er sprach, fühlte er sich immer noch irgendwie kleiner. »Es lief okay. Wir werden's ja früh genug erfahren.«

»Okay ist gut. Carol-Ann, bleibst du zum Tee, Schatz? Es ist Freitag, ich habe Fisch gekauft.«

»Ja«, sagte sie. »Das ist toll, so, Min.«

Die zwei ließen sich neben Minnie ins Gras fallen und schwatzten und hänselten sich gegenseitig, während sie damit fortfuhr, Pflanzen einzusetzen. Daniel hatte seine Schuluniform abgelegt und sich umgezogen. Carol-Ann kreischte, als Daniel sie kitzelte, und Minnie blickte lächelnd zu ihnen hinüber. Sie plumpsten rückwärts ins Gras. Carol-Ann rollte sich zur Seite und warf ein Bein über Daniel. Sie beugte sich über sein Gesicht und drückte seine beiden Handgelenke in den Rasen.

»Gefangen?«, fragte er.

»Genau«, sagte sie und versuchte, ihn zu kitzeln, während er die Arme fest an sich presste und ihre Hände wegschlug.

Ein weißer Schmetterling schwebte bezaubernd über Daniels Gesicht. Er beobachtete den schwindelerregenden Flug.

»Halt still«, rief Carol-Ann plötzlich. »Er sitzt auf deinem Haar. Ich fange ihn und dann schenke ich ihn dir.«

Daniel lag bewegungslos da und sah zu, wie Carol-Ann über seinen Kopf langte und ihre hohlen Hände um den Schmetterling legte.

»Halt!« Minnie stand über ihnen, und ihre Stimme wurde laut.

Daniel war verwirrt. Er stemmte sich auf seine Ellbogen hoch, und Carol-Ann, die noch immer rittlings über ihm saß und die Hände um den Schmetterling gewölbt hatte, drehte sich um.

»Lass ihn *sofort* frei«, sagte Minnie.

Carol-Ann öffnete augenblicklich ihre Hände. Sie rappelte sich hoch und legte Minnie eine Hand auf den Arm.

»Es tut mir leid, Min«, sagte sie. »Ich wollte dich nicht ärgern.«

»Es tut mir auch leid«, sagte Minnie und drehte sich weg, eine Hand an ihrer Stirn. »Es ist nur so, wenn man sie festhält, kann man den Puder von ihren Flügeln streifen. Dann können sie nicht mehr fliegen und müssen sterben.«

Carol-Ann rieb Semmelbrösel auf den Schellfisch, während Daniel die Kartoffeln in dicke Stifte schnitt, sie in das Drahtsieb warf und in die Fritteuse tauchte. Minnie fütterte die Tiere, und dann setzten sie sich an den Küchentisch, auf dem sie zwischen den alten Zeitungen und den Spaghettigläsern drei Plätze freigeräumt hatten. Daniel war gerade sechzehn geworden.

Carol-Ann blieb an zwei oder drei Abenden in der Woche zum Abendbrot da. Es war die Zeit der Abschlussprüfungen, und Minnie war seit Wochen im Stress: Sie fragte ihn, ob er nicht erst lernen sollte, bevor er raus Fußball spielen ginge, sie kaufte ihm einen neuen Schreibtisch für sein Zimmer und riet ihm, zur Entspannung lange zu baden und zeitig schlafen zu gehen.

»Dir ist es nicht bewusst, und es kommt einem nicht so vor«, sagte sie immer wieder zu ihm und nagte zwischen den Sätzen an ihrer Oberlippe, »aber dies jetzt ist eine wichtige Zeit. Du stehst auf der Schwelle zwischen dem einen Leben und einem anderen. Es ist deine Entscheidung, was du tun willst, aber ich möchte, dass du studierst. Ich möchte, dass du Chancen hast. Ich möchte, dass du dir ansiehst, was im Angebot ist.«

Sie half ihm bei Biologie und Chemie und sagte zu ihm, er solle mehr essen, denn das nähre das Gehirn.

»Schmeckt gut, Minnie«, sagte Carol-Ann und quetschte einen Klecks Ketchup auf ihren Tellerrand. Blitz sah ihnen gespannt zu, während ihm ein dünner Speichelfaden vom Unterkiefer auf den Boden rann.

»Dann iss auf, Schatz.« Sie reichte Blitz eine Fritte, und er schnappte sie ihr hungrig aus den Fingern.

Daniel aß, einen Ellbogen auf den Tisch gestemmt und die Finger seiner rechten Hand in den Haaren.

»Also im Grunde willst du mir sagen, dass es keine Probleme gab. Es gab nichts, was du nicht konntest, und du hattest Zeit, alles noch mal zu kontrollieren, ehe du rausgegangen bist?«

»Ja, das wäre schön«, sagte er mit vollem Mund, den Blick auf die frischen Fischschuppen an seiner Gabel gerichtet.

»Was heißt das, Schatz?«, sagte sie und schob ihm mit der linken Hand die Haare aus den Augen.

Er setzte sich auf und entzog sich ihr sacht. Er mochte es nicht, dass sie ihn so berührte, wenn seine Freunde dabei waren. Wenn sie allein waren, ließ er es zu.

»Ich sagte, es wäre schön«, sagte er, nicht laut, aber diesmal hielt er ihrem Blick stand.

»Guck mich nicht so an mit deinen braunen Kulleraugen.« Sie hob den Blick zu Carol-Ann. »Ich hab doch bloß gefragt, hab ich.« Sie lächelte ihn herausfordernd an und gab dem Hund noch eine Fritte.

Später, als Carol-Ann nach Hause gegangen war, holte er seine Bücher wieder hervor und setzte sich an den großen Eichenschreibtisch, den sie ihm gekauft hatte. Zum Abendbrot brachte sie ihm heiße Schokolade und selbst gebackene, dick mit Butter bestrichene Sirupbrötchen.

»Arbeite nicht mehr allzu lange, Schatz«, sagte sie und massierte ihm die Stelle zwischen den Schulterblättern. »Du willst dich doch nicht überanstrengen.«

»Mir geht's gut.«

»Ich weiß, dass es dir heute gut ergangen ist.«

»Woher weißt du das?«

»Ich weiß es einfach. Mein irischer sechster Sinn. Dies wird für dich der Anfang von etwas Großem werden. Du hattest ziemliches Pech, als du klein warst, aber jetzt bist du auf dem richtigen Weg.« Sie machte eine Faust und hielt sie sich lächelnd vors Gesicht. »Ich sehe dich eines Tages in einem eleganten Anzug. Vielleicht bist du in London oder vielleicht in Paris oder so und machst das große Geld. Und ich komme dich besuchen … Wirst du mich zum Essen ausführen?«

»Klar, höchstwahrscheinlich. Ein Lunch mit allen Schikanen und allem, worauf du Lust hast.«

Minnie warf den Kopf zurück und lachte. Er liebte ihr Lachen. Es sprudelte aus dem Bauch nach oben. Sie legte eine Hand auf den Schreibtisch, um sich zu stützen.

»Du bist ein komischer Vogel, das bist du, aber ich werde dafür sorgen, dass du's auch bleibst.«

Wieder wischte sie ihm die Haare aus dem Gesicht und drückte ihm einen nassen Kuss auf die Stirn. Er lächelte und entzog sich ihr wieder.

»Dein Bad ist in zehn Minuten bereit. Sieh zu, dass du bis dahin fertig bist, sonst wird's kalt.«

Daniel horchte, wie sie sich nach unten mühte und die Bodendielen und das Geländer unter ihrem Gewicht protestierten. Blitz bellte einmal, als sie sich dem Fuß der Treppe näherte, verärgert, dass sie es wagen konnte, ihn so lange allein zu lassen. Er hörte die Wohnzimmertür ächzend zufallen und den gedämpften Ton des Fernsehers durch die Dielenbretter nach oben dringen. Draußen war es noch hell, und Frühsommervögel hüpften von Baum zu Baum. Zu einem Teil mochte er diesen Ort immer noch nicht: wünschte sich die Großstadt mit all ihrem Misstrauen und ihren anspruchslosen Freiheiten. Aber gleichzeitig fühlte er sich bei ihr zu Hause.

Es war jetzt mehr als drei Jahre her, dass sie ihn adoptiert hatte, und ja, es ging ihm anders. Er fühlte sich umsorgt. Dies war es, was für ihn vielleicht das Merkwürdigste war. Als er aufgehört hatte, gegen sie anzukämpfen, hatte sie ihn mit Fürsorge und Aufmerksamkeit überschüttet. Selbst wenn sie ihn in Verlegenheit brachte, wenn sie ihn vor Carol-Ann küsste oder vor den anderen Standbesitzern auf dem Markt lobte, fühlte er sich von ihr beflügelt. Sie sagte ihm, dass sie ihn liebe, und er glaubte es ihr.

In der Badewanne ließ er sich nach unten sinken, sodass seine Schultern unter Wasser waren. Er war jetzt einen Meter achtundsechzig groß, fast zwanzig Zentimeter größer als Minnie, und konnte sich in der Wanne nicht mehr ausstrecken. Aber er war zu mager. Er machte eine Faust und zog seinen Unterarm zu seinem Gesicht, damit er seinen Bizeps inspizieren konnte. Neben seinem Fußballtraining hatte er begonnen, Gewichte zu stemmen. Der Fernseher wurde lauter, als die Wohnzimmertür aufging. Er hörte Minnie zur Küche und wieder zurück latschen. Das Badezimmer war voller Dampf, obwohl er das Fenster einen Spalt weit offen hatte – genug, dass er in den Hof hinaussehen konnte. Die Eberesche sah aus wie eine sehnige, skelettartige Hand, die sich aus der Erde in den Nachthimmel reckte.

Auf dem Bord im Badezimmer lag der Schmetterling genau so auf der Seite, wie Minnie es gern hatte. Er wischte sich den Schweiß aus dem Gesicht, betrachtete den Schmetterling und stellte sich das kleine Mädchen vor, das ihn auf das Bord gelegt hatte. Daniel schluckte und blickte weg.

Er trocknete sich ab und zog eine Trainingshose und ein T-Shirt an. Er frottierte sein Haar trocken und schob es aus seinem Gesicht. Vorn wurde es allmählich lang. Er fuhr sich mit einer Hand über das Kinn, um es auf Zeichen von Bartwuchs zu überprüfen. Es war glatt und sauber und ohne Stoppeln.

In der Küche machte er sich Toast und goss sich ein Glas Milch ein, dann ging er ins Wohnzimmer, um sich zu ihr zu setzen.

»Möchtest du Toast? Ich mach dir welche.«

»Nein, Schatz, mir geht's prächtig. Hast du schon wieder Hunger? Dein Magen ist ein bodenloses Loch, das ist er. Ich wollte, ich könnte essen wie du.«

Sie versuchte, ihren Ellbogen auf die Kante des Sessels zu stellen, verfehlte sie aber und schüttete etwas von ihrem Drink auf den Boden.

»Jetzt geht das wieder los«, sagte sie und tupfte das Verschüttete mit ihrer Socke auf.

Daniel gab Blitz den Rest von seinem Toast, dann trank er seine Milch aus, während er zuhörte, wie Minnie gegen die Nachrichten wetterte. Der Premierminister John Major sprach gerade über die Möglichkeiten einer wirtschaftlichen Erholung.

»Quatsch mit Soße«, schimpfte Minnie den Fernseher an. »Sie werden erst zufrieden sein, wenn sie das Land am Boden haben … Gott, diese Frau habe ich gehasst, aber er ist nicht viel besser.«

Sie erwartete keine Antwort von Daniel, und so sagte er nichts. Er legte ein Stück Kohle auf das Feuer.

»Wie war dein Bad, Liebling?«, fragte sie, und ihre Wangen waren nass, als hätte sie eben geweint. Sie beugte sich über die Armlehne ihres Sessels, ein trunkenes Lächeln im Gesicht, die Augen trüb und wässrig. »Hast du deine Arbeit fertig bekommen?«

»Ja.«

»Das ist schön.«

»Geht's dir gut?«, fragte er, als er sah, dass sie sich wieder das Gesicht wischte.

»Mir geht's prächtig, Schatz. Ich bin nur über den Anblick dieses Scheißkerls erbost. Dreh diese Nachrichten weg. Schalte sie aus. Ich kann den Anblick von ihm einfach nicht ertragen.«

Daniel stand auf und schaltete auf einen anderen Kanal. Es war Sport, und er guckte zu ihr rüber, um zu sehen, ob sie es erlauben würde. Normalerweise bat sie ihn, ihn sich auf dem Schwarz-Weiß-Fernseher in der Küche anzusehen, oder sie sagte Ja, verlor dann aber die Geduld. An diesem Abend schwankten ihre Augen vor der Mattscheibe hin und her, dann schlossen sie sich für einen langen Lidschlag.

Als Daniel sich hinsetzte, um sich das Spiel anzusehen, schlossen sich ihre Augen und ihr Kopf kippte zweimal abrupt nach vorn, wovon sie aufwachte. Als sich ihre Augen wieder zu schließen begannen, stand er auf, nahm ihr vorsichtig das Glas aus der Hand und brachte es in die Küche. Der Hund wollte nach draußen, und er machte die Hintertür auf. Er spülte das Geschirr vom Abendbrot und wischte den Teil des Küchentischs ab, an dem sie gegessen hatten.

Als Blitz wieder hereinkam, schloss Daniel ab, machte die Fenster zu und verriegelte die Hintertür. Der Hund machte es sich in seinem Korb bequem, und das Haus stimmte sich auf Minnies Schnarchen ein.

Im Wohnzimmer war ihr Kopf im Sessel nach hinten gesunken, während die Finger ihrer rechten Hand sich noch immer nach dem Glas ausstreckten, das Daniel weggestellt hatte.

Daniel stand einen Moment da, die Hände in die Hüften gestemmt, und seufzte. Er schaltete den Fernseher aus und legte das Schutzgitter über das Feuer. Er machte das Licht neben ihrem Sessel aus, ergriff ihre Hand und zog sie nach vorn, bis er ihr einen Arm unter die Schulter schieben konnte.

»Nein, lass mich, Schatz, lass mich«, protestierte sie.

Aber er richtete sie auf, legte sich ihren Arm über die Schulter und führte sie, eine Hand an ihrer Taille, durch die Wohnzimmertür nach oben. Zweimal musste er anhalten und sich abstützen, einen Fuß hinter sich auf einer tieferen Stufe, wenn sie sich nach hinten auf ihn lehnte, aber er bekam sie nach oben und ließ sie auf ihr Bett sinken, wo sie mit offenem Mund und verdrehtem Rumpf liegen blieb, sodass ihre Füße auf dem Boden standen.

Daniel ging auf die Knie, schnürte ihre Stiefel auf und zog ihr erst sie und dann ihre dicken Wollsocken von den Füßen. Er war immer wieder verblüfft, wie klein ihre Füße waren. Er knöpfte ihre Bluse auf und pellte sie aus der Strickjacke, dann löste er die Spange aus ihrem Haar, sodass sich ihre langen grauen Locken über das Kopfkissen ergossen.

Er nahm ihre Füße und schob sie unter die Decken, hob ihre Schulter ein wenig an und legte sie genau in die Mitte des Kopfkissens, bevor er die Steppdecke über sie zog.

»Du bist ein guter Junge«, flüsterte sie, als er sich noch über sie beugte. Immer tat sie das: überraschte ihn mit ihrem wachen Bewusstsein. »Ich liebe dich, das tu ich.«

Er stopfte die Bettdecken fest und machte das Licht aus.

»Gut Nacht, Mum«, flüsterte er im Halbdunkel.

25

Sebastians Prozess war in der zweiten Woche. Daniel las absichtlich keine Zeitungen mehr, aber ein Artikel, in den er über jemandes Schulter in der U-Bahn einen flüchtigen Blick warf, beunruhigte ihn. Als er in St. Paul's ankam, lief er in einen Zeitungsladen, griff sich eine *Mail* und blätterte sie durch. Auf Seite sechs fand er sein Foto. Er runzelte die Stirn: Es war am Eingang zum Old Bailey aufgenommen worden. Die Überschrift lautete: DER MANN, DER DEN ENGELMÖRDER BEFREIEN WILL. In dem Bericht wurde auch Irene erwähnt.

Daniel steckte die Zeitung in das Gestell zurück. Als er am Gericht ankam, war es kurz vor neun. Die Massen vorm Old Bailey waren seit Prozessbeginn nicht weniger geworden. Ein Polizist schützte Daniel, als er das Gericht zu betreten versuchte, einen Becher Kaffee in einer Hand und seine Aktentasche in der anderen.

»Mr. Hunter, was hat die Verteidigung denn vor?«, rief ein Journalist, und Daniel drehte sich um, für den Fall, dass er den Mann wiedererkannte, aber es war nicht der Journalist, der vor seiner Wohnung aufgetaucht war. »Würden Sie sagen, die Staatsanwaltschaft siegt?«

Die Menge drängte sich um den Reporter.

Im Old Bailey straffte Daniel seine Schultern, ging auf den Gerichtssaal 13 zu und blickte zu den prunkvoll bemalten Wänden des Saals hoch. Er sah Irene, kurz bevor der Richter hereinkam. Sie tippte ihm im Vorbeigehen auf die Schulter, beugte sich herunter und flüsterte: »Dreckskerle«, so nahe, dass ihre Stimme sein Ohr kitzelte. Er wusste, dass sie den Artikel gesehen hatte.

»Sie wissen gar nicht, wie sie das Recht verdrehen«, sagte sie. »Wie wagen sie es, Richter und Geschworene zu sein?«

»Mach dir keine Gedanken darum«, flüsterte Daniel zurück. »Viel Glück.«

»Die Staatsanwaltschaft ruft John Cairns auf.«

John Cairns war ein Mann, dem es in einem Anzug unbehaglich war. Daniel sah daran, wie der Anzug in den Schultern spannte, dass sich Cairns eingeengt fühlte. Der Mann trat in den Zeugenstand und trank einen Schluck Wasser, bevor er die Geschworenen, den Richter und schließlich Gordon Jones mit dessen markantem, nach oben gerecktem Kinn ansah, der das Wort an ihn richtete.

»Mr. Cairns, Sie arbeiten auf dem Abenteuerspielplatz im Barnard Park, ist das korrekt?«

»Ja.«

»Würden Sie bitte darlegen, was Sie dort tun und wie lange Sie dort schon beschäftigt sind?«

»Ich bin einer der Platzwarte, und ich arbeite dort seit drei Jahren.« Seine Stimme war belegt, als wäre er nervös oder habe gerade eine Erkältung hinter sich.

Das Gericht war frisch zusammengetreten und von gespannter Aufmerksamkeit.

»Mr. Cairns, würden Sie uns über den Morgen des neunten August dieses Jahres, einen Montag, berichten?«

Mr. Cairns schniefte und lehnte sich auf den Zeugenstand,

um sich zu stützen. »Ich war als Erster da. Ich bin immer der Erste. Ich schloss auf, wie üblich, und dann machte ich mir eine Tasse Kaffee. Am Montag kontrolliere ich immer den Platz, falls irgendwelche Seile lose sind oder … Normalerweise muss ich etwas Müll wegräumen, und das machte ich als Nächstes. Und als ich das tat, fand ich … die Kinderleiche.«

»Der Leichnam wurde später als der des Opfers, Benjamin Stokes, identifiziert. Können Sie uns die genaue Lage des Leichnams beschreiben, als Sie ihn fanden?«

»Er lag teilweise unter dem kleinen hölzernen Spielhaus versteckt, das auf dem Spielplatz in der hinteren Ecke nahe Barnsbury Road und Copenhagen Street steht.«

»An dieser Stelle möchte ich Sie auf Seite dreiundfünfzig in den Geschworenenunterlagen verweisen. Dort finden Sie einen Plan des Spielplatzes, der in mit Zahlen und Buchstaben gekennzeichnete Bereiche unterteilt ist. Würden Sie uns bitte die ungefähre Lage auf diesem Plan angeben?«

»E3.«

»Danke. Haben Sie den Leichnam sofort als solchen erkannt?«

»Nein, überhaupt nicht. Ich sah, dass da was lag, aber um ehrlich zu sein, dachte ich, es wäre bloß eine Plastiktragetasche oder so was, Müll, der sich zwischen den Bäumen nahe am Zaun verfangen hatte …«

Auf der Galerie hörte man ein Keuchen. Daniel blickte nach oben und sah Mrs. Stokes, die sich nach vorn beugte, eine Hand vor dem Mund. Ihr Mann zog sie an sich, aber sie war inzwischen völlig aufgelöst und musste nach draußen geführt werden. Sebastian setzte sich kerzengerade auf und hielt die Hände im Schoß gefaltet. Er schien interessiert an der Aussage des Platzwarts und auch seltsam erfreut über den Zusammenbruch von Mrs. Stokes. Daniel legte ihm eine Hand auf den Rücken, um ihn zu bitten, wieder nach vorn zu sehen, nachdem er sich umgedreht hatte, um Mrs. Stokes' Abgang zu beobachten.

Kenneth Croll saß im Gerichtssaal, und in dem Moment beugte er sich vor, wofür er sich von seinem Sitz erhob, und pikte Sebastian in den Rücken. Der dicke Finger reichte aus, um Sebastian auf seinem Platz mit einem Ruck nach vorn rutschen zu lassen. Daniel beobachtete Croll aus den Augenwinkeln. Sebastian begann wieder, seine Augen nach oben zu verdrehen und leicht vor und zurück zu schaukeln.

Die Journalisten auf der Galerie hatten es bemerkt. Und auch die Geschworenen.

»Fahren Sie bitte fort, Mr. Cairns«, half Jones weiter.

»Na ja, als ich näher kam, sah ich die Turnschuhe des Jungen, und wieder … war mein erster Gedanke, es wären ausrangierte Schuhe und Hosen, die man vielleicht über den Zaun geworfen hatte. So was gibt's ja … Aber als ich darauf zutrat …«

»Wir haben Fotos von der Leiche in dem Zustand, als Sie sie fanden. Wenn die Geschworenen bitte Seite drei ihrer Unterlagen aufschlagen würden.«

Daniel beobachtete, wie die Geschworenen das Foto betrachteten, vor Abscheu die Hände vor den Mund geschlagen, obgleich ihnen Schlimmeres bevorstand. Sebastian betrachtete ihre Gesichter. Zugleich zeichnete er mit seinem Kugelschreiber – Bäume.

»Mr. Cairns, es tut mir leid, wenn ich so in Sie dringe, ich weiß, es muss Sie aufwühlen, sich daran zu erinnern, aber wenn Sie damit fortfahren könnten, uns zu erzählen, was Sie sahen.«

»Tja, als ich näher kam, sah ich, dass es kein Kleiderbündel war, sondern vielmehr ein kleiner Junge, unter dem Holzhaus.«

»Sie sahen sofort, dass es ein Junge war?«

»Nein, ich sah seine Beine rausragen. Sein Gesicht lag unter dem Haus versteckt, aber ich merkte, dass es ein Kind war.«

»Was haben Sie da gemacht?«

»Ich kroch unter die Bäume und legte mich dann auf den

Bauch, um ihn unter dem Holzhaus hervorzuziehen, aber als ich mich näherte, merkte ich …«

»Ja, Mr. Cairns?«

»Na ja, ich merkte, dass er tot war, darum wagte ich nicht, ihn anzufassen. Ich ging sofort rein und rief die Polizei.«

»Wussten Sie, dass ein kleiner Junge vermisst wurde?«

»Tja, ich wohne nicht in der Gegend, aber als ich am Morgen zur Arbeit kam, sah ich die Fotos und dann den Einsatzwagen. Ich hatte keine Nachrichten gesehen. Ich wusste nicht, um was es bei dem allen ging …«

»Sie haben uns gerade geschildert, wie Sie zu dem Leichnam vorgedrungen sind«, Jones schob sich seine Brille auf die Nase, hielt seine Notizen auf Armeslänge von sich weg und las: »›auf dem Bauch … kriechend‹.« Er setzte die Brille ab und beugte sich an seinem Pult nach vorn. »Es wäre also korrekt, wenn man sagte, dass das Areal, wo die Leiche gefunden wurde, für einen Erwachsenen schwierig zu erreichen war?«

»Sehr schwierig, es ist total zugewachsen. Ich denke, deshalb war die Leiche nicht zu sehen. Ich bin nur froh, dass ich es war, der ihn gefunden hat, und nicht eines von den Kindern.«

»In der Tat. Als der kleine Junge identifiziert wurde, erkannten Sie ihn da wieder?«

»Nein. Er war kein Stammgast auf dem Spielplatz.«

»Danke, Mr. Cairns.«

Es trat die übliche Stille ein, als Gordon Jones sich Irene Clarke zuwandte. Daniel biss sich auf die Unterlippe, während er auf ihre Fragen wartete. Er sah, wie sie ihre Notizen zurate zog, bemerkte die Sehne, die sich an ihrem langen Hals abzeichnete.

Jones wirkte mit sich zufrieden. Mit dem Versuch zu zeigen, dass der Tatort für einen Erwachsenen unzugänglich sei, war er der Behauptung der Verteidigung zuvorgekommen, dass die

Ben zugefügten Verletzungen eine Kraft erforderten, die man einem Kind nur schwer zuschreiben konnte.

Irene stützte sich mit beiden Händen auf das Pult und lächelte Mr. Cairns mit geschlossenen Lippen an. Daniel bewunderte ihre Gelassenheit.

»Mr. Cairns, Sie beschreiben den Bau, unter dem das Opfer gefunden wurde, als ein Holzhaus. Könnten Sie uns bitte ein wenig mehr darüber erzählen?«

»Ja, es ist eine kleine Hütte oder ein Häuschen, das auf Stelzen über dem Boden steht… Man könnte es vielleicht ein Baumhaus nennen… es steht jedoch nur ein paar Fuß über dem Erdboden. Aber es ist von Bäumen umgeben, und so vermittelt es den Kindern dieses Gefühl. Ich vermute, das ist die Idee.«

»Ist dieser Teil des Spielplatzes bei Kindern zum Spielen beliebt?«

»Na ja, manchmal spielen sie ja da, aber ich würde nicht sagen, der Teil ist beliebt, nein. Weil er so zugewachsen ist, ist er für manche Kinder ein bisschen zu wild. Ziemlich oft gibt es dort Insekten und Brennnesseln und so weiter…«

»Meine Güte, das scheint mir ein schwierig zu erreichender Teil zu sein, selbst wenn man ein Kind wäre?«

»In gewissem Grad. Man muss Äste zur Seite biegen, vielleicht sich ein bisschen schmutzig machen. Den meisten Kindern ist das aber egal.«

»Sie würden also sagen, Sie brauchten, was… zehn Minuten, um zu dem Baumhaus und der Leiche des Opfers zu gelangen?«

»Nein, weniger als eine Minute.«

»Weniger als eine Minute? Für einen ausgewachsenen Mann, um sich durch all dieses Gestrüpp zu kämpfen?«

»Ja, das würde ich sagen.«

»Es ist also *nicht so*, dass dieser Teil des Parks nur Kindern zugänglich ist?«

»Nein, das konnten wir nicht machen. Wir beaufsichtigen

alle Spiele, deshalb müssen wir in alle Winkel gelangen können, falls Kinder in Schwierigkeiten sind.«

»Könnte es sogar so sein, dass einige Kinder Schwierigkeiten hätten, zu dem Haus zu gelangen, wenn ihnen vielleicht die Kraft fehlte, die Äste zurückzubiegen?«

»Hm, ja, das könnte der Fall sein, aber die meisten Kinder kriechen einfach unter den Bäumen durch. Ein Erwachsener müsste die Bäume zur Seite biegen.«

»Danke, Mr. Cairns, keine weiteren Fragen.«

Nach der Pause bemerkte Daniel, dass Kenneth Croll sich auf seinem Stuhl ganz nach hinten zurückgezogen hatte und Sebastian wütend anstarrte. Der Junge drehte sich von seinem Vater weg und blickte auf den Tisch, als schämte er sich. In einer der Zeitungen, die im Gemeinschaftsraum liegen geblieben waren, hatte Daniel ein Wort-Suchrätsel gefunden. Er legte es vor Sebastian hin, dann drehte er sich um und nickte Croll zu.

Sebastian senkte den Kopf, nahm die Kappe von seinem Kugelschreiber und begann eifrig, die Wörter zu umkringeln. Daniel betrachtete den zarten Hals des Jungen: den Nacken mit seinen spitz zulaufenden Babyhaaren. Er hatte erwachsene Männer bei ihren Prozessen weinen sehen und fragte sich, welche Kraft es Sebastian erlaubte, diese Konzentration und Gelassenheit beizubehalten.

Die Bildschirme wurden überprüft. Madeline Stokes war in Tränen aufgelöst. Ihr Gesicht war weiß und verzerrt, und Daniel musste wegschauen. Er hatte gesehen, dass ihr Familien-Vertrauensmann ihnen während der Pause etwas erklärt hatte. Mr. Stokes hatte mit finsterem Gesicht genickt. Daniel konnte sich denken, was ihnen gesagt wurde. Der Pathologe, Polizeizeugen und Kriminaltechniker waren die nächsten, die aufgerufen wurden. Der Anwalt hatte ihnen wahrscheinlich erklärt, dass die Fotos von der Leiche allesamt nötig wären und dass sie projiziert werden müssten, um Einzelheiten hervorzuheben, aber dass die Eltern nicht im Saal bleiben müssten. Wahrscheinlich hatte Mr. Stokes seinen Sohn identifiziert: mittels eines Muttermals an einer Schulter oder an der Form von Bens Füßen.

Jetzt drehte er sich nicht herum, um seine weinende Frau zu trösten oder ihr ein Taschentuch zu geben, als sie auf der Suche nach einem Papiertaschentuch ihre Handtasche aufmachte. Nur seine Augen widersprachen seinem Schmerz: Rastlos suchte Mr. Stokes den Gerichtssaal ab, jede Ecke, jedes Gesicht, als fragte er stumm: *Warum?*

»Wollen sie einen Film zeigen?«, fragte Sebastian.

»Nein, sie zeigen ein paar Fotos von …« Daniel verkniff sich zu sagen: *der Leiche*, da er sich an Sebastians Faszination erinnerte. »Die Anwälte der Gegenseite werden von einigen Experten erläutern lassen, was ihrer Meinung nach mit dem Opfer geschah. Ich nehme an, sie werden auf dem Bildschirm auf einige Dinge hinweisen wollen …«

Sebastian lächelte und nickte, steckte die Kappe auf seinen Kugelschreiber und faltete die Hände. Es war, als würde gleich eine Show beginnen.

Der Nachmittag begann mit Polizeiaussagen: Fotos von der Kinderleiche, auf dem Rücken liegend, Arme an der Seite. Sergeant Turner, der Sebastian vernommen hatte, trat in den Zeugenstand. Videoaufnahmen von Sebastians Befragung wurden gezeigt – auf denen er sich weigerte zuzugeben, dass er Ben auf irgendeine Weise verletzt hätte. Den ganzen Rest des Nachmittags befragte Jones Sergeant Turner, während er Videomaterial von Sebastian vorspielte, worin er über das Blut an seiner Kleidung sprach und in Tränen ausbrach. Jones verweilte auch des Längeren bei Sebastians herausforderndem Benehmen bei der Befragung und seinen logischen Erklärungen für die kriminaltechnischen Indizien, die an ihm gefunden wurden. Die Geschworenen sollten den Eindruck bekommen, dass Sebastian weit über sein Alter hinaus clever und berechnend sei.

Erst am nächsten Morgen konnte Irene den Polizeisergeant regelrecht verhören. Das Gericht wirkte ernster und stiller als sonst, als seien alle noch vom Anblick des kleinen Jungen vom Tag zuvor schockiert, der im Polizeigewahrsam schluchzte. Er hatte auf den Videoaufnahmen so klein ausgesehen.

»Sergeant, ist es in Ordnung, wenn ich Ihnen ein paar Fragen zu Mr. Rankines Aussage stelle?«, begann Irene.

»Natürlich«, sagte der Sergeant. In der hellen Beleuchtung des Gerichtssaals erschien sein Gesicht rot, geradezu wütend, aber er lächelte Irene an.

»Von dem Pathologen haben wir gehört, dass das Opfer jederzeit am Nachmittag des achten August attackiert worden sein kann … um vier, fünf, ja eher gegen sechs Uhr. Mr. Rankine hat ausgesagt, dass er eine Person in einem hellblauen oder weißen Hemd gesehen hat, die das Opfer am Nachmittag etwa um halb vier oder vier angegriffen zu haben scheint. Was haben Sie getan, um die Identität dieses Angreifers in Weiß festzustellen?«

»Ein weißes Hemd, das dem Angeklagten gehört, ist als Beweismittel vorgelegt worden. Der Zeuge schien sich sicher, dass er einen Jungen gesehen hat, auf den die Beschreibung des Angeklagten passt, und zwar früher an jenem Tag – was der Angeklagte zugibt – und dann auch später.«

»Ich verstehe«, sagte Irene, drehte sich um und hob die Hand zu den Geschworenen. »Aber natürlich!« Sie drehte sich wieder zu dem Sergeant um. »Ihr Beschuldigter trug ein weißes Hemd und gibt zu, sich etwa um zwei Uhr mit dem Opfer gekabbelt zu haben. Für Sie kein Grund, weiter noch irgendetwas zu tun. Kein Grund nachzuforschen, ob es einen anderen Angreifer gab oder nicht, möglicherweise einen Erwachsenen in *einem hellblauen Hemd …*«

»Miss Clarke«, sagte Baron wieder mit einem verkniffenen Lächeln, »haben Sie die Absicht, dem Zeugen eine Frage zu stellen?«

»Ja, Euer Ehren. Sergeant, gelangte der Zeuge zu der Gewissheit, ein Kind in einem weißen Hemd gesehen zu haben, weil Ihre Kollegen andeuteten, dass Sie jemanden, auf den diese Beschreibung passte, in Verwahrung hätten?«

»Gewiss nicht!«

»Miss Clarke, ich hätte von einer jungen Kronanwältin etwas Besseres erwartet«, tadelte der Richter.

Daniel blickte zu Irene hinüber, aber sie war nicht entmutigt. Sie hielt ihr Kinn schräg, als sei sie herausgefordert worden.

»Sergeant Turner«, fuhr sie fort, »Mr. Rankine hat in der Verhandlung eingeräumt, dass er tatsächlich einen Erwachsenen in einem blauen oder weißen Hemd gesehen haben könnte. Ohne Rücksicht darauf, ob der Angeklagte ein weißes Hemd besaß, können Sie uns sagen, was Sie getan haben, um dieser Beobachtung einer Person nachzugehen, die das Opfer am Spätnachmittag angegriffen hat, zu einer Zeit, für die mein Mandant ein Alibi hat?«

»Wir haben Bänder der Videoüberwachung durchgesehen, konnten aber für die Zeit niemanden auf dem Spielplatz feststellen … ja, für den ganzen Nachmittag und frühen Abend.«

»Heißt das, dass ein Erwachsener in einem hellblauen Hemd das Opfer an dem Nachmittag nicht angegriffen hat?«

»Nein, aber es beweist auch nicht, dass Ihr Mandant das Opfer an dem Nachmittag nicht angegriffen hat.«

»Und warum ist das so?«

Sergeant Turner hustete. »Na ja, die Kameras waren den Nachmittag über hauptsächlich auf die Straßen in der Umgebung gerichtet und nicht genügend lange auf den Park, um eine Beobachtung zu erlauben … Grundsätzlich war weder der Angriff auf Band, noch die Kabbelei, die die Jungs vorher hatten und die der Angeklagte bereits zugegeben hat.«

»Wie praktisch.« Wieder drehte sich Irene zu den Geschworenen um. »Die Kameras waren an dem Nachmittag nicht auf den Park gerichtet, ein Zeuge sieht eine Person in einem weißen oder hellblauen Hemd das Opfer attackieren, sie haben ein Kind in Gewahrsam, das ein weißes Hemd besitzt, und das wär's dann …«

»Ein weißes Hemd, an dem das Blut des Opfers klebt«, unterbrach Sergeant Turner mit erhobener Stimme.

Daniel spürte eine leichte Erregung im Gerichtssaal, während Irene auf den Angriff hin erneut das Kinn schräg hielt.

»Als sich das Material der Videoüberwachung als nutzlos erwies, was haben Sie da noch getan, um den Angreifer vom Spätnachmittag ausfindig zu machen?«

»Wie gesagt, kriminaltechnische Beweise überzeugten uns, dass wir unseren Mann hatten.«

Turner machte eine Pause und schien rot zu werden, als hätte er die Unangemessenheit seiner Ausdrucksweise erkannt.

»*Sie hatten Ihren Mann*«, wiederholte Irene. »Ich verstehe. Sie hatten einen sehr kleinen Jungen in Gewahrsam und einen Zeugen, der Ihnen erzählte, er habe jemanden in einem hellblauen oder weißen Hemd gesehen, der das Opfer gegen vier Uhr angriff …«

Wieder unterbrach Turner Irene. »Der Zeuge sagte, er hätte *einen Jungen* gesehen … denselben Jungen vom frühen Nachmittag!«

Daniel fühlte, dass es den Geschworenen missfiel, dass der Sergeant Irene anschrie.

»Ich verstehe, Sie fanden also den passenden …« Irene wandte sich dem Zeugen zu und hielt inne.

»Wir haben ihn nicht passend gemacht, er passte auf die Beschreibung.« Turners Gesicht war inzwischen sehr rot.

»Und wenn ich Ihnen erzählen würde, dass Mr. Rankine ausgesagt hat, dass er kurzsichtig ist und inzwischen annimmt, dass er an dem Nachmittag einen Erwachsenen gesehen haben könnte, würden Sie noch immer davon ausgehen, dass Sie den Passenden haben?«

»Ja, der kriminaltechnische Beweis spricht für sich selbst.«

»Ich würde sagen, Ihr Mangel an Polizeiarbeit spricht für sich selbst. Wenn es *eine Möglichkeit* gibt, dass der Zeuge tatsächlich einen Erwachsenen das Opfer hat angreifen sehen, finden Sie es dann nicht vernünftig, alles in Ihrer Macht Stehende zu tun, um diese Person ausfindig zu machen?«

»Wir führten eine gründliche Untersuchung durch. Der Angeklagte passte auf die Beschreibung, die der Zeuge gemacht hatte, und hatte, wie sich später herausstellte, das Blut des Opfers an seiner Kleidung.«

»Fertig, abgehakt, ich verstehe«, sagte Irene, hob den Blick zu den Geschworenen und setzte sich.

Baron schob seine Brille auf die Nase, um Irene einen kritischen Blick zuzuwerfen, ehe er den Zeugen entließ, aber er sagte nichts.

Daniel bemerkte, dass sie heftig atmete, als sie sich setzte. Er beobachtete das leichte Beben ihrer Brust. Er starrte einige Augenblicke zu ihr hinüber in der Hoffnung, sie würde sich zu ihm umdrehen, aber das tat sie nicht.

Am Nachmittag sagten Tatortspezialisten zu den Beweisen aus, die am Tatort sichergestellt worden waren: der Backstein und blutgetränktes Laub.

»Lassen Sie uns *sehr* klar festhalten«, sagte Irene im Kreuzverhör. »Sie haben nicht *einen einzigen Fingerabdruck* am Tatort gefunden?«

»Nun, wir fanden einige Teilabdrücke, die aber nicht identifizierbar waren.«

»Zur Klarstellung: Sie haben keinen einzigen verwertbaren Fingerabdruck am Tatort gefunden?«

»Richtig.«

»Was ist mit dem Mordwerkzeug? Gab es eine Spur an dem Backstein?«

»Nein, aber das ist nicht überraschend, wenn man die Art der Oberfläche in Betracht zieht …«

»Ich wäre Ihnen dankbar, wenn Sie mit ja oder nein antworten würden.«

»Nein.«

Als der Tatortspezialist den Zeugenstand verließ, gab es eine Pause; danach wurde als Sachverständiger der Anklage der Kriminaltechniker Harry Watson aufgerufen.

Jones erhob sich und bat Watson, seinen Namen und Titel zu bestätigen und seine Qualifikationen zu nennen. Watson zählte sie auf: Bachelor of Arts der Universität Nottingham, staatlich geprüfter Biologe und Angehöriger des Institute of Biology. Er hatte in den USA Grund- und Fortgeschrittenenkurse in der Verteilungsanalyse von Blutspurenmustern besucht und war Mitglied des Internationalen Blutspurenanalytikerverbandes. Watson sagte, seine Erfahrungen lägen hauptsächlich auf dem Gebiet biologischer Aspekte der Kriminaltechnik wie Körperflüssigkeiten, Haare und Fasergewebe.

Daniel spürte, dass Sebastian sich langweilte. Es war inzwischen ein langer Nachmittag, aber diese Aussage war entscheidend für den Standpunkt der Staatsanwaltschaft, und Daniel hoffte, dass Irene sie würde erschüttern können.

»Welche Gegenstände speziell haben Sie analysiert?«, fragte Jones.

»Hauptsächlich die Kleider des Opfers und die Kleider des

Angeklagten.« Watson war um die fünfzig und füllte seinen Anzug aus. Er saß stocksteif und mit zusammengepressten Lippen da, während er auf die nächste Frage wartete.

»Und was haben Sie herausgefunden?«

»Die Jeans des Angeklagten wurden bei einer Durchsuchung seines Elternhauses zu den Beweismitteln hinzugefügt. Eine Konzentration von Fasern wurde auf der Schenkelinnenseite der Jeans festgestellt. Die Fasern passten zweifelsfrei mit Fasern von der Hose des Opfers überein. Blutspritzer wurden auch an den Schuhen, der Jeans und dem T-Shirt des Angeklagten identifiziert. Dieses Blut wurde zweifelsfrei als Blut des Opfers identifiziert.«

»Wie würden Sie das Blutspurenmuster beschreiben, das an der Kleidung des Angeklagten gefunden wurde?«

»Die Spuren auf dem T-Shirt waren ausgeatmetes Blut – das ist Blut, das durch Luftdruck, der die Triebkraft ist, aus der Nase, dem Mund oder einer Wunde ausgestoßen wird.«

»Welche Art von Verletzungen eines Opfers können Ursache dieser Blutspritzer auf der Kleidung des Angeklagten sein?«

»Die Blutspritzer sind Folge eines Gesichtstraumas – eines gewaltsamen Angriffs auf das Gesicht oder die Nase, worauf das Opfer Blut auf den Angreifer bläst.«

Schockiertes Gemurmel lief durch den Gerichtssaal.

»Sebastian Croll wurde also mit dem ausgeatmeten Blut des Opfers bespritzt. Gab es sonst noch etwas an dem Blut an der Kleidung des Angeklagten, was darauf hindeutete, dass er in einen gewaltsamen Vorfall mit dem Verstorbenen verwickelt gewesen ist?«

»Zusätzlich zu dem ausgeatmeten Blut auf dem T-Shirt des Angeklagten fanden wir Kontaktspuren auf der Jeans und den Schuhen, die darauf schließen lassen, dass sich der Angeklagte zur Zeit des tödlichen Angriffs in unmittelbarer Nähe zu dem Opfer befand. Es gab auch eine geringe Menge Blut an der Schuhsohle des Angeklagten.«

»Worauf könnte das Blut an der Schuhsohle hindeuten?«

»Nun, es könnte daher rühren, dass der Angeklagte nach dem Angriff im Blut des Opfers stand.«

»Gab es irgendwelche kriminaltechnischen Beweise dafür, dass der gewaltsame Vorfall dort stattgefunden hat, wo die Leiche gefunden wurde?«

»Ja, die Verunreinigungen an den Knien der Jeans des Angeklagten und am Hosenboden des Opfers stimmten überein mit dem Laub und der Erde am Tatort.«

»Wurde irgendwelches andere biologische Material des Angeklagten am Opfer sichergestellt?«

»Nun, ja, Hautpartikel des Angeklagten wurden unter den Fingernägeln des Opfers gefunden, und an Armen und Hals des Angeklagten fanden sich Kratzer.«

»Ben hatte also versucht, sich gegen Sebastian zu wehren, und kratzte ihn dabei?«

»So scheint es gewesen zu sein.«

Gordon Jones nahm Platz, und Irene Clarke erhob sich.

»Mr. Watson«, sagte Irene, wobei sie den Zeugen nicht ansah, sondern stattdessen ihre Notizen konsultierte, »wann sind Sie in den Kriminaltechnischen Dienst des Innenministeriums eingetreten?«

Mr. Watson richtete seine Krawatte, dann antwortete er: »Vor etwas über dreißig Jahren.«

»Dreißig Jahre. Meine Güte! Eine ziemlich reiche Erfahrung. Sie kamen 1979 dazu, ist das richtig?«

»Ja.«

»Und können Sie sagen, an wie vielen Fällen Sie in diesen einunddreißig Dienstjahren gearbeitet haben?«

»Ohne einen Blick in meine Aufzeichnungen kann ich es Ihnen absolut nicht sagen.«

»Schätzen Sie für uns – wie viele es gewesen sein könnten:

dreißig, hundert, mehr als fünfhundert – wie viele, ungefähr?«

Irene beugte sich an ihrem Pult nach vorn, Schultern fast auf Ohrenhöhe. Daniel fand, sie sah aus wie ein Mädchen, das sich aus einem Fenster beugt, um einer Parade zuzusehen.

»Ich würde sagen, in einunddreißig Jahren hatte ich direkt mit Hunderten von Fällen zu tun, vielleicht weniger, aber vielleicht auch mehr als fünfhundert.«

»Und bei wie vielen Prozessen haben Sie in Ihren einunddreißig Dienstjahren als Zeuge ausgesagt?«

»Über hundert, da bin ich sicher.«

»Zweihundertdreiundsiebzig, um genau zu sein. Sie sind wirklich ein fachkundiger Zeuge. Sagen Sie, wie viele Male haben Sie in diesen zweihundertdreiundsiebzig Fällen für die Verteidigung ausgesagt?«

»Meine Aussagen sind unparteiisch, und ich bin der Verteidigung als auch der Anklage gegenüber unvoreingenommen.«

»Natürlich. Ich will klarstellen: In wie vielen Ihrer zweihundertdreiundsiebzig Prozesse haben Sie als Zeuge der Anklage ausgesagt?«

»In den meisten.«

»In den meisten. Würden Sie eine Schätzung wagen, in wie vielen?«

»Vielleich in zwei Dritteln?«

»Nicht ganz, Mr. Watson. In zweihundertdreiundsiebzig Prozessen sind Sie als Zeuge für die Verteidigung ganze drei Mal vorgeladen worden. Dreimal in dreißig Jahren. Überrascht Sie das?«

»Ein bisschen, ich hätte einige mehr erwartet.«

»Ich verstehe. Einige mehr. Was Ihre Qualifikationen betrifft, sehe ich, dass Sie einen Bachelor of Arts der Universität Nottingham haben ... Wirtschaftswissenschaft. Finden Sie Wirtschaftswissenschaft für Ihr derzeitiges Betätigungsfeld nützlich?«

»Ich bin inzwischen staatlich geprüfter Biologe.«

»Ich verstehe. Sie haben ausgesagt, es hätten sich Fasern von Ben Stokes' Jeans an der Kleidung des Angeklagten befunden. Sagen Sie, würde man nicht erwarten, dass zwei Jungen – Nachbarkinder –, die zusammen spielen, Fasern von der Kleidung des jeweils anderen an ihren Sachen haben, und das vom ganz normalen Spielen?«

»Das ist möglich, ja.«

»Desgleichen die abwehrenden Kratzer am Angeklagten und die Haut unter den Nägeln des Opfers – die könnten doch auf eine ganz normale Kabbelei zwischen zwei Schuljungen zurückzuführen sein, nicht wahr?«

»Das ist möglich.«

»Und Sie haben außerdem festgestellt, dass das Blut an Sebastians Kleidung ausgeatmetes Blut ist. Sie haben ausgesagt, das sei mit einem Schlag auf die Nase oder ins Gesicht zu erklären. Richtig?«

»Ja.«

»Der Angeklagte hat ausgesagt, dass das Opfer gestürzt ist und sich die Nase verletzt hat, als sie zusammen waren, sodass sie heftig blutete. Mein Mandant hat ausgesagt, dass er sich über das Opfer gebeugt hat, um sich die Verletzung anzusehen. Sagen Sie, ist es möglich, dass das identifizierte ausgeatmete Blut unter diesen eher harmlosen Umständen übertragen worden sein könnte?«

»Die Blutspritzer sind auf Kraftanwendung zurückzuführen, und ich sehe dies als die wahrscheinlichere Ursache an, aber es ist möglich, dass die Übertragung ausgeatmeten Bluts von der Unfallverletzung herrühren könnte, die Sie schildern.«

»Noch eines«, sagte Irene. »Die Menge des Bluts an der Kleidung des Angeklagten – ausgeatmet, Kontaktspuren oder sonst was – ist minimal, würden Sie sagen?«

»Es befindet sich eine geringe Menge Blut an der Kleidung.«

»Das übertragene Blut war bei der kriminaltechnischen Untersuchung deutlich sichtbar – aber auf den Fotos auf Seite dreiundzwanzig der Unterlagen ist es für das bloße Auge nicht deutlich erkennbar.«

Sebastian sah mit großen Augen zu. Daniel erinnerte sich, Kinder von Freunden beobachtet zu haben, die sich Videospiele ansahen: ihre Reglosigkeit, unnatürlich bei so kleinen Kindern. Sebastians Aufmerksamkeit jetzt war ebenfalls unnatürlich. Er brütete über den Fotos von den Blutspritzern auf der verschmutzten Kleidung.

»Die Blutflecken waren für das bloße Auge erkennbar, aber sie waren nicht so groß oder bedeutsam, um klar als Blut identifiziert zu werden.«

»Ich verstehe. Danke für diese Klarstellung, Mr. Watson … Bei einer ernsten Verletzung dieser Art – Gesichtstrauma aufgrund stumpfer Gewalt –, die offenbar zugefügt wurde, als der Angreifer sich in unmittelbarer Nähe zu dem Opfer befand, würden wir da nicht erwarten, dass der Angreifer … mit Blut besudelt sein müsste?«

Watson rutschte auf seinem Platz hin und her. Daniel beobachtete ihn. Seine rötliche Gesichtsfarbe legte den Verdacht nahe, dass er schnell wütend werden konnte.

Der Zeuge räusperte sich. »Die Art der Verletzung würde mit erheblichem Blutverlust einhergehen, und wir würden die Übertragung einer erheblichen Blutmenge auf den Angreifer erwarten.«

»Würden Sie bei dieser Art Trauma durch stumpfe Gewalt die Menge an ausgeatmetem Blut und an Kontaktspuren normalerweise bedeutend größer erwartet haben als die Spuren, die an der Kleidung des Angeklagten festgestellt wurden?«

»Wir müssen uns die Lage des Leichnams und die Tatsache vor Augen führen, dass die Schädigung zum größten Teil durch innere Blutungen eingetreten ist …«

»Ich verstehe«, sagte Irene. »Aber Sie haben eben gesagt, dass Sie nichtsdestoweniger die Übertragung einer erheblichen Menge Blut erwarten würden.«

Wieder räusperte sich Watson. Er blickte sich im Gerichtssaal um, als suche er Hilfe. Jones starrte ihn an, das Kinn zwischen zwei Finger geklemmt.

»Mr. Watson, ist es nicht so, dass wir erwartet haben würden, dass bei dieser Art von Verletzung die Kleider des Angreifers mit Blut besudelt wären?«

»Normalerweise *hätten* wir eine größere Anzahl von Kontaktspuren oder Übertragungen von Blut durch die Luft erwartet.«

»Danke, Mr. Watson.«

Das Kreuzverhör war so gut gelaufen, dass Irene beschloss, zu Beginn der Verteidigung nicht deren Kriminaltechniker aufzurufen. Dass der Wissenschaftler der Staatsanwaltschaft zugunsten der Verteidigung umgestimmt werden konnte, war wesentlicher.

Die Woche endete mit der Anhörung der Pathologin der Staatsanwaltschaft, Jill Gault. Als sie den Zeugenstand betrat, war sie so herzlich und ermutigend, wie sie Daniel in ihrem Büro über dem St. James's Park erschienen war. Sie war groß, trug Stiefel und ein graues Kostüm. Sie sah aus wie jemand, der an Wochenenden rudern geht, unbeeindruckt von dem Wissen, wie – genau – der Schädel eines Kindes zertrümmert worden war.

»Dr. Gault, Sie haben eine Autopsie an dem Opfer, Benjamin Stokes, durchgeführt?«, begann Jones.

»Ja, das stimmt.«

»Können Sie uns sagen, zu welchem Schluss Sie hinsichtlich der Todesursache gekommen sind?«

»Todesursache war ein akutes subdurales Hämatom entsprechend einem Trauma durch stumpfe Gewalt – ausgelöst durch einen Schlag gegen die rechte Vorderseite des Schädels.«

»Und wie, Dr. Gault, würden Sie ein subdurales Hämatom in allgemein verständlicher Sprache nennen?«

»Tja, es ist im Grunde eine Gehirnblutung, die steigenden Druck auf das Gehirn ausübt und die, falls nicht behandelt, zum Hirntod führt.«

Ein Modell des Gehirns und der geschilderten Verletzung wurde für die Geschworenen projiziert, um den genauen Ort der Verletzung zu zeigen. In den Geschworenenunterlagen befand sich ein Foto von Ben Stokes' Gesicht. Sebastian betrachtete es genau, dann beugte er sich zu Daniel hinüber und flüsterte ihm ins Ohr: »Warum ist denn sein anderes Auge nicht zu? Gehen die Augen denn nicht zu, wenn man tot ist?« Daniel spürte die weichen Finger des Jungen auf seiner Hand. Er beugte sich hinunter, um ihn zum Schweigen zu bringen.

»Dr. Gault, haben Sie das Werkzeug ermittelt, mit dem dieser tödliche Schlag gegen den Kopf ausgeführt wurde?«

»Die Verletzung rührte von stumpfer Gewalt her – das Mordwerkzeug musste daher ein stumpfer, schwerer Gegenstand sein. Ein Ziegelstein wurde am Tatort gefunden, und kleine Ziegelstückchen wurden aus der Wunde im Gesicht geborgen.«

Der Justizangestellte brachte eine Beweismitteltasche herein, und ein in Cellophan eingeschlagener Backstein wurde den Geschworenen gezeigt.

»Dieser Backstein wurde am Tatort gefunden, und Untersuchungen bestätigen, dass Blut, Gehirnmasse, Haut und Haare, die an dessen Oberfläche festgestellt wurden, dem Opfer zuzuordnen sind. Fanden Sie, dass Form und Größe des Backsteins mit den vom Opfer erlittenen Verletzungen übereinstimmen?«

»Ja, die Umrisse des Backsteins stimmen genau mit denen der Wunde überein.«

Wieder wurde anhand eines Modells gezeigt, wie der Backstein in die Wunde passte.

Sebastian wandte sich zu Daniel um und lächelte. »Das ist der *echte* Backstein«, flüsterte er mit honigsüßem Atem.

Daniel nickte und streckte eine Hand aus, um ihn zum Schweigen zu bringen.

Die Bilder von Ben Stokes' verstümmeltem Gesicht blitzten auf den Bildschirmen auf, die für den Richter, die Geschworenen und Anwälte bereitstanden, für die Galerie aber nicht einsehbar waren. Das linke Auge des Kindes stand offen – wie Sebastian bemerkt hatte –, weiß und klar; das rechte erinnerte Daniel an ein zermatschtes Hühnerei. Geschworene zuckten entsetzt zurück. Richter Philip Baron betrachtete seinen Monitor ohne Gefühlsregung. Daniel beobachtete sein Gesicht, in dem das Gewicht der Haut den Mund nach unten zog. Jill Gault zeigte mit einem Laser auf den Punkt des Aufpralls und sprach über die Kraft, die notwendig war, an Schädel und Backenknochen einen derartigen Schaden anzurichten.

»Und konnten Sie den Zeitpunkt des Todes feststellen, Dr. Gault?«, fuhr Gordon Jones fort.

»Ja, etwa um sechs Uhr fünfundvierzig abends am achten August.«

»Und würde das einen Angriff früher an diesem Tag ausschließen, zum Beispiel am Nachmittag entweder um zwei oder sogar um vier Uhr, als der Angeklagte zuletzt gesehen wurde, wie er sich mit dem Opfer prügelte?«

»Ganz und gar nicht. Bei einem akuten subduralen Hämatom ist es nur möglich, den Zeitpunkt des Todes annähernd zu bestimmen, nicht aber den Zeitpunkt der Verletzung. Die Art dieser Verletzung ist so, dass der Tod kurz danach eintreten kann oder erst nach mehreren Stunden. Die Blutung übt einen Druck auf das Gehirn aus, aber es kann von Minuten bis zu Stunden dauern, ehe der Druck tödlich wird.«

»Ben kann also erst einige Stunden, nachdem er mit dem Backstein ins Gesicht geschlagen wurde, gestorben sein, ist das korrekt?«

»Ja, das ist richtig.«

»Könnte er während dieser Zeit bei Bewusstsein gewesen sein?«

»Das ist höchst unwahrscheinlich … aber möglich.«

»Möglich. Danke, Dr. Gault.«

Richter Baron räusperte sich geräuschvoll und beugte sich zu seinem Mikrofon vor.

»Ich denke, angesichts der Uhrzeit könnte das der geeignete Zeitpunkt für eine Pause sein.« Er drehte sich in Richtung Geschworene. »Zeit, sich zu verdrücken und eine Tasse Kaffee zu trinken. Ich erinnere Sie daran, außerhalb Ihres Kreises nicht über diesen Fall zu reden.«

Allgemeiner Aufbruch.

Daniel blieb, bis Sebastian nach unten eskortiert wurde, dann ging er nach draußen. Er steckte die Hände in die Hosentaschen und beobachtete die Leute in den prunkvoll bemalten Korridoren des Zentralen Strafgerichtshofs: Scharen verlorener Seelen, die Kummer, Armut und Unglück vor sich herschoben. Glück und Elend wurden hier entschieden, nicht gefunden. Er fühlte sich einsam, auch er eine der verlorenen Seelen, die in ihrer Leere herumtaumelte, und er holte sein Handy hervor und rief Cunningham an. Er war bei einem Mandanten, und Daniel hinterließ eine Nachricht, in der er sich nach dem Verkauf von Minnies Haus erkundigte.

Jemand tippte ihm auf die Schulter. Es war Irene.

»Alles okay?«

»Sicher – warum fragst du?«

»Jedes Mal, wenn ich da drinnen zu dir hinsah, hast du die Stirn gerunzelt.«

»Hast oft zu mir hingesehen?«, flirtete er, obgleich ihm klar war, dass dafür nicht die richtige Stimmung war.

Sie tippte ihm mit ihrem Kugelschreiber strafend auf den Arm. »Was bekümmert dich?«

»Hast du die Gesichter der Geschworenen gesehen, als diese Fotos gezeigt wurden?«

»Ich weiß, aber wir werden beweisen, dass Sebastian nicht schuld ist.«

»Und Jones, als er fragte, ob Ben während der denkbaren Stunden, bevor er starb, noch bei Bewusstsein gewesen sein könnte. Gott …« Daniel schüttelte den Kopf, aber Irene legte ihm eine Hand auf den Arm. Er spürte ihre Wärme.

»Nicht den Glauben verlieren«, flüsterte sie.

»Nicht an dich«, sagte er, als sie sich von ihm abwandte und ins Gericht zurückging.

»Dr. Gault, Sie nannten das subdurale Hämatom ›eine Gehirnblutung‹«, fragte Irene im Kreuzverhör. »Können wir also erwarten, dass der Blutverlust beträchtlich ist?«

»Nun ja, auf ein Trauma hin sammelt sich Blut im Gehirn. Bei jedem subduralen Hämatom dehnen sich und reißen winzige Äderchen zwischen der Oberfläche des Gehirns und seiner Außenhaut, der Dura, sodass sich Blut ansammelt. Es ist dieser Druck, der zum Tod führt.«

»Danke für diese Klarstellung, Doktor. Aber sagen Sie, würden Sie bei dieser Art von Gesichtstrauma nach stumpfer Gewalt nicht erwarten, dass ein Angreifer mit dem Blut des Opfers … über und über besudelt wäre?«

»Ja, wahrscheinlich hätte ein Gesichtstrauma dieser Art den Täter erheblich mit Blut bespritzt.«

Irene zögerte und nickte. Daniel beobachtete, wie ihr melonenkernförmiges Gesicht sich nachdenklich zur Seite neigte.

»Eine letzte Frage – wie viel wiegt ein Backstein, Dr. Gault?«

»Wie bitte?«

»Ein Backstein, ein normaler Backstein, wie der bei den Beweismitteln, was wiegt der?«

»Ich würde sagen, ungefähr zwei Kilo.«

»Dann sagen Sie uns doch, Doktor, welche Kraft oder Stärke Ihrer Meinung nach nötig wäre, um die Verletzungen zuzufügen, die Benjamin Stokes erlitten hat, wenn man das Gewicht des Mordwerkzeugs in Rechnung stellt?«

»Eine ganz erhebliche Kraft.«

»Könnten Sie sich vorstellen, dass die nötige Kraft von einem elfjährigen Jungen aufgebracht werden konnte – insbesondere von einem mit der schmächtigen Figur des Angeklagten?«

Dr. Gault rutschte auf ihrem Stuhl herum. Sie blickte in Sebastians Richtung, und Daniel bemerkte, dass Sebastian ihrem Blick begegnete.

»Nein, ich hätte mir gedacht, dass die notwendige Kraft eher zu einem erwachsenen Täter passte ... aber andererseits ... Jemand von kleinerer Statur oder auch ein Kind könnte fähig gewesen sein, diese Verletzungen zuzufügen, wenn das Opfer unter dem Täter lag, sodass die Schwerkraft die fehlende körperliche Kraft aufwiegen konnte.«

»Ich verstehe.« Richter Baron nickte. »Ich verstehe. Haben Sie noch irgendwelche weiteren Fragen, Miss Clarke?«

»Ist es Ihre fachmännische medizinische Meinung, Dr. Gault, dass ein Kind wegen des Gewichts des Mordwerkzeugs Schwierigkeiten hätte, diese Verletzungen zuzufügen?«

»Der Zeugin ist diese Frage gestellt worden, und sie hat sie beantwortet, Miss Clarke«, sagte Baron. Irene setzte sich, eine kurze Röte auf den Wangen. »Mr. Jones?«

»Wenn ich darf, Euer Ehren, ein Punkt der Klarstellung ...«

Richter Baron flatterte zustimmend mit den Fingern. Irene warf Daniel einen Blick zu.

Gordon Jones trat noch einmal an das Pult. »Dr. Gault, ganz

kurz, wenn bei dem tödlichen Schlag die Schwerkraft zu Hilfe genommen wurde, wäre das mit der Lage des Leichnams vereinbar, als er gefunden wurde – Gesicht nach oben, Hände an der Seite?«

»Ja …«, sagte Dr. Gault nach einigem Zögern. »Mehrere Positionen wären denkbar, aber wenn das Opfer irgendwie benommen oder verängstigt war, könnte es sicherlich möglich gewesen sein, den Schlag auszuführen, während es am Boden lag, entweder aus einer stehenden Position oder sitzend … rittlings sozusagen. Das wäre leichter gewesen für einen … schwächeren Täter.«

»Danke, Dr. Gault.«

Daniel nahm ein paar Zeitungen mit nach Hause und blätterte jede durch, bis er einen Bericht über den Prozess fand. Einige Artikel stellten seine und Sebastians Beziehung zueinander in den Mittelpunkt: *Der Junge drängte sich dicht an seinen Anwalt.* Einer schrieb über Dr. Gaults Aussage: *»Die Pathologin der Staatsanwaltschaft, Dr. Jillian Gault, stellte Vermutungen darüber an, dass der Engelmörder rittlings auf seinem Opfer gesessen haben könnte, um es mit genügend Kraft totzuprügeln, Auge in Auge.«*

Daniel fuhr sich mit der Hand über die Augen. In der Wohnung war es dunkel, aber er brachte es nicht über sich, Licht zu machen. Der Küchentisch war mit seinen Arbeitspapieren bedeckt. Er stand am Fenster und betrachtete den Park in dem schwankenden Mondlicht. Der See wechselte im sich wandelnden Licht wie ein Penny die Farbe. Er fühlte sich müde, aber es war eine ruhelose Müdigkeit, und er wusste, dass er nicht würde schlafen können.

Er sah, dass der Anrufbeantworter blinkte. Cunningham hatte eine Nachricht hinterlassen. Die Verbindung war schlecht, und Daniel verstand nicht jedes Wort: »Danny, hi, ich habe Ihre

Nachricht erhalten … Das Haus ist leer geräumt, und ich habe einen Käufer an Land gezogen. Junges Paar aus der Stadt, das schon eine Weile nach so einem kleinen Bauernhof sucht. Ich habe Ihnen eine E-Mail geschickt. Das Angebot ist gut, also rufen Sie mich an und lassen Sie mich wissen, ob wir zum Verkauf schreiten können.«

Daniel stieß den Atem aus. Automatisch löschte er die Nachricht. Er war dazu jetzt nicht in der Lage. Er brauchte Zeit, um sich darauf einzustellen. Er legte sich angekleidet auf das Bett und starrte unverwandt an die Decke. Er erinnerte sich, wie er als Kind das erste Mal in Minnies Haus kam. Er erinnerte sich an seine Trotzanfälle und seine Wut. Aber nach allem, was zwischen ihnen vorgefallen war, und allem, was sie für ihn getan hatte, erinnerte er sich am deutlichsten an die letzten Worte, die er ihr ins Gesicht geschleudert hatte: *Ich wünschte, du wärst tot.*

Jetzt, da sie tot war, hätte er am liebsten gesagt, dass es ihm leidtue. Der Prozess gegen den Jungen zwang ihn, nur noch mehr über sie nachzudenken. Das Verfahren machte ihm klar, wie nahe er daran gewesen war, in Sebastians Lage zu geraten. Sie hatte ihn verletzt, aber sie hatte ihn auch gerettet.

Er fuhr sich mit der flachen Hand über seine Brust und fühlte die Knochen seines Brustkorbs. Er erinnerte sich an Charlottes unangebrachte Avancen an der Hintertür der Zellen. Er war sich nicht sicher, warum er sie so bedauerte. Daniel fühlte sich in Sebastians Namen durch Charlottes Schwäche und Verzweiflung betrogen, aber das Kind zeigte ihr nichts als Liebe.

Er legte eine Hand unter seinen Kopf. Er konnte Sebastians Leidenschaft für seine Mutter verstehen. Als Kind war er zu sterben bereit gewesen, um seine eigene Mutter zu beschützen. Er erinnerte sich, wie er barfuß im Schlafanzug zwischen ihr und ihrem Freund gestanden hatte. Er erinnerte sich, wie er das langsame, heiße Rinnsal des Urins an seinem Bein herunterlaufen gefühlt hatte, und dennoch bereit gewesen war, alles, was kam, auf sich zu nehmen, wenn es sie nur rettete.

Danach war er in Pflege gegeben worden.

Er dachte an seine Mutter: an die Male an ihren Armen und ihre Stimmungsumschwünge, den schlechten Geruch ihres Atems. Jetzt bedauerte er sie, wie er Charlotte bedauerte. Seine verzweifelte, kindliche Liebe für sie war vor langer Zeit geschwunden. Erst als erwachsenem Mann war ihm klar geworden, was sie ihm angetan hatte.

Daniel setzte sich auf und strich sich mit der Hand über das Kinn. Er schlüpfte aus seiner Dienstkleidung, dann griff er zu dem Telefon in der Diele. Er stand mit dem Hörer in der Hand unentschlossen da, ehe er die Nummer wählte. Diesmal ging Harriets Mann ran. Daniel stotterte ein bisschen, als er erklärte, wer er sei.

»O ja, natürlich«, sagte der Mann, »ich hol sie eben.«

Daniel presste die flache Hand gegen die Wand, während er wartete. Im Hintergrund hörte er den Fernseher laufen und den Mann sich räuspern. Daniel biss sich auf die Unterlippe.

»Hallo?« Ihre Stimme klang müde. »Na, mein Lieber, ich bin überrascht, so schnell wieder von dir zu hören.«

»Ich weiß, es war nur etwas, was du neulich gesagt hast. Ich habe drüber nachgedacht. Hast du einen Moment Zeit?«

»Natürlich, worum geht's denn?«

Der Klang ihrer Stimme erinnerte ihn an Minnie. Er schloss die Augen.

»Ich habe mit Normans Schwester telefoniert. Sie hat mir mehr über den Unfall erzählt …«

Harriet sagte nichts, aber er hörte sie atmen.

»Es ist nur, dass ich glaube, ich habe nie völlig verstanden, was Minnie durchgemacht hat, aber inzwischen verstehe ich es … Ich habe über einiges nachgedacht, was du gesagt hast …«

Er fühlte sein Herz schlagen. Er machte eine Pause, um ihr

Gelegenheit zum Reden zu geben, aber sie blieb noch immer stumm. Er fragte sich, ob er sie wieder verärgert hätte.

»Was denn?«, sagte sie endlich. »Was habe ich denn gesagt?«

Er holte tief Luft. »Dass sie sich selbst damit gepeinigt hätte, dass sie all die Pflegekinder bei sich aufnahm.«

»Ich weiß, Gottes Liebe ihr.«

Daniel machte eine Faust und boxte damit leicht gegen die Wand. »Denkst du, warum ausgerechnet mich? Warum hat sie *mich* adoptiert und keines von den anderen Kindern?«

Harriet seufzte.

»Hat sie's getan, weil ich sie darum gebeten habe? Oder … weil ich Angst hatte, weggeschickt zu werden? Hatte sie daran gedacht, eines von den anderen Kindern zu adoptieren?«

Er wartete, dass Harriet etwas sagte, aber sie blieb stumm. Das Schweigen dehnte sich schwer wie ein tiefer Ton auf einem Klavier mit getretenem Pedal.

»Weißt du es denn nicht?«, sagte sie schließlich. »Sie liebte dich wie ihr eigenes. Du warst was Besonderes für sie, das warst du. Ich erinnere mich noch an das erste Jahr, als du zu ihr kamst. Sie hatte zunächst eine Menge Ärger mit dir, erinnere ich mich. Du warst ein wildes Kind. Aber sie sah etwas in dir … Ich meine, sie wollte natürlich das Beste für dich. Zu deinem eigenen Besten würde sie dich weggegeben haben, so wie sie die anderen weggab. Sie war allein, und sie sagte immer wieder zu mir, dass Kinder eine Familie brauchten – Brüder und Schwestern … einen Mann in der Nähe. Ich erinnere mich, dass sie versucht hat, für dich ein geeignetes Zuhause zu finden, und gleichzeitig verzweifelt dazu entschlossen, dich zu halten.«

»Sie war für jeden Familie genug … für mich jedenfalls.«

»An dem Tag, als sie dich adoptierte, rief sie mich an, nachdem du schlafen gegangen warst. Seit der Zeit vor Delias Tod hatte ich sie nicht mehr so glücklich gehört.«

Daniel räusperte sich. Harriet begann zu husten: ein so

schlimmer rasselnder Husten, dass sie das Telefon für einen Moment weglegen musste. Daniel wartete.

»Ist alles in Ordnung?«

»Ich werde diesen Husten nicht los. Heilige Muttergottes … Aber du musst wissen, Danny … Sie wünschte sich nichts mehr, als dass du ihr Sohn bist. Du warst so wichtig für sie.«

»Danke«, sagte er fast flüsternd.

»Denk jetzt nicht an diese Dinge, mein Sohn. Das tut niemandem gut. Lass es hinter dir.«

Harriet begann wieder zu husten.

»Du solltest zum Arzt gehen«, sagte er.

»Geht mir bald wieder prächtig. Geht's dir denn gut? Ich meinte, ich hätte dich neulich in den Nachrichten gesehen. Bist du jetzt an diesem Engelmörder-Fall dran? Warst das wirklich du? Was für eine schreckliche Sache das ist.«

»Da hast du nicht unrecht«, sagte Daniel. Er stellte sich gerade hin; die Erwähnung des Falles entriss ihn den verdrießlichen Klauen seiner Erinnerung.

»Wohin ist die Welt nur geraten? Hat man jemals dergleichen gehört – Kinder, die sich ohne Weiteres gegenseitig umbringen?«

Daniel schob eine Hand in seine Hosentasche und sagte, er müsse jetzt aufhören.

»Recht hast du, Liebling. Du hast immer so hart gearbeitet. Geh und leg jetzt deine Füße hoch. Denk nicht mehr über all das nach.«

Daniel legte auf. Er ging zu Bett, und Reue übertönte alles in seinem Innern.

Als er aufwachte, war es halb sieben und zu spät für seinen Morgenlauf. Ein Traum war ihm noch frisch in Erinnerung. Er hatte von dem Haus in Brampton geträumt. Die Wände des Hauses waren offen gewesen wie das Modell einer Krippenszene oder wie eine Puppenstube. Die Tiere waren ungehindert hinein- und hinausgelaufen. Daniel war in dem Traum erwachsen, wohnte aber immer noch dort und sorgte für die Tiere. Minnie war irgendwo draußen, aber er konnte sie weder sehen noch hören.

In ihrer Küche hatte er ein Lamm gefunden: schlafend, hörbar zufrieden schnarchend, sein Bauch hob und senkte sich, und ein sanftes Lächeln lag auf seinen Lippen. Daniel hatte sich gebückt und das Lamm nach draußen getragen, wo heller Sonnenschein zwischen die Bäume fiel.

Auf der Bettkante sitzend konnte sich Daniel immer noch an das spürbare Gewicht des Lamms in seinen Händen und an die Wärme seines dünnen Fells erinnern.

Nach dem Frühstück sah er nach seinen E-Mails, dann rief er Cunningham zurück und erklärte sich damit einverstanden, dass die Farm verkauft würde. Daniel sprach sehr leise, als er diese Worte sagte, für den Fall, dass er seine Meinung ändern sollte. Es war Zeit, das Haus zu verkaufen, entschied er. Er musste Abstand gewinnen. Wenn das Haus weg wäre, käme er vielleicht über seine Reue hinweg. Er würde nicht mehr über sie nachdenken.

26

Minnie hatte ihn zur Universität fahren wollen, aber Daniel wusste, dass ihr davor bange war. Schließlich nahm er den Zug nach Sheffield und erlaubte ihr, ihn bis nach Carlisle zu fahren. Blitz hatte den ganzen Weg im Wagen gewimmert, und als sie auf den Bahnsteig kamen, waren Minnies Augen vor Tränen glasig.

»Mum, in zehn Wochen bin ich zurück. Weihnachten ist in *zehn Wochen.*«

»Ich weiß, Liebling«, hatte sie gesagt und sein Gesicht in beide Hände genommen. »Es scheint eine so lange Zeit zu sein, und die Zeit, die ich mit dir hatte, erscheint zu kurz. Ich kann's gar nicht glauben.«

Es war ein warmer Tag. Blitz zerrte an seiner Leine, indem er auf die Geräusche von Menschen und Zügen zustürmte. Daniel roch den Diesel und verspürte eine kurze angstvolle Erregung bei dem Gedanken, Brampton zu verlassen und wieder in einer Großstadt zu leben. Er sah, wie Minnie einen Handknöchel gegen ihr Auge drückte.

»Wirst du zurechtkommen?«, fragte er.

Sie stieß einen Seufzer aus und strahlte ihn an, die Wangen gerötet. »Es wird mir einfach prächtig gehen. Sieh du nur zu, dass du Spaß hast. Ruf mich ab und zu an, damit ich weiß, dass du lebst und nicht dem Trunk und den Drogen verfallen bist.«

Sie lachte, aber Daniel sah, dass ihre Augen wieder zu glänzen begannen.

»Wirst du mich anrufen?«, fragte er.

»Versuche, mich daran zu hindern.«

Er lächelte, das Kinn auf die Brust gedrückt. Am liebsten wäre er jetzt gegangen, aber es waren noch ein paar Minuten bis zu seinem Zug. Sie zu verlassen, war schwerer, als er sich das vorgestellt hatte, und jetzt wünschte er, er hätte sich schon auf der Farm von ihr verabschiedet. Einerseits sorgte er sich, dass sie einsam sein werde, andererseits erfüllten ihn Sorgen um sich selbst. Irgendein kindischer Teil von ihm wollte nicht weg. Er kannte niemanden, der eine Universität besucht hatte: Er wusste nicht, was ihn erwartete.

»Und komm nicht auf den Gedanken, dass du's nicht wert bist«, sagte sie, als hätte sie wieder in seinen Gedanken gelesen. Ihre Augen zergingen vor Heiterkeit und Weisheit. »Du brauchtest nichts weiter als diese eine Chance. Ergreife sie und zeige einfach allen, woraus du gemacht bist.«

Er umarmte sie, beugte sich zu ihr hinunter, um sie zu drücken, und fühlte, wie ihr Körper sich ihm ergab. Blitz jaulte und sprang an ihnen hoch, um sie voneinander zu trennen.

»Du bist nichts als ein eifersüchtiger Dummkopf«, machte sie sich über Blitz lustig und tätschelte ihm grob den Kopf.

Es war Zeit. Daniel hatte gelächelt, ihr die nasse Wange geküsst, Blitz' wachsames Ohr gestreichelt, und dann war er weg.

Obwohl an der Universität Sheffield die meisten Studenten, mit denen er sich anfreundete, ein Jahr älter als er waren, weil sie zwischen Highschool und Uni ein Jahr im Ausland verbracht hatten, kam Daniel sich seltsam älter vor als sie. Er trat der Fußballmannschaft bei und auch einem Laufklub und ging mit Freunden aus beiden einen trinken. Carol-Ann blieb in Brampton, und er sah sie gelegentlich während des Semesters und in den Ferien, wenn er zur Farm zurückfuhr, aber er schlief mit anderen Mädchen an der Universität und sagte Carol-Ann nichts davon, die ihn gut genug kannte, um nicht zu fragen.

Eines der Mädchen, mit denen er zu Anfang seines zweiten Jahres schlief, wurde schwanger und ließ eine Abtreibung vornehmen. Er wohnte damals in einer WG in der Ecclesall Road und war mit ihr zur Danum Lodge in Doncaster gefahren, wo der Eingriff gemacht wurde. Sie hatten beide Angst gehabt, und hinterher hatte sie geblutet und über Schmerzen geklagt. Er hatte sich um sie gekümmert, aber nach ein paar Wochen war es so, als wäre es nie geschehen.

Daniel war sich nicht sicher, ob dies der Grund dafür war, dass er wieder an seine Mutter zu denken begann – seine leibliche Mutter –, aber kurz vor den Juraexamen des zweiten Studienjahrs rief er im Newcastler Amt für Sozialarbeit an und verlangte, Tricia zu sprechen. Ihm wurde mitgeteilt, dass sie das Amt 1989 verlassen hatte.

Daniel erinnerte sich, dass man ihm gesagt hatte, wenn er achtzehn wäre, hätte er das Recht, seine Mutter ausfindig zu machen. Sie war zwar tot, trotzdem wollte er wissen, wie sie gestorben war und ob es einen Grabstein gab. Er beschloss, wieder nach Newcastle zu fahren, um zu sehen, was er über den Tod seiner Mutter herausfinden könnte. Einen Teil von ihm zog es dorthin zurück. Er erzählte Minnie nichts von dem, was er vorhatte – er wusste, es würde sie zu sehr aufregen. Er wollte Minnie nicht wehtun, aber weg von Brampton fühlte er sich eher dazu imstande, die Fahrt zu machen. Er rief dreimal bei den Sozialdiensten an, ehe er jemanden an den Apparat bekam, der ihm helfen konnte.

»Daniel Hunter, sagten Sie?«

»Ja.«

»Und Ihre leibliche Mutter hieß Samantha? Sie wurden 1988 von Minnie Florence Flynn adoptiert?«

»Hm-hm.«

Die Sozialarbeiterin hieß Margaret Bentley. Sie hörte sich erschöpft an, als kosteten sie allein die Worte, die die sprach, erhebliche Kraft.

»Alles, was ich über Ihre Mutter finden kann, sind Aufzeichnungen der Drogenarbeitsgruppe, aber nichts Aktuelles …«

»Das ist okay, ich weiß, dass sie tot ist. Ich möchte nur wissen, wie sie gestorben ist, und vielleicht herausfinden, ob es einen Grabstein gibt. Ich weiß, dass sie verbrannt wurde.«

»Tut mir leid, diese Information haben wir nicht, aber Sie könnten sich an das Standesamt in Newcastle wenden. Dort liegt ihre Sterbeurkunde. Die Stadtverwaltung könnte Ihnen sagen, wo sie verbrannt worden ist und ob es einen Grabstein gibt …«

»Also … der letzte Bericht der Drogenarbeitsgruppe, war der schlecht?«

»Eigentlich dürfen wir derartige Informationen nicht herausgeben.«

»Sie erzählen mir ja nichts, was ich nicht weiß«, sagte Daniel. »Ich weiß, dass meine Mum Drogen genommen hat. Es ist nur …«

»Also, dieser letzte Bericht war sehr gut. Sie war clean.«

»Wirklich? Wann war das?«

»1988, im selben Jahr, als Sie adoptiert wurden.«

»Danke«, sagte Daniel und legte auf.

Er dachte über sein letztes Zusammentreffen mit seiner Mutter nach, wie sie sich bemüht hatte, dem, was kam, ins Auge zu sehen. Er fragte sich, ob sie versucht hatte, für ihn clean zu werden, ob die Furcht, ihn zu verlieren, sie von den Drogen abgeschreckt hatte. Aber wenn es keine Überdosis gewesen war, fragte sich Daniel, warum war sie dann so jung gestorben? Er dachte an die Männer in ihrem Leben und biss die Zähne zusammen.

Er hatte eine Überarbeitung vorzunehmen, aber er stand am nächsten Morgen auf und nahm den Zug nach Newcastle. Die Rückkehr war ein merkwürdiges Vergnügen. Als der Zug einfuhr, blickte er in Richtung Norden auf den Stadtteil Cowgate. Die Stadt schien ihm noch immer unter den Nägeln und zwischen den Zehen zu sitzen. Sein Schritt war anders, wenn er hier war: Er hielt den Kopf gesenkt und die Hände in den Taschen, aber er wusste instinktiv, wohin er gehen musste. In Newcastle war er nicht mehr gewesen seit dem Tag, an dem Minnie ihn adoptiert hatte. Er spürte eine köstliche, mit sich im Streit liegende Erregung, als begehe er etwas Unerlaubtes, aber zu Hause.

Er wusste nicht, wo das Standesamt war, aber er fragte in der Zentralbibliothek. Es lag in der Surrey Street, und er ging sofort dorthin. Er hatte den vollen Namen seiner Mutter und ihr Geburtsdatum aufgeschrieben, wie er es in Erinnerung hatte.

Das Standesamt war ein viktorianischer Bau aus blassem, ungestrahltem Sandstein. Es schien mit angemessener Resignation den Ruß von Jahrzehnten auf sich genommen zu haben. Die Korridore waren anstaltsartig, städtisch, gerade eben noch sauber. Daniel fühlte sich ein wenig gehemmt, als er zu dem Schalter ging. Es war wie bei seinem ersten Besuch in der Universitätsbibliothek, wie bei seinem ersten Tutorium, bevor er erkannte, dass er *wirklich* genug wusste und ein Recht hatte, dort zu sein. Er hatte ein langärmeliges Fußballhemd und Jeans an. Er blieb auf der Treppe stehen, um sein Haar nach hinten zu streichen, das vorn lang wurde und ihm ins Gesicht zu fallen begann. Drinnen ging er auf die Herrentoilette und stopfte sein Hemd in die Hose und zog es dann wieder heraus. Während er in der Schlange wartete, fragte er sich, woher seine Beklemmung kam: Entweder rührte sie daher, dass er drauf und dran war, sich nach der Toten zu erkundigen, oder weil er von der Toten verlassen worden war.

Verlassen.

Als er an die Reihe kam, trat Daniel an den Schalter. Plötzlich fühlte er sich verleugnet, ausgestoßen. Er erinnerte sich an die langen Fingernägel seiner Mutter, die *tack, tack, tack* auf dem Tisch machten.

»Ja, kann ich Ihnen helfen?«

Die Standesbeamtin war jung. Sie stützte sich mit beiden Ellbogen auf den Schreibtisch und lächelte zu Daniel hoch.

»Ja, ich hätte gern eine Kopie der Sterbeurkunde meiner Mutter.«

Formulare wurden ausgefüllt, und Daniel musste warten, aber dann wurde ihm die Urkunde, zusammengefaltet, in einem sauberen weißen Umschlag ausgehändigt. Er dankte der jungen Standesbeamtin und ging. Er wagte nicht, den Umschlag zu öffnen, ehe er draußen war, und selbst da fühlte er sich durch die Menschen gehemmt, die sich auf der belebten Straße an ihm vorbeidrängten.

Es gab eine altmodische Teestube abseits der Pinestone Street, und Daniel schlüpfte hinein und bestellte sich einen Kaffee und ein Brötchen mit Schinkenspeck. Ein übergewichtiger Mann mit purpurfarbenen Backen verzehrte eine Fleischpastete und Bohnen, und zwei Frauen mit derselben blond gefärbten Stachelfrisur rauchten Zigaretten.

Vorsichtig faltete Daniel die Urkunde auf. Er schmeckte den Zigarettenrauch der Frauen in seinem Mund. Sein Herz pochte, aber er wusste nicht, warum. Er wusste ja, dass sie tot war, und er konnte sich denken, wie sie gestorben war, dennoch hatte er das Gefühl, als entdecke er etwas Verborgenes. Das Schriftbild tanzte vor seinen Augen. Seine Finger zitterten, und das Papier bebte.

Sie *war* an einer Drogenüberdosis gestorben, wie Minnie ihm erzählt hatte. Daniel starrte auf die Urkunde und stellte sich die Spritze vor, die kühn aus dem Arm seiner Mutter ragte, während sie ihre Aderpresse aus blauem Gummi losließ, so wie eine Hand eine andere über einer Klippe loslässt.

Seine Augen überflogen einmal und dann gleich noch einmal die Daten: geboren 1956, gestorben 1993 im Alter von siebenunddreißig Jahren.

Er schob sein Brötchen von sich weg, ließ seinen Kaffee stehen und rannte zurück zu dem Standesamt, wo er die Treppe hinaufsprang, als sie gerade zur Mittagspause schlossen.

Er drängelte sich zum Schalter vor. Die junge Frau, die ihn bedient hatte, rief zu ihm herüber: »Tut mir leid, wir schließen zur Mittagspause. Könnten Sie bitte später wiederkommen?«

»Ich hätte nur … eine Frage, nur eine, ich schwör's.«

Sie lächelte und kam zurück an den Schalter. »Ich werde noch Ärger kriegen«, sagte sie, und ihre Augen funkelten ihn an.

Daniel tat sein Bestes, um mitzuspielen, obwohl er sie am liebsten geschüttelt hätte. »Vielen Dank, Sie sind großartig.« Die Lider der Standesbeamtin senkten und hoben sich. »Ich wollte nur nachprüfen … Auf dieser Urkunde steht 1993, aber meine Mum ist spätestens 1988 gestorben.«

»Wirklich? Das ist merkwürdig.«

»Könnten Sie einen Fehler gemacht haben?«, fragte Daniel. Er fühlte, wie sich seine Augen in Panik weiteten, und versuchte trotzdem, vor ihr ruhig zu bleiben.

»Also nein, ich meine … das ist die offizielle Sterbeurkunde Ihrer Mutter. Sind Sie sicher, dass sie 1988 gestorben ist?«

»Ja ...«, sagte er und dann: »Nein ...«

»Na, dann stimmt sie, nehme ich an.«

»Wie finde ich raus, ob sie einen Grabstein bekommen hat?«

»Da müssen Sie mit der Stadtverwaltung sprechen, erinnern Sie sich?«

Das Mädchen lächelte und schürzte entschuldigend die Lippen. Daniel drehte sich um und ging. Als er draußen war, war die Urkunde in seiner Hand zerknittert, obwohl er sie nicht zerdrücken wollte.

Daniel wartete, dass die Stadtverwaltung wieder aufmachte. Sein Magen knurrte und krampfte sich zusammen, aber er achtete nicht darauf. Er setzte sich für zehn Minuten auf die Treppe, dann ging er einmal um den Block, ehe er wieder zurückkam. Dreimal las er das Schild, auf dem stand, dass zwischen eins und zwei Uhr geschlossen war.

Als aufgemacht wurde, verwies man ihn an die Hinterbliebenenberatung, wo er zwanzig Minuten warten musste, obwohl er der Erste in der Schlange war.

»Ich würde gern erfahren, ob meine Mutter einen Grabstein hat – ich glaube, sie ist verbrannt worden ... ich habe ihre Sterbeurkunde.«

»Wie ist ihr Name?«

Daniel wartete in einem Plastikstuhl, und seine Bauchmuskeln waren so angespannt, dass sie zu schmerzen begannen. Die Universität hatte er vergessen. Das hier war alles, was ihn interessierte.

Er erwartete, er würde noch mehr Formulare ausfüllen, seinen Ausweis vorlegen oder sich von Geld trennen müssen. Die Frau kam nach wenigen Minuten zurück. Sie sagte ihm, der Name seiner Mutter finde sich auf keiner der Kremierungslisten. Sie habe alles genau nachgeprüft und herausgefunden, dass seine Mutter auf dem Friedhof Jesmond Road beerdigt worden sei.

Daniel meinte, er habe sich bei ihr bedankt, aber dann fragte sie ihn laut, ob mit ihm alles in Ordnung sei. Er stand da, hielt sich mit den Fingern an dem Schreibtisch fest, und die Sterbeurkunde knüllte sich in seiner Hand zusammen.

Hinter der Jesmond Road sah Daniel den Friedhof. Einer spontanen Idee folgend hatte er Nelken gekauft, die er in einer Plastiktüte trug, die Blüten nach unten.

Der Eingang ragte vor ihm auf: ein roter Sandsteinbogen, der schön und erschreckend zugleich war. Er blieb einen Moment davor stehen und kickte Steinchen aus seinem Weg. Er fühlte, wie er durch den roten Bogen hineingezogen wurde, und als er drinnen war, war das Bedürfnis, weiterzugehen, mächtig. Er wusste nicht, wo sie lag oder ob er sie finden würde, aber kaum war er eingetreten, fühlte er, wie sich ein strenger Frieden auf ihn senkte. Sein Herz war ruhig. Auf der Suche nach ihrem Namen ging er von einem Grab zum anderen. Er suchte systematisch, sorgfältig, ohne Enttäuschung, wenn er schon wieder eine Gräberreihe abgeschritten hatte, ohne ihren Namen zu finden, und ohne vorschnelle Erleichterung, wenn er Gräber fand, in die ähnliche Namen gemeißelt waren.

Schließlich, kurz nach vier Uhr, fand er sie: *Samantha Geraldine Hunter 1956 – 1993. Ruhe in Frieden.*

Schon begannen die schwarz gemalten Buchstaben abzublättern. Daniel versuchte, sie sich vorzustellen mit ihren mageren Schultern und den langen Fingernägeln. Sie war ein Kind in seiner Vorstellung. Er überlegte, wie jung sie gewesen war, als er sie das letzte Mal gesehen hatte.

Er blieb einen Augenblick stehen, dann kniete er sich hin und fühlte das Gras nass durch seine Jeans hindurch. Er wischte ein paar frische Regentropfen von dem Marmor und stellte sich ihre zarten Knochen darunter vor. Er legte die Nelken an den Fuß des Kreuzes.

1993. Sie war erst vor wenigen Monaten gestorben. Er wäre weniger als eine Stunde von ihr entfernt gewesen, als ihre Zeit kam. Er hätte zu ihr kommen können; er hätte ihr helfen können, aber sie war gestorben, ohne dass sie wusste, dass er in ihrer Nähe war. Sie war clean geworden in dem Jahr, als sie ihn verlor. Er fragte sich, ob sie clean geworden war, damit sie ihn hätte zurückbekommen können. Sein achtzehnter Geburtstag war herangekommen und verstrichen. Vielleicht hatte sie die Hoffnung verloren. Vielleicht hatte sie gedacht, er habe eine andere Familie und erinnere sich nicht mehr an sie.

Irgendjemand musste ihren Grabstein bezahlt haben, irgendjemand musste den weißen Marmor ausgesucht und sich für den Text entschieden haben. Er erinnerte sich an den Namen auf der Sterbeurkunde: *Informant – Michael Parsons.* Daniel erinnerte sich an alle Namen und Gesichter, die das Leben seiner Mutter angefüllt hatten. Er ließ den Kopf hängen. Sein Atem ging ungleichmäßig, aber er konnte nicht weinen. Die Trauer, die er um sie fühlte, war gering und zerbrechlich. Es war eine Trauer, die mit so vielem anderen vermischt war. Unsichtbare Vögel sangen mit einem Lärm, der ohrenbetäubend schien.

Daniel erhob sich. Er fühlte einen scharfen Schmerz in seinem Kopf. Er drehte sich um und ging aus dem Friedhof, und nach seiner langsamen und geduldigen Entdeckung zermalmten seine Füße absichtsvoll die roten Steinchen. Die Sonne schien hell und in seine Augen. Seine Muskeln waren angespannt, und er fühlte einen kalten Schweißtropfen zwischen seinen Schulterblättern herabrinnen.

Er erinnerte sich an den Tag, an dem Minnie ihm gesagt hatte, seine Mutter sei tot, und presste seine Lippen zusammen. Sein Kiefer schmerzte.

Er würde zurück nach Brampton gehen und sie töten.

27

Daniel zückte vor den Old-Bailey-Wachposten kurz seinen Passierschein, als er das Gerichtsgebäude betrat. Es war der erste Tag der Verteidigung. Er reckte sein Kinn in die Höhe, als er auf den Gerichtssaal 13 zuging und sich der Gnadenfrist erinnerte, die ein begründeter Zweifel in sich barg. Ihm wurde klar, dass er zum ersten Mal in seiner Laufbahn wirklich echte Furcht vor der Aussicht verspürte, dass er verlieren könnte. Er hasste Sebastians Familie und machte sich Sorgen um den Jungen, wenn er in diese Welt materieller Privilegien und emotionaler Verarmung zurückkehrte, aber die Vorstellung von Sebastian drinnen, im Innern des Strafsystems, war schlimmer. So intelligent der Junge auch war, ihm war nicht klar, wie weit die Presse ihn bereits dämonisiert hatte und wie schwer es für ihn für den Rest seines Lebens werden würde, sollte er schuldig befunden werden. Daniel versuchte, nicht darüber nachzudenken. Er glaubte an Irenes Fähigkeiten. Seit ihrer beider Niederlage im Fall Tyrel im Jahr zuvor hatte sie nicht einen einzigen Prozess verloren.

»Euer Ehren, ich rufe Dr. Alexander Baird auf.«

Baird schien so nervös zu sein wie an dem Tag, als Daniel den Psychologen in seinem Büro besucht hatte. Er beugte sich zu dicht zu dem Mikrofon vor, als er vereidigt wurde, und erschrak über die Rückkopplung. Irene begann mit ihrer Vernehmung ganz sachlich. Sie lächelte Baird offen an und vollführte weite, schwungvolle Gesten zum Gericht hin, als sie ihn bat, seine Gedanken über Sebastian mitzuteilen.

»Dr. Baird, Sie haben Sebastian Croll im September 2010 zweimal untersucht. Ist das richtig?«

»Ja.«

»Ich möchte Sie bitten, für das Gericht zusammenzufassen, welchen Eindruck Sie von Sebastian bekommen haben.«

Baird trat nahe an das Mikrofon heran, und seine weichen Hände umfassten lose die Brüstung des Zeugenstands. »Was seinen Intellekt betrifft, fand ich ihn hochintelligent. Sein IQ wurde mit 140 gemessen, was sicherlich auf eine sehr hohe Intelligenz oder in der Tat auf einen Grenzbereich zur Genialität schließen lässt – sicherlich aber auf eine Hochbegabung.«

»Was fanden Sie über Sebastians emotionale Reife und sein Verständnis komplexer Prozesse heraus, zum Beispiel von Gerichtsverhandlungen?«

»Nun ja, Sebastian scheint eine recht kurze Aufmerksamkeitsspanne zu besitzen, was wiederum auf seine hohe Intelligenz zurückgeführt werden kann, aber ich fand, dass er zu Gefühlsausbrüchen neigte, wie sie eher für ein jüngeres Kind typisch sind.«

»Sie haben ihn über die mutmaßliche Straftat befragt. Welche Ansicht haben Sie über Sebastian hinsichtlich der Beschuldigung?«

»Sebastian kannte den Unterschied zwischen richtig und falsch. Er verstand, worum es bei der mutmaßlichen Straftat geht, und erklärte überzeugend, dass er sich für unschuldig hält.«

»Haben Sie mit ihm die Vorgänge am Tag der mutmaßlichen Straftat erörtert?«

»Ja, und wir unternahmen ein paar Rollenspiele rund um

die Geschehnisse jenes Tages. Alles in allem fand ich ihn vollkommen logisch. Seine Vorstellung von Moral war klar, und er erklärte mehrere Male, dass er unschuldig sei.«

»Hatten Sie in Anbetracht seiner intellektuellen Fähigkeiten das Gefühl, dass er die Schwere des Verbrechens begriff, dessen er beschuldigt wird.«

»Ohne Zweifel. Er machte deutlich, dass er die Strafen für solch ein Verbrechen einsah, aber das Gefühl hatte, falsch verstanden worden zu sein. Wir erörterten die Vorfälle des achten August mehrmals auf verschiedenste Weise: als erzählte Geschichte, als Interaktion mit Puppen und als Frage-und-Antwort-Spiel, aber jedes Mal war er vollkommen logisch.«

»Danke, Dr. Baird.«

Irene nickte Daniel zu, bevor sie sich setzte. Gordon Jones erhob sich und stand einen Moment lang da, während das Gericht ihm zusah, wie er Ringmappen aufklappte und sie auf seinem Pult ins Gleichgewicht brachte. Im Saal war es stickig, und Daniel lockerte ein wenig seine Krawatte. Die Verteidigung war gut gestartet, und Irene wirkte entspannt, aber Daniel wurde eine unerklärliche Unruhe nicht los, was die bevorstehende Zeugenaussage betraf. Sebastian verlor das Interesse. Er baumelte mit seinen Füßen und trat hin und wieder gegen Daniels Bein.

»Nur ein paar Fragen, Dr. Baird«, sagte Jones im Kreuzverhör. »In Ihrem Bericht erwähnen Sie die frühere Diagnose von Sebastians Schulpsychologin, die ihm Asperger attestierte?«

Sebastian beugte sich zu Daniel herüber, um ihm etwas zuzuflüstern, aber Daniel streckte eine Hand aus, um ihn zum Schweigen zu bringen.

»Ja, in Sebastians Schulberichten steht diese frühere Diagnose einer Schulpsychologin. Ich stimme ihr aber nicht zu.«

»Aber Sie ziehen in Betracht, dass er…« Jones schob sich

seine Brille umständlich auf die Nasenspitze, machte die Nase kraus und zog den Mund nach unten, während er las: »... dass er eine ›tief greifende Entwicklungsstörung, nicht anders bezeichnet‹ hat?«

Baird lächelte und nickte. »In der Tat, sie wird auch als PDD-NOS, als ›pervasive developmental disorder, not otherwise specified‹ bezeichnet – im Grunde eine Sammeldiagnose für jeden, der eine für Asperger oder Autismus untypische Symptomatologie aufweist.«

»Ich verstehe. Nun, allgemein verständlich ausgedrückt, was ist das genau ... äh ... PDD-NOS, und was hat es mit der früheren Diagnose zu tun?«

»Nun, es bedeutet einfach, dass Sebastian eine Reihe von Asperger-Merkmalen aufweist, jedoch nicht alle ... und allerdings auf Gebieten überaus tüchtig ist, auf denen wir erwarten würden, dass er Schwierigkeit damit hätte, wenn er das eigentliche Asperger-Syndrom hätte.«

»Ich verstehe. Asperger ist eine Art des hochfunktionalen Autismus, ist das korrekt?«

»Das ist korrekt.«

»Und welche Symptome sind typisch für ein Kind mit Asperger-Syndrom?«

»Nun, normalerweise haben sie Probleme auf drei Hauptgebieten: der sozialen Kommunikation, der sozialen Interaktion und der sozialen Imagination.«

Irene stand auf. »Euer Ehren, ich bezweifle die Sachdienlichkeit dieser Erörterung. Hat mein verehrter Herr Kollege ein Recht zu dieser Einvernahme?«

Baron beugte sich vor und zog in Erwartung einer Antwort von Jones die Brauen in die Höhe.

»Euer Ehren, wir erkunden zu Recht die Auswirkungen von Störungen, an denen der Junge möglicherweise leidet und die mit der Straftat in Beziehung stehen können.«

»Fahren Sie fort«, sagte Baron. »Ich betrachte diese Erörterung als sachdienlich.«

»Sie haben eben drei Gebiete genannt, auf denen typische vom Asperger-Symptom Betroffene Schwierigkeiten haben – können Sie das noch etwas weiter ausführen?«, gab Jones Dr. Baird das Stichwort.

»Nun, die typischen an Asperger Leidenden weisen eine Reihe von Verhaltensformen auf, zum Beispiel Schwierigkeiten in sozialen Situationen. Sie zeigen sich oft in dem Wunsch, Freundschaften zu schließen, aber in der Schwierigkeit, sie aufrecht zu erhalten. Oft besteht ein hyperfokussiertes Interesse an einem bestimmten Thema … Sie haben oft Schwierigkeiten, emotionale Reaktionen bei anderen zu durchschauen. Ein anderer Aspekt ist, dass sie oft Probleme mit sensorischer Integration haben – sie können zum Beispiel auf laute Geräusche überreagieren.«

Irene stand wieder auf. »Euer Ehren, ich muss wirklich Einspruch erheben. Der Zeuge hat ausgesagt, dass mein Mandant *nicht unter Asperger leidet*, und daher ziehe ich erneut die Sachdienlichkeit der Erkundung dieser typischen Symptomatologie in Zweifel.«

»Miss Clarke, der Zeuge hat ausgesagt, dass der Beschuldigte eine Reihe von Asperger-Merkmalen aufweist, und deshalb werden wir diese Erörterung als Erklärung der fraglichen Merkmale zu Ende anhören.«

Irene setzte sich. Daniel beobachtete sie. Sie hatte die Schultern vor Anspannung hochgezogen.

»Danke, Euer Ehren«, sagte Jones. »Also, sagen Sie uns, Dr. Baird, weist Sebastian *irgendwelche* dieser typischen Asperger-Verhaltensformen und -probleme auf?«

»Ja, einige, aber nicht alle.«

»Wie steht es mit der Hyperfokussierung auf ein einziges Thema? Stellten Sie fest, dass Sebastian an einem bestimmten Thema zutiefst interessiert ist …?«

Baird wurde rot. Er sah zu Irene hinüber.

»Dr. Baird?«

»Nun, ich bemerkte in der Tat ein vertieftes Interesse… war mir aber nicht sicher, ob das als hyperfokussiertes Interesse zu bezeichnen ist. Ich müsste ihn über einen längeren Zeitraum beobachten.«

»Ich verstehe… Was fanden Sie heraus, woran Sebastian verstärkt interessiert ist?«

Als er hörte, dass sein Name in so bedeutsamem Tonfall genannt wurde, setzte sich Sebastian gerade hin. Er blickte zu Daniel hoch und lächelte.

»Er hat etwas, was man eine morbide Neugier nennen könnte.«

»In welcher Hinsicht? Worauf genau ist er in morbider Weise neugierig?«

»Er scheint sehr interessiert an Blut, Tod und Verletzungen zu sein… Auch hier wiederum bin ich mir nicht sicher. Ich müsste sein Verhalten weiter beobachten, aber ich möchte ein Gespräch zitieren, das wir über die Fehlgeburt seiner Mutter geführt haben.«

»Warum hat Sie das beunruhigt?«

Irene sprang auf. »Euer Ehren, ich muss wirklich Einspruch erheben: Mein geschätzter Herr Kollege legt dem Zeugen Worte in den Mund. Er hat nicht ausgesagt, in irgendeiner Weise *beunruhigt* gewesen zu sein.«

Jones nickte Irene zu und formulierte seine Frage um: »Sagen Sie uns, was das Gespräch über die Fehlgeburt seiner Mutter gezeigt hat, Dr. Baird?«

»Nun, ich fand, dass seine Kenntnisse detaillierter waren, als man erwarten würde, und auch irgendwie unangemessen, vor allem für ein Kind seines Alters… aber noch einmal, dies ist keineswegs maßgeblich.«

Daniel sah, dass Irene hastig Notizen auf ihren Schreibblock kritzelte. Er wusste, sie würde im Kreuzverhör auf dieses Thema zurückkommen.

»Ich verstehe, *nicht maßgeblich*. Erzählen Sie uns etwas über Sebastians Fähigkeit, mit sozialer Kommunikation umzugehen.«

»Ja, mit sozialer Kommunikation und sozialer Interaktion scheint er Probleme zu haben …«

»Dennoch haben Sie nicht Asperger diagnostiziert, sondern …«, wieder verzog Jones sein Gesicht, um von seinen Notizen abzulesen, »… PDD-NOS. In meinen Laienaugen wirkt er wie das Modellbeispiel eines Kindes mit Asperger-Syndrom. Warum ist das nicht so?«

»Nun … Sebastian zeigte zweifellos eine Fähigkeit zu sozialer *Imagination* … nicht nur eine Fähigkeit, sondern in der Tat eine Begabung dafür. Dies wurde sehr deutlich in einem Rollenspiel, das wir durchgeführt haben. Es war dieses Fehlen von … einem der Hauptsymptome bei Asperger, was mich dazu geführt hat, dass ich mit der früheren Diagnose nicht übereinstimmte. Stattdessen zog ich nach näherer Überlegung in Betracht, dass er PDD-NOS haben könnte.«

»Und was genau ist soziale Imagination?«

»Im Wesentlichen ist es die Fähigkeit, sich eine Reihe möglicher Folgen einer Situation vorzustellen – insbesondere einer sozialen Situation. Viele Menschen mit Asperger können kreativ sein, aber ein typisches Symptom dieses Syndroms ist die Unfähigkeit, sich unterschiedliche Folgen von geschilderten Situationen vorzustellen oder … vorauszusehen, was als Nächstes geschehen wird. Oft haben sie Schwierigkeiten herauszufinden, was andere Leute wissen.«

»Ich verstehe.« Jones stand jetzt aufrecht da, schwenkte seine Robe und sah die Geschworenen direkt an. »Sagen Sie, Dr. Baird, ist soziale Imagination für jemanden wichtig, um ein guter Lügner zu sein?«

Daniel hielt den Atem an. Jones hatte bei den letzten Worten seine Stimme erhoben. Daniel blickte auf. Das Schlurfen und Murmeln im Gerichtssaal war verstummt. Baird schluckte. Daniel sah, wie sein Blick zu Irene hinüberzuckte.

»Dr. Baird?«, beharrte Jones.

»Nun, gewiss, wenn eine Lüge kompliziert ist und die Vergegenwärtigung bestimmter Folgen einschließt, dann wird soziale Imagination sehr wichtig sein … aber man sollte nicht vergessen, dass es für Menschen mit Asperger oft unmöglich ist zu lügen.«

»Aber, Dr. Baird«, sagte Jones, ein sardonisches Lächeln auf den Lippen, »Sie haben uns gerade gesagt, dass Sebastian nicht Asperger hat, aus dem einfachen Grund, weil er eine Befähigung … ja, *eine Begabung* … für soziale Imagination an den Tag legt, was ihm erlaubt haben mag, hinsichtlich des Mordes an dem kleinen Ben Stokes überzeugend zu lügen. Ist es nicht so?«

»Ich … denke, dass PDD-NOS die angemessenere Diagnose ist, ja … ich kann nicht sprechen über …«

»Dr. Baird. Würden Sie sagen, dass Kinder mit Asperger und auch diejenigen, bei denen das geringere Symptom PDD-NOS diagnostiziert worden ist, oft zu Gewalt neigen?«

»Nun, ich …«

Irene stand auf. Daniel faltete die Hände.

»Euer Ehren, erneut bezweifle ich die Sachdienlichkeit … Der Zeuge gibt seine fachmännische Meinung über die psychologische Verfassung *meines Klienten* wieder. Wir haben keine Zeit für Verallgemeinerungen.«

»Das mag sein, Miss Clarke, aber der Zeuge möge antworten … Als Fachmann hat er das Recht darzulegen, von welcher Bedeutung die psychologische Verfassung Ihres Mandanten für … allgemeinere Verhältnisse ist.«

»Nun …«, stammelte Baird, »Kinder, die Symptome von PDD-NOS und Asperger an den Tag legen, können leichter entmutigt sein und als Folge davon eher zu Trotzanfällen, Tobsucht, heftiger Wut und gewalttätigen Verhaltensformen neigen.«

»Ich verstehe … *heftige Wut und gewalttätige Verhaltensformen*«, wiederholte Jones und drehte sich zu den Geschworenen herum. »Würde Kindern, die solche Symptome zeigen, auch … Mitgefühl fehlen?«

»Noch einmal, die Störung besitzt ein breites Spektrum, aber … und das trifft auf aggressive Kinder allgemein zu … recht oft fühlen oder vielmehr verstehen sie nicht die Leiden von anderen.«

»Danke, Dr. Baird«, sagte Jones.

Jones schien mit sich zufrieden zu sein.

»Wenn Sie gestatten, Euer Ehren«, sagte Irene und erhob sich wieder.

Richter Baron wedelte zustimmend mit seinen Fingern.

»Dr. Baird … wenn wir uns jetzt auf *Sebastian* konzentrieren und von den Verallgemeinerungen von vorhin Abstand nehmen, ist es Ihre fachmännische Ansicht, dass er aggressiv oder aber verlogen war, als Sie – zweimal – mit ihm zusammentrafen?«

»Diese Erfahrung habe ich bei ihm nicht gemacht, und wir sollten nicht unterstellen, dass er zu diesen Dingen fähig ist.«

»Ich verstehe. Sie haben ausgesagt, dass Sie annehmen, dass Sebastian eine Störung aus dem Asperger-Spektrum, nämlich PDD-NOS, haben kann. Ist sie weit verbreitet?«

»Sehr weit verbreitet.«

»Ist es also möglich, dass eine große Zahl ansonsten gesunder und normaler Erwachsener in der Gesellschaft Merkmale dieses milden Asperger-Spektrums besitzen könnte?«

»Ja, natürlich, es gäbe allerdings keine Möglichkeit zu sagen, wie weit verbreitet es ist, da es auch heute noch weitgehend unerkannt bleibt.«

»Also können Menschen in diesem Gerichtssaal, neben dem Angeklagten, ebenfalls PDD-NOS haben?«

»Das ist durchaus möglich.«

»Menschen unter den Geschworenen könnten PDD-NOS haben, und sogar die Ankläger, Verteidiger und der Richter heute im Gerichtssaal?«

Ihre Worte waren schockierend, und Daniel blickte zu Baron hinüber. Der alte Mann machte ein finsteres Gesicht, sagte aber nichts.

»Noch einmal, es ist … möglich.«

»Und ist das nicht besorgniserregend? Deutet PDD-NOS nicht auf kriminelle oder gewalttätige Neigungen hin?«

»Ganz und gar nicht, es ist nur so, dass die Einschränkungen durch die Störung bei bestimmten Menschen Frustrationen steigern und gelegentlich zu Wutanfällen führen können.«

»Danke für diese Klarstellung.« Daniel sah, dass Irene die Notizen zurate zog, die sie sich während Jones' Befragung gemacht hatte. »Nun, hinsichtlich der angeblichen *morbiden Faszination* des Angeklagten haben Sie als Beispiel seine Schilderung von der Fehlgeburt seiner Mutter angeführt. Seite dreiundsechzig, Absatz vier in Ihren Unterlagen enthält das Protokoll des Gesprächs, auf das Sie sich beziehen. Was genau hat Sebastian gesagt, was Sie für morbid oder *für sein Alter unangemessen* hielten?«

»Es war verblüffend, welche biologischen Details er zur Kenntnis nahm – das genaue Alter des Fetus, dass ihm die Traumata an der Gebärmutter und die Folgen für die Fruchtbarkeit seiner Mutter bewusst waren. Lebhaft schilderte er die Blutung …«

»Ich verstehe nicht, inwiefern dies einer Störung zuzuschreiben ist, Dr. Baird. Mein Mandant hoffte auf einen kleinen Bruder. Die Schwangerschaft befand sich im letzten Drittel, und er hatte, wie man erwarten würde, die Bewegungen seines kleinen Bruders am Bauch seiner Mutter gefühlt – jedenfalls erzählte er davon. Ich bin sicher, Sie sind sich bewusst, welche Fragen über die biologischen Einzelheiten diese Erfahrung bei einem Kind auslöst. Sie wissen, dass das Baby durch einen häuslichen Unfall verloren wurde…« Irene machte eine Pause. Daniel wunderte sich über ihre Wortwahl. »Sehen Sie es nicht als vollkommen verständlich an, dass bei einem Kind, das Zeuge des Sturzes und einer so späten Fehlgeburt im eigenen Elternhaus wurde, so etwas wie… morbide Neugier aufkommen konnte, wie Sie es formulieren? Musste es nicht ein bedeutendes Trauma für den Jungen und seine Familie darstellen?«

»Das ist in der Tat eine plausible Erklärung. Vorhin habe ich Fragen zu allgemeinen Aspekten der Lage beantwortet – nicht speziell zu Sebastians Fall.«

»Danke«, sagte Irene triumphierend. »Nun noch einmal – meinen Sie nach Ihrer Einschätzung des Angeklagten, dass Sebastian zu dem vorgeblichen Verbrechen fähig ist?«

Baird zögerte und genoss die Worte geradezu, ehe er sie aussprach. »Nein, ich halte ihn nicht des Mordes fähig.«

»Danke, Dr. Baird.«

Das Gericht vertagte sich zur Mittagspause, und Sebastian wurde nach unten geführt. Daniel schlenderte allein durch die Korridore vom Old Bailey und fuhr sich mit einer Hand durch die Haare. Er war sauer auf sich. Bairds Aussage hatte er voll Misstrauen entgegengesehen, und jetzt ging er mit sich ins Gericht, weil er nicht gründlicher darüber nachgedacht hatte. Ihr erster Zeuge war umgedreht worden, aber es freute ihn, dass es Irene gelungen war, ihn wieder auf Kurs zu bringen. Er hatte sie zu erwischen versucht, als sie den Saal verließ – er wollte ihr zu ihrem Erfolg gratulieren –, aber sie musste mit ihrer Praktikantin über einen anderen Fall sprechen.

Daniel hatte keinen Hunger. Er steckte Münzen in den Getränkeautomaten, nachdem er sich für Kaffee statt Mittagessen entschieden hatte. Während er wartete, fühlte er, wie sich Fingernägel in seinen Oberarm gruben. Er drehte sich um und sah Charlotte, die den Tränen nahe war. Sie war Sebastians Alibi ab drei Uhr nachmittags am Mordtag und sollte nach der Mittagspause aussagen.

»Daniel, ich weiß nicht, ob ich das schaffe«, sagte sie. »Es ist *dieser Mann*, wovor ich mich fürchte – ich sehe, wie er die Leute in der Luft *zerreißt*. Ich habe Angst, dass ich aus dem Konzept gerate …« Daniel war klar, dass sie Jones meinte.

»Sie schaffen das schon«, sagte Daniel. Er nahm seinen Tonfall als scharf, fast streng wahr; aber er wollte nicht, dass sie die Nerven verlor, und sein Instinkt sagte ihm, dass er ihr nicht nachgeben dürfe. »Geben Sie Ihre Antworten kurz und bündig, wie wir das mit Irene besprochen haben. Sprechen Sie über das, was Sie wissen, und über nichts anderes. Nicht Sie stehen vor Gericht, vergessen Sie das nicht.«

»Aber mein Sohn. Ich sehe, wie sie mich alle ansehen, als wäre ich die Mutter von einer Art … Teufel.«

»Denken Sie überhaupt nicht daran. Er ist unschuldig, und wir werden es beweisen, aber Sie sind ein wichtiger Teil dabei. *Wir brauchen Sie,* um diese Sache zu gewinnen. Sie sind seine Mutter, und er braucht Sie, damit Sie sich für ihn einsetzen.«

Zweimal hatte er das schon zu Charlotte gesagt. Am liebsten hätte er sie geschüttelt. Er wusste, was es hieß, eine Mutter zu haben, die hilflos wie ein Kind war und obendrein unfähig, ihn zu beschützen.

Charlotte schaute nach oben in das hohe Gewölbe des Zentralen Strafgerichtshofs. Sie durchforschte dessen Weite wie auf der Suche nach Antworten. Als sie wieder nach unten sah, rann ihr eine schwarze Träne über die Wange, die sie mit einem bereits schwarz verfärbten Papiertaschentuch rasch wegwischte. Er erinnerte sich an die Berührung ihrer Fingernägel an seinem Bauch. Als er sie ansah, fühlte er wieder Abscheu und Mitleid so stark in sich aufsteigen, dass er wegsehen musste.

»Sie schaffen das, Charlotte«, sagte er. »Sebastian verlässt sich auf Sie.«

Als Charlotte aufgerufen wurde, war sie gefasst, aber Daniel hielt trotzdem den Atem an, als er sie zu dem Zeugenstand gehen sah. Die Umrisse ihrer Ellbogen waren durch die Ärmel ihrer Jacke sichtbar. Sebastian beugte sich vor, die Hände vor sich auf dem Tisch, als versuche er, sie nach ihr auszustrecken. Charlotte räusperte sich und trank einen Schluck Wasser. Von Weitem wirkte sie zerbrechlich, aber auffallend schön, die Gesichtszüge ebenmäßig und die Augen riesig.

Irene begann ihre Befragung freundlich und zwanglos. Sie stützte einen Ellbogen auf das Pult und sprach Charlotte in einem vertraulichen, liebenswürdigen Ton an, obwohl die beiden Frauen nur kurz miteinander gesprochen hatten.

»Nur ein paar kurze Fragen … Können Sie uns sagen, woran Sie sich von dem Tag des achten August dieses Jahres erinnern?«

»Ja«, sagte Charlotte, zuerst leise, aber bald gewann sie an Selbstvertrauen. »Ich fühlte mich an dem Tag nicht sehr gut. Mein Mann war im Ausland, und nachdem ich Sebastian sein Mittagessen gemacht hatte, beschloss ich, mich etwas hinzulegen.«

»Was hat Sebastian an dem Tag gemacht?«

»Na ja, er ging raus spielen, während ich mich hingelegt hatte.«

»Wussten Sie, wo er zum Spielen hinging?«

»Tja, normalerweise spielt er einfach auf der Straße, manchmal mit den Nachbarkindern, aber selbst wenn er in den Park geht, kann ich ihn oft vom Schlafzimmerfenster oben aus sehen, es ist so nahe.«

»Haben Sie ihn an dem Tag beim Spielen beobachtet?«

»Nein, ich habe mich einfach hingelegt. Ich hatte Kopfschmerzen.«

»Wann kam Sebastian wieder nach Hause?«

»Kurz vor drei.«

»Sie sind sich ganz sicher?«

»Ganz sicher.«

»Und als er nach Hause kam, erschien er ihnen da anders, zum Beispiel sehr schmutzig – wies seine Kleidung sichtbare Flecken auf?«

»Nicht mehr als sonst.« Charlotte gestattete sich ein zaghaftes Lächeln. »Er ist ein kleiner Junge. Oft kommt er ziemlich schmutzig nach Hause, aber nein, es gab da nichts Ungewöhnliches.«

»Und sein Verhalten? Wirkte er aufgewühlt oder verärgert?«

»Nein, überhaupt nicht. Wir aßen einen Happen zusammen und guckten etwas fern.«

»Danke.« Irene nickte und setzte sich.

Daniel atmete aus und beugte sich zu Sebastian hinüber. »Alles okay?«, flüsterte er dem Jungen zu.

»Lassen Sie nicht zu, dass er gemein zu ihr wird«, gab Sebastian leise zurück, ohne sich Daniel zuzuwenden.

»Keine Sorge«, versicherte ihm Daniel, obwohl auch er sich wegen Jones' Kreuzverhör Sorgen machte. Er wusste, viel Druck hielt Charlotte nicht aus.

Jones gelang ein zahnloses Lächeln, bevor er begann. Charlotte rieb sich den Nacken, und ihre Augen wanderten ängstlich hinauf zur Publikumsgalerie.

»Mrs. Croll, bekommen Sie irgendwelche Medikamente verschrieben, die Sie regelmäßig einnehmen?«

Charlotte räusperte sich und sagte dann: »Ja ... ich habe Schlafschwierigkeiten, und ich habe Probleme mit ... Ängsten, und ich nehme ... ähm ... Diazepam, Betablocker, ziemlich oft, und nachts, wenn ich nicht schlafen kann ... Temazepam.«

»Ich verstehe, ein ziemlicher Cocktail. Und am achten August, haben Sie da zum Beispiel eine ... Diazepam eingenommen?«

»Ich weiß es nicht mehr genau, aber höchstwahrscheinlich ja. An den meisten Tagen brauche ich eine, um mich zu beruhigen.«

»Ich verstehe, Sie geben also zu, am achten August Beruhigungstabletten geschluckt zu haben, als Ihr Sohn hinaus zum Spielen ging, aber Sie sagen jetzt unter Eid aus, dass Sie sicher sind, dass er genau um drei nach Hause kam?«

»Ja, ich hatte mich hingelegt, aber ich habe an dem Tag wirklich nicht geschlafen. Ich fühlte mich nicht wohl und musste mich nur etwas beruhigen. Ich hörte Sebastian um drei nach Hause kommen und machte uns etwas zu essen. Ich habe nicht geschlafen. Ich weiß es genau. Ich war zu … angespannt. Ich weiß, zu welcher Zeit er nach Hause kam.«

»Lieben Sie Ihren Sohn, Mrs. Croll?«

»Ja, natürlich.«

Sebastian streckte wieder die Hände über den Tisch, als seine Mutter redete. Daniel bemerkte, dass er seiner Mutter quer durch den Gerichtssaal zulächelte.

»Und Sie würden alles tun, um ihn zu beschützen?«

»Alles, was in meiner Macht steht.« Charlotte sah Sebastian direkt an.

»Als die Polizei am Montag zu Ihnen kam, waren Sie angeblich zu Hause, schliefen aber fest. Sie waren so … *hinüber*, dass Sie nicht mal merkten, dass Ihr Sohn aufs Polizeirevier mitgenommen worden war, ist das korrekt?«

»Ja, an dem Tag habe ich geschlafen. Die Ängste nehmen oft zu, und am Montag war ich völlig erschöpft. Aber am Sonntag war ich wach, und *ich weiß* die Uhrzeit, als er nach Hause kam.«

»Ein Zeuge hat ausgesagt, dass er viel später an diesem Nachmittag Sebastian auf dem Abenteuerspielplatz im Barnard Park gesehen hat, wie er sich mit dem Verstorbenen prügelte. In Wirklichkeit haben Sie *keine Ahnung*, um welche Uhrzeit Ihr

Sohn nach Hause gekommen ist. Sie standen an diesem Tag unter Drogen und nahmen nichts wahr.«

»Das stimmt nicht. Er könnte jemand anderen gesehen haben. Ich weiß, dass ich an dem Tag wach war. Ich war mit den Nerven am Ende. Ich hätte nicht schlafen können, selbst wenn ich gewollt hätte. Er kam um drei Uhr nach Hause, dessen bin ich *sicher.*«

»Mit den Nerven am Ende. Ich bin sicher, das sind Sie, Mrs. Croll, mit den Nerven am Ende. Wie viel Milligramm Valium haben Sie am achten August geschluckt?«

Charlotte hustete. »Zehn. Ich habe nur solche Tabletten, manchmal beiße ich sie in der Mitte durch, aber an dem Tag habe ich eine ganze genommen.«

»Und wir sollen glauben, dass Sie nach zehn Milligramm Valium noch bei Bewusstsein, geschweige denn sich über die Uhrzeit im Klaren waren?«

»Ich nehme schon lange Medikamente gegen meine Ängste. Zehn Milligramm haben bei mir nur eine beruhigende Wirkung, mehr nicht. Sie können meinen Arzt fragen, kleinere Mengen beruhigen mich nicht einmal. Ich weiß, mein Sohn war um drei Uhr zu Hause.«

Daniel lächelte und atmete aus. Jones beendete seine Befragung, und Charlotte ging zurück auf ihren Platz. Ihre Ellbogen waren wie spitze Flügel. Sie sah kurz zu Sebastian und Daniel herüber, bevor sie sich setzte. Daniel drehte sich zu ihr um und artikulierte stumm: *Gut gemacht.*

Nach einer kurzen Pause war es Zeit für den Pathologen der Verteidigung. Mit Bairds Aussage und der Behauptung der Staatsanwaltschaft, Sebastian leide an einer Störung aus dem Asperger-Spektrum, war die Verteidigung nicht gut gestartet, aber Daniel fand, dass Charlotte eine gute Zeugin gewesen war. Sie aussagen zu lassen, war gefährlich gewesen. Als Alibi war sie wichtig, aber ihr unberechenbarer Gemütszustand und ihre mangelnde Aufmerksamkeit hatten Irene und Daniel mit Besorgnis betrachtet. Aber Charlotte hatte sich hervorragend geschlagen. Sie hatte sich ehrlich über ihre Medikamentensucht und ihre Ängste geäußert, und Daniel hatte das Gefühl, dass ihre Aussage glaubhafter war als Rankines spätere Beobachtung der sich prügelnden Jungen zu einer Zeit, zu der Sebastian behauptete, längst wieder nach Hause gegangen zu sein.

Irene erschien nicht so zuversichtlich, als Daniel sie und Mark hinterher traf. Sie hatte ihre Robe abgelegt und lief in dem Ankleideraum, in dem die Spinde der Anwälte standen, hin und her.

»Ich finde halt, es ist nicht solide genug, Danny«, sagte sie. »Dieser verdammte Psychologe hat uns geschadet.« Der untadelig saubere Aufschlag ihres Kragens flatterte mit Nachdruck, während sie sprach, Hand auf die Hüfte gestemmt und zwei scharfe Falten zwischen ihren Brauen. »Wir brauchen etwas mehr.«

»Wir können noch unsere Kriminaltechnikerin aufrufen, aber ich nehme an, du wirst es nicht jetzt tun«, sagte Daniel.

»Nicht nötig, weil wir Watson umgedreht haben. Seine Kapitulation wiegt schwerer als alles, was sie sagen könnte.«

»Es gibt eine Person, auf deren Aussage sie immer noch warten«, sagte Daniel.

Irene drehte sich abrupt zu ihm um. Ihre Augen blickten ernst. »Du meinst, Sebastian in den Zeugenstand rufen? Es wäre in diesem Stadium nicht gestattet. Die Verteidigung ist im Gange.«

»Könntest du nicht dem Richter ein formelles Gesuch unterbreiten?«, fragte Daniel.

»Das könnte ich, aber es ist nicht sicher, dass er ihm zustimmt. Meinst du, Sebastian ist dem gewachsen?«

»Könnte gut sein.«

»Und du meinst im Ernst, das wird uns helfen? Ich hatte mir das auch schon überlegt. Wenn wir ihn nicht aussagen lassen, könnten wir seine Chancen mindern. Wir müssen die Geschworenen dazu bringen, dass sie ihn verstehen, vor allem da die Staatsanwaltschaft Asperger, die Medikamentensucht seiner Mutter und seine morbide Faszination aufs Tapet bringt. Sagt er nichts, schießen die Fantasien der Geschworenen ins Kraut …«

»Ich bin auch der Meinung – sie warten alle darauf, seine Version der Geschichte zu hören. Sein jetziges Schweigen belastet ihn«, sagte Daniel.

Irene atmete aus. »Lieber Gott, gehen wir doch alle einen trinken. Ich glaube, das haben wir nötig. Wir können dann darüber reden. Wir würden den Bericht des Psychologen benötigen, und dann müsste ich mein Ersuchen an Baron richten.«

Gegen acht Uhr waren sie an ihrem dritten Bier in der Bridge Bar in Gray's Inn und kicherten in ihrer Ecke hinter dem Rücken von Richter Baron. Der Richter saß mit einem kleinen Sherry auf der anderen Seite der Bar.

»Bei dir alles in Ordnung, Danny-Boy, eh?«, sagte Irene, beugte sich vor und strich Daniel die Haare aus dem Gesicht. Er gestattete es und ließ den Kopf nach hinten gegen die Holztäfelung sinken. »Du kommst mir in letzter Zeit wirklich ernst vor. Du bist nicht so wie beim letzten Prozess. Ich frage mich, ob dir das alles auf die Nerven geht, und ich sehe, unser kleiner Mandant mag dich … sehr.«

»Mich *hasst* er«, sagte Mark, Irenes Referendar.

Daniel lächelte ihn schief an. Mark war ein linkischer Bursche, der nie ein passendes Hemd zu finden schien.

Daniel pochte mit der Faust sanft auf den Tisch, sodass der Schaum auf seinem Bier bebte.

»Ich habe diesen ganzen Asperger-Kram nicht kommen

sehen. Er hatte ihn ausgeschlossen – ausdrücklich ausgeschlossen.«

»Niemand von uns hat ihn kommen sehen, Danny, lass gut sein … Zum Glück haben wir uns davon erholt. Ich denke, die einzige Möglichkeit, damit umzugehen, ist, ihn von jetzt an einfach anzuerkennen. Ich denke, ich könnte ihn sogar in meinem Schlussplädoyer erwähnen, aber wir müssen das Argument wiederholen, das wir bereits vorgebracht haben, nämlich dass – auch wenn er wirklich den nicht diagnostizierten Asperger hat, oder wie er ihn sonst genannt hat – Sebastian kein *Mörder* ist.«

Daniel und Mark nickten.

»Die schwierigere Frage ist«, sagte Irene, schlug die Beine übereinander und lehnte sich auf ihrem Sitz zurück, »ob wir deinen Vorschlag annehmen und ihn aufrufen.«

»Ich weiß, er kriegt das hin«, sagte Daniel. »Ich hätte es sonst nicht vorgeschlagen. Er ist nicht so wie viele kleine Jungen. Er könnte es deichseln.«

»Was ist deine Meinung, Mark?«, fragte Irene.

Daniel hörte an ihrem Ton und an der Art, wie sie Mark ansah, dass sie ihn eigentlich nicht nach seiner Meinung fragte, sondern ihn testete, ihn etwas lehrte.

»Ich halte es für gefährlich. Es gibt keinen richtigen Präzedenzfall dafür. Venables und Thompson haben beim Bulger-Prozess nicht ausgesagt, weil es hieß, sie litten an posttraumatischem Stress. Mary Bell hat ausgesagt, aber das war in den Sechzigerjahren und stellt keine echte Parallele dar …«

»Ich denke, Danny hat recht, dass die Geschworenen die Geschichte von Seb hören müssen, und ich denke auch, er wird uns mit seiner Fähigkeit, sich darzustellen, überraschen. Nicht sicher ist aber, ob der Psychologe der Meinung ist, dass der Junge der Sache gewachsen ist, und schließlich, ob Baron das Ersuchen annimmt.«

»Ich denke, du solltest die Sache angehen«, sagte Daniel.

»Lass mich drüber schlafen. Was ich entwaffnend finde«, fuhr Irene fort, »aber nichtsdestoweniger hilfreich für seine Verteidigung, ist die Tatsache, dass er ein recht bezauberndes Kind ist – ob mit Asperger oder nicht. Er ist verrückt, er ist verstörend, aber er ist trotzdem bezaubernd. Und er ist sehr reif, sehr gut in erwachsener Gesellschaft.« Sie ließ ihre Hand auf Daniels Knie sinken. »Ich denke, du könntest recht haben. Wir *können* ihn in den Zeugenstand rufen.«

Daniel wünschte sich, Mark wäre nicht mehr da. Er lehnte sich zurück und widerstand dem Drang, nach ihrer Hand zu greifen.

»*Meine* erwachsene Gesellschaft liebt er nicht«, sagte Mark. Daniel lächelte wieder; Mark schien wirklich beleidigt zu sein, weil das Kind ihn zurückgewiesen hatte.

»Du leidest unter Verfolgungswahn«, sagte Irene. »Warum mag er dich so gern, Danny?«

Daniel zuckte die Achseln. »Einfach grundsätzlich liebenswert, vermutlich.«

»Hast *du ihn* gern?«, fragte Mark.

»Das ist komisch, er hat mir neulich dieselbe Frage gestellt.«

»Und was hast du geantwortet?«

»Ich sagte, ich mag ihn … Aber ich bin nicht sicher, ob *mögen* das richtige Wort ist. Einerseits … verstehe ich ihn oder denke, ich tu's. Ob er nun Ben Stokes umgebracht hat oder nicht, wir alle wissen, dass er ein sehr gestörter kleiner Junge ist. Er braucht Fürsorge.«

Mark sah Daniel seltsam an, als hätte er etwas gesagt, womit Mark nicht einverstanden war, sich aber jetzt scheute, ihn zu kritisieren.

»Das bringt einen schon dazu, sich zu fragen«, sagte Irene. »Wenn ich daran denke, was ich als Kind angestellt habe … Lieber Gott, man darf gar nicht drüber nachdenken.«

»Nämlich was?«, fragte Danny mit hochgezogener Augenbraue.

Sie lächelte ihn an und neigte den Kopf zur Seite. »Ich habe das Kleid meiner Cousine angezündet, weil sie sagte, ich sehe aus wie das kleine Mädchen in *Unsere kleine Farm.*«

»Du hast sie angezündet?« Daniel lehnte sich vor.

»Ja, wir hatten in der Küche ein großes offenes Feuer, und ich war wütend auf sie. Ich nahm einen kleinen Kienspan und setzte die Rüsche ihres Kleids in Brand. Es hätte zu einem schrecklichen Unglück führen können. Ich hätte mich in Sebastians Lage wiederfinden können.«

»Und was ist passiert?«, fragten Mark und Daniel gleichzeitig.

»Ein Wunder. Sie schlug einfach auf die Flammen, und sie erloschen. Schlug sie einfach aus. Natürlich verpetzte sie mich … und ihr Kleid war hin.«

»Dachte ich's mir doch, dass du ein kleiner Teufelsbraten warst.«

»*I'm a firestarter*«, sang Irene, »ich bin eine Brandstifterin«, und scheuchte Mark weg, neue Biere holen.

»Wie warst du, als du klein warst?«, fragte Irene schüchtern. »Ich wette, du warst *allerliebst.*«

»Ich war ein Rabauke«, sagte Daniel und sah ihr in die Augen.

»Ja«, sagte sie, »das sehe ich.«

Daniel traf sich mit den Crolls im Parklands House. Der Psychologe hatte erklärt, dass Sebastian unter bestimmten Bedingungen in der Lage sei auszusagen. Irene bereitete ihr Gesuch an Richter Philip Baron vor.

Der Regen war heftig und der Tag draußen dunkel. King Kong saß schwerfällig im Besucherraum, während Sebastian eine Treppe höher allein wartete. Der festgeschraubte Plastikstuhl ächzte unter seiner Last.

»Wollen Sie damit sagen, dass Sie's versaut haben? Das heißt es doch, oder? Warum sollte er denn aussagen? Ist er da nicht in Gefahr, sich selbst zu belasten?«

»Es wird argumentiert, wenn er *nicht* aussagt, belastet er sich selbst, und er hat sich in den polizeilichen Befragungen wirklich gut gehalten. Er war dermaßen helle …«

»Seien Sie nicht so gönnerhaft. Ich weiß, dass mein Sohn klug ist, sonst wäre er nicht mein Sohn. Natürlich wird er im Zeugenstand besser sein als Ihre kleinen Durchschnittsrotzer. Aber was ist die Strategie? Warum ist das der richtige Schritt?«

»Weil wir meinen, die Geschworenen müssen die Geschichte von ihm selbst hören. Die Aussage über Asperger, die Tatsache, dass er später gesehen wurde, und der Streit über das Alibi, das alles scheint Sebastians Stellungnahme zu erfordern. Wir denken, seine Aussage könnte sehr wichtig sein. Im Wesentlichen ist es zu diesem Zeitpunkt für die Geschworenen wichtig zu hören, dass er nicht der Täter war. Wir haben bereits nachgewiesen, dass es begründete Zweifel gibt, aber wir haben das Gefühl, dass es die Geschworenen von ihm selbst hören müssen.«

Kenneths rechtes Auge zuckte, während er Daniel zuhörte.

»Wenn Sebastian das gut hinkriegt, könnte es die Sache total ändern.«

»Wenn? … Ich handle nicht mit *Wenns*. Es erstaunt mich, dass Sie das tun.«

Daniel holte tief Luft.

»Wir könnten Sebastian fragen, was er darüber denkt«, sagte Charlotte.

»Um Gottes willen – er ist ein Kind –, was soll er denn schon denken?« Kenneth wandte sich voller Verachtung Charlotte zu. Ein feiner Sprühregen seines Speichels landete auf dem Tisch.

»Viel wird davon abhängen, wie gut er rüberkommt«, sagte Daniel und lockerte seine Krawatte. Der Gesprächsraum des Parklands House wirkte beengend. Der Winterregen peitschte in Böen auf die kleinen Deckenfenster. Daniel wusste nicht, warum, aber es erinnerte ihn an Minnies Trauerfeier. »Wenn er sich gut macht, könnten wir immer noch gewinnen. Wenn er einen schlechten Auftritt hinlegt, wenn es Jones gelingt, ihn durcheinander oder aus der Fassung zu bringen, dann könnte uns das erneut schaden.« Daniel atmete aus und sah erst Kenneth und dann Charlotte in die Augen. »Es ist ein Risiko, aber ich denke, es lohnt, es einzugehen, um die Geschworenen seinen Standpunkt hören zu lassen.«

Charlotte sah ihren Mann an, dann fragte sie: »Und was ist, wenn er nicht aussagt?« Sie senkte den Blick auf den Tisch, statt Daniel anzusehen. »Wird er dann auf jeden Fall für schuldig befunden?«

»Ganz und gar nicht.«

»Aber Sie meinen, er sollte aussagen?«

»Ja, ich denke, Sebastian sollte in den Zeugenstand treten«, sagte Daniel.

Kenneth machte einen Schmollmund, was seine ohnehin schon dicken Lippen betonte. Daniel beobachtete seine Augen, die intelligent und hart zugleich aussahen.

»Ich denke, wir alle wissen, dass er dem gewachsen ist«, sagte Kenneth langsam. »Und ich denke, dieser Wahnsinn muss ein Ende haben. Wir wollen, dass er nach Hause kommt. Wenn er es machen will und Sie denken, dass es helfen könnte, sagen wir Ja.«

Sebastian wurde gerufen. Er kam langsam in den Raum, ein dünnes Lächeln auf seinem weißen Gesicht, und seine grünen Augen funkelten vor Erregung. Er setzte sich an die Stirnseite des Tisches, seine Eltern zu seiner Linken und Daniel rechts von ihm. Charlotte legte ihm eine Hand auf die Wange, und Sebastian schmiegte sich an sie.

King Kong schnippte mit den Fingern. »Setz dich bitte gerade hin, wir haben etwas ziemlich Ernstes mit dir zu bereden.«

Sebastian tat wie geheißen, ohne seinen Vater anzusehen. Wieder einmal fand Daniel, dass er *so* jung aussah, und seine Füße reichten immer noch nicht bis zum Boden, wenn er auf einem Stuhl saß; sein großer Kopf balancierte auf einem dünnen Hals, und er hatte zwei Grübchen auf seiner rechten Wange, wenn er lächelte.

»Was hältst du davon, auszusagen, Sebastian?«, fragte sein Vater. »Möchtest du in den Zeugenstand treten und eine Aussage machen?«

»Also, das würdest du nicht wirklich müssen«, berichtigte Daniel. »Du würdest höchstwahrscheinlich in einem Raum in der Nähe des Gerichtssaals sitzen. Sie richten eine Videoverbindung ein, und du hättest einen Sozialarbeiter bei dir.«

»Könnten Sie nicht bei mir sitzen?«, sagte Sebastian an Daniel gerichtet. »Das wäre das Beste.«

»Was soll dieses lächerliche Geturtel?«, donnerte Croll plötzlich. »Es stehen wichtigere Dinge auf dem Spiel. Auszusagen könnte eine Möglichkeit sein, dich vor dem Gefängnis zu bewahren. Verstanden?«

Sebastian war plötzlich verschüchtert, seine grünen Augen verfinsterten sich und sein Rosenknospenmund kniff sich zusammen. Daniel blickte ihn rechtzeitig an, um noch das Glitzern seiner unteren Schneidezähne zu sehen.

»Ich würde wahrscheinlich im Gerichtssaal bleiben müssen«, sagte Daniel. »Aber ich könnte in den Pausen zu dir kommen. Wir können all das später besprechen. Wir möchten, dass die Leute deine Geschichte hören. Wir würden vorher mit dir ausgiebig üben … aber es ist deine Sache.«

»Ich möchte aussagen«, sagte Sebastian und sah Daniel an. »Ich möchte den Geschworenen erzählen, was wirklich passiert ist.«

Kenneth Croll holte tief Luft, dann seufzte er. »Na, das wäre also entschieden.« Er nickte Daniel zu, als hätten sie gerade einen Handel geschlossen.

28

Als Daniel aus dem Bus stieg, schien die Sonne. Die Luft war reglos, und die blühenden Brennnesseln waren auf der Hut, als er auf Minnies Farm zuging.

Als er durch den Ort marschierte, gingen ihm Leute aus dem Weg, die er vage wiedererkannte. Er kam beim Fleischer vorbei, der, wie er wusste, Hühner und Eier von der Flynn Farm verkaufte, am Bonbonladen, wo die geizige alte Mrs. Wilkes gearbeitet hatte. Er war jetzt mit Brettern vernagelt – ein Opfer der Zeiten. Er ging am Polizeirevier vorbei, das immer geschlossen war. Er sah das Telefon im Eingang, über das man, wie Daniel wusste, die Polizei in Carlisle erreichte.

Als Daniel bei der Farm ankam, war er außer Atem. Seine Hände waren entspannt und schwer, aber er fühlte, dass seine Finger zitterten. Schweiß sammelte sich in Perlen an seinem Haaransatz, und er fuhr sich mit der Hand durchs Haar, wischte sie an seinem T-Shirt ab und hakte den Zeigefinger in die Gesäßtaschen. Er stand auf der Kuppe des Hügels und betrachtete das Haus, bis er wieder normal atmete. Die Stille des Tages war entwaffnend. Er ging auf die Haustür zu.

Er drückte auf die Klinke, und die Tür gab mit einem kurzen Knarren nach. Blitz wurde langsam älter und lief Besuchern nicht mehr zur Begrüßung entgegen, aber Daniel hörte die Klauen des Hundes auf dem Linoleum, als er in die Diele trat.

Der Hund wandte ihm den Kopf mit gespitzten Ohren zu, dann kam er mit hängender Schnauze und wedelndem Schwanz zu ihm. Daniel kniete sich nicht hin, um den Hund zu streicheln, wie er es normalerweise getan hätte, aber er bückte sich, um Blitz' Samtohren zu betasten und ihm kurz die weiße Schnauze zu kraulen.

»Hallo, alter Junge«, flüsterte er.

Er blickte zur Küche hinüber und spürte, wie sein Herz im Vorgefühl der Auseinandersetzung heftiger schlug. Das Sonnenlicht strömte durch die Fensterscheiben.

Er sah sie draußen, den Hintern in der Luft, sodass ihr brauner Rock hochgerutscht war und die nicht zugeschnürten braunen Nagelschuhe sehen ließ. Sie brachte einen Teil des Hühnerauslaufs in Ordnung und riss dabei hier und da Unkräuter aus der Erde und warf sie auf den Komposthaufen.

Sie stand mit einem Metallkübel und einer Bürste in der Hand auf dem Hof, als Daniel den Riegel an der Hintertür hochschob und nach draußen trat. Er beobachtete sie von der Tür aus und war irgendwie noch immer erfreut, sie nach den Monaten der Trennung wiederzusehen. Der Hof erschien ihm plötzlich wunderschön mit seinem leichten Geruch nach Mist und dem von den Ziegen abgefressenen Gras. Die Zickel waren längst ausgewachsen, und eines von ihnen war sogar größer als die Ziege. Er fühlte einen Schmerz im Hals, als er sich eingestand, dass dies sein erstes richtiges Zuhause war – und sein letztes.

Sie sah ihn noch immer nicht, und Daniel überlegte, ob er warten sollte, bis sie sich umdrehte und ihn in der Tür entdeckte. Blitz setzte sich neben ihm auf die Schwelle.

»Minnie«, rief er.

Minnie, nicht *Mum*.

Sie drehte sich um, ließ Eimer und Bürste fallen und hob

beide Hände an ihre Wangen, als ergebe sie sich, verzichte auf ihre Waffen.

»Oh, mein Liebling… was für eine Überraschung«, rief sie.

Mit einer Hand auf ihrer schlimmen Hüfte kam sie mit einem so breiten Lächeln auf ihn zu, dass ihre blauen Augen fast verschwanden. Die andere Hand hatte sie an ihr Gesicht gehoben, um es gegen die Sonne abzuschirmen. Er wusste, dass sie seinen Gesichtsausdruck nicht sehen konnte. Sich selbst stellte er sich als dunkle Silhouette in der Türöffnung vor.

Sie lachte, und Daniel atmete ein. Ihr Lachen war für ihn so wichtig gewesen, und er war gewöhnt, Gefallen daran zu finden. Sie wischte ihre schmutzigen Hände an ihrem Rock ab.

»Wie kommen wir zu dieser Ehre?«

Sie näherte sich ihm, nahm die Hand von ihren Augen und trat in den kühlen Schatten, in dem er stand. Ihre Hände hatte sie ausgestreckt, um seine zu ergreifen, aber dann trafen sich ihre Blicke.

»Bist du okay, Schatz? Ist alles in Ordnung?« Sie zog beunruhigt die Stirn kraus, ihre besorgten Lippen zeichneten Grübchen in ihre Wangen, und eine Hand hatte sie zum Trost auf seinen Arm gelegt.

»Nein, nicht wirklich«, flüsterte er, zog seinen Arm weg und ging an ihr vorbei in die Mitte des Hofes. Eine der Ziegen knabberte am Saum seines T-Shirts, und er zog es rasch weg, während er einmal, zweimal auf den Boden stampfte, bis das Tier erschrocken zusammenfuhr.

Sie kam auf ihn zu. Blitz war dicht hinter ihr, hüpfte hin und her, stellte sich vor sie hin und blickte hinauf in ihr Gesicht, um zu sehen, was los war. Er jaulte ein bisschen, kratzte am Boden. Minnie streckte ihre Finger aus, um den Kopf des Hundes zu berühren, nahm aber ihren Blick nicht von Daniel.

»Was ist los, Liebling«, fragte sie wieder. »Was ist passiert?«

Daniels Herz schlug inzwischen heftig, und seine Handflächen waren feucht. Er versuchte, zu Atem zu kommen, um es ihr ruhig sagen zu können, aber sein Mund war zu trocken. Er hatte sich vorgenommen, ihr von seinen Gedanken zu erzählen, die er angestellt hatte, von seinem Drang herauszufinden, was mit seiner leiblichen Mutter passiert war, jetzt, da er über achtzehn war. Er hatte vorgehabt, ihr von dem Standesamt zu erzählen, der Sterbeurkunde und dem Friedhof mit dem weißen Marmorkreuz und von der Farbe, die von den Buchstaben ihres Namens bereits abblätterte. Er hatte geplant, ihr zu erzählen, dass seine Mutter clean gewesen war, als Minnie ihm erzählt hatte, sie sei gestorben. Sie war für ihn clean geworden und hatte erst eine Überdosis genommen, als sie dachte, dass er nie nachsehen kommen würde, dass er sie vergessen hatte.

Es war zu viel für ihn, und so schrie er sie an: »Meine. Mutter. Ist. Letztes. Jahr. Gestorben!«

Er war überrascht, dass ihm plötzlich Tränen in die Augen traten. Er spürte, wie die Ader an seiner Schläfe anschwoll, und fühlte den Schmerz hinten in seinem Hals. Es waren die Tränen, die ihn am meisten ärgerten. Er wollte sie nicht. Er hatte nicht mit ihnen gerechnet.

»Letztes Jahr!«, schrie er und griff zu dem Metalleimer. Er zielte damit auf Minnie und stieß ihn in einem vorgetäuschten Wurf in ihre Richtung, um ihr Angst zu machen, aber sie zuckte mit keiner Wimper. Dann schleuderte er ihn zwei Meter rechts neben sie, sodass er auf die Eingangsstufe krachte und sein Geklapper die Ziegen in die Ecken des Hofes trieb; Blitz setzte sich auf sein Hinterteil. Er griff sich den Besen und warf ihn ebenfalls, dann nahm er einen Spaten, der am Hühnerauslauf lehnte. Er schwang ihn, während er die Tränen rinnen fühlte und das leichte Gewicht des Spatens in seinen Händen genoss.

Er biss sich auf die Unterlippe. »Du … hast … mich … belogen«, flüsterte er.

Sie stand vor ihm mit den Händen an den Seiten und einem

Blick im Gesicht, an den er sich aus seiner Kindheit erinnerte: ruhig, entschlossen.

Er schüttelte den Spaten in seiner Hand und beobachtete sie. »Was hast du mir zu sagen? Was … hast … du … mir … zu … sagen, he?«

Die Wut biss wieder zu.

»He?«, schrie er.

Er nahm den Spaten und hob ihn über seinen Kopf, machte einen Schritt vorwärts und schmetterte ihn gegen die Ecke des Hühnerstalls. Er stach damit zu und schwang ihn herum, bis der Stall nachgab. Hühner stoben hinter ihm aufgeregt herum. Er schwang den Spaten und warf einen Eimer mit Futter und eine Ansammlung von Blumentöpfen um, die sie neben dem Stall aufgestapelt hatte. Blitz war zunächst erschrocken, dann bezog er Stellung neben Minnie, duckte sich auf seine Vorderpfoten, bellte und knurrte Daniel an, rannte vor und wieder zurück, als wollte er zuschnappen – und brachte sich wieder unter Kontrolle, wie er es mit einem störrischen Schaf getan hätte.

»Ich habe ihre … Sterbeurkunde. Ich habe ihr *Grab* gesehen. Sie ist letztes Jahr gestorben. Ich hätte sie besuchen können. Ich hätte …«

Die Tränen waren heiß auf seinen Wangen. Er wischte sie nicht weg. Er blickte ihr nicht ins Gesicht. Der Hinterhof war eine wirbelnde Masse von Bildern: der demolierte Schuppen, Minnie vor ihm, eine Hand in der anderen, die verängstigten Ziegen und der Hund, der Minnie mit gefletschten Zähnen beschützte.

»Lass uns ins Haus gehen«, sagte sie. »Lass uns in Ruhe drüber reden.«

»Ich möchte nicht ins Haus. Ich möchte nicht drüber reden. Ich wünschte, du wärst tot.«

Er ließ den Spaten fallen. Der Hund machte einen Satz rückwärts und begann wieder zu knurren. Daniel bedeckte sein Gesicht mit den Händen. Er schmeckte Salz auf seiner Zunge. Er fühlte ihre Hand auf seinem Arm.

»Ganz ruhig, Liebling«, sagte sie. »Komm, ich mach dir eine Tasse Tee.«

Er zog ihr seinen Arm mit solcher Kraft weg, dass sie das Gleichgewicht verlor und im Hof hart auf die Seite fiel. Blitz sprang vor und zurück, dann knurrte und winselte er. Minnie blickte zu Daniel hoch. Er meinte, sie hätte einen Moment lang verängstigt ausgesehen, aber dann wurde dieser Blick weggeschwemmt, und sie hatte den Gesichtsausdruck, den sie immer hatte, als könne sie durch ihn hindurchsehen. Er erinnerte sich, sie durch die angelehnte Wohnzimmertür beobachtet zu haben, als ihr die Tränen vom Kinn auf die Elfenbeintasten tropften, ihre nackten Füße auf den Pedalen, und er sich wünschte, sie so zu verstehen, wie sie ihn zu verstehen schien.

»Steh auf!«, schrie er. Seine Tränen waren verflogen, die Sonne war hinter dem Haus verschwunden, und der Hof lag im Schatten. »Steh auf.« Er trat nach ihrem Schuh, was Blitz dazu brachte, nach ihm zu schnappen und dann zurückzuweichen. Minnie wälzte sich auf ihre Knie, bekam ein Knie hoch und stand dann langsam auf.

Er betrachtete sie, Hände auf den Hüften, und atmete so heftig, als wäre er von Newcastle nach Brampton gerannt. Sie drehte sich um und ging langsam ins Haus. Er dachte daran, mit dem Spaten nach ihr zu schlagen, sie wieder von ihren Füßen zu holen, eine Handvoll ihrer grauen Locken zu packen und sie mit dem Gesicht gegen die Mauer des baufälligen Farmhauses zu schmettern. Der Hund ging ihr nach und blieb an der Tür stehen, als sie hineinging, als wollte er Daniel davor warnen, ihr zu folgen.

Daniel holte tief Atem und blickte sich auf dem Hof um. Die Ziegen kamen zurück und knabberten auf der Suche nach Leckereien an seinen Taschen. Die Hühner hörten auf herumzuflattern und begannen, an den Unkräutern zu picken. Er folgte ihr ins Haus.

Sie war nicht in der Küche. Die Badezimmertür stand offen, und Daniel blickte hinein in den langen, schmalen, sonnigen Raum mit dem Porzellanschmetterling noch immer in vollem Fluge auf dem Bord. Daniel sah weg.

Sie stand im Wohnzimmer, eine Hand auf dem Klavier, die andere an der Hüfte, und machte ein finsteres Gesicht.

Daniel blickte sich in dem Zimmer um, als sehe er es zum ersten Mal. Auf dem Kaminsims stand das Foto von ihr als junger Frau mit Mann und Tochter. Daneben standen drei Fotos von Daniel, zwei in seiner Schuluniform und eines, das auf dem Markt gemacht worden war.

Daniel blieb stehen, die Hände in den Taschen. Es fühlte sich seltsam vertraut an, wieder Krach mit ihr zu haben. Es erinnerte ihn an all die anderen Male, als er ein Junge war. Er kam sich inzwischen zu groß, zu breit für solche Wut vor. Er nahm die ganze Türöffnung ein, während sie am Klavier stand. Er erinnerte sich, dass er sich vor vielen Jahren so gefühlt hatte: wütend, argwöhnisch, allein. Aber damals war er so viel kleiner gewesen. Sie konnte ihn mit ihrem Gewicht auf den Boden drücken, aber jetzt nicht mehr. Jetzt war er stärker.

»Möchtest du einen Drink?«, fragte er sie.

Minnie sagte nichts, schüttelte nur den Kopf.

»Warum nicht, ist doch ungefähr an der Zeit, oder?«

»Offensichtlich gibt es etwas, was du besprechen möchtest.«

Sie hatte diesen Ton drauf, den sie auf dem Markt für Leute benutzte, die sie nicht mochte.

»Ja, zum Beispiel, warum du mich belogen hast.«

Er fühlte wieder die Tränen in seinem Hals. Der Hund stand zwischen ihnen, sah verwirrt von einem zum anderen, wedelte mit dem Schwanz und hatte ihn kurz darauf schon wieder zwischen die Beine geklemmt.

»Du warst ein kleiner Junge. Du brauchtest Beständigkeit. Du brauchtest die Möglichkeit, zur Ruhe zu kommen, zu lieben und zu vertrauen. Ich habe dir halt die Möglichkeit gegeben, ein oder zwei Jahre lang nicht wegzulaufen. Ich gab dir die Möglichkeit, zu sein …« Sie flüsterte. Daniel musste sich anstrengen, um sie zu verstehen.

»Mit dir zusammen zu sein?«

»Zu sein, einfach *zu sein* …«

»Du widerst mich an.«

Sie zuckte mit den Schultern und wischte mit der Hand über das Klavier, als wollte sie Staub entfernen.

»Was war ich denn? Nur ein Scheißersatz für sie?«

Minnie wandte sich ihm zu. Ihre Brust hob sich, aber sie sagte nichts.

»Du warst kein Ersatz. Du bist mein Sohn. Du *bist mein Sohn.*«

»Und du wolltest mich so dringend haben, dass du meine Mutter fünf Jahre vor ihrer Zeit sterben lassen musstest? Ich hätte sie noch einmal sehen können. Ich hätte …«

Er drückte seinen Handrücken gegen seine Nase. Sie sah ihn noch immer an.

»Was du brauchtest, war Raum, nicht an sie zu denken. Zu …«

»Was? Damit ich an dich denken konnte, *Mum*?«

»Damit du ausnahmsweise einmal an dich denken konntest, ein Junge sein konntest und dich nicht um jemand anderen kümmern musstest.«

»Ach ja, war dich zu Bett zu bringen denn so anders als sie zu Bett zu bringen?«

Das ärgerte sie. Sie legte das Schutzgitter auf das Feuer und sammelte Papiere ein, die über das Sofa verstreut lagen.

»Hör doch auf«, sagte sie. Sie klang müde, als hätte sie gar keinen Kampfgeist mehr, aber sie hob ihr Kinn und sprach mit ruhiger Stimme. Die entschlossene Sanftheit darin nahm ihm alle Heftigkeit, wie sie es immer getan hatte. »Ich weiß, du bist gekränkt. Ich verstehe das. Vielleicht hätte ich es dir sagen sollen, als du zur Universität weggingst, aber ich dachte, es wäre auch wieder nicht die Zeit, dich abzulenken. Es tut mir leid, dass sie tot ist. Ich dachte, ich würde es dir vielleicht erklären, wenn du älter wärst. Du hast keine Ahnung, wie sehr du dich verändert hast, als du dich nicht mehr um sie sorgen musstest. Sieh dich einfach jetzt an. So Gott will, bist du bald Anwalt. Deine Mutter wäre stolz auf dich gewesen. Du warst ein guter, freundlicher Junge, aber du musstest frei von ihr sein, damit du ausnahmsweise einmal für dich selbst entscheiden konntest.«

Daniel sprach durch die Zähne zu ihr: »Ich bin den ganzen weiten Weg bis hierher gekommen, um dir zu sagen, ins Gesicht zu sagen, dass ich dich nie wiedersehen, nie wieder mit dir reden will. Ich möchte nicht einen Penny von dir. Ich möchte nichts mehr von dir hören. Ich hasse dich.«

Minnie stand gerade aufgerichtet da, eine Hand auf der Sofalehne. Ihr Gesicht war voll Trauer. Daniel erinnerte sich an Abende, an denen sie geweint und denselben Ausdruck in den Augen gehabt hatte. Sie schluckte mit geöffnetem Mund.

»Mein Sohn, bitte. Lass uns wieder darüber reden, wenn du dich beruhigt hast. Du bist aufgebracht. Ich möchte, dass du verstehst, warum ich es getan habe. Ich hab's nicht für mich getan. Du verstehst nicht, wie kaputt sie dich gemacht hat. Du warst innerlich von Gedanken an sie hin und her gerissen, und als sie weg war, war es, als ob du dich sammeln könntest. Schau, wo du jetzt stehst, und das nur wegen dieser Jahre des Friedens, in denen du wusstest, dass du nicht zu ihr eilen musstest.«

»Aber ich *hätte* zu ihr eilen müssen, verstehst du das denn nicht? Nun ist sie tot, und es ist zu spät.«

Daniel machte einen Schritt auf Minnie zu. Sie hob ihr Kinn, als erwarte sie einen Schlag. Er zitterte, seine Halsmuskeln verkrampften sich vor Anspannung.

»Ja, es tut mir leid«, sagte sie. »Vielleicht war es falsch von mir. Ich habe es zu deinem eigenen Besten getan, aber du hast recht, ich hätte dich nicht belügen sollen. Es tut mir leid.«

Daniels Hals schmerzte von all den zurückgehaltenen Tränen. Er biss sich auf die Unterlippe und zog die Manschette seines Sweatshirts über seine Hand. Mit einem Schlag fegte er die Fotos vom Kaminsims. Sie fielen auf die Kaminplatte, und der Hund machte einen Satz zurück und bellte, als das Glas zersplitterte.

Minnie bedeckte ihren Mund mit beiden Händen.

»Nein, du hättest mich nicht belügen sollen, aber was geschehen ist, ist geschehen.« Er ging auf sie zu, die Arme an den Seiten. »Dies ist das letzte Mal, dass du mich siehst. Ich wünschte, du wärst tot.«

Er ging, wieder mit heißen Tränen auf den Wangen, als er die Tür öffnete und davonstapfte. *Komm bitte zurück*, meinte er sie rufen zu hören.

Er fühlte eine Schwäche in den Beinen, als er den Hügel hinunterging. Er taumelte, als wäre er verletzt, aber die Sonne schien ihm warm und beruhigend auf den Rücken. Er fuhr sich mit einer Hand über das Gesicht, um es zu trocknen, wissend, dass nun auch alle Wärme und Liebe, die er auf der Welt gekannt hatte, hinter ihm lagen. Und er ließ sie hinter sich zurück.

29

Als Daniel von seinem Lauf zurückkam, duschte er, schlang sich ein Handtuch um die Taille und rasierte sich. Normalerweise wäre er in Eile und würde mit dem Rasierapparat rasch über sein Kinn fahren und dann im Stehen in der Küche frühstücken. Aber an diesem Morgen hatte er viel Zeit, und so seifte er sich ein. Irenes Ersuchen an den Richter war erfolgreich gewesen. Heute würde Sebastian aussagen. Es war möglich, dass bis zum Ende der Woche eine Entscheidung fiel.

Daniel beendete die Rasur und trocknete sein Gesicht ab. Er stand da, die Hände auf dem Waschbecken, und betrachtete sein Spiegelbild. Er sah die klar definierten Muskeln an seinen Oberarmen, und wenn er den Atem anhielt und sie anspannte, traten die Muskelreihen an seinem Bauch hervor. Seine Brust war unbehaart, von ein, zwei Haaren um sein Brustbein und einem spärlichen Dreieck unterhalb seines Nabels abgesehen. Er fuhr mit der Hand über sein jetzt glattes Kinn. Er fühlte sich nach seinem Lauf entspannt, aber innerlich war er noch immer unruhig.

Cunningham kam mit dem Verkauf des Farmhauses voran. Daniel wollte die Farm zwar nicht haben, doch immer wenn er an sie dachte, verspürte er plötzlich schmerzliche Trauer.

Er starrte wieder auf sein Gesicht. Er erinnerte sich, wie Minnie sein Kinn zwischen Zeigefinger und Daumen geklemmt und ihm gesagt hatte, dass er hübsch sei. Er erinnerte sich, wie er alle ihre Fotos vom Kaminsims gefegt hatte. Er erinnerte sich an ihr Gesicht, verzerrt vor Schmerz bei dem Gedanken, dass sie ihn verlieren würde nach allem, was sie miteinander durchgemacht hatten. Er vermisste sie, gestand er sich jetzt ein. Er hatte sie sogar schon vermisst, als er vor ihr stand und ihr versicherte, dass sie ihn nie wiedersehen würde. Er hatte Kredite aufgenommen und in Sheffield nachts in Bars gearbeitet, entschlossen, das Studium ohne ihre Hilfe zu Ende zu bringen, entschlossen, zu beweisen, dass er sie nicht brauchte. Er hatte sie damals vermisst, und er vermisste sie jetzt.

Sie hatte zu seiner Universitätsabschlussfeier kommen wollen, aber er hatte es nicht zugelassen. Er hatte es sich noch nie zuvor eingestanden, aber er hatte sie auch an jenem Tag vermisst. Er erinnerte sich, dass er sich ängstlich umgeschaut hatte, falls sie trotzdem gekommen wäre. Alle anderen Eltern waren da, Brüder, Schwestern. Er hatte allein Champagner getrunken und dann mit einer der Kellnerinnen geknutscht.

Und dann hatte er gearbeitet, und Minnie war seiner Erinnerung entschwunden. Erfolg stellte sich schnell ein, und er zahlte seine Kredite ab und kaufte sich die Wohnung in Bow.

Er legte beide Hände auf den Rand des Waschbeckens und beugte sich vor, bis sich seine braunen Augen scharf stellten. Es erschien ihm jetzt unbegreiflich, dass er so lange solche Wut auf sie aufrechterhalten konnte. Er hatte immer mehr von ihr verlangt – Reue hatte ihm nie genügt. Er hatte nicht bedacht, was sie bereits verloren hatte, bevor er sie zwang, auch ihn zu verlieren.

Daniel holte tief Luft. Mit einem so heftigen Bedauern auf der Seele wäre er am liebsten dem Tag nicht gegenübergetreten, aber er war bereit für ihn.

In seiner Zelle spielte Sebastian mit dem Polizeibeamten »Schere, Stein, Papier«. Er kniete in Jackett und Krawatte auf dem Betonbett und kicherte. Die Geschworenen sollten das sehen, dachte Daniel: kein Monster, sondern ein Kind, das noch immer Freude an kindlichen Dingen hat.

»Wollen Sie mitspielen, Mr. Hunter?«, fragte Sebastian.

»Nein, wir müssen gleich gehen.«

Der Richter erklärte sich damit einverstanden, dass Sebastian aussagte, aber es gab keinen Zweifel, dass dies nur mittels Video möglich sei. Es war unmöglich abzuschätzen, wie gut in Form der Junge an dem Tag wäre, außerdem gab es praktische Erwägungen, wie zum Beispiel, dass er von Statur zu klein für den Zeugenstand sei und dass das Gericht sein Mienenspiel sehen müsse. Das System der Strafjustiz war im Laufe der Jahre wegen seiner Indifferenz gegenüber jungen Menschen, die schwerer Verbrechen angeklagt waren, genug kritisiert worden, und Richter Baron wollte das Verfahren nicht weiterer Kritik aussetzen. Das Videobild würde dem Gericht gezeigt werden, aber von der Galerie aus nicht zu sehen sein.

Auf dem Weg zum Gerichtssaal warf Daniel einen Blick auf sein Handy. Es gab eine SMS von Cunningham.

Austausch der Hausverträge Ende der Woche. Erbitte Anruf.

Daniel blieb in dem mit Platten gefliesten Korridor stehen, über den sich die steinernen Bögen des alten Gerichts wölbten. *Nicht jetzt. Nicht jetzt.* Er stieß den Atem aus und presste die Lippen zusammen. Irene tauchte neben ihm auf.

Daniel schaltete sein Handy aus und steckte es ein.

»Hör zu, ich möchte, dass du ihn heute Morgen scharf im Auge behältst. Solltest du irgendwie das Gefühl haben, dass er's nicht schafft, können wir die Sache abbrechen. Er scheint mit dir zu reden«, sagte sie.

»Ich bin nicht bei ihm. Sie haben eine Sozialarbeiterin …«

»Ich weiß, aber wir machen regelmäßig Pausen. Guck nach ihm.«

»Mach ich … Viel Glück«, sagte Daniel.

»Euer Ehren, ich rufe jetzt … Sebastian Croll auf.«

Der Monitor flackerte, und dann erschien Sebastians Gesicht.

Er saß gerade da und lächelte schwach.

»Sebastian?«, sagte Philip Baron und drehte sich um, um dem Bildschirm das Gesicht zuzuwenden.

»Ja, Sir?«

Daniel lehnte sich auf seinem Stuhl zurück. *Ja, Sir.* Beim Probelauf war Sebastian nicht gesagt worden, dass er den Richter so anreden solle. Daniel blickte zur Galerie hinauf. Sie war heute voll besetzt, aber unruhig. Daniel spürte die Enttäuschung der Journalisten, weil sie das Videobild nicht sehen konnten: Hälse reckten sich, und Finger tauchten auf der Balkonbrüstung auf.

»Ich möchte dir eine Frage stellen. Weißt du, was es bedeutet, die Wahrheit zu sagen?«

»Ja, Sir, es bedeutet, man darf nicht lügen.«

»Und kennst du den Unterschied zwischen Wahrheit und Lüge?«

»Ja, die Wahrheit ist das, was wirklich passiert ist, und eine Lüge ist, was nicht passiert ist.«

»Und wenn du versprichst, heute die Wahrheit zu sagen, was bedeutet das deiner Meinung nach?«

»Ich *muss* die Wahrheit sagen.«

»Sehr gut«, sagte Baron zum Gericht. »Er darf vereidigt werden.«

Irene erhob sich. »Ich möchte, dass du uns zu allererst etwas über dein Verhältnis zu Ben Stokes erzählst. Wie lange hast du Ben gekannt?«

»Ungefähr drei oder vier Jahre.«

»Und wie würdest du Ben bezeichnen, würdest du ihn als einen Freund bezeichnen?«

»Er war mein Freund und mein Nachbar und mein Schulkamerad«, sagte Sebastian klar und deutlich.

»Und hast du regelmäßig mit ihm gespielt?«

»Ich habe manchmal mit ihm gespielt.«

»Wie oft war das, was würdest du sagen?«

Sebastians projiziertes Gesicht wurde ernst, die großen, grünen Augen wanderten seitlich nach oben, während er über die Frage nachdachte. »Vielleicht ungefähr dreimal im Monat.«

»Und was habt ihr zusammen gemacht?«

»Na ja, wenn wir in der Schule waren, haben wir vielleicht mit einem Ball oder Fangen gespielt. Wenn wir zu Hause waren, kam er manchmal zu mir oder ich ging zu ihm, aber normalerweise haben wir draußen gespielt.«

»An dem Tag, an dem Ben vermisst wurde, Sebastian, hast du ihn da gesehen?«

»Ja.«

»Kannst du uns erzählen, was passiert ist?«

»Na ja, wie ich schon der Polizei gesagt habe, fuhr er draußen mit seinem Fahrrad rum, und ich fragte ihn, ob er spielen will. Wir spielten eine Weile vor unseren Häusern, aber dann haben wir beschlossen, auf den Abenteuerspielplatz zu gehen.«

»Wessen Entscheidung war das?«

»Es war eigentlich eine gemeinsame Entscheidung, nehme ich an.«

Der Richter unterbrach, und seine Hängebacken röteten sich gereizt. »Sie müssen *langsamer sprechen*, Miss Clarke. Sie vergessen, dass ich mir Notizen machen muss!«

»Ja, Euer Ehren, habe mich etwas fortreißen lassen … Nun, Sebastian, etwas langsamer, hast du deiner Mutter gesagt, wohin ihr geht?«

»Nein.«

»Warum nicht?«

»Wir sind ja nur in den Park gegangen. Das ist nur da drüben, und wir würden zurück sein, bevor sie's merkte.«

Daniel stieß den Atem durch die Nase aus. Sebastian hatte sein Redetempo geändert und machte nach jedem Satz eine Pause, um dem Richter Gelegenheit zu geben, sich Notizen zu machen.

»Was geschah, als ihr in den Park kamt.«

»Wir rannten herum und spielten Fangen, und dann fingen wir zum Spaß eine Kabbelei an, die ein bisschen zu einer echten Prügelei wurde … Ben fing an, mich zu beschimpfen und zu schubsen … Zuerst sagte ich, er solle damit aufhören, aber er hörte überhaupt nicht auf. Da habe ich ihn auch geschubst. Das war, als der große Mann mit dem Hund zu uns rüberrief … Mr. Rankine.«

Irene zögerte einen Moment. Sebastian hatte sich den Namen des Zeugen gemerkt.

»Er sagte, wir sollten den Quatsch lassen, und das taten wir auch ein bisschen – wir rannten über den Hügel.«

»Was passierte dann?«, half Irene weiter und räusperte sich.

»Also, wir rannten auf den Spielplatz. Er war geschlossen, aber irgendwie kommt man da immer rein. Als wir da waren, kletterten wir zur höchsten Stelle des Klettergerüsts, aber dann fiel mir meine Mum wieder ein. Sie hatte sich hingelegt, weil sie Kopfschmerzen hatte. Ich dachte, ich müsste zurück und nach ihr sehen …«

Daniel sah, wie Irenes Schultern sich entspannten. Sebastian war auf dem richtigen Weg.

»Aber … Ben wollte nicht, dass ich nach Hause ging. Er fing wieder an, mich zu stoßen und zu schubsen. Ich hatte Angst, dass er mich von dem Klettergerüst schubst. Er boxte mich in den Bauch und zog mich an den Haaren und kämpfte mit mir.

Ich sagte ihm, er solle aufhören, aber er wollte nicht, und so sagte ich ihm nach einer Weile, es machte keinen Spaß mehr, und ich würde jetzt wirklich nach Hause gehen.«

»Und dann?«, fragte Irene weiter.

»Na ja, ich war dabei, nach unten zu klettern, aber Ben schien wirklich traurig zu sein, dass ich nach Hause ging. Er wollte draußen bleiben. Er sagte zu mir, er würde vom Klettergerüst runterspringen. Ich sagte zu ihm, na, tu's doch, aber ich dachte nicht wirklich, dass er es tun würde. Ich dachte, er wollte mir imponieren. Ich bin älter als er«, sagte Sebastian und lächelte. »Er wollte mich davon abhalten, nach Hause zu gehen …«

»Ist Ben denn runtergesprungen?«

»Ja, er sprang und landete unglücklich. Er stieß sich die Nase und die Stirn, und er blutete etwas. Er rollte sich auf seinen Rücken, und ich kletterte runter, um ihm zu helfen.«

»Wie hast du ihm geholfen?«

»Natürlich nicht so richtig. Ich kenne ein bisschen Erste Hilfe, aber nicht viel. Ich beugte mich über ihn und versuchte, das Blut zu stillen. Seine Nase blutete *sehr*. Davon wurde sein Gesicht ganz rot … Aber er war wütend auf mich und hat mich wieder beschimpft. Ich wusste nicht, warum, weil es ja seine Idee gewesen war, runterzuspringen.«

»Was geschah dann?«

»Ich ließ ihn auf dem Spielplatz liegen. Ich sagte zu ihm, ich würde seiner Mutter sagen, dass er mich geschlagen und beschimpft hat, aber das habe ich nicht gemacht. Ich dachte, ich könnte Schwierigkeiten kriegen, weil ich zurückgeschlagen habe, als wir im Park waren. Jetzt tut es mir leid, dass ich ihn dort zurückgelassen habe. Ich weiß nicht, wer ihn verletzt hat, aber manchmal wünschte ich mir, ich hätte ihn nicht einfach so liegen lassen. Ich denke, ich hätte etwas tun können …«

»Inwiefern?«, fragte Irene. Daniel merkte am Ton ihrer Stimme, dass sie vor der Antwort fast Angst hatte.

Er benutzt die Aussagen, die er gehört hat, dachte Daniel. Er möchte das ausgeatmete Blut an seinem Hemd erklären. Daniel fragte sich auch, ob der Junge nicht die anderen Zeugen kopierte, die ihr Bedauern ausgedrückt hatten, an jenem Tag nichts getan zu haben – zum Beispiel Rankine.

»Ich wusste ja nicht, dass ihm jemand wehtun würde. Wenn wir uns vertragen hätten und zusammen nach Hause gegangen wären, wäre er vielleicht noch okay.«

Wieder blickte Sebastian direkt in die Kamera. Daniel hielt den Atem an. Das schwache Lächeln war verschwunden, und die grünen Augen schienen voller Tränen zu stehen.

»Und wie spät war es, als du Ben auf dem Spielplatz zurückgelassen hast und nach Hause gegangen bist?«

»Ich war ungefähr um drei Uhr zu Hause.«

»Danke, Sebastian«, sagte Irene.

Als sie ihren Platz einnahm, warf sie Mark, ihrem Referendar, der hinter ihr saß, einen beruhigenden Blick zu, dann sah sie Daniel mit hochgezogener Augenbraue an.

Nach der Pause erhob sich Gordon Jones, um Sebastian zu befragen. Das schwache Lächeln des Jungen kehrte zurück. Daniel beugte sich wie erstarrt vor.

»Sebastian, hast du die Mitschnitte der Polizei gehört, die zuvor hier vorgespielt worden sind – Aufnahmen von deinen Befragungen, als du im Polizeigewahrsam warst?«

»Ja, Sir.«

»Ich lese jetzt aus deiner Aussage vor: *Wir gingen zum Abenteuerspielplatz und kletterten zu den höchsten Stellen hoch, aber dann musste ich nach Hause. Ich dachte, ich müsste nach meiner Mum sehen, sehen, ob sie eine Kopfmassage brauchte.* Erinnerst du dich, das der Polizei gesagt zu haben?«

Auf dem großen Bildschirm sah man Sebastian unerschrocken nicken.

»Sebastian?«, unterbrach Richter Baron erneut. »Ich weiß, es ist für dich vielleicht merkwürdig, im … Fernsehen zu sein, sozusagen … aber wenn du deine Antworten formulieren könntest, wäre es für uns eine große Hilfe. Damit meine ich …«

»Ist okay, hab schon verstanden. Ich darf nicht nicken, sondern muss Ja sagen.«

»Das ist korrekt«, sagte Baron. Der Richter setzte ein kleines, verknittertes, anerkennendes Lächeln auf, das er seinen Notizen schenkte.

»Du erinnerst dich, diese Aussage vor der Polizei gemacht zu haben, Sebastian?«, half ihm Jones weiter.

»Ja.«

»Und erst später, als die Polizei dir mitteilte, dass man Ben Stokes' Blut an deinen Kleidern und Schuhen gefunden hätte, und dir außerdem mitteilte, dass es ausgeatmetes Blut sei, da hast du deine Geschichte geändert, um den Sturz und das Nasenbluten einzubauen. Ist das korrekt?«

»Ich hatte *große* Angst auf dem Polizeirevier«, sagte Sebastian. Seine Augen waren riesig, und Daniel schaute in sie hinein. »Sie haben mir alle meine Kleider weggenommen und mich in einen weißen Papieranzug gesteckt … Sie sagten, ich darf meine Mum nicht sehen – sie würden ihr nicht sagen, sie sollte wiederkommen –, bis ich nicht alle ihre Fragen beantwortet hätte. Ich kam völlig durcheinander. Ich hatte einfach richtig Angst.« Wieder schienen sich die vergrößerten Augen mit Tränen zu füllen.

Daniel lächelte wieder in sich hinein. Er hatte großes Vertrauen, dass Sebastian über Gordon Jones siegen würde. Die Pfeile der Beschuldigungen würden ihn verwunden, sie würden ihn aber nicht zur Strecke bringen. Sebastian hatte sich an Daniels Zorn erinnert, als die Kriminalbeamten zögerten, seine Mutter in das Befragungszimmer zu bringen, und er benutzte ihn nun vor Gericht zu seinen Gunsten. Schaden war von

Baird, dem Psychologen, angerichtet worden, den die Staatsanwaltschaft umgedreht hatte, aber Sebastian drehte nun seinen eigenen Fall um. Daniel hatte Erwachsene verteidigt, denen die Gewandtheit des Jungen abging.

»Verängstigt oder nicht, aber du räumst doch ein, dass du der Polizei erst *eine* Geschichte erzählt hast, und als du bemerktest, dass sie nicht stichhaltig ist, hast du sie *abgeändert* … Du hast *gelogen*. Stimmt das nicht, Sebastian?«

»Ich denke, ich habe nicht *wirklich* gelogen. Ich war einfach verängstigt und verwirrt und habe einiges ein bisschen durcheinander gebracht und einige Dinge vergessen. Ich wollte nur wieder zu meiner Mum.«

»Sebastian«, fuhr Gordon Jones fort, »Benjamin Stokes' Blut wurde an deinem T-Shirt, deinen Jeans und Turnschuhen gefunden; deine Haut fand man unter Ben Stokes' Fingernägeln und Fasern von deiner Jeans am Bund von Bens Hose, als wenn du – und ich bin sicher, du hast gehört, dass der Pathologe genau das andeutete – rittlings auf ihm gesessen hättest. Ich frage dich, hast du Ben Stokes auf dem Spielplatz mit einem Backstein ins Gesicht geschlagen?«

»Nein, Sir.«

»Hast du ihn ins Gesicht geschlagen, sodass seine Augenhöhle brach, und ihm eine schwere Kopfverletzung beigebracht, die zu seinem Tode führte?«

»Nein, Sir.« Sebastians Stimme war jetzt lauter, eindringlich. Seine Augen waren weit geöffnet und rund.

»Ich denke, du bist ein *Lügner*. Gibst du zu, dass du die Polizei belogen hast?«

»Ich war durcheinander. Ich habe nicht gelogen.«

»Und du belügst uns jetzt, nicht wahr?«

»Nein, Sir, *nein*«, sagte Sebastian. Sein Kopf senkte sich. Eine winzige Hand bedeckte sein Gesicht. Er schob sich den Knöchel seines Zeigefingers ins Auge, als wollte er eine Träne aufhalten.

Das Gericht lauschte einige Augenblicke dem Schniefen des Jungen, bis der Richter sich an die Sozialarbeiterin wandte, die neben Sebastian saß, und fragte, ob eine Pause nötig sei.

Daniel sah, wie die Sozialarbeiterin sich zu Sebastian hinüberbeugte, ihr Gesicht dicht an seinem. Sebastian schüttelte den Kopf und rückte von ihr weg.

Jones machte weiter. Er blätterte in seinem Ordner, und Daniel überlegte, ob er wohl noch mehr Polizeiprotokolle beibringen würde.

Er machte eine Pause, die länger als nötig erschien. Jones war ein Schauspieler: selbstsicher hielt er den Moment so lange wie möglich im Scheinwerferlicht, um alle Aufmerksamkeit auf sich zu ziehen.

»Bist du ein kluger Junge, Sebastian?«

»Ich glaube.«

»Glauben das viele Leute?«

»Vielleicht.«

»Sind deine Lehrer dieser Meinung.«

»Ich nehme es an.«

»Deine Eltern?«

»Ja.«

»Ich glaube auch, dass du klug bist, Sebastian. Ich denke, du bist ein *sehr* kluger kleiner Junge …«

Auf das Lob hin lächelte Sebastian mit geschlossenem Mund.

»Du verstehst sehr gut, was heute hier vor Gericht geschieht, nicht wahr?« Jones' Stimme war unheilvoll. »Du verstehst den Doktor, der über Benjamin Stokes' Verletzungen und über das Blut und die DNA spricht, die an deinen Kleidern gefunden wurde, nicht wahr?«

Sebastian nickte vorsichtig, dann sagte er: »Ja.«

»Guckst du fern, Sebastian?«

»Ja.«

»Jeden Tag?«

»Fast jeden Tag, ja.«

»Wie viele Stunden guckst du jeden Tag fern?«

»Ich weiß nicht. Vielleicht zwei oder drei.«

»Welche Sendungen siehst du denn gern?«

»Die meisten.«

»Siehst du gern Polizeidramen?«

»Manchmal.«

»Krimis, wo man versucht, den Mörder zu finden?«

»Manchmal.«

»Ich verstehe. Bist du an Morden interessiert, Sebastian?«

»Alle Leute sind an Morden interessiert«, sagte Sebastian.

Daniel hielt den Atem an.

»Ich meine, es gibt eine Menge Fernsehsendungen darüber. Es gäbe nicht so viele, wenn die Leute daran nicht interessiert wären.«

Daniel atmete aus.

»Hast du neulich den Doktor gehört, der gesagt hat, du hättest ein *ungesundes* Interesse… ja, eine morbide Neugier… hinsichtlich Blut, Tod und Verletzungen?«

Jones sprach jedes dieser Wörter langsam aus, mit Freude an dem Drama, als ihre Vokale wie Knüppel auf den Saal niederfuhren.

»Ja, das habe ich gehört, aber ich denke, er weiß nichts über mich. Er hat sich nur zweimal mit mir getroffen. Er hat keine Ahnung, woran ich interessiert bin oder was ich mag oder nicht mag oder so.«

»Ich verstehe«, sagte Jones fast zu sich selbst. »Der Sachverständige hat keine Ahnung… aber er äußerte sich zu der früheren Diagnose, dass du das Asperger-Syndrom hast. Hast du Asperger, Sebastian?«

»Nein!« Ein mürrischer Ausdruck erschien auf dem Gesicht des kleinen Jungen. Die grünen Augen verfinsterten sich, und die Augenbrauen zogen sich zusammen.

»Weißt du denn, was Asperger ist?«

Sebastian saß stumm da und blickte finster drein, als Irene aufsprang. »Euer Ehren, mit Ihrer Erlaubnis, der Sachverständige hat ausgesagt, dass Sebastian *nicht* das Asperger-Syndrom hat, wie früher diagnostiziert.«

Baron zuckte die Achseln und zog die Mundwinkel nach unten. »Ja, Mr. Jones, wenn Sie umformulieren könnten.«

»Dann frage ich dich, Sebastian, ist es wahr, dass du *keine* Freunde hast?«

»Aber ich habe Freunde.«

»Ich verstehe. Nicht nach Meinung deiner Lehrer. Wer sind denn deine Freunde… Ben Stokes?«

»Ich habe Freunde.«

»Ich verstehe. Wir haben hier deine Schulakten. Darin steht, dass du ein Rowdy bist; dass niemand dein Freund sein will, weil du gemein zu ihnen bist.«

»Das ist *nicht wahr.*«

Sebastian spie leise, aber entschiedene Wut in die Worte.

Leise murmelte Daniel: *Ist ja gut, beruhige dich. Mit dir ist alles in Ordnung, beruhige dich einfach.*

Irene wandte sich auf ihrem Platz ein wenig um und warf Daniel einen Blick zu. Er nickte, um ihr zu versichern, dass alles gut gehen werde. Innerlich war er nicht mehr überzeugt.

»Ist es wahr, dass, wenn du Freundschaften schließt, sie immer nur *sehr* kurze Zeit dauern?«

»Nein.«

»Andere Kinder möchten nicht mit dir zusammen sein, Sebastian, ist das nicht korrekt?«

»Nein.« Der Junge schrie nicht, aber seine unteren Schneidezähne wurden sichtbar. Sie waren winzig und weiß wie die Zähne eines Hechts.

»Ist es nicht wahr, dass, sobald andere Kinder dich genau kennenlernen, sie nicht mit dir befreundet sein möchten?«

»Nein!«

Das Gericht war gebannt. Auf dem Bildschirm waren Sebastians Wangen rot vor Wut.

»Ich habe hier Leitungsberichte aus der Jugendarrestanstalt, in der du im Augenblick in Untersuchungshaft bist. Der Direktor erwähnt ausdrücklich deine Unfähigkeit, mit anderen Kindern auszukommen und Freundschaften zu schließen ...«

Irene stand auf. »Euer Ehren, ich muss Einspruch erheben. Mein Mandant ist ein unschuldiger Junge in Untersuchungshaft in einer Jugendarrestanstalt, in der er bei Weitem der Jüngste unter einer Reihe schwer gestörter Jugendlicher ist. Ich würde meinen, es ist naheliegend und für meinen Mandanten anerkennenswert, dass er es schwierig findet, unter diesen Umständen Freundschaften zu schließen.«

Es entstand eine kleine Pause, und Daniel entspannte sich, als beide, Jones und Baron, Irenes Einspruch nachgaben.

»Kommen wir auf das Thema von Bens Ermordung zurück ... Mord ist immerhin etwas, was dich interessiert. Du hattest Ben Stokes' Blut an deiner Kleidung und an deinen Schuhen: Was für ein Gefühl war das?«

»Was meinen Sie damit?« Sebastians Wut ließ für einen Moment nach, als er sich in Jones' abstrakten Gedankengang hineinzudenken versuchte.

»Nun, als sich Ben angeblich die Nase aufschlug und sein Blut auf deine Kleider und Schuhe kam, was für ein Gefühl war das?«

»Okay. Es war nur Blut. Jeder Mensch hat Blut.«

»Ich verstehe, du fühltest dich also recht gut mit Bens Blut an dir, als du nach Hause gingst?«

»Ich fühlte mich okay. Es war einfach etwas Natürliches.« Sebastian blickte nach oben, als erinnere er sich. Sein schwaches Lächeln war wieder da.

»Und als Ben verletzt war, wie fühltest du dich da?«

»Also, *er* hatte sich verletzt. Nicht ich. Ich fühlte nichts.«

»Was meinst du, was Ben gefühlt hat?«

»Na ja, er ist runtergefallen und hat geblutet, aber das passiert manchmal, wenn man sich die Nase einschlägt. Manchmal … muss man jemanden gar nicht sehr hart treffen … manchmal reicht eine Ohrfeige, und schon fängt die Nase an zu bluten. Nasen sind ziemlich empfindlich.«

Daniel spürte einen Schmerz in seinem Zwerchfell. Sebastian schien so weit weg zu sein. Es war, als befinde er sich hinter dem Bildschirm in einer anderen Dimension, verloren für all ihre Bemühungen, ihn zu retten. Er war unwiederbringlich weg. Das Gericht hörte einen Jungen, dem Mitgefühl fehlte, während er über x-beliebige Gewalt sprach, aber Daniel wusste, dass Sebastian sich ausdrücklich auf King Kongs Schläge gegen seine Mutter bezog.

»Sebastian, hast du Ben geschlagen, damit seine Nase blutete?« Gordon Jones flüsterte beinahe.

Daniel war erstaunt, dass Sebastian ihn hörte. In öffentlicher Sitzung hätte Jones lauter sprechen müssen.

Sebastian schüttelte den Kopf. »Nein.«

»Blut ist ganz natürlich«, wiederholte Jones. »Als du Bens Blut an dir hattest, fühltest du dich gut. Hattest du jemals das Blut von noch jemand anderem an dir, Sebastian?«

»Hm, also … mein eigenes … wenn ich mich verletzte.«

»Ich verstehe, noch jemand?«

Sebastian wirkte einen Moment lang nachdenklich, grüne Augen, die zur Seite und nach oben blickten. »Das Blut meiner Mum … ich meine nicht, als ich geboren wurde, weil, wenn man geboren wird, gibt's viel Blut, und es kommt auf das Baby, sondern später, wenn sie verletzt war und mich berührte, dann kriegte ich manchmal welches ab.«

»Ich verstehe. Hast du jemals jemanden dazu gebracht, dass er blutete?«

Irene erhob sich. »Euer Ehren, ich muss die Sachdienlichkeit dieser Verhörmethode infrage stellen.«

Baron nickte und räusperte sich geräuschvoll. »Ja, Mr. Jones, wenn Sie versuchen könnten, bei der Sache zu bleiben.«

»Sehr wohl, Euer Ehren. Sebastian – hast du der Polizei erzählt – und ich lese jetzt aus den Protokollen deiner Befragung vor: ›*Weißt du, wessen Blut an deinem Hemd gewesen sein könnte?*‹

›*Das von einem Vogel?*‹

›*Warum, hast du einen Vogel verletzt?*‹

›*Nein, aber ich habe einmal einen toten Vogel gesehen und aufgehoben. Er war noch warm, und sein Blut war ganz klebrig.*‹«

Wieder stand Irene auf. »Euer Ehren«, begann sie, aber Baron brachte sie mit einer Hand zum Schweigen.

»Ich möchte die Antwort hören«, sagte er. »Aber Mr. Jones, Miss Clarke hat recht, Sie müssen Ihre Frage klar formulieren.«

»Ja, Euer Ehren.«

Irene setzte sich.

»Du erinnerst dich, dass du das der Polizei erzählt hast, Sebastian?«, sagte Jones.

»Ja.«

»Warum dachtest du, das Blut an deiner Kleidung sei von einem Vogel und nicht von Ben?«

»Ich kam durcheinander. Der Vogel war an einem anderen Tag.«

»Ich verstehe, an einem anderen Tag. Hast du diesen Vogel verletzt?«

»Nein«, sagte Sebastian, aber dann zögerte er. Sein Blick wanderte nach oben und zur Seite, während er nachdachte. Daniel fand, er sehe aus wie ein junger Heiliger, der verfolgt wird. Sebastian zog seine Unterlippe in den Mund und saugte daran. Dann ließ er sie wieder heraus mit einem Geräusch, das fast wie ein Kuss klang. »Ich hab ihm geholfen …«

»Erzähl mir von dem Vogel, Sebastian. Was hast du mit ihm gemacht, sodass sein Blut auf deine Kleider kam?«

Wieder drehte Sebastian die Augen nach oben, während er sich erinnerte. Die Augen des Jungen wirkten riesig auf dem großen Bildschirm.

»Also … eines Tages habe ich einen Vogel im Park gefunden. Er hatte einen gebrochenen Flügel. Es war eine Taube oder so was. Sie drehte sich immerfort im Kreis, weil sie nicht fliegen konnte. Sie war am Sterben, verstehen Sie. Sie würde von einem Fuchs oder Hund oder einer Katze gefressen werden, oder sie würde einfach verhungern …«

»Ich verstehe, also, was hast du gemacht?« Jones hatte sich zu den Geschworenen umgewandt, aber jedes Mal, wenn er das Wort an Sebastian richtete, blickte er in die Richtung der Kamera.

»Ich trampelte ihr auf den Kopf; ich musste sie von ihren Leiden erlösen, aber sie wollte nicht sterben. Ihre Krallen bewegten sich noch.« Als reichten die Worte nicht aus, hob Sebastian beide Hände vor sein Gesicht. Er hielt seine Hände wie Krallen und ließ sie zucken. »Ich musste das beenden.«

»Was hast du gemacht?«, fragte Jones.

»Ich habe ihr den Kopf abgerissen, und dann … hat sie sich nicht mehr bewegt.« Wieder blickte Sebastian nach oben und zur Seite, während er sich erinnerte. »Aber da hatte ich das Blut des Vogels an mir.« Sebastian wandte sich um und blickte wieder in die Kamera. Er rieb seine Hände aneinander, als würde er sie waschen.

Daniel presste seine Hände unter dem Tisch fest zusammen. Sie waren schweißnass.

»Warum hast du beschlossen, dass du den Vogel töten müsstest, Sebastian?«, flüsterte Gordon Jones, noch immer von dem Jungen weggewandt.

»Ich hab's Ihnen doch schon gesagt. Er wäre sowieso gestorben. Ich musste ihn von seinen Leiden erlösen.«

»Du hättest ihn zu einem Tierarzt bringen können. Warum wolltest du dem Vogel nicht helfen? Warum hast du beschlossen, ihn zu ermorden?«

»Ich glaube nicht, dass Tierärzte Tauben mit gebrochenen Flügeln helfen«, sagte Sebastian. Sein Ton war gebieterisch, herablassend. »Der Tierarzt hätte ihn auch getötet, nur mit einer Nadel.«

Das Wort *Nadel* schien die Haut der Stille im Raum zu durchstechen. Es entstand ein Rascheln, als die Leute im Gerichtssaal sich auf ihren Sitzen bewegten.

»Wie fühltest du dich, als der Vogel tot war?«, fragte Jones.

»Na ja, er war noch klein und musste sterben, das war schon schade. Aber es war besser, dass er nicht weiter leiden musste.«

»Ben Stokes war auch noch klein. Warst du traurig, als er starb?«

Sebastian zwinkerte, zweimal oder vielleicht auch dreimal; er neigte den Kopf zur Seite, als hoffte er, Charlottes Finger würden ihm durch das Haar fahren.

»Nun … *ich* bin auch noch klein«, sagte er. »Warum sind alle an Ben so interessiert? Er ist jetzt tot, aber ich bin noch hier.«

In dem Saal war es unnatürlich still.

»Keine Fragen mehr an diesen Zeugen, Euer Ehren«, sagte Jones.

»Miss Clarke?«, fragte Baron.

Daniel stockte fast der Atem, aber er sah, dass Irene sich erhob. Trotz der Aussage wirkte sie stark, mutig.

»Sebastian«, rief Irene.

Ihre Stimme war klar und weckte den Raum auf. Sebastian wandte sich wieder zur Kamera und blinzelte.

»Ben Stokes war dein Freund. Was mochtest du an ihm?«

»Er war drollig und … er konnte sehr gut Purzelbäume rückwärts. Ich kann die nicht. Davon tut mir der Nacken weh.«

»Du kanntest Ben fast vier Jahre. Habt ihr euch in dieser ganzen Zeit jemals so geprügelt, dass einer von euch ins Krankenhaus musste oder sogar Erste Hilfe brauchte?«

»Nein, aber wir haben manchmal zum Spaß Ringkämpfe gemacht und uns ein paar Mal geprügelt, aber wir haben uns nicht wirklich wehgetan.«

»Ich verstehe. Hast du Ben Stokes am achten August dieses Jahres getötet?«

»Nein.« Sebastian schwieg, das Kinn auf der Brust.

»Hast du am achten August auf dem Abenteuerspielplatz deinen Freund Ben Stokes mit einem Backstein ins Gesicht geschlagen?«

»Nein!« Sebastians Mund war rund, die Augen voll Verzweiflung niedergeschlagen.

Daniel spürte, wie die Energie im Saal sich verlagerte. Die Geschworenen, selbst die Anwesenden auf der Galerie, schienen entsetzt, dass Irene dem Kind derart gegenübertrat. Aber Daniel war stolz auf sie. Der Vogel war möglicherweise inzwischen vergessen.

»Keine weiteren Fragen, Euer Ehren.«

Ohne Stimme brummte der Bildschirm. Sebastian starrte in die Kamera, seine Augen leuchteten, und ein leichtes Lächeln lag auf seinen noch immer roten Lippen. Sebastian wischte sich jedes Auge einzeln und schaute dann nach oben. Sein weißes Gesicht nahm das Gericht ein letztes Mal gefangen, dann wurde der Monitor ausgeschaltet.

Daniel ging nach draußen, denn er brauchte Luft. Er würde nach unten gehen müssen und nach dem Jungen sehen, ehe das Gericht wieder zusammenkam.

Es war für Daniel schwer gewesen, Sebastian bei seiner Aussage zu beobachten. Er schlug den Kragen hoch und schaute hinauf zu den Wolken, die schwer auf den Gebäuden lasteten.

In seinem Kopf herrschte ein Durcheinander aus jüngsten und fernen Erinnerungen. Er sah Sebastians Gesicht vergrößert auf dem Bildschirm; hörte das Klappern des Eimers und des Spatens in Minnies Hof; wieder sah er Minnie hinfallen – den Halt verlieren und auf ihre schlimme Hüfte fallen, als er sich von ihr losriss.

Er hatte ihr wehgetan, das sah er jetzt.

Sein Schmerz über die Lüge, die sie ihm aufgetischt hatte, erschien ihm jetzt weniger bedeutend als der Schmerz, den er ihr angetan hatte. Sie hatte immer gewusst, was das Beste für ihn war. Damals hatte er das nicht begriffen, aber sie hatte ihn beschützt. Er dachte an ihr Sterben, als sie sich wünschte, ihn noch ein einziges Mal zu sehen, aber wusste, dass er nicht kommen würde. Sie war die Einzige, von der er wirklich glaubte, dass sie ihn geliebt hatte. Er schloss die Augen und erinnerte sich an das warme Gewicht ihrer Hand auf seinem Kopf, wenn sie ihm Gute Nacht sagte. Selbst während der Jahre des Zorns hatte er nicht daran gezweifelt, dass sie ihn liebte. Er hoffte, dass sie gewusst hatte, dass auch er sie liebte. Jahre, die er sie verleugnet hatte, aber nun erkannte er all das an, was sie für ihn getan hatte.

Daniel ging nach unten, um nachzusehen, was Sebastian machte, der in seiner Zelle wieder mit dem Polizeibeamten spielte. Er war geschwätzig und energiegeladen und stand auf seinem Betonbett und langte nach der Decke. Es schien, als hätte ihn das Kreuzverhör nicht berührt und als sei ihm nicht klar, ob er darin schlecht oder gut abgeschnitten hatte.

»Lief es für mich okay?«, fragte Sebastian und sah mit zwinkernden Augen zu Daniel hoch.

Daniel steckte seine Hände in die Taschen. »Es lief prima.«

Oben rief Daniel Cunningham an.

»Sie werden erleichtert sein, dass alles vorbei ist«, sagte Cunningham. »Ich weiß, Sie dachten, der Verkauf würde ewig dauern, aber es ging schneller, als ich es je gedacht hätte. Kommen Sie rauf, oder möchten Sie, dass ich die Sache abwickle?«

»Tun Sie's«, sagte Daniel rasch. Er fuhr sich mit der Hand durchs Haar und machte auf dem Korridor kehrt. »Oder ... können Sie warten? Ich könnte am Wochenende raufkommen. Ich würde das Haus gern noch einmal sehen – ich hab nur ... Könnten Sie halt einfach warten?«

»Natürlich. Tut mir leid, dass es im Moment ... eine schwierige Zeit für Sie ist.«

»Was meinen Sie damit?«

»Ich hab Sie im Fernsehen gesehen. Der Engelmörder. Sie haben mit dem Fall zu tun.«

Daniel holte tief Luft. Alle anderen waren über Sebastian zu einer Meinung gekommen. Er fragte sich, welche Entscheidung die Geschworenen fällen würden.

30

Jones machte eine triumphierende Miene, als er seine Notizen überflog. Die Schlussplädoyers waren für diesen Morgen angesetzt, und das Resümee des Richters sollte am Nachmittag folgen. Der Richter traf ein, und die Galerie füllte sich. Daniel versuchte nicht, hinauf in die Gesichter der Journalisten zu sehen.

Jones legte seine Papiere auf das Pult, wandte sich den Geschworenen zu und wippte auf seinen Hacken nach hinten. Daniel fand, dass er selbstzufrieden aussah.

»Rufen Sie sich alles in Erinnerung zurück, was Sie über die Geschehnisse am achten August dieses Jahres gehört haben … Sie haben gehört, dass der Angeklagte zugab, dass er an jenem Tag mit dem kleinen Ben Stokes gespielt hat. Ein Zeuge sah den Angeklagten, wie er sich in dem Park mit Ben prügelte, und beobachtete ihn später, wo er sich wiederum auf dem Abenteuerspielplatz prügelte, auf dem Ben tot aufgefunden wurde. – Die Art der Verletzung, die Ben davontrug, bedeutet, dass wir nicht den genauen Zeitpunkt der Attacke feststellen können, nur den Zeitpunkt des Todes etwa um sechs Uhr am Abend. Das bedeutet, dass Ben die tödlichen Verletzungen zu jedem Zeitpunkt an diesem Nachmittag und Abend beigebracht worden sein können, da er lebend zuletzt etwa um zwei Uhr nachmittags gesehen wurde. Der Angeklagte behauptet, ein Alibi – seine Mutter – ab drei Uhr zu haben, aber Sie haben von dem

Medikamentencocktail gehört, den die Mutter des Jungen an diesem Tag zu sich genommen hat, und Sie fragen sich daher zu Recht, ob sie glaubwürdig ist. – Sie haben Kriminaltechniker angehört, die Ihnen erläutert haben, wie das Blut des Opfers auf die Kleidung des Angreifers gelangt ist. Ich erinnere Sie daran, dass der Angeklagte Abwehrkratzer an seinen Armen und auch Fasern von der Kleidung des Opfers an seiner Jeans hatte, die nahelegen, dass er rittlings auf dem Opfer gesessen hat. In dieser Position wäre es dem Angeklagten möglich gewesen, die Schwerkraft auszunutzen, um die erheblichen, brutalen Gesichtsverletzungen zuzufügen, die dazu führten, dass der kleine Ben buchstäblich verblutet ist. – Sie haben den Gerichtsmediziner bezeugen hören, dass die Blutflecken an der Kleidung des Angeklagten von einem ›gewaltsamen Angriff auf Gesicht oder Nase des Opfers stammten, worauf Blut auf den Angreifer gespritzt ist‹. – Machen Sie keinen Fehler.« Jones hielt inne und stach mit dem Zeigefinger auf das Podium ein. Er beugte sich, auf den Finger gestützt, nach vorn, um dem Gesagten Nachdruck zu verleihen, und blickte die Geschworenen starr an. »Das war kein einfach auszuführender Mord. Es war kein zufälliges Ereignis, kein Ausrutschen der Hand oder Verlieren des Gleichgewichts. Dies war ein gewalttätiger, blutiger Mord, ausgeführt von Angesicht zu Angesicht. – Sie haben den Angeklagten selbst von seiner Faszination von Mord und Tod erzählen hören. Sie haben die Aussage von Fachleuten gehört, dass der Angeklagte eine leichte Störung aus dem Asperger-Spektrum hat: eine Störung, die ihn zu Gewalttätigkeit neigen lässt, was es für ihn schwer macht, Freundschaften zu schließen, aber eine Störung, die ihn nicht hindert zu *lügen*, was seine Handlungen angeht. Und gelogen hat er, als er Ihnen in seiner Aussage erzählt hat, er habe das Opfer nicht ermordet. Wir haben von Nachbarn des Opfers gehört, deren Kinder von dem Angeklagten terrorisiert wurden, ehe er diesen einen Schritt weiterging und Benjamin Stokes brutal ermordete. Der Angeklagte hat Nachbarkinder mit Glasscherben bedroht und das Opfer tyrannisiert und physisch verletzt, ehe er Ben schließlich am achten August ermordete. – Jungs mögen nun mal Jungs sein, aber dieser Junge ist in der Nachbarschaft eine bekannte Gefahr. Er ist erwiesenermaßen zu diesem grauenhaften Verbrechen fähig. Kriminaltechnische Beweise sehen ihn am Schauplatz des Verbrechens. Wir wissen, dass der Angeklagte und das Opfer sich geprügelt haben, und das Blut des Opfers geriet auf die Kleidung des Angeklagten. – Sebastian Croll ist ein ausgewiesener Rowdy mit einem krankhaften Interesse an Mord, und gemordet hat er am achten August dieses Jahres. – Ich weiß, wenn Sie die Tatsachen dieses Falles bis zu Ende durchdacht haben werden, werden Sie den Angeklagten Sebastian Croll … schuldig sprechen.«

Daniel sah bereits die Schlagzeilen vor sich: ROWDY MIT KRANKHAFTEM INTERESSE AN MORD. Er dachte an Tyrels Prozess und daran, dass das Urteil als eine andersgeartete Gewalttat erschienen war.

In der Pause folgte Daniel den Crolls aus dem Gerichtssaal. Selbst Charlottes Gesichtshaut zitterte. Er begleitete das Paar zu dem öffentlichen Warteraum. Kenneth Croll dirigierte seine Frau an ihrem Ellbogen in den Raum. Er verlangte Kaffee, aber Charlotte zitterte zu sehr, um die Münzen in den Schlitz zu stecken. Daniel half ihr und trug die Becher dorthin, wo Kenneth mit gespreizten Beinen zurückgelehnt in einem Sessel saß, die Hände hinter dem Kopf verschränkt.

»Können wir in Revision gehen?«, fragte er.

»Über Revision können wir reden, wenn er schuldig gesprochen wird«, gab Daniel zurück.

Crolls Augen schienen vor Zorn zu blitzen. Daniel hielt seinem Blick stand.

Im Gerichtssaal fand Daniel, dass Irene nervös aussah. Er hatte sie noch nie nervös erlebt. Hibbelig drehte sie ihre Uhr am Handgelenk herum. Er hatte keine Gelegenheit gehabt, mit ihr zu sprechen, aber sie schaute zu ihm herüber. Daniel artikulierte lautlos *viel Glück*. Sie lächelte und sah weg.

Als sie aufgerufen wurde, erhob sich Irene und legte ihr offenes Notizbuch auf das Pult. Es herrschte Schweigen, während sie einen Blick auf ihre Notizen warf und sich ihre Argumente vor Augen führte. Als sie Tyrel verteidigten, hatte Irene ihr Schlussplädoyer am Abend zuvor vor Daniel geprobt. Er erinnerte sich, dass sie vor ihm in Strümpfen auf und ab geschritten war.

Jetzt wandte sie sich den Geschworenen zu.

»Sebastian … ist ein kleiner Junge«, begann sie. Sie wirkte nicht mehr nervös: Schultern zurück, Kinn hoch. »Sebastian … ist elf Jahre alt. Wäre er achtzehn Monate jünger, würde er heute nicht vor Ihnen stehen. Sebastian ist ein Kind, das wegen Mordes unter Anklage steht. Er wird beschuldigt, einen anderen kleinen Jungen getötet zu haben, ein Kind, das noch kleiner war als er jetzt. – Dass Ben ermordet wurde, ist eine Tragödie, die uns alle niederschmettern sollte … aber wir bekommen keine Gerechtigkeit für den kleinen Ben, wenn wir den Falschen verurteilen, und gewiss nicht, wenn wir einen anderen unschuldigen kleinen Jungen verurteilen. – Alle Zeitungen lieben eine gute Story, und ich weiß, Sie haben über diesen Fall in den Zeitungen gelesen, bevor Sie auch nur berufen wurden und wussten, dass Sie auf dieser Geschworenenbank sitzen würden. Die Zeitungen haben über gesellschaftlichen Niedergang, über das Versagen der Familie geschrieben … Die Zeitungen haben Wörter wie bösartig, gemein und verkommen benutzt. – Aber, meine Damen und Herren, ich muss Sie daran erinnern, dass dies hier … kein Zeitungsartikel ist. In diesem Prozess geht es nicht um gesellschaftlichen Niedergang, und es ist nicht Ihre

Aufgabe, Ihre Aufmerksamkeit darauf zu richten. *Ihre Aufgabe* ist es, die Tatsachen zu bedenken, wie sie Ihnen *in diesem Gerichtssaal* unterbreitet wurden, und nicht in der Presse. Es ist Ihre Aufgabe, die Beweise und *nur die Beweise* zu bedenken, bevor Sie entscheiden, ob der Angeklagte schuldig ist oder nicht schuldig. – Sie haben während dieses Prozesses ein paar schreckliche Bilder gesehen und ein paar verstörende Aussagen gehört. Es ist natürlich, dass man, wenn man mit schockierenden Gewalttaten konfrontiert wird, Schuld zuweisen, jemanden finden möchte, der … dafür verantwortlich ist. Aber dieser kleine Junge ist nicht verantwortlich für die Gewalttat, die Ihnen im Lauf dieses Prozesses geschildert wurde. – Wie lauten also die Beweise? – Es gab keine Zeugen dieses schrecklichen Verbrechens. Niemand hat gesehen, wie Ben das Leid zugefügt wurde. Ein Zeuge hat allerdings behauptet, er habe gesehen, wie sich Sebastian und Ben am Spätnachmittag des Mordtags prügelten, aber der Bericht des Zeugen war nicht glaubhaft. Es gibt ein Mordwerkzeug unter den Beweismitteln, aber es kann keinem Verdächtigen zugeordnet werden. Weder Fingerabdrücke noch DNA wurden an dem Backstein gefunden, der für die Tötung des kleinen Ben Stokes benutzt wurde. Er hat eine Hirnblutung erlitten, was bedeutet, dass wir in etwa wissen, wann er gestorben ist – gegen sechs Uhr abends –, aber wir wissen nicht, wann er angegriffen wurde und den tödlichen Schlag erlitt. Sebastian war ab drei Uhr nachmittags zu Hause, lange bevor Ben vermisst wurde. – Sebastian räumt ein, sich früher an jenem Tag mit Ben geprügelt zu haben, und er erzählte uns, dass Ben von dem Klettergerüst gesprungen ist, wonach seine Nase blutete. Spritzer von Bens Blut und Fasern seiner Kleidung gerieten auf Sebastians Kleidung, aber nicht mehr, als man nach mehreren Stunden Spielen im Freien erwarten würde, wo es eine Auseinandersetzung unter Kindern und einen Unfall gab. Die eigenen Kriminaltechniker der Anklage haben Ihnen gesagt, dass sie viel mehr Blut an Sebastians Kleidung erwartet hätten, wenn er Ben wirklich auf diese gewaltsame Art getötet hätte. Diejenigen unter Ihnen, die Kinder haben, werden wissen, dass die geringe Menge an Fasern und Blut, die an Sebastians Kleidung festgestellt wurde, mit einer normalen Kabbelei unter Kindern vollkommen im Einklang steht. – Der Mord an Ben war brutal, aber er erforderte auch erhebliche Kräfte, und ich weiß, dass Sie die absurde Unterstellung der Anklage in Zweifel ziehen werden, dass der kleine Junge, der heute vor Ihnen steht, dazu fähig gewesen wäre, diese Kräfte aufzubringen. Wir wissen, dass der Zeuge Mr. Rankine kurzsichtig ist. Er hat an jenem Nachmittag nicht Sebastian mit Ben gesehen … Aber hat er jemand anderen gesehen, der versuchte, dem kleinen Jungen wehzutun? Er hat Ihnen gesagt, es sei möglich, dass er einen kleinen Erwachsenen gesehen hat, der Ben angriff.«

Irene blätterte in ihrem Notizbuch um. Sie holte tief Luft und schluckte, während sie den Geschworenen freundlich zunickte. Daniel beobachtete die Leute, sie waren hingerissen, folgten Irene, glaubten ihr.

»Sie haben gehört, dass Sebastian an einer sehr leichten Störung namens PDD-NOS leidet – einer Störung aus dem Asperger-Spektrum – und dadurch kann Sebastian *heftiger* erscheinen als andere Elfjährige, die Sie vielleicht kennen, aber … wie ungewöhnlich Sie ihn auch finden mögen, es darf Sie nicht von den Beweisen in diesem Fall ablenken. Sebastian … war so mutig, Ihnen seine Geschichte zu erzählen. Er musste das nicht, aber er wollte reden, damit Sie in seinen eigenen Worten die Wahrheit darüber erführen, was an dem Tag geschah. Sebastian mag heftig sein, aber er ist kein Mörder. Er mag in der Schule ein Rabauke sein, aber er ist kein Mörder. – Die Fakten: Wenn Sebastian Ben getötet hätte, wäre er an jenem Tag mit Blut *besudelt* nach Hause gegangen. Er wäre nicht um drei zu Hause angekommen und hätte mit seiner Mum ferngesehen. Sebastian ist ein kleiner Junge und hätte nie und nimmer das Mordwerkzeug mit der Kraft handhaben können, die erforderlich war, um Ben zu töten. Bedeutsamer aber ist, es gibt keine Beweise, die den Backstein mit Sebastian in Verbindung bringen, und niemand hat gesehen, dass Sebastian Ben verletzt hat. Er wurde dabei gesehen, wie er im Park mit Ben Fangen spielte und sich mit ihm prügelte, aber diese Prügelei war für den Mann, der sie sah, so bedeutungslos, dass er nicht einmal die Notwendigkeit sah, die Jungen voneinander zu trennen oder den Vorfall der Polizei zu melden. Der Zeuge der Anklage ging nach Hause und sah fern, denn was er gesehen hatte, war keine Gewalttat, die einem Mord vorausging, sondern ein ganz normaler Streit zwischen zwei kleinen Jungen, und als ihnen von einem Erwachsenen zugerufen wurde, sie sollten damit aufhören, machten sie genau das. – Wichtiger noch: Was unternahm die Polizei, dass sichergestellt wurde, dass diesem Fall Gerechtigkeit widerfuhr? Mr. Rankine räumte ein, dass er einen Erwachsenen in einem hellblauen oder weißen Hemd gesehen haben könnte, der Ben attackierte. Und was machte die Polizei? Sie überprüfte die Bänder der städtischen Videoüberwachung und fand nichts. Und was unternahm sie daraufhin …?«

Irene streckte beide Hände zu den Geschworenen aus, als forderte sie sie zur Mitarbeit auf.

»Gar nichts.« Sie zuckte die Achseln und lehnte sich auf das Pult, als finde sie sich mit einem derartigen Nichtstun ab.

»Nach allem, was wir gehört haben, konnte es einen erwachsenen Angreifer geben – jemanden in einem weißen oder hellblauen Hemd, der Benjamin angriff und tötete, nachdem Sebastian von dem Spielplatz weggegangen war. Diese bedeutsame Möglichkeit, die uns von dem Zeugen der Anklage aufgezeigt wurde, wurde nicht so verfolgt, wie es hätte geschehen müssen. Sind wir sicher, dass dieser Junge hier dieses Verbrechen beging, oder besteht nicht die Möglichkeit, dass es jemand anderer war? – Und daher müssen Sie sich selbst fragen, ist es in Ordnung, diesen Jungen aufgrund dieser Beweislage zu verurteilen? Wenn Sie mal die Zeitungen beiseitelassen und die schrecklichen Fotos, die Sie gesehen, und die Dinge, die Sie gehört haben … Wenn Sie bedenken, dass es absolut keinen direkten Beweis dafür gibt, dass Sebastian Ben getötet hat: keine kriminaltechnischen Beweise, die mit einer Verletzung dieser Art vereinbar sind, keine Fingerabdrücke auf dem Mordwerkzeug, keine Zeugen des tatsächlichen Angriffs – dann müssen Sie zu dem einzigen logischen Schluss kommen, der bleibt. – Die Anklage muss *zweifelsfrei* beweisen, dass der Angeklagte schuldig ist. Die Beweislast liegt bei der Anklage, nicht bei der Verteidigung. Sie müssen jetzt überlegen, ob dies erreicht wurde oder ob Sie vielmehr die Indizien anzweifeln, die Ihnen präsentiert worden sind. Es ist kein hartgesottener Verbrecher mit einem Haftstrafenregister, der vor Ihnen steht. Dies hier … ist ein kleiner Junge. – Wenn Sie aus Ihrem Geschworenenzimmer zurückkommen, wünsche ich mir, dass Sie sich sehr sicher … *sehr sicher* sind, die richtige Entscheidung getroffen zu haben. Ich weiß, Sie werden die Fakten so sehen, wie sie sind, und erkennen, dass Sebastian … nicht schuldig ist. – Wenn Sie glauben, dass Sebastian unschuldig ist, müssen Sie ihn freisprechen. Wenn Sie glauben, dass Sebastian wahrscheinlich unschuldig ist, müssen Sie ihn freisprechen. Selbst wenn Sie meinen, dass Sebastian *vielleicht* unschuldig ist, müssen Sie ihn freisprechen.«

Irene sammelte ihre Notizen ein. »Danke für Ihre Aufmerksamkeit.«

Das Resümee des Richters dauerte wie erwartet den ganzen Nachmittag, dann wurden die Geschworenen entlassen, um über den Urteilsspruch zu beraten.

Daniel arbeitete bis spät im Büro und ging dann ins Crown

zu einem Drink kurz vor der Sperrstunde. Er schickte Irene eine SMS, als er sein Bier halb ausgetrunken hatte: »In Gedanken an morgen. Nicht sicher, ob ich Bock drauf habe. Hoffe dir geht es ok.« Es kam keine Antwort.

Der nächste Tag war ein Freitag, und Daniel arbeitete den ganzen Morgen, bis er den Anruf erhielt, dass die Geschworenen zu einem Spruch gelangt waren.

Alle versammelten sich wieder im Gerichtssaal: Anwälte, Familien, Journalisten und Publikum. Sebastian saß neben Daniel und wartete auf die Entscheidung, die sein ganzes übriges Leben bestimmen würde.

Daniel schaute sich um, als das Gericht Einzug gehalten hatte. Minuten vergingen wie benommen, ein Flimmern von Vorgängen. Er blickte hinunter auf den kleinen Jungen neben sich und bemerkte erneut den kühnen Schwung seines Kinns, die jungen grünen Augen, erwartungsvoll, wachsam.

Er legte Sebastian eine Hand auf den Rücken. Er schien heute in einem neuen Hemd zu leiden, das ihm am Kragen zu weit war, dazu trug er eine gestreifte Krawatte. Er blickte zu Daniel hoch und lächelte.

Baron stand von seinem Stuhl auf und blickte über seine Brille hinweg auf Sebastian und Daniel. »Das Kind braucht nicht aufzustehen.«

Der Justizangestellte erhob sich und richtete das Wort an die Geschworenen. »Würde sich der Obmann bitte erheben?«

Der Obmann war eine Frau. Sie stand auf und faltete die Hände vor ihrem Bauch.

»Sind Sie zu einem einstimmigen Urteilsspruch gelangt?«

»Ja«, sagte die Frau in mittleren Jahren mit klarer Stimme.

»Sprechen Sie den Angeklagten, Sebastian Croll, des Mordes an Benjamin Stokes schuldig oder nicht schuldig?«

Daniel konnte nicht atmen. Die Luft stand. Jedes Augenpaar

in dem dicht besetzten Gerichtssaal war auf die Lippen der Frau gerichtet und wartete darauf, dass sie sprach. Daniel spürte die Spannung, die von dem Jungen neben ihm ausging.

Als Tyrel auf der Anklagebank gesessen hatte, hatte sich Daniel weit entfernt von ihm und machtlos gefühlt. Doch jetzt war es noch schlimmer mit Sebastian neben sich: Er spürte, wie dessen Arm seine Seite streifte, beobachtete das fast nicht wahrnehmbare Schaukeln seines Körpers und roch sein sauberes Haar. Obwohl sein kleiner Mandant direkt neben ihm saß, konnte er Sebastian nicht mehr Schutz bieten als Tyrel.

Sollte Sebastian des Mordes für schuldig befunden werden, bliebe dem Richter keine Wahl, und er würde ihn zu Haft auf unbestimmte Zeit verurteilen müssen. Auch nach der Verurteilung würde über die Länge von Sebastians Haft nicht durch Juristen, sondern durch das Innenministerium entschieden werden. Das Leben des Jungen hinge dann von politischen Sachzwängen ab, wobei die Wahrscheinlichkeit groß war, dass der Innenminister die Strafe verlängern würde, um die Empörung der Öffentlichkeit und der Medien zu beschwichtigen.

Daniel dachte an die Jahre, die der Junge in Jugendarrestanstalten und später in Erwachsenengefängnissen zubringen würde; an die Drogen, mit denen er zu tun bekäme, an die Freundschaften, die er schließen und wieder zu verlieren lernen würde; an die Entfremdung von der Gesellschaft und von der Zukunft selbst, die er empfinden würde. Die Zukunft würde stets irgendeine Art von Einkerkerung in sich schließen.

Die Sprecherin der Geschworenen hob den Blick zu dem Justizangestellten, der das Wort an sie gerichtet hatte.

Sebastian atmete aus und ließ gleichzeitig seine Hand in Daniels gleiten. Daniel strich mit dem Daumen über den Handrücken des Jungen, wie es Minnie getan hätte. Daniel erinnerte sich, wie rau ihr Daumen sich auf seiner jungen Haut angefühlt hatte. Es war ein instinktives Gefühl der Sorge, und letzten Endes hatte sie ihn gelehrt, sich zu sorgen.

Irene saß kerzengerade da. Daniel hätte am liebsten auch ihre Hand ergriffen.

»Nicht schuldig.«

»Und ist dieser Spruch einstimmig gefasst worden?«

»Ja.«

Es gab keine Begeisterungsschreie. Der Gerichtssaal schwirrte wie unter Schock. Nach einer tiefen Stille ertönten die Stimmen, gedämpft und eindringlich wie eine Welle, die sich am Ufer bricht. Erstickte Schluchzer erhoben sich von der Familie des Opfers, wütende Stimmen des Protests.

Baron brachte den Gerichtssaal zum Schweigen. »Ich möchte Sie daran erinnern, dass dies hier kein Fußballstadion ist.«

»Was heißt das?«, fragte Sebastian, als die Geschworenen entlassen worden waren, der Richter gegangen war und die Galerie sich leerte. Er hielt sich noch immer an Daniels Hand fest.

»Es heißt, du kannst zu uns nach Hause kommen, Liebling«, sagte Charlotte, die ihren Sohn zu sich herumdrehte. Ihre Lider zitterten, als sie über ihren großen Augen nach oben klappten. Sebastian lehnte sich, müde und gertengleich, gegen seine Mutter. Sie umschlang ihn und verwuschelte ihm die Haare.

Der Gerichtssaal leerte sich allmählich. Daniel folgte Irene und Mark hinaus in die große Halle vom Old Bailey.

Als er auf den Ausgang zuging, fühlte er, wie eine starke Hand ihn an der Schulter packte und herumdrehte. Ehe er ein Wort sagen konnte, schüttelte ihm Kenneth King Croll die Hand und gab ihm einen Klaps auf den Rücken. Dann griff er nach Marks Hand und schüttelte sie, um sodann Irene bei den Schultern zu ergreifen und leicht zu schütteln und ihr einen Kuss auf beide Wangen zu drücken.

Aus Kenneths Zugriff befreit, drehte Irene sich zu Daniel um und lächelte. Daniel hätte sie am liebsten umarmt, fühlte sich aber gehemmt, weil ihre Mandanten dabeistanden.

»Wo gehst du jetzt hin?«, fragte Daniel, sah sie an und versuchte, in ihre Augen zu blicken.

»In die Kanzlei, nehme ich an. Ich weiß nicht. Ich bin kaputt. Fahre vielleicht nach Hause. Und du? Musst dich wohl mit der Großen Britischen Presse treffen.«

»Um die Suppe auszulöffeln.«

»Soll ich denn auf dich warten?«, fragte sie.

»Ja, und dann können wir einen trinken gehen oder so. Es könnte ein bisschen dauern. Ich mach so schnell ich kann.«

Daniel ging zurück in Richtung des Gerichtssaals und sah Ben Stokes' Eltern mit dem Familienvertrauensmann herauskommen. Er fühlte plötzliches Mitgefühl in sich hochwallen. Paul hielt Madeline bei den Schultern. Er schien sie fast zu tragen. Ihre Füße bewegten sich in kleinen Schritten, den Kopf hatte sie gesenkt, und das Haar fiel ihr über das Gesicht. Kurz bevor sie bei Daniel ankam, schob sie ihr Haar zurück, und Daniel sah ihre roten Augen, die wunde Nase und die eingefallenen Wangen. Einen Moment lang blitzten ihre Augen auf, und sie riss sich von ihrem Mann los. Daniel wich zurück in der Annahme, dass sie ihn angreifen wollte. Aber Charlotte war es, auf die Madeline losging. Das riesige Foyer hallte von Madelines Schreien wider, während sie ihre Hände – die Finger wie Klauen – nach Charlottes Schultern ausstreckte.

»Er ist ein Ungeheuer!«, schrie Madeline Stokes. *»Er hat meinen kleinen Jungen umgebracht …!«*

Daniel war drauf und dran, den Wachschutz zu rufen, aber Paul Stokes zog seine Frau zur Seite. Als sie vorbeiging, war sie wieder teilnahmslos und ließ es zu, dass ihr Mann sie wegführte.

»Alles in Ordnung, Charlotte?«, fragte Daniel.

Charlotte hatte ihre Handtasche aufgemacht, in der sie hektisch nach etwas suchte. Gegenstände fielen heraus: eine Haarbürste, ein Schminkspiegel, Eyeliner und Kugelschreiber. Daniel bückte sich und half ihr, die Sachen aufzuheben.

»Ich brauche, ich brauche …«, sagte sie.

»Um Gottes willen, Frau, beruhige dich«, zischte Kenneth.

Daniel streckte die Hand nach ihr aus, aber es war zu spät, Charlottes Knie gaben nach, sie fiel und ließ ihre Handtasche los. Die Pillen, nach denen sie gesucht hatte, rollten heraus. Sebastian hielt sie seinem Vater hin.

»Hier«, sagte der Junge.

Kenneths Gesicht war fast lila, und Daniel war sich nicht sicher, ob es Verlegenheit war oder die Anstrengung, als er Charlotte auf die Füße half.

Ein Wachschutzmann kam und fragte, ob sie Hilfe brauchten.

»Nein, alles in Ordnung«, dröhnte Croll. Er drehte sich zu Daniel um. »Dürfte ich Sie bitten, einen Augenblick bei Seb zu bleiben? Ich muss sie beruhigen, bevor wir nach draußen gehen.«

Daniel nickte und sah den beiden hinterher. Sebastian blickte zu ihm hoch, die Hände an den Seiten, das Kinn schräg geneigt, sodass sein ganzes rundes Gesicht Daniel zugewandt war.

»Wir sind in dem Konferenzraum dort«, rief Daniel Croll hinterher.

»Geben Sie uns zwanzig Minuten.«

Daniel sah auf seine Uhr. Der Junge starrte ihn noch immer an.

»Sie hat eine Panikattacke. Dann kann sie nicht atmen, ihr Gesicht wird ganz weiß, und sie fängt an, so zu atmen …« Sebastian ahmte Hyperventilieren nach, bis ihm Daniel eine Hand auf die Schulter legte. Rot im Gesicht hustete der Junge bereits.

»Komm mit«, sagte Daniel, öffnete die Tür zu einem der Konferenzräume und grüßte den in der Nähe stehenden Wachschutzmann. »Wir gehen hier rein und setzen uns einen Moment hin, bis es deiner Mum besser geht.«

Er machte die Tür hinter ihnen zu, die sie in den schallisolierten Raum einschloss. Es gab keine Fenster. Daniel fühlte sich an den Ort erinnert, wo Minnie verbrannt worden war. Die Geräusche von Old Bailey – die Schritte auf den Steinplatten, Anwälte, die in Handys übereinander herzogen, Verteidiger, die mit Mandanten flüsterten –, sie alle waren ausgeschlossen.

Es herrschte eine warme, anregende Stille. Die Augen des Jungen waren trocken, und sein bleiches Gesicht war nachdenklich. Es erinnerte Daniel an das erste Mal, als sie sich im Polizeirevier in Islington begegnet waren.

»Glauben Sie, dass die meisten Leute traurig sind, weil ich nicht schuldig gesprochen worden bin?«, fragte Sebastian und sah Daniel an.

»Es ist doch egal, was andere Leute denken. Du hattest eine gute Verteidigung, und die Geschworenen haben dich nicht schuldig gesprochen. Du kannst jetzt in dein Leben zurückkehren.«

Sebastian stand auf und ging um den Tisch zu Daniel. Er blieb neben Daniels Stuhl stehen.

»Ich wollte nicht ins Parklands House zurück.«

»Nein«, sagte Daniel. Er lehnte sich auf seinen Ellbogen vor, sodass sein Gesicht auf gleicher Höhe mit dem des Jungen war. »Ich wollte auch nicht, dass du dahin zurückmusstest.«

Der kleine Junge seufzte und lehnte sich dann an Daniel. Er legte Daniel seinen Kopf auf die Schulter. Daniel hatte oft genug gesehen, wie er von seiner Mutter getröstet wurde, und wusste, was er tun musste. Nach kurzem Zögern hob er seine Hand und fuhr dem Jungen mit seinen Fingern durchs Haar.

»Ist ja okay», flüsterte Daniel. »Nun ist alles vorbei.«

»Denken Sie, ich komme in die Hölle?«

»Nein, Seb.«

»Woher wissen Sie das?«

»Weil es die Hölle nicht gibt. Jedenfalls glaube ich nicht daran.«

»Aber Sie wissen es nicht wirklich. Niemand weiß es *wirklich*. Glauben heißt, man *denkt* einfach, dass etwas so ist.«

»Tja, nenn mich halsstarrig, aber ich denke, dass ich es weiß. Das alles hört sich für mich nach Quatsch an.«

»Kommt Ben in den Himmel? Alle sagen, er ist ein Engel.«

»Seb, hör zu, ich weiß, das Ganze war wirklich hart für dich – der Fall war im Fernsehen und in den Zeitungen, und alle anderen Jugendlichen im Parklands House haben über dich geredet, aber du musst versuchen, all den Zeitungen und so weiter keine Beachtung zu schenken. Sie tun das nur, um Zeitungen zu verkaufen, nicht, weil da ein Funken Wahrheit …«

»Wahrheit«, sagte Sebastian ruhig. »Mögen Sie mich, Mr. Hunter?«

»Ja«, sagte Daniel und atmete aus.

»Wenn ich Ihnen etwas erzähle, werden Sie mich dann immer noch mögen?«

Daniel überlegte, dann nickte er.

»Ich habe Ben den Backstein aufs Gesicht getan.«

Daniel hielt den Atem an und betrachtete den kleinen Jungen. Das Licht verfing sich in seinen grünen Augen. Er hatte ein fast nicht wahrnehmbares Lächeln auf den Lippen.

»Du hast mir erzählt, du wärst einfach nach Hause gegangen …«

»Es ist okay«, sagte Sebastian und lächelte jetzt richtig. »Ich komm schon in Ordnung. Sie brauchen sich über mich keine Sorgen zu machen.«

Daniel nickte. Er fühlte, wie sich seine Bauchmuskeln anspannten.

»Ich mag Sie auch«, sagte Sebastian. »Ich denke, Sie sind mein Freund. Ich bin froh, dass Sie mein Anwalt waren …«

Daniel nickte wieder. Der Kragen war ihm am Hals zu eng.

»Was meinst du damit … du hast Ben … den Backstein aufs Gesicht getan?«

»Mir gefiel Bens Gesicht nicht. Ich wollte es einfach zudecken, damit ich es nicht mehr sah. Er war so eine Heulsuse und voller Rotz und wollte nach Hause. Ich sagte zu ihm, er soll *aufhören zu heulen*. Ich sagte zu ihm, wenn er versucht, nach Hause zu gehen, würde ich ihm *was verpassen, über das er heulen kann* … und danach, als ich ihm den Backstein aufs Gesicht getan hatte, heulte er überhaupt nicht mehr. Er machte keinen Mucks mehr. Keinen einzigen.«

Daniel ließ seine Schultern sinken. Er atmete aus und lockerte seine Krawatte. Er beugte sich vor und fuhr sich mit beiden Händen durch das Haar.

»Du hättest es mir erzählen sollen, Sebastian.« In dem Raum klang seine Stimme laut. »Du hättest es mir gleich zu Beginn sagen sollen. Wir hätten dann alles anders gemacht.«

Sebastian lächelte und setzte sich gegenüber von Daniel wieder hin. Er war ein Bild der Unschuld: nichts als Wimpern und Sommersprossen und sauber gescheiteltes Haar. »Ich dachte, Sie würden mich nicht mehr mögen, wenn ich es Ihnen erzähle. Ich wollte, dass Sie mich mögen.«

»Es geht hier nicht um *mögen*, Sebastian. Ich habe dir am Anfang gesagt, du müsstest mir alles erzählen, die Wahrheit, schlicht und einfach. Ich bin dein *Anwalt* … Du hättest es mir *erzählen* müssen.«

»Na ja, nun wissen Sie's«, sagte Sebastian. Er neigte den Kopf zur Seite.

Daniel war übel, hatte eiskalten Schweiß auf dem Rücken. Er presste die Zunge gegen den Gaumen, um sich zu beherrschen.

»Ich muss jetzt gehen«, sagte Daniel. »Lass uns … deine

Eltern suchen.« Der Junge blickte zu ihm auf, und Daniel holte tief Luft. Er wusste nicht, was er zu dem Kind sagen sollte.

Draußen war Charlotte wieder auf den Beinen, wankend wie eine Sonnenblume, eine große schwarze Sonnenbrille im Gesicht. Ken hielt sie am Ellbogen fest.

»Danke, Dan«, sagte Kenneth, als Daniel den Jungen in ihre Obhut zurückgab. Daniel zuckte über Crolls deplatzierte Lockerheit zusammen.

»Alles in Ordnung, junger Mann?«, dröhnte Kenneth seinen Sohn an.

Sebastian glitt zwischen seine Eltern und ergriff ihre Hände. Dieser Anblick der Familie verursachte Daniel Übelkeit. Er hätte am liebsten weggeguckt.

Aber dann waren sie gegangen, ein Sinnbild der Eintracht, und durch die Türen von Old Bailey verschwunden, während Sebastian über seine Schulter Daniel ansah, als er sanft nach draußen gezogen wurde.

Daniel öffnete den obersten Knopf seines Hemds, nahm die Krawatte ab und steckte sie in die Tasche. Seine Beine fühlten sich wackelig an. Er fühlte sich wie damals, als er das letzte Mal von Minnie weggegangen war. Es war nicht das erste Mal, dass ein Mandant ihn belogen hatte. Daniel verstand nicht, warum er sich dieses Mal so nackt und bloß fühlte.

Er stand in der prunkvollen Halle des Zentralen Strafgerichtshofs und blickte sich um. Seine Niederlage war in eine seltsame Erleichterung gehüllt. So oder so war jetzt alles vorbei.

Daniel begab sich hinaus in den Schwarm der Journalisten. Es war kalt und drohte zu regnen, aber er spürte die Hitze der Kamerablitze. Sie blendeten ihn, und er konnte nicht die Gesichter sehen, die ihn anredeten, nur die Mikrofone mit ihren Schaumgummihüllen, die ihm entgegengestreckt wurden.

»Wir sind zufrieden mit dem Ausgang des Prozesses. Mein Mandant und seine Familie freuen sich auf die Rückkehr ins normale Familienleben. In dieser schweren Zeit sind unsere Gedanken bei der Familie des Opfers.«

Daniel drängte sich durch die Menge, als einer der Journalisten schrie: »Wie fühlten Sie sich, als Sie siegten? Waren Sie überrascht?«

Daniel drehte sich um und sah den Mann an, der ihn angesprochen hatte; er wusste, dass er jetzt zu dicht an der Kamera stand. Die ihm deutlich ins Gesicht geschriebene Gefühlsregung würde später in Nachrichtensendungen ausgestrahlt und kommentiert werden: »Niemand hat heute gesiegt. Ein kleiner Junge hat sein Leben verloren, aber wir sind dankbar, dass meinem Mandanten Gerechtigkeit widerfahren ist.«

Es gab noch mehr Fragen, aber da kamen die Stokes' heraus. Madeline war erholt, aber schwach; Paul hatte einen entschlossenen Zug um den Mund. Daniel und den Staatsanwalt ließen die Journalisten stehen, und alle stürzten sich auf die Eltern des Opfers.

Daniel sah sich nach Irene um, konnte sie aber nicht entdecken. Er machte sich auf den Weg zur U-Bahn, als er sie vor sich sah. Sie wirkte niedergeschlagen, den Blick zu Boden gerichtet.

»Ich dachte, du sagtest, du wolltest auf mich warten«, rief er und rannte, um sie einzuholen.

»Gott, da bist du ja. Ich wusste nicht, wo du geblieben warst.« Sie wischte sich eine Haarsträhne aus dem Gesicht.

»Geht's dir gut?«, fragte Daniel, während er ihr in die müden Augen sah.

»Ich weiß nicht«, sagte sie mit einem seltsamen Lächeln. »Mir ist komisch. Wahrscheinlich bloß erschöpft.«

»Du hast gewonnen«, sagte er.

»Wir haben gewonnen«, sagte sie und legte ihm eine Hand

auf das Revers. Er genoss das Gewicht ihrer Hand auf seiner Brust. Eine Sekunde dachte er daran, sie an sich zu ziehen und zu küssen.

Er atmete ein, bereit, ihr zu erzählen, was Sebastian ihm gebeichtet hatte, doch dann hielt er inne. Sie war der einzige Mensch, dem er es erzählen wollte, der einzige Mensch, der verstehen würde. Er *würde* es ihr erzählen, aber nicht jetzt; für einen Tag hatten sie beide genug durchgestanden.

»Wie bist du zurechtgekommen?«, fragte sie und machte eine Kopfbewegung zu der Menge der Journalisten in der Ferne.

»Gut. Du weißt ja, wie es ist – sie haben sich schon auf die Stokes' gestürzt.«

Irene sah weg. »Mir bricht das Herz für sie. Ihnen fehlt absolut jeder Trost. Ihr Sohn ist tot, und niemandem wird die Schuld daran gegeben.«

Daniel erschauerte in der feuchten Kälte, als er die Erinnerung an Sebastians geflüsterte Worte abzuschütteln versuchte. Er steckte die Hände in die Taschen und blickte hinauf in den dunklen Himmel.

»Aber wir sind ein gutes Team«, sagte sie.

Er sah ihr in die Augen und nickte. Sie legte ihm wieder eine Hand aufs Revers.

Plötzlich spürte er, wie sie sich ihm entgegenneigte. Sie stellte sich auf die Zehenspitzen und küsste seine Lippen.

Ihre Lippen waren kalt. Er fühlte die ersten Regentropfen auf seinem Kopf. Er war zu überrascht, um den Kuss zu erwidern, aber er blieb dicht bei ihr stehen, bis sie zurückwich.

»Tut mir leid«, sagte sie, drehte sich von ihm weg, Röte auf den Wangen, und ließ ihr Haar über ihre Augen fallen.

Er fuhr ihr mit der Hand über den Hals und mit dem Daumen über ihr Kinn. Er wusste nicht, was jetzt geschehen würde, aber es erschien ihm voller Bedeutung.

EPILOG

Der Regen hatte gerade aufgehört, als Daniel nach Brampton hineinfuhr. Er fühlte, wie ihn eine eigenartige Ruhe überkam. Bis er Cumbria erreichte, war er mit den Gedanken bei dem Prozess gewesen.

Er war sich nicht sicher, ob er Sebastian jemals für unschuldig gehalten hatte. Über den Fall hinaus hatte ihn das nie interessiert. Aber jetzt, da der kleine Junge frei war und seine Schuld eingestanden hatte, fühlte sich Daniel verantwortlich. Er dachte wieder an Paul und Madeline Stokes, die mit ihrem Kummer alleingelassen waren ohne den Rückhalt eines Schuldspruchs. Sebastian brauchte Hilfe, aber Daniels Rolle war jetzt zu Ende gespielt. Er konnte nur hoffen, dass die Teilnehmer der Fallkonferenz und die Fachleute, die sich bisher mit Sebastian befasst hatten, erkennen würden, was er brauchte.

Daniel wusste, wenn das Urteil anders ausgefallen wäre, würde er sich nicht besser fühlen. Seine Erfahrungen mit Jugendarrestanstalten, Erziehungsheimen und Gefängnissen hatten ihn gelehrt, dass, egal, wie kaputt Jugendliche waren und wie schrecklich ihre Probleme, sie an den Orten, in die man sie zur Strafe und Besserung schickte, nur noch schlechter gemacht wurden.

Jetzt, da er in Brampton war, schien Sebastian weit weg zu sein: Er war nur noch quälend leise wie ein Ton, den zu hören er sich anstrengen musste. Es war inzwischen fast Winter, und die Bäume in Brampton hatten ihr Laub verloren. Die kahlen Bäume hoben sich scharf umrissen vom Himmel ab wie Lungen. Er hörte den Regen gegen die Reifen seines Wagens platschen, als er in das Dorf hineinfuhr. Er holte tief Atem, hielt ihn an und überlegte, welch außergewöhnliche Veränderungen möglich gewesen wären, wenn Sebastian eine Minnie gekannt hätte.

Er versuchte, die Gedanken an den Jungen beiseitezuschieben. Er erinnerte sich an den Geschmack von Irenes Lippen am Abend zuvor und lächelte.

Er hielt vor der Farm. Den Hof hatte man in Ordnung gebracht und den alten Schuppen abgerissen. Der Garten war umgegraben und der Rasen vor dem Haus gemäht worden. Daniel atmete den sauberen Geruch der Erde ein. Die Luft war kalt, und so holte er seinen Schlüssel hervor und trat zum letzten Mal ins Innere des Farmhauses ein.

Es sah anders aus als früher. Von ihr gab es kaum mehr eine Spur. Die Fußböden waren makellos sauber, und das Bad und die Küche rochen nach Chlor. Den alten Elektroherd hatte er nie so weiß glänzen sehen. Er fuhr mit dem Zeigefinger darüber und erinnerte sich an die Mahlzeiten, die sie für ihn zubereitet hatte: den Hackfleisch-Kartoffelbrei-Auflauf, Fish and Chips, Roastbeef und Yorkshirepudding.

Die Fenster waren gestrichen. Der Tisch war leer geräumt und der Kühlschrank offen und sauber. Mit Cunningham würde er sich später treffen, um die Verträge auszutauschen und die Schlüssel zu übergeben. Er erinnerte sich, wie er vor ein paar Monaten in das leer stehende Haus gekommen war, noch immer wütend auf sie, voller Schmerz, ohne sich zu ihrem Verlust zu bekennen – und verlangt hatte, dass alle ihre Sachen weggeworfen würden, professionell entsorgt. Jetzt wünschte er sich, die

Zeitung zu sehen, die sie gerade gelesen hatte, ihren Topf voller einzelner Knöpfe, ihre alten Kleider, ihre Vinylschallplatten, auf die keine Fingerabdrücke kommen durften, die Tiere, die das Leben mit ihr geteilt hatten, während er sie verachtet hatte.

Daniel fühlte einen Schmerz im Hals. Er öffnete die Tür zum Wohnzimmer. Es war leer: Verschwunden war das alte Sofa, verschwunden ihr altmodischer Fernsehapparat und der Videorekorder, verschwunden ihre Fotos und Bilder, verschwunden der Schemel, auf den sie immer ihre hornhäutigen Füße mit den harten Zehennägeln gelegt hatte.

Die Dielenbretter waren von den Füßen des Klaviers verschrammt, und das Holz war dort dunkler, wo der Körper des Instruments den Fußboden gegen das Licht abgeschirmt hatte. Daniel bedeckte seine Augen mit beiden Händen. *Es tut mir leid, Mum*, flüsterte er mit einem Kloß im Hals in dem stillen, leeren Farmhaus, als ihm heiße Tränen über die Wangen schossen. *Verzeih mir.*

Ihre nackten Füße traten die Pedale, die Knie hatte sie gespreizt, und der Stoff ihres Rocks fiel zwischen ihre Schenkel. Sie machte die Schultern gerade, lehnte sich mit einem Lachen zurück und griff in die Tasten.

»Wann hast du Klavier spielen gelernt?«, fragte er sie. Er lag auf der Couch und sah ihr zu, die Hände unter dem Kopf.

»Als ich klein war. Mein Vater spielte gern Klavier und brachte es uns beiden Mädchen bei … und er nahm uns zu Konzerten mit … und ließ uns still, mit den Fingern auf den Lippen, seine Schallplatten anhören. Einige der Platten da drin gehörten ihm, und ich hörte sie mir an, als ich ein kleines Mädchen war.« Minnie beugte sich beim Sprechen zu Daniel hinüber, während sie mit ihrer rechten Hand die Tasten hinaufklimperte und ihren linken Zeigefinger auf die Lippen drückte. »Möchtest du, dass ich es dir beibringe?«

Er schüttelte den Kopf. »Hat deine Tochter Klavier gespielt?«

Sie gab keine Antwort.

Er wusste noch immer nicht über das kleine Mädchen Bescheid, dessen Schmetterling er zu stehlen versucht hatte, aber jedes Mal, wenn er ihn sah, dachte er an sie.

»Sie konnte ein bisschen spielen«, war alles, was sie sagte, und dann begann sie wieder zu spielen, laut, sodass er das Vibrieren durch die Couch spürte. Davon juckte ihm die Kopfhaut. Er sah, wie sich ihre Wangen röteten und ihre Augen vor Tränen trübten. Aber dann warf sie wie immer ihren Kopf zurück und lachte. Sie sah aus dem Fenster, und ihre starken Hände lagen schwer auf den Tasten.

»Ach, *komm her*, Danny. Setz dich neben mich und zeig mir, was du kannst.«

Wieder schüttelte er den Kopf.

»Ich habe dich letzte Woche spielen hören, verstehst du. Du hast gedacht, ich wär draußen, aber ich habe gehört, wie du's probiert hast. Ich wollte nicht stören, verstehst du. Ich kann dir zeigen, wie man eine Melodie spielt, oder du kannst einfach tun, was du willst. Es ist egal. Es ist nur manchmal schön, Lärm zu machen. Es bringt den Lärm in deinem Kopf zum Schweigen. Du wirst es sehen. Komm und setz dich neben mich …«

Sie rutschte auf dem langen Klavierhocker zur Seite und tätschelte den Platz neben sich. Es war erst vierzehn Tage her, seit ihn die Jungs verprügelt hatten und er zu seiner Mutter weggelaufen war. Seine Nase fühlte sich noch komisch an, und er schniefte, als er sich neben sie setzte und auf die Tasten sah. Er roch die feuchte Wolle ihrer Strickjacke und fühlte das weiche Kissen ihrer Hüfte an seiner.

»Möchtest du, dass ich dir ein kinderleichtes Lied beibringe oder möchtest du einfach Lärm machen? Beides finde ich okay.«

»Bring mir halt irgendwas bei«, sagte er leise und ließ seine

Finger auf die Tasten sinken. Er horchte auf die einsamen, hohlen Töne, die erklangen.

»In Ordnung, also, wenn du dir die Tasten ansiehst, dann siehst du schwarze Tasten und du siehst weiße Tasten. Was bemerkst du daran, wie die schwarzen Tasten gruppiert sind?«

Daniel strich mit einem Finger über die schwarzen Tasten. »Manche sind in Zweiergruppen und manche in Dreiergruppen.«

»Gott, du bist ja ein richtiger Schlaumeier, was? Warum bringst du mir nicht bei, wie man auf dem verdammten Klavier spielt?« Sie lachte, und Daniel drehte sich ihr zu, um sie anzulächeln. Aus diesem Blickwinkel konnte er ihre Zahnlücke sehen: Ihr fehlte ein Zahn oben, neben dem Backenzahn.

»Und jetzt hör dir das an.« Sie langte nach der rechten Seite des Klaviers und reckte sich quer über ihn, sodass ihr Gesicht dicht an seinem war. Sie schlug auf die Tasten, dann ließ sie die Finger die Klaviatur hinunter laufen und schlug die Tasten ganz links auf dem Klavier an. »Was bemerkst du am Unterschied im Klang?«, sagte sie und lehnte sich dicht an ihn, sodass er die dunkelblauen Ringe um ihre blassblauen Augen sehen konnte. Sie waren wie Murmeln, hart und klar.

»Das da ist tief, und das hoch«, sagte er und zeigte auf die beiden Seiten des Klaviers.

»Richtig, hoch auf der rechten und tief auf der linken Seite – du bist wirklich ein Naturtalent. Jetzt versuchen wir *ein Duett.*«

Sie nahm sich die Zeit, ihm die hohen Tasten des Klaviers zu erklären, die sie eins, zwei und drei nummerierte, nach der Reihenfolge, in der er sie spielen sollte, und dann begann sie am tiefen Ende des Klaviers mit einer Melodie. Sie zeigte ihm, wann er die Tasten anschlagen musste, wobei sie ihn zu einem Drei-Finger-Griff zu überreden versuchte, aber er zog es vor, mit dem Zeigefinger zuzustoßen, und erfreute sich an den kühlen Tönen, die er erzeugte.

Das machten sie ein paar Minuten lang: Sie spielte das Lied auf der linken Seite der Klaviatur und stieß ihm jedes Mal den Ellbogen in die Rippen und rief mit ihren seltsamen komischen Vokalen *nun, nun*, wenn sie wollte, dass er die Töne spielte, die sie ihm auf seiner Seite beigebracht hatte. Sie sagte ihm, das Lied heiße »Heart and Soul«.

Aber er wurde der Sache müde und schlug mit den flachen Händen auf die Tasten. *Tring tring tring*, rauf und runter. Er erwartete, dass sie wütend würde. Er kannte sie noch nicht gut. Er blickte hoch in ihre Augen, aber sie hatte sie vor Freude weit aufgerissen. Sie schlug mit ihren Handflächen auf die tiefen Tasten, sodass das tiefe Dröhnen mit seinem hohen Quieken und Jaulen zusammenklang. Es war trotzdem ein Duett. Der Lärm jagte Blitz aus dem Zimmer, und sie begann aus vollem Halse zu singen, irgendwelche altvertrauten Wörter, und das tat er auch, bis er heiser war und bis sie beide halb taub waren und ihnen vor Lachen Tränen über die Wangen liefen.

Dann waren sie still, und sie drückte ihn an sich. Er war müde und ließ es zu. Als das Klingeln in seinen Ohren nachließ, kam ihm ein Gedanke, so scharf und klar wie der hohe Ton auf dem Klavier: Er mochte sie, und er wünschte sich zu bleiben. Der Gedanke hallte langsam in seinem Kopf wider und machte ihn still. Er strich über das mit Elfenbein verkleidete Holz des Klaviers, und seine Finger kribbelten von den heftigen Schlägen, die er den Tasten versetzt hatte.

DANKSAGUNG

Meiner Lektorin Emma Beswetherwick möchte ich als Erster ein dickes Dankeschön aussprechen für ihre Kreativität und Hilfe, aber auch allen bei Piatkus für ihren unermüdlichen Enthusiasmus.

Mehrere Menschen haben ihre Zeit dafür geopfert, um mir bei den Nachforschungen für dieses Buch behilflich zu sein, und das hat mir entscheidend geholfen, die Sphären, in denen die Personen des Buchs leben, glaubhafter zu gestalten. Vor allem möchte ich danken Kate Barrie, Tony Beswetherick, Iain Cockbain, Jason Cubbon, Elizabeth Gray, Jacinta Jones, Eileen Leyden, John Leyden, Sarah Long, Alastair & Juliette MacDonald, Sandra Morrison, Laura Stuart, Sarah Stuart und Scott A. Ware für ihre Hilfe auf den verschiedensten Gebieten, die von der Welt der Justiz bis hin zu regionalen Dialekten, Musik und Örtlichkeiten reichen. Ein ganz besonderer Dank geht an Gerry Considine, der mir einen Einblick in die Arbeit eines Strafverteidigers gestattete, sowie an Liz und Alan Paterson, die mich in Fragen der Sozialarbeit berieten.

Schreiben heißt, dass man viel Zeit mit sich selbst verbringt, aber ich bezweifle, dass diese schöpferische Einsamkeit erträglich gewesen wäre ohne meine vielen Freunde, Familienangehörigen und Kollegen, die allesamt daran glaubten, dass das Buch eines Tages fertig würde, auch wenn ich daran zweifelte. Besonders danken möchte ich: Paul Ballantyne, Russell Ballantyne, den Darroch-Schwestern Mairi, Jane und Val, Marie Kobine, Tim Laver, Helen Leyden, Erin MacLean, Jenniver Markey, Julie Ramsay, Ian Thomson und Gordon Webb.

Aber Leser sind es, die Autoren vervollkommnen, und mein größter Dank gilt meinen frühen Lesern, ohne deren positive Kritik ich vielleicht kein einziges Wort mehr geschrieben hätte: Kent & Mary Ballantyne, Rita Balneaves, Mary Fitzgerald-Peltier, Mark Kobine, Phil Mason und Elizabeth McCrone. Ohne euch würde es dieses Buch nicht geben.

Während ich zu dem Roman Recherchen anstellte, las ich *As If* von Blake Morrison und *The Case of Mary Bell* von Gitta Sereny. Ich möchte beiden Autoren danken für ihre sehr unterschiedlichen, aber gleichermaßen bewegenden Porträts von Kindern vor Gericht.

Zum Schluss, aber gewiss nicht zuletzt geht ein großer Dank an meine wunderbare Agentin Nicola Barr für ihre Klugheit, ihren Glauben und ihre Ermutigungen.

Robert Goolrick

Eine verlässliche Frau

Roman

368 Seiten, Broschur
btb 74047

Eine berechnende Frau.
Ein verbitterter Mann.
Womit keiner gerechnet hat,
ist die Liebe

»Was wollten wir über Wisconsin im Jahr 1907 wissen? Bislang nichts, aber nach dieser dramatischen Lovestory zwischen einem Industriellen und einer Hure möchten wir am liebsten dort wohnen!«

Petra

»Ein grandioser Roman um Liebe, Lügen, Leidenschaft und Mordgelüste.«

Madame

»Einfach betörend!«

Donna

Leena Lander

Die Insel der schwarzen Schmetterlinge

Roman

288 Seiten, Broschur

btb 74776

Eine abgelegene Schäreninsel, ein Mord im Schmetterlingshaus und eine fatale Affäre ...

Eine namenlose Insel in den Schären, irgendwo vor der Küste Finnlands: Hier ist nichts als das Erziehungsheim, in das der junge Juhani geschickt wird. Schnell bekommt er die strengen Regeln des Heimleiters zu spüren. Denn dieser will seinen Zöglingen zeigen, dass das Unmögliche möglich ist, und züchtet zu diesem Zweck und trotz des rauen, kalten Klimas in einem Treibhaus Seidenraupen. Doch dann geschieht ein Mord im Schmetterlingshaus, eine verhängnisvolle Affäre kommt ans Licht, und aus den Raupen schlüpfen keine weißen Falter, sondern schwarze ...

»Ein grandios verrätselter Roman mit einem ganz eigenen Sog.«

Brigitte

»Große Gefühle unter nordisch-kühler Oberfläche – ein mitreißendes Buch!«

Freundin

Claudie Gallay
Die Brandungswelle
Roman

557 Seiten, Broschur
btb 74313

Der Bestseller aus Frankreich

Ausgezeichnet mit dem Grand Prix de Elle

La Hague im Nordwesten der Normandie: Nur wenige wohnen hier, am Ende der Welt, am Meer, dort, wo die Menschen ebenso schroff sind wie die Natur und das Leben vom Wind, vom Wetter, von den Gezeiten bestimmt wird – bis eines Tages Lambert auftaucht.
Fremde, die hier länger bleiben, gibt es selten. Aber Lambert ist nicht wirklich fremd, irgendwie gehört er dazu. Vor 40 Jahren starben seine Eltern und sein Bruder bei einem Bootsunglück. Nun ist er zurückgekommen, um das Unglück von damals aufzuklären. Und allmählich bröckelt die Wand des Schweigens, hinter der jeder Dorfbewohner ein Geheimnis zu verbergen scheint …

»557 Seiten, aber keine zuviel.«
Christine Westermann

»Ein durch und durch sinnliches Buch.«
NDR